Judith Rehauf

Über Die Autorin

Judith Rehauf wurde im 2. Weltkrieg in Dresden geboren und wuchs in Ostdeutschland und in der DDR auf. Sie lebte viele Jahre mit ihrer Familie in Thüringen und war beruflich als klinische Psychologin tätig.
1985 wurde ihrer Familie der jahrelang gestellte Antrag auf Übersiedlung in die BRD genehmigt.
Ihre Erfahrungen mit dem Leben in den verschiedenartigen Gesellschaften im Osten und Westen des Landes, nach 1989 im vereinigten Deutschland, hatte sie in Tagebüchern festgehalten. Im Seniorenalter begann sie mit der kreativen Bearbeitung ihrer Tagebücher.
Heute lebt Judith Rehauf in Nordhessen.

JUDITH REHAUF

Aufbrüche

Roman
eines Lebens

FSC
www.fsc.org
MIX
Papier aus ver-
antwortungsvollen
Quellen
Paper from
responsible sources
FSC® C105338

Die Protagonisten des Buches stellen Romanfiguren dar. Sie haben ihre Urbilder in der Wirklichkeit, sind aber selbst Kunstfiguren. Wesentliches in den Charakteren, Gefühlen, Gedanken und im Handeln ist verfremdet oder erdacht.

DIE BIBLIOGRAFISCHE INFORMATION DER DEUTSCHEN NATIONALBIBLIOTHEK

Die Deutsche Nationalbibliothek verzeichnet diese Publikation
in der Deutschen Nationalbibliografie; detaillierte bibliografische Daten sind
im Internet über www.d-nb.de abrufbar.

Einbandgestaltung unter Verwendung einer Fotografie
von © Bärbel Mäkeler
Verlag: BoD • Books on Demand GmbH, In de Tarpen 42,
22848 Norderstedt
Druck: Libri Plureos GmbH, Friedensallee 273, 22763 Hamburg
© 2024 Judith Rehauf
ISBN 978-3-7597-6680-9

Inhaltsverzeichnis

TEIL 3 / Eine junge Familie in der DDR
(Die Zeit in Thüringen)

ABSCHNITT A: DIE ERSTE HÄLFTE DER
70ER JAHRE

ABSCHNITT B: DIE ZWEITE HÄLFTE DER
70ER JAHRE

ABSCHNITT C: DIE JAHRE IN JENA ZWISCHEN
1975 UND 1985

TEIL 4 / Leben in der Bundesrepublik

ABSCHNITT A: ANFANG IM JAHR 1985

ABSCHNITT B: RÜCKKEHR INS BERUFSLEBEN

TEIL 5 / Im wiedervereinigten Deutschland

TEIL 1

Ein Kind und seine Wurzeln

1 | Erinnerungen an Vorfahren

Ein Glied in der Kette

Anja Bäumler hatte in ihren sechs Lebensjahrzehnten manch Erstaunliches, durchaus auch Bedrückendes, meist jedoch Freudiges und Wunderbares erlebt. Gern würde sie ihren erwachsenen Kindern mehr von ihren Vorfahren berichten, nachdem sie vor einiger Zeit an der Grabstätte ihrer Verwandten in Zwönitz im sächsischen Erzgebirge gestanden hatte.

Von einem Freund aus Studienzeiten waren sie und ihr Mann Theo im Jahre 2004 in diese Gegend zu einem Wiedersehen eingeladen worden. Als der Freund hörte, dass Anja aus der Familie Trommler in Zwönitz stammte, einem Städtchen ganz in seiner Nähe, lud er sie und Theo zu einer Fahrt dorthin ein. Dort hatten die Gebrüder Trommler 1894 mit der Herstellung von Schuhen begonnen, und ihr schnell wachsendes Unternehmen hatte in der ersten Hälfte des 20. Jahrhunderts als eines der größten im Land gegolten. Anja Bäumler wurde 1941 geboren und gehörte zur Generation der Enkel der Gründer.

Bei ihrem Aufenthalt in Zwönitz erfuhr sie, dass der Betrieb nach seiner Enteignung bis zum Ende der DDR weiterhin Schuhe produziert hatte. Sie freute sich darüber, dass sowohl eine Straße als auch eine kleine Parkanlage nach den Gründern der Trommler-Werke benannt worden waren. Ihr Freund hatte ihnen diese Stätten gezeigt und Anja erkannte die charakteristische Villa wieder, in der sie als Kleinkind mit ihrer Mutter zu Besuch gewesen war. Den kurzen, unerwarteten Ausflug in die Heimat ihrer Vorfahren nahm sie in der Folgezeit zum Anlass, mehr über sie herauszufinden und sich dabei auch an die Begegnungen mit ihnen als Kind zu erinnern.

Anja Bäumlers eigene Kinder Jan, Klara und Sylvia waren in den 70er und Anfang der 80er Jahre des 20. Jahrhunderts geboren worden, hundert Jahre nach der Unternehmensgründung ihrer Urgroßeltern. Anja, ihre Mutter, war die Tochter von Trudchen Trommler, der jüngsten Tochter eines der Gründer-Brüder. Diese Großmutter hatten die Enkel nicht kennengelernt, da sie schon vor ihrer Geburt gestorben war. Ihr sächsischer Großvater hatte erneut geheiratet. Mit den Großeltern in Sachsen verbanden die Enkel schöne Erinnerungen an Ferienzeiten in ihrer Kindheit.

Anja hatte ihren Kindern von den Vorfahren in Zwönitz und von ihrer Leistung als erfolgreiche Gründerfamilie des 19. Jahrhunderts erzählt und ihr Interesse für diese wecken wollen, aber damit konnte sie ihre Kinder nicht lange fesseln. Als sie jedoch mehr von sich selbst zu erzählen begann, von ihren Eltern Trudchen und Manfred, dem Opa, hörten sie gern zu.

Im Jahre 2004, zur Zeit der besagten Reise ins Erzgebirge, befand sich Anja Bäumler schon einige Jahre im Ruhestand. Sie hatte nun Zeit, Papiere, Briefe und die große Zahl der Schwarz-Weiß-Fotos durchzusehen, die ihr nach dem Tod ihres Vaters, das war in den 90er Jahren, übergeben worden waren. Als Kind hatte sie die Bedrücktheit ihrer Mutter über Familienschicksale in der Kriegs- und Nachkriegszeit miterlebt. Als ihr Vater 1945 aus dem Krieg gesund nach Hause zurückkehrte, war sie ebenso glücklich wie ihre Mutter gewesen. Jetzt konnte sie beim aufmerksamen Anschauen der Fotos noch mehr über das Leben ihrer Eltern vor ihrer Geburt herausfinden und manche Eindrücke während ihrer Kindheit auch besser einordnen.

Es tauchten Erinnerungen an besondere Geschehnisse auf. So sah sie vor sich, wie ihre Mutter eines Tages wieder einen der besonderen Kartons herbeigeholt hatte, auf deren Deckel trommelnde Kinder abgebildet waren. Aus dem Karton hatte sie neue Schuhe als Ersatz für die Anja zu eng gewordenen genommen und dabei so anders als sonst mit ihr gesprochen. Irgendwie feierlich hatte ihre Stimme geklungen, als sie von der Trommler-Verwandtschaft als den »Gliedern in einer Kette« von Verwandten sprach, zu der auch sie, die sieben Jahre alte Anja, gehöre.

Bei einer der persönlichen Begegnungen mit ihren Kindern schilderte Anja ihnen die kleine Begebenheit, die ihr damals so bedeutsam vorgekommen war.

»›Auch du bist ein Glied in der Kette unserer Familie‹, hatte meine Mutter gesagt. Das war für mich von Bedeutung, denn ich war ein Einzelkind, hätte aber doch so gern Geschwister gehabt. Ich konnte nicht genug davon bekommen, sie von ihrer großen Familie erzählen zu hören. Lebhaft fühlte ich bei ihren Erzählungen, wie froh sie gewesen war, in dieser großen Familie aufzuwachsen, als die Jüngste von fünf Kindern. Wie gut sie es gefunden hatte, eine geborene Trommler zu sein und aus einer Familie zu stammen, die es zu etwas gebracht hatte.

Die Schuhe, die ich bekam, nahm meine Mutter jedes Mal aus den gleichen Kartons mit der Abbildung der trommelnden Kinder auf dem Deckel. Vom ›Glied in dieser Kette‹ hatte sie gesprochen, da war ich gerade in die Schule gekommen. Was sie damit meinte, verstand ich gut, denn auch ich war immer gern mit meinen Eltern zu Besuch in ihrer großen Verwandtschaft.

Der Junge im kurzen blauen Höschen auf den Deckelbildern der Kartons und das Mädchen im roten Röckchen, sie beide marschierten hintereinander her und der Junge schlug eine Trommel, die er im Arm hielt. In meiner Fantasie waren die beiden »die Trommler-Kinder«, wie es meine Mutter oft gesagt hatte, wenn wir die roten oder blauen Halbschuhe aus dem dünnen weißen Papier herausgehoben hatten. Sie gefielen mir gut und besonders mochte ich die offenen für sonntags mit den roten und blauen Lederriemchen.

Die Sache mit dem »Glied in der Kette«, wie meine Mutter gesagt hatte, beschäftigte meine kindliche Fantasie stark. So stellte ich mir die gesamte Trommler-Verwandtschaft, die Erwachsenen, die Onkel und Tanten, ebenso die älteren Cousinen und Cousins, alle als eine Kette von Leuten vor, die hinter den Trommlern herliefen. Auch ich gehörte also in die Reihe und zu ihrer Kette. In meiner Fantasie ging Mutter sogar als Trommlerin vor den anderen her.«

Anja hatte sich über das Schmunzeln, das sie in den Gesichtern ihrer beiden Töchter Klara und Sylvia sah, gefreut und fuhr fort:

»Für mich war es schön zu wissen, dass auch ich zur großen Familie gehörte, wenn auch als Jüngste, ›die Kleene‹, wie man in Sachsen sagt. Meine großen Cousins, fünf und sieben Jahre älter, haben mich leider nur selten zum Mitspielen aufgefordert, aber wenn sie es taten, war ich stolz und fühlte mich groß. In der weiteren Verwandtschaft gab es zwar Kinder in meinem Alter, aber dort waren wir nur selten zu Besuch.«

Elternhäuser

Noch weit mehr wusste Anja Bäumler ihren Kindern von ihrer Familie zu erzählen und freute sich darüber, dass sie es gern zu hören schienen.

»Meine Mutter, eure Zwönitzer Großmutter Trudchen, die ihr leider gar nicht kennengelernt habt, wuchs als sieben Jahre jüngeres Nesthäkchen nach den vier anderen Geschwistern auf. Dass ihre beiden älteren Schwestern nicht immer froh gewesen waren, wenn sie auf sie aufpassen sollten, konnte ich mir gut vorstellen. Dennoch hat sie ihr ganzes Leben lang auf sie zählen können, so wie ich sie miteinander erlebt habe. Ihre beiden Brüder Ernst und Alfred mussten in den Ersten Weltkrieg ziehen und Alfred ist mit nur 21 Jahren gestorben. Mehrfach hat sie die kleine Geschichte erzählt, dass er bei einem Fronturlaub in den letzten Kriegsjahren, als man in Deutschland zu hungern begann, für jeden ein Ei mitgebracht habe, aber für sie, sein liebes Trudchen, zwei. Da muss sie neun Jahre alt gewesen sein.

Als ihr Vater 1924 seinen Betrieb an seinen ersten Sohn Ernst weitergegeben hatte und mit Martha, meiner geliebten Großmutter, nach Dresden umzog, war sie sechzehn Jahre alt, hatte ihre Schulzeit in Zwönitz fast beendet und machte ihre Prüfungen zur ›Mittleren Reife‹ in Dresden. Ich habe sie einmal gefragt, ob ihr der Schulwechsel und auch der Verlust ihrer Freundinnen nicht Kummer bereitet habe. ›Wir sind immer wieder nach Zwönitz gefahren und hatten ja auch in Dresden Verwandte. Ich habe mich darüber gefreut, welche vielfältigen Möglichkeiten es nun für mich in der Großstadt gab‹, hat sie mir mit leuchtenden Augen erzählt. Sie schwärmte von Opernaufführungen und Tanzfesten und den vielen Arten von Bildung, Kultur und Zerstreuung in der barocken sächsischen Residenzstadt.«

»Wollte sie denn nicht noch ihr Abitur machen?«, fragte Sylvia, die Jüngere von Anjas Töchtern.

»In den 20er Jahren des vergangenen Jahrhunderts machten das doch nur wenige Mädchen«, warf die ältere Klara ein.

Anja bestätigte das. »Damals war das für junge Mädchen aus der gehobenen bürgerlichen Gesellschaft nicht vorgesehen, ganz anders als heutzutage.«

»Hat deine Mutter einen Beruf erlernt?«, fragte Sylvia.

»Auch das war damals bei den jungen Mädchen ihrer Gesellschaftsschicht nicht üblich. Leider starb ihr Vater schon ein Jahr nach der Übersiedlung der Familie nach Dresden, wahrscheinlich an einem Herzinfarkt. So habe ich meinen Opa leider nie kennenlernen können. Meine Großmutter war damals erst 50 Jahre alt und wohl sehr froh, dass ihre Jüngste noch bei ihr war. Trudchen hat Kurse in Englisch und Französisch, in Literatur und Kunstgeschichte besucht und ist oft in Konzerte und Ausstellungen gegangen, wie sie erzählt hat. Ein Jahr durfte sie in einem Pensionat in der französischen Schweiz und ein weiteres in England verbringen. Mit ihrer Schwester und dem Schwager, einem begeisterten Bergsteiger, ist sie oft in den Alpen unterwegs gewesen. Vielfach waren sie auch bei den Verwandten im Erzgebirge zu Besuch. Das Haus von ›Mutter Martha‹ in Dresden muss ein offenes für ihre Kinder, Schwiegersöhne und Schwiegertöchter, Freunde und uns acht Enkel gewesen sein.

Ich erinnere mich gern an meine Oma, die ich sehr geliebt habe und die mich als Jüngste bestimmt auch sehr gern hatte. Sie war die Einzige von meinen vier Großeltern in meiner Kindheit, denn die Eltern meines Vaters sind beide schon vor meiner Geburt gestorben.«

Sylvia, die neben dem Zuhören noch mit der Frage nach der Ausbildung der jungen Mädchen von damals beschäftigt war, kam darauf zurück, als Anja eine Pause in ihrer Erzählung machte.

»Aber eigentlich war es doch nicht gut für deine Mutter, keinen Beruf zu lernen und später finanziell auf ihren Ehemann und eine gute Ehe angewiesen zu sein«, meinte sie aus Sicht ihrer Generation, schon der übernächsten.« Klara, ihre ältere Schwester, stimmte ihr zu.

»Sicherlich, aber die begüterten Töchter bereitete man damals auf ein Dasein als Ehefrau und Mutter vor«, fuhr Anja fort.»Von den Eltern oder manchmal sogar nur von der Mutter wurde Töchtern der Wunsch nach einem Studium oder einer anderen Ausbildung abgeschlagen, denn sie würden ohnehin heiraten und ihr Platz wäre an der Seite ihres Mannes. Eine Berufsausbildung oder ein Studium war vor allem den Söhnen vorbehalten. Ich denke, dass meine Mutter das akzeptierte. Dennoch hatte sie in ihren Kursen junge Frauen kennengelernt, die im Büro arbeiteten und ihr Geld selbst verdienten wie zum Beispiel Gerda, ihre Freundin, mit der sie lebenslang verbunden war. Später, nach dem Krieg, hat sie mir einmal gesagt, dass sie darüber traurig sei, keinen Beruf ausüben zu können. Ihr erinnert euch doch sicher noch an die Päckchen von Tante Gerda aus dem Westen, die sie nach dem Tode meiner Mutter jahrelang an unsere Familie geschickt hat?«

Natürlich erinnerten sie sich an die Smarties und Gummibärchen in den bunten Verpackungen, ebenso an die Orangenbonbons, auf deren Tüte ›Nimm zwei‹ gedruckt stand.

»Fand deine Mutter es gut, dass du studieren wolltest?«, fragte Klara.

Anja nickte. »Ich sollte Sprachen lernen wie sie und so ließ ich mich in den sprachlichen Zweig der Oberschule aufnehmen. Ob mir aber Russisch, Englisch und Französisch helfen würden, mehr von der Welt zu sehen, das wussten wir damals nicht. Wir lebten nach dem Kriegsende 1945 im Osten Deutschlands in einer zunehmend anderen Gesellschaft als vor dem Krieg und in West-Deutschland. Wie sich die Welt nach dem Krieg für uns weitergestalten würde, war ungewiss.

Im Osten Deutschlands, seit 1949 Deutsche Demokratische Republik, DDR, war es selbstverständlich, dass alle arbeiteten, also die Frauen ebenfalls. Nach dem Schulabschluss machten Mädchen und Jungen ihre Berufsausbildung oder studierten.

Ich war später sehr froh über den Rat meiner Mutter. Neben Russisch hatten wir Unterricht in Englisch und Französisch, und ihr wisst ja, wie gern ich gereist bin.«

Anja ging gern auf den Wunsch ihrer Töchter ein, eine Pause zu machen und miteinander in das Café in der kleinen Stadt im Niederrheinischen zu gehen, in der sie wohnte. Unterwegs beendete sie diesen Teil ihrer mütterlichen Familiengeschichte noch, indem sie hinzufügte:»Meine Mutter hat 1936 nach Frankenberg in Sachsen geheiratet und ich glaube, sie hat recht lange gebraucht, bis sie sich dort zu Hause fühlte. Mein Vater, euer Opa Manfred, war als Geschäftsreisender viel unterwegs und sie fuhr oft zu ihrer Mutter und den anderen Verwandten nach Dresden. Ich bin 1941 auch dort zur Welt gekommen. Mein Vater war schon Monate vorher zum Wehrdienst einberufen worden und machte gerade in Chemnitz seine Grundausbildung«, beendete sie ihren Bericht.

Auch von den väterlichen Vorfahren in Frankenberg, den Anckes, erzählte Anja Bäumler später mehr. Ihre beiden Großeltern dort hatte sie selbst leider nicht mehr kennengelernt. Einen Monat vor ihrer Geburt war der Großvater gestorben, die Großmutter noch einige Jahre früher.
Sie hatten seit der Mitte des 19. Jahrhunderts Webwaren hergestellt und ihre Handwebstühle in der Zeit der zunehmenden Industrialisierung durch Webmaschinen ersetzt. An das schöne Elternhaus ihres Vaters, im Stil der Gründerzeit, welches auch die Enkel kannten, war später der Anbau an der Hofseite hinzugekommen, so dass die Familie ihre Produktion von Möbelstoffen vergrößern konnte. Anja erzählte, dass sie als Kind ihren Vater immer gern in die geheimnisvolle Halle mit den verstaubten Maschinen begleitet hatte, wenn er dort nach einem Werkzeug oder etwas anderem suchte. Die Großeltern Guido und Marie

Ancke hätten die Weberei in der dritten Generation geführt, den Betrieb nach dem Beginn der Weltwirtschaftskrise von 1929 jedoch stilllegen müssen. Eine Zeitlang vorher schon sei Guido auch als Geschäftsreisender für eine andere Firma tätig gewesen.

Anjas Vater Manfred war 1903 als der ältere von zwei Söhnen geboren worden. Keiner der beiden aber hatte sich später darauf einlassen wollen, die Firma zu übernehmen.

Über ihn, ihren Opa in Frankenberg, wollten Anjas Kinder gern noch mehr wissen. Sie hatten schöne Erinnerungen an ihre Ferientage dort, an die Wanderungen mit ihm und das gemeinsame Kaffeetrinken nachmittags mit leckerer Obsttorte, selbst gebacken von der Oma Irene.

Anja erzählte, dass ihr Vater, ebenso wie seine Vorfahren, in der Textilbranche gelernt und gearbeitet hatte. In den 30er Jahren seien die jüdischen Eigentümer der Firma von den Nazis vertrieben worden. Was aus ihnen geworden war, wusste er nicht.

»1940 ist er zum Wehrdienst eingezogen und an der Waffe ausgebildet worden, durfte sich aber noch zu Hause über meine Geburt freuen. Wenige Wochen danach wurde er in den Krieg geschickt.«

2 | Die Geschichte von Anjas Familie in der Kriegszeit

»Wegen seiner chronischen Magengeschwüre kam mein Vater glücklicherweise nicht an die Kriegsfront nach Russland, sondern zu den deutschen Besatzungstruppen in die Niederlande«, erzählte Anja. »Hier hat er als Fahrer einer Polizeistaffel bis zum Kriegsende gedient. Bewusst habe ich ihn erst kennengelernt, als ich schon fünf war.

Ich sehe es noch vor mir, als ob es heute wäre. Da stand auf einmal ein Mann in der Tür, dunkle Uniform und Schirmmütze. Mutters Stimme überschlug sich fast, als sie ›Manfred!‹ rief und dann umarmten die beiden sich sehr lange. Mir war er fremd. Sie freute sich unheimlich und sagte zu mir: ›Das ist dein Vati.‹ Ich habe auf den Mann in der dunklen Uniform mit der schiefen Mütze geschaut und konnte es nicht ohne Weiteres glauben, kannte ich doch nur das Foto von dem freundlich lächelnden Mann mit dem zurückgekämmten dunklen Haar. Schließlich hat er mich ganz selbstverständlich auf seinen Arm genommen und meine Mutter hat dabei gestrahlt. Also stimmte es wohl, dass er mein Vati war. Bald kam es mir ganz selbstverständlich vor, dass wir nun zu dritt lebten. Dass er heil aus diesem schrecklichen Krieg zurückkehren konnte, stimmte uns alle froh und dankbar.«

»Sind alle Verwandten in deiner Familie nach dem Krieg wieder nach Hause zurückgekommen?«, fragte Klara.

»Aus der Familie meines Vaters schon. Sein Bruder war kurz in amerikanischer Gefangenschaft und ist dann im Westen in der 1949 gegründeten Bundesrepublik Deutschland geblieben, da er in Ostdeutschland als Rechtsanwalt Schwierigkeiten befürchtete. Meine Tante und meine Cousine sind ihm einige Jahre später über die sogenannte ›grüne Grenze‹ mitten durch Deutschland, die man Anfang der 50er Jahre noch gut überwinden konnte, in die Bundesrepublik gefolgt.

Aus der Familie meiner Mutter waren zwei ihrer Neffen nicht aus dem Krieg zurückgekommen. Ihr Bruder Ernst und ihr Schwager Arthur mussten vier Jahre in Kriegsgefangenschaft in Russland zubringen.«

Anjas Kinder wollten mehr über die Familie in der Kriegs- und Nachkriegszeit wissen, aber sie selbst wünschte sich erst einmal eine Pause und bot an, Kaffee aufzubrühen.

Später erzählte sie weiter:

»Etwa in meinem achten Lebensjahr sind wir einmal in Zwönitz an der Grabstätte der Familie Trommler gewesen. Auf meine Fragen hatte meine Mutter mir schon vorher etwas von den traurigen Ereignissen damals erzählt. Wir standen vor einer großen Grabstätte mit dunklen Marmortafeln und Aufschriften in Gold. An der Seite lag der einfache helle Stein für Mutters Bruder, ›Alfred, 1896 – 1917, vermisst in Galizien‹. Meine Mutter erklärte mir die Bedeutung von ›vermisst‹: er konnte nicht bei ihnen begraben werden, weil man seinen Körper nie gefunden hatte. So war er also ›verloren‹, und das fand ich traurig.

Noch einen weiteren einfachen Stein gab es da und darauf konnte ich damals lesen: ›Wolfgang, 1945‹. Nach Mutters Erzählung war er ihr Lieblingsneffe gewesen, der älteste Sohn ihrer Schwester Susanne. Auch ihn hatten sie nicht hier begraben können. In der Familie war erzählt worden, dass seine Kameraden ihn zu Kriegsende in Russland mit hohem Fieber todkrank auf einem Schlitten weitergezogen hätten und er unterwegs gestorben sei. Ein Kriegskamerad hatte meiner Tante als letztes Andenken seine Uhr gebracht. Damals war ich mit meiner Mutter bei ihr in Zwönitz zu Besuch gewesen und ich erinnere mich daran, wie ich lauschte und schnell verstand, dass etwas Schlimmes passiert war.

An Wolfgang erinnere ich mich sogar selbst. Etwa zwei Jahre alt muss ich gewesen sein, als uns ein hochgewachsener junger Mann in Uniform besuchte, sich an das dunkle Klavier setzte, mich auf seinen Schoß nahm und sagte: ›Komm, wir spielen Mozart.‹ Ich war von seiner Einladung begeistert und verkündete es sofort laut.

In unserer Familie trugen die Frauen fast immer dunkle Kleider. Das gehörte aber nicht zum Erwachsensein, wie ich lange vermutete, sondern war ein Zeichen ihrer Trauer. Die älteste Schwester meiner Mutter, Elfriede, die in Werdau in Sachsen lebte, hatte ihren Sohn Helmut im Krieg verloren. Er war ihr einziges Kind gewesen. Wenn wir miteinander die Fotos von Helmut anschauten und sie von ihm erzählte, hörte ich ihr gern zu. Ich erbte auch einige seiner Spielsachen, ein Schaukelpferd, zwei tolle Flitzer-Autos mit Gummirädern und einen Metallbaukasten. Im Laufe der Jahre war er mir immer vertrauter geworden und ich fand es selbstverständlich, dass wir jedes Mal, wenn wir in Werdau waren, auch ihn auf dem Friedhof besuchten. Er gehörte zu unserer Familie, auch wenn er nie mehr mit uns zusammenkommen konnte. Wir hatten nun seinen Stein, worauf ich später lesen konnte: ›Helmut – 19 Jahre‹. Wenn wir davorstanden, stellte ich mir immer das Foto von ihm vor, groß gewachsen, ein gutmütiges Gesicht und lachend beim Winken zum Abschied. Es war das letzte Bild von ihm gewesen, das meine Tante zu den anderen auf ihren Nachttisch gestellt hatte.

Beide Tanten haben sehr um ihre Kinder getrauert. Ich als kleines Kind bin in der Kriegszeit behütet aufgewachsen, habe aber die Traurigkeit meiner liebsten Menschen miterlebt. Hoffentlich bleibt euch so etwas in eurem Leben erspart«, schloss Anja ihre lange Erzählung, in der sie zu ihrem eigenen Erstaunen noch einmal tief in die bedrückenden Ereignisse ihrer Kindheit eingetaucht war.

Lange schaute sie auf ihre Töchter, dachte dann auch an ihren ältesten Sohn Jan, dem sie in Telefongesprächen nach ihrem Besuch in Zwönitz ebenfalls manches erzählt hatte. Schon länger war er nicht bei ihr gewesen.

Ein anderes Mal erzählte Anja weiter, und dieses Mal war endlich auch Jan dazugekommen. Wieder kamen sie auf die Kriegszeit zu sprechen, die Anjas Kinder nur aus den Geschichtsbüchern ihrer Schulzeit kannten. Eine Wiederkehr von Krieg hielten alle in dem vereinten Europa zu Anfang des 21. Jahrhunderts nicht mehr für möglich. Berichte darüber von den Älteren, die diese Zeit erlebt hatten, erschienen den Nachfahren spannend. Sie wollten auch wissen, ob Frankenberg, Werdau oder Zwönitz im Krieg bombardiert worden waren.

»In Frankenberg waren nur am Stadtrand Bomben gefallen, und ein Fabrikgebäude war getroffen worden. Die große Industriestadt Chemnitz in der Nähe jedoch wurde zu drei Vierteln im Bombenhagel zerstört. Die Flugzeuge mit ihrer tödlichen Fracht flogen über uns in Frankenberg hinweg. Ich erinnere mich an den häufigen Alarm der Sirenen, aber nur an wenige Male, in denen wir die Nacht im Keller unseres Hauses verbringen mussten. Ob ich Angst hatte? Eigentlich nicht. Es kam mir eher abenteuerlich vor, nicht in mein eigenes Bett gebracht zu werden, sondern in Decken eingepackt in den Armen meiner Mutter zu liegen.

Im Winter 1944 zu 1945 haben wir viele Male vom Balkon unserer Wohnung aus in den Himmel geschaut. Mir wurde immer von Neuem gezeigt, in welcher Richtung Dresden lag, wo meine Großmutter zu Hause war. Seit einigen Wochen war sie schon bei uns in Frankenberg zu Besuch. Ich hatte Keuchhusten, und wegen der schlimmen Hustenanfälle ging es mir oft nicht gut. Auf meine Bitte hat die Großmutter mir immer wieder aus dem Märchenbuch der Gebrüder Grimm vorgelesen und mit mir gespielt. Jeden Abend haben wir in Richtung Dresden in den Himmel geschaut. Der Abendhimmel sah unverändert aus, aber die Erwachsenen hatten Sorgen.

Eines Abends war der Himmel dunkelrot und blieb es, anders als sonst. Da riefen sie: ›Dresden brennt!‹ und ›Hoffentlich ist Omas Haus nicht getroffen worden!‹. Nun war also plötzlich das Schlimme passiert, das sie befürchtet hatten, und auch ich war ganz entsetzt. Wir haben uns alle fest umarmt und geweint und waren doch dabei so froh, dass wir unsere Oma bei uns hatten.

Bald mussten wir die Unheilsbotschaft erfahren. Vor allem die Dresdener Innenstadt war in der Nacht vom 12. zum 13. Februar 1945 von englischen und amerikanischen Bombern fast vollständig zerstört worden. Auch Großmutters Haus in der Neustadt am anderen Elbufer war als eines der wenigen im Viertel zerstört worden. Bei dem schrecklichen Bombardement der Stadt waren mehr als 70 000 Menschen ums Leben gekommen, Einheimische und durchziehende Flüchtlinge.

Großmutters Haus und viele Bäume im Garten lägen in Schutt und Asche, wurde uns berichtet. Mir hat es immer von Neuem leid getan, dass ihr nur das kleine Reiseköfferchen mit den wenigen dunklen Kleidern geblieben war, wie meine Mutter oft klagte. Dass ich meine Oma jammern gehört hätte, daran erinnere ich mich nicht. Aber manchmal hatte sie Tränen in den Augen und sagte zu mir, das käme, weil sie inzwischen so viel schlechter sehe. In ihren letzten acht Jahren hat sie im Haus ihrer ältesten Tochter Elfriede in Werdau in Sachsen gelebt.

Hier waren Industriegebäude am Rande der Stadt von Bomben getroffen worden, deren Ruinen ich später sah. Die Spinngarn-Fabrik meines Onkels in der Nähe des Bahnhofs blieb unversehrt. Aber in Zwönitz war eines der drei Gebäude von der Schuhfabrik meiner Verwandten vollkommen zerstört worden, wie ich später las.

Nach der Zerstörung der Dresdener Villa wurde nun Werdau das Zentrum unserer Familie und ich durfte mit meiner Mutter in allen Schulferien dort sein. Da hatte ich schöne Zeiten in dem großen Garten mit den Turngeräten und beim Spielen mit einem jüngeren Mädchen, das jeden Tag zu uns zu Besuch kam.«

3 | Nach Kriegsende in den 50er Jahren

Das Leben mit den Eltern

Die Erzählung ihrer Mutter über die Vorfahren und zunehmend über ihr eigenes Aufwachsen im Elternhaus Ende der 40er und in den 50er Jahren interessierte Anjas Kinder sehr. Sie hörten ihrer Schilderung gern zu und Anja fand Gefallen daran, sich an Vergangenes zu erinnern. Sie genoss die zunehmend häufigeren Besuche ihrer Kinder und freute sich auf die Gespräche mit ihnen.

»Mit der Zerstörung der Dresdener Villa hatte meine Mutter ihre zweite Heimat verloren. Sie war damals 37 Jahre alt. Die Kriegsjahre mit der ständigen Angst, den Sorgen und der Trauer um die Verwandten, mit der Propaganda der Nazis, der ansteigenden Lebensmittelknappheit, das stellte für alle Frauen und ihre Familien eine große Belastung dar. Das konnte auch ich als Kind spüren. Nachdem zu Kriegsende die Amerikaner in Sachsen durchgezogen waren und die darauf folgende russische Besatzung dort blieb, quartierten sich russische Soldaten in unserer großen Wohnung ein. Es war ein Kommando von Offizieren mit ihren ›Burschen‹, wie die einfachen Soldaten genannt wurden. Alle Frauen hatten damals Angst vor Vergewaltigung. Meiner Mutter passierte nichts, weil sich die Untergebenen den strengen Anweisungen ihrer Offiziere zu fügen hatten, wenn sie nicht harte Strafen riskieren wollten.

Ich als vierjähriges Kind erlebte und verstand die Angst meiner Mutter vor den Fremden in unserer Wohnung. Ich merkte ihren Ärger über jenes abschätzige ›*Panje Ancke*‹, wie man sie ansprach, und fühlte ihren unterdrückten Ärger über die Stiefel der Offiziere auf den blanken Oberflächen unserer schönen Möbel. Und ich wusste von ihrer Für- und Vorsorge für mich, zum Beispiel indem sie den Hundezüchter aufsuchte, der Wachhunde an die Offiziere verkaufte, und ihn bat, ein kinderfreundliches Tier abzugeben. Ich als kleines Kind musste keine schlechten Erfahrungen mit den Russen machen. Ihren gutmütigen ukrainischen Koch mit seiner weißen Mütze mochte ich. Er war freundlich und ließ mich einmal in seine Schüssel mit kleinen, in Fett gebackenen Krapfen langen und einen herausnehmen. Sicherlich übertrat er dabei ein Verbot seiner Vorgesetzten, denke ich heute dazu.

Das alles waren einschneidende Veränderungen in unserem Leben. Nachdem wir Ende 1945 die Wohnung verlassen mussten und ins Elternhaus meines Vaters zogen, der bald darauf unversehrt aus dem Krieg zurückkehrte, ging es meiner Mutter wieder besser. Wenn sie sich gut fühlte, erzählte sie mir glücklich von einem früheren Opern- oder Konzerterlebnis in Dresden. Das machte auch mich neugierig. Ich bin ihr dankbar, dass wir in meiner Kindheit in unserem kleinen Städtchen Märchenaufführungen im Stadttheater, Konzerte und Liederabende besucht haben und sie mir die Freude an Kultur und Kunst vermitteln konnte. Aber oft versank sie in Traurigkeit über den Verlust ihres unbeschwerten Lebens vor dem Kriege, wie sie es nannte, und über das mühselige Leben danach mit der Knappheit an allen Gütern.

Sie reagierte schnell gereizt und aufgeregt. Einmal hatte ich den Kakao verschüttet, den es sonntags gab, und ein anderes Mal fiel mir eine von den sechs neu gekauften Kompottschalen aus Glas herunter und zerbrach. Das war für sie ein Drama.

Sie musste eine Schilddrüsenoperation über sich ergehen lassen und danach jahrelang Tabletten einnehmen. Gegen Ende der 40er Jahre ging es ihr allmählich besser. Ich erinnere mich an schöne Zeiten mit ihr während meiner ersten Schuljahre. Wenn ich mittags nach Hause kam und ihr beim Mittagessen von der Schule erzählte, freute sie sich. Nach dem Essen bekam ich eine Zeitlang jedes Mal ein Schokoladenteilchen aus einem Care-Paket, das wir aus Amerika geschickt bekommen hatten. Oft nahm sie mich dabei auf den Schoß und ich fühlte mich ihr nahe. Ich durfte auch Kinder aus meiner Klasse zu uns zum Spielen einladen oder sie brachte mich dafür zu ihnen nach Hause. Wir feierten unsere Kindergeburtstage zu viert oder fünft. Sie bewirtete uns genauso mit Kaffee und Kuchen wie ihre Freundinnen zu ihrem eigenen Geburtstag.

Anfang der 50er Jahre aber gab es in ihrer Trommler-Familie Schicksalsschläge, wie sie es nannte, und sie war oft unglücklich und sprach von Unrecht, welches ihrer Familie widerfahren sei. Davon werde ich euch später erzählen.

Ihre Trübsal, die Gereiztheit und ihre Stimmungsschwankungen hingen sicherlich auch mit einer Neigung zu länger anhaltenden Depressionen zusammen. Heutzutage hätte man ihr diesbezüglich besser helfen können. Ihre Gemütsverfassung wirkte sich auch auf meinen Vater und auf mich aus. Er zog sich oft an seinen Schreibtisch zurück, blieb dabei aber ruhig und geduldig. Das gab mir Sicherheit und ich machte es ihm nach. Wenn ich meine Hausaufgaben beendet hatte, erlaubte sie mir oft nicht, länger in meinem Zimmer zu lesen, sondern schickte mich ins Freie zum Spielen. Ja, sie war schon streng und ich erinnere mich an ihr ›Keine Widerrede bitte‹. So manches Mal habe ich mich über sie geärgert, aber meine Klagen darüber nahm mein Vater nicht entgegen.«

Anjas Kinder hatten die Schilderung ihrer Mutter unterbrochen und gerieten miteinander in eine längere Diskussion über Erziehung. Anja versuchte ihnen das Verhalten ihrer eigenen Mutter Trudchen und die Geduld ihres Vaters damit in der schwierigen Nachkriegszeit zu erklären. Der Vater habe es sehr anerkannt, dass sie während seiner Abwesenheit im Krieg umsichtig gehandelt hatte, mit den russischen Besatzern klargekommen war und sich gut um sie gekümmert hatte.

»Wenn ich meine gesamte Kindheit überblicke, so überwiegen die schönen Erinnerungen«, sagte Anja, und es schien ihr wichtig zu sein.

»Im Garten der Villa neben dem Birkenwäldchen, wo wir wohnten, fühlte ich mich als ein glückliches Kind. Meine Mutter war mit einer anderen jungen Frau im Haus befreundet und ihr nur wenige Monate jüngerer Sohn mein Spielkamerad. Aber im Herbst 1945 mussten wir von dort weg und in zwei kleine Büroräume ins Elternhaus meines Vaters in der Humboldtstraße ziehen, weil der russische Führungsstab die gesamte Wohnung für sich beanspruchte. Ich habe euch schon erzählt, dass mein Vater kurz in Gefangenschaft in Ostfriesland war. Anfang 1946 kehrte er zu uns zurück. Wir lebten noch länger in beengten Wohnverhältnissen, bis wir mehrere Jahre später in die schöne Wohnung im ersten Stock ziehen konnten. Die kennt ihr ja noch von unseren Besuchen dort.«

Ein anderes Mal berichtete Anja, dass ihr Vater das Glück hatte, nach seiner Rückkehr wieder bei seiner ehemaligen Firma in Chemnitz eingestellt zu werden. Die Gebäude hätten noch gestanden und die Firma, die ihren jüdischen Gründern von den Nazis abgenommen worden war, sei nach Kriegsende sofort in einen volkseigenen Betrieb umgewandelt worden. »Dort war er zwanzig Jahre lang als Leiter des Warenvertriebs tätig und bei seinen Mitarbeitern wohl sehr beliebt«, erzählte Anja, die sich als Kind abends immer auf die Rückkehr des gut gelaunten Vater gefreut hatte. »Während es im Leben meines Vaters vorwärts ging und er zu

Hause Zufriedenheit und Sicherheit ausstrahlte, fand meine Mutter Anfang der 50er Jahre nicht mehr zurück zu ihrer früheren Lebensfreude«, sagte sie bedauernd.

»Warst du nicht manchmal unzufrieden mit ihr?«, fragte Klara.

»Für alle Kinder aus der Kriegs- und Nachkriegszeit war das Leben schwerer als später für euch in den 70er Jahren. Aber ich war trotzdem weit besser dran als manche anderen Kinder, deren Vater im Krieg gefallen war oder deren Mutter mit ihnen aus den Gebieten im Osten hatte flüchten und eine neue Heimat finden müssen. Ich konnte mit meinen beiden Eltern aufwachsen und wir hatten viele liebe Verwandte um uns.«

Klara fand die Antwort der Mutter auf ihre Frage ausweichend.

»Erzähl uns doch bitte noch mehr von unserem Großvater«, baten ihre Kinder Anja ein anderes Mal.

»Also, die Eltern waren damals strenger als heutzutage. Wenn mein Vater dasaß, seine Zeitung las und ich mich an ihn schmiegen wollte, ließ er das nicht zu. Er wollte nicht gestört werden, schickte mich aber trotzdem nicht weg und so blieb ich neben ihm sitzen, bis er fertig war. Ähnlich war es später bei den Radio-Nachrichten, als ich neben ihm saß und mithören durfte. Das Radio war leise gestellt, denn Vater hörte RIAS. Das war ein Westsender und man musste vorsichtig sein, weil der Staat ihn als den Sender des Klassenfeindes aus dem Westen bezeichnete. Derartige Medien hätten uns in der DDR am friedlichen Aufbau der sozialistischen Gesellschaftsordnung gehindert, hieß es. So entnahm ich es später als Schulkind aus unseren Nachrichten, vertraute dabei aber weiter meinen Eltern, die dem keine Bedeutung beimaßen.

Als ich noch nicht lesen konnte, hat mein Vater mir

manchmal vorgelesen, zum Beispiel aus einem Buch, das er als kleiner Junge sehr gemocht und in einem Bücherkarton auf dem Dachboden wiedergefunden hatte. Ich weiß noch, dass es darin um einen Zwerg ging, der gern faul in seiner Hängematte lag und vieles, das man ihm auftrug, nicht tun wollte. Das fand ich lustig und staunte, was sich der Kleine traute. Mein Vater aber teilte mir seine festen Ansichten über ›brav sein‹ mit und ich stimmte danach auch seiner Lektion zu.

Aus dem Buch vom Wunderland am Murmelbach mit den Waldgeistern und Elfen las er mir ebenfalls vor und das liebte ich sehr. Nachdem Vater seine Hängematte aus Kindertagen wiederentdeckt hatte, befestigte er sie mir oft im Hof hinter unserem Haus zwischen den Teppich-Klopf-Stangen. Da lag ich dann an schönen Sommertagen und las selbst, sobald ich es konnte. Zu Geburtstagen und zu Weihnachten durfte ich mir jedes Mal ein oder zwei Bücher wünschen und ich wurde eine richtige Leseratte. Mein Vater aber war ein Briefschreiber. Jede Woche tippte er auf seiner Continental-Schreibmaschine Briefe an seinen Bruder in Westdeutschland, an Verwandte und Bekannte.

In der 3. Klasse hatte ich ihn gebeten, mir bei meinem ersten Aufsatz als Hausaufgabe ein bisschen zu helfen. Das machte er gern. Wir redeten miteinander über das Thema, dann aber schrieb er gleich meinen ganzen Aufsatz selbst und meinte, ich solle ihn einfach abschreiben. So hielten wir es das ganze Jahr, bis ich unter dem letzten Text vor den Ferien die Bemerkung meiner Lehrerin fand: ›Schreibe deine Aufsätze künftig selbst.‹ Ich hatte mir gar nichts Schlimmes dabei gedacht und mein Vater vielleicht auch nicht. Er hatte einen guten Stil und sein Vorbild hat mir sicherlich nicht geschadet. Ich glaube, meine Lehrerin hatte mich wohlmeinend rechtzeitig davor bewahren wollen, Lehrer zu täuschen. Das ist ihr hundertprozentig gelungen, denn ich schämte mich sehr.« Anjas Kinder lachten herzlich und sie selbst erzählte gern noch mehr.

»Eine seiner Lieblingsbeschäftigungen war das Sammeln von Briefmarken. Dabei durfte ich mittun, die Marken vom Papier lösen und in ein Album einordnen. Eine ganz neue, spannende Welt eröffnete sich mir. Anhand der Bilder auf den Marken bin ich in andere Länder gereist, habe gelernt, welche Hauptstädte zu ihnen gehören und vieles erfahren über Pflanzen, Tiere, berühmte Menschen, aber auch über Briefporto, die Post und über Geld. Manchmal kniff mein Vater mich anerkennend in die Wange und ich fand, dass wir beide gute Kameraden waren.

Wie gesagt waren unsere Eltern damals strenger, als ihr es heutzutage mit euren Kindern seid. Unseren Müttern und Vätern waren im Umgang mit uns Kindern eher Gehorsam und Härte als Tugenden und Ziele in der Erziehung gepredigt worden. Sowohl mein Vater als auch meine Mutter haben mir ihre Liebe leider nicht so zärtlich zeigen können, wie ich es mir manchmal gewünscht hätte.

Meine Mutter stand mir näher als mein Vater, denn sie und ich hatten zusammen fünf Jahre ohne ihn gemeistert. Auch später bin ich zuerst zu ihr gegangen, wenn ich ein Problem hatte. Zwischen dem sechsten und siebenten Lebensjahr habe ich eine Reihe von Kinderkrankheiten durchgemacht und dabei hat sie für mich alles getan, was sie konnte. Ich erinnere mich daran, wie sie mich während einer Lungenentzündung mit Erstickungsgefühlen und hohem Fieber immer wieder hochnahm, so dass ich endlich genug Luft bekam.

In der Zeit während des Krieges und auch in meinen frühen Schuljahren habe ich sie als energisch und stark erlebt, bis sich in der Familie der Trommlers ab Beginn der 50er Jahre vieles ereignete, was sie unglücklich und depressiv werden ließ.

Ich war beiden Eltern dankbar, dass wir jedes Jahr in den Urlaub fuhren und ich die Ostsee, den Harz und den Thüringer Wald kennenlernen durfte. 14 Tage lang im Sommer und eine Woche in den Winterferien sind wir gewandert und Ski gelaufen und ich habe im Winterschnee Kugeln für Schneemänner gerollt und im Sommer im Ostseesand und am Meer gespielt. In diesen Zeiten haben sie alles gut miteinander organisiert und waren meist entspannt und freundlich. Ich genoss es, sie beide um mich zu haben. Mutter war da oft fröhlicher als zu Hause«, schloss Anja ihre Schilderungen.

»Gab es auch etwas, das dich als Kind an deinen Eltern gestört hat?«, fragte Klara.

»Da gab es so einiges. Ich hatte zum Beispiel nicht so schöne Sachen zum Anziehen wie manche anderen Mädchen in meiner Schulklasse, obwohl wir das Geld dafür gehabt hätten. Meist durfte ich mir meine Bekleidung für den Tag nicht selbst auswählen. Ich fand es auch gar nicht gut, dass sich meine Mutter sehr schnell aufregte und leicht ins Schimpfen kam. Mein Vater war manchmal zu pedantisch und hat mich mit seinen Ermahnungen traktiert. Zum Beispiel, wenn ich vergessen hatte, ihm seine Serviette und das Schneidebrettchen neben den Abendbrotteller zu legen.«

»Das hat er mit uns auch gemacht«, kam es von Jan und Klara wie aus einem Munde.

»War der Opa früher lustiger als zu unserer Zeit?«, fragten sie.

»Manchmal hat er einen Witz erzählt, aber lustig war er eigentlich nicht. Er war freundlich und mit seiner ruhigen, verbindlichen und zuverlässigen Art bei anderen beliebt. Unsere Hausbewohner mochten ihn als Vermieter sehr. Für mich war er in unserer Familie der sichere Anker. Ich glaube, dass meine beiden Eltern für mich getan haben, was ihnen möglich war«, meinte Anja abschließend.

Veränderungen in der Gesellschaft der DDR

»Du hattest gesagt, dass sich in der Familie deiner Mutter einiges ereignet hat, wodurch sie unglücklich und depressiv geworden war. Was ist da passiert?«, wollten Anjas Kinder wissen.

»Das war zu Beginn der 50er Jahre und ich muss dabei etwas weiter ausholen«, erklärte sie und setzte hinzu, dass es recht gut passe, dass ihre Besucher für ein ganzes Wochenende bei ihr seien. Dann begann sie zu berichten.

»Mein Onkel Ernst, der älteste Bruder meiner Mutter, und seine zwei Cousins hatten ihre Fabrikation von Kinderschuhen, als zweitgrößte Unternehmer der Branche in Deutschland, auch im Zweiten Weltkrieg weiterführen können. Die drei Trommler-Fabriken sicherten den Frauen in der Region, deren Männer Kriegsdienst leisteten, den Lebensunterhalt für ihre Familien.

Obwohl Ernst ein Gegner der Nazi-Ideologie war, hatte er sich einem Parteieintritt nicht entziehen können. Nach dem Ausbruch des Zweiten Weltkriegs war er als Nachrichtenoffizier in den baltischen Ländern an der Ostfront eingesetzt worden und kam 1945 nach Kriegsende zurück. Trotz der Zerstörung eines der drei Fabrikgebäude und der chaotischen politischen Zustände konnte die Schuhproduktion, die kurz unterbrochen worden war, wieder aufgenommen werden. Nach der Schilderung der Verwandten hat Ernst dabei viel Enthusiasmus und Geschick bewiesen. Ende 1945 aber wurde er von sowjetischen Besatzungssoldaten ›abgeholt‹, wie es damals hieß, und nach Russland verschleppt, ohne Anklage oder Urteilsspruch. Seiner Familie durfte er erst ein Jahr nach seiner Gefangennahme eine Karte als Lebenszeichen senden. Die Familie konnte in zähem Bemühen nachweisen, dass die Eigentümer der Firma eine klare Haltung gegenüber dem Nationalsozialismus bezogen hatten.

So gelang es, den Betrieb und auch den Familienbesitz vor Enteignung zu bewahren. Die beiden Söhne vom Mitgründer des Unternehmens, Louis Trommler, führten die Firma weiter.

Ernst Trommler aber war bis zum Jahre 1949 zu Unrecht in Gefangenschaft gehalten worden und als ›gebrochener Mann‹ zurückgekehrt, wie ich Jahrzehnte später in einer Gedenkschrift lesen konnte. Ein Jahr darauf, 1950, setzte er seinem Leben selbst ein Ende. Sein Tod hat die ganze Familie erschüttert. Als seine Witwe kurz darauf mit ihren Kindern in die Bundesrepublik flüchtete, wurde der Betrieb sofort enteignet.

Das Geldvermögen der Firmenteilhaber, so auch das meiner Mutter, galt fortan als Darlehen an den Staat und war nicht verfügbar. An mich, als Erbin meiner früh verstorbenen Mutter, wurden jährlich Zinsen und später Beträge zur Darlehenstilgung ausgezahlt. Sie wurden mit der fälligen Erbschaftssteuer verrechnet.

Über den Tod ihres geliebten Bruders kam meine Mutter nie hinweg. Auch das Schicksal ihrer Schwester Susanne bedrückte sie sehr. Ihr Wohnhaus in Zwönitz wurde enteignet. Arthur, ihr Mann, war ein überzeugter Anhänger des Nationalsozialismus gewesen, als Einziger in der Familie, wie es hieß. Unter den neuen Machtverhältnissen in der russischen Besatzungszone wurde nun die gesamte Familie für seine Gesinnung und sein Parteiamt bestraft. Er selbst war als Wehrmachtsoffizier in russische Kriegsgefangenschaft geraten. Tante Susanne musste mit ihren beiden jüngeren Kindern, der Älteste war in Russland gestorben, in ärmlichen Wohnverhältnissen leben und erkrankte schwer.

Meine Mutter nahm sich alles sehr zu Herzen und trauerte lange Zeit über diese Schicksalsschläge. Sie klagte auch darüber, dass mit der Enteignung der Trommler-Schuhfabrik die Würdigung des Lebenswerkes ihrer Vorfahren verloren gegangen wäre. Immer seltener wirkte sie fröhlich, trug meist Kleidung in dunklen Grau- oder Blau-Tönen und schaffte es nicht mehr, unseren Haushalt allein zu bewältigen. Vormittags kam also eine Haushaltshilfe zu uns und besorgte die Reinigungsarbeiten und das Essenkochen. Ich als Kind hatte keine weiteren Verpflichtungen im Haushalt. So konnte ich meine Freizeit nach meinen Vorstellungen gestalten, sobald ich meine schulischen Hausaufgaben erledigt hatte. Wenn wir in meinen Schulferien zu unseren Verwandten nach Werdau fuhren, konnte auch meine Mutter dort recht glücklich sein.«

Während des Erzählens war Anja intensiv in die damalige Zeit eingetaucht. Ihre Kinder unterbrachen sie kaum, denn sie beschrieb sehr anschaulich, was in ihrer Familie passiert war. Die Menschen und ihre Schicksale gingen auch sie, Jan, Klara und Sylvia, an. Einige von ihnen hatten sie selbst kennengelernt.

Sylvia, Anjas jüngste Tochter, bot an diesem Besuchswochenende an, sich um das Mittagessen zu kümmern, und ihre beiden Geschwister halfen mit, so dass Anja sich ganz auf ihre Erinnerungen konzentrieren konnte. Sie fand, dass die Zufriedenheit ihres Vaters mit seinem Leben nach dem Krieg einen guten Gegenpol zur Labilität ihrer Mutter dargestellt und ihr selbst Sicherheit gegeben hatte.

Später kam Anja auf ihre Eindrücke als Kind in der mütterlichen Familie zu sprechen.

»All das, was in unserer Familie geschah und was meinen Verwandten widerfuhr, verfolgte ich aufmerksam und machte mir meine Gedanken dazu. Ich möchte euch erzählen, wie ich die Rückkehr meiner beiden Onkel aus russischer Kriegsgefangenschaft erlebt habe. Mutters Bruder Ernst und Schwager Arthur waren 1949 unter den ersten Heimkehrern. Bis die Letzten zurückkommen durften, die

›Kriegsverbrecher und Nazis‹, wie es in unserer Presse hieß, dauerte es noch lange, ich glaube bis 1955.

Ich war damals acht Jahre alt und freute mich, als uns die beiden Onkel in Frankenberg besuchten, erschrak aber sehr über ihr Aussehen. Sie hatten kahl geschorene Köpfe und waren sehr abgemagert. Ernst trug einen Verband um den Hals, und meine Mutter erklärte mir, dass er an einer Hautkrankheit leide, die ihn mit Juckreiz quäle.

Wir alle waren froh, dass die beiden unter den ersten Heimkehrern waren, und ich meinte, dass wir wieder die große Familie bilden würden, von der mir so viel erzählt worden war. Schon ein Jahr zuvor hatte mich die Rede meiner Mutter von den ›Gliedern einer Kette‹ und ihr besonderer Gesichtsausdruck beim Auspacken meiner neuen Schuhe aus den Trommler-Kartons beeindruckt. ›Die fehlenden Glieder sind jetzt zurückgekommen‹, glaubte ich.

Aber die Besuche und Familienfeste, auf die ich mich gefreut hatte, fanden nicht statt. Schon ein Jahr später setzte Onkel Ernst seinem Leben ein Ende.

Als uns im Frühjahr 1951 seine Witwe mit ihren Kindern in Frankenberg besuchte, erschrak ich sehr darüber, dass es ihr Abschiedsbesuch war. Sie würden ›in den Westen gehen‹. Das war offiziell nicht erlaubt, aber damals über die innerdeutsche Grenze möglich. Ich sollte mit niemandem darüber sprechen.

Die Familie wurde von Freunden aufgenommen und später heiratete die Witwe erneut. In einem Brief an die Verwandten in der DDR hatte sie geschrieben, wie froh sie sei, dass ihre Kinder in der Bundesrepublik Deutschland heranwachsen könnten. Das gab mir zu denken und ich begann, sie zu beneiden.

Als ein Jahr später auch die Familie von Paul Trommler, dem damaligen Firmenchef, mit drei Töchtern in meinem Alter aus Zwönitz in die Bundesrepublik abwanderte, war ich erneut enttäuscht.

Ihre Beweggründe dafür waren, dass Paul und sein Bruder nur noch als angestellte Geschäftsführer des volkseigenen Betriebes fungierten. Paul durfte keine eigenen unternehmerischen Entscheidungen treffen, sondern hatte Planziele nach Vorgaben des Staates und der Partei zu erfüllen. Unter diesen Bedingungen hatte er nicht weiterarbeiten wollen.«

Die Kette

»Nachdem 1952 die Familie von Paul Trommler die DDR verlassen hatte, verabschiedeten sich auch meine Cousine Sigrid und ihre Mutter aus der väterlichen Verwandtschaft in Frankenberg von uns. Sigrid durfte nicht die Oberschule besuchen, weil ihr Vater in der Bundesrepublik lebte. Meine Tante gab ihr Hauseigentum auf und reiste heimlich mit Sigrid zum Vater.

So waren innerhalb von zwei Jahren zehn Personen aus meinem engen Familienkreis weggegangen, darunter sechs Kinder. Um in dem Bild meiner Mutter zu bleiben, war die ›Kette der Familie‹ um die Hälfte geschrumpft.

Geblieben waren die Familien der beiden Schwestern meiner Mutter. Die Eltern des verstorbenen Cousins Helmut mit den hinterlassenen interessanten Spielsachen besaßen in Werdau eine kleine Baumwollspinnerei. Auch sie überlegten, ob sie sich damit abzufinden hätten, dass ihre Produktion oft fast zum Stillstand kam, weil die Baumwolle nicht rechtzeitig angeliefert wurde. Sollten sie aber in ihrem Alter von über 50 Jahren ihr schönes Heim aufgeben, weggehen und neu anfangen? Damals war ich sehr gespannt, wie sie sich entscheiden würden. Sie blieben.

›Weggehen oder Bleiben‹, das war über Jahre hinweg das große Thema in unserer Verwandtschaft. Die Lebensbedingungen in der Nachkriegswirtschaft in Ostdeutschland, wo hohe Reparationen an die Sowjetunion gezahlt werden mussten, unterschieden sich immer mehr von dem ›Wirtschaftswunder‹ im Westen, worüber wir durch unsere Verwandten gut unterrichtet waren.«

Anja hielt inne, denn sie merkte, dass Jan und Klara miteinander tuschelten, und fragte nach, was sie gerade beschäftige.

»Da habt ihr ja vor schwerwiegenden Fragen gestanden. Hast du dir gewünscht, dass auch ihr weggeht?«, wollte Jan wissen.

»Na ja, unsere Verwandten schrieben uns, was sie sich alles angeschafft hatten, mit welchen Bekannten und Freunden sie zusammengetroffen waren und was für schöne Reisen sie unternommen hatten. Meine Frage nach dem ›Weggehen‹ beantworteten meine Eltern aber mit ›Nein‹ und ich musste mich mit den genannten Gründen zufrieden geben: Mein Vater hatte hier sein Haus und sein gutes berufliches Auskommen und meine Mutter ihr ›eingefrorenes‹ Vermögen. Die Verwandten indessen hatten ihren Besitz aufgegeben.«

»Na, in den 50er Jahren hatten es deine Verwandten mit einigen Beziehungen aus Vorkriegszeiten aber vermutlich leichter als wir später«, warf Klara ein und Anja verstand gut, was sie meinte, hatten sie als Familie doch die DDR 1985 noch vor der deutschen Wiedervereinigung verlassen und waren in die Bundesrepublik übergesiedelt. Die Mutter fragte ihre Älteste, ob sie das Thema jetzt wechseln sollten, aber Klara verneinte und Anja erzählte weiter:

»Ich muss sagen, dass ich als Kind über das Verschwinden von so vielen Mitgliedern aus meiner Familie in den Westen sehr erschrocken gewesen bin. ›Mutters Kette‹ war in meiner Vorstellung so kurz geworden, wie ich es nie für möglich gehalten hätte.«

Nach einer Weile fuhr sie fort: »Wir ›Dagebliebenen‹

37

aber hielten fest zusammen. Die Kontakte zwischen Ost und West wurden durch Briefe gepflegt und Besuchsreisen in die Bundesrepublik waren in den 50er Jahren auch noch möglich. Zweimal hatte ich mit meiner Mutter mitfahren dürfen und Sigrid sowie die drei Töchter von Paul wiedergesehen. Eine davon, Ina, hat mich damals sogar in ihren Schulunterricht mitgenommen. Es war natürlich nicht so sehr anders als bei uns zu Hause.

Mein Vater konnte unter den neuen ideologischen Bedingungen und Machtverhältnissen im sozialistischen DDR-Staat seinen Weg finden. Er gehörte in der neuen Hierarchie zur Schicht der ›werktätigen Intelligenz‹. Meine Mutter dagegen erlebte sich und das Werk ihrer Familie im Arbeiter-und-Bauern-Staat, wie sich die DDR nannte, als herabgestuft. Ich hätte ihr gewünscht, dass sie nicht so früh gestorben wäre und im später wiedervereinten Deutschland miterlebt hätte, wie das Gründungswerk ihrer Familie erneut anerkannt wurde.

Meine Eltern blieben also mit mir in der DDR. Wir gehörten nicht mehr zur privilegierten Klasse. Wir hatten auch ein gesundes Misstrauen in eine Staatsführung, die unter der vollständigen Kontrolle der Sowjetmacht und ihrer kommunistischen Ideologie stand. Mein Vater hatte sich nicht vereinnahmen lassen und sich einen klaren und dabei positiven Blick bewahrt. Auch ich konnte mit einem positiven Lebensgefühl aufwachsen. Das Bewusstsein ›Auch wir sind wer‹ habe ich meinem Vater mit seinem ausgleichenden Wesen und meiner Mutter mit ihrer Achtung vor ihren Vorfahren zu verdanken«, würdigte Anja ihre Familie.

»Eine Einschränkung hatte er mir allerdings auferlegt. Im Gegensatz zu allen anderen Kinder meiner Schulklasse durfte ich nicht in die Organisation der Jungen Pioniere eintreten. Das begründete er damit, dass er keiner Partei beigetreten war, die Verfolgung der jüdischen Mitbürger verurteilt hatte und immer ›neutral‹ geblieben sei. Ich hatte mich fügen müssen, auch wenn es mir nicht passte. Manches Spannende und Interessante in den Interessengruppen konnte ich also nicht erleben und auch weniger Erfahrungen mit Gleichaltrigen sammeln.«

»Uns habt ihr aber zum Glück nicht verboten, in den 70er Jahren Jungpioniere zu werden«, warf Jan ein.

»Ihr wäret die Einzigen in den Schulklassen aller Jahrgänge gewesen und wir fanden die Gruppenerfahrungen sehr wichtig. In der Bildung kritischen eigenen Denkens haben wir euch also nicht völlig alleingelassen«, fand Anja. »Es kommt zwar auf Prinzipien an, aber auch darauf, sich klug zu verhalten. Übrigens hatte auch mein Vater in den 50er Jahren nichts mehr gegen meinen Beitritt zur Jugendorganisation FDJ. Dies war die Voraussetzung für den Besuch der staatlichen Oberschule, unserem wichtigeren Ziel.«

Die Zeit mit ihren Kindern war wie im Fluge vergangen, und so kam Anja nicht mehr dazu, über ihre Reise nach Zwönitz im Jahre 2004 zu berichten. So schloss sie ihre Erzählung erst einmal ab.

»Nachdem wir ab 1990 wieder ein vereintes Deutschland mit kapitalistischen Eigentumsverhältnissen hatten, erhielten die Trommler-Erben ihren Besitz zurück.

Mit der Einladung unseres Studienfreundes in einen Ort in der Umgebung von Zwönitz und dem Besuch der ›Schuhmacher-Stadt‹ Anfang 2005 wurde auch mir bewusst, wie angesehen meine Vorfahren dort waren. Überhaupt habe ich mich danach sehr für die Firmengründung durch meine Großeltern interessiert. Spannend fand ich, mich selbst damit zu befassen, nachdem mir zuvor manches von meiner Mutter Gehörte zu emotional oder idealisiert vorgekommen war.«

4 | Zurück zu den Ursprüngen und ein Vorhaben

Nach der Abreise ihrer Kinder holte Anja ihre Notizen zu dem schon Monate zurückliegenden Besuch in Zwönitz hervor und ergänzte und veränderte einiges darin. Wenn ihre Kinder weiter daran interessiert wären, könnte sie ihnen die Informationen und Eindrücke, zu einer Geschichte verarbeitet, zukommen lassen.

Anja erzählte nicht nur gern, sondern hatte auch Freude daran, Erlebnisse und Erinnerungen aufzuschreiben. Auch über ihre eigene Familie, besonders die Kinder, hatte sie schon manches festgehalten.

Das Folgende ist ihre Schilderung der Reise im Jahr 2005 nach Zwönitz und die Geschichte der Firmengründung durch ihre Vorfahren.

Ein später Besuch

Im Herbst des Jahres 2005 fuhr Anja zusammen mit Theo, von dem sie inzwischen getrennt lebte, auf die Einladung ihres gemeinsamen Studienfreundes Bert ins Erzgebirge. Er wohnte ganz in der Nähe von Zwönitz und war seit vielen Jahren dort in einem Betrieb für Medizintechnik beschäftigt. Als Anja ihre Vorfahren erwähnte, bot Bert an, mit seinen Gästen nach Zwönitz zu fahren. Dass Anjas Mutter eine Tochter der Trommlers war, hatte er nicht gewusst. Gern wollte er seinen Besuchern die kleine Stadt mit der Albin-Trommler-Straße und dem Trommler-Park zeigen und sie auch zur Grabstätte der Familie begleiten.

Jetzt erinnerte sich Anja daran, dass sie im Nachlass ihres verstorbenen Vaters die Kopie eines Artikels aus dem ›Zwönitzer Tageblatt‹ von 1994 gefunden hatte, worin über die Umbenennung der Bahnhofstraße in Albin-Trommler-

Straße berichtet worden war. Als sie jetzt vom Trommler-Park hörte, freute sie sich erneut, dass die Firmengründer im wiedervereinigten Deutschland dieselbe Anerkennung erfuhren, wie die Mutter sie ihr früher geschildert hatte.

Unterwegs im Auto fragte Bert seine Freunde: »Wisst ihr auch, dass die Trommler-Fabrik als VEB Schuhfabrik Zwönitz nach ihrer Enteignung 1953 in der DDR bis zur Wende 1989 weitergeführt wurde und hier die größte Kinderschuhfabrik war?«

Auch das war Anja neu. Wie sie wusste, hatten ihre westdeutschen Verwandten den Betrieb nach seiner Rück-Übereignung nicht weiterführen wollen.

»Eine ostdeutsche Produktion hätte nach der Wende wegen der Konkurrenz von Schuhen auf dem Markt keine Zukunft gehabt und man hat auch keinen anderen Investor gefunden«, erklärte ihnen ihr Freund.

»Und viele Arbeitsplätze gingen dabei verloren«, setzte Anja hinzu.

»Ja, aber zum Glück haben wir hier auch das Werk für elektronische Messtechnik aus DDR-Zeiten und das ist mit seiner Spitzen-Technologie aufgekauft und sogar erweitert worden. Ich war ja schon seit vielen Jahren dort als Abteilungsleiter tätig und bin es noch heute«, sagte Bert nicht ohne Stolz. »Die Trommler-Erben haben ihre Gebäude und die Grundstücke, die sie zurückbekamen, verkauft, zum größten Teil an das Land Sachsen«, ergänzte er noch.

Als sie in Zwönitz angekommen waren, parkten sie ihr Auto, trafen bei ihrem Spaziergang bald auf die Trommler-Straße, lasen das Straßenschild und bogen in die Grünanlage des Trommler-Parks ein.

»Das Gebäude da drüben ist doch die Villa von Ernst Trommler und seiner Familie gewesen«, rief Anja aus. »Als kleines Kind war ich mit meiner Mutter manchmal bei ihnen zu Besuch und durfte in dem Schwimmbad nahe am Haus planschen«, erinnerte sie sich voller Freude.

Nun waren sie an der Villa angekommen, einem zweigeschossigen Wohnhaus mit einer Toreinfahrt an seiner Schmalseite und einer Art Torhäuschen, in welchem die frühere Gärtnerwohnung lag. Anja erinnerte sich noch genau an das Tor und den flachen Anbau.

Und was sah sie da? Aus Sandstein gebildet zwei trommelnde Kinder, eines ein Junge, der einen Schuhkarton vor sich her trug. Für einen Augenblick war Anja wieder das kleine Mädchen, das neue Schuhe aus dem Karton mit den Trommelkindern auspackt. Sie kostete das Glück ihrer Kindheitserinnerung aus, und bewegte Bilder von den großen Cousins und Cousinen im Schwimmbecken am Haus stiegen in ihrem Inneren auf. Genauso wie auf dem Foto in ihrer Sammlung, welches das kleine Mädchen im bunt gemusterten Badeanzug zeigte, das doch so gern bei den Großen im Becken gewesen wäre. Sie strich sich über die Augen und schaute um sich.

Das Schwimmbecken am Haus gab es nicht mehr. Ein städtisches Hallenbad und ein Fitness-Center seien am Ende des Trommler-Parks angelegt worden, erzählte Bert. Er hatte ein Blatt Papier in seinen Händen, eine Kopie aus dem ›Zwönitzer Tageblatt‹, in dem man 2004 in der Serie ›Das Denkmal‹ über die Villa und den Trommler-Park berichtet hatte. Nach dem Krieg hätten neben der Familie Flüchtlinge in der Villa gelebt und später, nach der Verstaatlichung des Hauses, sei darin ein Kindergarten für 200 Kinder eingerichtet worden. Heutzutage befinde sich hier das Sächsische Amt für Landwirtschaft.

Die Geschichte der Firmengründung

Nachdem Anja von ihrem Besuch wieder zu Hause im Rheinland angekommen war, suchte sie die Kopie des ihr von den Trommler-Erben in der Bundesrepublik überlassenen ›Zwönitzer Tageblattes‹ aus dem Jahre 1994 heraus und las dort, was ein Journalist recherchiert hatte:»Eng mit der Geschichte unserer Stadt ist der Name Trommler verbunden. ›Trommler-Schuhe‹ war ein Begriff in ganz Deutschland und die Firma zählte zu den größten Herstellern von Kinderschuhen …«

Anja erfuhr beim Lesen die genaue Geschichte der Firmengründung. Albin, ihr Großvater, und sein Bruder Louis waren selbst keine Schuhmacher gewesen, wie sie früher angenommen hatte. Nach ihrer Lehre im kaufmännischen Bereich hätten sie als Handelsreisende auf dem Schuhmarkt Erfahrung gesammelt und geplant, ein Schuhunternehmen zu gründen. Als Ort entschieden sie sich für Zwönitz, welches in der Nähe ihres Geburtsortes lag. Die Kleinstadt im Erzgebirge sei schon seit Jahrhunderten eine Schuhmacherstadt gewesen und verkehrsgünstig gelegen. So hätten die Brüder in drei Räumen einer Gärtnerei mit acht Arbeitern begonnen, Schuhe herzustellen.

In den Gründerjahren Ende des 19. Jahrhunderts sei die Produktion schnell gewachsen. Es sei gebaut und bald schon erweitert worden und 1896 seien bereits 250 Arbeiter beschäftigt gewesen, so der Bericht. Deren Zahl habe sich 1904 verdoppelt und in den nächsten 30 Jahren habe sich der Betrieb zum bedeutendsten Unternehmen des Ortes entwickelt. 1939 waren es 1700 Arbeitskräfte, die in drei Betriebsteilen gearbeitet hätten. Jahrzehnte vorher, im Ersten Weltkrieg, war es für die Firma wegen der Knappheit an Rohstoffen schwer gewesen zu überleben. Aber da seien die Gründer auf die Idee gekommen, die Sohlen aus Holz zu fertigen.

Mit Interesse las die Enkelin, dass ihre geliebte Großmutter Martha eine Angestellte im Büro des Großvaters gewesen war. Sie war zwölf Jahre jünger als er. In ihrer Ehe
wurden fünf Kinder geboren. Leider sei Albin Trommler
schon im Alter von 62 Jahren gestorben, sein Bruder Louis
schon vor ihm. Der Betrieb war schon an die nächste Generation weitergegeben worden, in Albins Familie an Ernst,
seinen ältesten Sohn.

Ernst habe nach seiner Rückkehr aus russischer Gefangenschaft 1950 seinem Leben selbst ein Ende gesetzt. Das
hatte man Anja damals als Kind verschwiegen und sie erst
später erfahren lassen. Jetzt davon zu lesen, bewegte sie von
Neuem.

Das junge Mädchen von damals

Zu Hause nahm sich Anja erneut ihre Fotosammlung aus
jener Zeit der 50er Jahre mit den Bildern in Schwarz-Weiß
vor. Sie schaute auf die Familienfotos mit ihrer Großmutter
und den anderen Verwandten. 1953 war die Oma gestorben, was ihr sehr weh getan hatte.

Im gleichen Jahr hatte ihr Vater seinen 50. Geburtstag
mit vielen Verwandten in Werdau gefeiert und ihr Blick
blieb an einem Foto hängen, das sie beide zusammen zeigte.
Stolz war sie auf ihn gewesen, der, so glücklich und jugendlich wirkend, neben ihr in die Fotolinse lächelte. Ein anderes Foto zeigte sie Arm in Arm mit ihrem Onkel Arthur im
Garten. Er konnte so interessant über das Leben und die
weite Welt erzählen. Leider war auch er schon wenige Jahre
später gestorben.

Nun folgte ein Foto mit einer glücklich lachenden
15-Jährigen in den Sommerferien bei ihren Verwandten,
von ihrem älteren Cousin Rolf aufgenommen.

Eine weitere Aufnahme: Sie mit Brille und Kopftuch auf dem Flussschiff bei ihrer Klassenfahrt in die Sächsische Schweiz. ›Ganz zufrieden wirke ich nicht‹, fand sie und erinnerte sich wieder an die damalige Situation. ›Nach meinem Wechsel in die neunte Klasse der Oberschule hatte ich noch keine neue feste Freundin gefunden.‹

Später hielt Anja ein Foto vom Abschlussball der Tanzstunde in ihren Händen. Der Partner für diesen Abend war nicht nach ihrem Geschmack gewesen. Aus dem gleichen Jahr aber gab es Aufnahmen von ihr auf der Hochzeit ihrer Cousine Erika. Als die Jüngste der Eingeladenen war sie von den Studenten gern zum Tanz aufgefordert worden und hatte das sehr genossen.

Anja tauchte tiefer in die Zeit von damals ein. Eine Freundin wie Gudrun in ihren acht Grundschuljahren hatte sie nicht wieder gefunden. In den Unterrichtspausen hatte sie kaum etwas zu den oft lebhaften Gesprächen der kleinen Grüppchen ihrer Mitschülerinnen beigetragen. Mode, Klatsch, die neuesten Schlager von Radio Luxemburg, alles leider nicht ihre Welt. Zu Hause wurde das Radio nur für die Abendnachrichten angestellt. Sie lernte, mit der Nähmaschine Bekleidung zu nähen; ihre Mutter kümmerte sich leider zu wenig um die Garderobe ihrer Tochter.

Anja hatte sich in einen Klassenkameraden verliebt, aber es war ihr Geheimnis geblieben, auch vor ihm. Ihr fielen die Fotos von den Sommerferien im Harz in die Hände. Der Vater hatte für die Familie einen Platz in dem gut ausgestatteten Ferienheim für die werktätige Intelligenz der DDR in Gernrode im Harz bekommen, das man auf dem Foto sah. In diesen zwei Wochen ging sie viel mit ihren Eltern und deren neu gewonnenen Bekannten wandern, vermisste jedoch junge Leute ihres Alters. Eines Abends hatten zwei Jungen aus dem kleinen Kreis der Jugendlichen im Haus zu einer Zusammenkunft eingeladen. Auch Anja war hin-

45

gegangen, aber es war keine Absprache für eine gemeinsame Aktion zustande gekommen und erneut hatte sie gespürt, wie schüchtern sie in einer solchen Situation war. Über die Zeit danach bis zum Abitur gab es fast keine Fotos. Als sie 17 Jahre alt war, sah sich die Familie mit der schlimmen Diagnose ›Brustkrebs‹ ihrer Mutter konfrontiert. Die Operation und anschließende Strahlenbehandlung ertrug sie tapfer. In dieser Zeit gaben Anja die schulischen Anforderungen inneren Halt. Alle Mitglieder der Familie wussten, dass die Krankheit der Mutter zum Tod führen könnte. Anja musste sich darauf einstellen, anstehende Entscheidungen in ihrem Leben vielleicht viel früher als gedacht treffen zu müssen, ohne die Sicherheit mit beiden Eltern im Hintergrund. Als zukünftiges Studienfach wählte sie ein Ingenieursfach an der TH Dresden, später ›Technische Universität‹.

Im Abitur war ihr der drittbeste Abschluss gelungen. Nach einer Abschlussfahrt der Klasse mit Camping an der Ostsee begleitete sie ihre Mutter, die sich erholt hatte, nach Werdau. Auch Fotos aus dieser Zeit gab es, und beim Betrachten der Aufnahmen erinnerte sich Anja daran, wie sie damals optimistisch nach vorn schaute und auf einen guten Anfang in der Stadt hoffte, die ihrer Familie früher so viel bedeutet hatte. Sie freute sich auf die andere Art des Unterrichtens und Lernens an der Universität, auf neue Kameraden und Freunde, auf kulturelle Ereignisse und interessante Erfahrungen.

Ein später Plan

Die 65-jährige Anja fragte sich, was sie mit den Fotos und ihren Erinnerungen machen sollte. Aus Studienzeiten gab es eine große Anzahl von Lichtbildern in Schwarz-Weiß, worauf Theo, ihr Partner, sie und Freunde zu sehen waren. Später waren die Fotos von ihrer eigenen Familie mit den Kindern dazugekommen, seit den 80er Jahren schöne farbige.

Auch beim Beschauen und Sortieren der Lichtbilder waren in Anja viele Erinnerungen an Erlebtes hochgestiegen, oft in Form von Bildfolgen wie in einem kurzen Film. Das Geschehen wusste sie gut in seinen Jahren zu verankern. Auch an die äußeren Zeitereignisse dachte sie dabei, welche ihr persönliches Leben geprägt hatten. Schließlich konnte sie sich immer besser vorstellen, ihrer auch schon in der Vergangenheit gehörten inneren Stimme zu folgen und in Form von Erzählungen etwas Wesentliches davon zu Papier zu bringen.

Auf ihrem Lebensweg hatte es vieles gegeben, an das sie sich gern erinnerte und wobei sie die Freude von damals wieder spürte. Über anderes wollte sie erneut nachzudenken, es besser verstehen oder gar neu bewerten.

Es gab in ihrem Leben und in ihrer späteren eigenen Familie Irrtümer, Entscheidungen und sogar eine schlimme Wendung im Zusammenhang mit den Zeitumständen, die bewältigt werden mussten.

Erzählenswert wäre auch die Familien- und Gründungsgeschichte des Unternehmens ihrer Vorfahren Ende des 19. Jahrhunderts.

Die Fragen ihrer eigenen Kinder zu Großeltern und Verwandten hatten Anja zu vielem Nachdenken über die wichtige Rolle von Zeitumständen, Politik und Krieg gebracht.

Ihre Erfahrungen und Beobachtungen wären Zeugnisse aus einer Zeit zwischen 1945 und dem ersten Jahrzehnt des 21. Jahrhunderts. Die Familie Bäumler hatte lange in den Lebensverhältnissen der östlichen DDR, einige Jahre in der westlichen BRD und später im wiedervereinigten Deutschland gelebt.

Auch von Menschen würde sie gern berichten, die sie beeindruckt und geprägt hatten.

Mit dem Ende ihrer Berufsarbeit war nun genügend Zeit vorhanden, sich all dem zu widmen.

Eines Tages entdeckte Anja im Programmheft eines kleinen Vereins die Ankündigung eines Seminars für kreatives Schreiben und meldete sich an. Wie sich bei der ersten Zusammenkunft zeigte, standen die meisten Teilnehmer ebenso wie sie nicht mehr im Berufsleben, suchten eine neue Herausforderung oder hatten gar schon länger an Texten gearbeitet.

Die Seminarleiterin, eine promovierte Kulturwissenschaftlerin, hatte wie Anja vor der deutschen Vereinigung in beiden Teilen des Landes gelebt. Ihrer Aufgabe, die kreativen Aktivitäten ihrer schreibfreudigen Teilnehmer mit Ermutigung und Rat zu begleiten, kam sie mit viel Einfühlungsvermögen, Respekt und Wissen nach.

Nach der Phase des Herantastens aller Teilnehmer an die jeweils persönliche Aufgabe entstand in der Gruppe eine gute Arbeitsatmosphäre, welche sie über Jahre hinweg zusammenschweißte. Sie bekamen Anleitung anhand von Beispielen gegenwärtiger Autoren und deren autobiografisch-fiktiven Erzählweisen. Unter verschiedener Aufgabenstellung verfassten sie ihre eigenen Texte, lasen sie sich vor, gaben sich gegenseitig Rückmeldungen und diskutierten miteinander.

Allmählich fand Anja in dieser Schreibwerkstatt ihren eigenen Weg, ihren Erinnerungen, den Geschehnissen und manchen politischen Ereignissen ihrer Zeit Ausdruck zu verleihen. Sie begann mit ihren Wurzeln bei Eltern und Vorfahren und erzählte die Geschichte einer jungen Familie in der zweiten Hälfte des 20. Jahrhunderts. Dafür konnte sie auf Biografisches und Beobachtungen an Zeitgenossen zurückgreifen, wobei das Erzählte im Verlauf seiner eigenen Dynamik fiktive Züge annahm.

Kern der Darstellung wurde die Erzählung über Anja, ihre Familie und wichtige Menschen in ihrem Leben; aber auch die Gegenwart der um Jahrzehnte älteren Autorin Anja fand einen Platz in ihrem Werk.

TEIL 2

Junge Erwachsene

Abschnitt A: Studenten

1 | Neue Lebenssituation

Anjas Studium der Elektrotechnik hatte mit einem Praktikum in einer Metallwarenfabrik begonnen, zu dem sie ein halbes Jahr lang täglich von Frankenberg nach Chemnitz fuhr. Das Verstehen von Produktionsabläufen, das Arbeiten an Maschinen sowie das Hantieren mit Handwerkzeugen waren eine neue praktische Erfahrung für sie. Schon in ihrem letzten Jahr an der Oberschule hatte ihr der wöchentliche Tag in einem Betrieb am Ort gefallen, der als Neuerung in den Schulbetrieb eingeführt worden war.

Die Vorlesungen an der Hochschule in Dresden begannen erst im zweiten, dem Wintersemester. Nach einer Zeit der Überbrückung bekam Anja ihr erstes eigenes Zimmer vermittelt. Den Unterschied zu ihrem bisherigen Leben im Elternhaus spürte sie deutlich.

Die Vorlesungen fanden in großen Hörsälen mit Hunderten von Studenten statt; nur einige wenige Mädchen waren unter ihnen, eine neue, aber nicht unerwartete Situation für sie. Sie hoffte, dass es ihr wie bisher in der Schule gelingen würde, gut zu lernen. Mathematik hatte sie in ihrer auf Sprachen ausgerichteten Schulklasse an der Oberschule immer interessiert, und Physik in einem praktischen Bereich wie Elektrotechnik würde bestimmt spannend sein. Die Palette der Fächer im Studienplan war deutlich geringer als an der Oberschule. In diesem Semester nahm die Höhere Mathematik viel Raum ein. Anja war gespannt auf ihre Studienkameraden in der Seminargruppe und auf die Zusammenarbeit beim Lösen von Aufgaben an den festgesetzten Übungsnachmittagen. Sie nahm sich vor, in den Chor einzutreten, und freute sich auf den Studentenball zu Beginn des Semesters.

Eine Begegnung

Wer lachte sie da an? War es nicht derselbe, mit dem sie vor einer halben Stunde noch getanzt hatte, ziemlich lange. Spaß hatte es mit ihm gemacht, denn er tanzte gut und sie hatten sich nett unterhalten. Er hieß Manfred, wie ihr Cousin. Dann verabschiedete er sich, bis später. Schade, er war ihr sympathisch gewesen, kam aber nicht wieder. Sie war dann weitergegangen, in einen der anderen Säle der Mensa, in deren Räumen der Ball stattfand. Aber die Musik hier gefiel ihr nicht. Im nächsten Saal war es ihr zu voll, also beschloss sie, erst einmal etwas zu trinken. Mit ihrem Bier setzte sie sich an einen der Tische und als sie das Glas ansetzte, winkte ihr jemand aus der Ferne mit dem seinen ein ›Prosit‹ zu und spontan prostete sie zurück. War er es? Dann kam er auf ihren Tisch zu. Er war es nicht. Aber auch er wirkte sympathisch und war ein hübscher Junge. Ob sie tanzen wolle? Gern! Sie begannen, aber was war das? Sie war doch eine gut reagierende Tänzerin und es brauchte nicht diese Kraft, die er einsetzte. Nun, sie mochten es wohl beide nicht allzu lange ausdehnen. Aber dann verabschiedete er sich nicht, wie sie erwartet hatte. Er sei Theo, eigentlich Theodor, sagte er. Sie stellte sich ebenfalls vor. Sie unterhielten sich weiter und es stellte sich heraus, dass sie zwar in verschiedenen Studienfächern, aber mit gleichen Basis-Vorlesungen im ersten Semester eingeschrieben waren.

Später bejahte sie seine Frage, ob er sie zur Straßenbahn begleiten dürfe. Die nächste Bahn kam recht schnell, und ohne die Linien-Nummer genau zu erkennen, stieg Anja ein. Er stieg auch ein, denn er wollte fragen, ob sie sich wiedersehen könnten. Zu seinem Studentenwohnheim ganz in der Nähe hätte er keine Straßenbahn gebraucht. Bald wurde Anja klar, dass es gar nicht die richtige Bahn war, ja nicht einmal die richtige Richtung. Sie war ganz erschrocken darüber und deutete ihr Versehen an. Er wunderte sich, war etwas verwirrt.

An der nächsten Haltestelle stiegen sie aus, gingen die Straße entlang und sie war froh, dass er gleich wusste, wo sie waren. Sie schämte sich ziemlich wegen ihres Irrtums. Was mochte er wohl von ihr denken? Endlich entschloss sie sich, ihm zu gestehen, dass sie eine Brille trug. An so einem Tanzabend wie heute habe sie sie nicht aufsetzen wollen und sich nun so peinlich geirrt. Das tue ihr leid. Er beruhigte sie. An dem großen zentralen Platz fand Anja schließlich die richtige Haltestelle ihrer Anschlussbahn. Sein Angebot, noch weiter mitzufahren und sie sicher an ihr Ziel zu bringen, lehnte sie ab. Da fuhr auch schon ihre Bahn ein und sie verabschiedeten sich schnell.

Jetzt saß sie endlich allein in der richtigen Straßenbahn. Es war ihr so peinlich! In der hell erleuchteten Mensa war sie ohne Brille zurechtgekommen, aber draußen in der Dunkelheit hätte sie sie doch unbedingt gebraucht. Wie oft hatte sie von ihrer kurzsichtigen Mutter zu hören bekommen, dass man als »Brillenschlange« weniger hübsch sei und sie nicht immer zu tragen brauche. Aber der Rat taugte nicht.

Theo hatte bei dem unerwarteten Hin und Her ganz vergessen, sie zu fragen, ob sie sich wiedersehen wollten. Er kannte nicht einmal ihre genaue Adresse, aber wenigstens den Namen der Straße.

In den nächsten Tagen schaute Anja im Hörsaal unter den Studenten nach ihm und entdeckte ihn bald. Auch er hatte sie bemerkt – mit Brille. Nicht so hübsch wie am Abend vorher beim Ball in der Mensa, doch er wartete auf sie. Und es tat ihr gut, in der großen unbekannten Masse ein bekanntes Gesicht zu finden. In den Vorlesungen, die sie gemeinsam belegten, hielten sie sich öfter einen Platz frei, trafen sich aber auch in der Mensa oder in der Bibliothek.

Einmal mittags, als sie in der Bibliothek las, bemerkte sie verwundert, wie er Schritt für Schritt ein hohes Bücherregal im Raum umrundete, viele Bücher in die Hand nahm, darin blätterte und las. Lange Zeit war er damit beschäftigt. ›Was für eine Ausdauer und Interessiertheit‹, dachte sie. Sich den Blicken anderer so lange auszusetzen, das hätte sie nicht ausgehalten. Eigentlich mutig, sich einer Sache so intensiv zuzuwenden und das Drumherum zu vergessen.

Allmählich stellte sich heraus, dass Anja mehr Zeit als andere für ihre Aufgaben in den Mathematik-Übungsseminaren brauchte. Es fiel ihr nicht leicht. Theo, der zwar zu einer anderen Übungsgruppe gehörte, half ihr später oft dabei und Anja war ihm dankbar dafür.

Wenn man Anja gefragt hätte, ob sie in ihn verliebt wäre, hätte sie vielleicht »Ja« gesagt, aber wie so manches Mädchen Mitte des 20. Jahrhunderts verstand sie darunter vorerst mehr die Freundschaft und Zärtlichkeit, nicht unbedingt aber die Leidenschaft. Diese gehörte wohl eher in die Ehe, war ihre Vorstellung.

Er hingegen fühlte sich verliebt und sehnte sich sehr nach ihr. So konnten neben vielen Hoffnungen auch Enttäuschungen und Missverständnisse zwischen ihnen nicht ausbleiben. Dennoch war ihnen gemeinsam, dass sich jeder auf seine Weise sehr nach einem Freund, einer Freundin gesehnt hatte.

Er erzählte ihr, dass seine Tanzstunde nicht glücklich gewesen sei. Anja war bewegt von dem, was er sagte. Trotz seiner Zweifel, sich dafür anzumelden, sei er dem Wunsch seines Vaters gefolgt. Der schon über Jahre Schwerkranke habe ihm jene unbeschwerte Freude gewünscht, die er selbst einmal erlebt hatte. Seine Partnerin sei ein nettes Mädchen gewesen, dennoch mochte er ihr von seinem Kummer um den immer schwächer werdenden Vater nichts sagen. Vielleicht hätte sie etwas bemerken und ihn danach fragen können. Einen Tag vor dem Tanzstundenball habe er sich entschieden, nicht hinzugehen. ›Sie muss doch sehr enttäuscht gewesen sein‹, dachte Anja bei sich und fragte danach. »Ja, sie war sehr enttäuscht und ich fühlte mich schlecht dabei. Ein anderer Partner hätte sich nicht finden lassen und da gab sie die Tanzstunde auf. Später hat sie sich aber noch einmal angemeldet.«

Anja bedauerte beide. Den Jungen, der seinen Vater bald darauf so früh verlor, und das Mädchen, das so enttäuscht worden war. Wie hätte sie sich gefühlt, wenn ihr das passiert wäre?

Ihre Freundschaft festigte sich. Sie fanden wichtige Gemeinsamkeiten: Neugier auf das Leben und auf die große weite Welt. Diejenige im Osten, in der sie lebten, und die andere, noch verlockendere jenseits der Westgrenze, wohin sie nicht reisen durften. Ihre sozialistische Heimat sei die bessere und der Sozialismus stelle die Zukunft der gesamten Menschheit dar, so war es ihnen von Kindheit an erzählt worden. Aber viele junge Menschen im Lande in Anjas und Theos Alter wollten selbst herausfinden, was eine gute und fortschrittliche Gesellschaft ausmachte. Sie waren auf der Suche nach Wahrheit und wollten Widersprüche aufdecken. Theo fühlte sich in seinem Inneren noch stärker dazu gedrängt als Anja.

Einige Jahre zuvor, so erzählte er ihr einmal, hatte er einen LKW-Fahrer gebeten, ihn, in seiner Ladung versteckt, mit in die Bundesrepublik zu nehmen, wohin ein Teil seiner Familie vor Jahren ›geflohen‹ war. Der Angesprochene hatte den Wunsch abgelehnt, aber der 16-Jährige seine Sehnsucht nicht aufgegeben.

Theo hatte ein interessantes Hobby. Schon als Schüler interessierte er sich fürs Segelfliegen und fuhr, als er kräftig genug geworden war, an den Wochenenden auf einen Flugplatz in der Nähe seiner thüringischen Heimatstadt. Mit seinen Kameraden hatte er viele Male am Tag Segelflugzeuge die Anhöhe hinauf geschleppt, da es anfangs noch keine Seilwinde dafür gab. Einmal am Tag habe ein jeder von ihnen selbst von oben starten und, von der Thermik so weit wie möglich getragen, übers Land fliegen können. Einige der begehrten Qualifikationsscheine habe er schon erreicht, erzählte Theo zufrieden.

Sein eigentlicher Studienwunsch sei Luftfahrttechnik gewesen, aber vermutlich aufgrund seiner ›West-Verwandtschaft‹ sei er nicht zugelassen worden. Auf eine Eingabe beim Staatsrats-Vorsitzenden Walter Ulbricht hin habe man ihm einen Studienplatz für Elektrotechnik angeboten. Um im Segelsport voranzukommen, sollte er den Kontakt zu seiner Schwester in der Bundesrepublik abbrechen, was er nicht wollte. So blieb es bei der ›Silber-C‹ im Segelfliegen, auf die er stolz war.

Sein Studium wolle er noch hier »durchziehen«. Wegen seiner alten Mutter, er war ein ›Nachzügler‹, wollte er noch einige Jahre im Lande bleiben und gut erreichbar sein, wenn sie Hilfe brauchte. Später wolle er aber im Westen, in der Bundesrepublik Deutschland leben, sagte er. Warum dürfe man nicht frei reisen? Es seien universale Menschenrechte, den eigenen Lebensort frei zu bestimmen und seine Meinung frei und ohne Angst vor Sanktionen äußern zu können. Das wünsche auch er sich.

Sein unkonventionelles Denken erstaunte Anja. Es war doch klar, dass der kleine Staat durch die Flucht einer großen Zahl von gut ausgebildeten Menschen in den Westen zu viele von seinen Arbeitskräften verlor. Bisher hatte sie noch keinen jungen Menschen so reden hören. Eigentlich sollte man dankbar sein für den kostenlosen Studienplatz und das Stipendium. Sie selbst bekam allerdings keines, da ihre Mutter Zinseinkünfte aus ererbtem Vermögen hatte.

Dennoch störte auch sie die fehlende Reisefreiheit. Ein großer Teil der Welt, viele Länder mit ihren Landschaften, Menschen und ihrer Lebenskultur wurden ihnen vorenthalten. Anja war hin- und hergerissen zwischen ihrer Sehnsucht nach der ganzen Welt, derjenigen im Osten wie auch im Westen, und der Einsicht, dass ihnen die DDR gute Bildungsmöglichkeiten gab und sie dem Land etwas zurückzugeben hätten.

Ausflug

Anja freute sich sehr, als Theo seine Segelflugaktivitäten an den Wochenenden einschränkte und sie einlud, mit ihm in die Sächsische Schweiz zu fahren und dort gemeinsam zu wandern, später vielleicht auch in den Sandsteinfelsen zu klettern.

Sie erinnerte sich später gern daran, wie es war, als sie sich an jenem sonnigen Sommermorgen im Juni 1960 für eine Fahrt mit dem Elbdampfer getroffen hatten.

So hatte sie Theo wahrgenommen, als er ihr auf einer der Elbwiesen entgegenkam: ein Junge mit markantem, schmalen Profil, hoch gebürstetem, kurzem vollen Haar, schlanker Gestalt. Er gefiel ihr.

Auch sich selbst schaute sie jetzt, Jahrzehnte später, auf dem Foto an, das er von ihr aufgenommen hatte. Ihr junges, erwartungsvolles Mädchengesicht lachte ihr entgegen und sie erfreute sich von Neuem daran.

Wie mochte er sie damals gesehen haben? Sie versuchte sich in seine Wahrnehmung und Meinung hineinzuversetzen. ›Ein Gesicht, dem die Freude anzusehen ist, Augen mit schönen langen Wimpern. Das schmale helle Kleid steht ihr gut. Sie ist nicht groß, ein eher unauffälliges Mädchen, das gut zu mir passt.‹ So könnte er vielleicht gedacht haben.

Dann erinnerte sie sich weiter: An der Anlegestelle bestiegen sie den Elbdampfer und fuhren vorbei an den Schlössern und weiteren Anlegestellen. Es war ihre Idee gewesen, eine Aufführung auf der Felsenbühne in Rathen zu besuchen, und er hatte gern zugestimmt. Dann waren sie im Wald gewandert, vorbei an Sandsteingebilden und Steilhängen über dem Fluss, weiter in die Höhe, bis sie das Freilichttheater erreichten. ›Die Räuber‹ von Schiller wurden aufgeführt, sehr passend auf dieser Naturbühne. ›Im Schulunterricht hatten wir uns damals damit beschäftigt und manches mit verteilten Rollen gelesen‹, erinnerte sie sich, während sie jetzt Anfang des 21. Jahrhunderts an ihrer Erzählung über die beiden jungen Menschen Anja und Theo schrieb.

Die Handlung mit ihren Darstellern spielte sich sehr lebendig auf der Bühne ab und im Anschluss daran musste auch kein Schulaufsatz geschrieben werden, ging es ihr durch den Sinn. Ihre Gedankengänge damals waren etwa so gewesen: ›Was ist für uns, 200 Jahre später, die Botschaft? Was ist in der heutigen Zeit Tyrannei? Manches in der Politik des Staates? Unpolitisch zu sein, wie es meine Eltern sagen, ist das richtig? Ich möchte Anteil nehmen an dem, was in der Gesellschaft abläuft.‹

Ihre Gedanken hatten sie teilweise von dem Geschehen auf der Bühne abgelenkt. Dann aber hatte sie sich von der gewaltigen Naturkulisse ringsum wieder eingefangen und umschlossen gefühlt. Ein hoher heller Himmel spannte sich über den steil aufragenden Felsen und unten auf der Bühne bewegten sich die Darsteller des Dramas in ihren bunten Kostümen, mit ihren Aktionen, Leidenschaften und Kämpfen aus der vergangenen Zeit, in der andere Mächte geherrscht hatten, den heutigen jedoch vielleicht nicht ganz unähnlich? So hatte sie gedacht und empfunden, bis sie durch den lauten Applaus nach dem Ende der Aufführung wieder in die Gegenwart zurückgeholt wurde.

Jetzt, so viele Jahre später, schrieb sie das Erlebte als Erzählung fort. Theo und sie hatten versucht, schnell aus dem Gedränge der vielen Besucher herauszukommen. Sie redete viel und wollte ihre Gelassenheit wiedergewinnen. Er hatte das Spiel der Darsteller gut gefunden, aber die Handlung voller Intrigen und Waffengewalt hatte ihn aufgeregt. Trotzdem hörte er ihr zu, konnte aber nicht alles nachvollziehen, was sie bewegte, und brauche das auch nicht, wie er meinte. Erneut kam sie auf die eindrucksvolle Naturkulisse zu sprechen.

Da hörte sie ihn fragen: »Weißt du eigentlich, wie das Abendrot zustande kommt?« Das hatte sie jetzt nicht erwartet. Aber es war trotzdem interessant. Ihre Fragen dazu spornten ihn an, noch mehr von seinem Wissen zu offenbaren. Jetzt fühlte er sich wieder auf sicherem Terrain. Ihr Gespräch floss leicht dahin. Es ging darin auch um die Schulzeit. Er hatte nicht gern Aufsätze geschrieben, sie aber schon. Eine gute Freundin wie in der Grundschule habe sie leider nach dem Wechsel in die Oberschule nicht wieder gefunden. Sie drückte seine Hand, erzählte weiter, schmiegte sich zärtlich an ihn. Wie sehr wartete sie auf einen liebevollen Händedruck von ihm. Aber der kam nicht.

Nun erzählte er von seinem Schulfreund, mit dem er so gern bastelte, bis es ihnen sogar gelungen war, eine Sprechverbindung mit Mikrofon und anderem technischen Zubehör zwischen ihren beiden Nachbarhäusern herzustellen. Wieder war es interessant, ihm zuzuhören, und erneut versuchte sie danach, ihn auch für ihre Freude an Literatur und guten Erzählungen zu interessieren. Wie schön wäre es, in ihm einen Freund auch für diese Themen zu haben. Aber von der Literatur, die sie im Blick hatte, kannte er kaum etwas. Seine Lesestoffe waren eher die Bücher übers Segelfliegen und die Fachbücher für sein Studium.

Eigentlich wollte er gar nicht so viel und lange reden. Nach einer Weile blieb er stehen und bedeutete ihr, in den

Seitenweg einzubiegen und sich zu setzen. Er streichelte sie. Es war ihr nicht unangenehm, aber so unvermittelt. So schnell und ohne die gewünschte seelische Übereinstimmung mochte sie ihm jetzt nicht entgegenkommen. So entzog sie sich sanft, aber bestimmt. Schließlich standen sie beide auf und sie fasste ihn bei der Hand, spürte aber seine Erstarrung. Sie gingen, überbrückten das Unausgesprochene mit weiterem Reden – ohne Vorwurf – und versicherten einander, dass es ein schöner Tag gewesen sei.

Auf dem Weg zum Bahnhof aber stieg in ihr immer mehr Enttäuschung auf. Nun hatte sie endlich einen Freund gefunden, aber seine Interessen ähnelten den ihren vielleicht zu wenig. Natürlich unterschieden sich Frauen und Männer darin. Wenn sie aber nicht genügend von dem teilen konnten, was jedem wesentlich war, dann war das schade, fand sie. ›Bin ich vielleicht zu empfindsam?‹, fragte sie sich. ›In unserem Alltag verstehen wir uns aber doch gut und teilen immer mehr von unserer Freizeit miteinander.‹ Anja war ein wenig verwirrt und traurig.

Auch Theo war nicht mehr so froh wie vorher und fühlte sich von ihr zurückgewiesen. Wie schön wäre es doch, manches von dem gemeinsam zu erleben, was ihn seit langem sehnsüchtig in seiner Fantasie bewegte.

Es war nicht einfach für die beiden miteinander, so sah es Anja heute mit über 60 Jahren, als sie nachdenklich in ihrer Arbeit an der selbst gewählten Aufgabe, die Geschichte von Anja und Theo zu erzählen, innehielt.

Die beiden hielten aneinander fest. Das regelmäßige Wandern als gemeinsames Hobby und später das Klettern im Sandstein der Felstürme oberhalb der Elbe verband sie zunehmend. Er war der mutige und geschickte Führer und sie stieg nach, durch das Seil gesichert. Dieses Klettern war etwas völlig Neues in Anjas Leben. Aus den Erzählungen ihrer Mutter, die gern in den Alpen unterwegs gewesen war, kannte sie Freude an Derartigem, aber es dauerte eine Weile, bis auch sie das Schöne an diesem Sport genießen konnte. Manchmal fürchtete sie, keinen nächsten Griff am Felsen zu finden. Dabei konnte sie sich jedoch voll auf Theos Sicherung durch das Seil verlassen, und das stärkte sein Selbstbewusstsein.

Man könnte sagen, es war ein erfreulicher, vielleicht aber nicht *nur* Zufall gewesen, dass jeder noch im Herbst ein Studentenzimmer weiter entfernt von der Hochschule, aber im gleichen Stadtviertel fand.

Als Erste hatte Anja, die sich bei ihrer Vermieterin nicht recht wohl fühlte, eine bessere Lösung in der Neustadt von Dresden gefunden.

Auch Theo gefiel es im Studentenheim nicht mehr. Da er sich mit guten Studienleistungen hervorgetan hatte, war er als Betreuer eines ausländischen Studenten eingesetzt worden. Damit aber automatisch als gutes, staatskonformes Mitglied der Freien Deutschen Jugend FDJ zu gelten, war ihm zu viel an Vereinnahmung. Ein freies Zimmer, von dem er bald hörte, lag nur wenige Straßen von Anjas Zimmer entfernt.

Einschneidende Veränderungen

Während für Theo das Studium weiterhin gut lief, erkannte Anja bereits im Grundstudium, dass sie in der höheren Mathematik an ihre Grenzen stieß. Ihrem Freund verdankte sie zwar viel Unterstützung und auch kleine Erfolge. Letztlich musste sie sich aber eingestehen, dass sie wohl für einen Ingenieurberuf nicht recht geeignet war.

Was aber konnte man an einer technischen Hochschule sonst studieren? Theo riet ihr, zur Studentenberatungsstelle zu gehen. Er hatte herausgefunden, dass ein Psychologe dort einen Kurs für ›Autogenes Training‹ anbot, wofür er sich angemeldet hatte. Damit könne man lernen, sich zu entspannen, und das täte auch ihr gut. Davon hatte sie noch nie etwas gehört, ließ es sich aber erklären und beschloss, in der Beratungsstelle danach zu fragen. Dort saß sie dem Psychologen gegenüber und er merkte sie für einen Kurs vor. Auch ihren Sorgen bezüglich des Studiums hörte er zu. Es gebe an der Technischen Universität außerhalb der Ingenieurstudiengänge die Fachrichtung Arbeits-Psychologie. Auch dieses Studium sei jedoch anspruchsvoll. Sie solle sich informieren und einen möglichen Wechsel genau in seinem Für und Wider bedenken. Es dürfe nicht nur ein Notnagel sein. Darin stimmte sie ihm zu. Sie nahm sich vor, einige Vorlesungen des Instituts zu besuchen und Studenten zu ihren Eindrücken zu befragen.

Im Studentenchor lernte sie eine junge Frau kennen, die an diesem Institut im 3. Semester studierte, die Vorlesungen interessant fand und sehr zufrieden war. Manchen ihrer Kommilitonen, auch ihr, sei nicht klar, ob sie später in einem Betrieb oder doch lieber in der Pädagogik oder Medizin arbeiten wollten. Im ersten Jahr habe man Vorlesungen wie Anatomie und Physiologie. Eine anspruchsvolle Vorlesung in Statistik diene wissenschaftlichem Arbeiten. Anja setzte sich in zwei Vorlesungen zur Allgemeinen Psychologie für das erste Semester, konnte dem Professor in seinen Ausführungen gut folgen und fand die behandelten Themen interessant. Nach der eingestandenen Niederlage beim Ingenieurstudium schöpfte sie Hoffnung, hier einen angemessenen Weg zu finden.

Der Leiter des Instituts, ein älterer Professor, stand ihrem Anliegen aufgeschlossen gegenüber, sofern der Wechsel von der Universitätsleitung genehmigt würde. Diesen Wechsel beantragte sie schnell und entschied sich auch dafür, zwei

Vorlesungen ihres jetzigen Studiums nicht mehr zu besuchen. An einigen anderen nahm sie weiterhin teil, schrieb die Klausuren mit und bestand sie. So vermochte sie die Scham über ihr Versagen besser zu bewältigen.

Heute, im Rückblick, erschien Anja die Wahl des technischen Studiums als ein Irrtum, über dessen schnelle Aufklärung sie dankbar sein konnte. Der Studienwechsel wurde ihr genehmigt.

In dem Dreivierteljahr bis zum Studienbeginn im Herbst arbeitete sie in einem Rundfunkbetrieb, wo sie im Prüffeld für elektrische Bauteile eingesetzt wurde. Ihre praktische Arbeit gefiel ihr gut und mit ihren Kollegen verstand sie sich. Der Arbeitstag begann sehr früh und morgens bekam man in der überfüllten Straßenbahn meist keinen Sitzplatz. Schon einmal selbst Einblicke ins Arbeitsleben zu gewinnen, erschien ihr als angehende Studentin der Arbeitspsychologie passend und befriedigend.

Die Arbeitswelt in der zweiten Hälfte des 20. Jahrhunderts unterschied sich stark von der heutigen Anfang 2000, überlegte Anja beim Schreiben. Die Produktion von Gütern überstieg bei Weitem die Beschäftigung auf dem Gebiet der Dienstleistungen. ›In der heutigen Zeit würde ich vielleicht Regale im Supermarkt eingeräumt oder in der Gastronomie gearbeitet haben‹, dachte sie.

In dieser herausfordernden Zeit des Umbruchs kam noch ein anderes Problem auf Anja zu. Die Krankheit ihrer Mutter, ein bösartiger Tumor, vor drei Jahren operiert, schritt voran. Im September des vergangenen Jahres hatte sich die Mutter zu einer Reise nach Dresden entschlossen, bei der sie ihre Schwester Elfriede begleitete. Die beiden übernachteten in einer Pension und hatten sich mit Anja und ihrem Freund verabredet. Ohne darüber gesprochen zu haben, begegneten Anja und Theo ihnen schon vor ihrem Treffen in einem Konzert. Die gebeugte Gestalt ihrer Mutter aus der Entfernung so unerwartet in ihrer Hinfälligkeit zu sehen, hatte Anja erschüttert. In der Konzertpause stellte sie ihr und der Tante ihren Freund vor. Ob die Mutter den Besuch in der Stadt ihrer schönen Jugendjahre für einen ihrer letzten halte, hatte sich Anja traurig gefragt.

Anfang des folgenden Jahres konnte ihre Mutter nicht mehr laufen und brauchte mehr Pflege. Bald wurde sie ins Krankenhaus aufgenommen, weil sie täglich Morphium gegen ihre Schmerzen und eine Dauerpflege brauchte. Im Frühjahr besuchte Anja sie im Krankenhaus in Frankenberg und war sehr erschrocken über ihren Zustand. Sie war sehr abgemagert, wollte unbedingt aus ihrem Bett aufstehen, hatte aber nicht die Kraft dazu. Ihre Schwester, die sie dort jeden Tag besuchte, bat sie eindringlich, sich auszuruhen. Doch die Mutter wollte nicht aufgeben und versuchte es immer von Neuem. Sie wollte wohl nicht wahrhaben, wie es um sie stand. Hatte sie noch Hoffnung? Anja empfand tiefes Mitleid mit ihr. Um ihre Tränen zu unterdrücken, rief sie sich das Bild der einst stolzen und willensstarken Bergsteigerin in Erinnerung. Sie empfand nicht nur Trauer, sondern auch Bewunderung für das zähe Bemühen der kranken Mutter. Wie gern hätte sie sie umarmen, ihr etwas Tröstendes sagen und ihr nahe sein wollen.

Aber sofort nachdem die Mutter ihren Kampf aufgegeben hatte, war sie vor Erschöpfung eingeschlafen. Anja solle nicht auf ihr Erwachen warten, meinte ihre Tante, denn sie werde jetzt wohl lange schlafen. Einen weiteren Tag konnte Anja nicht bleiben und mit einem traurigen Blick zurück verließ sie das Krankenzimmer.

2 | Eine weite Reise

Vorbereitung

Anja und Theo hatten seit fast einem Jahr einen großen Plan verfolgt. Sie wollten nach Bulgarien reisen, dem Heimatland von Dimitri, einem bulgarischer Studenten, den Theo im Ausländerwohnheim kennengelernt hatte. Dieser vermisste hier in Deutschland die Gebirge seiner Heimat, in denen er oft geklettert und gewandert war, und schwärmte von seinem schönen Land. Eigentlich hätte er in Dresden viel lieber an der Musikhochschule statt an der Technischen Universität studiert, dies aber bei seinen Eltern nicht durchsetzen können, erzählte er einmal.

Theo und Anja träumten davon, mit ihren Rädern durch das schöne Bulgarien entlang der Karpaten bis zum Schwarzen Meer zu fahren. Es wäre prima, eine solche Reise auf eigene Faust zu unternehmen und nicht als organisierte und überwachte Reise im Rahmen der Jugendorganisation.

Dimitri hatte seine Erwartung, auch weiterhin Klavier spielen zu können, nicht aufgegeben und suchte nach einer Möglichkeit, sich ein Instrument für deutsches Geld zu beschaffen. Er hoffte, dass seine Eltern ihn wenigstens darin unterstützen würden.

Die drei jungen Leute stellten bald fest, dass sie, mit etwas Glück und gutem Willen, einander ihre Wünsche vielleicht erfüllen könnten.

Anja und Theo hatten inzwischen erfahren, dass sie in Bulgarien nur frei nach ihren eigenen Vorstellungen reisen könnten, wenn sie eine Einladung von einer Privatperson erhielten und damit eine Adresse und einen Ansprechpartner hätten.

Dimitri schlug ihnen eine Abmachung vor, wofür er seine Eltern zu gewinnen versprach. Anja und Theo sollten ihm vor ihrer Reise deutsches Geld zum Kauf des Klaviers geben und würden von seinen Eltern den Betrag in der Landeswährung Lewa erhalten.

Mit ihrem Einverständnis, wie er versicherte, schrieb er selbst die Einladung, damit seine Studienkameraden ihr Visum bald bei der bulgarischen Botschaft in Dresden beantragen könnten.

Am ersten Donnerstag im Juni 1961 stiegen sie beide in Dresden in den Zug, um die größte Abenteuerreise ihres 20-jährigen Lebens anzutreten. Sie würden Bulgariens Hochgebirge mit ihren Dreitausendern und die Küste des Schwarzen Meeres kennenlernen, ein kleines Stück von der ersehnten weiten Welt. Auf eigene Faust wollten sie dort in die zentralen Gebirge, Rila-, Balkan- und Pirin-Gebirge, und ans Schwarze Meer gelangen, mit Fahrrädern, Bahn und Bus. Die Räder hatten sie, gut verpackt, vorausgeschickt. Ein ganzes Jahr lang hatten sie sich vorbereitet, eine Route ausgearbeitet und sogar detaillierte Karten für das Wandern im Rila-Gebirge auftreiben können.

Dann dauerte es trotzdem sehr lange, bis ihnen das beantragte Visum ausgehändigt wurde. Viele Male hatten sie in der bulgarischen Botschaft in Dresden nachfragen müssen. In großem Vertrauen hatten sie Dimitri 800 Mark für den Kauf des Klaviers gegeben und er hatte ihnen versichert, dass alles in Ordnung komme und seine Eltern ihnen die bulgarischen Lewa geben würden.

Ihre Fahrkarten hatten sie sich einige Wochen zuvor gekauft. Anstatt über Rumänien durften sie die kürzere und vielleicht landschaftlich interessantere Strecke über Jugoslawien nehmen, wobei die Billets für sie aufgrund eines internationalen Studentenausweises sehr preiswert waren.

Es war *das* große Abenteuer ihres jungen Lebens und *die* große Freiheit, die ihnen in ihrem staatlich stark regulierten

Leben in der DDR fehlte. Ihr Durchreiseland Jugoslawien war zudem noch das beneidete Land im Ostblock, das einen etwas freieren Sonderweg ging.

Unerwartetes

Die Reise führte sie von Dresden über Prag und Bratislava nach Budapest. Am Spätnachmittag des 4. Juni 1961 erreichten sie die schöne Donaumetropole, wo sie am gegenüberliegenden Ufer das golden angeleuchtete und sich lang dahinstreckende Parlament bewunderten. Ein großes Glücksgefühl überkam sie – auch angesichts des mächtigen Flusses, den sie noch nie hatten sehen dürfen. Sie bewunderten aus dem Zugfenster die vielen Brücken einschließlich der berühmten Kettenbrücke.

Die Nacht verbrachten sie in den mäßig bequemen Liegesesseln ihres Abteils und fuhren seit dem Morgengrauen durch die graue kantige Karstlandschaft Serbiens, bis sie am frühen Nachmittag in Belgrad ankamen. Nach weiteren 24 Stunden erreichten sie die bulgarische Hauptstadt Sofia, ihr vorläufiges Ziel. In der dortigen Tourismus-Information mussten sie sich auf ihr jahrelang gelerntes Schulrussisch verlassen. Bulgarisch und Russisch sind slawische Sprachen, die sich ähneln und beide kyrillische Schriftzeichen haben. Theo und Anja wurden verstanden und bekamen die nötigen Informationen.

Nach einigem Suchen fanden sie das empfohlene Internationale Studentenheim, in dem sie übernachten durften, da die meisten Studenten während der Semesterferien nicht anwesend waren. Auch ihre Fahrräder konnten sie vom Bahnhof abholen. Die Besichtigung der Stadt planten sie für den nächsten Tag. Danach wollten sie mit dem Linienbus ins Witoscha-Gebirge am Rande der Stadt fahren und anschließend die erste große Radtour an einen Stausee und zurück wagen.

Recht bald suchten sie auch die Eltern ihres bulgarischen Freundes auf. In einem gepflegten Wohnhaus öffneten ihnen Dimitris erstaunte Eltern die Tür und freuten sich über die ausgerichteten Grüße von ihrem Sohn. Allerdings waren sie völlig überrascht, als Theo und Anja ihnen von dem Geldtauschgeschäft erzählten. Davon war ihnen nichts bekannt. Die beiden jungen Leute konnten nur den von Dimitri unterzeichneten Vertrag vorzeigen, der das Tauschgeschäft bestätigen sollte. Auf beiden Seiten war Erstaunen und Misstrauen. In ihre Wohnung baten Dimitris Eltern die jungen Leute nicht herein, blieben aber freundlich und schlugen ihnen vor, am Spätnachmittag des nächsten Tages wiederzukommen. Anja und Theo waren sehr erschrocken, nachdem ihnen klar wurde, dass wohl Dimitri, entgegen seiner Versicherung, einseitig gehandelt und das Einverständnis seiner Eltern nicht eingeholt hatte. Würden sie das Geld bekommen oder müssten sie sehr bald zurückfahren? Das Verhalten der Eltern konnten sie verstehen, befürchteten dabei auch, unwissentlich Teil eines Familienkonflikts geworden zu sein.

Als sie recht angespannt am nächsten Tag dort wieder klingelten, wurden sie in die Wohnung gebeten und die Eltern eröffneten ihnen, dass sie miteinander in ein Restaurant fahren würden. Obwohl ihnen noch nichts zur Übergabe des Geldes gesagt worden war, schwand ihr Misstrauen unterwegs. Es war ein gutes Restaurant auf einer Anhöhe außerhalb der Stadt, in das sie eingeladen waren. Sie probierten Kebabtschik, eine Art Röllchen aus Hackfleisch, sowie andere landestypische Speisen. Ihre Gastgeber frischten im Gespräch ihre Deutschkenntnisse aus früheren Zeiten auf und teilten ihnen mit, dass sie mit ihrem Sohn telefoniert hätten und ihnen das Geld übergeben würden. Anja und

Theo waren sehr erleichtert.

Am nächsten Tag konnten sie sich den Betrag in der Wohnung des Ehepaars abholen. Bei ihrem Erscheinen wurde ihnen mitsamt dem Geldbetrag ein Korb mit herrlichen Pfirsichen überreicht. Sie bedankten sich sehr und fanden das Verhalten des Ehepaars sehr korrekt, anständig und gastfreundlich. Die bulgarische Gastfreundschaft durften sie auch später noch vielfach erfahren.

Auf ihrer Reise merkten sie, dass die Menschen interessiert an ihrer deutschen Heimat waren. Manche im höheren Lebensalter hatten sogar im deutschen Sprachraum studiert, zum Beispiel in Wien. Ob die jungen Besucher aus der DDR oder dem westlichen Deutschland kamen, danach fragten die Bulgaren nicht. Es war wohltuend, dass die Ideologie in den Begegnungen kein Thema war. Theo und Anja hatten es mit Menschen aus den verschiedensten Milieus und unterschiedlichen Alters zu tun, Akademikern, Studenten, den Bewohnern der Städte und der Landbevölkerung, die zahlenmäßig überwog. Alle zeichnete Freundlichkeit gegenüber den Besuchern ihres Landes aus und sie schienen sich in ihrer Heimat wohl zu fühlen.

Am folgenden Tag fuhren Theo und Anja mit ihren Rädern etwa 50 km an einen Stausee im Gebirge, was für beide anstrengend war. Nach ihrer Rückkehr machten sie sich über das geschenkte Obst her und kamen sich vor wie im Paradies.

Nach einer Pause von einem Tag begannen sie ihre nächste Tour, kamen aber nicht weiter als etwa 20 km. Anjas Rad ließ sich zunehmend schwerer bewegen und es stellte sich heraus, dass der Rahmen am Auseinanderbrechen war. Nach mehreren vergeblichen Versuchen, Lastkraftwagen zum Anhalten zu veranlassen, hielt schließlich ein LKW, der offenbar Kohlen transportiert hatte. Sie zögerten kurz, waren aber auf die Mitnahme angewiesen und durften samt ihren aufgeladenen Rädern mit zurück nach Sofia fahren. Nachdem sie im Stadtzentrum »entladen« worden waren, saßen sie mit geschwärzten Gesichtern und verstaubten Rädern ziemlich unglücklich am Straßenrand. Ganz in der Nähe sahen sie einen Verkaufsstand mit großen reifen Tomaten, kauften einige und empfanden ihren Wohlgeschmack als kleinen Trost in ihrer großen Enttäuschung. Dazu kam die langsam wachsende Einsicht, dass Anjas Rad hier im Land wohl nicht repariert werden konnte. Ein Fahrrad zu kaufen, dazu fehlte es ihnen an Geld und am Vertrauen in die Qualität. So schickten sie schweren Herzens ihre beiden Drahtesel zurück nach Deutschland und stellten sich darauf ein, mit Bus und Bahn voranzukommen. Theos schwereren Rucksack, welcher auch ein kleines Zelt enthielt, stellten sie, wenn möglich, tagsüber in einer Poststationen oder einem Bahnhof unter und erhielten ihn jedes Mal gegen Abend oder am nächsten Morgen zurück. Sehr schnell hatten sie aufgehört, sich Sorgen um ihren Besitz zu machen. Die Menschen waren ehrlich. Die meisten schienen in einfachen Verhältnissen zu leben. Den leichteren Rucksack von Anja trug Theo tagsüber und ließ sich ihn auch nur selten von ihr abnehmen. Fast immer konnten sie in den lauen Sommernächten unter freiem Himmel, in ihren Schlafsäcken, ohne Zelt übernachten. Nur wenige Male regnete es.

Gebirge und Meer

Ihr nächstes Ziel war das Rila-Gebirge. Nachdem sie nach einer längeren Busfahrt in dem berühmten, über 700 Jahre alten Rila-Kloster angekommen waren, kauften sie sich Wassermelonen, denn sie waren durstig. Anschließend besichtigten sie die Klosteranlage. Nur noch wenige Mönche schienen hier zu leben, jedoch viele Touristen durchzureisen, welche in ehemaligen Mönchszellen übernachten konnten. So auch Anja und Theo.

Am nächsten Tag wollten die beiden in die Höhe wandern. Sie erhielten noch den Rat, zwei Wassermelonen, mit ihren Namen versehen, im eiskalten Wasser eines Brunnens zurückzulassen, um sich nach einer Tour damit zu belohnen. Später fanden sie diese wirklich noch vor und konnten ihren Durst wunderbar stillen.

Sie planten eine mehrtägige Tour, mussten aber erleben, dass ihr Wanderweg schon wenige Stunden nach ihrem Aufbruch immer unzugänglicher wurde. Bald kamen sie nur noch in einem Bachlauf voran, bis auch dieser kein Vorwärtskommen mehr zuließ.

Nachdem sie sich entschließen mussten, darin mühsam zurückzugehen, und der Abend anbrach, trafen sie glücklicherweise auf Schafhirten. Nach der kurzen gegenseitigen Begrüßung boten die Hirten ihnen köstlichen Joghurt und frisches Brot an und luden sie ein, in ihrer Hütte auf dem mehrere Meter breiten Holzgestell gemeinsam mit ihnen zu übernachten. Endlich klärte sich auch ihr Missgeschick auf. Die eingezeichneten Wege auf den Wanderkarten waren nach der Gletscherschmelze im Frühjahr noch nicht wieder begehbar. So mussten sie leider auf ihre erste Hochgebirgs-Gipfelbesteigung verzichten, begeisterten sich aber auf dem zweitägigen Rückweg zum Rila-Kloster immer von Neuem an der herrlichen Gebirgslandschaft mit ihren zahlreichen Seen.

Ihre Reise hatte sie inzwischen schon vor drei unvorhersehbare Situationen gestellt. Dank gastfreundlicher und hilfreicher Unterstützung bulgarischer Menschen hatten sie jedoch alles bewältigen können. Sie liebten und genossen die vielen Erlebnisse in dem so anziehenden Land und die Freiheit und Abenteuer ihrer Unternehmungen auf eigene Faust.

Einmal übernachteten sie in einem Wald in der Nähe von Kasanlak, der »Hauptstadt« des Rosenanbaus. Theo wurde von Durchfall geplagt, der wohl von einem übermäßigen Genuss der wohlschmeckenden Rosen-Marmelade herrührte. In der Nacht und erneut bei Eintritt der Morgendämmerung glaubten sie Wolfsgeheul zu hören und spürten Angst in ihrem ungeschützten kleinen Zelt. Aber mit der Morgenhelligkeit schwand die vermeintliche Gefahr.

Etwas weniger Abenteuerliches erwartete sie an einem anderen Morgen nach dem Erwachen am Stadtrand von Plovdiv, einer antiken Stadt namens ›Philipopel‹, wie sie später hörten. Sehr früh am Morgen hatten sie sich erhoben und ihre Schlafsäcke eingepackt, da tauchte plötzlich ein kleines Mädchen auf und machte verständlich, dass sie ihnen etwas zeigen wolle. Nun genoss das Kind es sichtlich, sie an archäologischen Ausgrabungen und an einer Ruine vorbeizuführen und Fremdenführerin zu sein. Vermutlich war sie nicht älter als acht Jahre. Sie verstand es gut, ihnen in einer für sie kaum verständlichen Mischsprache aus Bulgarisch und einer unbekannten anderen, mit ausdrucksvollen Gesten etwas zu erklären. Es ging dabei um die Türken, die das Land 500 Jahre lang beherrscht und wohl auf den Ruinen der Thraker gesiedelt hatten. Einige Erinnerungen an den Geschichtsunterricht aus der Schule tauchten plötzlich auf, begleitet von einem Gefühl der Ehrfurcht angesichts der wahrhaftigen Begegnung mit einem bedeutenden historischen Ort.

Die Kleine gab sich sehr viel Mühe und sang später eine für deutsche Ohren fremdartige Melodie mit vielen Obertönen. Anja erschien es wie Musik aus einer alten und versunkenen Kultur.

Es musste doch wohl jemand, die Mutter oder Verwandte des Kindes, in der Nähe sein, aber niemand zeigte sich ihnen. Vermutlich war die Kleine losgeschickt worden, um etwas Geld zu bekommen. So gut, wie sie das gemacht hatte, war es wahrscheinlich nicht das erste Mal gewesen. Vielleicht lebten hier im Balkan Zigeuner, zu denen sie gehörte. Anja und Theo gaben ihr etwas Geld, wonach das Mädchen sie in die Richtung der Stadt führte, bis es plötzlich ohne Abschied verschwunden war.

Sie gingen hinein in den Ort, in dem jetzt schon eine Menge Menschen unterwegs waren. Die Stadt erschien ihnen beeindruckend, wie sie so, auf drei Hügeln erbaut, vor ihnen lag. Anja meinte sogar, früher einmal gelesen zu haben, dass Plovdiv eine alte Königsstadt und Bulgarien mehrfach in seiner Geschichte ein Königreich gewesen sei.

Am Nachmittag stiegen sie in den Balkanexpress und fuhren dem Meer entgegen. Anders als an der Ostsee verbrannte man sich im Sand der Schwarzmeerküste die Füße, wenn man länger barfuß lief, so aufgeheizt war er. Die Strände bestanden über viele Kilometer aus weißem Sand. Außerhalb der großen Badeorte waren sie auch in der Sommersaison nicht überlaufen.

Abermals gab es unerwartete Überraschungen auf ihrem Weg. Eigentlich wollten sie eine Strecke auf halber Höhe der Steilküste gehen, mussten aber bald feststellen, dass sich ihr Weg im Nirgendwo verlor. So stiegen sie hinunter zum Strand, um eine Bucht der Steilküste zu durchschwimmen und hoffentlich an ihrem Ende Fischer oder ein Dorf zu finden. Ihre Rucksäcke ließen sie in der Bucht zurück. Auf dem Sand lagen Schlangenhäute, was ihnen Angst machte. Sie schwammen weit hinaus und konnten endlich hinter einer Landzunge eine Siedlung erkennen. Trotzdem blieb ihnen nach der Rückkehr zum Strand nichts weiter übrig, als tapfer in die Höhe zu steigen, auf ein Durchkommen durch das Gestrüpp zu hoffen und auf Schlangen zu achten.

Nach mehreren Stunden kamen sie unversehrt in dem

kleinen Fischerdorf an. Hier wurden sie freundlich aufgenommen, bekamen aber nie Klarheit darüber, ob die Schlangen wirklich giftig waren. Den Leuten schien gar nicht bekannt zu sein, dass in ihrer Umgebung Schlangen lebten.

Am Schwarzen Meer erlebten sie zum ersten Mal in ihrem Urlaub ein heftiges Gewitter. Sie konnten zwar das einzige Fahrzeug anhalten, das in der verlassenen Gegend auf enger Straße auftauchte, wurden aber an einer Bushaltestelle angewiesen, auszusteigen. Ganz dunkel war es inzwischen geworden. Dem Versprechen, dass noch ein Bus fahre, hatten sie nicht geglaubt. Aber dann entdeckten sie zwei alte Leute, die ihnen zu verstehen gaben, dass der Bus gleich komme.

Die Alten fragten, wohin sie jetzt in der Nacht und bei diesem Regen wollten. Als sie mit den Schultern zuckten, wurden sie eingeladen, mit ihnen zu kommen. Ihr Heim war eine kleine Hütte mit festgestampftem Lehmboden, wo die jungen Leute ihre Schlafsäcke in einer Ecke ausbreiten konnten. Sie waren sehr dankbar dafür.

Am nächsten Morgen, als die Bekanntschaft mit Sliwowitz, dem hochprozentigen Pflaumenschnaps, bekräftigt werden sollte, verweigerte Anja dies und zeigte auf ihren Magen. Wenigstens ihr Freund überwand sich und erwiderte die Gastfreundschaft auf diese erwartete Art.

Nach den Erlebnissen am Meer gelangten sie noch einmal ins Hochgebirge. Dort, im Pirin-Gebirge, war es ihnen möglich, ihren ersten Dreitausender zu besteigen, den Wichren. Diesmal gab es einen mit Steinmännchen gut markierten Weg hinauf, der sie anstrengte, aber kein Klettern erforderte.

Nach der beeindruckenden Gipfelaussicht an dem sonnigen Nachmittag stiegen sie zurück ins Tal und trafen dort auf deutsche Studenten und mehrere bulgarische Mädchen. Auch hier durften sie mit in einer kleinen Hütte übernachten. Bald nach dem gemeinsamen geteilten Mahl begannen die Mädchen mehrstimmig zu singen und Anja und Theo versuchten mitzuhalten. Es klang wunderbar, verstärkt vom Widerhall an den Felswänden. Anja hatte noch heute den Wohlklang im Ohr.

Am Ende der Reise

Nach den reichen Erlebnissen der vergangenen sechs Wochen mussten sie nun auch an ihre Heimreise denken. Nachdem sie am späten Nachmittag des nächsten Tages mit dem Bus nach Plovdiv zurückgefahren waren, wollten sie dort übernachten und am folgenden Morgen den Balkan-Express nach Sofia nehmen. Diesmal hatten sie vor, ein Zimmer zu suchen. Nachdem sie endlich eine Adresse erfahren hatten, war es nicht leicht, die richtige Straße zu finden. Endlich standen sie vor einem unansehnlichen Mietshaus, klingelten und sahen sich einer Frau in blauer Schürze gegenüber. Sie musterte den Jungen und das Mädchen mit ihren Rucksäcken, seiner groß und sicher recht schwer und ihrer etwas kleiner und, ihr Blick war flink weitergewandert, keine Verlobungsringe.

Nachdem sie ihr Anliegen vorgebracht hatten, nickte sie und die beiden stiegen mit ihr die knarrende Treppe hinauf und schauten durch die geöffnete Tier in ein kleines Zimmer mit Tisch, zwei Stühlen, Wasserkrug auf der Kommode und zwei Betten, nicht nebeneinander. Das war nach langer Zeit das erste Zimmer, das sie zum Übernachten mieteten. Was mochte die Frau von ihnen denken, deren Neugier über ihr Verhältnis Anja nicht verborgen geblieben war? Sie fühlte sich hier nicht sehr wohl. Der Kontrast zu ihrer gelösten Stimmung vor zwei Tagen im Gebirge, beim Singen mit den Studenten und den bulgarischen Mädchen, war riesig.

Den Preis für die Übernachtung sollten sie jetzt gleich

bezahlen und am nächsten Morgen den Zimmerschlüssel in den Briefkasten werfen, wurde ihnen gesagt. Die Vermieterin selbst müsse das Haus schon vor ihnen verlassen, um rechtzeitig an ihrer Arbeit zu sein.

Zu Abend aßen sie vom Vorrat aus ihren Rucksäcken, denn ihr knapp bemessenes Reisegeld hätte nicht mehr für den Besuch eines Restaurants gereicht. Endlich ein Zimmer zu zweit, dachte Theo, sehnte die Dunkelheit herbei, streichelte Anja und träumte im Sitzen vor sich hin.

Sie waren nun gesättigt und entnahmen ihrem Gepäck nur das Nötigste für die Nacht, um am nächsten Morgen schnell aufbrechen zu können. Er kam gleich zu ihr, nachdem sie sich niedergelegt hatte, und sie spürte seine Wärme und seinen unruhigen Körper. Eigentlich hatte sie nur den Wunsch nach Ruhe. Der Tag war sehr anstrengend gewesen. Sehr lange hatten sie in der Hitze des Nachmittags durch die Vororte ins Stadtinnere laufen müssen. Sie spürte seine kurze Umarmung, das tastende Suchen seiner Hände und sein Drängen, wollte ihn nicht abweisen. Und wieder vermisste sie Lockerheit, ein wenig Spiel mit Worten, Zärtlichkeit und die Frage, wie es ihr gehe. Sie traute sich nicht, sich ihm zu entziehen, verstand seine Wünsche und kam seinem Begehren nach, ohne dass sie eigenes spürte. Bald schien er gelöst und ruhig.

Aber als er zu seinem Bett gegangen war, konnte sie die Tränen der Enttäuschung nicht mehr zurückhalten. Musste das heute Abend hier in diesem billigen Zimmer sein? Das drängende Begehren war ihr unvertraut. Sie dachte an die anderen Male in den vergangenen Wochen, wenn es schön miteinander gewesen war. Aber vielleicht hatte ihm das nicht genügt, ohne dass er es sagte. Er sprach kaum über sich, seine Gefühle und seine Sehnsüchte. Sie hatte ihn lieb und mochte seine Zärtlichkeit und seine Berührungen, aber jetzt hatte sie sich gebraucht gefühlt.

Nur langsam kam sie wieder zur Ruhe. Später merkte sie, dass er noch einmal an ihr Bett getreten war, während sie sich schlafend stellte, und sie freute sich über seine kleine Geste, sie besser zuzudecken.

Am nächsten Morgen, dem 13. August 1961, stiegen sie in den Fernzug nach Sofia, von wo aus sie am Abend ihre Rückreise im internationalen Zug über Rumänien und Jugoslawien antreten wollten. Anjas Gedanken eilten schon nach Hause. Wie mochte es ihrer Mutter jetzt gehen? Kurz vor ihrer Abreise hatte sie die Schwerkranke im Krankenhaus erneut besucht und sich an ihre Seite gesetzt. Sie und Theo hatten erwogen, die Reise gar nicht anzutreten. Aber ihre Familie hatte ihnen zugeredet. Ihre Eltern hatten einen Telefonanschluss, und sie würden sich jede Woche nach der Mutter erkundigen und ihre Reise abbrechen und heimkommen, wenn es ihr sehr viel schlechter ginge.

Nachricht von einer Mauer

Noch auf der Fahrt nach Sofia wurden sie von bulgarischen Reisenden angesprochen und gefragt, aus welchem Deutschland sie kämen. Ob sie schon wüssten, dass in Berlin eine Mauer gebaut werde. Sie wussten nichts. An der Grenze zu Westberlin eine Mauer – mitten durch die Stadt? Sie wollten das nicht glauben, so lange nicht, bis Mitreisende ihnen eine Zeitung reichten und sie es selbst lesen konnten. Was hieß das? Sie würden also die Grenze dicht machen. Anja hatte vor Augen, wie sie ein Jahr vorher mit der U-Bahn nach Westberlin gefahren war, um sich ihren Wunsch zu erfüllen, in der Gemäldegalerie in Berlin-Dahlem das Gemälde von Rembrandt, ›Der Mann mit dem Goldhelm‹, anzusehen.

Etwas später saßen sie im Zug nach Deutschland, der am nächsten Morgen Jugoslawiens Hauptstadt Belgrad erreichen würde. In der Nacht hatten sie kaum ein Auge zugetan, sprachen auch noch nach Stunden kaum miteinander, aber jedem von ihnen gingen ähnliche Gedanken durch den Kopf. Sie könnten in Belgrad aussteigen, sich an die westdeutsche Botschaft wenden und dort erklären, dass sie nicht in die DDR zurückzukehren wollten. Jugoslawien gehörte zum Ostblock, aber nicht zum Warschauer Pakt und ging einen Sonderweg. Sie hätten darauf hoffen können, die westdeutsche Botschaft zu finden und auch bei einer Passkontrolle in der Stadt nicht sofort der DDR-Botschaft gemeldet zu werden.

Damit war eingetreten, was viele Menschen seit Jahren befürchtet hatten, nämlich dass die innerdeutsche Grenze dicht gemacht würde. Die Abwanderung und Abwerbung von Millionen von Bürgern der DDR nach dem Westen, welche die Wirtschaft der DDR schädigte, sollte unterbunden werden. Auf den Befehl der sowjetischen Führung in Moskau hin geschah das am 13. August 1961. »Bei den Sperrmaßnahmen an der Berliner Sektorengrenze werden bereits am 15. August erstmals Betonteile eingesetzt, es ist der Anfang des Mauerbaus«, würde später in der ›Chronik des 20. Jahrhunderts‹ zu lesen sein.

Anja wusste, dass Theo entschlossen war, keinen Wehrdienst zu leisten. Es gab bisher noch keine Wehrpflicht, aber sie würde kommen. Er hatte ihr erklärt, dass er nie auf Menschen schießen werde. Er war, wie sie, zu Anfang des Zweiten Weltkriegs geboren. Nach seiner Erzählung war er als Vierjähriger um sein Leben gelaufen, als amerikanische Bombenflugzeuge die Bahnlinie seiner Heimatstadt bombardierten.

Wäre es für ihn vielleicht jetzt eine letzte Chance, sich der befürchteten Wehrpflicht zu entziehen, indem er nicht in die DDR zurückkehrte? Auch Anja hatte daran gedacht, später aus dem kleinen abgeschotteten Land wegzugehen.

Obwohl sie sehr an ihrer Heimat hing, schien es ihr unvorstellbar, ihr ganzes Leben dort zu verbringen, ohne die Möglichkeit, mehr von der Welt kennenzulernen. Aus ihrer Schulklasse, Jahrgang 1959, waren allein sechs Schüler in den Westen gegangen. So grübelten Theo und Anja beide, während der Zug auf Belgrad zufuhr.

Über 50 Jahre später, anlässlich der Feiern zur deutschen Wiedervereinigung und der Sendungen im Fernsehen, wurde ihr bei Berichten über Fluchtschicksale klar, wie sehr sie sich damals über ihre Chancen getäuscht hätten, wenn sie wirklich ausgestiegen wären.

Während dieser Bahnfahrt fühlte Anja immer stärker, dass sie unbedingt nach Hause zurück und ihre Mutter wiedersehen wollte. Alles andere wäre ihr wie Verrat vorgekommen. Ihren Freund wollte sie nicht davon abhalten, seine Chance zu nutzen. Natürlich wäre es dann wohl ein Abschied für immer gewesen, was sie sehr geschmerzt hätte.

In Belgrad hatte ihr Zug 45 Minuten Aufenthalt. Sie stiegen aus, wanderten den Bahnsteig entlang, gingen die Stufen hinunter, bogen in die Unterführung ein, die wohl nach oben und zum Ausgang in die Stadt führte. Anja erlebte diesen Moment sehr bewusst und dabei auch das Gefühl, vielleicht eine wichtige Gelegenheit zu verpassen. Gleichzeitig zweifelte sie nicht daran, dass es richtig war, zurückzukehren.

Theo schien es ähnlich zu gehen. Sie schauten sich beide fragend an, nickten sich kurz zu, schüttelten übereinstimmend die Köpfe, kehrten zum Bahnsteig zurück und stiegen in ihren Zug ein. Den Glauben daran aber wollten sie sich bewahren, dass es später auch noch Möglichkeiten geben werde, das Land zu verlassen. Am Spätnachmittag des 15. August 1961 kamen sie wieder auf dem Hauptbahnhof in Dresden an.

3 | Verlust der Mutter

Im Strom der vielen anderen Menschen strebten Anja und Theo dem Ausgang zu und bogen im Inneren des Bahnhofs ab, um sich am Gepäckschalter nach ihren Fahrrädern zu erkundigen. Diese waren angekommen. Anja durfte ihr defektes Rad in der Straßenbahn transportieren, während Theo mit seinem durch die Stadt fuhr. Beide Fahrräder schlossen sie erst einmal an einem Zaun an.

Vom Münzfernsprecher in der Nähe ihrer Wohnung rief Anja ihren Vater in Frankenberg an. Sie war erleichtert zu hören, dass die Mutter lebte.

Wenige Tage später fuhren Theo und sie dorthin. Aber ihr Vater und die beiden Schwestern der Mutter, welche sie jeden Tag im Krankenhaus besuchten, baten sie, diesmal von einem Besuch bei ihr abzusehen. Sie waren verwundert und befürchteten Schlimmes, wurden aber beruhigt und fügten sich schließlich dem Familienrat. Es würde noch genug Zeit geben, schloss Anja daraus. Sie könnten erneut kommen und Abschied nehmen.

Als sie wieder zurück in Dresden waren und nach ihren Fahrrädern sahen, waren diese nicht mehr da. Nach ihrer Ankunft hatten sie nicht sofort die Erlaubnis ihrer Vermieter zum Abstellen im Keller einholen können. Theos Rad, das noch fahrtüchtig war, und das kaputte Diamantrad ihrer Mutter, beide gab es nicht mehr. Anja war traurig und beschämt, dass sie nicht besser darauf hatten aufpassen können. Auch eine Anzeige bei der Polizei brachte die Räder nicht zurück.

In den nächsten Tagen begannen die beiden Studenten sich auf den Semesterbeginn vorzubereiten. Für Anja war das der Sprung ins kalte Wasser. Würde der zweite Anlauf gelingen? In den folgenden Septemberwochen war sie sehr damit beschäftigt, all das Neue zu verarbeiten. Beim Telefonieren mit ihrem Vater hörte sie nichts Außergewöhnliches über die Mutter, wurde aber immer unruhiger und wollte unbedingt zu ihr fahren.

Am Samstag, dem 5. Oktober, erhielt sie von ihrem Vater die Nachricht, dass ihre Mutter am Tag zuvor verstorben sei. Es war ein heller, sonniger Nachmittag, an dem sie diese Nachricht wie ein schlimmer Schlag traf. Das Endgültige im Gewand eines lichten milden Tages und die Unmöglichkeit, die Mutter noch einmal zu sehen und sich von ihr zu verabschieden, das erschütterte sie.

Erst viele Jahre später konnte sie die damalige Erklärung ihres Vaters und ihrer beiden Tanten anerkennen, welche in den letzten Monaten bei ihr gewesen waren: Ihre Familie hätte ihr das bedrückende Bild der Kranken in ihren letzten Wochen ersparen wollen. Sie war aber doch die Tochter, die sich unbedingt von ihrer Mutter hatte verabschieden wollen und die dafür selbst die große Reise abgebrochen hätte. Diesen Vorwurf hatte sie ihnen gemacht. Es sei besser so gewesen, hatte ihr Vater geantwortet. Dass in ihrer Familie alles Nötige für ihre Mutter getan worden war, davon war sie überzeugt.

Ihr, Anja, fehlten der Abschied und der Segen der Mutter. Die längste und mit ihr wohl wichtigste Geschichte in ihrem bisherigen Leben war nicht zum richtigen Ende gekommen. Auch eine Woche später, nach dem Begräbnis, war sie noch lange nicht zu jener Trauer fähig, welche fließt und erlöst. Ein heftiger kalter Wind hatte geweht, als die Trauergesellschaft aus der Friedhofskapelle getreten war. Die am Boden liegenden Blätter der Bäume wirbelten auf. Ein Gefühl von Trostlosigkeit hatte das junge Mädchen ergriffen, so dass sie sich ausgesprochen schutzlos und verletzlich fühlte.

Die Mutter hatte gewünscht, dass ihre Urne in der Grabstätte ihrer Trommler-Familie in Zwönitz im Erzgebirge beigesetzt würde und sie somit in ihre Familie zurückkehren konnte. Anja war auch hier dabei.

Beim Niederschreiben ihrer Erinnerungen, jetzt viele Jahre später, sah und fühlte Anja wieder einen jener seltenen Augenblicke großer Nähe zwischen sich, der 17-Jährigen, und ihrer Mutter. Bei einem Spaziergang in dem kleinen Tal zur Seite der Sportanlage in Frankenberg hatte sie die weinende Mutter in ihrem Schmerz und der Mutlosigkeit in ihren Armen gehalten, tief mitgefühlt, ohne beschwichtigende Worte, ganz lange. So lange, wie es der Mutter gut zu tun schien, und diese hatte es zugelassen. Was die Mutter auch ihr bedeutete, das hatte Anja dabei intensiv gespürt und sich ebenso von ihr umarmt gefühlt.

Sie erinnerte sich auch an viele schöne Momente, die die Mutter mit ihr geteilt hatte, und ihren Ausruf ›lucky!‹. Aus den Fotoalben der Eltern, der Vater war inzwischen auch verstorben, hatte sie später das Bild von Mutter und Vater nach einer Bergtour in ihren ersten gemeinsamen Jahren ausgewählt und bei sich aufgestellt. Die Freude an der Natur, ihre Kraft, Ausdauer und Willensstärke waren wohl ein wichtiges Vorbild für ihr eigenes Leben geworden.

Mit einem ganz persönlichen Ritual des Loslassens hatte sie viele Jahre später ausgleichen können, was ihr der versagte Abschied damals an Schmerz zugefügt hatte.

Abschnitt B:
Von Mut, Zumutung und Wagnissen

1 | Weitere Zeit in Dresden

Studium der Psychologie

Der Alltag mit dem Studium in Dresden kehrte für die beiden jungen Menschen zurück.

Nach dem Verlust ihrer Mutter, die Theo noch kennengelernt hatte, wurde ihre Beziehung für Anja zu einem wichtigen Halt. Auch all das Neue zu Beginn ihres Psychologie-Studiums half ihr, sich von ihrem Schmerz abzulenken.

Neu war jetzt für sie, dass in den Vorlesungen im Hörsaal des kleinen Instituts nur knapp zwanzig Studenten saßen, dabei mehr Frauen als Männer. Ziemlich bald hatte eine von ihnen, Heidi, ihnen allen vorgeschlagen, einen Sprecher für die Seminargruppe zu wählen, um Anliegen der Studenten vor der Institutsleitung zu vertreten. Anja hatte sich gefragt, ob die Kommilitonin vielleicht dazu beauftragt worden war. Auf ihre spätere vorsichtige Frage danach antwortete Heidi zwar ausweichend, verneinte es aber nicht.

In der ihr eigenen offenen Art hatte Heidi inzwischen erzählt, dass sie schon einen praktischen Beruf habe, den der Köchin. Sie freue sich sehr darüber, dass sie studieren dürfe. Ihr Abitur habe sie an der ›Arbeiter-und Bauern-Fakultät‹ abgelegt, wohin sie nach einer kurzen Zeit ihrer Arbeit als Köchin delegiert worden war. Während der lockereren Unterhaltung der Neuankömmlinge gab sie auch zum Besten, dass sie bei einer persönlichen Vorsprache im Institut von einem Assistenten gefragt worden sei, warum sie denn einen so schönen, handfesten Beruf für das spätere Arbeiten als Psychologin aufgeben wolle. Die jungen Leute hatten gelacht. Die meisten von ihnen hatten noch kaum eine konkrete Vorstellung von ihrer späteren Tätigkeit.

Heidi hat ihre Bildungschancen als Arbeiter- oder Bauernkind im Staat genutzt, fand Anja, und sie gönnte es ihr. Recht sicher war sie sich darüber, dass die sympathische Kommilitonin von der Parteileitung des Instituts gebeten worden war, sich als Vertreterin der Studenten und gleichzeitig als Ansprechpartnerin der Parteigruppe zur Verfügung zu stellen. Anja beneidete sie nicht darum.

Die Lebensregel ihres Vaters fand sie gut: sich von keiner Organisation vereinnahmen lassen, Neutralität bewahren, eine eigene Meinung finden zum Geschehen in der Öffentlichkeit und wissen, mit wem man sie teilen könne. Das wollte auch Anja – und dabei die Welt etwas besser machen, wenn es möglich war. Das hieße auch, sich mit Menschen wie Heidi, die offen über sich und ihr Verhältnis zum Staat sprachen, vorsichtig auszutauschen. Es könnte spannend sein, wie diese sich in den Seminaren für Gesellschaftswissenschaft äußern würde, die in jeder Studienrichtung Pflicht waren. Anja hatte dieses Pflicht- und Prüfungsfach nie gemocht. Die Philosophie in den Vorlesungen war interessant, aber die Leiter der Seminare, die sie aus ihrem vorherigen Studium kannte, hatten ihr eher Angst eingeflößt. Sie forderten auf zu diskutieren, ließen es aber nicht zu, dass sich Meinungen in ihrem Für und Wider entwickelten. Man kam sich wie auf Glatteis vor und eckte an. Es gab keine freie Meinungsäußerung. Am Ende behielten sie mit ihrer Ideologie immer recht.

Die Abneigung gegen das Studienfach war bei ihrem Freund noch stärker ausgeprägt als bei ihr. Er regte sich über die Dozenten und ihre Verlogenheit und Unfreiheit in Bausch und Bogen auf. Das missfiel Anja. Vermutlich glaubten ja einige von ihnen wirklich an eine bessere sozialistische Gesellschaft und an Veränderungen. Viele Studenten wünschten sich mehr Offenheit gegenüber dem Westen Europas. Vielleicht gab es eine Chance dafür. Aber darüber konnte man mit Theo nicht reden. Er sah sehr schnell nur noch das Negative und ihn beschäftigte, was er fürchtete: die sicher kommende Wehrpflicht. Keinesfalls wollte er jemals eine Waffe in die Hand nehmen. In den vergangenen Kriegen hatten nach seiner Meinung die Elterngenerationen versagt.

Die fachlichen Vorlesungen des ersten und zweiten Semesters in ihrem Studium fand Anja teilweise recht theoretisch und sogar langweilig. Nach den allgemeinen Grundlagen standen aber ab dem 3. Semester interessante Vorlesungen wie Entwicklungs- und Persönlichkeitspsychologie auf dem Studienplan, auf die sie sich freute. Vor den mündlichen Prüfungen nach einem Jahr hatte sie Angst gehabt und sich sehr gewissenhaft darauf vorbereitet. Als sie gute Ergebnisse erzielen konnte, war sie beruhigt.

Ihre Beziehung

Im Sommer 1962 hatte ihr Vater ihnen beim Besuch in Frankenberg Irene vorgestellt, eine Geschäftsfrau und Witwe, deren Mann im Zweiten Weltkrieg gefallen war. Dabei lernte sie auch Irenes Nichten kennen, drei nette junge Frauen in ihrem Alter. Schnell wurde ihr klar, dass es um neue Verwandte gehen könnte und ihr Vater und die weit jüngere Frau, mit welcher er schon lange Zeit geschäftlich zu tun gehabt hatte, eine zweite Chance suchten. So war es auch und die beiden heirateten noch im selben Jahr. Mehr als drei Jahrzehnte lang fand Anja nun zum zweiten Mal ein gastfreundliches Elternhaus in der kleinen Stadt vor, in der sie aufgewachsen war.

Nachdem ihr Vater sich recht schnell zur erneuten Heirat entschlossen hatte, begann auch Anja sich zu fragen, wie es mit ihr und Theo weitergehen würde. Sie wünschte sich einen Partner fürs Leben und wollte eine Familie gründen und Kinder heranwachsen sehen. Ein Leben als Hausfrau, wie ihre Mutter es geführt hatte, kam für sie nicht in Frage. Ihren Beruf auszuüben war für sie, wie überhaupt für die Frauen in der DDR, selbstverständlich.

Theo und sie empfanden Liebe füreinander, sie verbrachten ihre Freizeit miteinander, hatten Belastendes geteilt und gemeinsam eine wunderbare Reise unternommen. Es ging ihr so vieles über sie beide durch den Kopf. Sie hatten die gleichen Freizeitinteressen. Bevor sie in ihrem ersten Studium gescheitert war, hatte er ihr lange geduldig Nachhilfe gegeben. Auf Psychologie als mögliches Studienfach war sie durch ihn aufmerksam geworden. Dann, als der Mauerbau im August 1961 begann, war er dennoch mit ihr nach Hause zurückgekehrt und hatte ihre Sorgen und später die Trauer um ihre Mutter geteilt. Dass er mitunter zu wenig gelassen war, auch intolerant über Menschen urteilte, die nicht seiner Meinung waren, gefiel ihr nicht. Von sich erzählte er hin und wieder eine Anekdote aus seiner Kindheit, aber sonst sprach er kaum über sich selbst. Sie hingegen erzählte gern, was sie erlebt hatte und wie ihr zumute war, erwartete das auch von ihm. Manchmal wusste sie nicht, woran sie mit ihm war. Wenn sie nachfragte, beruhigte er sie und ging gern zu einem anderen Thema über. Das erinnerte sie an ihren Vater, der ebenfalls wenig über sich selbst sprach. Wenn die schnell aufgeregte Mutter ihm früher etwas vorgeworfen hatte, war er manchmal ohne ein Wort aus dem Zimmer gegangen und hatte sich an seine Schreibmaschine gesetzt. Oft hatte sie Mitleid mit ihrer Mutter empfunden und war über ihren sonst ruhigen und freundlichen Vater verärgert gewesen.

An Theo schätzte Anja, dass er oft interessant und lebhaft erzählte, auch in einem größeren Kreis von Menschen, und damit beeindruckte. Sie selbst hörte ihm gern zu, wenn er etwas erklärte, worüber sie weniger Bescheid wusste. Dennoch hätte sie gern mehr mit ihm über sie beide geredet. In der Liebe hatten sie einander sicherlich manchmal enttäuscht. Sie wusste, dass sie einige Hemmungen verlieren sollte, wünschte sich aber auch, dass er einfühlsamer mit ihr umginge.

Er hatte Grundvorstellungen, die sie teilen konnte. Der Einberufung zu einem Wehrdienst würde er sich verweigern, wenn der Staat die Wehrpflicht einführte, wiederholte er. Das befürchtete er seit dem Bau der Mauer in Berlin. Seine Sorge, dass er dafür ins Gefängnis kommen könnte, war sicherlich nicht unbegründet. Aus dem Grunde wollte er das Land verlassen und Anja konnte ihn verstehen. Aber eine Republikflucht war strafbar. Theo glaubte, dass man in der Bundesrepublik Deutschland wegen seiner pazifistischen Grundhaltung nicht bestraft würde.

Verwundert war Anja über die allgemeinen Vorwürfe, die ihr Freund manchmal aussprach: Wieso hätten die Menschen während der Nazidiktatur nicht massenweise den Wehrdienst verweigert? Sie hätten doch etwas gegen den Krieg tun müssen. Anja dachte an die vielen Menschen, die sich aus der begründeten Angst vor Repressalien und Erschießung nicht verweigern konnten, und empfand derartiges Reden als ungebührlich und unrealistisch. Darüber aber zu diskutieren, ließ er nicht zu.

Auch Anja hatte den großen Wunsch, in ihrer Lebenszeit mehr von der Welt kennenzulernen als nur einige wenige Länder im Osten. Später die kleine DDR zu verlassen, die ihnen das ein Leben lang verweigern würde, schien die einzige Möglichkeit zu sein. Sie wollte weiter daran glauben, dass sie es einmal schaffen würden. Wenn es aber zu gefährlich wäre, dann müssten sie davon ablassen. Denn ebenso sehr oder noch mehr wünschte sie sich, eine eigene Familie zu gründen und Kinder großzuziehen.

Theo fühlte sich stark durch Ereignisse in seiner Familie geprägt und daher war ihm sein persönlicher Weg so wichtig. Einiges davon hatte er Anja in den vergangenen Jahren erzählt. Er hatte von der Entlassung des Vaters als städtischer Beamter nach dem Krieg, von seiner Zwangsarbeit in einem Lager der russischen Besatzung und vom Hungern in der Familie gesprochen.

Bekannt war Anja auch, dass Theo mit 16 Jahren aus seinem Elternhaus weggewollt hatte, um zu seiner ältesten Schwester in die Bundesrepublik zu ziehen. Aber er hatte keine Möglichkeit dazu gefunden. Die Familie der Schwester hatte die DDR Anfang der 50er Jahre verlassen. Auch in Anjas Familie war Derartiges geschehen und sie hatte Näheres zu den Gründen wissen wollen. Theo hatte erklärt, dass sich sein Schwager von der Staatssicherheit beobachtet gefühlt hätte. Er sei jahrelang im Freien Deutschen Gewerkschaftsbund aktiv gewesen, habe sich aber kritisch zur zunehmenden staatlichen Lenkung der Organisation und zur Manipulation der Arbeiter geäußert und gefürchtet, verhaftet zu werden.

Ob Theo der richtige Partner für eine Ehe sei, hatte sich Anja oft gefragt. Ihr langes aneinander Festhalten und Zueinanderstehen, ihre gemeinsamen schönen und abenteuerlichen Erlebnisse und die Neugier aufs Leben außerhalb zu enger Grenzen, das lag für sie gewichtig in der Waagschale. Sie war in ihn verliebt und er in sie. Ihre Liebe zueinander würde wachsen und sie würden sich gemeinsam weiterentwickeln, meinte sie. Er hatte zwar gesagt: »Das mit uns beiden geht nicht, denn ich möchte von hier weggehen«, aber sie wollte sich nicht wirklich tiefer damit auseinandersetzen.

Ihre Angst war zu groß, allein zu sein und vielleicht keinen anderen Partner nach ihm zu finden. Sie wollte zu einem lieb gewordenen Menschen gehören.

Nach einer Weile hatte sie darauf gesagt:»Ich kann doch mitgehen.«

Nicht allein gehen zu müssen, jemanden neben sich zu haben, so etwas hatte Theo nicht für möglich gehalten. Sehr oft in seinem Leben hatte er sich nicht genügend geliebt gefühlt. Oft waren sie zu Hause unzufrieden mit ihm gewesen. Da war nun ein Mädchen, das mit ihm gehen wollte. Zwar hatte auch sie ihm schon zu verstehen gegeben, dass ihr etwas an ihm nicht passte, und ihm damit weh getan. Ziemlich am Anfang der Beziehung hatte er sich einmal sehr gekränkt gefühlt und sie verlassen wollen. Es war nicht das erste Mal in seinem Umgang mit einem Mädchen so gewesen. Seine sofortige innere Aufregung bei manchem Anlass konnte er verbergen, die richtigen Worte für ein Gespräch darüber aber meist nicht finden. Fast immer war es ihm zu anstrengend, noch weiter darüber zu reden.

»Würdest du wirklich mit mir gehen?«, hatte er nachgefragt. Und sie hatte die Ernsthaftigkeit ihrer Rede bejaht.»Wenn wir vorsichtig wären oder auch davon ablassen könnten, wenn es nicht geht«, hatte sie hinzugesetzt.

Ob sie ihn wirklich liebte, das konnte Anja nicht genau sagen, wenn sie darüber nachdachte. Liebe war für sie auf jeden Fall mehr als körperliche Leidenschaft und hatte sehr viel mit Freundschaft zu tun. Sie wollte weiter seine Freundin sein und auch seine Frau werden und das brauchte Zeit zum Wachsen.

Im Spätherbst des Jahres 1962 entschieden sie sich, beieinander zu bleiben und auch das Ziel von der Überwindung der zu engen Grenzen des DDR-Staates weiter zu verfolgen. Sie stellten sich vor, von Bulgarien aus mit Hilfe von Fischern auf einem Boot in die Türkei zu gelangen. Manche

Berichte über erfolgreiche Fluchten in den Westen in dieser Zeit nährten Hoffnungen, nicht nur bei ihnen.

Anja und Theo verlobten sich zu Weihnachten 1962. Noch vor dem Fest hatten sie ihre beiden Eltern besucht. Theos Familie war vermutlich verwunderter gewesen als die von Anja. Seine Angehörigen fragten sich, warum sich ihr gerade 21 Jahre alter Jüngster schon an ein ebenso junges Mädchen binden wollte. Freundlich war Anja ein Jahr vorher von den Bäumlers in Gramont willkommen geheißen worden. Mit solch einer schnellen Verbindung der beiden jungen Leute aber hatte Theos Familie nicht gerechnet.

Anja hatte sich damals über die Bezeichnung ›Gramont‹ für die Stadt gewundert, die doch Apolda hieß. Die Erklärung der Familie dafür war folgendermaßen: »Gramont« war der Freudenruf der napoleonischer Truppen gewesen, als diese vor anderthalb Jahrhunderten einmarschierten und es ihnen dort vorkam wie in der französischen Stadt Gramont.

Theos Mutter, die kleine grauhaarige Frau mit dem lieben Großmütterchen-Gesicht, schien über die Ankündigung der beiden zwar erstaunt gewesen zu sein, freute sich aber darüber. Anja war mehrfach über die herzliche Art der alten Dame froh gewesen, die vom Alter her ihre Großmutter hätte sein können. Sie beide hatten sich bei Besuchen in den vergangenen zwei Jahren besser kennengelernt und Anja tat ihre Zuwendung gut.

In Anjas Familie freuten sich alle über ihre Verlobung und hofften, dass sie nach dem frühen Verlust ihrer Mutter eine Liebe fürs Leben, wie sie es ihr wünschten, gefunden hatte. Zur Verlobung am 1. Weihnachtsfeiertag wurden sie mit vielen kleinen Engeln als Baumschmuck aus dem Erzgebirge überrascht. Die Herstellung von Weihnachtsschmuck stellte dort ein traditionelles Handwerk dar. Anja fand den Gedanken ihrer Tanten sehr schön, derart eine Brücke zur fehlenden Mutter zu schlagen, die als Kind dort aufgewachsen war.

Seit ihrer Entscheidung zur Verlobung fühlten sich Anja und Theo beide gelöster und glücklicher. Es war anders zwischen ihnen geworden, liebevoller und sicherer miteinander. Sie sahen mehr über Unzulänglichkeiten hinweg.

Sehnsucht nach Freiheit

Sie waren nun verlobt, wohnten auch nur zwei Minuten voneinander entfernt, konnten aber nicht zusammenziehen. Das hätten ihre Vermieterinnen nicht gewollt.

In dieser Zeit herrschte immer noch eine große Wohnungsnot im Land. Hausbesitzer wie Anjas Eltern wurden zwar nicht enteignet, aber ihnen fiel es nicht leicht, ihre vermieteten Wohnungen in einem guten Zustand zu erhalten. Die Mieten waren niedrig und die Handwerker, zunehmend genossenschaftlich organisiert und eingesetzt, bekamen oft nicht genügend Material zugeteilt. Der öffentliche Wohnungsbau reichte bei weitem nicht aus und erst Jahre später wurden umfangreichere Wohnungsbau-Programme von der Staatsführung beschlossen.

Anja und Theo hielten an ihrem Plan fest. Geschichten von gelungenen Fluchten kannte man aus dem West-Fernsehen, welches infolge des zunehmenden Verkaufs von Fernsehapparaten im Land weit verbreitet war. Viele Menschen informierten sich neben dem DDR-Staatsfernsehen zusätzlich gern in der Abendschau des West-Fernsehens. Kaufen konnte man die Geräte, wenn man Beziehungen hatte, auf einer Warteliste stand oder manchmal auch einfach nach langem Anstehen vor dem Fachgeschäft, wenn sich das blitzschnell verbreitete Gerücht über eine Lieferung bewahrheitete.

Anjas Vermieterin hatte vor den Olympischen Winterspielen 1962 ein Fernsehgerät bekommen und ließ ihre Studentin das Schwarz-Weiß-Wunder auf dem kleinen Bildschirm einige Male miterleben. Das West-Fernsehen konnte man zwar im ganzen Land empfangen, jedoch nicht im Elbtal Ostsachsen und leider auch nicht in Dresden.

Anja fühlte sich von dem politischen System der DDR nicht direkt bedrängt. Theo hingegen ging es anders. In seiner Kindheit hatte er erleben müssen, wie Bomben auf seine Stadt fielen und wie elend und hilflos Kriegskrüppel in seiner Straße umherirrten. Er wolle nie eine Waffe in die Hand nehmen.

Anja hatte Theo aufmerksam und voller Mitgefühl zugehört, als er ihr erzählte, wie er bei der Bombardierung seiner Stadt um sein Leben gerannt war. Fast zu Kriegsende sei die Eisenbahnlinie angegriffen worden. Er, der kleine vierjährige Junge, sei in seiner Straße in schrecklicher Angst zu seinem Haus gerannt, da er sich von einem amerikanischen Flugzeug verfolgt fühlte. Es sei ihm nichts passiert, vielmehr habe der Pilot ihn erschrecken wollen und eine Tafel Schokolade heruntergeworfen.

Anja empfand trotz des guten Endes der Geschichte Zorn über das Gehörte und sprach ihn aus.

Theo berichtete auch, dass seine Familie nach dem Krieg lange Zeit hungern musste. Sein Vater, ein städtischer Beamter, der sich dem Zwang zum Eintritt in die Nazipartei nicht hatte entziehen können, sei nach dem Einmarsch der russischen Besatzer nur knapp einer Deportation nach Sibirien entgangen. In einem Lager in der Umgebung hatte er monatelang Zwangsarbeit leisten müssen. Auch danach gab es kaum ein Einkommen für die Familie, weil er keine Arbeit in seinem kaufmännischen Beruf fand und als Lehrling in einem Handwerksberuf »von unten« begann. Anja fühlte sich an das Unrecht in der Familie ihrer Mutter erinnert und verstand gut, wie Theo in seiner Kindheit davon geprägt worden war.

Anja lernte im Verlaufe seiner Schilderungen die Haltung Theos zum Wehrdienst und sein moralisches Empfinden besser verstehen. Dennoch erschreckte sie sein unverhohlener Zorn auf das politische System des Staates. Man hatte es doch immer mit einzelnen Menschen in ihrer Besonderheit zu tun und nicht allein mit Feinden oder Freunden der eigenen Gesinnung.

Hochzeitsreise

Im Sommer des Jahres 1963 wollten Theo und Anja noch einmal nach Bulgarien reisen. Das Land war nach wie vor ihr Traumziel. Diesmal aber könnte die Reise hoffentlich ein Tor in die größere Welt werden. Vielleicht wären Fischer in dem alten Dorf Nessebar auf der kleinen Landzunge jenseits der Urlauberstrände bereit, sie nachts auf einem Boot an die türkische Küste zu bringen. So erträumten sie sich weiterhin eine Zukunft in der Ferne jenseits der engen Grenzen ihres Staates, während sie im Alltag ihrem Arbeitspensum als Studenten in einem sozialistischen Land nachgingen.

Dank des Erbes von Anjas Mutter hatten sie die Mittel dafür, eine Reise mit Hotelaufenthalt am Schwarzmeerstrand zu buchen. Das ging ohne Probleme, aber die einzigen Sommertermine für ihr gewünschtes Reiseziel lagen vor ihren Semesterferien. Den Vorlesungen konnte man nicht unbemerkt zwei Wochen lang fernbleiben.

In den vergangenen Monaten hatten sie beschlossen zu heiraten, waren sich ihrer Liebe und Verbundenheit immer sicherer geworden und wollten füreinander einstehen. So sollte die Reise nach Bulgarien ihre Hochzeitsreise werden, vor deren Beginn sie ihre Ehe auf dem Standesamt schließen wollten. Wenn ihnen die Fischer nicht helfen könnten, dann würden sie als Verheiratete in ihr bisheriges Leben zurückkehren. Ihren Antrag auf eine Freistellung von den Vorlesungen begründeten sie mit der geplanten Hochzeitsreise.

Ihren Eltern sagten sie nichts von alledem, denn wenn ihnen die Flucht gelänge, würden ihre Angehörigen auf jeden Fall von staatlicher Seite befragt werden. Sie wollten ihre Familie schützen, weil allein schon ein Wissen um Fluchtabsichten in der DDR verfolgt und bestraft wurde.

Den Fischern in dem alten Fischerdorf, in dem sie im vergangenen Jahr kurz gewesen waren, trauten sie genügend Neutralität zu. Sie hofften, dass sie sich mit der Überfahrt der jungen Leute ein wenig Geld verdienen wollten oder ihnen abraten würden, falls die Umstände ihr Vorhaben unmöglich machten.

Einen Termin beim Standesamt unmittelbar vor dem Beginn ihrer Flugreise hatten sie nur in einem kleinen Ort außerhalb von Dresden bekommen können. Am Abend zuvor fuhren sie dorthin und wanderten auf der Höhe bis zur Flussbiegung der Elbe, wo sie unter sich den kleinen Ort liegen sahen. Von hier in beide Richtungen zu schauen, erschien Anja fast wie ein Rückblick auf ihr gesichertes bisheriges Leben und der Blick nach vorn in ein anderes. Würde es ein gutes gemeinsames werden? Eigentlich sollte man ja etwas derartig Eingreifendes mit seiner Familie beginnen. Ihr Segen für das Zukünftige wäre gut und wichtig. Wo würden sie in zwei Wochen sein? Auf dem Weg in das größere Deutschland? Wären sie dort wirklich willkommen? Könnten sie beide weiterstudieren? Viele offene Fragen gab es und beide lagen noch lange wach.

Am nächsten Morgen war Anja das Feierliche des so besonderen Tages sehr bewusst. Sie erinnerte sich genau daran, wie beglückt sie ihr cremefarbenes Kleid anzog und sie gleich darauf ein Klingeln von außen sowie die eiligen Schritte des

Bräutigams an die Tür der kleinen Wohnung hörte. Die vom Boten einer Blumenhandlung übergebenen goldgelben Teerosen packte er aus ihrer Umhüllung aus und überreichte ihr die vielen leuchtenden Blumen. Wunderschön fand sie diesen Strauß, fühlte Theos Kuss auf ihrer Stirn und sah auf ihre beiden lächelnden Gesichter im Spiegel. Sie nahmen sich Zeit, diesen glücklichen Moment in ihrem Inneren zu verankern.

Kurz darauf gingen sie zum Standesamt, unterschrieben den Ehevertrag, hörten die Ansprache der Beamtin, würdevoll und ohne politisches oder moralisches Beiwerk, und bekamen ihre Urkunde ausgehändigt.

In den folgenden Stunden durchlebten sie den raschen Wechsel der verschiedenen Stationen fast wie in einem Traum – Großstadt, Flughafen, ihr erster Flug, Landung im bulgarischen Warna, die Busfahrt zum Hotel, in dem sie erst nach Mitternacht ankamen. Sie fanden sich weit weg von ihrem bisherigen Leben und doch beieinander geborgen.

Die nächsten Tage waren sie völlig füreinander da, erlebten Suchen und Finden im Wechsel von Tag und Nacht und von Ebbe und Flut. Es war wie beim Klettern im Fels, Vorsteigen und Nachkommen, Erstaunen. Dazwischen die Mahlzeiten und der Hotelbetrieb.

Schon bald drängte es sie, von ihrem Strandabschnitt aus in das alte Dorf auf der kleinen Landzunge zu wandern und dort nach den Fischern zu fragen. Es war gerade die Zeit der Mandelernte und einige Dorfbewohner, verwundert über Touristen, von denen nur selten welche zu ihnen fanden, boten ihnen großzügig von ihrer Ernte an. Beim vorsichtigen Probieren trafen sie auf keine bittere und sie nahmen die Gabe gern an. Dann fragten sie, ob man hier auch baden und vielleicht Boot fahren könne. Das sei möglich, und sie bekamen einen Namen genannt.

Zwei Dorfbewohner begleiteten sie zu einer Familie, deren Vater und Söhne Fischer waren. Sie trafen die Mutter und den Vater an, ihre Russischkenntnisse tauchten zunehmend aus der Erinnerung auf und die freundlichen Leute machten es ihnen nicht schwer, sich zu verständigen. Sie erschienen ihnen vertrauenswürdig, aber ihr eigentliches Anliegen trauten sie sich noch nicht vorzubringen. Natürlich wurden sie eingeladen, wiederzukommen.

Nach zwei Tagen machten sie sich erneut auf den Weg, hatten ihre Badesachen dabei, fanden aber keinen Weg von der Steilküste zu einer der Buchten unten am Meer. Sie suchten wieder die Fischerfamilie auf. Als sie ihren Wunsch andeuteten, wurde bejaht, dass es möglich wäre, mit dem Boot bei Nacht an die türkische Küste zu gelangen. Es seien auch schon Touristen hinübergefahren worden. Augenblicklich sei es zu windig, aber in der nächsten Woche könnte es besser werden.

Ihr Urlaub war nun schon zur Hälfte vorbei und erneut wanderten sie zu dem kleinen Dörfchen Alt-Nessebar. Sie schauten sich im Dorf mit den kleinen Häusern aus braunen Lehmziegeln um. Die neue Zeit der weißen Hotelburgen, weniger als 10 km entfernt, schien hier bisher vorübergegangen zu sein. Sie suchten nach archäologischen Ausgrabungsstätten, von denen sie gelesen hatten, konnten aber keine finden. Von der Fischerfamilie, die sie wieder erwartungsvoll aufsuchten, hörten sie, dass man ihnen in der Mitte der nächsten Woche sagen könnte, ob sie mit einem Boot an die türkische Küste fahren könnten.

Mit großer Spannung kamen sie wieder, mussten aber hören, dass es die Wetterverhältnisse nicht zuließen. Von Wind und Navigation verstanden sie nichts und mussten es den Fischern glauben. Sie waren sehr enttäuscht.

So würden sie in ihr altes Leben zurückkehren. Es war ihnen nichts passiert – für Anja, trotz ihrer Enttäuschung, beruhigend, während Theo es als Niederlage empfand.

Sie würden weiterstudieren und ihr Studium beenden, aber – da waren sie sich einig – ihre Wünsche weiter bewahren.

So flogen sie mit ihrer Reisegesellschaft zurück und lebten weiter wie bisher, unerkannt in ihrer Absicht. Ihren Familien erklärten sie alles, fanden bei ihnen Verständnis für ihre unerfüllte Sehnsucht und die Zustimmung zu ihrer heimlichen Heirat. Nach der standesamtlichen Zusammenschreibung würden sie sich später kirchlich trauen lassen, so wie es Tradition in ihren Familien war. Das versprachen sie. Die Hochzeitsfeier würde Theos Mutter ausrichten. Das könnte ein herausragendes Fest werden, so hoffte die betagte Dame, wenn dazu noch ihre älteste Tochter aus der Bundesrepublik zur Hochzeit des jüngsten Bruders in die DDR reisen dürfte. Die Einreise-Bestimmungen für »Republikflüchtige« seien gelockert worden, hatten sie inzwischen erfahren. Etwas Angst blieb aber trotzdem, ob die Schwester Hanna acht Jahre nach ihrem Verlassen der DDR vonseiten der Behörden unbehelligt bliebe.

Zwei Monate nach ihrer Reise wurden sie in Theos Heimatstadt in Thüringen in der Kirche getraut und feierten in einem Gartenrestaurant außerhalb. Theos Schwester war dabei, sein schönstes Hochzeitsgeschenk. Anja erlebte zum ersten Mal fast alle Mitglieder von Theos Familie beisammen. Sie verstanden es, Feste zu feiern. Diesmal gab es zwei Anlässe: das junge Hochzeitspaar und den Besuch der eleganten, lebhaften ältesten Tochter der Familie.

Aus Anjas Familie waren ihr Vater und Irene, seine Frau, die beiden Schwestern ihrer Mutter, Witwen, und Anjas Cousin Rolf mit seiner Frau gekommen. Rolfs jüngere Schwester Erika, auf deren Hochzeit Anja mit 16 Jahren so gern getanzt hatte, war nach der Geburt ihres zweiten Kindes auf tragische Weise gestorben.

Anja hatte alle Verwandten vor Augen, als sie viele Jahre später in ihrer Erzählung über ihre Hochzeit schrieb. Theos Angehörige hatten eine Hochzeitszeitung verfasst, die heute noch existierte. Die vielen Fotos darin schaute sie sich gerne an. Sie erinnerte sich auch an das Spiel mit dem gemeinsamen Auslöffeln einer Hochzeitssuppe, wobei einer den anderen zu versorgen hatte, ohne dass er zu viele Kleckse davontrug. Ein wenig Nachdenklichkeit dabei, dennoch ein fröhliches Familienfest mit Charme, so fasste Anja ihre Erinnerungen daran zusammen.

In Dresden lebten sie als Studenten weiter in ihren beiden Studentenzimmern, nur drei Minuten voneinander entfernt. An den Wochenenden durften sie bei Theo im größeren Zimmer wohnen. Ihr jetziges Leben unterschied sich nicht sehr von demjenigen in der Zeit vorher, fanden sie.

Leben und Studium nach der Rückkehr

In ihren Studien kamen sie beide gut voran. Anja war sich nach einem Pflicht-Praktikum in einem Industriebetrieb schnell im Klaren darüber, später nicht als Arbeitspsychologin arbeiten zu wollen. In den Semesterferien machte sie ein Praktikum in einer psychiatrischen Klinik und fand die spätere Arbeit als klinische Psychologin erstrebenswert. Nach den fehlgeschlagenen Plänen des Sommers wünschte sie sich sehr, schon im Studium einen Weg in diese Richtung mit spezielleren Vorlesungen und Praktika einschlagen zu können.

Tatsächlich fand sie heraus, dass es an der Friedrich-Schiller-Universität in Jena seit drei Jahren den Studiengang Psychologie mit den Spezialisierungen Sozialpsychologie und Erziehungsberatung gab. Das erschien ihr weit passender für ihre Pläne. Sie schickte eine Bewerbung an den Institutsdirektor. Recht bald, noch während ihrer Vordiplom-Prüfungen in Dresden, wurde sie zum Vorstellungsgespräch nach Jena eingeladen. Der Professor, ein Experte und Autor des gängigen Standardwerks ›Entwicklungspsychologie‹, das Anja für ihr Vordiplom durchgearbeitet hatte, zeigte Verständnis für ihr Anliegen und wollte ihren Wunsch mit der Institutsleitung besprechen. Schon im Frühjahrssemester klappte es mit dem Wechsel nach Jena.

Wohnen konnte sie bei ihrer Schwiegermutter, 20 km entfernt, und wenn Theo an den Wochenenden kam, fühlten sie sich beide hier viel wohler als in Dresden. Dort war Theo aber jetzt mit seiner interessanten Spezialisierung Elektro-Akustik sehr zufrieden.

2 | Studienjahre in Jena

Neue Erfahrungen

Jena war für Anja diese schön gelegene Stadt im Saale-Tal, von der ihr Theo oft erzählt hatte. Als Kind habe er seinen Vater sogar manchmal die 20 km dahin mit seinem kleinen Fahrrad begleitet, eine schöne Tour durch das Mühltal. Im Sommer gab es Limonade oder sogar Eis als Belohnung, obwohl sie nicht viel Geld hatten. Theo kannte sich gut aus und hatte ihr mehrfach die Namen der wichtigsten Hügel über dem Flusstal genannt, welche die alte Universitätsstadt unverwechselbar machten. Oberhalb der Mensa und des Philosophenweges war der ›Landgrafen‹, von dessen Höhen sie beide wie von einem Balkon auf die Stadt herunterschauen konnten. Weiter stadteinwärts schweifte der Blick vorbei am Anatomie-Turm, erfasste die Brücke über die Saale und jenseits die Hügel der Kernberge. Weiter rechts zeigte sich die helle Flanke des Jenzig, einer der charakteristischsten

Spitzen. Anja sah sie aus dem Kalkgestein des Saaletals im Sonnenlicht fast weiß nach oben ragen. In größerer Entfernung zeigte sich von einer anderen Anhöhe ein kompakter Turm, der Fuchsturm.

Dies alles war aus Anjas Sicht eine schöne Tallandschaft. Dazu das Städtchen – nein, natürlich die Stadt – mit ihrer über 300 Jahre alten Universität und den hoch qualifizierten Facharbeitern der Zeiss-Werke für Geräte der Feinoptik und Mechanik, der Arzneimittelfabrik ›Jenapharm‹ und der Glaswerke ›Schott‹. Theo hatte ihr einiges von den Burschenschaften und vom Studentenleben erzählt. Anja erinnerte sich auch, dass Friedrich Schiller hier seine Antrittsvorlesung in Geschichte gehalten und Goethe bedeutende naturwissenschaftliche Studien betrieben hatte. Die junge Frau freute sich, hier ihr Studium fortsetzen zu dürfen.

Mit Stolz hatte Theo mehrfach diese kleine Geschichte zum Besten gegeben: Sein sprachbegabter Vater habe sich als 16-Jähriger nach einem Wettbewerb von Stenografen in der Universität, bei dem er seinen Test sehr schnell geschafft habe, in einen Kurs für Türkisch »eingeschlichen«. Nach mehreren Wochen sei der unter einer Bank Versteckte entdeckt worden. Er rechtfertigte sich damit, dass er ohne Abitur keine Möglichkeit zur Einschreibung in den Kurs gehabt hätte. Da er der strengen Überprüfung seiner erworbenen Kenntnisse genügte, durfte er seine Studien fortsetzen. Im Ersten Weltkrieg sei er als Dolmetscher in der Türkei eingesetzt worden.

Anja war beeindruckt von dem unbekannten Schwiegervater, der nicht mehr lebte.

Der Winter in diesem Jahr 1964 war sehr hart, bis weit in den März hinein hielt sich der Frost. Anja musste in der Dunkelheit aufstehen, den Bus nach Jena erreichen, hatte nach den Vorlesungen nicht genug Zeit, um länger in der

Bibliothek zu lesen, und kam erst am Abend wieder im kleinen Städtchen an. Ihre Schwiegermutter hatte ihr und Theo das große Schlafzimmer überlassen, das nicht geheizt wurde. Gemeinsam aßen sie im Wohnzimmer zu Abend und dann konnte sie dort lernen. Von der alten Dame fühlte sie sich unaufdringlich umsorgt.

Im Studium waren sie ebenso wie in Dresden nur eine kleine Gruppe von jungen Frauen und Männern. An dem erst vor drei Jahren wieder eröffneten Institut der Vorkriegszeit experimentierte man noch mit dem Ablauf der Studienrichtung ›Sozialpsychologie‹, die 1961 eingeführt worden war. Der zweite Schwerpunkt ›Erziehungsberatung‹ hatte eine längere Tradition. Zunächst konnte sich Anja wenig unter ›Sozialpsychologie‹ vorstellen, fand aber schnell Interesse an solchen Themen der Vorlesung, wie Führungsstil und soziale Rollen. Der Dozent arbeitete an seiner Habilitation und unterließ es nicht, mit Stolz auf seine Herkunft aus der Arbeiterklasse und seinen ursprünglichen Tischlerberuf hinzuweisen. Als Parteisekretär des Instituts schien er die eigentliche Leitung innezuhaben.

Zu ihren Kommilitoninnen fand Anja allmählich Kontakt. Eine Studentin schloss sich ihr näher an und erzählte ihr bald, dass sie sich als einziges Parteimitglied weniger von den anderen angenommen fühle. Anja konnte sie verstehen, baute aber keinen näheren Kontakt zu ihr auf, wie sie es sich vielleicht gewünscht hätte.

Mit einer blonden, lebhaften Studentin, genannt »Gustav«, kam sie über ihren Necknamen ins Gespräch. »Ach, die anderen meinen, ich sei oft so schnell wie Gustav aus ›Emil und die Detektive‹.« Und Erdmutes – so hieß sie – Pferdeschwanz wippte genauso schnell, wie sie sprach. Sie erzählte Anja von der Evangelischen Studentengemeinde und dem beliebten Studentenpfarrer Klaus-Peter Hertzsch, der nicht nur Theologe, sondern auch Germanist sei. In zwei Wochen halte der Lyriker Johannes Bobrowsky einen Vortrag. Es gebe überhaupt viele interessante Veranstaltungen in der Gemeinde. Anja begleitete Gustav zum Abend mit dem angekündigten Poeten. Er habe schon mehrere Literaturpreise bekommen, jedoch werde seine Lyrik nur in kleinen Auflagen veröffentlicht. Anja war beeindruckt von seiner Lesung in der er fast romantische, tiefgründige Dichtung vortrug. Sie nahm sich vor, die Studentengemeinde und ihre Veranstaltungen öfter zu besuchen. Da sie ihren Bus nach Gramont nicht mehr erreichen würde, lud Erdmute sie ein, bei ihr zu übernachten.

Einige Wochen später entschloss sich Anja, während der Woche für eine begrenzte Zeit bei einer alleinstehenden Frau in Jena zu übernachten, mit der sie an der Straßenbahnhaltestelle ins Gespräch gekommen war. Nun konnte sie länger in der Institutsbibliothek lesen und bis 20 Uhr den Lesesaal der Universitätsbibliothek benutzen. Die Atmosphäre der Ruhe und Konzentration in dem historischen Saal mit seinen dunklen Tischen und den Lämpchen an jedem Platz mochte sie sehr. Wenn sie die Bibliothek verließ, ging sie die Goetheallee weiter nach unten, vorbei an den blassen Straßenlaternen und den schwach angeleuchteten Skulpturen der bedeutenden Professoren vergangener Jahrhunderte. Dann passierte sie das Universitäts-Hauptgebäude, das sie in den nächsten Wochen mit seinem alten Innenhof genauer besichtigen wollte. Von der Tradition der berühmten alten Universität sowie der Kultur und Tradition Jenas überhaupt war die junge Frau sehr angetan. Mit 5000 Studenten zählte die Universität für damalige Verhältnisse zu einer der großen in der DDR. Jena selbst war eher klein und die Wege darin kurz, was für Anja in einem angenehmen Gegensatz zur

Großstadt Dresden stand.

Im Laufe des Frühjahrs lud der Institutsdirektor die Studenten ein, mit ihm auf den Höhen über der Stadt zu wandern. Das schien schon eine alte Tradition an der Universität Jena gewesen zu sein und erstaunlicherweise wurde sie weitergeführt. Der Professor, liberal und gutbürgerlich, Parteigenosse, wusste viel über das studentische Leben von früher und heute zu erzählen. Er wollte seine Studenten besser kennenlernen und gab auch ihnen umgekehrt die Gelegenheit dazu. Die Fragen nach geplanten Vorlesungen und Praktika in höheren Semestern beantwortete er geduldig. Ein Dozent werde in die Psychoanalyse Freuds einführen. Vorlesungen in Kinderheilkunde und Neurologie-Psychiatrie gehörten auch zum Lehrplan. Anja war sich sicher, dass ihr Wechsel hierher die richtige Entscheidung gewesen war.

Die Vorlesung ›Medizinische Psychologie‹ für Medizinstudenten belegte sie bald aus eigenem Interesse. Die Dozenten, zwei Professoren, forschten auf dem Gebiet der Hypnose und Psychotherapie bei psychosomatischen Erkrankungen. Ein klinischer Psychologe dieses Universitätsbereichs erlaubte ihr, einige Male bei ihm zu hospitieren. Anja entschloss sich, mit ihm über ein eigenes Problem zu sprechen. Ihr Schlaf hatte sich in den letzten Monaten verändert, so dass sie jede Nacht nach wenigen Stunden aufwachte und längere Zeit zum erneuten Einschlafen brauchte. Auf die Fragen ihres Gesprächspartners hin schilderte sie ihre Lebenssituation mit der Heirat und dem Wechsel von Studienfach und Ort.

Was mochte es mit den beiden jungen Menschen auf sich haben?, fragte er sich und bot Anja an, mit ihr nach Verunsicherung und Ängsten in ihrem Leben zu schauen.

Dass es so etwas war, hatte sie selbst vermutet. Ihr fehlte das vertraute Zusammenleben mit Theo.

Ihre Hospitationen bei dem Kollegen setzte Anja noch eine Weile fort und nahm am Kurs für Autogenen Training teil. Ohne dass sie weiter von sich sprechen wollte, beschäftigte sie eine Bemerkung ihres Kollegen lange:»Das Liebevolle, das Zärtliche ist es, das einander trägt.« Liebevoll, war das mehr als verliebt sein? Trug sie ihren Mann? Wollte er getragen sein? Wurde sie von ihm getragen? Sie musste viel über ihre Beziehung nachdenken. Hing die Unterbrechung ihres Schlafs vielleicht damit zusammen? Allmählich konnte sie ihr nächtliches Erwachen akzeptieren.

Bald zog Anja noch einmal um. Es gab eine Reihenhaussiedlung aus den 30er Jahren für Mitarbeiter der Zeiss-Werke, wo sie eine kleine Dachstube mieten konnte. Fritz und Else, bei denen sie nun wohnte, waren schon im Rentenalter. Fritz war stolz darauf, lebenslang als hochspezialisierter Feinmechaniker bei Zeiss gearbeitet zu haben. Anja gefiel die kleine Dachstube mit dem eisernen Öfchen und dem Dachboden davor, wo ein Waschtisch mit einer großen weißen Porzellanschüssel samt Porzellankrug stand. Wasser holte sie sich aus dem darunter gelegenen Bad. Aus ihren beiden Dachfenstern konnte sie sowohl auf den Hügel des Jenzig als auch auf den ›Hausberg‹ mit dem Fuchsturm sehen.

Das Frühjahrssemester war inzwischen schon halb vorbei und sie musste am Ende nur zwei Klausuren schreiben. So hatte sie viel Zeit, Fachliteratur über klinische Psychologie zu lesen. Ihr Praktikum in der Erziehungsberatung, welches sich über drei Semester erstreckte, erlaubte ihr den ersten Praxiskontakt mit Eltern und Kindern. Sie wendete die Tests zur Überprüfung von Konzentration, Intelligenz und Leistungsstörungen an, auch solche zum Kennenlernen der Persönlichkeit und des Entwicklungsstandes eines Kindes. Gespräche mit den begleitenden Eltern durfte sie bald auch führen, anfangs noch gemeinsam mit ihrem betreuenden Instituts-Assistenten. »Alles ist miteinander verknüpft«, das lernte sie hier und fand es immer wieder bestätigt: die Schwierigkeiten eines Kindes, die Situation in der Familie und oft auch die Ehe der Eltern. Für Anja war das alles eine neue und interessante Herausforderung, wie sie es sich mit dem Wechsel nach Jena gewünscht hatte. Während ihrer Sitzungen konnte sie die Kinder und ihre Eltern spielerisch und beratend begleiten. Das Praktikum fand an der Erziehungsberatungsstelle statt, die dem Institut angegliedert war. Bald wurde sie von ihrem Betreuer mehr einbezogen und freute sich darüber, dass sie auch eigenständig »Fälle« übernehmen durfte. Sie hatte natürlich mit ihren 23 Jahren noch wenig Lebenserfahrung und spürte so manches Mal, dass Mütter ihr skeptisch begegneten. Dennoch konnte sie mit ihrer bescheidenen und engagierten Art Vertrauen aufbauen und ihr Praktikumsbetreuer schien mit ihr zufrieden zu sein.

Neben dieser strebsamen Seite in Anjas Leben gab es auch jene andere, die fröhliche und unbeschwerte, die in den letzten Jahren und vielleicht auch schon über längere Zeit vorher zu kurz gekommen war. Wenn sie in den Hügeln rings um die Stadt bergan wanderte, kam sie manchmal an Steinen oder Bänken vorbei, wo Studenten vergangener Jahrgänge die Jahreszahl ihrer Abschlussfeier eingraviert hatten. Ein großer Stein mit ebener Oberfläche fiel ihr dabei ins Auge, um den herum sich eine stattliche Zahl kleinerer gruppierte. Und sie hatte sich lebhaft ausgemalt, wie sich junge Menschen in Feierlaune hier nach dem erfolgreichen Ende ihres Studiums vergnügt hatten.

Bald konnte sie selbst das Feiern miteinander erleben. Ihre Kommilitonen hatten schon lange von der Johannisnacht, dem Fest zur Sommersonnenwende, geschwärmt. Mit Erdmute und Chris machte sie sich am Abend auf den

Weg zum Fuchsturm. Noch war es hell, aber mit fortschreitender Dunkelheit würden auf den Höhen ringsum die Johannisfeuer entzündet werden, erklärte Erdmute. Immer mehr junge Leute strömten bergan. Gitarren erklangen und bald hörte man den Gesang bekannter alter Studentenlieder, wie das von der › Burschen-Herrlichkeit‹. Anja kam sich in eine andere Zeit versetzt vor, in das 19. Jahrhundert mit dem Wartburgfest, mit Burschenschaften und Patriotismus nach der Vertreibung Napoleons aus Deutschland. Dass man heutzutage noch so singen und feiern konnte, hatte sie nicht erwartet. Hier in Jena war es möglich, sicherlich unter den wachsamen Augen des Staates, aber das störte die Freude nicht. Anja fand es großartig, sich von der Feierstimmung mitreißen zu lassen, die auch von Alkohol angeheizt wurde. Theo mit seinen Grundsätzen hätte ihn vielleicht gemieden. Anja tauchte in die ausgelassene Stimmung ein, sang und trank mit größeren Pausen, verlor dabei aber ihre Freunde nicht aus den Augen. Erdmutes Verlobter war noch dazugekommen. Mit einem Male wurde Anja unendlich müde und schlief ein, bekam im Halbschlaf mit, dass die Feuer allmählich niederbrannten und noch lange im Dunkeln weiterglühten. Als die meisten Teilnehmer aufbrachen, wurde sie von ihren Freunden geweckt. Immer noch benommen vom Alkohol und ihrer Müdigkeit konnte sie dem tanzenden Schein der Taschenlampen talabwärts zunehmend besser folgen. In der Nähe ihres Heims trennte sie sich von den anderen, die noch weiter hinein in die Innenstadt laufen mussten.

Urlaub, Freundschaft

Anja, immer noch begeistert vom Erlebnis der Johannisfeuer ringsum auf den Hügeln und vom Singen in der Mittsommernacht, erzählte Theo bei seinem Besuch am Wochenende davon.

In diesem Semester war Theo nicht allzu oft zu ihr gekommen, denn er hatte für zwei schwere Prüfungen beim Semesterschluss im Sommer 1964 lernen müssen. Da er im Herbstsemester seine Diplomarbeit beginnen sollte, war er schon jetzt, während der Semesterferien, mit der Suche nach einem Betreuer und mit seiner Vorbereitung auf das Thema beschäftigt. Ganz glücklich erzählte er seiner Frau, dass er einen Platz für ein zweiwöchiges Praktikum im Film-Studio Barandow in Prag bekommen habe. Die Tontechnik, die ihn für seine Spezialisierung im Studium interessierte, aber auch alles andere dort sei sicher spannend. Anja bekam große Augen, ein richtiges Filmstudio also. Wenn sie ihn am Ende des Praktikums in Prag besuchen würde, könne sie vielleicht auch an einer Führung durch das Filmstudio teilnehmen, meinte Theo. Auch sein Kletterkamerad Jo, eigentlich Johannes, der Physikstudent, habe sich für einen Platz beworben. Das Praktikum sei für Studenten verschiedener Fakultäten zugelassen.

Anja freute sich über die Aussicht auf interessante Ferientage, noch dazu über Theos weiteren Vorschlag, im Anschluss daran in die Hohe Tatra zu fahren. Das sei das kleinste Hochgebirge der Welt, dennoch seien die Berge fast 3000 Meter hoch, sagte er. Sie dachte an die schönen Gebirgserlebnisse vor drei Jahren in Bulgarien und war sofort begeistert. Ob Johannes, »Jo«, danach auch noch mit in die Hohe Tatra käme, fragte sie Theo.

Sie hatte ihn zwei Jahre zuvor kennengelernt, als alle Studenten der Hochschule eine Woche lang im Herbst bei der Kartoffelernte im Norden des Landes halfen. Das Dorf ihres Einsatzes im Mecklenburger Land beherbergte sowohl Studenten der Psychologie als auch der Physik. Einer von ihnen war Johannes, der ihr bei einer besonderen Aktion aufgefallen war.

Anja erinnerte sich später noch genau daran. Die Studenten sollten die von der Partei und vom Staat beschlossene Kollektivierung der Landwirtschaft ideologisch unterstützen. Unter der Landbevölkerung gab es aufgrund des Beschlusses, ihr nach Kriegsende erhaltenes Ackerland in kollektives Eigentum zu überführen, sehr viel Unruhe. Von den Studenten wurde erwartet, dass sie die gesellschaftlichen Vorteile der Zwangsmaßnahme vertraten. Die meisten unter ihnen waren im Zwiespalt darüber und verstanden die Einwände der Dorfbewohner.

Diese waren den Studenten gegenüber misstrauisch. Beide Gruppen aber, Dorfbewohner und studentische Helfer, würden am Wochenende das alljährliche Erntefest miteinander feiern. Von ihren Parteigenossen hatten die Studenten den Auftrag erhalten, mit den Bauern einen gemeinsamen Erntewagen für den festlichen Umzug zu schmücken. Nach einer längeren Diskussion über das Plakat mit dem Motto »unter einen Hut«, auf das sie sich geeinigt hatten, war es Johannes gewesen, der den Hut eines asiatischen Reisbauern in Gelb mit schöner Anordnung der geflochtenen Strohhalme malte, aber viel zu klein für die Vielzahl der darunter versammelten Menschen. Gegen Einwände hatte er die Dimension seines Huts mit Argumenten so lange verteidigt, bis man es dabei beließ, weil alle in die Mittagspause gehen wollten. Anja hatte ihn später angesprochen und sie lachten gemeinsam über seine Ironie bei dieser Aktion und seine Unerschütterlichkeit.

Diese Geschichte erzählte Anja Theo jetzt, der sich gewundert hatte, dass Anja Johannes kannte. Auch ihm gefiel das Verhalten seines Freundes, den er noch nicht sehr lange kannte. Er versprach Anja, ihm einen gemeinsamen Urlaub im Anschluss an das Praktikum vorzuschlagen.

Bei seinem nächsten Besuch konnte Theo Anja erzählen, dass Johannes und auch seine Verlobte Monika mitkommen würden. Sie sei Lehrerin und habe gerade ihr erstes Unterrichtsjahr in Freiberg, nicht weit entfernt von Dresden, beendet. Die Aussicht, zu viert zu sein, gefiel Anja sehr und sie freute sich darauf, Johannes wiederzusehen und Monika kennenzulernen.

Als es so weit war, fuhren die beiden Frauen gemeinsam nach Prag. Ihre Männer hatten erreicht, dass sie alle vier durch das Filmstudio geführt wurden. So wurde ihnen einiges aus der Kinowelt hinter den Kulissen zugänglich, was sie staunen ließ. Neben der Technik, den Tricks und Effekten beeindruckten sie die harte Arbeit und die riesige Geduld der Mitwirkenden, die ein Kinoerlebnis erst möglich machten.

Am folgenden Tag fuhren sie von Prag aus mit dem Nachtzug in die Hohe Tatra und kamen am nächsten Morgen in Poprad an. Von dort ging es weiter mit der Kleinbahn bis Tatranska Lomnitza, vorbei am Strybsko Pleso, einem großen See, dessen Temperatur trotz seiner 2000 m Höhe das Baden zuließ, wie Theo wusste.

Bald fanden sie eine Pension zum Übernachten, schauten sich in der Umgebung um und beschlossen, am nächsten Tag auf die Lomnitz-Spitze zu gehen. Auf dem gut markierten Weg musste man oft über Granitbrocken steigen, was ziemlich anstrengend war. Immer wieder aber wurden sie mit sehr schönen Ausblicken belohnt. In der Tiefe waren grüne oder fast schwarz erscheinende Gebirgsseen im Felsenmeer zu sehen, von Theo ›Meeresaugen‹ genannt.

Beim Abstieg musste man sehr aufpassen, um keinen Steinschlag zu verursachen. Auf einmal riss Theo, der nahe neben Anja lief, ihren Kopf zur Seite. Dicht neben ihr sauste ein Brocken, beinahe faustgroß, in die Tiefe. Ein Riesenschock nachträglich für Anja und ein Gefühl großer Dankbarkeit gegenüber ihrem Mann.

Monika war beim Gehen die Langsamste von ihnen und schien nach der Tour sehr erschöpft zu sein. Ob sie zu wenig Rücksicht genommen hatten oder der gewählte Aufstieg zu anstrengend gewesen war? Auf ihre Fragen antwortete sie ausweichend. Später erklärte sie, dass sie sich in ihrem ersten Jahr als Lehrerin am Ende wohl zu sehr verausgabt und auch nach dem Beginn der Ferien noch nicht genügend Zeit gefunden habe, sich zu erholen. Jo ging sehr liebevoll mit ihr um und alle boten ihr an, dass sie einen Tag aussetzen und sich ausruhen solle.

So nahm Monika am nächsten Tag nicht am Aufstieg auf den Rysi teil und war froh darüber, denn die anderen klagten bei ihrer Rückkehr sehr über den Anstieg von 1000 m in der prallen Hitze. Bald fühlte sie sich besser und ihre Traurigkeit und Schweigsamkeit legten sich zunehmend.

Zwei Tage später verließen sie den kleinen Ort und wanderten im Gebirge weiter. Sie waren dabei auf Übernachtungsplätze in oft Tage weit auseinander liegenden Hütten angewiesen. Und ganz unerwartet mussten sie sich damit abfinden, dass es ›Slietzky Dum‹, die Schlesierhütte, mit der sie fest gerechnet hatten, nicht mehr gab. Einige Jahre zuvor sei sie niedergebrannt, erfuhren sie von anderen Wanderern.

Zum Glück hatten die vier zwei kleine Zelte bei sich und fanden ganz in der Nähe der ehemaligen Hütte einen halbwegs erhaltenen Speicher, an dem man über eine Leiter nach innen auf den Dachboden steigen konnte. Das Dach war allerdings kaputt. Da es den ganzen Tag schon genieselt hatte, beschlossen sie, ihr Zelt nicht auf dem unebenen nassen Waldboden aufzustellen, sondern dort oben. Wegen des Dauerregens konnten sie ihre Wanderung allerdings erst am dritten Tag fortsetzen.

Nun hatten sie viel Zeit zum Lesen, Lachen und auch für gemeinsame Spiele. Sie waren sich vertraut geworden und erzählten sich manches aus ihrem Leben. Jo sprach über seine Geschwister. Seine älteste Schwester sei Ärztin. Die beiden anderen Geschwister hätten zeitweise in psychiatrischen Kliniken behandelt werden müssen, sich dabei allmählich stabilisiert. Seine jüngste Schwester aber lebte seit ihrem 13. Lebensjahr in einer großen psychiatrischen Anstalt. Sie leide unter einer frühzeitig begonnenen schizophrenen Erkrankung, in der die jetzt 25-Jährige zunehmend zum unselbstständigen Kind geworden sei. Jo hoffe, dass er und seine älteste Schwester diese Veranlagung ihres ebenfalls erkrankten Vaters nicht geerbt hatten.

Anja war betroffen, als sie so unmittelbar vom Schicksal psychisch kranker Menschen hörte, und spürte Mitgefühl mit dieser Familie. Für ihre spätere Arbeit würde sie viel über Psychiatrie wissen müssen, wenn es auch ein medizinisches Arbeitsfeld war. So dachte sie daran, sich in späteren Semesterferien für ein Praktikum in einer Psychiatrischen Klinik zu bewerben.

Der Urlaub der vier jungen Leute endete eine Woche später mit ihrem Abschied auf dem Hauptbahnhof in Dresden. Da sie sich gut verstanden und miteinander wohlgefühlt hatten, vereinbarten sie, ihre Ferien wieder einmal miteinander zu verbringen.

So trafen sie sich schon zum Jahresende in einer Jugendherberge in der Sächsischen Schweiz. Bei ihrer Anmeldung erfuhren sie zu ihrem Erstaunen, dass sie die einzigen Gäste im Hause waren. Nachdem ihnen das Brennholz für den Kachelofen gezeigt und der Schlüssel für das Haus übergeben worden war, heizten sie das ausgekühlte Gebäude viele Stunden lang, bis es nach Mitternacht allmählich behaglich warm wurde. Bei Tage wanderten sie, kochten, spielten und entspannten sich. Sie konnten endlich abschalten und dachten nicht mehr an bevorstehende Prüfungen. Silvester fuhren sie nach Freiberg und übernachteten in der kleinen

Wohnung von Monika.

Heute, 40 Jahre später, erinnerte sich Anja beim Schreiben wieder an die Freude und den Übermut von ihnen allen, als sie miteinander auf den weiß verschneiten Straßen in der Nähe des Freiberger Doms liefen, dabei sangen und ihre Spuren im immer noch rieselnden Schnee hinterließen. Niemand außer ihnen war zu dieser Zeit kurz vor dem Wechsel ins neue Jahr noch unterwegs gewesen. Vielleicht aber gab es einen Menschen hinter den hell erleuchteten Fenstern, der bemerkte, wie zwei junge Paare glücklich um die Säule beim Brunnen am Markt tanzten und einander und die Welt umarmten.

Ein halbes Jahr später machten die vier in den Sommerferien 1965 erneut eine gemeinsame Reise in die Hohe Tatra. Theo hatte inzwischen seine Diplomarbeit geschrieben, musste sie aber erst im Spätsommer verteidigen. Anja kannte bereits das Thema für ihre Diplomarbeit und sollte sie im Herbst beginnen. Jo hatte sein Physik-Studium beendet und Monika kam nach ihrem zweiten Jahr an der Schule besser mit allen Herausforderungen als Lehrerin zurecht.

Ein Praktikum in einem Krankenhaus

Ehe aber Anja, Theo, Johannes und Monika erneut für 14 Tage (in den Semesterferien) in die Hohen Tatra reisten, absolvierte Anja ein Praktikum.

Sie hatte von dem Psychologen Dr. Winter in Leipzig gehört. Er sei ein bekannter Psychotherapeut, der Therapie in Richtung der Psychoanalyse durchführe. Anja bewarb sich bei ihm um eine mehrwöchige Hospitation. Nachdem sie längere Zeit nichts dazu hörte, konnte sie in Erfahrung bringen, dass er in den Norden gezogen war und seit Kurzem in einem großen psychiatrischen Krankenhaus arbeitete. Sie schrieb ihn erneut an. Bald kam seine Antwort mit der Einladung, zu dem von ihr gewünschten Zeitraum zu kommen. Der Ort lag im Nord-Westen des Bezirks Magdeburg, in der Altmark.

So machte sich Anja im Sommer 1964 mit der Bahn auf den Weg dorthin. Es sollte ein psychiatrisches Großkrankenhaus auf dem Lande sein, und sie war sehr gespannt darauf, was sie erwartete. Nach dem letzten Umsteigen, in Stendal hinter Magdeburg, saß sie im Regionalzug. Es ging über flaches Land, mehr Weideland als Äcker, von Büschen gesäumt, kleine Dörfer als Bahnstationen, zwei Friedhöfe nahe der Bahnlinie. Der Zug wurde langsamer, kein Ort, jedoch eine Ansammlung von Gebäuden aus roten Klinkerziegeln war zu erkennen, bis der Zug vor dem kleinen Bahnhofsgebäude mit dem Stationsschild UCHTSPRINGE hielt.

Anja stieg aus und schaute sich um. Weiter seitlich nahm sie eine Schranke wahr und im Hintergrund ein großes zweistöckiges Haus, auch rote Klinkerziegel. Ein Wohnhaus oder vielleicht ein Gasthaus, dahinter Wald. Nun ging sie wenige Schritte vom Bahnsteig aus durch das kleine Bahnhofsgebäude hindurch und sah nach dem Verlassen zahlreiche Häuser in gleicher Bauart vor sich. Es schienen Stationen des Krankenhauses zu sein, der »Anstalt«, wie man früher dazu sagte.

Anja kannte Fotos von solchen Anstalten wie hier mit Gebäuden aus roten Klinkerziegeln, die weniger leicht verwitterten als anderes Baumaterial. Sie waren gegen Ende des 19. Jahrhunderts erbaut worden, als man davon abkam, Menschen mit Geistes- und Gemütskrankheiten, Epileptiker und »Blöde« in den eigenen oder in Pflegefamilien zu versorgen oder nur zu verwahren. Es waren Kranke, die zu einem bis dahin vernachlässigten Zweig der Medizin gehörten, der Psychiatrie. Im Zuge der zunehmenden Modernisierung sollten sie in Großkrankenhäusern auf dem Land, leben, in gesunder Luft und mit gutem Trinkwasser versorgt, und mit Arbeits- und Sozialtherapie gefördert werden. Auch die Fortschritte in der Elektroneurodiagnostik und Pharmakotherapie sollten ihnen zugutekommen. Darüber hatte Anja zuvor einiges gelesen. Sie war fast die einzige Reisende, die hier ausgestiegen war. Vor dem Bahnhof liefen Leute auf und ab. Waren es Patienten? Hatten sie Besucher erwartet? Es war ja heute Sonntag, Besuchstag. Die Frauen und Männer schienen schnell erkannt zu haben, dass sie keine Besucherin war, und näherten sich ihr nicht weiter. Ein Mann, der auch aus dem Zug ausgestiegen war, lief zielstrebig davon und Anja fragte sich, ob er vielleicht ein Krankenpfleger war, der seinen Dienst pünktlich beginnen wollte. Sie war sehr neugierig auf alles, was ihr hier begegnen würde. Für die Menschen am Bahnhof war sie sicherlich ebenfalls interessant, eine aus der Welt da draußen, von der man hier vielleicht manches vermisste.

Jetzt näherten sich ihr doch eine Frau und ein Mann. Die Frau fragte, zu wem sie wolle. »Zu Dr. Winter«, antwortete Anja und fragte zurück, ob sie wisse, wo er wohne. Das sei ihr selbstverständlich bekannt, denn immer zu Anfang der Woche bringe sie der »Frau Doktor« – sie sagte nicht »Frau Winter« – die frisch gewaschene und gebügelte Wäsche von der Wäscherei. Sie bot an, Anja zu den »Doktors« zu begleiten, und Anja stimmte gern zu.

Nach dem Betreten des Wohnhauses öffnete eine freundliche, mütterlich wirkende Frau die Etagentür im ersten Stock und stellte sich als Frau Winter vor. Anja werde schon erwartet und solle mit der Familie Kaffee trinken. Alsbald erschien auch der Hausherr selbst, ein schlanker Herr mit flinken grauen Augen, der Anja mit einer erstaunlich hellen Stimme begrüßte und nach ihrer Reise fragte. Im Anschluss daran kamen die drei Kinder der Familie, sichtlich neugierig auf den Besuch, hinter ihren Eltern hervor und begrüßten ebenfalls den Gast.

Später, am Kaffeetisch, führte der Vater meist das Wort und erzählte, dass die Familie erst vor wenigen Wochen hierher gezogen sei und es noch viel in der Wohnung zu tun gebe. Anja entgegnete freundlich, dass man sich doch hier im Wohnzimmer sehr wohl fühlen könne. Die Hauptarbeit habe seine Frau geleistet, betonte Dr. Winter anerkennend. »Er arbeitet ja bereits seit 14 Tagen im Krankenhaus auf der gerade eröffneten Station für Psychotherapie«, sagte sie. »Wir sind auf den dringenden Wunsch von Professor Wendt, dem ärztlichen Direktor des Krankenhauses, hierher aufs Land gezogen. Mein Mann hatte vorher viele Jahre in Leipzig unter seiner Leitung in der stationären Psychotherapie gearbeitet, bis sich der Professor vor wenigen Jahren entschlossen hat, die Universität zu verlassen.« ›Da darf ich ja einen wichtigen Neuanfang von Dr. Winter miterleben‹, dachte Anja.

Winter nickte seiner Frau mit einem frohen Gesichtsausdruck zu. Er war ihr sehr dankbar, dass sie aus Leipzig mit hierher in die Provinz gezogen war. Wendt brauche ihn hier und er arbeite gern unter seiner Leitung. Es sei auch sehr spannend, von Anfang an etwas mit aufzubauen, fügte er hinzu.

»Über Ihre Hospitation sprechen wir morgen«, meinte er freundlich zu Anja. »Morgen sollen Sie sich als Erstes um 8:30 beim Chef einfinden, bevor Sie zu uns auf die Station kommen.«

Er werde sie jetzt zum ›Klubhaus‹ begleiten, wo sie übernachten könne. Hinter dem Bahnhofsgebäude liege es, einstmals sei es ein kleines Hotel gewesen, heutzutage aber nur noch eine Kneipe. Das Krankenhaus bewirtschafte Gästezimmer im ersten Stock. Auf dem Weg dahin kämen sie am Haus 28 vorbei, der Psychotherapiestation, und er werde ihr unterwegs auch das Empfangsgebäude mit dem Sekretariat des Direktors zeigen.

Anja verabschiedete sich von Frau Winter und versuchte sich unterwegs die Lage der Gebäude einzuprägen. Links von der Straße zeigte Winter auf die Psychotherapiestation 28 und erzählte, das heutige Großkrankenhaus sei 1894 nach nur zwei Jahren Bauzeit fertiggestellt worden. Mit seiner klaren baulichen Gestaltung habe es anderen psychiatrischen Anstalten damals als Vorbild gedient.

Bald bogen sie nach rechts ein und kamen zum Verwaltungsgebäude. Es war ein repräsentativer langgestreckter roter Bau aus Klinkerziegeln mit einem schönen überdachten Treppenaufgang, ausgestattet mit einem großen Fenster für den Blick ins Gelände. Vor dem Gebäude Rasen mit Büschen von Rhododendron und einem Springbrunnen. Anja äußerte ihre Bewunderung für die Anlage.

Dr. Winter wusste aus eigener Erfahrung, wie schwer ihm die Orientierung in dem gesamten Gelände gefallen war. Er wollte Anja, die sich bald darin allein zurechtfinden musste, ein wenig helfen, indem er ihr das bauliche Schema erklärte. Es gab eine zentrale, horizontale Achse mit dem langgestreckten Verwaltungsgebäude und den Wirtschaftsgebäuden daneben. Von dieser Achse aus nach unten erstreckten sich die Gebäude der Männer- und der Frauenabteilung und darunter liege die Kinderabteilung. In diesen Gebäuden würden die »Akutpatienten« behandelt. Die Stationshäuser für die chronisch Kranken lägen im gesamten Gelände verstreut.

Nachdem sie zur Seite der Verwaltung wieder auf ihrem Hauptweg angekommen waren, gingen sie weiter in Richtung Bahnhof. Unterwegs fragte Anja ihren Begleiter nach dem Direktor. Sie fand es merkwürdig, dass er sie sofort am ersten Tage sehen wollte.

»Er möchte Sie kennenlernen und Ihnen vermutlich

empfehlen, neben Ihrer gewünschten Hospitation in der Psychotherapieabteilung auch Eindrücke in der Psychiatrie zu sammeln. Er ist Experte auf seinem Fachgebiet der Psychiatrie und Neurologie, hat sich aber auch sehr für die Psychotherapie von Neurosen interessiert und eine psychoanalytische Ausbildung abgeschlossen. Seit drei Jahren hat er hier die Leitung übernommen, um die Behandlung von Kranken nach seinen modernen Vorstellungen zu gestalten. Sie werden hier keine vergitterten Fenster und verschlossenen Türen mehr sehen wie in anderen Einrichtungen. Sein Kernprojekt, die Psychotherapieabteilung mit zwanzig Betten, ist gerade eröffnet worden. Sie, Frau Bäumler, sollten offen sein für alles, was Ihnen hier gezeigt wird«, beendete Winter seine Erklärung und Anja verstand seinen Appell.

Über die Bahngleise gelangten Dr. Winter und sie in das ›Klubhaus‹, wo sie ein Zimmer im ersten Stock beziehen konnte. Sie war froh, nach seinem Abschied ihre vielen Eindrücke und Informationen in Ruhe verarbeiten zu können. Sie schätzte sich glücklich, mitten in einer Phase von Aufbruch und Neuerung hier zu sein.

Am nächsten Morgen fand sie den Weg zum Direktor ohne Probleme, wurde schon von seiner Sekretärin erwartet und telefonisch angemeldet.

Dann stand sie einem hochgewachsenen Herrn in den Vierzigern im weißen Arztkittel gegenüber. Ein Gesicht mit weit vorspringender Nase, markanten Wangenknochen, hoher Stirn und angegrautem Haar, ein forschender, einladender Blick. Gern folgte sie der freundlichen Geste, sich in der Sitzgruppe jenseits des imposanten Schreibtischs niederzulassen.

Sie äußerte ihre Vorstellung zum Praktikum auf Station 28 bei Dr. Winter und der Direktor nickte. Aber sie solle auch die Hauptabteilungen des gesamten Bezirkskrankenhauses für Psychiatrie und Neurologie kennenlernen. Und er nannte ihr die Tage, an denen er morgens Chefvisiten durchführte und sie dazu erwarte. Würde ihr genügend Zeit bleiben, fragte sie sich im Stillen, um die Arbeit von Dr. Winter genauer kennenzulernen?

Die Visiten des Direktors auf den Akutstationen der Frauen-, Männer- und Kinderpsychiatrie zeigten Anja eine Seite des Lebens, die sie traurig und neugierig zugleich machte. Prof. Wendt sprach kurz, aber dabei zugewandt mit jedem Patienten. Erörterungen mit dem begleitenden medizinischen Personal über die Köpfe der Patienten hinweg fanden nicht statt. Das Gespräch danach im Stationsraum mit der Neuvorstellung von Patienten und der Besprechung bisheriger Behandlungsverläufe kam Anja wie eine Lehrveranstaltung vor. Besonders ausführlich geschah das alles auf der Psychotherapiestation. Anja blieb entgegen ihrer Skepsis dennoch genügend Zeit für ihre Hospitation bei Dr. Winter.

Schnell wurde klar, dass die drei abgesprochenen Wochen ihres Praktikums nicht ausreichen würden, um so viel von Psychotherapie in der Praxis kennenzulernen, dass sie den Prozess dabei besser verstehen würde. So fragte sie bald an, ob sie nach ihrem Urlaub wiederkommen dürfe. Erst kurz bevor sie abreiste, stimmten Wendt und Winter ihrem Wunsch zu. Sie hatten Anja genügend kennengelernt und wollten sie nicht nur fördern, sondern fanden den Blickwinkel und die Fragen dieser lernbegierigen Studentin ihrerseits interessant.

Auf der Psychotherapiestation kamen seit ihrer Eröffnung immer mehr Patienten an. Sie wurden von anderen Landeskrankenanstalten in Norddeutschland geschickt. Es waren solche, die von Medikamenten keine Besserung mehr erwarten konnten, vielleicht aber von Verhaltensmedizin und Psychotherapie. Das zu akzeptieren, fiel vielen der inzwischen Aufgenommenen oft nicht leicht.

Anja durfte jeden Tag als stille Beobachterin während der Psychotherapie-Sitzungen von Dr. Winter mit seinen Patienten anwesend sein, wenn diese darin eingewilligt hatten. Die ärztliche Schweigepflicht war ihnen selbstverständlich zugesichert worden. Der Studentin ging es darum zu erfassen, wie sich das Gespräch und die Beziehung zwischen Therapeut und Patient entwickelten und im Laufe des stationären Aufenthalts veränderten.

Anja nutzte auch die Möglichkeit, in den gesamtdeutschen Fachzeitschriften zu lesen, die der Direktor gegen Westgeld abonnieren durfte und welche einmal wöchentlich unter dem leitenden Personal weitergegeben wurden. Manchmal ging sie in die Bibliothek im Verwaltungsgebäude. Ein Buch dort war ihr besonders von ihrem Mentor empfohlen worden: ›Mit dem dritten Ohr gehört‹ von Theodor Reick. Es ging um das Hören, Verstehen und Antworten jenseits der gesprochenen Worte zwischen Arzt und Patient. Anweisungen dazu, wie man es zu machen habe, suchte sie vergebens. Und doch erkannte sie in den Fallbeschreibungen des Verfassers die wichtigen Themen und Interaktionen, die zu Veränderungen im Befinden und Verhalten bei den Patienten geführt hatten.

Was sie im Umgang von Prof. Wendt und Dr. Winter mit seinen Patienten an Einfühlung oder auch an Herausforderung wahrnahm, zeigte ihr, was möglich und nötig war, damit Menschen mit ihrem Leben und ihrer Gesundheit angemessener umzugehen lernten. Es erschien ihr als Kunst, wie ihre Lehrmeister mit den verletzten, resignierten oder widerstrebenden Seelen ihrer neurotischen Patienten umgingen, aber auch mit ihrer beharrlichen Trägheit oder Dramatik. Sie versuchte zu verstehen, was in den Dialogen zwischen Therapeut und Patient geschah, konnte sich oft Antworten auf ihre Fragen bei ihren beiden Lehrern holen und hoffte, dass sie in einer späteren Ausbildung in der Psychotherapie genügend eigene Fähigkeiten darin entwickeln würde. Prof. Wendt mit seinem forschenden Blick und der Neigung, genau nachzufragen, flößte Patienten und Mitarbeitern meist Respekt ein. In einer Visite jedoch, auf der Kinderstation, war Anja davon fasziniert, wie er mit einem aufsässigen elfjährigen Jungen sprach.

Auf die Frage, was er nun hier wolle, bekam er von dem Jungen zur Antwort: »Weiß ich doch nicht.«

»Aber woher soll *ich* das wissen, ich kann doch nicht in dich hineinsehen. Und wie geht's dir hier so?«

Schweigen.

Anjas Aufmerksamkeit hatte sich voll auf den Doktor und den abweisenden Jungen gerichtet. Wendt wurde nicht ungehalten, ließ aber nicht locker: »Was kannst du hier nicht machen, weil du nicht zu Hause bist?«

»Fußball. Am Sonntag haben wir ein Spiel und ich bin nicht da, sondern hier in der Klapse«, sagte der Junge anklagend.

»In deiner Mannschaft, wo stehst du da? Seite, hinten, Tor?«

»Rückwärtsverteidiger und die haben keinen guten anderen.«

Anja war davon angetan, wie der Professor zu dem Jungen immer mehr Nähe gewann und auf gleiche Augenhöhe ging, indem er mit ihm in seiner Sprache redete. Nachdem er ihm versichert hatte, dass sie es hier schaffen wollten, dass er bald wieder nach Hause käme, dabei selbst aber mithelfen müsse, wurde Wendt im Weitergehen wieder zum Chef.

Es war keine Schauspielerei, was sie da erlebt hatte. Prof. Wendt hatte die Gabe, ganz nahe an einen anderen Menschen heranzukommen, egal ob es ein kleiner Junge oder ein ängstlicher Erwachsener war, der intellektuell daherredete und klagen oder beeindrucken wollte. Das war wohl so etwas wie das ›Hören mit dem dritten Ohr‹ und die passenden Antworten, fand Anja.

Die ersten drei Wochen ihres Praktikums in Uchtspringe vergingen schnell. Anja nannte den Ort ihrer neuen Erkenntnisse für sich selbst damals anders: ›Lichtspringe‹. Jahrzehnte später, als die Erzählerin ihrer Geschichte, verwendete sie den Namen dauerhaft, weil sie damit ihren persönlichen Blick auf das Beobachtete und Geschilderte ausdrücken wollte.

Im Arbeitszimmer von Dr. Winter hing ein Foto, das Anja immer wieder faszinierte: Ein Mann hatte seinen Rucksack abgesetzt und darunter stand geschrieben: »Was wird, wird still.« Die Erinnerung an dieses Bild, vielleicht tröstlich für einen Patienten in seinem Genesungsprozess, nahm sie nach den 14 Tagen ihres ersten Praktikumsteils mit in ihren Urlaub.

Voller Vorfreude darauf trat sie ihre Reise mit Theo und ihren beiden Freunden an. Ihren Reisegefährten hatte sie unterwegs von ihrem Praktikum in Lichtspringe erzählt, und Jo hatte sehr interessiert und bewegt zugehört. Dann gestand er, dass seine jüngste Schwester Angelika in diesem psychiatrischen Krankenhaus in Lichtspringe seit über 12 Jahren lebe. Besucht habe er sie noch nie. Es wäre wohl zu traurig für ihn, sie durch die Krankheit so verändert wiederzusehen, wie es ihm seine älteste Schwester, die Ärztin, geschildert hatte. Vielleicht könne sie sich nun auch gar nicht mehr an ihre Familie erinnern.

Anja hatte geschluckt. Konnte eine Krankheit das Wesen und das Aussehen eines Menschen so stark verändern und vielleicht sogar seine Erinnerungen immer mehr auslöschen? Sie nahm sich vor, Angelika kennenzulernen.

Nach der Rückkehr in ihr Praktikum bemühte sich Anja herauszufinden, wo Angelika lebte. Es war eines der Häuser für chronisch kranke Frauen. Anja hatte manchmal Gruppen von ihnen mit einer Pflegerin im Gelände gesehen, wo sie ein wenig arbeiteten oder spazieren gingen. Viele aber gingen gar nicht aus den Häusern, waren ganz antriebsarm und mussten von den Schwestern zu allen Verrichtungen aufgefordert werden.

Während Anja bei den Visiten auf der Akutstation von der Behandlungsmöglichkeit der Psychosen durch Medikamente erfahren hatte, musste sie jetzt die belastenden Eindrücke von Unheilbarkeit und Dauerunterbringung von Menschen in der Psychiatrie an sich heranlassen. Sie erkundigte sich nach Angelika und besuchte sie eines Tages auf ihrer Station für chronisch Kranke. Da stand ein Mädchen im Raum, vielleicht Mitte zwanzig, etwas pummelig, keine Ähnlichkeit mit dem Bruder. Ihr Gesichtsausdruck wirkte eher stumpf und sie sah den anderen, mit denen sie zusammenlebte, ziemlich ähnlich. Nahm die Krankheit einem Menschen allmählich nicht nur vieles von der inneren, sondern auch von seiner äußeren Individualität?, fragte sie sich.

Angelika hörte Anja zu, als sie ihr von ihrem Bruder erzählte, aber es war nicht erkennbar, ob sie es wirklich aufnahm. Anja erzählte, dass sie mit ihrem Bruder Johannes befreundet war, mit ihm und seiner Verlobten zusammen Urlaub gemacht habe und ihr seine Grüße überbringe. Das Mädchen blieb gleichbleibend freundlich, aber ohne jedes Anzeichen einer Gemütsbewegung. Nun hatte sie eine weitere Idee und bat Angelika, ihr ein Buch herbeizuholen und etwas daraus vorzulesen. Es war ein Kinderbuch und Angelika las langsam und stockend. Anja fragte sich, ob sie verstand, was sie las. Es entwickelte sich leider kein wirkliches Gespräch zwischen ihnen beiden, aber Angelika konnte Personen und Gegenständen benennen, um die es ging. Ob sie manchmal selbst lese, fragte Anja, worauf Angelika nickte. Als Anja sie bat, ihren Namen aufzuschreiben, nahm sie zwar den Stift in die Hand und hielt ihn über das Papier, schrieb aber nichts. Konnte sie es nicht mehr? Anja beließ es dabei, denn sie wollte das Mädchen nicht beschämen. Sie war erschüttert darüber, dass diese schwere Form der Krankheit, Hebephrenie genannt, einen Menschen so deformieren konnte. Angelika war ihre Lebenskraft und ihre Kindheits- und Familiengeschichte genommen. Man konnte nur hoffen, dass sie dabei seelisch nicht mehr litt.

Nachdem Anja sich von dem Mädchen verabschiedet hatte, ging ihr das Erlebte weiter nach. Was mochte mit solchen Kranken hier in der Zeit des Faschismus geschehen sein?, fragte sie sich. Hatte sich diese Landeskrankenanstalt auch der Euthanasie schuldig gemacht? Das wollte sie ergründen und bat die Chefsekretärin, Frau Gebauer, ihr dabei zu helfen.

Also suchten sie in der Bibliothek die Jahrbücher der ›Aufnahmen und Abgänge‹ des Patientenverzeichnisses heraus. Es fand sich tatsächlich ein Anstieg der Zahlen von ›Abgängen‹, die nicht durch Tod, sondern durch eine Verlegung verursacht worden waren. Sie seien in andere Anstalten gebracht worden, bekräftigte die Chefsekretärin. Man spreche nicht gern darüber, dass sie hier im Krankenhaus dazu ausgewählt worden waren.

Nach Kriegsende sei die Leitung des Krankenhauses sofort in andere Hände übergegangen. Unter dem Direktor Dr. Nobbe habe man die moderne Pharmakotherapie in der Akutbehandlung eingeführt und eine breit gefächerte Arbeitstherapie bei chronisch Kranken eingerichtet. Das Konzept des früheren ›Anstaltsguts‹ Wilhelmseiche sei als Rahmen für Arbeit und individualisierte Lebensgestaltung unter Begleitung von Pflegern aufgegriffen und verbreitet worden.

1961 sei Dr. Wendt hierher als Ärztlicher Direktor gekommen, auf eigenen Wunsch von der Universität, um »frischen Wind« hereinzubringen, wie Frau Gebauer es nannte. »Das geschieht nicht ohne Schwierigkeiten und Ärger, aber viele bejahen diese Umgestaltung«, fügte sie hinzu.

Anja verließ zwei Wochen später ihr Praktikum in Lichtspringe und fühlte sich um Begegnungen, viele Informationen und Erfahrungen bereichert.

3 | Anja und Theo in den Jahren 1965 und 1966

Anja

Nach dem Sommerurlaub 1965 und ihrem Praktikum in der Psychiatrie begannen Anjas letzte zwei Semester mit nur wenigen Vorlesungen und der Diplomarbeit. In einem Dreier-Team, zusammen mit Inge und Erdmute, sollten verschiedene Bereiche der theoretischen und praktischen Intelligenz bei Schulkindern aus mehreren Altersstufen spielerisch erfasst werden. Ein bekannter Test aus der Bundesrepublik musste für die Kinder im Schulsystem der DDR auf seine Aussagekraft hin überprüft und neu standardisiert werden. Herauszufinden waren Übereinstimmung und Unterschiede im Schwierigkeitsgrad und in der Bewältigung der Testaufgaben für ostdeutsche und westdeutsche Kinder. Zu Anfang führten die drei mehrere Wochen lang Tests mit den Kindern an verschiedenen Schulen der Stadt durch.

Das Konzept für die spätere statistischen Analyse, die Interpretation der Daten sowie die wissenschaftliche Darstellung entstanden in enger Zusammenarbeit. Eine Herausforderung war dabei, die Arbeit zu koordinieren, in bestimmten Zeitgrenzen voranzubringen und den Überblick zu behalten. Anja fand zunehmend Gefallen daran. Inge, die inzwischen schwanger geworden war, schien drei Wochen vor dem Abgabetermin ihre ersten Wehen zu haben. Anja und Erdmute brachten sie in die Klinik, dabei auch ein wenig stolz, ihr in dieser wichtigen Lebensphase beistehen zu dürfen. Aber es war zu früh gewesen. Das kleine Mädchen, ihr »Diplom-Baby«, kam schließlich erst 14 Tage später zur Welt.

Nach der aufwändigen Arbeit miteinander musste ihr Text, hundert Seiten auf der Schreibmaschine geschrieben, zur Vervielfältigung in ein Schreibbüro gegeben werden. In der damaligen Zeit erforderte das von der ›Stenotypistin‹, Berufsbezeichnung für diese Tätigkeit, große Genauigkeit beim Einlegen von Papier sowie mehreren Lagen Durchschlags- und Kohlepapier dahinter in die Maschine. Nachdem die Exemplare gebunden worden waren, konnten die drei Studentinnen Ende Mai 1966 das Original ihrer Diplomarbeit abgeben.

Theo

Im Herbst 1965, als Anja gerade mit ihrer Diplomarbeit begonnen hatte, hielt Theo bereits sein Diplom in den Händen. Aufgrund seines guten Abschlusses war ihm eine Stelle als Assistent an der Technischen Hochschule in Karl-Marx-Stadt angeboten worden.

Er hatte die Stelle vor allem auch deshalb angenommen, weil sie eine Zurückstellung von der Wehrpflicht mit sich brachte, die vom Staat bereits im Januar 1962 eingeführt worden war. Bald beauftragte ihn sein Chef an dem Institut für Rechenelektronik mit der Vorlesung ›Einführung in die Informatik‹, welche erstmalig gehalten werden sollte. Neben den Studenten sollten auch die Assistenten des Instituts die Gelegenheit haben, sich diesem damals neuen Gebiet zuzuwenden. Theo verwendete viel Zeit für die Vorbereitung seiner Vorlesung und erhielt Anerkennung dafür.

Als Wohnung in Chemnitz hatte er ein großes Zimmer in einer Etagenwohnung im Stadtzentrum zugewiesen bekommen. Der höfliche junge Mann machte auf das ältere Ehepaar, bei dem er sich vorstellte, einen guten Eindruck. Die Leute waren vom Wohnungsamt angewiesen worden, nach dem Auszug ihrer Kinder ein Zimmer zu vermieten. Theo richtete ihre erste gemeinsame Wohnung mit viel Hingabe ein und Anja kam gerne hierher, wenn es auch nicht allzu oft geschah, da sie von ihrer Diplomarbeit sehr beansprucht war. Dabei staunte sie über seinen Einfallsreichtum und sein Geschick. Den etwa dreißig Quadratmeter großen Raum hatte er mit einem verschiebbaren Vorhang so aufgeteilt, dass Schlaf- und Wohnbereich sowie eine Kochnische entstanden waren. Selbst die Gardinen hatte er schon nähen lassen. Zu Anjas erstem Besuch hatte er ein Menü mit drei Gängen gekocht und mit einer großen Batterie von Gewürzen experimentiert. Den Geschmack fand nicht nur sie anfangs gewöhnungsbedürftig, aber zunehmend interessant, und sie genossen es, zum ersten Mal in ihrer Wohnung vereint zu sein.

Damals und auch bei ihren späteren Besuchen in Chemnitz lag ihr viel an den Gesprächen miteinander, denn in Jena vermisste sie den Austausch unter den Kommilitonen. Theo hatte andere Bedürfnisse, sehnte sich danach, von ihr begehrt zu werden, und war enttäuscht darüber, dass ihr das weniger zu bedeuten schien.

Anja hätte den gemeinsamen Abend gern mit einem Essen in einem Restaurant begonnen, wusste aber auch, dass ihm so etwas weniger bedeutete als ihr. So waren sie zwar froh, ein eigenes Zuhause zu haben, aber ihre unterschiedlichen Wünsche konnten sie einander nicht genügend erfüllen.

An der Hochschule spürte Theo, dass er nicht so frei war, wie er es erhofft hatte. Sein Professor, der ihn fachlich wirklich schätzte, hatte ihn gebeten, in seiner Vorlesung neben der Vermittlung von Wissen auch die kleinen »politischen Anhängsel« nicht außer Acht zu lassen, welche entsprechend aufmerksame Menschen als Signale einer positiven Haltung gegenüber dem sozialistischen Staat erwarteten. So sollte er zum Beispiel Rechenmodelle aus der sozialistischen Produktion anführen. Aber in Theos Innerem machte sich hier Widerstand bemerkbar. Aus seiner Sicht war es nur konsequent, faule Kompromisse abzulehnen.

Der Professor hatte die nicht unbegründete Besorgnis, dass sein aufstrebendes Institut unter besonderer Beobachtung stand. Nachdem er mehrmals eindringlich mit seinem jungen Assistenten über seine Anweisung gesprochen hatte und sich trotzdem nichts änderte, eröffnete er Theo Ende des Frühjahrssemesters 1966, dass er ihn als Assistenten an seinem Institut wohl nicht länger gegenüber dem Misstrauen der Partei schützen könne. Er schätze ihn fachlich. Bei der Bewerbung um diese Stelle habe er sich gegenüber der Kaderleitung unter mehreren Kandidaten ausdrücklich für ihn ausgesprochen, da er sich von einem parteilosen Mitarbeiter weniger Einmischung in die Arbeit seines Instituts versprochen hatte. Dem Staat seien die Rechenelektronik und die Technik der Informationsverarbeitung als Zukunftstechnologien wichtig. Das Institut werde von der Partei sehr gefördert, aber durchaus besonders beobachtet. Leider könne er als Chef nichts mehr für ihn tun und sein junger Assistent müsse mit einer Kündigung rechnen.

Theo war sehr erschrocken. Dadurch ginge ihm der Schutzstatus gegenüber der Wehrpflicht verloren. Auch bedauerte er sehr, seinen geschätzten Professor enttäuscht zu haben. Zunächst machte er das alles mit sich allein ab, denn zeit seines Lebens hatte er es so gehandhabt, obwohl dies nicht am Fehlen eines Ansprechpartners gelegen hatte. Als kleiner Junge hatte er in der Kriegszeit die Erfahrung gemacht, dass seine Eltern oft große Sorgen zu haben schienen, er aber nicht weiter fragen sollte. »Du bist zu klein« und »Es ist schon gut«, hatte er zu hören bekommen. So manches Mal war die Mutter ängstlich und aufgeregt gewesen und der Vater hatte nichts dazu gesagt, später aber so leise mit ihr gesprochen, dass er nur sehen konnte, wie sich seine Lippen bewegten. Danach erschien die Mutter meist beruhigter. Der Vater war für den kleinen Jungen der starke Halt in der Familie gewesen.

Seiner Frau erzählte Theo von der unglücklichen Entwicklung in seinem Berufsleben vorerst nichts. Jetzt, in der Endphase ihrer Diplomarbeit, wäre es nicht gut, sie zu beunruhigen. Im Stillen überlegte er auch, einer Kündigung zuvorzukommen, vielleicht im nächsten Monat. Aber wenn er nicht schnell eine neue Arbeit fände, könnte er sogar sofort zum Wehrdienst eingezogen werden. Er fand seine Lage sehr beunruhigend.

Während Anja gerade intensiv auf den letzten Metern ihres Studentendaseins in Richtung Ziel unterwegs war, schien für Theo jetzt schon das Stopp-Signal aufgerichtet zu sein.

40 Jahre später, beim Schreiben ihrer Erzählung, drängte es Anja, ihre eigenen Eindrücke und die Informationen zur damaligen Zeit zusammenzufassen. Dabei griff sie auf die ›Chronik des 20. Jahrhunderts‹ zurück, die sie in den 90er Jahren erworben hatte. Aus drei kurzen Berichten darin konnte sie mehr Klarheit über die Situation in Karl-Marx-

Stadt im Frühjahr 1966 gewinnen. Karl-Marx-Stadt war als erster Ort für deutsch-deutsche Gespräche zwischen den beiden Parteien vorgesehen, der SED in der DDR und der SPD in der Bundesrepublik. Den Berichten zufolge hätte schon nach Abschluss der Vorklärungen Ende April 1966 konkret über den Austausch von Rednern verhandelt werden können. Eine Einigung auf ihr Programm hätten die Unterhändler dennoch erst am 26. Mai erzielt. Aber mehr als zwei Wochen vor dem geplanten ersten Treffen mit einem Redner aus der Bundesrepublik hatte die DDR alles abgesagt. Die Begründung war gewesen, dass sie von der Bundesrepublik Deutschland nicht als gleichberechtigter Partner und Staat anerkannt werde.

Nachträglich erkannte Anja, dass damals das gesamte öffentliche Leben in der Stadt unter besonderer Beobachtung durch die Staatssicherheit gestanden hatte. Eventuell war die Technische Hochschule mit ihrem Auftrag zu Forschung und Bildung davon besonders betroffen gewesen. Als Außenstehende hatte sie davon nichts wissen können.

Einmal hatte ihr Theo allerdings erzählt, dass die Stimmung an der Hochschule seit dem Frühjahr aufgeheizter sei als vorher. Das sozialistische Bildungsprofil sollte gestärkt werden, habe es geheißen. Aber ihm war, wie vielen anderen Bürgern der Stadt, der umfassendere politische Hintergrund ebenso wenig bekannt gewesen wie die besondere Gefahr, in die sich kritische und weniger anpassungsbereite Menschen begaben.

Theo im Sommer 1966

Anfang Juni des Jahres hielt Theo seine letzten Vorlesungen. Er gab sich sehr viel Mühe mit ihrer Vorbereitung, nicht nur wegen seiner Studenten, sondern auch für seine Selbstachtung. Unter seinen Kollegen am Institut hatte er sich oft allein gefühlt. Ihm war es eben auch wichtig gewesen, sich von den »Staatstreuen« abzugrenzen. Im Rahmen einer Sportgruppe hatte er jedoch Mitarbeiter eines benachbarten Instituts kennengelernt, zu denen er sich hingezogen fühlte. Obwohl es eigentlich nicht offiziell erlaubt war, blieben Mitarbeiter abends manchmal länger und arbeiteten weiter an ihren wissenschaftlichen Versuchsreihen. Einmal, Anfang Juni, war auch Theo wieder länger geblieben und hatte seine Bekannten auf dem Flur getroffen. Sie erzählten ihm voller Ärger, aber auch warnend, dass drei Tage vorher zwei Männer erschienen seien, keine Institutsangehörigen, und angeordnet hätten, dass sie ihre Büros in Zukunft zum offiziellen Arbeitsschluss um 17 Uhr zu verlassen hätten. Dass sie trotzdem an diesem Abend noch hier seien, sei wegen des Abschlusses ihrer Messungen nötig.

Auch Theo hatte Gründe gehabt, ihrer Warnung nicht schon am nächsten Tage zu folgen. Wenig später klopfte es auch an seiner Tür und er hörte die barsche Frage, warum er nicht längst gegangen sei.

Nachdem er auf die Vorbereitung seiner Vorlesung hingewiesen hatte, machten sich die Männer an seinem Schreibtisch zu schaffen. Als er ihre Berechtigung hierzu infrage stellte, erhielt er einen heftigen Schlag, der ihn fast zu Boden warf, und hörte in drohendem Ton, dass er nicht zu fragen, sondern die Regeln einzuhalten habe. Dann verschwanden sie wieder, die Stasi-Leute, da war er sich sicher. Theo regte sich innerlich sehr auf und fühlte sich darin bestärkt, dass jetzt der richtige Zeitpunkt war, die Hochschule zu verlassen.

Er nahm sich vor, sich nach einer anderen Anstellung umzusehen, und hörte von einem Rechenzentrum in Rostock. Wie er wusste, war Anja in dieser Stadt eine Anstellung an einer Sozialmedizinischen Beratungsstelle angeboten worden. Dort an der Ostsee zu leben, war ihr sehr reizvoll erschienen. Er würde sich über einen Wechsel dorthin informieren.

Anja und ihr Studienabschluss 1966

Nachdem Anja, Erdmute und Inge ihre Diplomarbeit abgegeben hatten, konnten sie sie bald verteidigen. Vorher erfuhren sie, dass sie mit der Bestnote bewertet worden war. Nun galt es noch, die große Prüfung über die Methoden der Psychologie beim Institutsdirektor abzulegen. Das war viel Arbeit, an der Anja manchmal fast verzweifelte. Aber der große Überblick, den sie sich jetzt erarbeitete, machte sie zufrieden. Sie fürchtete zwar, dass ihre Vorbereitung nicht alle Bereiche abdeckte, hoffte aber auf ein faires Prüfungsgespräch.

Anders ging es ihr mit dem zweiten Prüfungsfach ›Marxismus‹. Die Seminare dazu lagen Jahre zurück und waren ihr in ihrem tendenziösen Ablauf oft unangenehm gewesen. Der prüfende Professor hielt sich viel auf seine Herkunft aus der Arbeiterklasse zugute und erweckte bei manchen Studenten bürgerlicher Herkunft den Eindruck, dass er sie besonders unter die Lupe nahm. Die zwei Prüfungen wurden von beiden Professoren gemeinsam abgenommen. Während Anja im Verlauf der Fach-Prüfung immer sicherer wurde, fühlte sie sich bei der zweiten Prüfung zunehmend unwohler und meinte, dass ihr Ergebnis darin sicherlich schlechter ausfiele.

Am Ende dieser harten Woche erfuhren die Studenten ihre Prüfungsergebnisse und bald danach sollte ihnen, den ersten Studienabgängern des neu gegründeten Instituts für Sozialpsychologie an der Universität Jena, feierlich ihr Diplom übergeben werden. Als der große Tag herangekommen war, erschienen alle Studenten im großen Konferenzraum des Instituts. Nach einer Ansprache des Direktors, feierlich, nicht zu lang, hielt nun auch Anja ihr Diplom in den Händen. Schnell und mit Genugtuung glitt ihr Blick von einem Fach zum nächsten. Kurz blitzte in ihrer Erinnerung die erste Begegnung mit dem Professor vor zwei Jahren auf, der ihrem Wunsch nach dem Wechsel aufgeschlossen gegenüber gestanden und ihn nach Rücksprache schnell genehmigt hatte. Nun wurde vonseiten der Institutsleitung Sekt gereicht. Alle stießen miteinander an, zuerst mit den Professoren und Assistenten, welche gratulierten, dann mit den Kommilitonen. Appetithäppchen standen bereit und man nahm sich davon. Und dann gab es auf einmal nicht mehr viel zu sagen. Der Einlauf ins Ziel mit den letzten Prüfungen hatte unter Einsatz hoher Energie schon vor Tagen stattgefunden, nun gab es also die Diplom-Urkunde und vielleicht eine Mischung aus Genugtuung und etwas Wehmut.

Bald begannen die Ersten, sich zu verabschieden. »Mach's gut«, »Du auch, wir sehen uns.« »Treffen wir uns nicht später noch in der ›Tanne‹?« »Hat einer was organisiert? Ich muss erst mal weg, aber ich schau am Mittag dort vorbei.«

Erneut verabschiedeten sich weitere, keiner von den noch Anwesenden machte eine Ansage. Anja wunderte sich immer mehr. Hatte sie alle, abgesehen vom gemeinsamen Ziel, so wenig Persönliches miteinander verbunden? Auch Erdmute verabschiedete sich. Sie sei mit ihrem Verlobten verabredet, erklärte sie. Inge, die Dritte bei ihrer gemeinsamen Diplomarbeit, befand sich mit ihrem Baby zu Hause, außerhalb von Jena. Für ihr Diplom würde sie die zwei Prüfungen nachholen müssen.

Gerade jetzt wurde Anja deutlich, dass Inge in ihrer ruhigen überlegten Art ihr sehr wichtig gewesen war, und sie nahm sich vor, mit ihr in Verbindung zu bleiben. Schnell rief sie Erdmute noch einen Gruß hinterher. Danach entdeckte sie erfreut Renee, welche ihr früher Bände moderner französischer Literatur ausgeliehen hatte. Dankbar und ein wenig wehmütig verabschiedete sie sich jetzt auch von ihr und ging schließlich selbst.

Diesmal wollte sie nicht den Bus nehmen, sondern zu Fuß durch die Innenstadt zum Schlegelsberg nach Jena-Ost laufen, wo sie wohnte. Ihre innere Bewegtheit musste sie jetzt in körperliche umsetzen. Ein Gefühl von großem Glück erfüllte sie: Es war geschafft. Ihre Abschlussergebnisse waren im Studium ähnlich gut wie die damals an der Oberschule. Nach dem Versagen im technischen Studium in Dresden hätte sie sich so etwas nicht vorstellen können. Sie würde ihren Beruf ausüben, vielleicht sogar in dem wunderbaren Ort an der Ostsee, wo sie sich, auf die Empfehlung ihres Jenaer Professors hin, bald bewerben würde.

Ein weit selbstständigeres und vielleicht auch glücklicheres Leben als das ihrer Mutter sah sie vor sich. Sie war stolz auf diese Perspektive und innerlich von einem Gefühl des Glücks und der Freiheit erfüllt. Dabei sah sie an sich herunter, hin zu ihrer Mappe unter dem Arm, in der ihr Schatz, das Diplom, steckte. Und weiter glitt ihr Blick an ihrem schwingenden Rock aus dunkelrotem Rippsamt entlang, eng tailliert, das ärmellose Oberteil im Bund umschließend, in Höhe des Halses mit dunkelblauem Rippsamt abgesetzt. Sie hatte es selbst genäht. Ein vielleicht korrekteres ›kleines Schwarzes‹ zum Anlass der Verabschiedung besaß sie nicht und hatte sich an diesem Hochsommertag für ihr Lieblingskleid entschieden.

Noch heute, während sie das niederschrieb, sah sich Anja in ihrer Erinnerung die ansteigende Straße zu ihrer Wohnung hinauflaufen und konnte wieder ihr Glück spüren. Ihre Wirtin, die freundliche, mütterliche Frau, kam ihr in den Sinn, wie sie ihr aus dem Wohnzimmer im Erdgeschoss entgegen kam und ihre Freude teilte. Und danach hatte Frau Franke ihr gesagt, dass sie sich Sorgen um sie gemacht habe, habe sie sie doch nachts vor den Prüfungen laut weinen gehört. Ja, das war am Abend vor der Hauptprüfung gewesen. Da hatte sie immer mehr an sich gezweifelt und geglaubt, nicht genügend vorbereitet zu sein. Heute musste Anja darüber lächeln. Auch so viel Anteilnahme von Frau Franke hatte sie nicht vermutet. Sie war nach ihrer Ankunft von ihr zum Mittagessen eingeladen worden und hatte sich wie eins der drei schon längst aus dem Elternhaus weggezogenen Kinder der Else Franke gefühlt.

Die Zeit am Nachmittag des Tages verbrachte sie mit dem Sortieren ihrer Bücher und machte sich auch Gedanken um das Verpacken und den Transport ihrer Habseligkeiten aus der lieb gewonnenen kleinen »Studentenbude«, die sie bis zum Ende des Monats räumen wollte.

4 | Kontrollverlust

Abschied von Jena

Am Abend würde Theo kommen und sie wollten in der ›Rose‹ ihr Diplom feiern. Zwei Wochen vorher schon hatte Anja einen Tisch dort bestellt, und nach der langen Anspannung der letzten Wochen freute sie sich auf gute Stimmung am Abend in der alten Studentenkneipe, wo Theo und sie noch nie gemeinsam gewesen waren.

Am späten Nachmittag fuhr sie zum Bahnhof. Bald konnten sie und Theo sich wieder in die Arme schließen. Erst einmal hatte er nur eine Hand frei, während er mit der anderen sein Fahrrad festhielt. Schnell klappte er den Ständer heraus und stellte es ab.

»Warum hast du das denn mitgebracht?«, hörte er, aber dann umarmten sie einander fest.

»Das verrate ich dir gleich«, sagte er.

Der Bahnsteig war bald leer, er nahm seinen Rucksack und sie steuerten auf die einzige Bank zu. Wieder stieg das Glück in ihr hoch, sie war nicht mehr allein. Er hörte ihr gern zu, als sie erst einmal erzählte, denn sie klang so froh und erleichtert. Indem er ihr zuhörte, fiel etwas von seinen Sorgen und ihrer Last von ihm ab. Nun aber wollte sie wirklich wissen, was er vorhatte.

»Ich will dich zu einem kleinen Urlaub einladen.«

»Eine Radtour?«

»Ja.«

Wie lange war das her, dass sie hier einmal Rad gefahren war? Ein gebrauchtes besaß sie, welches sie sich nach dem Diebstahl ihrer Räder gekauft hatte. Nun erzählte er es ihr: Einige aus seiner Abiturklasse hätten ein erstes Klassentreffen organisiert und ihn vor Monaten dazu eingeladen. Über seine Mutter hätten sie seine Adresse in Erfahrung gebracht. Er habe damals abgesagt, aber als sie später auch ausdrücklich Anja dazu einluden, habe er es sich noch einmal überlegt.

»Sie wollen eine dreitägige Radtour an das Treffen anschließen. Und, meine Liebe«, sagte er, »es wird Zeit, dass wir wieder einmal miteinander Rad fahren. Es geht ins Thüringer Burgenland. Die schönen Burgen an der Saale kennst du ja noch gar nicht.«

»Alles mit dem Rad?«, fragte sie.

»Nein, am Anfang fahren wir ein Stück mit der Bahn.«

Sie wunderte sich, dass sie einfach so ohne Weiteres mit eingeladen war.

»Na ja, es sind wohl nicht sehr viele, die sich angemeldet haben, und sie wollten das Treffen nicht platzen lassen. Zu unserem Glück«, fügte er hinzu.

›Etwas viel für einen Tag, was heute alles passiert‹, fand Anja. Aber sie freute sich auf den kleinen Urlaub und auch auf die Gelegenheit, seine Klassenkameraden kennenzulernen und auf diese Weise etwas mehr von seiner Vergangenheit mitzubekommen.

Nun verließen sie den Bahnhof und machten sich auf den Weg zu ihrer Wohnung. Auch er freute sich auf den Abend in der ›Rose‹. Dort aßen, tranken und redeten sie und hatten Spaß mit dem anderen Pärchen an ihrem Tisch. Sie freute sich, dass er so locker im Gespräch mit allen war. Er ließ es zu, sich in eine andere, unbelastete Welt versetzen zu lassen.

Am nächsten Tag fuhren sie nach Gramont, wo Anja die sechs jungen Männer und drei Frauen kennenlernte, die seine Klassenkameraden gewesen waren. Ganz selbstverständlich wurde sie einbezogen in das erfreute Wiedersehen aller. Auch zum Diplom gratulierten sie ihr herzlich.

Allmählich sortierten sich für Anja die Gesichter und die Namen der anderen. Theo war mittendrin, fühlte sich offensichtlich wohl und das freute sie. Nach ihrem Zusammentreffen in der Schule und einer kleinen Führung dort gingen sie in ein Café. Sie hatten sich viel zu erzählen. Anja unterhielt sich gern mit der jungen Ärztin unter ihnen, die fünf Semester in Sofia studiert hatte. Sie liebte Bulgarien und seine Menschen genauso sehr wie Anja und Theo. Die anderen Klassenkameraden waren Ingenieure oder Lehrer geworden. Anjas Berufswahl fand Interesse und sie erzählte gern darüber, wie sie sich ihre künftige Arbeit vorstellte.

Theo mit seiner Assistentenstelle an der Technischen Hochschule wurde von seinen Kameraden bewundert und sie fanden die Hochschullaufbahn, die wohl vor ihm liege, beneidenswert. Zögernd erklärte er, dass er das gar nicht unbedingt wolle, weil es auch seinen Preis habe. Als er vorsichtig von seinen Vorbehalten sprach, wurde ihm geantwortet, dass man dabei doch nicht seine Seele »verkaufe«. Sie redeten ihm gut zu, seine Chance zu nutzen. Viel sagte er nicht mehr dazu.

Anja wusste, wie er dachte, stimmte ihm in vielem zu, aber manchmal war er ihr zu radikal. Gegen die Vereinnahmung durch den Staat musste man sich wehren, aber wenn man mit seiner Meinung allzu stark abwich, war man schnell isoliert. Man musste Kompromisse schließen. Sie wollte mit anderen in Kontakt sein, Erlebnisse und Spaß teilen.

Als jemand die Erwartung des sozialistischen Staates an seine junge Generation ansprach, äußerten sich nur ein oder zwei unter ihnen dazu. Mit dem Fortschreiten der Abendstunden genossen sie einfach ihr erneutes Beisammensein.

Am nächsten Tag trafen sie sich alle gegen Mittag. Der erste Tag verlangte ihnen nur 25 km ab, an den folgenden würden es mehr sein. Anja fand es nicht so anstrengend wie damals in Bulgarien, aber auch hier in Thüringen gab es genügend Steigungen. Meist war es möglich, auf kleinen Straßen und Wegen zu fahren und die verkehrsreichen zu umgehen.

Es waren sonnige und warme Spätfrühlingstage, an denen man bei dem gemächlichen Tempo, das sie einschlugen, die vorbeiziehende Landschaft mit ihren Farb- und Lichtspielen genießen konnte. Erst jetzt nahm Anja den Frühling so richtig in sich auf, dem sie viele Wochen lang nur hinter ihren Büchern aus dem Fenster zugeschaut hatte.

Sie genoss die Fröhlichkeit und Unbeschwertheit in der Gruppe. Auch Theo tat der Umgang mit seinen Kameraden gut. Wie die anderen erzählte auch er aus seiner Studentenzeit und beeindruckte durch seine lebendigen Schilderungen. Anja fühlte sich wohl mit ihnen allen und genoss die Stimmung und die Wärme dieser Tage. Am Ende waren sie und Theo sich darin einig, dass sie eine glückliche Zeit verbracht hatten.

In diesem Sommer würden sie vielleicht noch einen Urlaub in Ungarn planen. Man brauchte kein Visum für das Land, nur eine Adresse als Reiseziel. Aber erst müssten sie sich vor allem um ihre nahe Zukunft kümmern. Sie räumten Anjas Studentenzimmer in Jena leer und konnten ihre Bücher vorläufig in Theos Elternhaus lassen.

Eine Situation, die sich zuspitzt

Später fuhren sie nach Karl-Marx-Stadt zurück. Auf dem Weg zu ihrer kleinen Einzimmerwohnung erzählte Theo, dass der alte Herr, ihr Vermieter, im Krankenhaus liege. Nachdem sie ihr Gepäck verstaut und sich zu einer Tasse Tee hingesetzt hatten, klopfte seine Frau an die Tür. Sie mussten hören, dass es ihrem Manne nach einem erneuten Herzinfarkt im Krankenhaus sehr schlecht gehe und dass sie nicht wisse, ob er wieder nach Hause zurückkommen würde. Wenige Tage später starb er. Verwandte kamen und halfen der Witwe zu bewältigen, was nötig war. Sie ging gefasst mit ihrer Situation um und erklärte ihren Untermietern einige Tage später, dass sie ihre große Wohnung aufgeben und in ein Altenheim ziehen werde, sobald ein Platz frei sei.

In der Sozialabteilung der Hochschule erfuhr Theo, dass ihm und seiner Frau aus dem Wohnungskontingent der Stadt etwas angeboten werden würde. Als er am Abend von der Hochschule nach Hause kam, musste er Anja die neue Lage erklären. Sie waren beide sehr enttäuscht, ihr erstes gemeinsames Heim so schnell wieder zu verlieren.

Schon einige Tage später bekam Theo eine Zuweisung für eine Wohnung im selben Stadtviertel. Sie gingen sofort los, um sie sich anzusehen. Das Haus lag inmitten einer Zeile von dreigeschossigen Wohnhäusern, hatte aber nur ein Stockwerk mit einem Flachdach darüber. Vielleicht nach einem Bombenschaden aus dem Krieg, war ihre Vermutung.

Im Erdgeschoss befand sich eine Metzgerei. Da das Geschäft noch geöffnet hatte, traten sie ein und fragten, an wen sie sich wegen der freien Wohnung im Haus wenden könnten. Sie seien hier richtig, sagte die Frau an der Theke. Sie werde gleich ihren Mann rufen, mit welchem sie einen Termin zur Besichtigung ausmachen könnten.

Am folgenden Abend, kurz vor Ladenschluss, kehrten beide mit ihrer Zuweisung dorthin zurück. Sie sollten schon einmal hinaufgehen, der Meister werde gleich kommen. Kurz darauf öffnete ihnen der Mann die Tür zur Wohnung, die direkt über der Metzgerei zu liegen schien. Man kam zunächst in einen kurzen schmalen Korridor, von dem rechts eine Tür in einen kleinen Raum abging. Nach links ging es in eine große Wohnküche mit Blick zum Hof. Da jetzt die Spätnachmittagssonne einfiel, war es hell, aber tagsüber käme wohl keine Sonne herein, befürchtete Anja. Die Wohnung erschien langgestreckt wie ein Schlauch. Im Hinuntergehen bestätigte der Vermieter, dass die Wohnküche über dem Geschäft liege. Auch der Geruch von Fleisch bekräftigte das.

Recht traurig kehrten sie wieder in ihr jetziges Heim zurück. Wohlfühlen würden sie sich in der angebotenen Wohnung nicht, aber bei dem bestehenden Wohnungsmangel hätten sie sicher keine bessere zu erwarten, befürchteten sie. Kurze Zeit später zogen sie dahin um.

Anja hatte sich inzwischen am Sozialmedizinischen Institut in Rostock beworben, wie es ihr der Professor in Jena vorgeschlagen hatte. Nun folgte sie bald der Einladung, sich persönlich vorzustellen. Sie erfuhr, dass diese Stelle, erst neu geschaffen, zwar genehmigt sei, aber die Bereitstellung von Wohnraum sehr schwierig würde. Man glaube aber, dass mit Fürsprache »höherer Stellen« eine Lösung gefunden werden könne.

Von Theos beruflicher Lage wusste Anja nichts. Er hatte

sie bisher nicht damit belasten wollen und fand es trotz ihrer Ehegemeinschaft immer noch selbstverständlich, seine eigenen Angelegenheiten allein zu regeln.

Er hatte davon gehört, dass man im Rechenzentrum in Rostock einen Informatiker suchte, rief dort an und erfuhr, dass dies richtig sei. Dabei musste ihm sein Gesprächspartner aber erklären, dass man ihm leider kein Zimmer zur Verfügung stellen könnte. Sie seien kein Universitätsinstitut, sondern nur ein Dienstleister für die Universität und arbeiteten nicht an Forschungsprojekten. Nur so aber könne man das Wohnproblem zu einer dringenden Sache machen. Theo war sehr bedrückt darüber. Zudem befürchtete er, nicht weiterhin von der Wehrpflicht zurückgestellt zu werden, was man ihm bestätigte.

Wenn er nun in der nächsten Woche wirklich selbst seine Assistentenstelle kündigte, dann würde er zwar der Kündigung vonseiten der Hochschule zuvorkommen, könnte aber zum Wehrdienst eingezogen werden, noch ehe er eine neue Arbeitsstelle gefunden hätte. So fühlte er sich in einem schlimmen Dilemma. Ob Anja ihn verstehen würde, ob sie alle diese Sorgen mit ihm teilen könnte und wollte, das fragte er sich immer wieder.

In diesen Tagen fuhr sie mehrfach in die Deutsche Bücherei im nicht weit entfernten Leipzig, um dort Fachliteratur zu lesen. Übernachten konnte sie bei entfernten Verwandten. Theo hatte nichts dagegen einzuwenden und konnte verstehen, dass sie sich tagsüber in der jetzigen Wohnung nicht wohlfühlte. Um in dieser Lage wenigstens etwas zu tun, gab er mehrere Annoncen für einen Wohnungstausch auf, sowohl in einer regionalen als auch in mehreren überregionalen Zeitungen. Anja hatte seinen Vorschlag diesbezüglich gut gefunden. Sie hofften auf »ein kleines Wunder«, wie sie es nannten. Es meldeten sich auch einige Interessenten aus Rostock für einen Tausch, sagten aber sofort oder nach wenigen Tagen ab, nachdem sie die Wohnung gesehen hatten.

Seine Stelle an der Hochschule hatte Theo inzwischen gekündigt und damit seinen persönlichen Zeitplan eingehalten. Er funktionierte in allem, was er für nötig hielt, aber in seinem Inneren fühlte er eine große Leere. »Wir sollten es noch einmal versuchen. Ich will weg. Es gibt hier keine Zukunft für mich«, sagte er.

Anja verstand, dass er einen erneuten Versuch meinte, die DDR zu verlassen. Von seiner Kündigung an der Hochschule hatte er sie immer noch nicht in Kenntnis gesetzt. Meinte er etwa, sein erneutes Vorhaben mit ihrer bevorstehenden Reise nach Ungarn zu verbinden, die sie sich als gemeinsame Ferien vor dem Arbeitsbeginn im September vorgenommen hatten?

»Aber wir wollen doch zusammen nach Rostock gehen. Du hast dich doch dort am Rechenzentrum beworben«, sagte sie, weil er von seinem Kontakt dorthin gesprochen hatte.

»Sie können nur jemanden einstellen, der keinen Wohnraum benötigt, denn das Rechenzentrum gehört nicht zur Universität und hat kein eigenes Wohnungskontingent. Außerdem können sie keine vorläufige Freistellung von der Wehrpflicht bewirken, da ich dort nicht mehr Assistent, sondern Mitarbeiter wäre. Ich will nicht zum Wehrdienst eingezogen werden, aber das kann jederzeit passieren. Ich würde nie einem Befehl folgen, auf Menschen zu schießen, und einen Eid auf die Verpflichtung dazu ablegen. In der demokratischen Ordnung der Bundesrepublik würde ich als Verweigerer aus Gewissensgründen nicht mit Gefängnis bestraft werden«, erklärte er Anja in erregtem Tonfall.

»Aber jetzt gehörst du doch noch hier zur Hochschule und hast die vorläufige Freistellung«, entgegnete Anja. Nun musste er ihr sagen, dass er seine Anstellung gekündigt hatte.

»Warum reden wir über so eingreifende Entscheidungen nicht miteinander?«, fragte sie vorwurfsvoll.

»Ich musste doch eine Kündigungsfrist von vier Wochen einhalten.«

»Für eine Anstellung in Rostock, die dir nicht sicher ist«, setzte sie hinzu, denn sie kannte immer noch nicht das ganze Dilemma. »Aber vielleicht wäre es besser, wenn du die Kündigung zurückziehen würdest und weiter hier an der Hochschule bliebest. Auch ich könnte versuchen, hier in der Stadt oder in der Umgebung eine Stelle zu finden. Vielleicht kannst du alles rückgängig machen? Du bist doch hier anerkannt. Sie wollten dich doch sicher sowieso nicht gern gehen lassen?«, fragte sie eindringlich.

Sie wusste nichts von der gesamten, politisch aufgeheizten Situation in den vergangenen Monaten in Karl-Marx-Stadt. Einmal nur hatte Theo ihr erzählt, dass Mitarbeiter der Staatssicherheit auch ihn, wie schon einige Büronachbarn, verwarnt hatten.

»Es muss nicht sein, dass wir nach Rostock ziehen und dort arbeiten«, versicherte sie ihm noch einmal.

Nun konnte er nicht anders als, emotional sehr erregt, über alles zu sprechen, was ihm in den letzten zwei Monaten widerfahren war.

»Ich kann nicht anders sprechen, als ich denke. Der Professor, der es selbst nicht leicht hat, auch als sehr guter Fachmann, hat mich gewarnt und mir gesagt, dass ich das Institut mit meiner Haltung belaste …«

Als Theo geendet hatte, schüttelte Anja fassungslos den Kopf. Vor ein paar Wochen war ihr das Leben so erschienen, als ob darin eine glückliche Zukunft auf sie beide wartete und sie beide nur zuzugreifen brauchten. Und auf einmal stand er mit leeren Händen da, nicht nur er, sondern auch sie als seine Frau, die ihre eigene Chance nicht ohne ihn ergreifen würde.

»Ich habe dir damals nichts von alledem gesagt, um dich nicht zu beunruhigen. Du hast ja deine ganze Kraft und Konzentration für dein Diplom gebraucht.«

»Wir gehören aber doch zusammen und sollten einander unmittelbar mitteilen, was uns passiert«, erwiderte sie, immer noch ungläubig angesichts des Gehörten.

Als er sie so unglücklich und fassungslos sah, zweifelte er, ob er ihr von der Begegnung mit den Stasi-Leuten erzählen sollte, von denen ihm einer einen heftigen Kinnhaken versetzt hatte. Er ließ es sein.

»Ich gehöre nicht an eine sozialistische Hochschule und vielleicht wirklich nicht in diese Welt hier. Lass uns nach Ungarn fahren und es noch einmal versuchen. Ich habe jetzt noch 14 Tage Urlaub. Wenn wir doch wieder zurückkommen müssen, können wir ja noch einmal eine Annonce wegen eines Wohnungstausches aufgeben. Aber ich habe wenig Hoffnung.«

Nachdem er das alles gesagt hatte, sah er sie gespannt an. Sie, als seine Frau, sollte ihn doch verstehen können. Wäre sie bereit, mit ihm in Ungarn noch einmal eine Möglichkeit zur Flucht zu erkunden?

Anja spürte, wie aufgeregt und verzweifelt er war. Er tat ihr leid, gleichzeitig aber stieg Zorn in ihr hoch, dass es so gekommen war. Sein Professor hatte ihn doch nur um kleine Zugeständnisse gebeten und ihn mehrfach gewarnt, wie er berichtet hatte. »Man verkauft ihnen doch nicht seine Seele«, auch diese Worte seiner Schulkameraden klangen ihr noch im Ohr. Wenn er jetzt wirklich zur Armee müsste, würde er diese Zeit überhaupt durchstehen?, zweifelte sie.

Eins wurde ihr in diesem Dilemma immer klarer: Sie selbst würde sehr gern in Rostock leben und arbeiten.

Wie erginge es ihr vielleicht in der Bundesrepublik? Käme sie als Frau dort wirklich zurecht? Würde sie eine Anstellung in ihrem Beruf finden? Sie musste an ihre Mutter und das

Bild der klassischen Rollenverteilung in der Familie denken, das dort wohl weiterhin existierte und ihr Angst bereitete. Hier, in der Welt der DDR, kannte sie sich aus. Jene Haltung hatte sie ihrem Vater abgeschaut: seine eigene Meinung haben, trotzdem nicht weiter auffallen und wissen, zu welchen Leuten man gehörte.

Zweifel und Angst erfüllten sie, wenn sie daran dachte, was ihr Mann erneut ins Auge fasste. Sie wusste nicht, ob sie sich mit ihm noch einmal auf ein derartiges Vorhaben einlassen wollte.

Anja erinnerte sich später sehr genau an jenen Nachmittag im August 1966 in der ungeliebten Wohnung, in die sie vor Kurzem gezogen waren. Die Tage an der Hochschule waren für Theo schon gezählt gewesen. Für die Reise nach Ungarn hatten sie inzwischen einiges bereitgelegt. Sie saßen beieinander und mit einem Mal war sie von ihren Gefühlen überwältigt worden. Die plötzliche Wende in ihrem Lebensplan war ihr erneut als riesiges Unglück erschienen. Sie hatte sich an Theos Schulter gelehnt und dann war es aus ihr herausgebrochen: »Eigentlich will ich nicht mitgehen.«

Sie hatte darauf gewartet, von ihrem Mann etwas Tröstliches zu hören, aber es kam nichts. Er war verstummt. Ihr Gefühlsausbruch musste seine Ohnmacht und den Ärger über seine missliche Lage verstärkt haben.

Sie hatte vor sich hin geweint. Die warme Helligkeit der Abendsonne vor ihren geschlossenen Augen war wohltuend gewesen. Wenn doch ihr Vater zur Tür hereinkäme, jeden von ihnen beiden verstünde und dennoch von Theos Vorhaben zur Flucht nach Jugoslawien abraten würde.

Theo hatte nichts gesagt. Er war selbst in seinem scheinbar unlösbaren Konflikt so fest gefangen, dass ihm das Vorhaben als einziger Ausweg erschien.

Anja bedrückte in ihrer Erinnerung noch heute, dass sie

damals weder über den neuen Fluchtplan noch das Risiko dabei oder überhaupt ihren Umgang miteinander sprachen. Ohne eine weitere Nachfrage war er zu einem anderen Thema übergegangen. Dieses Fehlverhalten hatte sie bitter enttäuscht. Sie selbst war nicht in der Lage gewesen, sich von seinem Vorhaben klar loszusagen. Sie hatte befürchtet, dass er die Reise allein unternehmen würde. Wenn man ihn in Ungarn verhaftet hätte oder ihm seine Flucht gelungen wäre? Das hatte sie sich nicht genauer ausdenken wollen. Ihren Mann wollte nicht verlieren.

Einige Tage später hatte er erneut Kontakt zu zwei Interessenten für ihre Wohnung aufgenommen, aber den Termin zur Besichtigung für die Zeit nach der Reise verschoben.

Fünf Tage später waren sie mit Zelt und Rucksack nach Ungarn gereist, verabschiedeten sich von ihren Eltern, sagten ihnen aber nichts von ihrer erneuten Absicht. Mit der Situation dort vor Ort wollten sie so vorsichtig umgehen wie drei Jahre zuvor in Bulgarien. Anja ging in der Vorstellung, dass sie zurück nach Hause kämen und sich dann allen Schwierigkeiten stellen müssten.

Reise an die ungarische Tisza

Im letzten Augustdrittel 1966 waren sie aufgebrochen. Ungarn war wie vorher Bulgarien für sie ein fast unbekanntes Land. Wieder stellte sich das Gefühl von Weite, Großzügigkeit und Freiheit ein. Ein Gefühl des Wiedererkennens kam auf, als sie erneut an den langgestreckten Gebäuden des Parlaments am Donau-Ufer und an den zahlreichen Brücken entlangfuhren.

Nach ihrem Ausstieg aus dem Zug fragten sie nach dem Zeltplatz, erfuhren, dass er am Stadtrand liege, wohin sie sich aufmachten. Zwei Tage wollten sie bleiben, aber ihnen war klar, dass sie nur einen kleinen Eindruck von der schönen

Stadt bekommen würden. Im Restaurant tauchten Musiker auf und spielten Zigeunerweisen. Sie umschmeichelten das junge Paar mit ihrer temperamentvollen Musik. Das Locken in ihren Klängen sowie die weiche, österreichische Aussprache im kurzen Gespräch nach ihrem Spiel fanden die beiden Deutschen unwiderstehlich und ließen ein gutes Trinkgeld in ihren Hut wandern. Später besuchten Anja und Theo die römischen Thermen im Gellert-Bad und wiederholten dieses Erlebnis am nächsten Tag, so sehr genossen sie das ihnen bisher unbekannte Badevergnügen.

Auf dem Zeltplatz kampierten viele junge Leute. Anja und Theo fanden das bunte Gemisch aus vorwiegend osteuropäischen Sprachen interessant und belebend. Von einer anhaltenden Diskussion mehrerer Landsleute ganz in ihrer Nähe aber fühlten sie sich gestört und entfernten sich schnell.

Als es am Abend des zweiten Tages schon zu spät geworden war, um zum Abendessen erneut in die Stadt zu fahren, nahmen sie ihren kleinen Spirituskocher und kochten sich eine Suppe. Am nächsten Morgen sollte die Reise weitergehen. Sie bauten ihr Zelt ab, nahmen den Bus und fuhren nach Szeged.

Nach drei Stunden kamen sie in der alten Universitätsstadt an, die sich zu beiden Seiten der Tisza erstreckte, zu Deutsch ›Theiss‹. Sie wussten, dass der Fluss die ungarisch-jugoslawische Grenze außerhalb der Stadt durchquerte und später in die Donau floss.

Nachdem sie auf dem Campingplatz von Szeged erneut ihr Zelt aufgeschlagen hatten, wanderten sie zu beiden Seiten des breiten Stroms entlang, überquerten zwei Brücken und bewegten sich in der Altstadt. Bald kamen sie auf ihren weiteren Plan zu sprechen. Schon am nächsten Morgen wollten sie dem Fluss jenseits der Stadt weiter folgen, bis sie auf Hinweisschilder zu Sperrgebiet und Grenze stoßen würden, wie sie vermuteten. Danach wollten sie umkehren und am Abend entscheiden, ob sie Weiteres wagen oder unterlassen sollten.

Anja merkte, dass sie sich beide mit einem Male wieder in den engen Kreisen von Planungen bewegten und die vielen schönen Eindrücke der Vortage völlig verblasst waren. Es wäre ihr am liebsten gewesen, die weitere Erkundung abzubrechen. Aber sie wusste, dass Theo, in seiner verzweifelten Lage, jetzt noch nicht dazu bereit wäre. Ihn aber allein weitergehen zu lassen, erschien ihr auch nicht vorstellbar.

Anfangs liefen sie am Flussufer entlang, danach auf Wegen, die das Flussufer verließen, ihrer Meinung nach noch weit von der Grenze entfernt. Etwa eine dreiviertel Stunde waren sie auf festen Wegen unterwegs, dann gab es nur noch einen Sandweg. Sollten sie weiter gehen? Links und rechts stand Gebüsch. Vielleicht nicht, überlegten sie noch, da kamen ihnen zwei Männer entgegen, die vorher auf der einsichtigen Strecke nicht zu sehen gewesen waren. Waren sie aus dem seitlichen Gebüsch hervor gekommen? Sie gingen auf Anja und Theo zu und verlangten ihre Papiere. Sie zeigten ihnen die DDR-Pässe, aber entgegen ihrer Hoffnung war es damit nicht getan. Sie wurden aufgefordert mitzukommen und von den beiden in die Mitte genommen. Das konnte doch noch kein Grenzgebiet sein, hatten sie gemeint, als sie sich auf den befestigten Wegen, wenige Kilometer vom Zeltplatz entfernt, bewegt hatten. Noch hegten sie die Hoffnung, dass man sie laufen ließe, nachdem man ihnen einen Schrecken eingejagt hatte. Ihre Entscheidung hatten sie ja noch nicht getroffen. Anja war sich nun ganz im Klaren darüber, dass sie in ihre Heimat zurückkehren wollte.

Die beiden jungen Menschen schwiegen, während sie zwischen den Männern liefen. Ihre Zuversicht, dass es gut ausgehen würde, schwand immer mehr, je näher sie einem flachen Gebäude kamen, das von einem grün gestrichenen Zaun umgeben war. Sie sollten in das Gebäude eintreten und sich auf zwei Stühle setzen, etwas voneinander entfernt. Mit den Männern, die weder Deutsch noch Englisch verstanden, konnten sie nicht sprechen. Das Unglück war geschehen, ohne dass sie offenbar der Grenze schon zu nahe gekommen waren. Als ob man sie erwartet hätte, war ihnen im Gebüsch aufgelauert worden, und man hatte sie einfach einkassiert.

Das Wenige, das sie bei sich trugen, mussten sie abgeben, etwas Geld und ihre Versicherungsausweise. Die kleinen Filmnegative ihrer Zeugnisse hatten sie im Zelt zurückgelassen. Anja wollte Theo etwas sagen, aber der Wachmann verbot ihnen, miteinander zu sprechen.

In Anjas Innerem breitete sich stumme Wut aus, die dennoch keine trostlose Verzweiflung war. Nicht abreißende Ketten von Gedanken durchjagten ihr Hirn. Sie hatte sich nichts erspart und schließlich in die Reise eingewilligt. Immer war Derartiges ein Risiko und »das Schicksal hatte zugeschlagen«. Man musste nicht mehr diskutieren, brauchte nicht mehr um die gemeinsame Entscheidung zu kämpfen. Sie waren zur Passivität verdammt, hatten zu warten und ihre Emotionen nicht allzu stark hochkommen zu lassen. Ein wenig tröstend lächelte sie Theo zu, doch die stumme Anklage wühlte weiter in ihr. Im Entscheidungsprozess miteinander waren sie beide auf üble Weise zu Fall gebracht worden, ohne dass sie ihn hatten selbst beenden können. Sie hätte »Nein« gesagt.

Sich in großem Abstand einer vermuteten Grenze zu nähern, dürfte doch nicht verurteilungswürdig sein, dachte sie viele Male. Auf offener Straße waren sie eingefangen worden. Jetzt galt es, durchzuhalten und stark zu sein.

Wie mochte es Theo damit gehen? Sein Gesicht schien erstarrt zu sein. Sie saßen nebeneinander und nickten sich manchmal zu – aufmunternd, trotzig, traurig.

Man sagte ihnen in gebrochenem Deutsch, dass sie nicht auf den Zeltplatz zurückkehren dürften und dass ihre Sachen für sie eingesammelt und verwahrt würden. Bei ihrer Forderung, dass alles aufgeklärt werden müsse, wurden sie auf »später« und »dort« verwiesen.

Jahrzehnte später begann Anja ihre Gedanken dazu niederzuschreiben. Leider hatten sie vor ihrem gemeinsamen Spaziergang am Flussufer den Dialog zur Annäherung ihrer unterschiedlichen Standpunkte und einer gemeinsamen Vorentscheidung nicht zu Ende geführt. Sie hatten nicht geahnt, dass sie außerhalb der Stadt am Flussufer beobachtet würden, waren gelaufen und sich der unmittelbaren Gefahr überhaupt nicht bewusst gewesen.

Im Rückblick sah sie alles klar vor sich. Ihr Mann musste schon an der Hochschule wegen seines auffälligen Verhaltens und zusätzlich wegen der damaligen angespannten politischen Situation ins Visier der Staatssicherheit geraten sein. Damit war sie das automatisch auch, ohne dass sie es ahnen konnte.

Sie erinnerte sich wieder gut an alles. Er hatte befürchtet, man könnte ihm sein Reiseziel Ungarn in den letzten beiden Urlaubswochen des ablaufenden Arbeitsverhältnisses verbieten, weil die Staatssicherheit ihn beobachte und vielleicht die unmittelbare Einberufung zum Wehrdienst bevorstehe. Dass die Personalleitung diesen Urlaub aber ohne eine Rückfrage genehmigte, hatte er Anja gegenüber als positiv bewertet.

Das stimmte nicht. ›Man hatte uns fahren lassen, um uns in der Nähe der Grenze zu verhaften‹, dessen war sich Anja sicher. Die Länder des Ostblocks hatten untereinander Verträge über die Aufklärung von Fluchtbemühungen und eine Auslieferung von Flüchtenden abgeschlossen. Davon wusste die Bevölkerung damals nichts. ›Zwei Jahrzehnte nach der deutschen Wiedervereinigung erscheint mir dieses Auflauern und Einfangen als verurteilungswürdiger Eingriff in die Selbstbestimmung von Menschen‹, dachte Anja. ›Theo hat mir damals viel zu spät von seiner prekären Lage erzählt. So konnte ich die besondere Gefahr, in die wir uns begaben, rational gar nicht erfassen. Sonst wäre ich doch mit ihm darüber in die Auseinandersetzung gegangen‹, hörte sie sich, innerlich empört, sagen.

Auch mit ihrem Vater haderte sie bei ihrem Nachsinnen. Er hatte Tagebuchaufzeichnungen hinterlassen, welche der Tochter nach seinem Tod übergeben, aber von ihr noch nicht genauer durchgesehen worden waren. Hätte er ihnen beiden nach der Bulgarienreise drei Jahre vorher nicht auch Grenzen der persönlichen Gefährdung benennen und sie 1966 vor ihrer Ungarnreise nach ihren Absichten fragen können? Er hatte vier Jahre Krieg erlebt und lernen müssen, mit den Gefahren darin umzugehen. War er mit den unausgesprochenen Problemen seiner Kinder im DDR-Staat vielleicht überfordert gewesen? Hatte die Angst vor der Verfolgung von Mitwisserschaft zu einer solchen Zurückhaltung geführt?

Anja wandte sich wieder ihrer selbst gewählten Aufgabe zu und machte sich Stichpunkte zu den Ereignissen nach der Festnahme. Unmittelbar danach waren sie nach Budapest gekommen und mussten vier Wochen in Einzelhaft verbringen. Einmal war sie von einem Wachmann geohrfeigt worden. Ihrem Mann hatte man, wie er nach Jahren erzählte, mit einem heftigen Schlag ins Gesicht das Trommelfell des rechten Ohrs beschädigt.

Zum ersten Mal konnten sie einander auf ihrem Flug zurück in die DDR wiedersehen, ohne Kontakt aufnehmen zu dürfen. Danach waren Monate voller Angst und Sorge in der Untersuchungshaftanstalt in Karl-Marx-Stadt gefolgt. Anja scheute jetzt aber davor zurück, sich genauer an alles Weitere zu erinnern. Stattdessen nahm sie sich die Tagebuchaufzeichnungen ihres Vaters vor, in denen er, recht detailliert, Gedanken und Gefühle festgehalten hatte, die ihn in dieser Unglückssituation bewegten.

Vaters Tagebuchaufzeichnungen

Am Vormittag des 10. September 1966, wir hatten gerade unser Frühstück beendet, klingelte es und ich öffnete. Vor mir standen zwei unbekannte Männer. Unauffälliges Gesicht bei dem einen, durchdringender Blick des anderen. »Sind Sie Herr A.?«, was ich bejahte. »Wir möchten Sie sprechen.« Beide schoben das Revers ihrer Jacken etwas zurück und ließen Namensschilder sehen, die sie als Mitarbeiter vom Ministerium des Inneren auswiesen. Ich erschrak und bat sie herein. Ging es um unsere Kinder? Ich wusste, dass sie noch vor dem Antritt ihrer Arbeitsstellen zum Urlaub nach Ungarn gefahren waren. Sollte etwas passiert sein? Meine Frau kam aus dem Wohnzimmer, ich bat sie als Zeugin zu dem Gespräch und wir gingen in mein Arbeitszimmer.

»Wir müssen Ihnen ein paar Fragen zu Ihren Kindern stellen«, sagten die Stasi-Mitarbeiter, und nun ging es um die Identität unserer Kinder und ihre Personalien. »Sie befinden sich auf einem Campingurlaub in Ungarn?«, wurde gefragt. »Ja, soweit ich weiß«, antwortete ich.

Während des weiteren Gesprächs wurde ich mir immer sicherer, dass etwas passiert war. Jahre zuvor schon hatten sie überlegt, die DDR zu verlassen. Über ihren Hauptbeweggrund hatten wir miteinander gesprochen. Mein Schwiegersohn konnte sich nicht vorstellen, zum Wehrdienst eingezogen zu werden. Einen Ersatzdienst gab es in der DDR nicht, vermutlich aber in Westdeutschland, hatte er gemeint. Jahrelang war davon nicht mehr die Rede gewesen. Inzwischen hatten die Kinder ihr Studium beendet und, soweit wir wissen, beide Stellenangebote in Rostock erhalten, leider sehr weit weg von uns. Dabei schien aber das Wohnungsproblem noch nicht gelöst. Sollten sie sich erneut entschlossen haben, den Staat über Ungarn zu verlassen? Man sprach ja miteinander kaum über so etwas. War es schiefgegangen? Waren sie gefangen genommen worden? Ich war sehr beunruhigt.

Dann hörten wir von den Beamten, dass sie in der Nähe der ungarisch-jugoslawischen Grenze festgenommen worden seien. Unsere Kinder, Bilder stiegen in mir hoch, Kriegseindrücke. Als Fahrer einer Kraftfahrzeugstaffel der deutschen Wehrmacht in den Niederlanden war mir die Verhaftung der untergetauchten Juden durch ihre Landsleute nicht verborgen geblieben.

Meine Frau war sehr blass geworden und ich selbst versuchte an irrealen Hoffnungen festzuhalten, während ich die weiteren Fragen beantwortete. Es ging natürlich darum, was wir von dem Vorhaben der jungen Leute gewusst hätten, und ich spürte die Verdächtigung. Mitwisserschaft war meldepflichtig. Da sie tatsächlich mit uns nicht über ihre Fluchtabsichten gesprochen hatten, sondern über den Beginn ihres Berufslebens und die Sorge, keinen Wohnraum zu bekommen, konnten sie mir nichts anhaben. Ich schilderte, wie der Schwiegersohn darunter gelitten hätte, dass ihm sein Zimmer gekündigt worden war. Die zugewiesene, eigentlich unzumutbare Wohnung hätten sie nicht tauschen können, und die jungen Leute hätten tatsächlich vor einer ganz ungeklärten Situation gestanden.

»Dank der Wachsamkeit der Grenzorgane im Vorfeld konnte eine Straftat in Form eines Grenzdurchbruchs verhindert werden«, hörte ich. War vielleicht noch nicht das

Schlimmste eingetreten? Würde man sie laufen lassen? Auf eine vorsichtige Frage meinerseits hörte ich die Antwort, das hänge ganz vom Verhalten unserer Kinder ab.

Die beiden Stasi-Mitarbeiter erfragten noch einiges zu unseren Lebensumständen und denen der Kinder. Das Gespräch, in dem wir höflich behandelt worden waren, endete mit der Ankündigung, dass wir informiert würden, sobald Näheres zu ihrem Schicksal bekannt wäre.

Vier Wochen später erhielten wir ein Einschreiben, in dem uns mitgeteilt wurde, dass gegen unsere Kinder aufgrund des Versuchs, die DDR illegal über die ungarische Grenze zu verlassen, ein Ermittlungsverfahren eingeleitet worden sei. Sie seien in Untersuchungshaft genommen worden. Es habe keinen Sinn, sich wegen genauerer Informationen an die Haftanstalt zu wenden. Wir würden rechtzeitig über den Stand der Dinge und über die Möglichkeit zu einem Besuch informiert.

Auch die Angehörigen unseres Schwiegersohnes waren von der Staatssicherheit kontaktiert worden. Das Schicksal unserer Kinder bewegte uns alle sehr. Warum mussten sie sich diesem Risiko aussetzen und weshalb musste es so enden?, fragten wir uns. Noch nie war jemandem in unseren Familien so etwas widerfahren. Manche Verwandten reagierten wie versteinert. War nicht vielleicht auch Verurteilung im Spiel?, fragte ich mich.

Mir und meiner Frau taten die jungen Leute von Herzen leid. Ich war bereit, alles Mögliche und Nötige zu tun. Der schon immer enge Briefkontakt mit meinem Bruder in der Bundesrepublik wurde mir noch wichtiger. Nach dem Erreichen meines Rentenalters vor zwei Jahren hatte auch ich ihn schon persönlich besuchen können.

Einen Monat später wurde ich von den Mitarbeitern der Untersuchungsorgane – so nannten sie sich – gebeten, die Wohnung der jungen Leute auszuräumen. Die Ermittlungen gingen gut voran, hieß es. Wie das klang. Was war hier gut?, fragte ich mich. Es wäre möglich, dass ich bald einen Antrag auf eine Besuchserlaubnis stellen könnte. Einige Tage später ging ich mit einem Sicherheitsbeamten in die Wohnung meiner Kinder und erlebte selbst, wie trist es ihnen vor einigen Wochen hier vorgekommen sein musste. Ich organisierte den Abtransport ihrer nicht sehr umfangreichen Habseligkeiten und auch ihres Motorrollers, mit dem sie uns während ihrer Studienzeit und auch in den letzten Wochen besucht hatten.

Etwas später konnten wir Anja endlich besuchen. Mit meinen kleinen Geschenken begab ich mich zur Haftanstalt, musste meinen Ausweis, die Besuchserlaubnis und meine Tasche abgeben. Geschenke seien noch nicht erlaubt, sagten sie mir. Dann ging der Sicherheitsbeamte mit mir in den Besucherraum, wo mir ein Platz an einem Tisch zugewiesen wurde, und ich wartete auf Anja.

Da war sie. Seit über drei Monaten hatte ich sie nicht gesehen. Sie war sichtlich bewegt. Auf der anderen Seite des Tisches sollte sie Platz nehmen. Der Vollzugsbeamte saß etwas entfernt von uns, hatte uns aber im Blick. Wir wagten nicht, uns zu umarmen, reichten uns die Hände. Da sah ich sie vor mir, meine einzige Tochter, 24 Jahre jung, nach ihrem Studienabschluss mit guten Berufsmöglichkeiten und jetzt eine Gefangene und danach vielleicht vorbestraft – wofür? Ich versuchte, Trauer und Zorn zu unterdrücken. Auch sie schluckte tapfer, um nicht zu weinen. Uns blieb eine halbe Stunde, um uns in dieser misslichen Situation wieder näher zu kommen. Sie war so jung und ich hatte die beiden nicht vor dieser Situation behüten können. Hatte das alles passieren müssen? Zumindest sie war doch vermutlich nicht fest entschlossen gewesen. Hätten wir sie beide von ihrem Vorhaben abbringen können, wenn sie sich Rat geholt hätten? Wir hatten diese Dinge als unerreichbar und somit für erledigt gehalten. Oder hätten wir bei ihrem Reiseziel und ihrer Situation hellhörig werden müssen? Wenn Anja doch wenigstens etwas angedeutet hätte, trotz aller Rücksichtnahme auf unsere Sicherheit.

Meine Tochter schien dennoch mit ihrer Lage zurechtzukommen. Sie erzählte, dass sie nicht allein sei und dass sie gute Bücher zum Lesen bekommen habe. Wann ich denn Theo besuchen dürfe, fragte sie mich, und sie sagte uns auch, dass sie ihn noch nicht wiedergesehen habe und sich Sorgen um ihn mache.

Was sie beim nächsten Besuch vor Weihnachten mitgebracht haben möchte, fragte ich sie am Ende. »Eine Kleinigkeit, so dass ich weiß, dass ich nicht außerhalb des Lebens stehe und dass ihr zu uns haltet und an uns denkt«, antwortete sie. Dann war die Besuchszeit vorbei, sie wurde abgeholt und der Beamte ging auch mit mir aus der Tür. Was für eine Erfahrung. Ich hatte vier Jahre Krieg mitgemacht und doch nahm mich das hier hart mit.

Bald darauf konnte ich auch meinen Schwiegersohn besuchen. Wie schmal der junge Mann geworden war und wie bedrückt er aussah. Es waren beides meine Kinder und ich hoffte sehr auf einen glimpflichen Ausgang für beide. Sie hatten nichts getan, waren nur auffällig geworden und hatten nun ein Gerichtsverfahren und vielleicht eine Verurteilung zu erwarten. Es waren junge Menschen, die sich Freiheit und Entwicklung auf eine andere Weise als die vom Staat verordnete gewünscht hatten. Ich als Jugendlicher hatte meine Freiheit genossen. Aber danach musste ich in den Krieg ziehen, aus dem ich Gott sei Dank zurückkehren konnte.

Meine Tochter schrieb uns noch vor Weihnachten, dass sie inzwischen ihren Mann sehen konnte, was ihnen beiden sehr gut getan habe.

In diesem Jahre war es ein trauriges Weihnachtsfest für uns und besonders für unsere Kinder. Vier Jahre vorher hatten sie sich zu Weihnachten verlobt und vor drei Jahren geheiratet, sehr früh und vielleicht viel zu früh. Sie schienen aber doch glücklich zu sein. Hoffentlich würde ihr beschädigter Weg wieder eben werden.

Anja erzählte mir bei meinem nächsten Besuch, dass es für sie trotzdem weihnachtlich gewesen sei. Ihre Schwägerin sei Mitte Dezember gekommen. Die mitgebrachten Plätzchen und die grünen Zweige hätte Anja am 24.12. von der Wachperson ausgehändigt bekommen, einer jungen Frau nicht viel älter als sie, die dabei gelächelt habe. Auch ein Gefäß zum Aufstellen sei gefunden worden. Ihre Zellengefährtin und sie hätten am Abend an ihrem Tisch gesessen, vor sich zwei Weihnachtskarten von den Verwandten, hätten von den geschenkten, selbst gebackenen Plätzchen gegessen und auf die Vase mit den grünen Zweigen geschaut. Dabei sei auch ihnen festlich zumute gewesen.

Einen Monat später berichtete sie mir, dass sie inzwischen ein Gespräch mit ihrem Verteidiger gehabt habe. Mich hatte sie einige Zeit vorher gebeten, mich um einen solchen zu kümmern, da ihr sonst zwangsweise jemand zugewiesen worden wäre. Der Rechtsanwalt Dr. K. sei ganz optimistisch gewesen, dass sie vielleicht mit einer Bewährungsstrafe davonkäme und nach der Gerichtsverhandlung frei wäre. Ihr Mann hingegen müsse wohl mit einer Haftstrafe rechnen, da er das Ganze angetrieben habe.

An ihrem Gerichtstermin im Februar nahmen wir und Verwandte meines Schwiegersohns teil. Das Ganze war eine Farce. Den beiden wurde vorgeworfen, dass sie ihr Land in

Undankbarkeit gegenüber den genossenen Bildungs- und Entwicklungsmöglichkeiten verlassen und damit dem Staat Schaden zufügen wollten. Meine Tochter hätte ihrem Mann nichts entgegensetzt und ihn auf diese Weise unterstützt. Beide – er mehr als sie – wurden als ideologisch unreife Charaktere hingestellt. Dass meine Tochter ihre Heimat eigentlich nicht verlassen wollte, erkannten sie nicht an. Die Verteidigung des Rechtsanwalts war gut gemeint, führte aber zu keiner Bewährungsstrafe. Ich hatte auch den Eindruck, dass Anklage, Verteidigung und Gericht ein klar inszeniertes Rollenspiel aufführten. So mussten beide noch weiter in Unfreiheit zubringen, Anja insgesamt fünfzehn Monate, später auf ein Jahr reduziert, und mein Schwiegersohn achtzehn Monate

Sehr froh war ich, dass ich ihr am Ende bei ihrer Bewerbung behilflich sein konnte. Sie hatte noch in der Haftanstalt beschlossen, ihre Zukunft wieder aktiv in die Hand zu nehmen, und mich dabei um Hilfe gebeten. Sie wollte in das Bezirkskrankenhaus im Norden zurück, in dem sie ihr Praktikum absolviert hatte. Ich sollte den ärztlichen Direktor Prof. Dr. Wendt persönlich aufsuchen, ihm von ihrem Schicksal erzählen und die Situation aus meiner Sicht als Vater erklären. So fuhr ich dorthin. Nach einem anfänglichen Abtasten traf ich auf Verständnis für die Lage meiner Tochter. Ihre Bewerbung schien in guten Händen zu liegen.

Ein Jahr nach dem Unglück konnte ich sie abholen. Als sich das schwere rollende Tor hinter ihr schloss und ich sie wieder in meine Arme schließen konnte, war ich sehr erleichtert. Ganz schnell gingen wir auf die andere Straßenseite. Ich staunte, wie selbstverständlich sie ihre wiedergewonnene Freiheit als Normalität in Besitz nehmen konnte. Wir waren glücklich darüber, dass diese »Prüfung« in unserem Leben überstanden war.

Ich hatte ihr versichert, dass die Nachbarn in unserem Haus nichts von ihrer Situation wussten, so konnte sie sich in ihrer alten Heimat ganz selbstverständlich und unbeobachtet bewegen.

Abschnitt C: Neuanfang

1 | Rückkehr nach Lichtspringe

Die Woche in ihrem Elternhaus war schnell vergangen und Anja packte ihre Koffer, um an einem Samstagvormittag wieder nach Lichtspringe zu fahren, wo sie nach der positiven Antwort auf ihre Bewerbung ihr Berufsleben beginnen wollte.

Ihre Ankunft hatte sie für den späten Nachmittag telefonisch in der Verwaltung der Klinik angekündigt und erfahren, dass sie sich den Schlüssel für ihr Zimmer im Klubhaus in der Krankenhausstation 6 abholen könne.

Nach dem letzten Umsteigen beachtete sie genau die einzelnen Stationen, deren Namen sie noch kannte. Auch die Landschaft mit den kleinen Dörfern, Kiefernwäldchen und Feldern war ihr vertraut. Bald erschienen in ihrem Abteil zwei Frauen, elegant gekleidet, im lebhaften Gespräch miteinander. Sie wunderte sich, weil sie niemanden vom Bahnsteig aus hatte einsteigen sehen. Da wurde sie von der Jüngeren der beiden angesprochen: »Sind Sie Frau Bäumler?« Anja bejahte erstaunt.

»Wir haben vermutlich das gleiche Ziel. Sie waren doch vor zwei Jahren zum Praktikum in unserem Krankenhaus.«

Anja erinnerte sich an keine der beiden, die sich ihr nun als Ärztinnen der Kinderstation vorstellten, auf welcher sie damals ein einziges Mal an der Visite teilgenommen hatte.

»Wir haben gehört, dass Sie zu uns zurückkommen und

am Montag Ihren Dienst beginnen, herzlich willkommen.«
Mit einem gewinnenden Lächeln reichten ihr beide die
Hand und stellten sich vor. Anja freute sich, dass sie wie-
dererkannt und angesprochen worden war, ja sogar erwartet
wurde. Der Sprung in das neue, eigentlich ihr altes, wirkliches Leben erschien ihr wieder ein wenig leichter. Andererseits kam in ihr aber auch Scham über den »Makel« darin
auf und sie fragte sich, was wohl über sie gesprochen worden war. Schon fuhr die Jüngere, wohl noch Assistenzärztin,
in ihrer unbeschwerten Art fort, dass sie aus der Konferenz
vom gestrigen Freitag wisse, dass die neue Mitarbeiterin ihren Schlüssel auf der Station 6 abholen könne. Wie perfekt
hier alles ineinandergriff, darüber staunte Anja erneut.

Dann kam das Stationsschild in Sicht. Genau wie damals
liefen einige Patienten interessiert im Bahnhofsbereich umher. Die Assistenzärztin bot Anja an, ihr beim Tragen ihres
Koffers behilflich zu sein, aber sie lehnte ab und verabschiedete sich von den beiden Frauen. Sie hatten ihr noch erklärt,
dass sie geradeaus direkt zur Station 6 komme. Schnell eilte
nun eine der umherstreifenden Frauen herbei und Anja ließ
zu, dass sie den Koffer nahm, denn sie wusste, dass der Frau
das wichtig war. Die Frage, ob sie im Krankenhaus arbeiten
werde, beantwortete sie ebenfalls. Die Frau schien sich zu
freuen und hatte vermutlich damit auch etwas zum Weiter-
erzählen.

Nachdem sie ihren Schlüssel in Empfang genommen
hatte, ging sie mit der jungen Frau den Weg zurück zum
Klubhaus, verabschiedete sich und trug ihr Gepäck die
Treppe hinauf in den 1. Stock. Hinter der Etagentür passte einer ihrer beiden Schlüssel für die mittlere Tür auf der
rechten Seite des Korridors. Das Zimmer war hell und schmal und sie erblickte ein Bett, schon überzogen, gegenüber
ein Waschbecken, an der Frontseite unter dem Fenster einen
Tisch und zwei Stühle. Daneben eine abgeschlossene Tür

zum Nachbarraum. Am Fenster hingen nur schmale Vorhänge, die einen großen Spalt frei ließen, an der Wand stand ein Schrank. Sehr spartanisch eingerichtet, fand Anja. Kurz setzte sie sich auf einen der Stühle, erhob sich aber bald wieder, um ihre Hände zu waschen. Auf dem Waschbeckenrand lag Seife und am Haken hing ein Handtuch. ›Ein Gästezimmer, das fortan mein Heim sein wird‹, schoss es ihr durch den Kopf. Sie schaute in den Spiegel und kämmte ihr kurzes Haar. Dann nickte sie ihrem Spiegelbild ermutigend zu und begann mit dem Auspacken ihres Koffers. Es dauerte nicht lange, bis sie alles in den Schrank eingeordnet hatte.

Nun fiel ihr ein, dass sie sich ein Abendessen abholen durfte. Sie machte sich auf den Weg zur Station 6 und erfuhr, dass sie sich vorher im Verwaltungsgebäude beim Chef melden solle. Am Samstagabend, stutzte sie. Aber es sei richtig, wie sie sich rückversicherte. Schnell konnte sie sich auf dem Gelände orientieren. Die vordere Tür mit dem einladenden Treppenaufgang war jetzt geschlossen und so probierte sie die andere am Ende des roten Backsteinbaus. Innen ging sie an mehreren Türen vorüber, las bald die Aufschrift ÄRZTLICHER DIREKTOR und klopfte zaghaft an.

Professor Wendt erschien in der Tür. »Da sind Sie ja!« Auf seinem markanten Gesicht mit dem zugewandten und dennoch prüfenden Blick erschien ein warmes Lächeln und er reichte ihr die Hand. Sie spürte den warmen Druck, fest, aber nicht hart. In seinem Arbeitszimmer mit dem langen Konferenztisch lud er sie ein, in der Sitzgruppe mit Sessel und Stehlampe Platz zu nehmen, und setzte sich ihr gegenüber.

Nach einigen freundlichen Erkundigungen zu Anjas Fahrt hierher und ihrem Zimmer im Klubhaus kam er zum Wesentlichen. »Es wird am besten sein, wenn Sie für mehrere Monate in die Psychotherapieabteilung gehen und dort ›mitlaufen‹. Später brauchen wir Sie auf der Kinderabteilung, wo wir dabei sind, zwei neue Stationen einzurichten. Die Chefärztin hoffte zwar, dass Sie gleich dort anfangen und Ansprechpartner für das Personal sein könnten, aber ich denke, Sie sollten sich erst einmal in Ruhe einarbeiten.« Anja fand es hilfreich, dort zu beginnen, wo sie sich schon etwas auskannte. Sie spürte eine freudige Genugtuung darüber, dass man ihr vertraute. Dem Professor war sie dankbar, dass er so selbstverständlich und zugewandt mit ihr umging.

»Für Ihren Mann werden wir ebenfalls eine Lösung finden, wenn er kommt«, hörte sie ihn sagen. Er fragte auch, wie es ihr jetzt gehe und ob sie spezielle Hilfe zur Verarbeitung des Vergangenen brauche.

»Ich glaube nicht«, antwortete sie.

»Sie können jederzeit darauf zurückkommen.« Sie wurde sich zunehmend sicherer, dass er sie nicht anders als andere neue Mitarbeiter behandeln würde. Später erfuhr sie in einer Besprechung, dass er sich dem Bezirksarzt gegenüber, aber auch vor seinen eigenen Parteigenossen hatte rechtfertigen müssen, dass er Anja mit ihrer »Vorgeschichte« als Psychologin eingestellt hatte.

Nachdem Prof. Wendt sich über die psychische Verfassung seiner künftigen Mitarbeiterin Klarheit verschafft hatte, entließ er sie mit einem freundlichen »Na, dann auf ein gutes Ankommen hier in Springe«, wie es unter den Einheimischen hieß, »und dann am Montag 8:30 Uhr zuerst hierher und danach auf die Station, damit ich Sie in der Dienstbesprechung des Leitungspersonals als Mitarbeiterin vorstellen kann.«

Als sie gegangen war, blieb er noch länger in seinem Sessel sitzen und dachte nach einer Weile über Praktisches in Verbindung mit Anja Bäumler nach. Wenn sie sich bewährte, würde er auch für ihren Mann eine Stelle in der Klinik beschaffen müssen, und das erforderte vermutlich mehr Anstrengungen als bei ihr.

Anja war über ihre Begegnung mit dem Professor sehr froh. Er war fair mit ihr umgegangen, hatte Sicherheit und Verlässlichkeit ausgestrahlt und keine weiteren Fragen gestellt. Dass ihr ganzer beruflicher Einsatz hier gefordert werden würde, wusste sie.

Nicht nur die Psychotherapie hatte er hier im Krankenhaus eingeführt, sondern er wollte überhaupt ein modernes psychiatrisches Krankenhaus gestalten. Da war jeder Mitarbeiter gefordert. Anja erschien ihr Neuanfang nach der durchgemachten Verunsicherung des vergangenen Jahres spannend und doch auch ein wenig beängstigend.

Jetzt befand sie sich auf dem Weg zur Station 6, wo sie ihr Abendessen in Empfang nehmen konnte. Ihre Gedanken kreisten um alles, was ihr seit ihrer Ankunft begegnet war. Das Auftreten der beiden Ärztinnen im Zug, war das mehr als eine nur zufällige Begegnung gewesen? Hatte jemand eine Rückmeldung darüber verlangt, dass sie hier ordnungsgemäß angekommen war? Die Bahnstation lag an der Strecke nach Hannover und nicht sehr weit von der innerdeutschen Grenze entfernt.

Es schien ihr durchaus möglich, dass sie mehr als andere Menschen unter Beobachtung stand. Aber sie wollte sich nicht mit skeptischen Gedanken plagen. Das Wichtigste waren jetzt die wiedergewonnene Freiheit und ihre Selbstbestimmung. Es galt, ein gutes Verhältnis zu anderen Menschen aufzubauen, transparent zu sein und zu kooperieren. Allmählich kam sie zur Ruhe.

2 | Berufsanfang

Auf der Station für Psychotherapie

Anjas erster Arbeitstag war der Montag der folgenden Woche. Erwartungsvoll und ein wenig beklommen zog sie, wie es damals üblich war, einen weißen Kittel an. Nach ihrer Ankunft in der Krankenhausverwaltung wurde sie von Prof. Wendt den Leitern der Wirtschafts- und Technischen Abteilungen als die neu eingestellte Psychologin vorgestellt. Danach ging sie den ihr bekannten Weg zur Station 28. Auf ihr Klingeln öffnete Stationsschwester Gisela, in blauer Schwesterntracht mit weißer gefalteter Haube, die Tür und begrüßte Anja freundlich. Im Schwesternzimmer waren schon die Teilnehmer der Morgenbesprechung versammelt, und sie wurde von Dr. Winter und vom Stationsarzt, den sie nicht kannte, willkommen geheißen. In der Besprechung ging es um die Vorkommnisse am Wochenende, die medizinischen Angelegenheiten, um Veränderungen im Therapieplan einzelner Patienten, um Aufnahme neuer Patienten und einiges andere.

Es tat gut, wieder dabei zu sein, zum Team zu gehören und zu arbeiten. In der Folgezeit wurde sie schnell in die Arbeitsabläufe auf der Station einbezogen. Bei neu aufgenommenen Patienten sollte sie Anamnesen erheben, also die Krankheitsgeschichte in Beziehung zum Lebenslauf erfassen. Das war eine umfangreiche Aufgabe, bei der sie vorgegebenen Gesichtspunkten zu folgen und danach einen ausführlichen Bericht zu schreiben hatte. Dieser war mit seinen Informationen und der gestellten Diagnose für den zuständigen Therapeuten wichtig. Anja wollte ihre Kollegen nicht enttäuschen.

Wenn der Gesprächsfluss zwischen ihr und einem Patienten versiegte oder stockte, begann sie meist an sich selbst zu zweifeln. Gut tat ihr aber die große Gelassenheit des Stationsarztes, der nur wenige Monate vor ihr eingestellt worden war. Auch er musste sich noch in das für ihn neue Gebiet der Psychotherapie einarbeiten. Ab und zu nahm er sich etwas Zeit, ihr zuzuhören, ihr einen Impuls zu geben oder ihren Selbstzweifeln mit ein wenig Ironie zu begegnen. Offenbar glaubte er an sie. Allmählich gewann sie mehr Sicherheit, was ihr größeres Vertrauen vonseiten der Patienten einbrachte. Bald wurde ihr einer von ihnen zu Therapiegesprächen zugewiesen. Nach und nach folgten weitere. Einmal in der Woche kam der Professor zur Visite in die Psychotherapieabteilung. Im ausführlichen Gespräch der Therapeuten über ihre Patienten erhielt Anja die Rückmeldungen und Anleitungen, die sie für ihre Arbeit brauchte. »Fast wie an der Universität«, fanden die Teilnehmer oft nach einer solchen Sitzung, die sich nicht selten vom Nachmittag bis in den Abend hinein erstreckte.

Über seine Vorstellungen, mehr vom psychotherapeutischen Denken in der gesamten Psychiatrie zu verbreiten, sprach der Professor sehr gern. Die Gelegenheit dafür nutzte er nicht nur auf der Station 28, sondern auch bei seinen Visiten in der Frauen- und Männerpsychiatrie und auf der Kinderabteilung.

Den Gedanken einer »therapeutischen Gemeinschaft« in der stationären Psychiatrie brachte er von einem wissenschaftlichen Kongress in Österreich mit. Damit war ein förderliches soziales Alltagsklima innerhalb der Gemeinschaft von Kranken, Pflegekräften und Ärzten gemeint und eine Offenheit für neue Vorstellungen im Umgang mit Patienten, auch auf psychiatrischen Stationen.

Auf der Psychotherapiestation hatten die Pflegekräfte längst gelernt, den Patienten mit ihren Neurosen, so hießen deren Erkrankungen, in einer speziellen, förderlichen Haltung zu begegnen. Sie teilten den Therapeuten Eindrücke und Beobachtungen zu den Kranken und ihren Symptomen mit und suchten eine Rückmeldung zu ihrem Umgang mit ihnen. Alle Mitarbeiter waren in die Gespräche über den Therapieprozess der Patienten einbezogen und konnten ihn unterstützen. Aber auch auf den Stationen der Psychiatrie sollte der psychologische Heilungsfaktor mehr Berücksichtigung finden, meinte Prof. Wendt.

An all das erinnerte sich Anja wieder, als sie viele Jahre später über die damals bewegte und kreative Zeit in Lichtspringe nachdachte und schrieb. Den Beginn ihres Berufslebens unter Prof. Wendt hatte sie zunehmend als einen großen Glücksumstand angesehen.

Dass er trotz seiner eigenständigen Vorstellungen ein Mitglied der Staatspartei SED war, wusste Anja. Sie wollte auch verstehen, welche Motive er für seinen Eintritt in die Partei gehabt hatte. So entschloss sie sich, Dr. Winter danach zu fragen und vielleicht dabei auch noch mehr über Prof. Wendts beruflichen Werdegang zu erfahren.

Dr. Winter erzählte, dass nach dem Krieg viele Menschen große Hoffnungen auf einen Neuanfang und auf die Entwicklung einer besseren Gesellschaft gesetzt hätten. Die Partei habe diese Stimmung unterstützt, aber die enge Verflechtung von Macht und Willkür in dem von ihr nach sowjetischem Muster »verordneten« Sozialismus sei bald sichtbar geworden. Trotzdem hätten Aufbruchsstimmung und Hoffnung angehalten. Auch bei ihm und Wendt sei es so gewesen, hatte Winter gemeint. Zehn Jahre jünger als Wendt, sei er zum Glück gerade noch von einer Einberufung bei Kriegsende verschont geblieben. Er hatte seine Kraft in die neue Zeit einbringen wollen, dennoch sei für ihn als gläubigen Christen der Eintritt in die atheistische SED nie infrage gekommen.

Dr. Wendt, seinem Chef damals in der Psychotherapie an

der Universitätsnervenklinik in Leipzig, sei aber der Eintritt in die Partei für seine gewünschte Karriere an der Universität nötig erschienen. Er sei Oberarzt und Dozent geworden und 1965 Professor für Psychiatrie und Neurologie. Er habe sich ein umfangreiches medizinisches Wissen angeeignet, nach dem Kriegsende jahrelang in der Allgemeinmedizin gearbeitet und an einem Institut die Psychoanalyse als Therapieform bei Neurosen kennengelernt. Mit der Ausbildung zum Facharzt für Psychiatrie und Neurologie an der Universitätsnervenklinik in Leipzig habe seine Universitätslaufbahn begonnen. Schon Ende der 50er Jahre aber habe er gemerkt, dass er seine Ideen von einer modernen Patientenbehandlung in der Psychiatrie und Psychotherapie unter der bestehenden Klinikleitung dort nicht würde verwirklichen können. Deshalb habe er die Universität nach der Habilitation verlassen und vor sechs Jahren dieses Psychiatrische Krankenhaus auf dem Lande übernommen. Es heiße nun ›Bezirkskrankenhaus für Psychiatrie und Neurologie‹ und sei schon weit über die Region hinaus für seine stationäre Psychotherapie bekannt.

Zur Zeit der Gründung Ende des 19. Jahrhunderts sei es eine der führenden psychiatrischen Anstalten in Deutschland gewesen und bereits ihr Gründer habe neue Wege in der Behandlung und Unterbringung der Geisteskranken beschritten. Anja war beeindruckt von dem, was sie gehört hatte.

Im gesamten Krankenhaus würde es Modernisierungen und weitere Veränderungen geben. Der psychologische Heilungsfaktor müsste nach der Meinung Prof. Wendts auch auf den Stationen der Psychiatrie stärker berücksichtigt werden. Schon auf der Akutstation sollte das Pflegepersonal nicht zu lange auf das Abklingen von Symptomen infolge der Medikamente warten, sondern die Patienten mit kleinen Aufgaben betrauen. Beschäftigung bedeute Zuwendung, welche heilsam sei.

In den Besprechungen hatte der Professor auf eine kinderpsychiatrische Zeitschrift hingewiesen, die in der Mappe der Fachzeitschriften bald auf der Station 28 eintreffen werde. Er erzählte von einem Bericht, den ein Psychiater aus den Niederlanden über stationäre Psychotherapie bei Kindern und Jugendlichen veröffentlicht habe. Darin sei die Rede von einer »24-Stunden-Therapie«. Alles, was im Stationsalltag geschehe, habe auch im therapeutischen Sinne Bedeutung, hatte der Professor mit Betonung hinzugesetzt: »Das Alltägliche schon kann Entwicklung fördern oder allein durch Unterlassen den Beginn von Veränderung verhindern.« Schnell hatte sich damals dazu in der Runde der Vordenker auf der Station hier ein angeregtes Gespräch entwickelt, in welchem Wendt und Winter in einen ihrer spannenden Dialoge geraten waren. Anja solle sich mit dem Bericht ausgiebig auseinandersetzen, hatte Prof. Wendt ihr empfohlen.

Zufrieden hatte er danach, ebenso wie Winter und Anja, die Station verlassen und der Stationsarzt hatte sich sicherlich in seinem Wechsel aus der Allgemeinmedizin in die Psychotherapie bestätigt gefühlt.

Anja war bewusst, dass sie in einer sehr interessanten Aufbruchphase in Lichtspringe arbeiten konnte und mit ihrem bevorstehenden Einsatz auf der Kinderstation zu dieser Entwicklung würde beitragen können.

Anjas Leben in Lichtspringe hatte zwei Seiten. Die eine war ihr Berufsleben, spannend, inspirierend und teilweise auch verunsichernd. Daneben gab es ihr persönliches Leben, meist einsam und manchmal unglücklich. Ihr Mann würde bis zum Frühjahr des kommenden Jahres inhaftiert bleiben, da seine vorzeitige Entlassung abgelehnt worden war.

Der seelische Druck jedoch, den sie vor mehr als einem Jahr aufgrund seiner ausweglosen Situation empfunden hatte, lag nun nicht mehr auf ihr. Die Entscheidung darüber war gefallen, dass sie nicht in der westlichen Welt leben würden, und das nahm sie hin. Sie hatte selbst erlebt, dass Menschen einem halfen, wenn man zu einer notwendigen Entscheidung stand. Für sie hatte sich der Professor trotz mancherlei Widerstandes eingesetzt und dafür empfand sie Achtung und Dankbarkeit. Auch für ihren Mann würde es einen Weg geben, da war sie sich sicher.

Das Gefühl, wirklich angekommen zu sein

Es war Winter geworden, und eines Morgens, Anfang Dezember, lag der erste Schnee weich und weiß auf den Bäumen, Wegen und Dächern von Lichtspringe. ›Märchenhaft‹, dachte Anja, als sie die Haustür öffnete und die weiße Pracht vor sich sah. ›Wenn ich doch jetzt meine Skier hier hätte. Nach dem Weihnachtsfest zu Hause in Frankenberg sollte ich sie unbedingt mit hierher bringen‹, nahm sie sich vor.

Inzwischen war sie auf ihrem Weg durch die Winterpracht am Haus 28 angekommen und lief die Stufen hinunter zu ihrem Arbeitsraum im Souterrain. Noch eine Viertelstunde Zeit würde ihr bleiben, bis die erste Patientin käme.

Ihre Sorge, dass eine Therapiestunde missglücken könnte, war in den letzten Wochen geringer geworden. Wenn die junge Frau, eine Patientin mit einer Phobie, erst einmal länger über ihre Angst klagen würde, könnte sie es geschehen lassen, auch wenn es in der Chefarztvisite anders mit ihr besprochen worden war. Anja verfügte inzwischen über mehr Erfahrung als in den ersten Monaten und würde ihr sicher zur rechten Zeit aus ihrer gedanklichen Einengung heraushelfen können.

Es war noch ziemlich kalt am Morgen in ihrem schönen

Arbeitsraum, der wegen seiner Größe und Lage im Winter leider nur langsam warm wurde. Sie drehte die Heizung voll auf, bis es zu rauschen begann, behielt ihren Wintermantel an und schaute aus dem größten der drei Fenster in den Garten. Dort erblickte sie die von Fichten umstandene, viereckige weiße Fläche, sah die beschneiten Äste und Zweige der anderen Bäume und nahm die winterliche Verwandlung des Geländes mit allen Sinnen wahr. Sie ging von Fenster zu Fenster und konnte sich gar nicht sattsehen an dem Wintermärchen draußen. Ihr fiel etwas ein: Auch neben ihrem Elternhaus in Frankenberg gab es vor dem Zaun zum Nachbargrundstück ein kleines, viereckiges Rasenstück mit einer Weißfichte. In der Adventszeit war der Baum vor dem Fenster, in seinem ersten weißen Schneekleid, in ihrer Kindheit schon ein Bote der festlichen Zeit gewesen, die sie ungeduldig herbeigesehnt hatte.

Dieses Bild, das sich ihr gerade in seiner stillen Schönheit vor dem Fenster bot, barg für sie die Verheißung, dass sie sich hier immer mehr zu Hause fühlen würde.

Jetzt aber musste sie sich von dem Anblick lösen. Schon hörte sie ein Klopfen an der Tür, fand, dass ihre Patientin genügend warm angezogen war, und sie begannen mit ihrer gemeinsamen Arbeit.

Drei Wochen später sollte es tatsächlich weiße Weihnachten geben. Sie verbrachte die Festtage zu Hause bei ihren Eltern und sie hatten sich viel zu erzählen. Es war, als wäre nie zuvor ein Weihnachten miteinander ausgefallen.

3 | In der Kinderpsychiatrie

Nach dem Jahreswechsel arbeitete Anja noch einen Monat auf der Station 28.

Eines Morgens lag die Fachzeitschrift ›Acta paedopsychiatrica‹ auf ihrem Schreibtisch und sie schlug gespannt den Text auf, der für ihre nächste Aufgabe auf der Kinderstation wichtig sein sollte: ›Klinische 24-Stunden-Therapie bei neurotischen Kindern und Jugendlichen‹. Sie konnte darin nachlesen, wie alle Beteiligten auf der Therapiestation zusammenarbeiteten, die klinischen Psychotherapeuten, weitere Therapeuten für gestaltendes Spiel und kreative Beschäftigung und die Schwestern und Pfleger in der Betreuung der Kinder. Da stand der Satz: »Alles, was zwischen Aufstehen und Schlafengehen auf der Station geschieht, ist Therapie.« ›Eine Vision als kraftvolle Behauptung‹, schoss es ihr durch den Kopf, und sie erinnerte sich an das lebhafte Gespräch und den Dialog in ihrer Besprechungsrunde im vergangenen Monat. Das Gelesene erschien ihr hilfreich für die Aufgabe, die sie bald erwartete. Sie wollte auch nach weiterer Literatur dafür in Fachzeitschriften suchen.

In der neuropsychiatrischen Kinderabteilung des Krankenhauses würde die künftige Station für Kinderpsychotherapie, im Erdgeschoss von Haus 8, erst in einigen Wochen eröffnet werden. Bis dahin sollte Anja mit der Kinderpsychologin, Fräulein Escher, zusammenarbeiten.

Die Kinderabteilung mit ihren etwa 350 Betten war in zahlreichen Häusern an verschiedenen Stellen des Krankenhauskomplexes untergebracht. Straßen mit Namen gab es hier nicht und die Gebäudenummern stammten aus vergangenen Jahrzehnten. So fiel Anja die Orientierung in der großen Abteilung nicht leicht.

Gisela Eschers Arbeitsplatz befand sich im Haus 32. Sie stellte ihrer Kollegin Anja einen ihrer drei Arbeitsräume zur Verfügung, einen kleinen Nebenraum für die Spielmaterialien in der Kindertherapie.

Gisela Escher war über viele Jahre lang die einzige Psychologin im Krankenhaus gewesen, bis Dr. Winter 1964 gekommen war und sie seitdem der Kinderabteilung angehörte. Wie Anja wusste, hatte sie als Kind ›spinale Kinderlähmung‹ gehabt, eine häufige Erkrankung während der Kriegs- und Nachkriegszeit, welche nach Einführung der Polio-Impfung für die Kleinkinder nicht mehr auftrat. Fräulein Escher hatte davon leider eine Muskelschwäche und eine Behinderung beim Gehen zurückbehalten.

Gisela Escher erhob bei Kindern von der Aufnahmestation, welche die dortige Stationsärztin ausgewählt hatte, einen psychologischen Status. Es handelte sich dabei um Kinder mit einer Entwicklungsstörung, oft von Intelligenzminderung begleitet, bei denen Lernschwierigkeiten in der Schule, Ängste, Stottern, Bettnässen oder andere Symptome aufgetreten waren. Die Psychologin entschied, ob bei einem Kind auch Psychotherapie angebracht war, und bestellte es während seines Aufenthaltes dazu regelmäßig.

Auch Anja bekam in der Folgezeit Kinder zur Psychodiagnostik zugewiesen. Die Spieltherapie bleibe in der Phase der Einarbeitung vorerst Fräulein Eschers alleinige Aufgabe, hatte die Chefärztin entschieden. Nachdem Anja die notwendigen Tests mit den Kindern durchgeführt hatte, sah Gisela Escher ihre psychodiagnostischen Befunde anfangs noch einmal durch, bevor sie weitergegeben wurden. Schwester Ilse war es, die die Berichte der Psychologen auf der Schreibmaschine schrieb. Sie war die Nachtschwester, hatte aber zudem noch viele andere Fähigkeiten, so dass sie zunehmend zu weiteren Aufgaben in der Abteilung herangezogen worden war.

Gisela Escher lieh Anja bereitwillig Fachliteratur aus und ließ sie bei der Spieltherapie hospitieren. Das erneute Lernen in der Praxis gefiel Anja gut und ihr jetziger Neuanfang auf der Kinderabteilung, genauer ›Abteilung für Kinderneurologie und -psychiatrie‹ fiel ihr weit leichter als jener vor einem halben Jahr.

Die Chefärztin der Kinderabteilung war Frau Dr. Körner. Anja begegnete ihr jeden Montagmorgen auf der Aufnahmestation. Die Mitarbeiter schätzten ihre ruhige und freundliche Art, mit der sie auch ein gutes Arbeitsklima erzeugte. So hatte sie Anja gegenüber geäußert, dass es bei ihrem baldigen Einsatz in der Kinderpsychotherapie keine Konkurrenz zwischen ihr und Fräulein Escher gebe. Diese habe als »Schwerbeschädigte« wegen ihrer eingeschränkten Mobilität von vornherein auf eine Bewerbung dafür verzichtet.

Wie Anja später erfuhr, war Frau Dr. Körner aus einem ähnlichen Grund wie Prof. Wendt hierher in das Bezirkskrankenhaus gekommen. Auch sie hatte sich an einer Universitätsklinik nicht mehr wohl gefühlt. Christlich orientiert und parteilos, war ihre Karriere an der Universität mit der Ernennung zur Oberärztin beendet gewesen.

Hier leitete sie die zweitgrößte neuropsychiatrische Kinderabteilung in der DDR mit fast 400 Betten. Über 75 Prozent der Kinder waren hochgradig schwachsinnig und hier auf Dauer untergebracht. Unter Frau Dr. Körners Leitung wurden sie im Rahmen eines langjährigen Förderungsprogramms, ›Imbezillenförderung‹ genannt, praktisch gefördert. In Springe hielt man kein Kind für vollkommen bildungsunfähig. Es gab eine Sonderschule im Krankenhausgelände, die von etwa 60 Kindern besucht wurde, auch solchen aus der Umgebung. Die Aufgabe, zwei neuartige spezielle Kinderstationen einzurichten, war Frau Dr. Körner sehr interessant und lohnend erschienen.

Haus 8, ein ehemaliger Teil der psychiatrischen Frauenabteilung, beherbergte nun im ersten Stockwerk bereits seit Jahresanfang 1968 eine heilpädagogisch ausgerichtete Station, die 8 B. Die Renovierungsarbeiten im Erdgeschoss des Hauses für die kinderpsychotherapeutische Station 8 A sollten Ende Februar abgeschlossen werden.

Schon wenige Wochen nach ihrem Beginn auf der Kinderabteilung wechselte Anja dorthin, um als Ansprechpartnerin bei der Gestaltung und Einrichtung der Räume zur Stelle zu sein und das Konzept für die Therapie mit zu entwickeln. Neben dem Stationsarzt würde sie die zweite leitende Mitarbeiterin sein. Die Betreuer der Kinder waren inzwischen aus dem gesamten Pflegepersonal ausgewählt und eingestellt worden.

Anja hatte einen großen, hellen Raum für ihre Arbeit zur Verfügung. Die Wände aller Räume waren in ansprechenden Farben gestrichen worden, hellgelb, ocker, hellgrün oder ein lichtes Blau, auch kräftiges Orange.

Die benötigten Materialien für Diagnostik und Spieltherapie konnte sie aus Katalogen auswählen. Das Krankenhaus hatte auch Geldmittel für den Kauf von Testmaterial aus der Bundesrepublik zur Verfügung gestellt bekommen. Es war ein besonderer Moment, als sie nach dieser Lieferung des ›Szeno-Tests‹ die Biege-Puppen, Tiere, kleinen Häuser, Bäume, Zäune und Gegenständen vom Hausinneren in ihren Händen halten konnte, mit denen sie auch in der Beratungsstelle in Jena gearbeitet hatte. Kinder konnten so ihre Alltagswelt aufbauen und Konflikte spielerisch zum Ausdruck bringen. Ein Handpuppentheater und ein Tisch-Sandkasten im Rauminneren, zu Therapiezwecken, wurden in der Tischlerei des Krankenhauses angefertigt.

Anja beschäftigten viele Fragen. Würde sie die Betreuer genügend einbeziehen und anleiten können? Ihr Ziel war es, ein Konzept zu erarbeiten, welches die therapeutische Arbeit aller Mitarbeiter auf der Station zusammenführen konnte. In der einschlägigen Literatur fand sie dazu keine Anregungen.

Aber bei einer Einkaufsfahrt in die Kreisstadt entdeckte sie in der Buchhandlung ein Sachbuch mit dem Titel ›Das verhaltensgestörte Kind‹. Es war gerade veröffentlicht worden und enthielt Erfahrungen und die theoretischen Vorstellungen eines Wissenschaftlers zur Heilpädagogik im Rahmen psychischer Fehlhaltungen. Reiner Werner, der Autor, so war im Klappentext zu lesen, sei Leiter einer Beratungsstelle, die mit mehreren heilpädagogischen Heimen zusammenarbeite. Er beschrieb das Konzept einer ›komplexen Aktiv-Therapie in vier Phasen‹ beim Umgang der Pädagogen mit den Kindern während ihres mehrjährigen Heimaufenthaltes. Die Praxis in Form von Inhalten, Abläufen, Falldarstellungen und Erfolgen war leider nicht näher beschrieben. Aber es schien auch ein interessantes Konzept für die Betreuer darzustellen, welche Einfluss auf die Spiele und Aktivitäten der Kinder nahmen. Im Verlaufe ihres jahrelangen Aufenthalts würden verschiedenartige Spiel- und Aktionsweisen dazu beitragen, Selbstbild und Sozialverhalten der Kinder zu verändern. Die Grundlage des Konzepts waren für den Wissenschaftler und Autor derartige Erfahrungen in entsprechender Fachliteratur aus Westeuropa und anglo-amerikanischen Ländern gewesen. Ohne einen Zugang hierzu zu haben, konnte Anja im Buch des Heilpädagogen wichtige Anregungen für ihre eigene künftige Arbeit finden.

Anja interessierte sich neben ihrer Aufgabe zunehmend für die Lebensweise ihrer Arbeitskolleginnen, ihre Beziehungen untereinander und die Themen, die die Mitarbeiter im Krankenhaus beschäftigten. Dazu konnte sie in der großen Abteilung, zu der sie jetzt gehörte, weit mehr Beobachtungen als in der ersten Zeit nach ihrer Ankunft im Krankenhaus machen. Die Welt der seit sieben Jahrzehnten bestehenden psychiatrischen Krankenanstalt, heute Bezirksnervenklinik, faszinierte sie. Was sie an Veränderung in der Psychotherapie Erwachsener beobachtet hatte und jetzt gerade auch in der Kinderpsychiatrischen Abteilung begann, wie sich alles auf das gesamte Krankenhaus auswirken würde, das alles beschäftigte sie stark. In den gemeinsamen Kaffeerunden mit Gisela Escher und Schwester Ilse, welche als Nachtschwester in der gesamten Abteilung tätig war, hatte sie manches dazu gehört.

Schwester Ilse

Ilse, eine energische und organisatorisch begabte schlanke Mittfünfzigerin, hatte die Veränderungen unter dem neuen Direktor seit Jahren begrüßt, kannte aber auch die Ängste und Stimmungen ihrer Kolleginnen und Kollegen. Sie hatte aufgrund ihrer Aufgaben, welche nicht nur die einer Krankenschwester waren, reichlich Kontakt mit verschiedenen Personen im Krankenhaus. Regelmäßig begleitete sie die Visiten der Chefärztin auf der Aufnahmestation, wo Anja ihr zum ersten Mal begegnet war. Sie brachte die Kinder von der Aufnahmestation zur Psychodiagnostik oder Therapie, weil der gehbehinderten Gisela Escher der Weg in die Aufnahmeabteilung nicht zugemutet wurde.

Schwester Ilse konnte perfekt Schreibmaschine schreiben und tat das gern. Bei dem Mangel an Sekretärinnen im Krankenhaus hatte ihr das viel Anerkennung eingebracht. So schrieb sie für die Chefärztin der Kinderabteilung, nachdem deren Sekretärin in den Ruhestand gegangen war. Auch Fräulein Escher und Anja diktierten ihr die verfassten psychologischen Berichte.

Wenn die Oberschwester der Kinderabteilung Urlaub hatte, übernahm Ilse deren Vertretung. Auch einige von den Kontrollaufgaben auf den Stationen der Abteilung hatte Ilse von ihr übertragen bekommen. Sie galt als loyal und zuverlässig. Als Krankenschwester in der Nachtwache war sie nur mit einer verkürzten Stundenzahl eingesetzt.

Ilse wusste früher als andere etwas über Neuigkeiten im Krankenhaus. Gehörtes behielt sie erst einmal für sich und machte sich ihre eigenen Gedanken dazu. Es veränderte sich gerade vieles hier in dem alten Land-Krankenhaus, in dem sie vor vielen Jahren als Schwesternschülerin angefangen hatte und danach geblieben war. Manchmal hatte sie es bereut, aber jetzt in einem Alter von über fünfzig wollte sie nicht mehr von hier weggehen. Sie hätte auch gern eine Familie gegründet, hatte aber nicht den richtigen Mann gefunden. So war die Arbeit zu ihrer Lebensaufgabe geworden. Damit ging es ihr wie manch einer der älteren Schwestern, die hier in Lichtspringe arbeiteten. Dabei war das nicht mal ein richtiger Ort, sondern eher nur das Krankenhaus. Das nächste Dorf, aus dem viele Mitarbeiter kamen, war drei Kilometer entfernt.

Schwester Ilse war froh, dass sie diese Strecke nicht jeden Tag zu fahren hatte, sondern direkt im Krankenhausgelände im oberen Stockwerk des Hauses 9 wohnte. Dort hatte sie sich in zwei Zimmern ihre kleine Wohnung eingerichtet. Die Kinderpsychologin war ihre Wohnungsnachbarin und beide verstanden sich sehr gut. Ilse schätzte es, dass sie miteinander über die Kinder der Stationen reden und kleine Beobachtungen austauschen konnten. Gisela Escher, die viel Fachliteratur las, konnte ihr Wissen interessant zum Besten geben. Mit ihrem trockenen Humor entschärfte sie manches, was Ilse im Krankenhausbetrieb ärgerte, und sie konnten gemeinsam darüber lachen.

Ilse erledigte auch kleine Wege für ihre Nachbarin, obwohl Fräulein Escher bemüht war, ihr Alltagsleben allein zu bewältigen. Aber sie war Ilse dankbar, denn sie selbst konnte nur eine leichte Tasche tragen.

Anja hatte im Umgang mit Schwester Ilse und Gisela Escher einiges auch zum Leben in früheren Zeiten im Krankenhaus erfahren. Das große rote Gebäude aus Klinkerziegeln in der Nähe des Heizhauses hatte eine zentrale Bedeutung gehabt.

Es war heutzutage immer noch ein wichtiger Ort, denn im Erdgeschoss befand sich der Konsum. Hier bekam man die Grundlebensmittel und einiges andere wie Nähgarn oder Schreibpapier. Für Spezielleres musste man in die nahe gelegenen Städte fahren, von denen Stendal die größere war. Dorthin brauchte man allerdings eine halbe Stunde.

Im ersten Stockwerk des »Gesellschaftshauses«, so sagten die Eingesessenen noch heute, lag der ›Große Saal‹. In früheren Zeiten hatten ihn die Mitarbeiter und Jugendlichen aus den umliegenden Dörfern als Tanzsaal genutzt.

Ärzte waren hierher zum Erfahrungsaustausch schon seit den Gründerjahren gekommen, zum Teil von weither. Die psychiatrische Anstalt hatte damals, zu Ende des 19. Jahrhunderts, zu einer der modernsten in Deutschland gehört. Größere Zusammenkünfte und Fortbildungen fanden auch heutzutage weiterhin in dem großen Saal statt.

Für die Patienten der Krankenanstalt hatte nach alter Tradition im Sommer ein großes Fest stattgefunden, wobei der Saal bei schlechtem Wetter als Alternative galt. Anja hatte ein solches Fest in ihrem Praktikum vor drei Jahren noch miterleben können. Manche alten Traditionen schienen aber nicht mehr recht zur heutigen modernen Psychiatrie zu passen, so dass inzwischen nur noch Feste in kleinerem Rahmen für einzelne Stationen ausgerichtet wurden.

Der Saal behielt seine Bedeutung heutzutage weiterhin. Mehrmals im Monat kam der staatliche ›Landfilm‹ hierher. Die Vorstellungen waren gut besucht, denn das Leben hier bot wenig Abwechslung. Für Versammlungen, Fortbildungen und Konferenzen der Mitarbeiter diente der Große Saal ebenfalls als Ort. Zweimal im Jahr kam die gesamte Belegschaft des Krankenhauses hier zusammen. Die nächste dieser großen Versammlungen im Jahre 1968 sollte in der dritten Märzwoche stattfinden.

4 | Die Neuerungen in einem alten Krankenhaus

Die Veränderungen auf der Kinderabteilung waren ein Thema im gesamten Krankenhaus. Was würde sich danach wohl auch in anderen Abteilungen ändern? Die Mitarbeiter hingen an der bewährten Ordnung und an ihren Gewohnheiten. Bei den Umstrukturierungen in Haus 8 war von Bedeutung, dass hier sogar zwei Behandlungsweisen für Kinder mit Verhaltens- und Erlebnisstörungen eingeführt würden: neben dem therapeutischen noch ein pädagogischer Ansatz, wie in einem Heim.

Zur Stationsschwester auf der ›Kinderpsychotherapie‹, Station 8 A, war Schwester Christel bestimmt worden, die im gesamten Krankenhaus als sehr tüchtig galt und beliebt war. Der erfahrene Krankenpfleger Wolfgang Berger hatte sich aber ebenfalls dafür beworben. Warum war ihm diese Aufgabe dann nicht auf der pädagogischen Station 8 B angeboten worden, statt einen Heilpädagogen dafür einzusetzen? Darüber wurde unter den Mitarbeitern debattiert. Dass ein Pädagoge die Leitung einer Station übernahm, so etwas hatte es im Krankenhaus noch nie gegeben. Immer waren es bewährte Kräfte aus dem medizinischen Personal gewesen, die mit einer Stationsleitung betraut wurden.

War es andererseits wirklich nötig gewesen, auf der Station 8 A ausschließlich medizinisches Pflegepersonal einzusetzen und nicht auch Pädagogen? Auf anderen Stationen würden Pflegekräften fehlen, wenn man keine neuen einstellte. Auf der Kinderpsychotherapiestation sollte Wolfgang Berger nur stellvertretender Stationsleiter sein, obwohl er älter und erfahrener als Schwester Christel war. Er hatte dem auch noch zugestimmt. Das beschäftigte die Mitarbeiter des gesamten Krankenhauses mehr als die Frage nach dem Unterschied zwischen der Arbeitsweise auf den beiden Stationen. Darüber wurde offen diskutiert oder auch nur getuschelt.

Seit Prof. Wendt vor sieben Jahren die Leitung des großen psychiatrischen Land-Krankenhauses übernommen hatte, war vieles anders geworden, was von den meisten Mitarbeiter anerkannt wurde. Er kümmerte sich weit mehr als die Direktoren vor ihm um den gesamten Ablauf. Aber wollte der Professor nicht zu vieles auf einmal »umkrempeln«?

In den vergangenen Jahren hatte er die verwaisten Chefarztstellen in der Männer- und Frauenpsychiatrie wieder besetzen können. Der Chefarzt für Neurologie war aus einer Großstadt hierher aufs Land gezogen. Bewerber aus anderen Einrichtungen hatten sich auch für die Bemühungen um Modernisierung interessiert und waren bereit, sich mit den Vorstellungen von Prof. Wendt auseinanderzusetzen. Frau Dr. Körner hatte er aus einer Universitätsklinik für die Kinderneuropsychiatrie als Chefärztin gewinnen können. 1967 waren erstmalig Studienabsolventen für ihre Ausbildung zu Fachärzten nach Lichtspringe gekommen. Viel Positives rund um das Krankenhaus hatte sich ereignet, das erkannten die meisten Mitarbeiter an.

Die wöchentlichen Visiten des Professors in den Abteilungen der Psychiatrie verliefen aus Sicht der Schwestern und Pfleger jetzt weit anders als früher. Ausführliche lange Nachbesprechungen schlossen sich an die Visiten an, wobei nicht nur die Ärzte, sondern auch Pflegekräfte anwesend sein sollten. Das kostete mehr von ihrer Zeit für die Tätigkeiten auf der Station und erforderte weitere Überlegungen bei der Aufstellung der Dienstpläne. Es ging dem Professor in seinen Besprechungen weniger um die medizinischen Belange, worin er den Stationsärzten vertraute, sondern um den Umgang mit den Patienten.

Nicht mehr nur in der Psychotherapie, sondern auch in der Psychiatrie machte er das immer öfter zum Thema. Mit der Pflege und Fürsorge für die ›Akut-Patienten‹ durch die Mitarbeiter schien er zufrieden zu sein. Unruhig aber machte er das Personal mit seiner Vorstellung, dass man die Patienten außer ihrer unbedingt notwendigen Behandlung mit Medikamenten sehr früh schon auf ihrer Station mit Hausarbeiten, leichtem Sport, Basteln und anderen Tätigkeiten in kleinen Gruppen aktivieren sollte, noch ehe sie später zur Beschäftigungstherapie geschickt werden konnten. Das aber wären für die Pflegekräfte neue, ungewohnte und zeitaufwändige Zusatzaufgaben. Mit solchen Neuerungen hatten viele neben Neugier und Aufbruchstimmung auch Ängste und Skepsis verbunden.

Diesen Eindruck hatte Anja zur damaligen Situation vor vier Jahrzehnten gehabt, als sie Anfang der zweitausender Jahre über die Ereignisse schrieb. Sich dies alles wieder in Erinnerung zu rufen, erschien ihr von Neuem wichtig, weil sich die Klinik 1990 nach der Auflösung der DDR vor eine noch weit größere Herausforderung als eine Modernisierung gestellt sah. Es war um ihre Schließung gegangen, als ›Abwickelung‹ bezeichnet, ein bedrohlicher Vorgang in der damaligen Zeit. Letzten Endes hatte das Krankenhaus dank des hohen Engagements, der Kompromissbereitschaft seines späteren Direktors und seiner fachlichen Qualität überleben können.

An die Aufbruchstimmung im Krankenhaus in den 60er Jahren erinnerte sich Anja beim Schreiben gern. Die Entwicklung ging damals immer mehr in die Richtung einer stärker patientenzentrierten und sozialmedizinischen Behandlungsweise. Die große Belegschaftsversammlung im Frühjahr 1968 war davon geprägt gewesen.

Die Versammlung

Zur Versammlung Ende März 1968 war das gesamte Personal des Krankenhauses im großen Saal des Gesellschaftshauses zusammengekommen: Neben den Mitarbeitern aller grundlegenden Versorgungsbereiche eines Großkrankenhauses und denjenigen der Verwaltung, den Lehrern der Krankenhaussonderschule und den verschiedensten Therapeuten waren die Schwestern und Pfleger die größte Gruppe gewesen. Sie waren aus den Häusern mit den akut Kranken und aus jenen mit den langjährig untergebrachten, chronisch Kranken und Behinderten herbeigeströmt. Alle Ärzte und die Chefärzte der vier Krankenhausabteilungen sowie die drei Psychologen waren dabei.

Nachdem der Verwaltungsleiter alle begrüßt hatte, war es zuerst um die Zahlen der Patientenbelegung und des Haushalts vom vergangenen Jahr gegangen. Die nächsten Themen waren die strukturellen Veränderungen und die Neueinstellungen, worauf viele gespannt gewartet hatten. Drei junge Ärzte waren gekommen und mehrere Erzieher hatten neu angefangen. Eine Psychologin war für Haus 8 eingestellt worden.

An die Worte des Verwaltungsleiters erinnerte sich Anja wieder sehr deutlich.

Sie hatte auf die Rede des Professors gewartet und war gespannt, als er an das Rednerpult trat. Seinen manchmal langen Sätzen zu folgen, empfand auch sie als mühsam, besonders als er zunehmend leiser und undeutlicher sprach. Er hatte erklärt, dass Lichtspringe nun ein Bezirkskrankenhaus für Psychiatrie und Neurologie geworden sei – eine Leiteinrichtung für die stationäre psychiatrische Versorgung im Bezirk. In ihr als einziger Einrichtung in der Region sei vor drei Jahren die Abteilung für Psychotherapie von erwachsenen Patienten entstanden. Man hatte nicht nur recht gute

Behandlungserfolge vorzuweisen, sondern teilweise war es auch gelungen, Patienten nach jahrelanger Invalidisierung zu rehabilitieren. Dies alles belegte Prof. Wendt mit Zahlen. Das Vorlesen eines derartigen Berichts schien ihn zu ermüden. Als er jedoch zu den konkreten Veränderungen in der Kinderabteilung kam, war seine Rede mit einem Male wieder lebendiger geworden. In Anjas Erinnerung klang es, als hörte sie ihn hier neben sich sprechen.

»In Haus 8 haben wir seit Jahresbeginn zwei neue Stationen eröffnet. Wir wollen Kindern helfen, die leicht intelligenzgemindert sind, nicht an einer psychiatrischen Erkrankung leiden, aber draußen nicht gut zurechtkommen. In ihren oft einfach strukturierten Familien entstehen Verhaltensauffälligkeiten, die sich verstärken, wenn Verständnis und Konsequenz im Umgang miteinander immer geringer werden. Für diese Kinder ist die pädagogische Station 8 B im ersten Stock eingerichtet worden und inzwischen schon halb belegt. Für eine andere Gruppe von Kindern mit eher neurotischen Krankheitssymptomen sind wir gerade dabei, die Kinderpsychotherapiestation 8 A im Parterre zu eröffnen.«

Die Leute schienen interessiert zuzuhören und der Professor hatte die Veränderungen in einfachen Worten erklärt. Gerade in dieser Versammlung von allen Mitarbeitern des Krankenhauses versuchte er nun, engagiert für seine Vorstellungen zu werben. Mit frischem Schwung hatte er seine Rede fortgesetzt.

»Wir haben also die pädagogische Station 8 B im Obergeschoss inzwischen eingerichtet und denken, dass den Kindern dort ein vorübergehender Milieuwechsel und eine verständnisvolle Umgebung mit klaren Regeln helfen können. Hier sind vor allem Sonderschulpädagogen tätig. Auch die Stationsleitung haben wir einem erfahrenen Heilpädagogen übertragen.«

Dann war er auf die Kinderpsychotherapiestation zu sprechen gekommen. »In den letzten 14 Tagen haben wir auch die Kinderpsychotherapiestation 8 A eröffnet, die ›kleine Schwester‹.« Die meisten Anwesenden verstanden den gemeinten Bezug zur Erwachsenenpsychotherapie.

»Wir setzen hier keine Pädagogen, sondern Schwestern und Pfleger ein. Hierher kommen Kinder mit neurotischen Symptomen wie Bettnässen, Schulversagen, Stottern, Kinder mit Tics, Phobien, unkontrollierten Wutausbrüchen, mit diversen Schmerzen.

Meist sind es die verdrängten Emotionen und unerfüllten Bedürfnisse der Heranwachsenden, die dahinterstecken. Sie verbinden sich mit mangelnden Fähigkeiten und Missverständnissen in den Beziehungen zwischen Kindern, Eltern und Geschwistern. Bei manchen Familienkonstellationen kann das untereinander nicht mehr aufgelöst und verändert werden. Dann reagieren die Kinder mit Symptomen, die sie zu uns führen. Es ist nötig, besser zu entschlüsseln, welche Bedürfnisse, Nöte und Fehlhaltungen dahinterstecken, um mit ihnen und ihren Beziehungspersonen Abhilfe schaffen zu können.

Mit der Aufnahme in unsere Klinik lösen wir die Kinder aus ihrer Umgebung heraus und wirken gegen die weitere Eskalation dort. So haben auch die Eltern mehr Spielraum zu ihrer Entspannung, werden aber durch Elterngespräche hier bei uns in den nötigen Prozess eingebunden.

Für die Kinder bedeutet der Wechsel eine Unterbrechung in den eingefahrenen Mustern und Beziehungen. Sie haben die Chance, neu anzufangen. Hier wird von ihnen nicht, wie gewohnt, die schnelle Anpassung an Regeln erwartet. Sie können und sollen sich mit ihren Eigenarten, die wir beobachten und verstehen wollen, in einer toleranten Umgebung entfalten. Im Lebensrahmen ihrer Gruppe werden sie von unserem Personal angeleitet, bessere Strategien im Umgang mit sich selbst bei der Verwirklichung von Bedürfnissen und im Umgang mit ihren Kameraden und den Erwachsenen zu finden.

Schwestern und Pfleger, die wir auf der Therapiestation einsetzen, können eine andere Art Eltern für die Kinder darstellen, welche sie ihre Grenzen ausprobieren lassen. Gemeinsam mit den spezialisierten Therapeuten sollen auch sie die Kinder unterstützen, sich anders als durch ihre Symptome und Verhaltensauffälligkeiten auszudrücken. So etwas liegt nach unserer Erfahrung dem Pflegepersonal mehr als den Pädagogen.

Natürlich brauchen auch diese Kinder einen geregelten, sicheren Rahmen, in dem sie Fehlendes in ihrer Entwicklung ausgleichen, Erfahrungen nachholen und Normen entwickeln können. Alles, was zwischen Aufstehen und Schlafengehen abläuft, hat Bedeutung im sozialtherapeutischen Sinne. Das Pflegepersonal ist den Patienten am nächsten und hat einen großen Einfluss auf sie«, hörte Anja den Professor in ihrer Erinnerung wiederholen.

Er hatte sich warm geredet, und die Anwesenden hatten ihm ohne Anzeichen von Unruhe oder Ermüdung zugehört. Nachdem seine Rede beendet war, hatte er das Rednerpult zufrieden verlassen.

In der Versammlung waren weitere Tagesordnungspunkte behandelt worden. Vielleicht hatten die Teilnehmer auf einige ihrer Fragen Antworten gefunden.

Herr Berger, der im Betreuerteam der 8 A den einzigen männlichen Identifikationspartner für die Kinder darstellte, schien sich mit seiner Rolle im Team immer mehr anzufreunden, weil sie ihm viel Zeit für den Umgang mit den Kindern einräumte und nur wenig für organisatorische Arbeiten abverlangte. In der Folgezeit hatte Anja mit Freude beobachten können, wie das fünfköpfige Betreuerteam immer mehr zusammenwuchs.

Sie selbst hatte allmählich aus ihren Beobachtungen und Vorstellungen auf der Grundlage der gelesenen Fachliteratur ein Konzept verfertigt. Darin ging es um die Zusammenarbeit der Berufsgruppen mit ihren verschiedenen Therapieangeboten. Das Fundament bildeten das Heil-Milieu mit seinen vier verschiedenen Phasen und die Entfaltungsmöglichkeiten der Kinder dabei während ihres mehrmonatigen Aufenthaltes.

Nach den ersten Wochen auf der Station fühlte sich Anja zunehmend sicherer in ihrer Arbeit. Sie glaubte daran, dass alle ein hilfreiches Therapiesetting miteinander gestalten könnten, zumal sie viel Anleitung und Reflexionsmöglichkeiten durch ihre Chefärztin und den Professor erhielten.

Pro Woche trafen etwa drei neue Kinder aus der Aufnahmestation ein, so dass auf diese Weise die vorhandenen 30 Betten der Psychotherapiestation bis Ende April belegt waren. Die Kinder wurden in zwei Altersgruppen eingeteilt, die der Unter-acht-Jährigen, welche vormittags im Hause blieben und die der Älteren, welche die Krankenhaussonderschule besuchten.

5 | Der Aufbau der Station für Kinderpsychotherapie aus einem Rückblick

Über vier Jahrzehnte später saß Anja in einer Kleinstadt im Westen Deutschlands in ihrem Heim vor einem Fernsehgerät, hatte eine dünne Scheibe in das Laufwerk ihres DVD-Wiedergabegeräts eingelegt und schaute gespannt auf den Bildschirm.

Ihr Freund Gerd aus der Studienzeit, der nach ihrem

Weggang aus dem Bezirkskrankenhaus ihre Arbeit auf der Kinderpsychotherapiestation fortführte, hatte ihr die DVD geschenkt. Von einem fotobegeisterten Mitarbeiter war im Jahre 1971, als Anja schon nicht mehr dort arbeitete, ein Film auf der AK-8-Kamera über die Therapie der Kinder gedreht worden. Gerd hatte daran mitgearbeitet und ihn Jahrzehnte später auf einen modernen Datenträger überspielt.

Endlich erschien auf dem Bildschirm ein kleiner orange-gelber Stern, zum Anfassen plastisch, mit der Aufschrift »Star«, darüber »Kinderpsychotherapie in vier Phasen«. Auf hellblauem Untergrund bewegten sich blasse, weiße Streifen wie Wolkenschleier an einem Sommerhimmel. Musik ertönte, Geige und Orchester, Vivaldis ›Frühling‹, fröhlich und bewegt. Auf dem Bildschirm war zu lesen: »Über Spieltherapie in Gruppen (Vier-Phasen-Therapie)«. Angaben über Einrichtung und Ort, die Namen der ärztlichen Leiter und der Autoren des Films folgten.

Von der Musik weiter begleitet, wurde ein Gebäude sichtbar, das Haus 8 von der Seite mit dem Nebeneingang vom Hof her. Anja sah in ihrer Erinnerung den großen Spielplatz davor, mit Sandkasten und Klettergerüst. Im Film war vor allem das Erdgeschoss des Hauses mit seinen Fenstern zu erkennen, die zu den beiden großen Gruppenräumen der Station gehörten. Alles war ihr wieder so gegenwärtig wie damals.

Gerd, seine Frau und Anja hatten den Film bei einem Besuch Anjas schon vor Jahren miteinander angeschaut und sie hatte die DVD geschenkt bekommen. Zu Hause hatte sie diese weggepackt, sich aber bei der Erzählung ihrer Geschichte erneut daran erinnert.

Jetzt ließ sie die Szenen noch einmal an sich vorüberziehen und freute sich über jedes bekannte Gesicht, das dabei auftauchte. Noch lange danach musste sie über all das nachdenken, was damals begonnen worden war.

Eine große Herausforderung für sie auf der Station war die Anleitung und Begleitung der Betreuer bei ihren Aktivitäten mit den jungen Patienten gewesen. Sie waren die längste Zeit des Tages mit den Kindern zusammen, vertraut und ihnen nahe, und spielten für sie wohl eine größere Rolle als die Therapeuten, die sie seltener sahen. Über ihre Aufgaben als Betreuer in der komplexen Psychotherapie auf der Station hatte Anja lange nachgedacht. Wenn sich die Kinder von Anfang an in der Gruppe und im Umgang mit ihren Betreuern in einer Phase der Auflockerung, also regelarmen Verhaltens, frei entfalten dürften, und auch Aggressionen in einer zweiten Phase zugelassen und begleitet würden, dann könnten sie besser zu ihrer inneren Balance zurückfinden. In der dritten Phase danach sollten altersgemäße Rollenspiele unter Anteilnahme der Mitarbeiter eine gute Möglichkeit für weitere und eventuell neue Erfahrungen bieten. Vor ihrer Entlassung könnten die Kinder in der vierten und letzten Phase dahin geführt werden, durch kreative Beschäftigungen und Regelspiele ihr Verhalten besser zu regulieren. Das alles ging Anja wieder durch den Sinn.

Es war ein Leichtes gewesen, diese Gedankengänge mit der Chefärztin und dem Stationsarzt zu teilen. Auch die Mitarbeiter hatten sich gern davon überzeugen lassen, wurde ihnen doch damit Orientierungshilfe für ihre Arbeit vermittelt. Sie fanden es gut, dass sich allein schon ihr gezielter und achtsamer Umgang mit den Kindern bei Beschäftigung und Spiel, unabhängig von jeder speziellen Therapie, heilsam auswirken könnte. Und Anja hoffte mit ihrem Konzept, ein ähnlich konstruktives Milieu zu erschaffen, wie es in den heilpädagogischen Heimen herrschte, über die sie gelesen hatte. Der Plan ging in der Praxis auf der Psychotherapie-Station auch auf und das günstige Milieu schien eine Grundlage für die spezielleren Therapieformen darzustellen.

Die Idee von Phasen, förderlichen Aktivitäten und Umgangsweisen mit den Kindern war dazu angetan, das Handeln der Berufsgruppen auf ihren unterschiedlichen Ebenen in einen Gleichklang zu bringen, so dass Arzt, Psychologin, Musik- und Sporttherapeut, Schwestern und Pfleger an einem Strang ziehen konnten. Die Letzteren wussten anhand einer gemeinsam erstellten Sammlung von Spielen und Beschäftigungen für die einzelnen Phasen, was sie mit den Kindern gezielt tun sollten.

Der phasengerechte Einsatz dieser gut ausgewählten Spiele und Beschäftigungen hatte bei vielen Kindern wohl allein schon eine innere Entwicklung anstoßen können. Schwestern und Pfleger lernten ihrerseits schnell, ihre Grundhaltung gegenüber den jungen Patienten nach dem Phasenkonzept zu variieren

Noch jetzt, nach vier Jahrzehnten, war Anja darüber froh, dass Psychotherapie auf so breite Schultern verteilt werden konnte.

Der ständige Austausch aller Beschäftigten, beginnend mit einer täglichen kurzen Morgenbesprechung und die wöchentliche Supervision durch die Chefärztin und den Professor, boten Anleitung und Vertiefung ihrer gemeinsamen Arbeit.

Bald tauchte Anja noch einmal in die Filmszenen auf der DVD ein. Vor allem die jüngeren Kinder waren gefilmt worden, wie sie bei ihren Spielen insgesamt vier Phasen der Therapie durchliefen. Die Erwartung und der Eifer in den kleinen Gesichtern sprangen ihr förmlich entgegen. Ringe, Bälle, Luftballons flogen und wurden gefangen oder auch nicht. Die Kinder hopsten auf Matten, spielten ›Blinde Kuh‹, ließen sich führen oder führten selbst. Sie malten mit Fingerfarben an Kachelwände. Es war die Lockerungsphase, in der sie von den Schwestern gut beobachtet und liebevoll begleitet wurden. Ein wenig später konnte man Szenen von

Ballspielen, Fußball und Raufereien sehen. Auf einmal erschien eine eindrucksvolle Szene, in der sich zwei Gruppen beim Ziehen am selben Seil in entgegengesetzter Richtung zum Verlieren bringen wollten. Das war die Aggressions- und Durchsetzungsphase.

Auch Schwester Margarete tauchte jetzt in dem Film auf. Sie war Anja in ihrer mütterlichen Art wieder ganz gegenwärtig mit ihrem wiederholten und geduldigen »Genug gespielt, kommt, wir wollen waschen gehen«.

Danach kamen Szenen mit Rollenspielen, die zur nächsten dritten Phase des Therapiezyklus gehörten. So schlüpften sowohl Kinder als auch Betreuer in die Rollen zum Beispiel einer Krankenschwester, eines Feuerwehrmannes, einer Mutter, eines Vaters. Die erwachsenen Mitspieler konnten, wenn nötig, durch ihr Vorbild zur Identifikation anregen oder auch einfach nur zu mehr Verständnis für die Mitspieler. In den Szenen von Regelspielen und kreativem Gestalten in der vierten Phase wurden Erfolgserlebnisse mit Bastelarbeiten und das Leben miteinander in der Gemeinschaft sichtbar.

Das Erstellen der Konzeption für die gesamte Therapie hatte Anja damals als ihre spannendste Aufgabe angesehen. Nicht bei allen Kindern waren Einzeltherapiesitzungen nötig gewesen, die von ihr und dem Stationsarzt durchgeführt wurden. In den Gruppentherapien, mehrfach in der Woche, engagierten sie sich beide gemeinsam. Über die Aktionen dabei, zum Beispiel spontane Theaterszenen mit Handpuppen oder ein Gespräch, hatten sie sich vorher abgesprochen. Die Betreuer der Kinder konnten zunehmend als Co-Therapeuten einbezogen werden.

Auf eine Aufforderung des Professors gegen Ende des Jahres 1969 hatte Anja jene gemeinsame Pionierarbeit auf der Kinderpsychotherapiestation in einem so genannten ›Neuerer-Vorschlag‹ dargestellt. Derartiges bewies in jener

Zeit Engagement für die Gesellschaft und war in Anjas Lage besonders wertvoll.

Als sie schon nicht mehr in Lichtspringe tätig war, schrieb Anja einen wissenschaftlichen Artikel über die Gestaltung der Kinderpsychotherapie im Bezirkskrankenhaus, den sie 1972 Professor Wendt vorlegen konnte. Natürlich war inzwischen, ebenso wie in den Niederlanden, auch in der DDR Kinder- und Jugendpsychotherapie an anderer Stelle durchgeführt und darüber berichtet worden. Ihr Artikel erschien Anfang 1973 in der ›Zeitschrift für Ärztliche Jugendkunde‹, und die zahlreichen Anforderungen von Sonderdrucken zeugten von dem Interesse, auf das die Arbeit dort im Bezirkskrankenhaus und deren Darstellung gestoßen waren.

Dass auch der Film bei fachlichen Fortbildungen im Bezirkskrankenhaus immer wieder gern gezeigt worden war, hatte Anja von ihren Freunden erfahren.

Noch während Anjas Zeit in Lichtspringe hatte der sozialmedizinische Aspekt auch in den psychiatrischen Abteilungen des Krankenhauses wachsende Akzeptanz und Berücksichtigung unter den Mitarbeitern gefunden. In der Region stellte die Klinik das Leitkrankenhaus für Psychiatrie, Neurologie und Psychosomatische Medizin dar. Sie erlangte im ganzen Land Bedeutung. Universitätsabsolventen und Fachleute aus der gesamten DDR kamen zur Ausbildung und zu Weiterbildungen hierher.

6 | Das Jahr 1968 und der ›Prager Frühling‹ als politisches Ereignis

Anfang April besuchte Anja Theo zum letzten Mal in seiner Haft in Cottbus. Sie war froh, ihm sagen zu können, dass er sich in Lichtspringe im Krankenhaus als Techniker bewerben könne und es dort auch für ihn einen – wenn auch bescheidenen – Neuanfang geben werde. Nun würde es nur noch bis Ende Mai dauern und dann wären sie wieder beisammen. Die gegenseitige Versicherung beim Verabschieden hatte beiden Mut gegeben.

Ihre Rückfahrkarte hatte Anja über Berlin gelöst, wo sie Renee, eine ehemalige Kommilitonin, besuchen wollte. Es würde ihr erster Kontakt in dieser Richtung sein.

Sie beide, Anja und Renee, waren nicht direkt befreundet gewesen, aber einander sympathisch. Renee hatte ihr damals Bücher ausgeliehen, die ihr einen »kleinen Blick« in die westeuropäische Welt ermöglichten. Das Tagebuch der Schriftstellerin Simone de Beauvoir mit den Notizen von ihren Reisen als junge Lehrerin durch die Regionen Frankreichs hatte Anja förmlich verschlungen. Sie war glücklich über den literarischen Zugang zu dieser unerreichbaren Welt gewesen. Renees Mutter war Französin und hatte in der Kriegszeit ihren deutschen Mann kennengelernt. Beide waren sie verfolgt gewesen – sie im Widerstand in Frankreich und er als Halbjude in Deutschland.

Renees Familie lebte heutzutage in Ost-Berlin und stand dem zunehmend regimekritischen Chemie-Professor Havemann an der Humboldt-Universität und seinen Ideen über den Sozialismus nahe.

An einem Samstagmittag begegneten sich Anja und Renee und begrüßten sich herzlich. Zu Anjas Erstaunen trat auch

Laura, welche Assistentin am Institut in Jena gewesen war, aus der Tür. Sie hatte nach Berlin gewechselt und lebte mit Renee zusammen. Auch die unerwartete Wiederbegegnung mit ihr verlief freundlich und ohne Fremdheit oder Skepsis. So war es möglich, auch Laura zu ihren Eindrücken zu befragen, die sie damals nach Anjas Verhaftung hatte. Diese schilderte ihr, wie das Ganze im Institut aufgenommen worden war. Es gab eine Versammlung der Assistenten und Leiter des Instituts nach dem Bekanntwerden des Fluchtversuchs. Anja sei natürlich als undankbare junge Absolventin ohne genügende persönliche Reife und gesellschaftliche Verantwortlichkeit dargestellt worden. Vor der Studentenschaft des Instituts habe es jedoch keine Verurteilung gegeben. »Aber bei alledem waren wir auf deiner Seite«, versicherten die Gastgeberinnen ihrer Besucherin.

Anja musste über die Gutwilligkeit der beiden lächeln und erklärte ihnen den damaligen Konflikt und seine Eskalation genauer. Nachdem ihr sehr viel wohlwollendes Verständnis entgegengebracht worden war, fühlte sie sich erneut ihrem Leben von damals nahe. Aber abfinden musste sie sich damit, eine politische Gefangene gewesen zu sein und im Falle einer Bewerbung, zwar ohne nähere Angaben, aber notwendig, auf die Fehlzeit von einem Jahr in ihrer Berufsausübung hinweisen zu müssen.

Am Spätnachmittag machten die drei jungen Frauen einen langen Spaziergang in der Stadt und es fiel ihnen auf, dass viele Menschen auf den Straßen unterwegs waren. Renee und Laura berichteten, dass dies schon seit einiger Zeit der Fall sei. Seit der Massenbewegung des ›Prager Frühlings‹ in dem Tschechoslowakischen Nachbarstaat herrsche auch in Ost-Berlin Aufbruchsstimmung. In Nachrichtensendungen hatte Anja bereits einiges über die Veränderungen im Nachbarland gehört, nachdem dort eine neue Parteiführung an der Spitze stand und Alexander Dubcek den Sozialismus

193

im Land reformieren wollte.

Es war beeindruckend, jetzt hier in Berlin die vielen Menschen auf der Straße zu erleben. Eine Zeitschrift mit einem auffälligen roten Herzen und dem Namen ›Im Herzen Europas‹ wurde von Straßenhändlern angeboten. Anja kaufte ein Exemplar. Das Wort ›Europa‹ in einem Zeitschriftentitel fand sie faszinierend, denn es las sich für sie ganz anders als ›Neues Deutschland‹ oder ›Volksstimme‹. Die Leute rissen den Händlern die neue Ausgabe aus den Händen. Schon seit Anfang des Jahres erscheine die Zeitschrift, erzählten ihre Begleiterinnen. Es werde darin über die Führung in Prag und die Ideen des neuen Parteichefs zu einem »besseren Sozialismus« berichtet. Immer wieder wären über hunderttausend Menschen in dieser politischen Bewegung des ›Prager Frühlings‹ auf den Straßen der tschechoslowakischen Hauptstadt friedlich unterwegs, erfuhr Anja.

Ob es auch in der DDR so weit kommen könnte? Ob die Russen mehr Freiheit in den Ostblock-Ländern zulassen würden? Das waren die wesentlichen Fragen der drei, wie von so vielen Menschen in der gesamten Republik. Nachdem Anja am Abend noch in den Ausgaben der Zeitschrift von Februar und März gelesen hatte, beschloss sie, diese selbst zu bestellen. Sie hatte das Gefühl, ebenfalls Teil eines politischen Aufbruchs zu sein.

An diesem Wochenende war aber weit mehr geschehen. Renee und Laura hatten am Abend zu Hause die ›Tagesschau‹ des West-Fernsehens eingeschaltet und hier wurde von der Fortsetzung der Studentenunruhen in West-Berlin berichtet. Der Studentenführer Rudi Dutschke war bei einer Studentendemonstration an der Freien Universität Berlin lebensgefährlich verletzt worden. Es brodelte in beiden Teilen Berlins.

Überhaupt war das Frühjahr 1968 in vielen Teilen der Welt sehr bewegt. In den USA gab es im gesamten Land

Massendemonstrationen gegen den Vietnam-Krieg. Der Krieg gerate in die Phase einer Offensive des »Vietkong«, einer vietnamesischen Armee im Untergrund. Der Anführer der Bürgerrechtsbewegung in den Vereinigten Staaten, Martin Luther-King, späterer Friedens-Nobel-Preisträger, war ermordet worden. In Frankreich gingen die Studenten in Paris auf die Straße und protestierten gegen das Universitätswesen des Landes. Auch Streiks der Gewerkschaften für eine neue Sozialgesetzgebung fanden im ganzen Land statt. Eine parteikritische Bewegung in Polen war vom Staat, im Gegensatz zum Nachbarland Tschechoslowakei, mit großer Härte niedergeschlagen worden.

Die Parteiführung der Sowjetunion kritisierte die Reformbewegung, und die Nachbarstaaten des Militärbündnisses ›Warschauer Pakt‹ schlossen sich der Verurteilung der Reformbewegung an. Der DDR-Staatsratsvorsitzende Walter Ulbricht forderte sogar den Einmarsch von Truppen in das Land. Sowjetische Einheiten führten in der Tschechoslowakei schon seit Mai Militärmanöver durch.

In der DDR trat im April 1968 eine geänderte Verfassung in Kraft, welche die führende Rolle der SED, die sozialistischen Produktions- und Eigentumsverhältnisse sowie den demokratischen Zentralismus als Wesensmerkmale des sozialistischen Staates beschrieben. Ohne freie Wahlen und unter dem Druck der Parteiführung kam es zu dem nicht verwunderlichen Wahlergebnis von 95,49 Prozent Zustimmung. Aus der Sicht der Reformbewegung des ›Prager Frühlings‹ im Nachbarland aber hofften viele Menschen weiter auf eine offenere gesellschaftliche Entwicklungsperspektive auch in der DDR.

Sehr zufrieden verließ Anja ihre Gastgeber. Wieder in Lichtsprunge angekommen, stellte sie beim Gespräch am Mittagstisch in der Kantine fest, dass sie nicht die Einzige war, welche der ›Prager Frühling‹ bewegte. Man war vorsichtig, über Derartiges zu reden. Auch einige ihrer Kollegen kannten die Zeitschrift mit dem Herzen auf der Titelseite und hatten sie abonniert. Bald erhielt sie die Mai-Ausgabe 1968, ihr erstes Exemplar. Zwei weitere würden im Juni und Juli noch folgen, danach musste die Zeitschrift ihren Vertrieb auf Anordnung der Staatsführung einstellen.

Im August des Jahres 1968 wurde der ›Prager Frühling‹ durch den Einmarsch der Truppen des Warschauer Paktes, auch Soldaten aus der DDR, beendet. Die tschechoslowakische Bevölkerung hatte sich erstaunlich ruhig verhalten. An einem geheim gehaltenen Ort wählte die kommunistische Partei auf Anordnung der Sowjetunion ein neues Zentralkomitee, dem alle Reformpolitiker angehörten. Sie verhandelten mit der Führung in Moskau über den Truppenabzug. Am 1. September wurde Alexander Dubcek erneut zum Ersten Sekretär gewählt. Die russischen Truppen aber blieben weiterhin im Lande. Dubcek und seine Parteifreunde versuchten an ihrem Reformkurs festzuhalten, aber die Tschechoslowakei erlebte unter dem Einfluss der Sowjetunion eine zunehmende Rückkehr zu den alten Verhältnissen.

Die Bevölkerung versuchte sich zu wehren und es wurde erneut die Abschaffung der Zensur gefordert. Auf dem Wenzels-Platz in Prag zündete sich ein Student aus Protest an und starb. Im April 1969 wurde Alexander Dubcek »abgelöst«, wie sein Sturz unter der russischen Besatzungsmacht genannt wurde.

Anja hatte die Ereignisse bedrückt verfolgt. Lange blieb ihr der sympathische und tapfere Parteiführer aus den Szenen in Erinnerung, die im West-Fernsehen im Zusammenhang mit seiner Entmachtung gezeigt worden waren.

7 | Theos Rückkehr

Nur noch wenige Wochen waren es bis zur Ankunft von Theo in Lichtspringe. Anja malte sich aus, wie schön es bald wieder zu zweit werden würde. Ende Mai konnte sie sich endlich auf den Weg machen, um ihn abzuholen. Zum letzten Mal wurde sie in das bedrohliche Gebäude eingelassen und musste im Besucherraum warten. Es kam ihr unendlich lange vor, bis sie endlich das Geräusch des Aufschließens von außen hörte.

Endlich erschien er, mit seinem kleinen Koffer, im hellblauen Hemd, noch schlanker als früher. Freudig ging sie ihm entgegen, stoppte aber, als er sich nach einem kurzen Lächeln zu ihr hin noch einmal dem Beamten zuwendete, der etwas mit ihm besprechen wollte. Danach konnte sie ihn endlich in die Arme schließen.

Nun wurden sie beide unter mehrmaligem Auf- und Zuschließen von Türen durch einen anderen Teil des Gebäudes in Richtung des Ausgangs geführt. Langsam schoben sich die Flügel des schweren Tors auseinander – und dann waren sie draußen.

Sie eilten die Straße lang, wollten ganz schnell weg von hier und das alles hinter sich lassen, hielten endlich an und umarmten sich fest und sehr lange. An der nächsten Straßenbahnhaltestelle kam glücklicherweise gleich die richtige Bahn zum Bahnhof. Theo erschien all das etwas unwirklich, wie nach dem Erwachen aus einem langen, bösen Traum. Sie überquerten den grauen Vorplatz zum Bahnhofseingang, lösten am Fahrkartenschalter Theos Karte und setzten sich nebeneinander auf die Wartebank. Es dauerte gar nicht mehr so lange, bis sie in den Zug nach Magdeburg einsteigen konnten, ein Abteil für sich allein fanden und sich einander gegenüber ans Fenster setzten.

›Endlich wieder so wie früher‹, dachte Anja mit einem

Stoßseufzer und lächelte Theo zu. Auch wenn er zurücklächelte, war eine Fremdheit zu spüren. Anja redete und redete, als ob sie so dagegen ankämpfen könnte. Sie wollte ihm keinen Druck machen mit Fragen, die sie hatte. So erzählte sie von der Merkwürdigkeit, dass die Bahnstation Lichtspringe nur der Platz des Krankenhauses und nicht Dorf oder Stadt war. Sie beschrieb ihm ihr hübsches Heim im ersten Stockwerk des Klubhauses, das sie inzwischen mit eigenen Möbeln vom selbst verdienten Geld ausgestattet hatte. Vom Hause aus komme man gleich in den Wald.

Theo folgte ihrer Schilderung mit einem freundlichem Gesichtsausdruck, innerlich aber fühlte er sich nicht sehr wohl und war skeptisch, ob es dort für ihn gut werden würde.

Anja erzählte vom Professor und vom Krankenhaus und erwähnte den Technischen Bereich, den sie allerdings noch nie betreten hätte. Ehe sie auf die Stationen zu sprechen kam, fragte er sie, in welcher Funktion er wohl angestellt werden würde. Das wusste sie nicht genau. Der Professor, was für ein Mensch er sei, wollte er wissen. Bisher hatte er fast nur mit Ingenieuren zu tun gehabt. Was würde der Direktor ihn fragen? Anja versuchte ihn zu beruhigen.

In Magdeburg stiegen sie zum ersten Mal um. »Dort im Dom bin ich schon einmal gewesen«, sagte er zu ihr. Als sich der Zug wieder in Bewegung gesetzt hatte, schaute er interessiert aus dem Fenster und suchte angestrengt nach den beiden Türmen des Doms, konnte sie aber nicht entdecken.

Stattdessen stieg das Bild eines anderen Doms aus der Thüringer Heimat in seiner Erinnerung auf, das des Naumburger Doms. Er war noch ein Kind gewesen, als er den Vater nach den beiden Figuren an der Fassade dort befragte. »Das sind Ekkehard und Uta, die Stifterfiguren.« Erst später hatte er verstanden, was damit gemeint war. Viel Geld hatten Vermögende vor hunderten von Jahren für den Bau gespendet und waren dafür geehrt worden. Solch eine große und bedeutende Kirche werde ›Dom‹ genannt. Die Stimme des Vaters hatte damals einen feierlichen Klang angenommen.

Anja ließ Theo in Ruhe, als sie merkte, dass er mit seinen Gedanken weit weg war. Sie genoss es, wieder neben ihm zu sitzen. Er streifte weiter. Die Erinnerung an seinen Vater ließ ihn auch die Sehnsucht nach der Mutter spüren. Möglichst bald wollte er sie besuchen. Fast zwei Jahre hatte er sie nicht gesehen, denn die alte Frau hatte sich zu einem Besuch »dorthin« nicht entschließen können. Seine zweite Schwester aber war damals nach ›Chemnitz‹ gekommen und hatte ihm versichert, dass die Familie hinter ihm stehe. Und trotzdem, wie würde ihn seine Mutter empfangen? Er dachte an ihren Stolz damals, nachdem er sein Diplom gezeigt hatte. Nun fing er wieder von vorn an. Würde er dieses Land als Heimat empfinden können, das Land, das er eigentlich hatte verlassen wollen? Würde er es fertigbringen, diesen Staat anzuerkennen, in dem er ohnmächtig und unfrei gewesen war?

Anja bedrückte seine Stummheit und sein Stirnrunzeln und sie fragte, wie es ihm gehe.

»Ach, ich dachte an früher«, war seine Antwort.

Gern würde sie Anteil nehmen, fühlte sich aber wie so oft ausgeschlossen.

»Ich muss erst wieder hier in eurem Leben ankommen«, setzte er hinzu und sie war erleichtert, dass er weitergesprochen hatte. Sie streichelte seine Hand und den schmalen sehnigen Arm, wollte ihm Mut machen und suchte lächelnd seinen Blick. Seine Stirn glättete sich und er lächelte zurück.

Beide schauten sie aus dem Fenster, wo die Landschaft

vorüberflog, kleine Dörfer, grüne Wiesen mit Büschen am Rand, bestellte Felder, meist größere Flächen. ›Das Land ist flach‹, so erinnerte und kannte Theo die fruchtbare Magdeburger Börde. Und allmählich überließ er sich mehr der schaukelnden Bewegung des Zuges und dem gleichförmigen Rauschen beim Fahren.

Dann kamen sie in Stendal an und stiegen zum zweiten Mal um.

»Jetzt dauert es nur noch eine halbe Stunde«, hörte er Anja sagen.

Interessiert schaute er aus dem Fenster, und in der Eintönigkeit der Äcker und Wiesen ging sein Blick auf die Suche nach kleinen Dörfern. Er las die Namen der Bahnstationen, für ihn ungewohnte Namen. Auf dem Lande zu leben, das hatte er sich manchmal als Junge gewünscht. In den 50er Jahren hatte er in den Schulferien in einem kleinen Dorf auf einem Bauernhof mitgearbeitet und einen Teil seines Lohns, Feldfrüchte, stolz nach Hause getragen. Nun würden sie also wirklich auf dem Lande leben.

»Die nächste Station ist es«, sagte Anja.

Außer ihnen und zwei Frauen in Schwesterntracht unter den Mänteln stieg niemand aus. Nachdem sie den Bahnhof verlassen hatten, bimmelte es, und die Schranke senkte sich.

»Zu unserem Heim müssen wir den Bahnübergang überqueren«, sagte sie und fügte hinzu: »Aber meist ist die Schranke geöffnet.«

Inzwischen war der Zug weitergefahren und die Schranke hob sich gemächlich.

Ehe sie den Hauseingang an der Rückseite des roten Klinkerbaus betraten, setzte er seinen Koffer ab und schaute auf das Kiefernwäldchen hinter dem Gebäude. Der Gedanke, nach der Arbeit mit wenigen Schritten im Wald zu sein, erfreute ihn.

Nachdem sie das Haus betreten hatten, nahmen sie die Treppen zum ersten Stockwerk.

»An den Wochenenden ist hier noch Restaurant-Betrieb, aber unser Zimmer im ersten Stock liegt nicht darüber«, sagte Anja.

Durch die Zwischentür traten sie in den breiten Vorraum, zu dessen Seiten die ehemaligen Gastzimmer des einstigen Hotels lagen. Anja ging voran nach rechts und schloss die Tür auf, ganz gespannt auf Theos Reaktion.

Er durfte vor ihr eintreten und war vom Licht umfangen, mit welchem die Nachmittagssonne alles in warme Farben tauchte. Er nahm das Weinrot der Doppelcouch, das Mahagonibraun von Tisch und Stühlen und deren ockergelbe Sitzpolster wahr. Anja wies auf einen der hellen Sessel und er setzte sich. Was er sah und was ihn hier umgab, das war wie eine helle Seite in einem Buch, die sich, nach vielen dunklen vorher, auftat. Er war zurückgekommen, um darin weiterzulesen.

Anja war beruhigt, dass ihm zu gefallen schien, was er sah. Mit einem Mal war sie voller Freude und Hoffnung, dass ihr Leben hier gut werden würde.

Je mehr dieser erste gemeinsame Tag seinem Ende zuging, desto intensiver konnten sie spüren, dass sie wieder beieinander waren. Am Abend kochten sie gemeinsam und nahmen sich für den nächsten Tag vor, nach Wilhelmeiche zu laufen, einem kleinen Landgut, in dem einige Patienten lebten und arbeiteten.

Auf diese Weise erkundeten sie die Gegend jenseits der Bahnstrecke und waren lange unterwegs, für Theo ein großes Erlebnis. Er schnupperte den Duft der Kiefern und genoss den ab und zu freien Blick auf Wiesen und Äcker jenseits des Waldes. In Wilhelmseiche, wo Anja noch nie gewesen war, wurden sie von den dortigen Männern eingeladen, die Mittagssuppe mit ihnen zu teilen. An den Wochenenden kochten sie dort selbst, während sie in der Woche vom Krankenhaus versorgt würden, erklärten sie.

Auf dem Rückweg zeigte Anja ihrem Mann das Krankenhausgelände unterhalb der Bahnschienen. Nach einem langen Weg an vielen Gebäuden und auch an Anjas Arbeitsstätte vorbei standen sie vor dem breiten roten Klinkerbau des Verwaltungsgebäudes. Anja sagte ihm, dass er sich am Montag früh hier vor der kurzen Arbeitsbesprechung des Professors mit dem Technischen Personal einfinden solle.

Schon übermorgen, Theo war erschrocken. Etwas mehr Zeit zum Ankommen hier hätte er sich schon gewünscht. Vielleicht aber war es auch gut, so schnell wieder in das normale Leben einbezogen zu werden. Und dennoch kratzte es an seinem Selbstverständnis, dass von anderen Menschen alles für ihn geregelt worden war. Er wurde ja eingestellt, weil Anja hier gebraucht wurde. Ohne diese Möglichkeit hätte er vielleicht lange als Arbeiter in einer Produktion am Fließband arbeiten müssen.

Anja schien seine Gedanken erraten zu haben und sagte: »Unter diesem Professor brauchst du nicht zu befürchten, dass du dich mit deiner Gesinnung bewähren musst. Für Mediziner und Pflegekräfte wirst du ein anerkannter technischer Experte sein.«

Wieder zu Hause angekommen, war jetzt der Eindruck ohne den Glanz der Nachmittagssonne nüchterner als bei seiner Ankunft. Anja legte eine Schallplatte auf, eine von denen, die sie sich während ihres Studiums gekauft hatten. So manches Mal in den vergangenen Monaten hatte sich Anja von den Klaviersonaten Beethovens getröstet gefühlt. Nun konnten sie sich beide wieder gemeinsam daran freuen. Dann aßen sie zu Abend und kamen allmählich auch mehr über das Vergangene ins Gespräch.

Nachdem sie ihm über ihre Zeit im Stasi-Gefängnis erzählt hatte, war auch er bereit dazu, ihr wenigstens einiges zu berichten. Ihm war es weit schlechter ergangen als ihr, der Mitläuferin. Die persönliche Verzweiflung wegen der unlösbar erscheinenden persönlichen Probleme hatten die Vernehmer ihm nicht abgenommen. Stattdessen vermuteten sie staatszersetzende Aktivitäten bei Leitung und Mitarbeitern seines ehemaligen Hochschulinstituts. Monatelang war er in Einzelhaft gewesen, täglich verhört und mit den immer gleichen Fragen konfrontiert worden. Dass er sehr oft geschlagen und mit schlimmen Folgen bedroht wurde, weil er nichts von dem Erwarteten aussagen konnte, verschwieg er seiner Frau. Erst nach Monaten hätte er etwas zum Lesen bekommen.

Später im Strafvollzug in Cottbus litt er unter den Schikanen eines Wachtmeisters, wie er berichtete. Die Mithäftlinge, die wenigsten davon politische Gefangene, seien »harte Kerle« gewesen, mit denen er aber zurechtgekommen sei. Mit zweien von den ›Politischen‹ habe er sich gut verstanden. Angesichts seiner Schilderungen kamen auch in Anja wieder Gefühle hoch, die mit der Sorge um ihren Mann, dem Ausgeliefertseins an die Staatsmacht und ihrer monatelangen Befürchtung verbunden gewesen waren, vielleicht kaum eine berufliche Zukunft zu haben.

»Mir ist nicht verborgen geblieben«, teilte sie Theo mit, »dass Gefangene freigekauft und in den Westen gebracht wurden. Ich habe überlegt, ob ich mich bei dem Verteidiger-Rechtsanwalt danach erkundigen sollte, es aber unterlassen. Letztlich wären wir wohl nicht dafür infrage gekommen, denn sie wollten uns ja als qualifizierte Arbeitskräfte behalten.«

Auch Theo war das nicht unbekannt geblieben und er fand richtig, dass sie nichts unternommen hatte.

»Ich glaube nicht, dass sie dich nach all dem noch zum Wehrdienst einziehen«, meinte Anja, und das hofften sie alle beide.

»Wir müssen das hinter uns lassen.« Das klang so entschlossen aus ihrem Mund. War es Aufmunterung oder eine Forderung?, grübelte er. Es war gut, dass es ihr nach ihrer Beschreibung besser als ihm ergangen war und sie hier ihren beruflichen Einstieg gefunden hatte. Er fühlte sich auch schuldig ihr gegenüber. Jetzt konnte er das aussprechen und sie war dankbar dafür.

»Ich bin ja mitgegangen«, antwortete sie.

Und doch war dabei auch kurz das düstere Bild von damals in ihrem Inneren aufgestiegen, als sie beide in der tristen Wohnung in Karl-Marx-Stadt saßen und sie gesagt hatte, dass sie eigentlich nicht weggehen wolle. Er war stumm geblieben und ihr war nicht möglich gewesen, ganz klar »Nein« zu dieser Reise zu sagen. Zu viel Angst hatte sie gehabt, ihn zu verlieren. Sein unbändiger Wille, erneut die Flucht zu versuchen, hatte sie erschreckt. Dass er sie damals nicht weiter nach ihren Bedenken gefragt hatte, fand sie traurig.

Dann war das Schlimmste eingetreten. Aber sie hatten es überstanden; für sie, Anja, hatte es die Chance zum Neuanfang gegeben, und auch bei Theo würde es vorwärts gehen.

»Wir wollen das Beste daraus machen«, hörte er sie sagen, und er antwortete darauf: »Ja, das müssen wir wohl.«

8 | Das gemeinsame Leben

Am Montag darauf begann Theo seinen Tag mit der Vorstellung beim ärztlichen Direktor und Anja nahm wieder ihren Weg zur Kinderstation in Haus 8.

Theo war ängstlich gespannt, als er anklopfte und dem Professor gegenüberstand, spürte beim freundlichen »Willkommen« den prüfenden Blick aus den Augenwinkeln des markanten Gesichtes, entspannte sich aber, als er in die Sitzecke gebeten wurde.

»Wir können Sie natürlich nicht als Ingenieur einstellen, aber wir haben die Stelle eines Sicherheitstechnikers genehmigt bekommen. Um diese Dinge hat sich bisher keiner recht kümmern können. Das Pflegepersonal und wir Ärzte haben andere Aufgaben. Bei Störungen wenden wir uns an die technische Werkstatt. Es gibt viele Sicherheitsverordnungen und Belange, zu deren Einhaltung wir verpflichtet sind. Deshalb konnte die Stelle des Sicherheitsinspektors geschaffen werden. Ihre Einstellung habe ich zusammen mit der Personalleitung gegenüber der Partei durchgesetzt. Sie werden in allen Abteilungen zu tun haben und mit Ihrem Wissen vielfach hilfreich sein können.«

Das klang gut in Theos Ohren.

»Sie sollen auch an den wöchentlichen Besprechungen hier am Dienstagmorgen mit dem Technischen Leiter und seinem Stellvertreter sowie dem Wirtschaftsleiter teilnehmen. Ihr Vorgesetzter ist Herr Braun, der Technische Leiter. Er ist Mechaniker- und Elektromeister und ich denke, Sie werden schon miteinander auskommen. Ihr Schreibtisch steht im Meisterbüro.«

Aus Theos Sicht schien alles im Krankenhaus gut organisiert zu sein, denn der Professor kümmerte sich um den gesamten Betrieb und nicht nur um das Medizinische.

Gegenüber Anja äußerte er später: »Von der Partei lässt er sich nicht kommandieren. Ich glaube, er fordert einem einiges ab und kontrolliert gern.«

»Und wie bist du von ihm empfangen worden?«

»Er hat mich recht prüfend angesehen, war aber entgegenkommend. Meine Anstellung hier hätte er durchsetzen müssen, aber er sagte auch, dass ich hier gebraucht würde.«

Anja war erleichtert.

Theo berichtete weiter, dass er danach in der Personalabteilung seine Papiere ausgefüllt, unterschrieben und später seinen Arbeitskittel in Empfang genommen hätte. Dann sei Herr Braun, sein künftiger Vorgesetzter, angerufen worden, ein älterer Herr, und sie hätten die technische Werkstatt aufgesucht. Es gebe dort noch einen weiteren Mitarbeiter und einen Lehrling. Er hoffe sehr, dass Herr Braun und er miteinander auskämen. Danach seien sie beide weiter in verschiedene Häuser des Krankenhauses gegangen und man habe ihn überall freundlich begrüßt.

Bald wurden Anja und Theo von Bekannten eingeladen, so von ihrer Zimmernachbarin und von Dr. Winter. In ihrer Freizeit fuhren sie an den Wochenenden mit der Bahn in die kleinen Städte der Umgebung oder wanderten.

Schon vor langer Zeit hatte Anja für Ende Juni ihren Urlaub eingereicht. Nun freuten sie und Theo sich darüber, dass auch er freibekam, obwohl er erst seit wenigen Wochen hier arbeitete. Zusammen mit Theos Verwandten aus Thüringen würden sie auf einem Campingplatz auf der Insel Rügen zelten.

Vorher aber besuchten sie Theos Mutter. Es war ein ebenso freudiges wie schmerzliches Wiedersehen. Danach fuhren sie zu viert mit ihren Verwandten in dem geräumigen Wartburg samt Campinganhänger an die Ostsee. Sie alle hatten eine schöne Zeit miteinander und das junge Paar erfüllte einander seine sehnsüchtigen Wünsche. Wie sich nach einigen Wochen herausstellen würde, erwartete Anja ein Baby.

Als sie sich ganz sicher war, offenbarte Anja das Geheimnis in der Klinik und bat darum, das unbewohnte Gästezimmer neben ihrem jetzigen Wohnraum dazuzubekommen. Den Zuständigen schien das nicht leichtzufallen, denn im Krankenhaus gab es zu wenig Wohnraum und im September würden junge, verheiratete Ärzte ihre Ausbildung beginnen. Aber Anja erhielt die Zusage.

Nun fuhren sie gemeinsam in die Umgebung und schauten sich nach Möbeln, Teppichen und Gardinen um. Es handelte sich um ein sehr großes, helles Zimmer mit drei Fenstern und einem Zugang vom Treppenflur her, das durch eine bisher verschlossene Tür innen mit ihrem derzeitigen Raum verbunden war. Indem sie die Rückseite einer Schrankwand etwas entfernt von der Wand des großen Raumes platzierten, trennten sie eine Art Korridor ab, den man durch die Tür vom Treppenhaus her betrat. Mit dieser Wohnung waren sie sehr zufrieden.

In den ersten Wochen der Schwangerschaft machte Anja bald die ungewohnte Übelkeit zu schaffen, aber auch diese Zeit verging und schnell war wieder die Weihnachtszeit gekommen. Ihr erstes gemeinsames Fest wollten sie im eigenen Heim verbringen. Den Weihnachtsbaum durfte man sich in Lichtspringe selbst im Wald schlagen.

Es war an einem sonnigen Samstagmorgen, die Bäume hatten weiße Hauben aus Schnee, als sie mit einer geborgten Axt nach ihrem Baum zu suchen begannen. Anja erzählte Theo, dass sie sich an die Zeit vor einem Jahr erinnere, als sie staunend aus den Fenstern ihres Arbeitszimmer auf das weiße Winterwunder geschaut und dabei gefühlt hatte, dass sie hier angekommen war. Inzwischen hatten sie einen Baum gefunden, der ihnen beiden gefiel.

Vor dem Fest trafen Päckchen von ihren Familien ein, auf deren Auspacken sie sich freuten. Der geschmückte Baum und die Engel aus dem Jahr ihrer Verlobung bildeten Brücken zu den früheren Weihnachtsfesten zu Hause. Sie freuten sich, dass sie bald selbst eine kleine Familie sein würden.

9 | Die Jahre 1969 und 1970

Das erste Kind

Anja hatte noch sechs Wochen im neuen Jahr zu arbeiten, bis sie ihren Mutterschaftsurlaub beginnen konnte. Sie fühlte sich wohl, hatte aber ein schlechtes Gewissen, weil sie nicht zur Schwangerengymnastik in die nahegelegene Stadt gefahren war. Aber das hätte sie einen ganzen Nachmittag gekostet und sie glaubte, dass sie mit der Geburt schon gut zurechtkommen würde.

Eine andere Vorbereitung auf ihr Muttersein aber fiel ihr als Geschenk zu. Sie wurde von ihrem Stationsarzt und seiner Frau eingeladen, in der jungen Familie mit dem acht Monate alten Baby einige Stunden zu verbringen. Bisher hatte sie nie die Gelegenheit gehabt, ein Baby länger zu beobachten. Der stolze Vater spaßte mit der Kleinen, zeigte Fotos von ihren Fortschritten und fotografierte ausgiebig. Das Kindchen genoss die Aufmerksamkeit von Vater und Mutter.

Es war an einem Wochenende und beide gemeinsam zu Hause. Die Kleine lachte immer wieder mit ihnen und gluckste vor Begeisterung. Herr Weiß, ihr Kollege, dessen fröhliche und unkomplizierte Art Anja schätzte, öffnete ihr auf diese Weise ein wenig das Tor zum unbekannten Land Mutterschaft. Sie durfte beim Windelwechsel des Babys zusehen und die Eltern des Kindes boten ihr an, sie könne sich auch später Rat holen. Darüber war sie froh, denn ihre weit entfernt wohnenden Eltern würden ihr hier nicht zur Seite stehen können.

Der Geburtstermin Mitte März rückte näher. An einem Samstagabend setzten die Wehen ein, zunächst schwach und zögerlich.

Nach Mitternacht hatte es zu schneien begonnen. Zunehmend ängstlich hatten Theo und Anja beobachtet, wie der Flockenwirbel vor ihrem Fenster dichter und dichter und die Welt draußen in beängstigend schnellem Tempo weiß wurde. Da riefen sie in der Geburtsklinik der 30 Kilometer entfernten Stadt an und erfuhren, dass sofort ein Krankentransport geschickt würde, denn später käme vermutlich kein Fahrzeug mehr zu ihnen durch. Dort musste sich Theo nach ihrer Ankunft schnell von Anja verabschieden. Später erfuhr sie, dass die Rückfahrt durch den Schnee der nicht geräumten nächtlichen Straßen sehr mühsam gewesen war. Dass der Ehemann bei der Geburt hätte dabei sein können, diese Möglichkeit gab es in der damaligen Zeit noch nicht.

So war Anja, lange bevor genügend starke Wehen eingesetzt hatten, in der Klinik angekommen, musste sich auf ein schmales hartes Bett legen, fand keinen Schlaf und war froh über den aufziehenden Morgen und die Erlaubnis, aufzustehen und umherzulaufen. Es vergingen viele Stunden, bis die Wehen stärker wurden und ein ihr bis dahin unbekannt starker Schmerz in ihrem Rücken wütete, bis eine Hebamme sie in den Kreißsaal brachte. Während der langen Abendstunden bekamen vier Mütter neben ihr, eine nach der anderen, ihre Babys. Obwohl sie wusste, dass eine Erstgeburt mehr Zeit brauchte, fühlte sie sich immer unzulänglicher und dem Dauerkommando der Hebamme hilflos ausgeliefert.

Endlich war der Kopf des Kindes draußen und bald der ganze kleine Junge, aber sie wartete vergeblich auf seinen ersten Schrei. Ein riesiger Schreck durchfuhr sie und sie fühlte sich mit einem Mal todunglücklich.

Nachdem das Kind weggetragen worden war, kam der Arzt und sprach beruhigend mit ihr. Über die Nabelschnur sei das Baby bis zuletzt mit Sauerstoff versorgt gewesen. Er habe die Luftwege des Kindes abgesaugt und nun atme es selbstständig. Es müsse aber noch für einige Zeit im Inkubator bleiben, einer Wärmekammer mit zusätzlicher Sauerstoffzufuhr.

Die Beendigung der gesamten Geburt nahm noch Stunden in Anspruch, in denen sich bei der jungen Mutter Ängste und kurzes Wegdämmern abwechselten.

Schließlich wachte sie am späten Morgen in einem Patientenzimmer auf und fragte nach ihrem Baby. Wegen ihrer Kurzsichtigkeit hatte sie es im Kreißsaal noch gar nicht richtig sehen können. Am frühen Nachmittag werde es zum Stillen gebracht, sagte man ihr. Dabei hätte sie es doch jetzt so gern gesehen. Noch immer hatte sie große Angst um ihr Kind.

Schließlich hielt sie ihren Sohn im Arm. Ein rosiges Gesichtchen mit geschlossenen Augen. Sie war unendlich froh. Aber Sorgen über mögliche Entwicklungsstörungen verließen sie viele Jahre nicht. Im Sportunterricht in der Schule hatte er später manche Schwierigkeiten, konnte am dicken Tau nicht weit hochklettern und nur schlecht Bälle fangen. Zum Glück überwand er alles, bevor er erwachsen wurde.

Theo durfte seinen kleinen Sohn vorerst nur hinter der Glasscheibe des Babyfensters der Station sehen. Vorher war er bei Anja gewesen, über deren Aussehen er erschrocken war. Ihre Augen waren blutunterlaufen, da unter dem Pressen bei der Geburt viele Äderchen geplatzt waren. Sie beruhigte ihn, verschwieg aber nichts von dem Geburtsverlauf und versicherte ihm, dass er kurz vor dem nächsten Stillen den Kleinen gezeigt bekommen würde.

Noch vier Tage blieb Anja mit ihrem kleinen Jan in der Klinik, bis sie beide von Theo abgeholt werden konnten. Mit dem Baby, in Kissen und Decke eingehüllt, war sie ihm im Flur der Klinik entgegengetreten, glücklich und stolz. Nun waren sie eine kleine Familie. Behutsam fuhr er mit ihnen in dem gebraucht gekauften Trabant nach Hause. Sie trug ihr Kindchen und er den kleinen Koffer. Diesmal traten sie durch die andere Tür ein, die des großen Zimmers, und die Nachmittagssonne tauchte den Raum wieder in ihr goldenes Licht. Wie schön es hier war. Fast unwirklich kam es ihr vor, jetzt zu dritt, das Geschenk des Lebens, diesen kleinen Menschen in ihren Armen. Theo hatte sie auf die Stirn geküsst und sie es ihm mit einem zärtlichen Lächeln gedankt. Der Kleine schlief und sie legte ihn in sein vorbereitetes Bettchen. Eine Weile saßen sie still nebeneinander am Tisch, den er gedeckt und sogar noch Kuchen in der Stadt besorgt hatte. Überhaupt hatte er alles Nötige für die nächsten Tage eingekauft und morgen würde er zu Hause bleiben, denn als Vater bekam man einen Tag zur Unterstützung der Mutter frei.

Langsam wurden sie unruhig. Bald würde Jan aufwachen und gestillt werden wollen. Da hörten sie schon sein leises Ächzen, das schnell lauter wurde, und Anja legte ihn an ihre Brust. Er trank gut. Danach aber gab es die nächste Herausforderung: seine Windeln zu wechseln. Es handelte sich um dünne und dickere Baumwolltücher, die nach ihrem Gebrauch durch Auskochen in Seifenlauge gereinigt wurden. Über die zwei Windeln des Kindes wurde eine Hose aus Plastikmaterial zusammengeknöpft. Anja machte es das erste Mal, und so dauerte es lange, bis sie ihr Kind wieder hinlegen konnte. Einen 5-Mahlzeiten-Takt wollte sie einführen, so wie es der Ratgeber für Eltern vorschlug und wie es wohl auch ihre eigene Mutter nach dem ›Ratgeber für die deutsche Mutter und ihr erstes Kind‹ gemacht hatte. Den Bucheinband sah sie in ihrer Vorstellung noch vor sich. Als Kind hatte sie die Aussage »nur nicht verwöhnen« ihrer oft gestressten Mutter im Gespräch mit anderen Frauen mitgehört. Nun musste sie selbst bald erleben, dass dies nicht klappte. Die nächsten sechs Wochen waren keine einfache Zeit für alle drei. Anja bekam gründliche Lektionen in Geduld, im Anerkennen der drängenden Bedürfnisse eines Babys und im Nachgeben.

In den 60er Jahren hatte man größtenteils noch die Vorstellung, dass ein Baby als eine Art unbeschriebenes Blatt auf die Welt komme, ja man sprach vom »dummen ersten Vierteljahr«. In den 70er Jahren war in den Buchläden der USA und in Westeuropa ›Das Tagebuch eines Babys‹ des amerikanischen Psychiaters und Psychologen Daniel Stern weit verbreitet gewesen. Jahrzehnte später konnte auch Anja es kaufen. Schnell hatte sich durch dieses Buch das Wissen verbreitet, dass Babys schon im Mutterleib hören und vielerlei spüren können, von Geburt an ihre anderen Sinne entwickeln und in großem Tempo lernen.

In den beiden deutschen Staaten hatte man unterschiedliche Vorstellungen vom besten Weg in der Beziehung von Mutter und Kind sowie der Betreuung der Babys und Kleinkinder. Eine große Rolle spielte dabei das unterschiedliche Frauen- und Familienbild auf beiden Seiten. In der Bundesrepublik waren, wie in der Vorkriegszeit, die Männer in der Regel die Verdiener, die Frauen übten ihren nach dem Schulabschluss erlernten Beruf nach der Heirat kaum mehr aus. Sie sollten sich dem Haushalt und der Familie widmen und wollten auch selbst ihre Kinder in den ersten Lebensjahren zu Hause aufwachsen sehen. Berufstätig durften sie bis 1976 nur mit Zustimmung ihres Ehemannes sein. Parteipolitisch war dieses patriarchalische, bürgerliche Gesellschaftsmodell gewollt.

Im Osten, in der Deutschen Demokratischen Republik, gab es unter dem Einfluss der sowjetischen kommunistischen Besatzungsmacht das Familienbild der Gleich-Verpflichtung von Mann und Frau zur Arbeit und zum Erwerb des Lebensunterhaltes. Die Frauen hatten eine gleichberechtigte Stellung, arbeiteten, eröffneten ihr Bankkonto, nahmen aber im Zusammenhang mit ihren Pflichten in Haushalt und Familie eher keine Führungsstellung im Berufsleben ein und verdienten im Durchschnitt weniger als ihre männlichen Kollegen. Die Kinder wurden ganztags in Kinderkrippen und -horten von ausgebildeten Fachkräften betreut. Während die vom Staat bezahlte »Babypause« der Mütter anfangs nur zwei Monate betrug, verlängerte sie sich im Laufe des nächsten Jahrzehnts auf anderthalb Jahre. Bei der Tätigkeit in hochqualifizierten Berufen wie in der medizinischen Versorgung oder an Hochschulen bestand zwar oft noch die Möglichkeit zu Teilzeitarbeit, mit Beginn der 60er Jahre aber nicht mehr.

Anja hatte junge Kolleginnen, die ihre Kinder schon nach acht bezahlten Wochen Mutterschaftsurlaub in die Ganztagsbetreuung der Kinderkrippe gaben. Gleichwohl gab es auch Frauen, wie eine junge Mutter in ihrer Klinik, die es durchgesetzt hatten, ihr Baby im ersten Jahr zu Hause zu betreuen. Anja entschied sich dafür, ein halbes Jahr mit ihrem Kind zu Hause zu bleiben. Dafür wurde sie ohne Probleme von ihrem Dienst freigestellt.

Die Mutterschaft bedeutete für Anja einen Entwicklungsprozess, darin war sie kein Naturtalent. Beide, Anja und Theo, gaben sich viel Mühe. Die Vorwürfe und Sorgen, die sich Anja immer noch wegen der nicht einfachen Geburt machte, traten immer mehr in den Hintergrund. Der kleine Jan entwickelte sich gut und sie hatten ihre Freude an ihm. Gern erinnerte sich Anja später an einen sonnigen Vormittag in ihrer Wohnung, als der Kleine und sie sich beim gemeinsamen Spielen gegenseitig immer heftiger mit ihrem Gelächter ansteckten. Jan machte auf der breiten Bettcouch seine ersten Krabbelversuche, auf dem Bauch mit angestemmten Ärmchen nach vorn robbend, und Anja, auf dem Boden hockend, lockte ihn immer näher heran.

Während dieser Zeit ereignete sich etwas nie Dagewesenes. 1969 war das Jahr der ersten Landung eines Menschen auf dem Mond – ein Meilenstein in der Geschichte der Weltraumfahrt. Der amerikanische Astronaut Neil Armstrong betrat nach seiner glücklichen Landung die Mondoberfläche mit den berühmten Worten:»Ein kleiner Schritt für einen Menschen, aber ein großer Schritt für die Menschheit.« Anja verfolgte das Geschehen intensiv und begeistert am Fernsehbildschirm.

Nach 6 Monaten musste sie wieder in Vollzeit auf der Kinderstation arbeiten und ihr Kind tagsüber in die Kinderkrippe geben. Auf der Station lief alles, wie sie es kannte. Inzwischen bewährten sich die Betreuer sehr gut in der Milieu-Therapie und den Gruppentherapien. Dem Stationsarzt und Anja machte ihre Arbeit und die Umsetzung ihres Gesamtkonzepts mit den Schwestern und Pflegern Freude.

Theo

Theo hatte in seinem Dienst zeitweise weit weniger Freude als Anja. Das Verhältnis zwischen ihm und Herrn Braun war angespannt. Eines Tages berichtete er aufgebracht, dass der Elektromeister für ein geplantes Bauvorhaben Vorschläge und Berechnungen zur Elektrik an den Professor gegeben habe, die aus Sicht eines Ingenieurs unbrauchbar seien.

In dem gemeinsamen Büro hatte Theo ein heruntergefallenen Papier vom Fußboden zurück auf den Schreibtisch des abwesenden Meisters gelegt, wobei ihm fehlerhafte Berechnungen bei elektrischen Schaltkreisen auffielen. In der nächsten Dienstbesprechung mit dem Professor hatte er darauf hingewiesen. Bei ihrem angespannten Verhältnis wollte er Herrn Braun nicht direkt darauf ansprechen.

Dieser hatte sich offensichtlich bloßgestellt gefühlt, so dass ihr Umgang miteinander danach schwieriger geworden sei. Später sei Theo vom Professor in Hinsicht auf das Betriebsklima ermahnt worden. Er habe nichts weiter dazu gesagt, erklärte er Anja auf ihr Nachfragen. Aber er finde, dass ihm Unrecht angetan worden sei, denn in der Technik gehe es um Korrektheit. Er habe keinen eigenen Vorteil von seiner Aufdeckung der Fehler gehabt. Anja konnte ihn verstehen, machte sich jedoch Sorgen über weitere mögliche Konflikte.

Im Herbst des Jahres tauchte ein ehemaliger Studienkollege Theos aus Dresden in der Provinz auf. Er besuchte seine Verlobte, die hierher zur Facharztausbildung gekommen war, weil sie neben der Psychiatrie auch Psychotherapie kennenlernen und später anwenden wollte. In dieser Begegnung wurde Theo seine unbefriedigende Situation erneut bedrückend deutlich.

Der Professor hatte sich auch Gedanken darüber gemacht. Er fand, dass er ein Projekt aufgreifen könnte, das er bisher als nicht realisierbar angesehen hatte. Es wäre doch sinnvoll, wenn man in Anbetracht der häufigen Klagen von Patienten über Schlaflosigkeit das Schlafen und Wachen objektiv registrieren könnte. Auch therapeutisch könnte es von Nutzen sein, wenn man mit den Patienten anhand von Aufzeichnungskurven verständnisvoll über ihr Schlafproblem und den Umgang damit sprechen könnte, so dass ihr Medikamentengebrauch mit seinen Nebenwirkungen verringert würde. Da sich so ein technischer Fachmann wie Theo Bäumler in seine Klinik verirrt hatte, so meinte der Professor, sollte man ihn versuchsweise damit beauftragen. Damit käme er, Wendt, mit seiner Wunschidee voran und Herr Bäumler hätte eine passende weitere Aufgabe. Auch dem Meister Braun würde damit geholfen.

Ob er sich etwas zur Schlafregistrierung einfallen lassen könne, fragte Prof. Wendt Theo bald darauf. Seine Antwort war, dass technisch so etwas machbar sei, es aber hier im Krankenhaus an Geräten und Material dafür fehle.

Der Professor, der seit Jahren eine Vorlesung an der Medizinischen Akademie in Magdeburg hielt, versprach, sich um eine Kooperation mit dem dortigen technischen Labor zu bemühen. Das gelang ihm und er machte Theo bald darauf den Vorschlag, ihn für die Hälfte seiner Arbeitszeit für die neue Aufgabe freizustellen und entsprechende Geldmittel zu beschaffen. Für Theo war das ein echter Lichtblick, und er machte sich mit dem ihm eigenen Eifer ans Werk. Nach dem Entwerfen eines Plans fuhr er einige Wochen später in die Bezirksstadt. Nicht nur an der Medizinischen Akademie, sondern auch an der Technischen Universität fand er Gesprächspartner und technische Unterstützung. Neun Monate später konnte er dem Professor »sein Baby«, das Schlafregistriergerät, vorführen. Bald darauf wurde es in der Praxis ausprobiert, noch einige Mängel daran behoben und beim Chefarzt der Frauenpsychiatrie deponiert, der es als Erster einsetzen wollte.

Theo freute sich sehr, dass er seine eigentlichen Fähigkeiten hatte einbringen können und dafür viel Anerkennung erntete. Zusätzlich hatten sich für ihn wieder Verbindungen mit Berufskollegen ergeben. Ein Institutsassistent war über seine Anstellung als Sicherheitsbeauftragter in einem Krankenhaus verwundert, denn jemand mit seiner hohen fachlichen Qualifikation wäre normalerweise in der DDR mit dem Bedarf an Fachkräften nicht in einer solchen Position gelandet. Das musste wohl einen Grund haben. Auf seine interessierte Nachfrage erzählte ihm Theo etwas von seiner Vergangenheit. Das bewog seinen Gesprächspartner, der von solchen Geschichten gehört hatte, aber noch keinem Betroffenen begegnet war, etwas für ihn zu tun.

Die TH Magdeburg hatte gute Verbindungen zur TH Karl-Marx-Stadt und der Assistent bot an, einen Kontakt zu dem Institut herzustellen, an dem Theo früher gearbeitet hatte.

Theo fühlte eine innere Verpflichtung, sich dafür zu entschuldigen, dass das Institut damals wegen seines Fluchtversuchs stark in den Blickpunkt der Staatssicherheit geraten sein musste. Er entschloss sich zu einem Brief an den Institutsdirektor mit der Bitte um eine Unterredung. Zu seiner Freude erhielt er eine Antwort. Der Professor kam seinem Wunsch nach und lud ihn ein. In ihrem Gespräch erwähnte er, dass sein Bruder als Wissenschaftler in dem Großbetrieb VEB Carl Zeiss in Jena tätig sei. Er bot Theo an, einen Kontakt dahin herzustellen, was dieser als einmalige Chance zur Rückkehr in seinen Beruf mit großem Dank annahm.

Da es in jenen Jahren einen großen Bedarf an Hochschulabsolventen gab und die Forschung und Entwicklung in Spezialgebieten des Betriebes erweitert werden sollten, erhielt Theo von der Personalabteilung des VEB Carl Zeiss eine Einladung zum Vorstellungsgespräch.

Dem Leiter einer Entwicklungsabteilung, die dringend Fachkräfte brauchte, wurde von der Personalabteilung geraten, Theo trotz seiner »Vorgeschichte« in sein Kollektiv aufzunehmen. Er solle auch Einfluss in Richtung einer positiveren Einstellung zum sozialistischen Staat auf Theo ausüben. Da der Mann ein ehrgeiziger und vollkommen von seiner Partei und dem Sozialismus überzeugter Genosse war, erklärte er sich bereit, dem Auftrag nachzukommen.

Im Krankenhaus gratulierte Professor Wendt Theo zu dieser Chance. Ein Vierteljahr würde Herr Bäumler noch hierbleiben und wäre ansprechbar, wenn es Probleme mit dem Schlafregistriergerät gäbe. Natürlich würde seine Frau ihm auch bald folgen, aber die Kinderpsychotherapiestation arbeitete inzwischen sehr gut und es würde sich sicher eine gute Nachfolge für Frau Bäumler finden, dachte sich der Professor.

Ab Januar 1970 begann Theo in Jena zu arbeiten und wohnte in einem Betriebswohnheim. Da er eine Familie hatte, durfte er einen Wohnungsantrag stellen. In der Umgebung von Jena, in Hermsdorf, wurde die bestehende Neubausiedlung immer noch erweitert und Theo könnte sogar noch im Laufe des Jahres mit einer Wohnung rechnen.

An jedem dritten Wochenende machte er nun die lange Bahnfahrt nach Lichtspringe und zurück. Es gab wenig Zeit miteinander als Familie, umso mehr genossen Anja und Theo die Veränderungen in der Entwicklung ihres Kindes, seine ersten Schritte, die ersten Milchzähnchen und die Freude in den Sommertagen an der Ostsee im Sand und am Wasser.

Bald bekam Theo seine Wohnungszuweisung, so dass auch Anjas Abschied aus Lichtspringe näher rückte. Als sie unmittelbar nach ihrer Rückkehr aus dem Urlaub von ihrer Chefärztin danach gefragt wurde, konnte sie ihr noch keine endgültige Antwort geben. Danach stellte ihr Dr. Körner, welche die Nachfolge auf dieser Personalstelle im Blick hatte, ihre Frage in der nächsten Chefarztvisite viel dringlicher und mahnte Anja, sich klarer auszudrücken und auch daran zu denken, aus welchen Umständen heraus sie hier einen Neuanfang gefunden hatte. Für Anja klang es ein wenig so, als sollte sie sich an eine beschämende Herkunft erinnern. Mit Theo kam sie überein, für Ende Juli zu kündigen.

Anjas Abschied von Lichtspringe

So hatte Anja nicht mehr viel Zeit, von ihrer jetzigen Heimat und der liebgewordenen Arbeit Abschied zu nehmen. Ohne Aufforderung hatte sie sich um einen möglichen Nachfolger gekümmert. Es war ihr Studienfreund Gerhard, der von ihrer Schilderung der Arbeitsumstände in der Klinik sehr angetan war. Er bewarb sich sehr bald mit seiner Frau, einer

Fachkrankenschwester der Psychiatrie, in Lichtspringe und erhielt die Zusage.

Anja wurde angemessen verabschiedet. Als Geschenk erhielt sie einen großen verschließbaren Wäschekorb, der in der Ergotherapie aus verflochtenen Weidenruten hergestellt worden war. Ebenfalls überreichte man ihr eine Ehrenurkunde für ihren »Neuerer-Vorschlag« zur Gestaltung der Psychotherapie unter der besonderen Berücksichtigung der Milieutherapie auf der Kinderstation. Viele Hände schüttelte sie und herzlich drückte der Professor die ihre. Das Wichtigste, was sie bekam, war aber seine sehr gute Beurteilung, in der sie sich wertgeschätzt fühlte und weiterempfohlen wurde.

Dann erlebte sie etwas unerwartet Schönes, als sie sich von Gerd, der schon hergezogen war, verabschiedete. Sie hatte ihn gefragt, ob er sie in die kleine Kirche des Krankenhauses begleiten würde. Das wollte er gern tun, und zu Anjas Erstaunen stieg er mit ihr die Treppen hinauf zur Orgelempore, setzte sich an das Instrument und ließ es voll ertönen.

»Kannst du Orgel spielen?«, hatte sie ihn erstaunt gefragt.

»Ein wenig schon. Ich interessiere mich sehr für Orgeln und habe mir in meiner Heimatstadt, der Händel-Stadt Halle, gern Orgeln in den Kirchen angeschaut. Auch während der Händel-Festspiele im Sommer hat mich die Orgelmusik begeistert. Als Kind hatte ich eine Zeit lang Klavierunterricht, und damit kommt man auch auf der Orgeltastatur zurecht.«

Auch Anja hatte als Kind Klavierunterricht gehabt.

»Möchtest du es einmal probieren?«, fragte Gerhard.

Sie war verblüfft und setzte sich auf die Orgelbank. Vorsichtig berührte sie einige Tasten und erschrak fast über den lauten Klang. Dennoch hörte es sich melodisch an, was sie dem Instrument entlockt hatte, und sie probierte vorsichtig weiter. Ihr kam diese Erfahrung beim Abschied wie der letzte Höhepunkt von den vielen vor, die sie in der vor drei Jahren gefundenen Heimat hatte machen können. In ihre Dankbarkeit für all das mischten sich Trauer und der Vorsatz, bestimmt wiederzukommen und ihre Freunde zu besuchen.

Als sie sich von ihrem Sitz erhob, setzte sich ihr Begleiter an das Instrument und spielte eine Melodie, von Bach vielleicht oder von Händel, kraftvoll, melodisch, streng und feierlich. Nachdem der letzte Ton verklungen war, verließen sie die Kirche und Anja verabschiedete sich herzlich von dem Freund und seiner Frau.

Wenige Tage später war ihr Umzug in vollem Gange. Als der Möbelwagen schon abgefahren war, sahen Anja und Theo sich noch einmal in den zwei Räumen um, die ihnen ein Heim gewesen waren, schlossen sie ab und gaben die Schlüssel im Verwaltungsgebäude ab. In ihrem Trabi fuhren sie dem Möbelwagen hinterher und waren sich recht sicher, dass sie vor ihm ankommen würden.

TEIL 3

Eine junge Familie in der DDR
(Die Zeit in Thüringen)

Abschnitt A: Die erste Hälfte der 70er Jahre

1 | Die Jahre 1970 und 1971

In Hermsdorf

Theo und Anja erreichten Hermsdorf tatsächlich einige Zeit vor der Ankunft ihres Möbelwagens, so dass sie in Ruhe ihre Wohnung erkunden konnten, die im ersten Stock eines Hauses innerhalb einer Reihe von viergeschossigen Plattenbauten lag. Voller Spannung betrat Anja die Räume, die ihr Theo beschrieben hatte. Es gab einen Korridor, von dem rechts Bad und Küche abgingen, und links lag ein kleines Zimmer, gefolgt von einem größeren mit Balkon. ›Das soll unser Wohnzimmer werden‹, dachte Anja sofort. Daneben befand sich, durch das Wohnzimmer zugänglich und hinter der Küche gelegen, das kleinere, spätere Schlafzimmer. Ihnen erschien diese neue Wohnung wie ein verheißungsvoller zweiter Anfang.

Nur eine kurze Verschnaufpause hatten sie, dann kam schon der Möbeltransport an und die Zimmer füllten sich mit den Möbeln und vielen Kartons. Bald war das Wohnzimmer wieder eingerichtet und wirkte vertraut. Sie waren sehr froh über die eingebaute Küche und ihr eigenes Bad. In Kürze würden Schlaf- und Kinderzimmermöbel dazukommen. An den Samstagen fuhren Anja und Theo mit ihrem Kind in die größeren Nachbarstädte und fanden bald, was sie suchten.

Schließlich wurde das Schlafzimmer geliefert. Fußbodenbelag konnten sie am Ort bekommen und Anja wählte einen Filzbelag in kräftigem Blau, hatte aber nicht damit gerechnet, dass man darauf jede kleine Fussel wahrnehmen würde. Da würde viel Arbeit auf sie zukommen.

Sich überhaupt daran zu gewöhnen, nur Hausfrau und Mutter zu sein, fiel ihr nicht leicht. Wenn sie mit Jan die Wohnung verließ, damit er im Sandkasten spielen konnte, waren sie dort allein. Die anderen Mütter arbeiteten, während ihre Kinder in Krippe oder Kindergarten betreut wurden. Aber Anja gönnte es ihrem kleinen Sohn, dass er zu Hause sein konnte. Andere Kinder erschienen erst am Nachmittag auf dem Spielplatz. Sie machte ihm oft die Freude, dann noch einmal mit ihm hinzugehen.

Auf dem Gang zum Einkaufen in der Kaufhalle wollte Jan selbst laufen und seinen kleinen Wagen schieben, was viel Zeit in Anspruch nahm. Nicht viele Menschen waren im Laufe des Tages dorthin unterwegs und die Gelegenheit gering, Bekanntschaften zu schließen. Anja fühlte sich sehr allein.

Hermsdorf war ein kleiner Ort in der Nähe des gleichnamigen Autobahnkreuzes in Thüringen und man konnte mit der Bahn schnell in die beiden großen Städte Jena und Gera gelangen. Viele Bewohner der ›Waldsiedlung‹ in Hermsdorf hatten dort ihre Arbeitsplätze und waren wie Theo Berufspendler.

Als es Winter wurde, mussten Anja und Jan die nasskalte Zeit vor allem in der Wohnung verbringen. Aber mit dem ersten Schnee konnte sie Jan warm angezogen in seinen Schlitten packen und mit ihm auf den Wiesenhängen zwischen den Häuserzeilen rodeln, was ihnen viel Spaß machte. Mitunter zog sie ihn auf dem Schlitten durch den Wald und konnte dann in Ruhe ihren Gedanken nachhängen.

Jan war inzwischen fast zwei Jahre alt und spielte am liebsten mit seinen Autos, die er zufrieden auf dem Boden entlang schob. Er begehrte von selbst nicht danach, mit seiner Mutter zu schmusen, aber sie sollte mitspielen. Anja wollte ihrem Kind ihre Zärtlichkeit nicht aufdrängen. Auch ihre eigene Mutter war damit zurückhaltend gewesen. Es gab zu ihrer Zeit einschlägige »Ratgeber« für junge Mütter, in denen Erziehungsvorstellungen wie Ertüchtigung und eine harte Hand empfohlen wurden. Anjas Mutter schien auch von ihnen beeinflusst gewesen zu sein, aber von ihrer Großmutter hatte Anja als jüngste Enkelin viel Liebe erfahren.

Jans liebster Spielplatz war Mutters Küche, wobei der Küchenschrank mit seinen Töpfen, Schüsseln und anderen Gegenständen für ihn begehrenswerteres Spielmaterial bot als der Schrank in seinem Kinderzimmer. Natürlich wollte er auch lieber bei seiner Mutter sein.

Anja machte sich Sorgen darüber, ob sie wieder eine Arbeit finden würde. In Hermsdorf und in der Umgebung hatte sie sich umgehört, aber weder in dem einzigen großen Industriebetrieb am Ort noch in der psychiatrischen Landesklinik in der Nähe war eine Stelle frei. Es blieb nur noch die Suche weiter außerhalb, zum Beispiel in Jena, wo Theo arbeitete und dabei zwölf Stunden außer Haus war. Würde es ihnen gelingen, durch einen Wohnungstausch dorthin umzuziehen?

Ein Besuch

Eines Tages meldete sich bei ihnen Johannes, Theos Freund aus der Studienzeit. Er befand sich zu einer Weiterbildung in Jena und wollte die Bäumlers wiedersehen. Mit ihm und seiner Frau Monika hatten Theo und Anja als Studenten schöne Zeiten verbracht und sie freuten sich auf seinen Besuch.

Schnell war die alte Vertrautheit wieder da, obwohl viele Jahre und einschneidende Ereignisse dazwischenlagen. Sie hatten sich viel zu erzählen. Johannes wollte wissen, wie passieren konnte, was ihnen widerfahren war. Theo sprach von der Kündigung an der Hochschule und seiner berechtigten Furcht, sofort zum Wehrdienst einberufen zu werden. Aus einer pazifistischen Grundhaltung heraus hatte auch Johannes keinen Wehrdienst leisten wollen, aber das Glück gehabt, aus gesundheitlichen Gründen davon befreit zu werden. Theo fühlte sich erleichtert, mit Johannes über seine Grundeinstellung sprechen und ihm den seelischen und moralischen Druck schildern zu können, unter dem er auch heutzutage noch stand. Er und Anja vermieden dieses Thema. Im Gespräch mit Johannes empfand Theo seelischen Gleichklang und eine ähnliche Gesinnung.

Johannes hörte aus Theos Erzählung über seine jetzige Arbeit heraus, dass der Freund darin voll gefordert war. Seine Kollegen waren hochqualifizierte Leute und sie alle würden auf fachlicher Ebene gut zusammenarbeiten. Aber zwischenmenschlich fühle er sich sehr einsam. Man könne nicht offen miteinander reden. Theo mache sich Gedanken darüber, ob die Entwicklungsarbeit in der Abteilung nicht auch militärischen Zwecken diene. Sich an Derartigem zu beteiligen, lehne er ab. Johannes fand, dass Theo an seiner Arbeitsstelle einem größeren Druck nach ideologischer Anpassung ausgesetzt war als er in dem kleinen Institut der Bergakademie. Über Jahre hinweg hatten er und seine Kollegen Vertrauen aufgebaut und ihre Meinungen offen miteinander ausgetauscht.

Johannes hörte Theo lange zu. Er äußerte aber auch, ähnlich wie Anja es tat, dass sie beide nicht vergessen sollten, dass ihnen das Wichtigste nach ihrem Unglück in erstaunlich kurzer Zeit gelungen war. Sie hatten von Neuem einen interessanten und anerkannten Platz in ihrem Berufsleben gefunden und Hilfe und Glück dabei gehabt.

Die Klinik in Lichtspringe, in der Anja einen so guten Start gehabt hatte, war dieselbe, in der seine kranke Schwester gelebt hatte. Auf Anjas Frage nach ihr musste er berichten, dass sie nicht mehr lebte. Trotz der Aufsicht des Pflegepersonals war sie bei eisigen Wintertemperaturen weggelaufen, hatte sich im Wald verirrt und war trotz schnell eingeleiteter, langer Suche erfroren aufgefunden worden. Anja, die sie während ihres ersten Praktikums besucht hatte, tat leid, was sie zu hören bekam.

Johannes konnte gut verstehen, dass Anja jetzt ihre Berufsarbeit fehlte. Als sein eigener Sohn geboren worden war, hatte seine Frau, die Lehrerin war, ein ganzes Jahr mit ihrem Kind zu Hause bleiben dürfen. Sie war danach aber froh gewesen, wieder ihrem Beruf nachgehen zu können.

Johannes schaute Anja gern an. In ihrem geblümten hellblauen kurzen Sommerkleid, wie es damals Mode war, erschien sie ihm attraktiv und das spürte sie und genoss es. Sie war eine umsichtige Gastgeberin, erzählte gern, ohne sich in den Vordergrund zu stellen, und strahlte im Unterschied zu Theo Frohsinn aus. Theo mache sich in seinem Leben zu viele negative Gedanken, fand der Freund.

Anja war über die Begegnung mit Jo, wie sie ihn für sich nannte, glücklich. Erinnerungen an den Urlaub damals und das Feiern in der Silvester-Nacht wurden wieder präsent. War sie damals nicht ein wenig verliebt in ihn gewesen? Nachdem er abgefahren war, ahnte sie, dass ihr in ihrem jetzigen Leben mit Theo einiges fehlte: mehr gegenseitige Aufmerksamkeit, Gespräche, Leichtigkeit und Frohsinn sowie Umgang mit Bekannten.

In ihrer Einsamkeit zehrte Anja von ihren Erinnerungen an damals und begann damit, ihre beruflichen Erfahrungen bei der Gestaltung der Psychotherapie in Lichtspringe aufzuschreiben. Die Vorstellung motivierte sie, vielleicht mit einem Artikel in einer Fachzeitschrift ihre Chance auf einen neuen Arbeitsplatz zu verbessern.

Sie wollte unbedingt wieder berufstätig sein. Daher nahm sie Kontakt zu ihrer Studienkollegin Inge in Jena auf, mit der sie an der gemeinsamen Diplomarbeit geschrieben hatte. Aus Scheu hatte sie es bis jetzt hinausgezögert. Aber auch zwischen ihnen beiden kam es, ähnlich wie mit Renee, schnell wieder zu der guten alten Vertrautheit. Inge arbeitete an der Jenaer Universitätsnervenklinik in der Ambulanz der Kinderabteilung. Sie interessierte sich sehr für Anjas zurückliegende Arbeit in Lichtspringe und erzählte ihr, dass an der Jenaer Klinik eine weitere Psychologenstelle für die psychiatrische Kinderstation geschaffen werden würde. Anja solle sich doch dafür bewerben.

So stellte sich Anja dem Oberarzt vor, den sie noch von einer Vorlesung während ihrer Studienzeit kannte. Er ermutigte sie, ihre Unterlagen in der Personalabteilung des Bereichs Medizin der Universität einzureichen. Nachdem sie wochenlang nichts gehört hatte, rechnete sie kaum noch mit einem positiven Bescheid. Es stimmte sie auch pessimistisch zu erfahren, dass Anfang des Jahres ein Arzt der Nerven-Klinik in den Westen geflohen war.

Die Verantwortlichen der Personalabteilung befanden sich in dieser Zeit in einer schwierigen Lage. Es wurden zwei psychologische Mitarbeiter gebraucht: Der Psychologe der Erwachsenenabteilungen der Klinik würde aufgrund einer neurologischen Erkrankung invalidisiert werden und in der Kinderabteilung war eine neue Stelle zu besetzen. Neben Anjas Bewerbung gab es mehrere von Absolventen des Psychologischen Instituts, die aber keine Berufserfahrung hatten. In der Debatte mit der Personalabteilung setzte der Personal-Oberarzt für den Bereich Medizin durch, dass Anja eine Einladung zum Personalgespräch erhielt.

Sie konnte von sich überzeugen und erhielt die Zusage für eine feste Anstellung zum Herbst des Jahres. Man sollte eine geeignete Kandidatin arbeiten lassen und nicht aufgrund von biografischen Daten ausschließen, hatte der Parteigenosse geäußert, wie sie später erfuhr.

Unerwartet

Anja freute sich darüber, dass sie ihr berufliches Leben bald würde fortsetzen können. Im September sollte sie anfangen, hatte also noch drei Monate Zeit bis dahin. Mittels einer Zeitungsannonce fand sie ein älteres Ehepaar, das bereit war, mehrfach in der Woche mit Jan spazieren zu gehen. Ihr Junge und die beiden freundeten sich an. So hatte sie etwas mehr Zeit und konnte ihren Entwurf zur Kinderpsychotherapie in Lichtspringe fertigstellen und an Prof. Wendt schicken.

Bald bekam sie eine Einladung von dort und machte sich mit ihrem Trabi an einem Sommermorgen in der Frühe auf den Weg. Ein Jahr war inzwischen vergangen und sie erfreute sich an der vertrauten Gegend, den bekannten Namen der kleinen Orte, den roten Backsteinhäusern des Krankenhauses und der Wiederbegegnung mit dem Professor. Er begrüßte sie herzlich und freute sich mit ihr über die gefundene berufliche Chance.

Mit der eingereichten Arbeit war er zufrieden. Allerdings sollte Anja die Chefärztin der Kinderabteilung als Co-Autorin benennen. Sie habe ihre Arbeit doch die gesamte Zeit über begleitet.

Darauf war Anja nicht gefasst gewesen. Das Konzept war von ihr ausgearbeitet, von allen Mitarbeitern umgesetzt und von der Chefin und dem Professor gut begleitet worden. Aber die von Anja mehrfach überarbeitete schriftliche Darstellung und Begründung des Konzepts sowie die Tests mit den Kindern waren allein ihre Arbeit gewesen. Wieso sollte die Abteilungschefärztin ihre Co-Autorin sein? An der Entstehung ihrer Diplomarbeit vor Jahren hatten doch alle

Autorinnen tatsächlich auch selbst gearbeitet. Mit einem Male erschien die Gesprächsatmosphäre angespannt. Trotz des Erwartungsdrucks, den Anja vonseiten des Professors empfand, war es ihr nicht möglich, sich willfährig zu verhalten. Ärger stieg in ihr hoch. Hatte die Chefärztin diese Forderung nötig? Ihr Name erschiene doch in der Veröffentlichung in der obersten Zeile, wo Herkunftsklinik, Abteilung und Name des Abteilungschefs anzuführen waren. Anja konnte ihr Argument einigermaßen ruhig vorbringen und blickte gespannt auf den Professor. Aber er stimmte ihr nicht zu. Frau Dr. Körner habe die Ausarbeitung gelesen und sei damit einverstanden, aber die Arbeit werde hier auf der Kinderstation weitergeführt und nicht woanders. Er finde die Erwartung berechtigt und sie solle sich das überlegen.

Die Enttäuschung über diese unerwartete Wende in der Begegnung mit ihrem geschätzten Chef konnte Anja nicht verbergen. Ihre innere Stimme, welche deutlich »Nein« dazu sagte, wollte sie nicht übergehen und sprach das laut aus. Der Professor nahm es entgegen und versuchte auch nicht, sie umzustimmen. Auf ihre Frage, wo sie die Arbeit einreichen könne, riet er ihr: »Bei der ›Zeitschrift für Ärztliche Jugendkunde‹.

›Vielleicht hätte ich aus der Sicht vieler Jahre später meine Entscheidung anders getroffen und ungeschriebene Regeln der Hierarchie nicht infrage gestellt‹, kam es Anja in den Sinn, als sie später darüber schrieb. Es schien ihr, dass sie vielleicht auch aus diesem Grunde nicht mehr mit der Pionierarbeit in Lichtspringe in Verbindung gebracht worden war.

Die Verabschiedung zwischen ihr und Professor Wendt war freundlich, aber deutlich distanzierter gewesen als zu Beginn ihrer Begegnung.

Familie und Beruf

Anja hatte noch drei Sommermonate Zeit bis zum Beginn ihrer neuen Arbeit. Ihre Sommerferien wollten sie wieder zu dritt im Zelt auf der Ostseeinsel Rügen verbringen, und auch ihre Verwandten aus Thüringen würden sie dort antreffen.

Anja erzählte dem älteren Ehepaar aus Hermsdorf, bei dem Jan ab und zu war, dass sie ab September in Jena arbeiten würde, und fragte, ob sie ihr Kind tagsüber betreuen könnten, bis sie in Jena eine Wohnung und einen Kindergartenplatz gefunden hätten. Die Leute erklärten sich dazu bereit, falls es sich nur um eine kurze Zeit handele.

Diesmal war es für die Bäumlers in ihrem Camping-Urlaub viel komfortabler als in den Jahren zuvor, denn Theo hatte ein Zelt mit zwei Schlafkabinen beschafft und einen überdachten Vorbau konstruiert. Die Zeltplanen und alle anderen Teile zum Aufrichten und zur Befestigung im Handel zu bekommen, hatte ihn viel Mühe gekostet. Er war zufrieden damit, wie alles gelungen war, und wurde von den Seinen sehr dafür gelobt.

Sie hatten eine schöne Urlaubszeit miteinander. Jan entwickelte zur Begeisterung der Familie eine große Freude und Neugier an Sand und Meer.

Eines Tages trafen sie überraschenderweise das Thüringer Ehepaar aus Hermsdorf auf ihrem Campingplatz. Jan, in seinem Wägelchen sitzend, freute sich über das Erscheinen der vertrauten Gesichter. Die Erklärung für die Begegnung war, dass sie ihren Sohn an der Küste besucht hatten, noch einige Tage auf Rügen verbringen wollten und gehofft hatten, die jungen Leute auf dem bekannten Zeltplatz im Norden der Insel zu finden. Für Theo und Anja war es schön zu wissen, dass die Bekannten ihren kleinen Sohn gern hatten und er bei ihnen in guten Händen sein würde.

Einige Wochen nach ihrem Ostsee-Aufenthalt merkte Anja, dass sie erneut schwanger war. Sie hatten sich ein zweites Kind gewünscht und keinen großen Altersabstand zum ersten gewollt. Ihre Freude darüber war groß, hatte doch Anja nach Jans erstem Lebensjahr eine Fehlgeburt im zweiten Monat gehabt.

Die Schwangerschaft und der gleichzeitige Arbeitsbeginn Anjas samt den Bahnfahrten zwischen Hermsdorf und Jena stellten allerdings eine große Herausforderung dar. Hier in Hermsdorf war es für sie weit schwieriger als vorher in Lichtspringe mit der dort gut geregelten Kinderbetreuung und den kurzen Wegen im Krankenhausgelände.

Als Anja Anfang September ihre Arbeit in der Nervenklinik in Jena begann, hatte sie die Phase der Morgenübelkeit noch nicht ganz überwunden. Schon bald nach dem Antritt ihrer Stelle von ihrer Schwangerschaft zu sprechen, hatte ihr keine Sorge bereitet, denn es war nicht so ungewöhnlich, dass eine junge Mitarbeiterin ihre Arbeit als Schwangere begann. Die Krippen- und Kindergartenbetreuung war überall großzügig ausgebaut worden und die berufstätigen Mütter konnten schnell mit einem Betreuungsplatz rechnen.

In der Phase ihrer Einarbeitung wurde Anja nur kurz in der Kinderabteilung eingesetzt, bald aber zunehmend von ihrem Kollegen auf der Erwachsenenpsychiatrie angefordert, welcher im nächsten Jahr invalidisiert werden würde. Er führte seine Nachfolgerin in seine Arbeit ein und später blieb es bei Anjas Zuständigkeit dafür. Ihr wurden Patienten aus der Poliklinik und von psychiatrischen Stationen zugewiesen. Jetzt kam ihr zugute, dass sie in Lichtspringe sechs Monate lang in der Psychotherapie Erwachsener mitgearbeitet hatte. Für ihre berufliche Entwicklung sah sie darin eine weitere interessante Herausforderung. Die Stelle in der

Kinderabteilung konnte ein Jahr später mit einer jungen Absolventin besetzt werden.

Anjas Chef war der Oberarzt der Psychiatrie, Dr Igor. Er unterstützte die Anwendung von sozialmedizinischen Methoden zur Begleitung medikamentöser Therapien bei geeigneten Patienten. Ihm schwebte vor, eine Tagesstation für leichter erkrankte psychiatrische Patienten einzurichten. Nach einer kurzen Stabilisierung auf der Akutstation sollten sie tagsüber mit Ergotherapie, Gesprächen, einzeln und in der Gruppe, sowie Autogenem Training behandelt werden und die Nacht zu Hause verbringen.

Für den Oberarzt war es von Interesse, die Möglichkeiten der klinischen Psychologie zu nutzen, um ärztliche Diagnosen mit Testergebnissen zu ergänzen und Heilungserfolge zu dokumentieren. An der Universitätsklinik war wissenschaftliche Arbeit gefordert, und Dr. Igor hatte sich mit einem Thema der Sozialpsychiatrie in seiner Habilitationsschrift Anerkennung verschafft. Es war schon eine größere Anzahl wissenschaftlicher Artikel von ihm in Fachzeitschriften veröffentlicht worden, zudem strebte er eine Professur an. Aber sein bürgerliches Selbstverständnis erlaubte ihm nicht. deshalb der SED beizutreten, damals fast eine Grundvoraussetzung für die Professur. Er müsste sich allein durch seine wissenschaftliche Arbeit beweisen. Daher freute er sich auf seine neue Mitarbeiterin, mit der er gemeinsam im psychologischen Bereich diesbezüglich einiges erreichen könnte.

Es war erstaunlich, mit welchem Optimismus Anja damals sowohl die berufliche als auch ihre familiäre Situation anging. Ihre Eltern, besonders ihr Vater, versuchten frühzeitig, sie vor einer Überlastung zu warnen, und auch davor, dass sie ihrer Ehe und ihren Kindern vielleicht nicht gerecht werden könnte. Anja sah das nicht so und sie fühlte sich gut belastbar.

Theo befriedigte seine Arbeit zwar intellektuell, aber die zwischenmenschliche Situation auf seiner Arbeitsstelle fand er bedrückend, besonders im Zusammenhang mit seinem Abteilungsleiter. Zudem hatte er den Eindruck, dass Anja zu wenig Verständnis dafür hatte. Müsse er das immer noch so stark an sich heranlassen, hielt sie ihm entgegen. Sie lebten in der DDR und hatten hier wieder ihren Platz gefunden. Nach allem, was sie durchgestanden, bewältigt und neu gewonnen hatten, sollte er doch distanzierter damit umgehen können.

Belastend fand sie auch, dass er zwar Empörung über Zustände und Situationen in seiner Arbeitsumwelt oder bei politischen Nachrichten ausdrückte, man aber wenig Sachliches mit ihm darüber austauschen konnte. Auch über sich selbst sprach er wenig. Sie konnte seinen pauschalen Äußerungen über die Außenwelt nicht lange widerspruchslos zuhören. Auf ihre Nachfragen gab er für gewöhnlich kaum Auskunft über sein Befinden. Sie fand zunehmend, dass sie viel zu wenig über ihr gemeinsames Leben und über ihren Umgang mit den Kindern sprachen. Jahre später konnte Anja diese Eigenschaften an ihm besser tolerieren, seine Kränkbarkeit und Verletzlichkeit im zwischenmenschlichen Kontakt. Aber in ihren Jahren als junge Partner und Eltern war sie oft enttäuscht darüber.

Ihren Aufgaben im Haushalt und in der Familie gingen beide engagiert nach. Theo wollte keine Schwächen zeigen, wünschte sich aber eigentlich unmittelbar nach seiner Arbeit erst einmal etwas Zeit zur Erholung. Anja hingegen packte Routine-Hausarbeiten sofort an und wurde erst im Laufe des Abends müde. Theo meinte, dass Anja seine Bedürfnisse nach Ruhe erkennen und sich manchmal zurückhalten sollte. Es gab manche Missverständnisse zwischen ihnen, die sogar in Streit ausarteten. Sowohl die Freude aneinander als auch ihre sexuellen Begegnungen wurden seltener.

Theo bedrängte weiterhin die Sorge, doch noch zum Wehrdienst eingezogen zu werden. Zufrieden war er, wenn er im Kampf mit Widerständen während seiner Arbeit ein technisches Problem gelöst und sich bewiesen hatte, dass er es schaffen konnte. Von solchen Erfolgen berichtete er gern zu Hause. Den Zusammenhalt der Kollegen untereinander vermisste er und die Idee des »Kollektivs der Sozialistischen Arbeit«, wonach Arbeitsteams streben sollten, erschien ihm fade und manipulativ.

Anja hingegen kannte das Gefühl der Zusammengehörigkeit von ihrer Kollegenrunde am Mittagstisch. Überdies verband alle Mitarbeiter der Klinik, trotz unterschiedlicher Nähe zum Staat, die Aufgabe der Fürsorge für kranke Menschen. Dass eine kleine Parteigruppe das Verhalten der Mitarbeiter dieser nicht besonders »fortschrittsorientierten« Klinik im Visier hatte, war ihr klar, aber sie bezog nichts auf sich und litt nicht persönlich, wie ihr Mann es tat.

2 | Die Jahre 1972 und 1973

Klara

Anja und Theo wurde Anfang des neuen Jahres ein schönes nachträgliches Weihnachtsgeschenk zuteil. Sie hörten von einer Familie, die in Hermsdorf leben wollte. Das Ehepaar hatte eine Wohnung in Jenas Neubaugebiet zugeteilt bekommen, wollte aber mit seinen Kindern nicht in einem der zehngeschossigen Betonblocks wohnen. Da Theo und Anja ihr zweites Kind erwarteten, wurde der Tausch ihrer Wohnung in Hermsdorf gegen die 4-Raum-Wohnung in Jena- Neulobeda genehmigt. Ende Februar konnten sie kurz vor der Geburt umziehen.

Diesmal hatte Anja mehrere Monate lang die Schwangerschaftsgymnastik besucht, was für sie in Jena leichter als in Lichtspringe zu bewältigen gewesen war. Schon wenige Tage nach ihrem Umzug kündigte sich die Geburt an. Zeitig in der Frühe setzten Anfang März des neuen Jahres die ersten Wehen ein und Anja und Theo fuhren morgens in die Klinik. Schon am Frühnachmittag kam das ersehnte Mädchen zur Welt. In ein wärmendes Tuch gehüllt, konnte es der glücklichen Mutter sofort nach der ersten Versorgung auf die Brust gelegt werden. Alles war normal verlaufen und Anja konnte tief durchatmen. Die Augen der Kleinen waren geschlossen, aber schnell blieb der Blick der Mutter an den winzigen Händchen haften. Fünf Finger und ein jedes mit einem kleinen Nägelchen versehen, eine Vollkommenheit, die ihr als eines der großen Wunder des Lebens erschien. Tiefe Dankbarkeit erfüllte sie.

Am Spätnachmittag erschien Theo und musste sich eine Weile gedulden, da die kleine Klara ihrer Mutter gerade zum Stillen gebracht worden war. Zu seiner Freude fand Theo Anja diesmal nach der Geburt nicht dermaßen erschöpft vor wie damals bei Jan. Endlich wurde ihm seine kleine Tochter hinter der Glasscheibe gezeigt und er fühlte sich glücklich.

Schon am nächsten Tag durfte Anja aufstehen und erfuhr in der Nachmittagsvisite zu ihrem Erstaunen, dass sie am folgenden Tag entlassen werden sollte. Es war damals üblich, dass man noch einige Tage in einem Mutter-Kind-Heim verbrachte, bis es nach Hause ging. Hier besuchte Theo sie, und zu Anfang der darauffolgenden Woche konnte er beide nach Hause holen. Das machte er gemeinsam mit Jan, der erst einmal ganz begeistert von der Autofahrt im großen Taxi war.

Nachdem sie Klara zu Hause in ihr Bettchen gelegt hatten, verschwand Jan für einen Augenblick und auf einmal landeten zwei Bonbons durch die Gitterstäbe hindurch direkt neben dem Babyköpfchen. Das kurze Erschrecken der

Mutter wich schnell der Freude über den Willkommens-Gruß für das Schwesterchen.

An jedem Tag genoss sie die kurzen Verschnaufpausen beim Stillen der Kleinen und manchmal wurde daraus ein zärtliches und beglückendes Spiel miteinander. Aber obwohl sie es sich anders gewünscht hatte, konnte sie wieder nur kurze Zeit voll stillen und musste bald zusätzliche Flaschennahrung zubereiten. Nach wenigen Monaten entzündete sich ihre Brust und sie musste gänzlich abstillen. Nachts schlief Klara bald schon mehrere Stunden durch, wofür Anja dankbar war.

Sie versuchte auch Jan in die Versorgung der kleinen Schwester einzubeziehen, aber darauf ging der Dreijährige nicht ein. Er spielte jedoch gern in ihrer Nähe, wenn sie auf der Decke am Fußboden lag. Sie blickte zunehmend länger zu ihm hin, bis sie wieder müde oder hungrig wurde. Jan zeigte keine Eifersucht, beanspruchte aber seinerseits die Mutter für seine Bedürfnisse. Entlastung durch Eltern oder Bekannte, die Anja dringend gebraucht hätte, gab es für sie nicht. Das ältere Ehepaar aus Hermsdorf konnte ihnen nicht helfen, denn die Frau war im Gegensatz zu ihrem Mann noch berufstätig. Mit Anjas viel weiter entfernt lebenden Eltern verhielt es sich ähnlich.

Selten kam sie dazu, mit ihrem Baby und Jan spazieren zu gehen. Zum Einkaufen in die nahe gelegene Kaufhalle ging sie nur mit ihm, denn sie traute sich nicht, Klara im Kinderwagen vor der Tür stehen zu lassen. Wenn Klara mittags auf dem Balkon schlief, suchte sie mit Jan den Sandkasten auf der Wiese gegenüber ihrem Haus auf, aber die kurze Zeit hierfür reichte für die Bedürfnisse des Jungen nicht aus. Einen Kindergartenplatz würde er erst im September bekommen, aber glücklicherweise ganz nahe ihrer Arbeitsstätte im Stadtinneren.

Die Frühsommerzeit zu Hause verging sehr schnell und Theo und Anja wollten auch diesmal nicht auf ihren Urlaub an der Nordküste Rügens verzichten. Theo fuhr mit Jan im Auto an die Ostsee, während Anja zwei Tage später mit Klara mit einer Lufthansa-Maschine nachkam und Theo und Jan sie vom Inselflughafen abholten. Die Familie war froh, jetzt ihre Wohnung im 8. Stock einer Hochhaussiedlung mit dem Zelt an der Ostseeküste tauschen zu können. Anja war vom einladenden Zelt mit dem großzügig geschnittenen Vorraum begeistert, dessen Seitenwände große, durchsichtige Fensterfolien hatten. Ihre Schwägerin und der Schwager, die vor ihnen angekommen waren, freuten sich an den Kindern. Sie würden sie sicherlich manches Mal etwas entlasten, hofften Anja und Theo.

Nach 14 Tagen flog Anja mit Klara wieder zurück, während Theo und Jan noch eine weitere Woche bleiben, das Zelt abbauen und eine Woche auf der Insel Hiddensee verbringen würden. Sie konnten dort in einer Pension wohnen, und Theo und Jan erlebten manches Neue miteinander, wovon sie später berichteten.

Danach wieder zu Hause fiel es Theo nicht leicht, in seinen Berufsalltag zurückzufinden. Anja spürte erneut seine Freudlosigkeit und Anspannung. Müsste sie ihn trösten? Wollte er das? Wie sollte sie mit seiner Sprachlosigkeit und seinem Missmut umgehen?

An den Wochenenden sehnte sich die junge Familie aus den engen Häuserzeilen von Jena-Neulobeda hinaus ins Grüne. Ein Garten in der Umgebung wäre eine schöne Lösung, fanden sie. Theo gab bald eine Zeitungsannonce auf, sagte aber Anja vorerst nichts davon.

Nur eine einzige Zuschrift erhielt er zu seiner Enttäuschung. Nachdem er darauf geantwortet hatte, konnte er den Anbieter, ebenfalls Mitarbeiter der Zeiss-Werke, bald persönlich treffen. Er besitze einen Garten außerhalb eines Dörfchens in der Nähe des Hermsdorfer Autobahnkreuzes. Es sei ein Hanggelände mit einer kleinen Blockhütte darauf und er erzählte Theo, dass er jahrelang am Aufbau der Hütte und ihrer Inneneinrichtung gearbeitet habe, weitgehend ohne fremde Hilfe. Jetzt entstehe daneben eine Wochenendsiedlung mit großen Bungalowgebäuden aus Stein, die Bewohner einer Großstadt für ihre Wochenenden hier bauen ließen. Er und seine Frau, die ihre Ruhe in dem abgelegenen Gelände hinter dem kleinen Dorf gesucht hätten, fühlten sich dort jetzt nicht mehr wohl und wollten alles verkaufen.

Theo war sehr gespannt darauf, erzählte zu Hause von seiner Initiative und fuhr bald mit seiner Familie dorthin. Mit dem Gartenbesitzer gingen sie am Rande eines Feldes abwärts, bis nach einem kleinen Wiesenstück rechts ein kurzer Streifen Wald auftauchte.

»Das Mini-Wäldchen habe ich vor sechs Jahren selbst angelegt«, erzählte der Besitzer beim Vorbeigehen mit Stolz, »und die meisten Bäumchen, Mischwald, sind trotz des trockenen Hanges nicht eingegangen.« Dann tauchte vor ihnen eine dunkelbraune Hütte aus Blockhölzern auf. Weiter nach unten hin schloss sich Wiese an. Der Eigentümer des Wochenendgrundstücks erklärte ihnen, dass nur die Hälfte der abwärts führenden Wiese mit sichtbaren Gemüseterrassen zum Grundstück gehöre. Auch zwei Apfelbäume waren zu sehen, die eine Menge Früchte trugen. Weiter unterhalb und zur Seite des Anwesens schlossen sich Grundstücke mit Gartenhütten oder Bungalows an.

Der Besitzer machte sich nun an der Tür der kleinen Hütte zu schaffen, die er mit einem ausgetüftelten sicheren Verschluss versehen hatte. Nachdem auch die Holzläden außen vor den Fenstern geöffnet worden waren und sie den Raum betreten hatten, bemerkten sie die schöne Holztäfelung im Inneren in ihrem hellen, warmen Ton. Ein dunkler Rundholz-Stamm, der vom Boden bis zur Decke in der Raummitte reichte, schien ein tragendes Element zu sein. Kleine exotische Figuren daran, auch ein Äffchen, ließen der Fantasie Flügel wachsen: eine Blockhütte im Dschungel oder eher in Kanada? Zusammen mit der übrigen Inneneinrichtung aus Holz, dem Holztisch und dem Ecksofa wirkte alles sehr einladend.

Auch einen eisernen Ofen gab es und daneben eine Bank, in der unter der Sitzklappe Holz und Kohle zum Anheizen lagen. Dahinter befand sich eine Küchennische mit einem Fenster nach außen, abgeteilt durch einen Vorhang. Fließendes Wasser gäbe es nicht, jedoch ein Abflussrohr für einen späteren Wasseranschluss, erklärte der Besitzer. Jetzt müsse man das Wasser noch aus einer Quelle in der Nähe holen oder im Kanister selbst mitbringen. Eventuell würden ja Wasseranschlüsse für die neue Wochenendanlage vom nahegelegenen Dorf her später auch hier für fließendes Wasser sorgen.

Eines schien den Bäumlers gewöhnungsbedürftig: Es gab einen kleinen Verschlag mit einem Klositz und einem Eimer darunter, dessen Inhalt im Garten vergraben werden musste. Eine Campingtoilette war in den 70er Jahren noch nicht bekannt.

Insgesamt gefielen ihnen das Grundstück und die Landschaft hier und sie hofften, dass es erschwinglich sein würde. Als sie den Preis für das Grundstück hörten, mussten sie dem Besitzer sagen, dass dieser leider ihre finanziellen Möglichkeiten übersteige. Etwas traurig versicherten sie, dass ihnen alles gefallen hätte und dass sie sehr froh gewesen wären, die Wochenenden hier mit ihren zwei Kleinkindern verbringen zu können. Der ältere Herr rechnete ihnen vor, was ihn allein das Material gekostet habe, abgesehen von den vielen Arbeitsstunden. Ob er andere Interessenten habe, fragte ihn Theo.

»Nein«, war seine Antwort. Leider liege das Grundstück zu weit vom Wohnort seines Sohnes entfernt, so dass auch der es nicht nutzen wolle. Mit der Abmachung, alles zu überdenken, gingen sie auseinander.

Anja nahm sich vor, ihrem Vater davon zu erzählen, der ihr noch immer die Aufgabe abnahm, sich um die Vermögensangelegenheiten aus dem Erbe ihrer Mutter zu kümmern. Zudem hatten Anja und Theo zwei Einkommen. Wenn der ältere Herr etwas vom Preis nachließe, würden sie die anheimelnde kleine Hütte vielleicht doch erwerben können.

Anjas Vater fand den Plan sinnvoll und der Besitzer des Grundstücks erklärte sich zu einem niedrigeren Verkaufspreis bereit, weil er glaubte, dass sein Werk bei der jungen Familie einen guten Zweck erfüllen würde.

Anja war Theo für seine Bemühungen sehr dankbar. Die kleine Hütte und der Garten wurden in der Folgezeit für die junge Familie zu ihrem Wochenendheim, und das blieb für Jahrzehnte so. Theo war stolz darauf, dass ihm sein Vorhaben gelungen war und Anja es so gebührend würdigte.

Aus dem Garten ernteten sie über viele Jahre Äpfel, hatten jedoch bald nach der Übernahme die Gemüsebeete auf den Hang-Terrassen entfernt, denn im Sommer hätten sie Angepflanztes nicht kontinuierlich gießen können. Theo baute einen Sandkasten für die Kinder und es gab noch manches andere, was der handwerklich geschickte junge Vater an ihrem Wochenendheim veränderte. Als der Gemeinschaft Jahre später der Wasseranschluss an das Dorf-Netz genehmigt wurde, wendete Theo viel Freizeit auf, um die von allen in der Siedlergemeinschaft geforderten Stunden für notwendige Erdarbeiten zu leisten. Seinen eigenen Anschluss musste er parallel dazu allein herstellen. Immer wieder war er zufrieden, wenn er die Ergebnisse seiner handfesten, praktischen

Arbeit sah. Manchmal äußerte er, dass er in einem handwerklichen Beruf vielleicht zufriedener wäre, weil man die Früchte der eigenen Arbeit schneller als in seiner jetzigen Tätigkeit sehen könne.

Beruf und Universitätsklinik

Im September musste Anja wieder arbeiten. Sie hatte für beide Kinder Betreuungsplätze in Kindereinrichtungen bekommen. Glücklicherweise musste sie erst Mitte des Monats beginnen, denn so konnte sie ihre Kinder in den ersten beiden Septemberwochen in den Einrichtungen eingewöhnen. Besonders für Klara war das wichtig, da sie erst ein halbes Jahr alt war. Es bedrückte Anja, dass sie sich, wie schon vor drei Jahren bei Jan, erneut vor die Entscheidung gestellt sah, entweder voll zu arbeiten oder ihre Anstellung zu verlieren. Erst in den späteren Jahren war es in der DDR für Mütter laut Gesetz möglich, ihr Kind ein bis sogar anderthalb Jahre zu Hause aufwachsen zu lassen, Lohnausgleich zu bekommen und danach meist an ihren Arbeitsplatz zurückkehren zu können.

Jan und auch Klara schienen sich gut einzugewöhnen. Die Betreuerinnen im Kindergarten und in der Kinderkrippe wirkten engagiert und informierten die Eltern beim Abholen ihrer Kinder über Besonderheiten. Anja und Theo teilten sich bald die Aufgabe, ihre Kinder in die Einrichtungen zu bringen und am Spätnachmittag zurückzuholen. Klaras Krippe lag an Theos Arbeitsweg, den er zu Fuß zurücklegte. Jan fuhr mit seiner Mutter im Auto in die von Jena-Neulobeda zwölf Kilometer entfernte Innenstadt, wo sein Kindergarten ganz in der Nähe der Nervenklinik lag.

Anja brachte Frische und neuen Schwung mit, als sie ihre Arbeit in der Klinik wieder aufnahm. Ihr Kollege hatte inzwischen seinen Rentenbescheid bekommen. Nach seiner Verabschiedung war sie zur Ansprechpartnerin für die Erwachsenenpsychiatrie geworden. Als solche nahm sie anfänglich an Visiten der Ärzte in den Frauen- und Männerabteilungen teil und konnte ihr Wissen erweitern. Manche Patienten hatten nach ihrer Entlassung aus der stationären Behandlung eine weitere Bearbeitung ihrer Lebenskonflikte nötig. Außerdem gab es eine Poliklinik, welche ihr Patienten zur psychologischen Diagnostik sowie zur Beratung, Gesprächs- oder Entspannungstherapie überwies.

Der Leiter der Psychiatrie war Prof. Graf von Keyserling, ein Herr Mitte sechzig, langjährig in seinem Fach anerkannt. Er führte die Klinik in seiner leisen, vornehmen Art und bildete einen Kontrast zu dem temperamentvollen Professor für Neurologie.

Im September begann Kristina, eine weitere Berufskollegin, in der Klinik zu arbeiten. Sie war Berufsanfängerin und berichtete auf Anjas und Inges Frage, dass sie in der Sowjetunion studiert habe. Das rief bei ihren beiden Kolleginnen Erstaunen und Neugier hervor. Bereitwillig erzählte sie von ihrem Ausbildungsweg als Arbeiterkind aus einem staatskonformen Elternhaus. Das Angebot zum Studium im Ausland war die Krönung dieses Weges gewesen. Sie habe sich sehr gefreut, die große Sowjetunion kennenzulernen. Anja und Inge konnten diese Sehnsucht nach Eindrücken aus einem großen und kulturell sehr vielfältigen Land gut verstehen.

In den höheren Semestern der Spezialisierung habe sich Kristina für Neuropsychologie entschieden. Sie erklärte, dass sie zufrieden sei, hier in der Kinderpsychiatrie Erfahrungen sammeln zu können. Später wolle sie jedoch eher auf dem Gebiet der Neuropsychologie arbeiten.

In den ersten Studiensemestern habe sie viel Heimweh gehabt. Nur zweimal im Jahr durfte man nach Hause reisen, aber allmählich habe sie in Moskau gute Freunde gefunden. Mit Problemen hätten sich die ausländischen Studenten immer an ihre persönlichen Betreuer, an den Lehrkörper und an die Parteigruppe wenden können.

Ob sie sich sehr kontrolliert gefühlt hätte, wollten Inge und Anja wissen.

»Nicht übermäßig.«

»Und als Deutsche in Russland überhaupt?«

Sie habe keine Vorurteile wahrgenommen. Sich im ganzen Land frei zu bewegen, sei nicht erlaubt gewesen. Aber sie hatte Einladungen von Freunden annehmen und bis in den Kaukasus und ans Schwarze Meer reisen können.

Anja und Inge empfanden die junge Kollegin als offen und sympathisch und versicherten ihr, dass sie sich jederzeit mit Fragen an sie wenden könne. Ihnen war zugleich klar, dass man sich gegenüber ihr, der Parteigenossin, nicht allzu freimütig äußern sollte.

Dem zwischenmenschlichen Klima bei der Arbeit maßen sie beide eine hohe Bedeutung zu. Als Berufskolleginnen in unterschiedlichen Bereichen waren sie untereinander keine Konkurrentinnen und vertrauten sich nach ihrer langen Bekanntschaft und Zusammenarbeit im Studium vollkommen. Kristina würde in ihrer Parteigruppe innerhalb der Klinik verankert sein, wobei Anja und Inge hofften, dass sie mit ihr im Rahmen der Arbeit gut auskämen.

Die Nervenklinik war eine Universitätseinrichtung, nicht unähnlich jener in Leipzig, die Anjas erster Chef Professor Wendt nach engagierter jahrelanger Arbeit verlassen hatte, um seine eigenen Vorstellungen von moderner Psychotherapie und Psychiatrie in Lichtspringe zu verwirklichen.

Auf Anja, die bei ihrem Berufsstart von dem Klima des Aufbruchs und der Neuorientierung in Lichtspringe begeistert gewesen war, wirkte die Stimmung hier in Jena eher gedämpft und konservativ. Die Klinik war stolz auf ihren Ruf und ihre Tradition, denn die Forschungen auf dem Gebiet der Neurologie unter Hans Berger Anfang des Jahrhunderts hatten sie weltberühmt gemacht. Professor Berger hatte hier das EEG, das Elektroenzephalogramm, erfunden, eine Methode zur Messung von Hirnströmen mittels angelegter Elektroden. Dies trug zu großen Verbesserungen in der medizinischen Diagnostik bei und es waren umfangreiche Forschungsarbeiten dazu in Jena und im Ausland durchgeführt worden. Zum guten Ruf der Klinik hatten auch Hochschullehrer beigetragen, deren Lehrbücher noch jetzt, in den 70er Jahren, in den Prüfungsvorbereitungen der Studenten maßgebend waren. Manch einer der jungen Assistenten war stolz darauf, hier seine Ausbildung absolvieren zu dürfen. Es ging hier neben der Ausbildung vor allem um den Lehrbetrieb mit den Studenten und um die Forschung. In der Patientenbehandlung Ende der 60er Jahre und danach spielten sozialpsychiatrische und psychotherapeutische Gesichtspunkte zunehmend eine Rolle.

Den fest angestellten, langzeitigen Mitarbeitern war ihre Karriere wichtig. Mit einer Habilitationsarbeit konnte man Professor werden. Hohe Leistungen allein, ohne Parteizugehörigkeit, reichten jedoch selten aus. Der größere Teil der im Herbst jeden Jahres beginnenden Ausbildungsassistenten waren junge Frauen, die ihre Facharztausbildung absolvieren und Beruf und Familie miteinander vereinbaren wollten.

Die Tradition in der Klinik wurde durch Professor Graf von Keyserling verkörpert. Sogar eine Privatstation mit vorwiegend älteren, zum Teil demenzkranken Patienten gab es in seinem Bereich der Psychiatrie an der Klinik. Viele lebten seit Jahren dort und zahlten zum großen Teil selbst. Einmal hatte Anja Gelegenheit, den Professor bei der wöchentlichen Visite in der ihm eigenen fürsorglichen Art zu erleben. Später, mit dem Ruhestand des »Grafen«, würde es dieses

Privileg in der DDR für einen Nachfolger nicht geben.

Die Stimmung an der Universitätsnervenklinik war durch Tradition und Bewahrung von Althergebrachtem bestimmt, jedoch auch von großer Unsicherheit, was die Zukunft betraf. Würde die in wenigen Jahren frei werdende Psychiatrie-Professur des anerkannten Mittsechzigers aus den eigenen Reihen oder aus einer anderen Klinik besetzt werden? Würde es im Gegensatz zu Keyserling nun ein Parteigenosse werden? Die Parteigruppe der Nervenklinik war nicht groß. Im gesamten Bereich Medizin galt die Klinik für Psychiatrie und Neurologie, wie sie genau hieß, als zu wenig »fortschrittlich«, was aus Sicht der Partei mit Sicherheit geändert werden müsse, nahmen viele an.

Im Herbst des Jahres fanden aus Anlass des 65. Geburtstages des Professors ein Festakt und ein Empfang mit einem reichhaltigen Abendbuffet für alle Mitarbeiter statt. Die junge und attraktive Kristina zog so manchen Blick auf sich, auch die wohlwollende Aufmerksamkeit des Grafen. Anja, deren Familie aus einem wohlhabenden bürgerlichen Milieu stammte, beobachtete mit Interesse den »gutbürgerlichen Umgang« miteinander in der Zeit des »realen Sozialismus«. Sie selbst hatte an dem fast sommerlichen Abend ihr enges ärmelloses Kurzes mit Bolero angezogen und eine edle Kette aus dem geerbten Schmuck ihrer Mutter angelegt. Die Professoren und Oberärzte mischten sich unter das Volk der Stationsärzte, Schwestern, Pfleger und Therapeuten. Die Parteimitglieder, zum größeren Teil aus der Neurologie, blieben auch nicht unter sich wie sonst meistens.

3 | Licht- und Schattenseiten im Zusammenleben

Leben in Jena-Neulobeda

Anja lebte gern in der Satellitenstadt Jena-Neulobeda an der Peripherie Jenas, 12 Kilometer von der Innenstadt entfernt. Es war ein Neubauviertel mit vielen jungen Familien. Hier war vorhanden, was sie brauchten, angefangen bei den Krippen und Kindergärten über die Schulen bis hin zu den zentral gelegenen Einkaufs- und Versorgungseinrichtungen. Der Staat hatte dieses Neubauviertel für die stark angestiegene Zahl der Beschäftigten in den Großbetrieben VEB Carl Zeiss Jena und ›Jenapharm‹ sowie an Akademien und Forschungseinrichtungen der Universität errichten lassen. Wie viele andere junge Familien hatte auch Anjas Familie eine moderne Wohnung in einem der Hochhäuser aus grauem Beton beziehen können. Die breite Fassade der »Zehngeschosser« wurde geschickt durch die farbliche Gestaltung der Balkone in sattem Blau und Weiß aufgelockert.

Als Vorbeifahrender von der Autobahn her erschrak man zwar über die wandartigen Reihen von Hochhäusern, aber als dort Wohnender spürte man keine besondere Enge, denn inmitten der Hochhäuser gab es immer wieder niedrigere Blocks mit Grünflächen in ihrer Mitte. Von ihrer Wohnung aus hatten die Bäumlers einen freien Blick über den Marktplatz und rechts davon auf die Schnellstraße nach Jena. Den Blick konnte man weiter hinüberwandern lassen zu den langgestreckten, bewaldeten Höhen aus Kalkgestein, an denen entlang kleine Orte lagen. Zur linken Seite über den Marktplatz hinaus konnte man nur bis ans Ende des nächsten langgestreckten Wohnblocks blicken. Weiter entfernt lag die Saale. Dort stand eines der Zeiss Werke, wohin

Theos Abteilung inzwischen gezogen war. So konnte er seinen Arbeitsweg zu Fuß zurücklegen.

Anja und Theo fuhren an den sonnigen Wochenenden im Herbst mit ihren Kindern in den Garten. Es tat ihnen allen gut, aus der Stadt und aus ihrer Hochhauswohnung herauszukommen, am Morgen in der Natur zu erwachen, die Tür der kleinen Hütte zu ebener Erde zu öffnen und den Tag ohne den Blick auf die mahnende Uhr zu beginnen. Trotz aller Versorgungs- und Hausarbeit gab es genug Zeit füreinander und die Eltern gaben sich viel Mühe, die Kinder die Unruhe der Woche vergessen zu lassen.

Im Spätherbst hatte Klara eine Mandelentzündung und Anja blieb mit ihr vier Tage zu Hause. Länger ließen es unaufschiebbare Termine in der Klinik nicht zu. Theos Schwester war bereit, sie noch länger zu betreuen. Bis zum Frühjahr des nächsten Jahres machte sie noch weitere Anginen durch. Wahrscheinlich verkraftete die Kleine die Betreuung in der Kinderkrippe weniger gut als Jan in diesem Alter.

Theo und Anja versuchten für sie eine Tagesmutter zu finden. Das war nicht einfach, weil fast alle Frauen arbeiteten. Eine schwierige Zeit mussten sie noch hinter sich bringen, in der ihnen Theos Schwester half. Schließlich fanden sie eine junge Frau, die seit Kurzem zu Hause war, weil sie ein kleines Mädchen aus dem Kinderheim zu sich genommen hatte, das sie adoptieren wollte. Sie war gern bereit, neben der Vierjährigen, die in ihrer Entwicklung zurückgeblieben war, das aufgeweckte jüngere Klärchen tagsüber mitzubetreuen. Tante Inga verstand es, sich beiden Kindern ohne Unterschied liebevoll zuzuwenden. Das schien den Eltern ein Glücksfall. Klara war dann in den Jahren bis zum Kindergartenbeginn fast nie krank.

Anja aber hatte mehrfach selbst Anginen, deren Häufung sie bisher nicht kannte. Zeit, sich auszukurieren, gab es nicht genügend. Allmählich schien ihr, dass nicht allein Ansteckung oder Überforderung eine Rolle spielten, sondern dass sie sich in ihrem Leben oft nicht mehr richtig wohl fühlte. Zeitweise war sie recht traurig.

Jan bekam in seinem 4. und 5. Lebensjahr mehrere Mittelohrentzündungen und nach jeder weiteren war sein Hörvermögen länger eingeschränkt, was den Eltern Sorgen machte. Der Arzt verordnete ihm eine Kur in einem Sole-Bad ganz in der Nähe. Sein Vater war froh darüber, dass der Junge, im Gegensatz zu ihm, der damals nach dem Krieg wegen Unterernährung verschickt worden war, sich dort gut einlebte. An jedem Wochenende besuchten sie ihn alle zusammen.

Anja und Theo, Fragen und Rückblicke

Als Anja Jahrzehnte später ihre Eindrücke zur Geschichte ihrer Familie aufschrieb, bewegten sie erneut die Spannungen in ihrer Ehe.

»Was ihr geschafft habt – beruflich und als Familie mit euren zwei lieben und gesunden Kindern, ihr könnt doch jetzt wirklich zufrieden und glücklich sein.«

Die Worte aus dem Munde ihrer Eltern, mit denen sie damals in den 70er Jahren ihr Weihnachtsfest verbracht hatten, waren Anja lange nicht aus dem Sinn gegangen. Dass sie sehr viel Grund zur Zufriedenheit gehabt hatten, stimmte auf jeden Fall. So sah es Anja jetzt, vierzig Jahre später, noch immer. Aber miteinander waren sie in der Zeit immer weniger glücklich und froh gewesen. ›Dennoch hat es viele einzelne Momente des Glücks gegeben, vor allem mit unseren Kindern‹, dachte sie beim Schreiben und Nachdenken über die Zeit damals. ›Theo hat sich wohl, ebenso wie ich, seine Gedanken über uns beide gemacht‹, versuchte sie auch seine Perspektive nicht zu vergessen.

Mit ihr, die er schon mit 19 Jahren kennenlernte, hatte er die vielen Sehnsüchte dieses Lebensalters verbunden. Sie hatten sich ineinander verliebt und die Vorstellung geteilt, nicht für immer in diesem Land leben zu wollen.

Anja hatte seine pazifistische Haltung akzeptiert, aber manche seiner Äußerungen waren ihr zu radikal und intolerant erschienen.

Aber er war es gewesen, der unbedingt zu dieser verhängnisvollen Reise nach Ungarn hatte aufbrechen wollen, weil er die Flucht aus der DDR damals als die einzige Möglichkeit ansah, seiner Wehrpflicht zu entgehen.

Die Inhaftierung hatte sie mit ihm durchgestanden. Das »Unglück«, wie sie es nannte, hatten sie schließlich beide riskiert, als sie aufgebrochen waren. Bei seiner Rückkehr 1968 und dem Neubeginn ihres Zusammenlebens hatte sie alles vermieden, was er als Anklage hätte verstehen können. So war aber vieles nicht zur Sprache gekommen, was sie wohl beide beschwerte. Später hatte sie einsehen müssen, dass ihr Mann nicht in der Lage war, über Belastendes aus der Vergangenheit zu sprechen, ohne sich verletzt zu fühlen und abzuwehren.

Sie warf ihm vor, dass er auf dieser Reise bestanden hatte. Damals war er nur auf sich selbst fixiert gewesen und nicht mehr bereit, die Entscheidung zur Abfahrt nach Ungarn unmittelbar vorher mit ihr gemeinsam erneut zu überdenken. Nur durch die Unterlassung des Plans wäre ihnen all das Folgende erspart geblieben. Sicherlich war es falsch von ihr gewesen, sich nicht klar gegen die Reise auszusprechen. Sie hatte ihn nicht verlieren wollen. Ihn allein gehen zu lassen, hatte sie sich auch nicht vorstellen können.

›Danach, in den 70er Jahren, unsere Ehe aufzugeben, wäre für mich aber nicht in Frage gekommen‹, fasste Anja ihre Gedanken und Gefühle aus dieser Zeit zusammen. Sie hatten schon ihre Kinder und Anja wollte, dass sie bei ihnen beiden als Eltern aufwuchsen. Das Familienleben war ihr immer sehr wichtig gewesen. Die Kinder allein großzuziehen und vielleicht noch einmal einen Partner zu finden, hatte sie sich nicht zugetraut.

Anja erinnerte sich beim Niederschreiben an ihren Umgang miteinander. Theo sprach nicht gern über das, was in seinem Inneren vorging. »Das Wesentliche zwischen mir und dir regelt sich im Handeln«, hatte er oft gesagt. Ihre Versuche diesbezüglich machten ihn ärgerlich, weil für ihn die Kommunikation über Beziehungsprobleme wenig fassbar war. Über ihre Kinder, deren Kümmernisse, Freuden und wachsende Fähigkeiten hatten sie viel miteinander gesprochen, aber Erziehung, die Rolle von Vater und Mutter und den Eltern als gemeinsame Partner, das war zwischen ihnen kaum zum Thema geworden.

In Gesellschaft hatte Theo gern erzählt Er konnte andere Menschen für seine Themen gewinnen und Anja schätzte das an ihm. So etwas lag ihr weniger. In der sexuellen Begegnung mit ihr hatte er mehr Erfüllung gesucht, als sie ihm geben konnte. Ihr aber hatten darin Lockerheit, Zärtlichkeit und eine anhaltend spürbare gegenseitige Verbundenheit gefehlt.

Theo hatte einmal zu ihr gesagt, dass er ein Anzeichen von Liebe darin sähe, gleich oder ähnlich zu denken und sich gegenseitig bedingungslos anzuerkennen. Aber ihre Sicht auf die Welt hatte sich oft von der seinigen unterschieden, was sie ihm manches Mal zu verstehen gab. Dabei hatte er sich persönlich in Frage gestellt gesehen. Meist verstummte er, was sie zu weiterem Erklären und Reden veranlasst hatte. Das führte zu Schuldzuweisungen seinerseits. Heute schüttelte sie den Kopf darüber. Ihr war bewusst, dass sie ihren Mann in seinen Eigenheiten zu wenig hatte annehmen können und er wohl Liebe vermisst hatte. Ihr dagegen hatten Verbundenheit, Frieden und Geborgenheit an seiner Seite gefehlt.

Diese spätere Bilanz ihrer gemeinsamen Zeit in Jena war bedrückend. Damals aber hatte sie vieles als vorübergehend angesehen und darauf gehofft, dass die Gemeinsamkeit und Freude ihrer ersten gemeinsamen Jahre zurückkehren würde.

Sie hatte die permanente Sorge ihres Mannes nicht geteilt, noch zum Wehrdienst verpflichtet zu werden. Dabei war sie der Wunschvorstellung gefolgt, dass er später, von dieser Last befreit, wieder froher und zugänglicher sein werde. Sein Alter von bald 34 Jahren und politische Unzuverlässigkeit aufgrund ihrer Geschichte erschienen ihr ausreichend für ihre Annahme. Dieser Gedanke jedoch war zu einseitig gewesen, wie sich bald danach herausgestellt hatte.

In ihrer Umwelt hatte sich Anja damals wohler gefühlt als ihr Mann. Das Leben in Jena in den 70er Jahren hatte sie klar bejaht. Nachdem sie beide ihr Unglück bewältigt hatten, hatte sie wirklich hier leben wollen und ihre neue Heimat und ihre Lebenssituation sehr geschätzt.

Durch die Taufe ihrer Tochter Klara waren die Bäumlers mit der allmählich entstehenden Kirchengemeinde in Kontakt gekommen. Klara wurde in der kleinen evangelischen Kirche in Alt-Lobeda getauft, dem Dörfchen neben dem Neubauviertel, das ihm seinen Namen gegeben hatte. Die evangelische Kirchenleitung Thüringens fand es wichtig, an einem Ort mit so vielen jungen Menschen, welche im Einklang mit der Staatsideologie meist atheistisch eingestellt waren, zwei Pfarrstellen einzurichten. Beide Pfarrer engagierten sich von Anfang an dort sehr. Ein Jahrzehnt später konnte für die gewachsene Gemeinde ein Gemeindehaus gebaut werden, das vor allem aus Spenden und mit Geldern aus der Bundesrepublik finanziert wurde.

Mit anderen jungen Familien in näheren Kontakt zu kommen, wie es sich Anja wünschte, gelang in den ersten

Jahren kaum. Fast alle Erwachsenen waren berufstätig und in der knappen Freizeit stand die Familie an erster Stelle. Viele Menschen brauchten Zeit, um in ihrer neuen Umgebung Vertrauen zueinander aufzubauen. Man wusste nicht, wie andere dachten, und war eher vorsichtig miteinander. Damit umzugehen, fiel Anja nicht so schwer wie ihrem Mann. Sie musste auch nicht befürchten, dass ihre Arbeit aus politischen Gründen zweckentfremdet genutzt werden würde, während er die Sorge hatte, dass Ergebnisse seiner Entwicklungsarbeit im Bereich der Mikroelektronik spezialoptischer Geräte auch militärischen Zwecken dienen könnten.

Zu näheren Kontakten mit Arbeitskollegen kam es über kurze Anfänge hinaus bei ihnen beiden nicht. Erst Jahre später entstand eine erfreuliche Bekanntschaft mit einer Familie in der Kirchengemeinde. Der Familienvater sah im Zeiss-Betrieb vieles ähnlich kritisch wie Theo, konnte aber viel gelassener damit umgehen. Nach manch einem Gespräch mit ihm gelang es auch Theo, einen etwas anderen Blick auf Menschen und Situationen zu werfen, mit denen er umgehen musste.

Anja war bewusst, dass auch die Arbeit an der Nervenklinik, wie überall im Staat, von Parteigenossen kontrolliert und von der Staatssicherheit überwacht wurde, aber es regte sie nicht auf. Von ihren Patienten, die sich auf ihre Schweigepflicht verließen, bekam sie manche bedrückende Situation geschildert. Wenn sie durch Zuhören und Verstehen jemandem Entlastung bieten konnte, befriedigte sie das sehr. Für sie selbst war die Mittagsrunde mit ihren Kollegen bei Tisch im kleinen Speiseraum entspannend.

Sie und Theo waren froh über ihre Bekannten aus der Kirchengemeinde. Diese hatten ihren christlichen Glauben und ließen sich von den wechselnden politischen Parolen in der Gesellschaft weder beeindrucken noch stören. Wenn

Anja dieses Ehepaar mit sich und Theo verglich, dann merkte sie, wie oft es bei ihnen an Zufriedenheit, Gelassenheit und Freude mangelte.

Wenn Theo hingegen in seiner Arbeit ein schwieriges Problem bewältigt hatte und davon berichtete oder von einem seltenen befriedigenden Gespräch erzählen konnte, war sie froh. Wahrscheinlich fehlten ihnen neben Unbeschwertheit und Fröhlichkeit auch Gelegenheiten, mal ausgelassen zu feiern. Außer an Kontakten mangelte es an Zeit, aber auch an Fantasie, daran etwas zu ändern.

Eine Begegnung

Die Arbeit war für Anja eine wichtige Quelle der Zufriedenheit. Im Herbst 1973 durfte sie für eine Woche an einer Fortbildung teilnehmen und Theo erklärte sich bereit, zu Hause für alles zu sorgen.

Also reiste sie nach B., einem kleinen Ort im Osterzgebirge. Nach ihrer Ankunft im Seminarhaus suchte sie im Empfangsraum als Erstes nach bekannten Gesichtern, fand aber keines. Die Mitbewohnerin ihres Zimmers war auch noch nicht angereist.

Schon lange hatte sie sich auf die interessante Fortbildung und den Aufenthalt in dem kleinen Kurort gefreut. Es sollte um aktivierende Behandlungsweisen für psychosomatische Patienten gehen, dabei auch um kommunikative Bewegungs- und Musiktherapie.

Der Empfangsraum füllte sich immer mehr und plötzlich bemerkte Anja neben sich einen dunkelhaarigen Mann, nicht sehr groß und vom Typ her eher osteuropäisch. Er fragte sie in bestem Deutsch, aber mit dem typischen rollenden »R«, woher sie käme. Sie tauschten sich über ihre Arbeitsstellen aus, beides größere Kliniken im Land. Im Laufe der Unterhaltung fragte er sie nach einem kleinen Kratzer an der Hand.

Sie schaute auf ihre rechte, danach auf die linke, konnte aber nichts entdecken und schaute den Mann fragend an. Er zeigte auf eine kleine Kratzspur auf ihrem rechten Handrücken, die wohl von Brombeerranken im Garten am Wochenende herrührte.

»Was ist das, hat die Katze Sie gekratzt, die sie zu lange gestreichelt haben?«, hörte sie ihn sagen.

Verblüfft fragte sie sich, was das sollte. Derartiges kannte sie nicht, aber ihr fiel das Wort ›Anmache‹ ein. War das gerade eine gewesen? Hier hatte sie so etwas am wenigsten erwartet. Aber eigentlich war es auch ein wenig schmeichelhaft, wenn sich jemand für einen interessierte. Provokant, frech, aber originell, diese Frage.

»Es waren nur Brombeerranken.« Indem sie das erklärte, hörte es sich für sie selbst wie eine Rechtfertigung an, was sie ärgerte.

Dann wurde sie durch andere Ankömmlinge abgelenkt und bemerkte ihre Freundin und Kollegin Inge, mit der sie hergefahren war, jedoch nicht das Zimmer teilte. Die meisten Anwesenden hatten inzwischen im vorbereiteten Stuhlkreis Platz genommen, was auf solchen Veranstaltung üblich war. In der Vorstellungsrunde erfuhr man, woher die einzelnen Teilnehmer kamen, welche beruflichen Aufgaben sie hatten und was sie im Seminar erwarteten. Der Mann, der Anja angeflirtet hatte, hieß Georg und war Stationsarzt in einem großen psychiatrischen Krankenhaus in der Hauptstadt. Er erzählte, dass er hier Therapien in der Selbsterfahrung kennenlernen wolle, die Psychologen, Sport- und Musiktherapeuten in seiner Einrichtung durchführten. Die sechs Kursleiterinnen und Kursleiter, die sich vorstellten, waren bekannte Leute aus der Fachszene.

Gleich zu Beginn des Seminars, am Nachmittag nach der Begrüßung, sollten viele praktische Übungen durchgeführt werden, teils in Partnerarbeit, teils als Gruppe. Als der Stationsarzt aus der Hauptstadt wieder einmal mit Anja an der Reihe war, fragte er sie, ob sie denn das, was sie hier machten, in ihrer Arbeit auch brauchen könne. »Sonst wäre ich doch wohl nicht hier.« »Diesmal war sie mit ihrer Antwort zufrieden.

»Die Selbsterfahrungsgruppe, zweimal an jedem Tag, das ist mir zu viel«, sagte er offenherzig.

»Am An- und Abreisetag findet sie aber doch gar nicht statt«, entgegnete sie. »Aber ich finde, dass man trotzdem davon gut profitieren kann.«

»Ich beobachte hier auch gern die Kollegen von meiner Zunft«, überging er das und fügte hinzu: »Wie sie sich außerhalb ihrer Rolle in Weiß so im täglichen Leben bewegen.« Sie schaute ihn fragend an. »Man darf sich ja wohl auch mal ein wenig übereinander amüsieren«.

Eigentlich schon, warum nicht? Bei der hohen Arbeitsbelastung in ihren Berufen war es nicht falsch, wenn man die Zeit nicht nur fürs fachliche Auftanken, sondern auch mal zur eigenen Entspannung nutzte. ›Sicher kann er das besser als ich und ist dabei viel lockerer‹, dachte Anja. Sie versuchte gleichzeitig, die Übungsanweisung der Leiterin umzusetzen, aufeinander zuzugehen, eine Begrüßung nur mit einer Geste auszudrücken. Er winkte »Hallo, da bin ich«. Und ihre rechte Hand, etwas gebremst, winkte ihm zu: »Wer bist du denn?« Während der weiteren Übung fragte sie sich: ›Warum habe ich nicht kontern können, als er mich am Anfang herausgefordert hat? Stattdessen habe ich brav etwas erklärt, hätte mit einem Seitenblick auf ihn sagen sollen: So ein Kratzer auf der Hand ist immerhin geschickter als ein roter Brombeerfleck auf einem hellen Pullover.‹

Mit Worten spielen war schön, man musste es aber können. Worte ließen sich wie Bälle hin und her werfen, erzwangen Aufmerksamkeit oder verweigerten sie. ›Steckte hinter der Anmache am ersten Tag nicht schon die Frage an mich, wer bist du? Bin ich eine, die andere zu lange streichelt? Oder tue ich das manchmal zu wenig? Werde ich gekratzt? Oder bin ich diejenige, die kratzt?‹

Viel lieber würde sie nachdenken und sich dabei weiter mit ihm unterhalten, aber schon stand die nächste Übung an. Gut, dass es genügend Freizeit in der Mittagspause und nach den Abendsitzungen gab.

Sie fühlte sich wohl hier. Das war durchaus nicht immer so, wenn sie sich in Gruppen bewegte. Es hatte mit dem Seminar zu tun, auch mit dem schönen Ort, aber am meisten mit der Clique, die sich hier in der Freizeit zusammengefunden hatte. Sie gehörte dazu, der ›Schwarzschopf‹, wie sie ihn heimlich nannte, ebenfalls. Er hieß eigentlich Georghiu, war Rumäne und vor über 15 Jahren zum Medizinstudium nach Deutschland gekommen. Er war danach geblieben und hatte hier geheiratet.

In einer außergewöhnlich langen Mittagspause am dritten Tag beschloss Anjas Clique, in die kleine attraktive Stadt an der Elbe zu fahren, die einer von ihnen kannte. Es fiel ihr auf, dass Georg und sie öfter ähnlich dachten und sich gut austauschen konnten. Mit einer Geste ahmte er den Fahrstil ihres Kollegen nach, der sein Temperament mit Gaspedal und Bremse auslebte. Beim nächsten Quietschen der Bremsen machte sie eine übertriebene Bewegung und das ließ sie beide lachen. Er schien ein guter Beobachter zu sein und fand leicht treffende bildhafte Vergleiche für andere Menschen. Für den Fahrer malte er die Karikatur des Starters, der aber die Handbremse noch angezogen hatte, während er voll durchstartete. Inzwischen fand sie es witzig, dass er ihr bei ihrer ersten Begegnung eine kratzende Katze zugetraut hatte.

Nachts träumte sie hier anders als zu Hause. Es waren Szenen mit vielen Personen, beim kurzen Aufwachen bruchstückhaft erinnert und schnell verweht. Morgens spürte sie dann angenehme Empfindungen und Freude. Insgesamt war sie hier sehr glücklich und froh darüber, die anderen zu treffen und mit Georg oft einer Meinung zu sein. Während der gesamten Zeit freute sie sich, wenn sie bei praktischen Übungen miteinander zu tun hatten. Tagsüber achtete sie mehr auf ihn als auf andere und auch sie glaubte, von ihm beachtet zu werden. Sie erzählten sich einiges über ihre Familien und Lebensumstände. Die Wohnungen waren klein und Georg meinte, dass ihnen zu Hause zwar ein Arbeitszimmer fehlte, aber der dritte Raum klar seine Funktion als Kinderzimmer erfüllte. Die anderen beiden Zimmer benutzten er und seine Frau miteinander, aber jedes sei einem von ihnen als fester Rückzugsraum zugeordnet. Je nach Bedarf, darüber wären sie sich immer einig gewesen. Diese Offenheit und Freiheit, die er da beschrieb, gefielen Anja. Ihre eigenen Wohnverhältnisse mit zwei Zimmern und zwei halben bei vier Personen seien günstiger. Mit ihren beiden Kleinkindern hätte sie gern verkürzt gearbeitet, erzählte sie, aber es sei nicht möglich gewesen. Georgs Frau hatte den Wunsch ebenfalls gehabt, aber auch nicht realisieren können.

An einem der Abende, die sie zusammen in der Kneipe verbracht hatten, gingen sie beide anfangs ein Stück gemeinsamen Weges zu ihren verschiedenen Pensionen. An der Abzweigung verabschiedeten sie sich voneinander. Schade, fand Anja.

Es war schon ziemlich kalt jetzt Ende November und das Wasser in den kleinen Pfützen war gefroren. Bis zum Beginn des Winters würde es nicht mehr lange dauern. ›Die schönen sonnigen Herbsttage sind bald vorbei‹, dachte sie wehmütig. Es fröstelte sie und sie rieb ihre Hände aneinander. Nun merkte sie, dass sie in Handschuhen steckten. Georgs

Handschuhe, die er ihr fürsorglich angeboten hatte. An ihre eigenen hatte sie beim Verlassen ihres Quartiers vor Stunden nicht gedacht. Die musste sie ihm zurückgeben, jetzt gleich. Wenn sie sich beeilte, würde sie ihn noch erreichen. Es drängte sie, ihm die Handschuhe jetzt zu bringen, denn am nächsten Morgen wäre ihr das im Beisein der anderen peinlich. So lief sie ihm schnell hinterher und erreichte ihn noch vor der Haustür. Als sie ihm die Handschuhe übergab, wunderte er sich, schien sich aber zu freuen. Auch sie freute sich, darüber, dass es vorhin an der Weggabelung noch nicht der Abschied gewesen war. Wie selbstverständlich war sie zurückgelaufen, so als ob sie gar keine andere Wahl gehabt hätte. Und es erschien ihr gut so.

Er hatte das Fehlen der Handschuhe gar nicht bemerkt. Seine Hände waren warm. Aber er freute sich über ihr Zurückkommen. Ein wenig hatte auch er sich vorhin gewünscht, noch nicht auseinanderzugehen, denn er mochte sie und spürte irgendwie, dass es auf Gegenseitigkeit beruhte. Nun würde er sie den ganzen Weg bis zu ihrer Pension begleiten. Erneut gab er ihr unterwegs den linken Handschuh zum Überziehen, nachdem er ihre Hand länger gewärmt hatte. Dann umfasste er im Gehen ihre rechte Hand, um auch diese zu wärmen. Sie war glücklich, dass er wieder neben ihr ging, konnte es nicht recht begreifen, aber ihr Körper ließ es sie deutlich empfinden. Auf einmal küsste er sie, nahm sie fest in seine beiden Arme und hob sie hoch.

Sie spürte sein Begehren. Doch jetzt meldete sich diese Stimme in ihrem Inneren, wurde immer deutlicher und ganz und gar unüberhörbar: ›Du stehst an einem Scheideweg, bist ungeschützt und dein ganzes Leben könnte sich mit einem Male ändern. Willst du das in Kauf nehmen? Deine kleinen Kinder brauchen beide Eltern und du hast dir immer eine Familie ersehnt. Willst du euch und euer

Heim jetzt riskieren?‹

In ihrem Gefühlstaumel wusste sie auf einmal ganz klar, dass sie das nicht wollte, auf keinen Fall. Sie musste ihm schnell ihre Befürchtung zu verstehen geben, ihm sagen, dass nicht sein dürfe, was sie sich ersehnten. Sie schüttelte zaghaft den Kopf, dann ein zweites Mal zur Bekräftigung und versuchte sich aus seinen Armen gleiten zu lassen. Nachdem er verstanden hatte, ließ er es geschehen. Langsam gingen sie den Weg entlang zu ihrer Pension. Dort drückte er sie an sich und es fühlte sich für sie wie ein Verzeihen an. Einen Kuss erwartete sie nicht. Sie war es, die ihn enttäuscht hatte.

Leise betrat sie ihr Zimmer, um ihre Nachbarin nicht zu wecken. Sie konnte lange nicht einschlafen und ihr Körper und ihre Sinne wirbelten in einem schnellen Tanz. ›Dass ich das erleben darf. Ich bin keine Versagerin‹, jubelte es in ihr. Ihr Ehemann schien es manchmal gemeint zu haben und auch sie hatte so von sich gedacht. Im Verlauf der Nacht kam in ihr die Enttäuschung darüber hoch, dass sie dieses doch so nahe gewesene Glück nicht ergriffen und eingelöst hatten. Endlich wurde sie müde und ruhiger und war sich sicher, richtig entschieden zu haben.

Am Morgen, als sie den Frühstücksraum betrat, saßen schon viele Kollegen an den Tischen. Sie setzte sich nicht neben ihn, auch deshalb nicht, weil sie nicht wusste, wie es ihnen beiden damit gehen würde. Sie fühlte sich sehr verletzlich. Nach dem Mittagessen fanden sie es beide selbstverständlich, einen Spaziergang miteinander zu machen. Sie hätte ihn gern geküsst, aber er lehnte es ab. Sie fühlte sich jetzt abgewiesen, was sie traurig stimmte. Im weiteren Gespräch konnte sie erkennen, wie stolz und geradlinig er war. »Was ist mit dir und euch?«, hörte sie seine Frage und Anja war erleichtert, dass es ihn interessierte, in welcher Situation sie sich befand, und sie zum Sprechen darüber aufforderte. Sie konnte ihm vertrauen. Lange berichtete sie, ohne von Georg unterbrochen zu werden oder Ungeduld bei ihm zu spüren. Sie erzählte viel, klagte über das, was in ihrer Ehe fehlte, wollte aber nicht anklagen.

Ganz spontan nahm er sie in seine Arme und meinte dabei:»Zwei kleine Kinder und eine Ehe ohne genügend Liebe.«

Sie konnte nur noch weinen.

Nachdem so klar und vielleicht zu hart ausgesprochen worden war, was sie als Kummer zu Hause immer stärker empfunden und danach wieder verdrängt hatte, wurde sie ruhiger. Sie kannte sich und war sich ihrer selbst gewiss. Diese Bilanz war kein Urteil, sondern das Bild, das sich ein anderer Mensch von ihrer Situation gemacht hatte. Sie war von ihm verstanden und nicht nur bemitleidet worden. Er hatte sie erkannt und anerkannt, als Frau und als Mensch. Länger suchte sie nach dem richtigen Wort, ›gewürdigt‹. So fühlte sie sich, obwohl sie ihn enttäuscht hatte. Vielleicht war es eigentlich das, was sie in ihrer Ehe immer mehr vermisst hatte, gemocht und dafür gewürdigt zu werden, wie sie mit allem umgegangen war, was sich in ihrem gemeinsamen Leben ereignet hatte. Von dem liebevollen Miteinander am Anfang musste doch noch etwas in ihr jetziges Leben zurückzuholen sein?

Er merkte, dass sie wieder gefasster war. Sie sagten nicht mehr viel, und nach einer Weile standen sie von dieser Bank auf, wo sie, Anja, vielleicht etwas von ihrem Gepäck zurücklassen konnte? Er nahm sie fest in seine Arme und sie spürte Trost und liebevolle Zärtlichkeit. In ihr breitete sich eine große Dankbarkeit für die Begegnung mit ihm aus, für all das, was sie an gegenseitigem Begehren und liebevollem Verständnis hatte erfahren dürfen. Es würde ihr helfen und musste genügen.

Die zwei letzten Tage ihres Seminars erlebte sie als sehr harmonisch, und die Vertrautheit und häufige Übereinstimmung in vielen Situationen mit Georg schenkten ihr Sicherheit. Die Zeit war angefüllt mit interessanten Themen und Übungen, die genügend fesselten und ablenkten.

Am Abschiedsabend saßen sie an der festlich gedeckten Tafel zusammen und bei ihrem Gespräch zeigte sich wieder seine Fähigkeit zu treffender Beobachtung und zu witzigem Kommentieren. Viel Lebensklugheit und Verständnis für die »Macken« anderer Menschen, wie sie es beide nannten, wurden dabei offenbar. So gefiel er ihr weit besser als derart ironisch wie ganz am Anfang. Sie empfand ihn wie einen langjährigen guten Freund, und wie vertraute Freunde konnten sie über manches Weitere in ihrer beider Leben sprechen.

Der Abschied am nächsten Tag nach dem Mittagessen fiel nicht leicht. Da er aber in das gegenseitige Verabschieden und die Stimmung aller Teilnehmer eingebunden war, nahm ihm das etwas von seiner Schwere.

Ein halbes Jahr später sahen sie sich bei einer Fortbildung erneut. Er war im Gespräch mit einer Kollegin, offenbar in einer anregenden Unterhaltung mit der sympathischen Frau. Sie winkten einander zu und er machte eine einladende Geste, aber Anja ging nicht zu ihnen hin. Schade, aber gerade jetzt fühlte sie sich nicht locker genug, hatte Angst vor der Entzauberung ihrer Erinnerung, welche sie wie einen Schatz hütete.

4 | Familie

Nach der einzigartigen Woche in B. hatte Anja schnell in ihr Leben zu Hause zurückfinden müssen. Eine Zeitlang hatten sich in ihrem Inneren noch Gefühle von Wehmut mit Erleichterung über ihre Entscheidung abgewechselt. Die Erinnerung an Georg lebte weiter: diese gegenseitige körperliche und seelische Verzauberung, ihre Dankbarkeit für sein Verständnis bei ihrem Rückzug und die Freundschaft bis zum Abschied.

Anja wollte, dass ihre Kinder mit beiden Eltern aufwuchsen und sie und ebenso Theo wollten gute Eltern für ihre Kleinen sein. Anja fand es schön, dass Jan und Klara miteinander groß wurden, hatte sie doch in ihrer Kindheit Schwester oder Bruder vermisst.

Theo war der Nachzügler unter seinen Geschwistern gewesen, wuchs aber mit den nur wenig jüngeren Kindern seiner ältesten Schwester auf. Oft bestimmte er die gemeinsamen Spiele, wurde aber mehr als die Jüngeren für miteinander begangene Dummheiten ausgeschimpft.

Als Vater war Theo von der Auffassungsgabe und dem Ehrgeiz seiner Jüngsten fasziniert. Auch er war oft an dem gemessen worden, was er konnte. Wenn er seinen Kindern aus Grimms Märchenbuch vorlas, erklärte er gern am Ende die moralische Botschaft und Klara hörte ihm dabei aufmerksam zu.

Jan mit seinen fünf Jahren ließ sich nicht mehr derart beeindrucken. In seinem Blick auf Vater und Mutter schwebte schon mehr eigene Erfahrung mit. Der Vater schimpfte schneller als die Mutter. Der manchmal böse Ton zwischen den Eltern, wenn sie sich stritten, veranlasste ihn zu einem Ausspruch, der die Mutter erstaunte: »Wenn ich schimpfe, wird mein Herz böse und das darf ich nicht.« Seinen Eltern erschien er als gutmütiger Bruder der kleinen Schwester, er ließ sie an seinen Spielen teilnehmen und die beiden kamen aus Anjas Sicht gut miteinander aus. Klara erfasste schnell, was er begann, und machte dann mit. Er genoss es, dass er mehr konnte und wusste als sie. Zu einer Bekannten, die zu Besuch war, sagte er einmal:»Ich bin Jan. Das ist meine Schwester Klara und ich bin ihr Bestimmer.« Anja hatte aufgehorcht. Unter anderen Kindern war Jan bedächtig oder sogar langsam. Anja versicherte sich, dass seine Kindergärtnerin ihn, so wie er war, akzeptierte. Ihm schien es nicht viel auszumachen, dass er nicht so schnell wie andere rannte und auch Bälle oft nicht fing. In der Kinderambulanz, wohin Anja mit ihren beiden aller halben Jahre zur normalen Untersuchung ging, sagte man ihr, dass er eben in seinen motorischen Fähigkeiten noch etwas zurück, aber sonst doch gut entwickelt sei.

Einmal in der Woche brachte sie Jan und Klara zum Kinderturnen und Jan machte Fortschritte in seiner Motorik, auch wenn er sich nicht besonders anstrengte. Klara fand schnell heraus, dass sie gut mit den zum Teil älteren Kindern mithalten konnte und manchmal besser war als Jan. Ehrgeiz stachelte sie an und ihren Vater freute das, aber das Bedürfnis, noch klein sein zu wollen, war nicht zu übersehen, als sie einmal unvermittelt zu Boden ging und rief:»Hingefallen!«

Anja erinnerte sich an etwas Merkwürdiges in der Zeit um Klaras zweiten Geburtstag. Sie und Theo bemühten sich, ihre Arbeit zu Hause gerecht aufzuteilen. Für die Wochenenden hatten sie vereinbart, dass Theo sonntagvormittags mit beiden Kindern spazieren gehen und Anja zu Hause in Ruhe kochen sollte. Die Rückkehr der drei aber kündigte sich jedes Mal mit einem lauten Geschrei der Jüngsten schon vor der Wohnungstür an. Theo war ärgerlich und erklärte, dass die Kinder draußen sehr zufrieden gewesen seien. ›Das Theater‹, wie er es nannte, habe erst jetzt, nach dem Verlassen des Fahrstuhls, begonnen, als sie die Treppen zur Wohnungstür hinaufstürmten. Klara habe schneller als Jan sein wollen, aber es sei ihr nicht gelungen.

Ob er sie nicht vorbeigelassen und sie geschubst habe, wollte Anja wissen. Nein, das nicht, Jan sei nur schneller als die Kleine gewesen, denn er sei ja auch kräftiger, entgegnete Theo.

Als am folgenden Sonntag das Gleiche wieder passierte, schimpfte Theo mit seinem Sohn in der Wohnung, nachdem sie die Tür hinter sich geschlossen hatten. Er solle Klara doch auch mal gewinnen lassen.

Am dritten Sonntag ertönte abermals Klaras Geschrei, noch ehe Anja öffnete, und Theo schimpfte wieder mit dem Jungen. Nach dem Mittagessen wollte Anja mit ihm darüber reden. Die zwei waren doch beide kleine Kinder und man konnte nicht ohne Weiteres von Jan verlangen, dass er seine Schwester gewinnen ließe, auch wenn er der Ältere war.

›Sie können ihren Wettbewerb und ihre Rivalität doch noch nicht selbst regeln‹, dachte Anja, und sie hätten Theos liebevolle Anleitung dazu gebraucht. Im Stillen fand sie es sogar gut, dass auch Jan Ehrgeiz zeigte. Den Älteren wegen Klaras Zorn auszuschimpfen, erschien ihr ungerecht und sie ärgerte sich über Theos falschen Maßstab und seine Unbeherrschtheit.

Später am Tage gelang es ihr, mit Theo in Ruhe darüber zu sprechen. Sie regte an, den Kindern beim nächsten Mal unterwegs von Sportfreunden zu erzählen, die gut miteinander umgingen. Danach könnte er Jan vielleicht darum bitten, der jüngeren Schwester einen Vorsprung einzuräumen, so dass auch sie eine Chance bekäme. Theo gefiel die Anregung und er versprach, es zu versuchen.

An diesem Sonntag war noch etwas für Anja Unerwartetes geschehen. Nach dem Mittagessen wollte sie ihr kleines Mädchen an sich ziehen, einfach zwischen ihre Knie. Klara aber wendete ihr Gesicht dem Papa zu. Die Mutter schluckte, sagte dann aber: »Warte mal, gleich schicke ich dich als kleines Paket an den Papa, muss aber erst noch schnell eine Briefmarke draufkleben. Wo soll sie hin?« Klara schaute sich zu ihr um, Anja drückte ihr einen Kuss auf die Wange und lächelte sie an. Die Kleine ließ es sich gefallen. Manchmal kam es Anja vor, als ob Klara den Papa lieber hätte, und das beunruhigte sie. Der oft wenig liebevolle Umgang unter ihnen, wirkte er sich auf ihre beiden Kinder aus? Ergriffen die Kinder Partei? Standen sich Theo und Klara von ihrem Wesen her näher als sie und ihre Tochter? Fühlte sie sich wegen der anfänglichen Sorgen um Jan immer noch mehr für ihn zuständig?

Solche Fragen hatten Anja damals bewegt. Während sie jetzt darüber schreibt, gewinnen die Fragen wieder an Gewicht. Ist Theo beiden Kindern gleich nah gewesen? Hätte sie, die Mutter, um ihr jüngeres Kind mehr werben sollen, ihm ihre Liebe und Fürsorge deutlicher zeigen müssen? Wenn Klara nachts aufwachte und weinte, dann war es oft der Vater gewesen, der sie beruhigt hatte. Theo schien schneller als sie wieder einzuschlafen und Anja war ihm dankbar. War es überhaupt richtig gewesen, Klara mit zwei Jahren nicht mehr bei ihnen, sondern im Kinderzimmer bei ihrem Bruder schlafen zu lassen? So viele Fragen hingen mit dem Wohlergehen der Kinder zusammen und die Ratgeber-Bücher hatten darauf wenig hilfreichen Antworten. Zu einem guten Gespräch hatten Anja und Theo damals nur selten gefunden und Theo hatte gemeint, vieles sehe sie zu kompliziert. Anja aber hatte sich oft allein gelassen gefühlt.

Als das Frühjahr 1974 herangekommen war, konnte die Familie ihre Wochenenden wieder im Garten verbringen. Für zwei Tage war es möglich, den strengen Zeittakt der Woche zu unterbrechen. Dort angekommen, konnte man verschnaufen, brauchte nur die eingepackten Essensvorräte hervorzuholen, Wasser im großen Kanister von der Quelle heranzuschaffen und der Reisetasche die weiteren Dinge zu entnehmen. Während Theo sich den Gartenarbeiten widmete, bereitete Anja das Essen vor.

Die Kinder rannten zuerst meist um die Hütte und ließen sich von den Eltern den Schlüssel für ihren kleinen Schrank an der Hauswand mit dem Spielzeug geben. Aus seinem Inneren war neben Schaufeln und Sandförmchen noch vielerlei zum Vorschein gekommen, Tiere, Bäume, Häuschen, Zäune, Indianer und Trapper. Auf den ebenen Steinplatten um die Hütte und im Sandkasten bauten sie fantastische kleine Welten auf.

Klara sollte sich ins Kipperauto setzen, in das sie noch gut hineinpasste, und Jan zog sie so manches Mal zufrieden auf den Steinplatten entlang. Die Eltern wurden zum Sandkasten gerufen, sollten mitspielen oder wenigstens das darin Gebaute bewundern. Alle zusammen gingen sie über die Wiesen und durch den Wald, lasen vor und schmusten miteinander. Unstimmigkeiten zwischen den Eltern gab es an diesen Wochenenden fast nie.

5 | Theos Einberufung als Reservist

Je weiter das Jahr voranschritt, desto unruhiger wurde Theo, denn nun müsste sich bald entscheiden, ob er im nächsten Jahr im Alter von 34 noch zum Reservistendienst einberufen würde.

Im Sommer fuhren sie wieder zum Campingurlaub auf

die Insel Rügen. Wie in den vorherigen Jahren trafen sie hier ihre Verwandten, die sich auf die beiden Kleinen gefreut hatten. Sie überbrachten Theo die Grüße seiner Mutter, die inzwischen in ein Altersheim umgezogen war.

Wieder hatten sie das Zelt mit seinen beiden Schlafkabinen und das geräumige Vorzelt zur Verfügung. Klara schlief hier, ohne in der Nacht zu weinen, und die Kinder hatten den ganzen Tag lang ihre Eltern um sich. Am Strand und am Meer gab es alles, was sie gemeinsam begeistern konnte. Sie hatten Zeit, viele Arten des Formens, Aufbauens und Wegspülenlassens von Sand auszuprobieren, Wasserrinnen zu vertiefen und Meerwasser zu Sandburgen zu leiten. Jan schaufelte so lange Sand, bis eine ovale Form mit Vertiefung entstand. In dieses »Boot« konnte Klara einsteigen, die sich gern von ihm »wegrudern« ließ.

Die letzten unbeschwerten Tage genossen sie besonders, denn am Ende stand ihnen bevor, alles wieder abzubauen und zu verpacken. Die Schnüre des Zeltes mussten nach und nach von ihren Befestigungen im Boden gelöst werden, um das Zelt später, flach am Boden ausgebreitet, zusammenlegen zu können. Als das Zelthaus immer kleiner wurde und schließlich mit den schlaffen und gelösten Schnüren am Boden lag, fing Klara bitterlich an zu weinen. Lange musste sie von ihren Eltern beruhigt und getröstet werden. Wie zart und sensibel sie bei all ihrem Ehrgeiz war, mussten die Eltern nicht zum ersten Mal feststellen.

Wieder zu Hause im Alltag angekommen, erfuhren Theo und Anja einige Zeit später, dass Theos Mutter an Krebs erkrankt war. Zu ihrer Ungewissheit hinsichtlich der Reservistenpflicht kam nun dieses Wissen als weitere Sorge hinzu.

Der Brief

Im September lag er im Briefkasten, der lang befürchtete Einberufungsbefehl. Theos Reservistendienst sollte im März 1975 im Raum Gera beginnen.

Ihm ging es schlecht mit dieser Nachricht. Er lebte mit der Sorge um seine Mutter und fühlte sich ohnmächtig gegenüber dem Befehl. Anja lehnte jeden Gedanken darüber ab, sich der Einberufung zu widersetzen, und Theo verübelte ihr das. Allerdings unterstützte sie ihn bei seinen Bemühungen, mehr Informationen und vielleicht eine andere Möglichkeit zu finden, den Dienst mit der Waffe zu umgehen. Sie hatten gehört, dass es einen »Bau-Dienst« gebe, wenngleich diese Möglichkeit bei einer offiziellen Anfrage verneint werden würde. Menschen mit diesem Ansinnen würden auch oft respektlos behandelt. Ein derartiger Dienst dauere länger als normal und die »Bausoldaten« würden von den Kommandeuren schikaniert.

Anja und Theo war klar, dass da alte Narben aufbrechen würden. Sie setzten sich mit einem der Pfarrer in ihrer Kirchengemeinde in Verbindung, um den Gewissenskonflikt zu schildern und vielleicht von einem Ausweg zu erfahren. Stützte sich doch auch die Kirche auf ein christliches Friedenszeugnis, die Bergpredigt.

Pfarrer Stütz war ein Mann von Mitte vierzig. Sie hatten ihn erst wenige Male im Gottesdienst predigen hören. Er kam zu ihnen in die Wohnung und hörte Theo lange zu, so dass dieser auch von ihrer missglückten Flucht und deren Folgen erzählte. Theo hoffte, den Pfarrer davon zu überzeugen, dass es ihm wirklich ernst damit war, keine Waffe in die Hand zu nehmen.

Nach einer Weile begann der Pfarrer von sich selbst zu sprechen: »Ich habe den Dienst mit der Waffe abgelehnt. Meinem Gesprächspartner beim Wehrkreiskommando und anderen gegenüber habe ich das ganz klar mit meinem Glauben begründet. Ich habe keinen Dienst geleistet und bin dafür trotzdem nicht ins Gefängnis gekommen.« Anja hatte die Reserviertheit des Pfarrers herausgehört und war enttäuscht darüber, dass er gar nicht auf Theo eingegangen war. Dann sagte er etwas, das sich wie ein Vorwurf anhörte.»Sie wollen sich schuldfrei halten? Das kann keiner.« Es war sehr deutlich, dass von ihm keine Hilfe zu erwarten war.

Anja spürte Theos große Enttäuschung nach dem Gespräch und ihre eigene Wehmut über die Vergeblichkeit des Bemühens. In ihren Gedanken arbeitete es weiter. Wie ein Stachel war es hängengeblieben und bohrte sich tiefer, dieses »sich schuldfrei halten wollen«.

In der Folgezeit war ihr das Dilemma ihres Mannes klarer geworden. Er lebte nicht als überzeugter Christ, sondern vertrat ein religiös-humanistisches Ideal, wie es auch in Stellen der Bibel zitiert wurde. Zur persönlichen Durchsetzung konnte er sich bisher nur widerständisches Verhalten vorstellen. Darin aber war von der Kirche als Institution keine Unterstützung zu erwarten. Auch der von Theo aufgesuchte Pfarrer hatte den Dienst mit der Waffe nur als Privatperson abwenden können, als Theologe argumentiert und kraft seines christlichen Glaubens überzeugt. Theo konnte nicht als gläubiger Christ überzeugen und würde wohl seinen Reservistendienst antreten müssen. Aber später könnte er vielleicht dennoch einen anderen Weg finden.

Anja schien es überhaupt, dass Theo auf diesem sehr schwierigen Weg allzu allein unterwegs war. Er brauchte andere Menschen hinter sich, die sein berechtigtes religiös-humanistisches Ideal teilten. Dann könnte es vielleicht in der Zukunft einfacher mit seiner Ablehnung werden, solange es keinen zivilen Friedensdienst gab. Man müsste Menschen finden, die sich ebenfalls für Frieden in religiös-humanistischer Hinsicht einsetzten, aber nicht zur Kirche als Institution gehörten, denn die Kirche konnte nichts gegen die Pflichten als Staatsbürger ausrichten. Allein eine Gruppe von Menschen, die mit ihrem Ideal der Ablehnung aus Gewissensgründen vom Staat toleriert würde, könnte Rückhalt bieten. Da erinnerten sie sich an einen lange zurückliegenden Bericht von Theos Schwager.

Er hatte einmal von englischen Quäkern erzählt, die deutsche Kriegsgefangene wie ihn nach dem Zweiten Weltkrieg in einem englischen Internierungslagern aufgesucht und Lebensmittel, aber auch Trost in ihrer Lage gebracht hätten. Quäker wollten aus Gründen ihrer Glaubensüberzeugung keinen Waffendienst leisten. Ob sie damit anerkannt oder dafür bestraft wurden, hatte ihr Schwager nicht gewusst. Gelegenheit und Zeit, um mehr über sie in Deutschland herauszufinden, gab es jetzt nicht mehr.

Theo ging es nicht gut in diesen letzten Monaten. Er würde sich wohl fügen müssen.

Anfang März war es so weit und er musste sich beim Einsatzkommando in Gera melden. Anja begleitete ihn. Vier Wochen später konnte sie ihn am Wochenende besuchen. Das Militärgelände lag etwas außerhalb der Stadt, verlassen durfte er es aber nicht mit ihr. Einige Stunden jedoch hatte er jetzt frei und sie sprachen miteinander in der Besucherbaracke. Er war einem Kommando zum Minensuchen zugeteilt worden. Alle, die jetzt einberufen worden waren, gehörten zu diesem Kommando. Es waren viele Intellektuelle wie er, auch Degradierte und Regimekritiker. Untereinander herrsche eine gute Kameradschaft. Im Ernstfall wäre die Gruppe jedoch ein Todeskommando.

Anja war innerlich empört. So verfuhr der Staat mit hochqualifizierten jungen Menschen und man würde sie in einem möglichen Konflikt als Erste»verheizen«. Ein anderes

Wort fiel ihr dazu nicht ein. Noch zweimal durfte sie ihn bis zu seiner Entlassung Ende August besuchen.

Sie versuchte, so gut es ging, mit ihrer Berufstätigkeit und allen familiären Aufgaben zurechtzukommen. Anja hatte ihre Schlafstätte ins weiter hinten gelegene Zimmer verlegt und hörte Klaras Weinen nicht mehr sofort wie vorher im Raum direkt neben dem Kinderzimmer. So hätte die Kleine zu ihr laufen müssen, um getröstet zu werden. Aber sie weinte zu Anjas Erleichterung nun nicht mehr. Für die Kinder änderte sich fast nichts. An den Wochenenden fuhr sie mit ihnen jedoch weniger häufig in den Garten. Die Vorbereitungen dafür und die alleinige Aufsicht bedeuteten zu viel Anstrengung.

Jan war inzwischen sechs Jahre alt und würde im September in die Schule kommen. Dann wäre auch sein Vater wieder zurück. Zum Urlaub im Juni hatte Anja durch den Gewerkschaftbund einen Ferienplatz in einem kleinen Ort am Rande des Thüringer Waldes bekommen. Die 14 Tage Urlaub bedeuteten eine gute Unterbrechung, wenn auch das enge Zimmer mit dem kleinen dazugestellten Kinderbett dazu führte, dass sie sich fast ausschließlich im Freien aufhielten. Die Kinder freuten sich, dass Anja den ganzen Tag um sie herum war, und verhielten sich sehr lieb.

Gegen Ende seiner Dienstzeit fühlte Theo auf einmal mit großer Gewissheit, dass er unbedingt seine schwerstkranke Mutter aufsuchen musste. Es wurde ihm sehr schwer gemacht, eine Freistellung dafür zu erhalten, und als er morgens bei ihr ankam, war sie bereits gestorben. Ebenso wie Anja vor vielen Jahren hatte auch er sich nicht von ihr verabschieden können.

In der Bürokratie des Militärs wurde ihm nach Vorlage der Sterbeurkunde die Dienstzeit als Reservist um zwei Tage verkürzt.

Rückkehr und neue Lebensabschnitte der Kinder

Theo reichte in seinem Betrieb einen Antrag auf Urlaub ein, der ihm ohne Probleme genehmigt wurde. So konnte er sich wieder an das alltägliche Leben gewöhnen und seinem Schmerz über den Verlust der Mutter Raum geben. Am Samstag seiner ersten Urlaubswoche würde Jan eingeschult werden. Anja hatte eine Zuckertüte besorgt und gut gefüllt. Im oberen Teil hinter der Stoffhülle wartete ein kleiner Teddy, der mit seinem Kopf herauslugte. Jan hatte diesen Wunsch äußern dürfen, aber das Übrige in der Tüte sollte selbstverständlich eine Überraschung sein. Die Tüten waren zu Hause sorgfältig versteckt und dann am Vormittag von den Eltern in die Schule gebracht worden.

›Wie hätte sich meine Mutter gefreut, das mitzuerleben‹, ging es Theo durch den Kopf. Auf dem Weg zur Schule hatten die Eltern den Schulanfänger in die Mitte genommen. Klara hatte eine kleine Schwester-Zuckertüte im Arm. Glücklich und stolz trug sie diese vor sich her und machte schnelle Schritte, um mit allen mitzuhalten. Eigentlich war es Brauch, dass das Geschwisterkind dem Schulanfänger die kleine Tüte schenkte, aber Anja und Theo stimmten ohne Worte darin überein, dass sie Klara in ihrem Glück nicht stören wollten und sie bei ihr ließen.

Immer mehr Familien hatten sich dem Zug die Straße entlang angeschlossen. Nach der etwas trüben letzten Zeit war dieser »Festzug« bei Sonnenschein eine große Wohltat. Beide Eltern fühlten ähnlich und Anja drückte es mit Worten aus: »Bis hierher geschafft, danke, Gott.« Nach der Feierstunde in der Schulaula durften die Kinder in ihre Klassenräume gehen und fanden an ihren künftigen Plätzen mit Hilfe der Eltern ihre Zuckertüten. Danach warteten die Eltern und anderen Verwandten draußen vor der Schule und gratulierten den glücklichen Schulanfängern, als sie aus ihren Klassen zurückkamen. Anschließend gab es ein festliches Kaffeetrinken zu Hause, bei dem die Großeltern und weitere Verwandte anwesend waren.

Am Montag, dem ersten Schultag, stand Klara wie selbstverständlich mit ihrem Bruder auf, um mit ihm zur Schule zu gehen. Beide Eltern gingen Hand in Hand mit beiden Kindern aus dem Haus. An der Klassentür hatte die Lehrerin nichts dagegen, auch Klara dazubehalten, denn sie wollte mit ihren Eltern jetzt nicht nach Hause zurück. Anlässlich dieses Neubeginns für Jan waren Anja und Theo für diese Woche zu Hause geblieben. Entsprechend der Absprache wurde Klara nach der ersten großen Pause abgeholt. So ging es noch einen zweiten Tag. Es schien, als ob sie die kleine Zuckertüte, welche sie behalten durfte, als Zeichen der eigenen Einschulung angesehen hatte. Als sie am dritten Tag wieder in der Schule bleiben wollte, schickte die Lehrerin sie gleich zurück. ›Ihren Beginn des neuen Lebensabschnittes im Kindergarten hätte man auch feierlich gestalten sollen‹, war Anjas Gedanke, als sie sich Jahre später daran erinnerte. Am nächsten Tag ging Klara mit ihren beiden Eltern zum Kindergarten, blieb zuerst nur bis zum Mittag, an den folgenden Tagen länger. Bald akzeptierte auch sie ihren neuen Lebensabschnitt.

Anja und Theo fanden durch eine Zeitungsannonce eine »Leih-Oma«, eine Lehrerin, die wegen ihrer Diabetes-Erkrankung frühzeitig in den Ruhestand versetzt worden war. Sie holte Jan nachmittags etwas eher aus dem Schulhort ab, wenn auch Anja mit Klara aus dem Kindergarten nach Hause kam.

Noch viele Jahre später dachte sie gern daran zurück, wie ihr kleines Mädchen damals an ihrer Hand glücklich auf den niedrigen Mäuerchen an der Häuserseite des Fußwegs entlanglief, erzählte und sang. Sie sang der Mutter die

Lieder vor, die sie im Kindergarten gelernt hatte, und Anja
stimmte oft mit ein.

Abschnitt B: Die zweite Hälfte der
70er Jahre

1 | Die Familie Bäumler

In der zweiten Hälfte der 70er Jahre – so war der Eindruck
von Anjas Eltern in Frankenberg – schien das Leben in der
Familie ihrer Kinder in Jena entspannter zu verlaufen. Bei
gegenseitigen kurzen Besuchen wirkten sie, auch Theo,
zufriedener und schienen besser miteinander auszukom-
men. Zweimal im Monat schrieb der Vater einen Brief an
sie und erwartete das Gleiche von seiner Tochter. Anja gab
sich Mühe, die Großeltern an den alltäglichen Ereignissen
teilhaben zu lassen, fühlte sich aber von den Erwartungen
ihres Vaters hinsichtlich pünktlicher Berichte oftmals überfordert. Zum Glück erhielten Neubauwohnungen wie die
ihre bald einen Telefonanschluss und sie konnten mit den
Eltern telefonieren.

Anja und Theo suchten jeder für sich zur Entspannung
eine Aktivität außerhalb der Familie. Theo meldete sich im
Chor der Jenaer Philharmonie an und Anja versuchte sich
im Töpfern.

Jan besuchte die Allgemeine Polytechnische Oberschule
in Jena-Neulobeda, in der die Kinder für zehn Jahre in der
gleichen Klasse zusammen blieben, was den Sinn hatte, die
Gemeinschaft zu stärken und sich auch gegenseitig zu helfen. Das Leistungsniveau war international anerkannt. Für
Jan gestaltete sich die Stellung unter seinen Mitschülern seit
der zweiten Klasse etwas schwierig. Sein Banknachbar er-

zählte manchmal Geschichten, bei denen er gern übertrieb und prahlte. Das ärgerte Jan und er blamierte Stefan einmal so, dass es zu einer Prügelei zwischen ihnen kam. Jan unterlag und blutete am Knie, wofür ihn die Mädchen wohl zu sehr bedauerten. Das musste seinem Ansehen unter den Jungen geschadet haben, so dass er sogar auf seinem kurzen Weg nach Hause manchmal verspottet wurde. Anja fiel erst allmählich auf, dass etwas nicht stimmte. Jan spielte es eher herunter, beklagte sich kaum und erklärte, dass er keine Hilfe von den Eltern brauche. Klara erzählte später, dass er manchmal bei ihr geweint und sie ihn getröstet hätte.

Im dritten Schuljahr fielen oft Unterrichtsstunden aus, weil seine Klassenlehrerin in der Schwangerschaft mehrfach länger krankgeschrieben war. Die Kinder hatten Vertretungsunterricht bei verschiedenen Lehrern oder wurden bei der Erledigung von Aufgaben beaufsichtigt. Jan machte kaum Hausaufgaben und konnte oder wollte sich die Zahlenreihen des Einmaleins nicht merken. Über Wochen hinweg hörte er sich dieselbe Schallplatte aus Andersens Märchen an, ›Des Kaisers Nachtigall‹. Als sich ein blauer Brief an seine Eltern im Postkasten befand, in dem die Note Fünf im Rechnen angekündigt wurde, läuteten die Alarmglocken in der Familie. Anja sprach mit einigen anderen Eltern, und der Elternvertreter wendete sich an die Schulleitung. Man bedauere die Situation, könne jedoch bis zu den Sommerferien kaum Abhilfe schaffen. Im kommenden Schuljahr werde auf eine stabile Klassenleitung geachtet.

Jans Entwurzelung in der Schule hatte sich zu Hause wohl auch auf den Umgang mit seiner Schwester ausgewirkt und er hatte in ihre Sparbüchse gegriffen. Klara beschwerte sich bei den Eltern. Sie führten daraufhin alle ein Gespräch miteinander, wobei Jan einsah, dass es »gemein« gewesen war. Die Geschwister verschwiegen jedoch, dass Jan seiner Schwester beim Spiel einmal das Kopfkissen aufs Gesicht gedrückt und sie dabei große Angst ausgestanden hatte. Erst als die Kinder erwachsen waren, erfuhren die Eltern davon. Jan und Klara hatten versichert, dass sie darüber gesprochen und es untereinander »bereinigt« hätten.

Anja ging später durch den Kopf, dass die Kinder sicher eine Atmosphäre von mehr Offenheit und Gesprächen in der Familie gebraucht hätten, um sich ihren Eltern mit allen Problemen anvertrauen zu können.

1978 kam Klara in die Schule. Anja hatte ihr aus dem Kindermodegeschäft im Stadtinneren hübsche Sachen zu diesem Anlass gekauft: ein Röckchen, einen weißen Pulli und eine rot-karierte warme Stoffjacke mit Reißverschluss. Ob es Klara gefiel, dass sie alles zu Hause anprobieren sollte? Anja erschien das so, doch später zweifelte sie daran. Klara zog die Jacke nicht gern an. Lag es an dem Reißverschluss, der doch eigentlich mit Kerzenwachs gängig gemacht worden war? Oder hätte sie ihre Bekleidung gern selbst im Geschäft ausgewählt? Anja hatte zwar immer darauf geachtet, ihre Tochter mit hübscher Kleidung auszustatten, machte sich aber selten die Mühe, mit den Kindern zum Einkauf in die Innenstadt zu fahren. Später meinte sie, dass es besser gewesen wäre, sie diese Freude und Selbstbestimmung erleben zu lassen.

In der Schule fand Klara mit ihrer Klugheit und Sorgfalt beim Arbeiten schnell Anerkennung. Sie hatte, wie auch Anja früher, immer gute Zensuren. Bei ihr, Anja, war es neben der Freude am Erfolg auch die Sorge gewesen, dass ihre Eltern sie weniger lieb hätten, wenn sie schlechte Noten nach Hause gebracht hätte. Darum hätte Klara sich nicht sorgen müssen. Aber war es vielleicht der Wunsch, sich von ihrem Bruder durch bessere Schulerfolge abzuheben? Die Eltern werteten nicht, waren aber stolz darauf, dass sie in der zweiten Klasse für den Wechsel in eine Spezialklasse der

Polytechnischen Oberschule für erweiterten Russischunterricht vorgeschlagen wurde. Normalerweise gab es Russisch als erste Fremdsprache ab der 5. und Englisch ab der 7. Klasse.

Für Klara würde damit wahrscheinlich eine besondere Schullaufbahn bis zum Abitur eingeleitet, denn aus Spezialklassen wurden weit mehr Kinder nach ihren zehn Regelschuljahren an der POS, der Allgemeinen Polytechnischen Oberschule, an die Erweiterte Oberschule geschickt. Für Jan sähe es anders aus. Er würde wohl trotz guter Leistungen kaum unter den zwei Besten sein, die nach der allgemeinen Schulpflicht von 10 Jahren sofort weiterlernen durften. Ein Weg zum Abitur könnte für ihn der Besuch der Abendoberschule nach einer dreijährigen Lehre sein.

Nachdem sich Theo während der beiden ersten Klassen von Klara im Elternbeirat engagiert hatte, war seine Chance nur gering, auch in der Russisch-Klasse wieder dafür gewählt zu werden. Schnell drängten sich Eltern mit staatstreuer Gesinnung in den Vordergrund und Theo war klar, dass er mit seiner zurückhaltenden und kritischen Haltung nicht zu ihnen passte.

Später war er als Vater bei Klassenfahrten ein geschätzter Begleiter, nicht nur in den Augen der Lehrerin, sondern auch aus der Sicht der Kinder. Einige Mädchen, die ohne Vater aufwuchsen, suchten gern seine Nähe.

Dieser Klassenwechsel stellte den ersten von insgesamt vier in Klaras Schullaufbahn dar und sie beklagte sich später bei ihren Eltern über die damit verbundene Belastung und Verunsicherung.

2 | Veränderungen in Anjas Arbeitsleben

In der Nervenklinik wurde im Jahr 1976 der Direktor der Psychiatrie in den Ruhestand verabschiedet. Auf seine Initiative hin war während seiner letzten Monate im Foyer der Klinik eine Ausstellung unter dem Titel ›Bildnereien psychiatrischer Patienten‹ eröffnet worden. Er selbst hatte jahrelang die Bildschöpfungen von Kranken gesammelt.

Die Mitarbeiter ahnten, dass der nachfolgende Direktor der Psychiatrie ein Bewerber sein würde, der den Einfluss der Partei stärkte.

Anja war eines Tages sehr erstaunt, als sie aus dem Bezirkskrankenhaus Lichtspringe einen Anruf mit der Bitte erhielt, sich einen speziellen Nachmittag freizuhalten, da ihr ehemaliger Chef, Professor Wendt, sie aufsuchen wolle. Wollte er sich auf diese Stelle bewerben? Bei diesem Gedanken wurde Anja froh zumute und einige Tage später genoss sie das Wiedersehen, das herzlich, distanziert und dennoch vertraut war. Er wünschte, einiges über das soziale Klima an der Klinik zu erfahren. Auf ihre vorsichtige Frage nach seiner Absicht antwortete er ausweichend, schien nachdenklich, aber nicht ablehnend.

Ein Jahr später wurde der neue Klinikdirektor berufen. Es war nicht Prof. Wendt, sondern Prof. Naumann aus Berlin. Im September 1977 gab es eine Versammlung aller Mitarbeiter, wo sich Prof. Naumann vorstellte. Anjas Eindruck von ihm war: sicherlich durchsetzungsstark, redegewandt und von sich und der Ideologie der SED überzeugt. Er schien im mittleren Lebensalter zu sein, war nicht sehr groß und eher korpulent. Seine Antrittsvorlesung werde er zum Thema Alkoholismus halten und die Klinik auf diesem Gebiet voranbringen, äußerte er. Viele Mitarbeiter rechneten damit, dass sich vermutlich vieles in der Klinik ändern würde.

Zum gleichen Zeitpunkt begann ein weiterer Psychologe in der Klinik seine Arbeit, Dr. Otto. Er werde sowohl in der psychoneurologischen Forschung als auch auf der Kinderstation arbeiten. Er habe in Leipzig studiert und promoviert und wolle seine wissenschaftliche Karriere hier fortsetzen, ließ er seine Kolleginnen wissen. Anja und ihren Kolleginnen war klar, dass der neue Mitarbeiter, Genosse der SED, die Leitung einer eigenen Abteilung beanspruchte, die zu gründen wäre. Auch Professor Naumann unterstütze ein solches Vorhaben, äußerte er.

Einige Wochen später erhielt Anja erstmals einen ihrer psychologischen Berichte an den Oberarzt der Psychiatrie zurück. Er war nicht mehr wie üblich direkt dorthin gelangt, sondern vorerst zu Dr. Otto. Dieser gab ihn an sie mit der Bemerkung zurück, dass ihre Berichte künftig von ihm gegengezeichnet werden müssten. Das sei eine Anweisung des Direktors. Dr. Otto beruhigte die erschrockene Anja, indem er es »eine Formsache« nannte. Natürlich vertraue er der Kompetenz der erfahrenen Kollegin, aber inzwischen sei ja beschlossen worden, den psychologischen Dienst als eigene Abteilung anzuerkennen. Als promovierter Psychologe sei er für ihre Leitung zuständig.

Anja schluckte und beschloss, einen höflichen Brief an den Direktor und parallel dazu mit dem gleichen Wortlaut an Dr. Otto zu verfassen. Darin ging sie auf mögliche sachliche und organisatorische Bedenken der Herren ein und bat höflich, an der gegenwärtigen bewährten Praxis von Selbstkontrolle und direkter Übermittlung ihrer Berichte festzuhalten. Sie wünschte sich die Unterstützung ihre Kolleginnen durch Unterzeichnung ihres Briefes. Inge, die sowieso Befunde nur eine Bürotür weiter an die Kinderpsychiaterin zu geben hatte, tat das gern, während Christina sich dem nicht anschloss.

Bald wurden Anja und Inge von Dr. Otto darüber informiert, dass der Direktor ihrem Wunsch nicht nachkommen werde. Jetzt sah sich Anja der Macht zweier Chefs in einer Weise ausgesetzt, wie es ihr im Berufsleben bisher noch nie begegnet war. Als Vertreterinnen eines Berufsstandes außerhalb der Hierarchie der Ärzte waren sie und ihre Kolleginnen bisher kompetente und eigenständige Kooperationspartner der Mediziner gewesen. Nun sollte eine Hierarchie entstehen. Dr. Otto zeichnete sich, gleich dem Klinikdirektor, durch Karriereansprüche und Parteitreue aus und schien eng mit ihm zusammenzuwirken.

Ausgelöst durch ihren Brief, veränderte sich jetzt schnell das Arbeitsklima für Anja. Mit dem äußeren Druck und ihrer inneren Bedrückung fühlte sie sich jetzt erneut der Erfahrung von Ohnmacht ausgesetzt wie in den Jahren 1966 und 1967. Aber sie wollte nicht hinter ihre Forderung zurückgehen, die unwürdige Kontrolle zu unterlassen. Die Anordnung zum Gegenzeichnen ihrer Berichte durch den Kollegen empfand sie als Willkürmaßnahme. Weder sie noch eine ihrer langjährig tätigen Kolleginnen waren nach ihrer Meinung zur Gründung einer Abteilung befragt worden. Es ging um die Karriere von Herrn Otto und um mehr Kontrolle über parteilose Mitarbeiter. Wahrscheinlich sollte auch der Einfluss von Parteitreuen in der Psychiatrischen Abteilung gestärkt werden.

In der Folgezeit empfand Anja aufgrund ihrer Exponiertheit ziemlich viel Angst. Sie sah ihren Einwand zur Gegenzeichnung ihrer Berichte als richtig an und wollte Professor Naumann persönlich ihre Argumente vortragen. Auf einen Termin dafür, so hieß es im Sekretariat, müsse sie einige Wochen warten.

In der Zwischenzeit rief der Direktor, nur wenige Wochen nach Antritt seines Amtes, alle akademischen Mitarbeiter zu einer Besprechung zusammen. Er erläuterte ihnen, dass er die Arbeit und Forschung auf dem Gebiet des Alkoholismus voranbringen wolle, denn in der DDR werde das Problem bekanntlich heruntergespielt. Man wolle forschen und Zahlen vorlegen. Das hörte sich aufklärerisch an. Danach sprach er über seine Vorstellungen vom Wirken als Direktor dieser Klinik. Er kleidete alles in ein Bild, das die meisten Zuhörer verblüffte: Menschen suchten Vorbilder, an denen sie sich orientieren konnten. Ihm persönlich habe schon immer Napoleon der Erste mit seiner gut kalkulierten Offensivstrategie imponiert. Auf eine ähnliche Weise wolle auch er als Direktor die Mitarbeiter für einen Aufbruch motivieren. Und danach hielt er ihnen ein großes Blatt mit dem Abbild des Imperators vor, hoch zu Ross, in Rot und Blau, mit gelber Schärpe. Keiner hatte so etwas erwartet und viele lächelten beim Anblick des Farbdrucks von Kaiser Napoleon Bonaparte, dessen Statur der ihres korpulenten, mittelgroßen und sehr energischen Direktors nicht unähnlich war, abgesehen von der prächtigen Uniform des 18. Jahrhunderts. Der Direktor hielt den farbigen Druck triumphierend hoch und würdigte sein Vorbild, bis sein Arm nach wenigen Minuten herunter sank. Nachdem er das Bild des Imperators zur Seite gestellt hatte, stand er nun wieder allein als Professor Naumann in seinem Arztkittel vor ihnen und entwarf seine Vorstellungen von einer modernen Klinik. Dabei vermied er das Wort »sozialistisch«, schien sich aber weiter in der Rolle eines Eroberers zu gefallen. Anja dachte mit Wehmut an ihre Erfahrungen mit Professor Wendt in Lichtspringe zurück und an seine Art und Weise, für den Aufbruch zu einer modernen Psychiatrie zu werben. Wie gut hatte er doch daran getan, sich nicht noch einmal auf das Abenteuer Universitätsklinik einzulassen.

Anjas gewünschter Besprechungstermin ließ Wochen auf sich warten und in dieser Zeit ging es ihr zunehmend schlechter. Sie hatte sich in einen Konflikt begeben, bei dem sie diejenige war, die den gesuchten Anlass zur Machtdemonstration gegeben hatte. Ihre Berichte legte sie weiter dem Psychologen Dr. Otto vor, nahm aber inzwischen Kontakt zur Kinderklinik des Universitätsklinikums auf, um vielleicht dorthin wechseln zu können.

Schließlich erhielt sie ihren Gesprächstermin bei Professor Naumann, der sich zunächst höflich mit seinen vielen Verpflichtungen entschuldigte. Ihre Argumente legte sie ruhig dar und er hörte ihr eine Weile zu. Seine Reaktion war in einen harschen Tonfall gekleidet. Schnell wurde ihr klar, dass sie nichts erreichen würde. Nachdem er ihr unterstellt hatte, sie wolle aufbegehren, fühlte sie sich herausgefordert, das zu verneinen. Eben dies sei ihr Aufbegehren, bekam sie zu hören und ihr kamen die Tränen. Wie vor langer Zeit hatte sie das Gefühl, dass gerade etwas Schlimmes, nicht wieder Gutzumachendes passiert war. Lange danach noch machte sie sich selbst den Vorwurf, dass sie die Eskalation nicht hatte stoppen können.

Dann kam es für sie noch schlimmer: Ihr wurde der Arbeitsraum weggenommen und angeordnet, dass Inge und sie sich gemeinsam in deren kleinem Büro aufhalten und Anjas bisherigen Raum in gegenseitiger Absprache als Behandlungsraum nutzen sollten. Auch in anderen Kliniken werde das oft so gehandhabt.

In der Kinderklinik hatte man Interesse an einem Wechsel von Anja bekundet, aber zur Klärung wurde auf die Personalabteilung verwiesen. Auch in der Psychosomatischen Klinik werde eine neue Psychologenstelle geschaffen, erfuhr sie und wandte sich ebenfalls dorthin. In der Personalabteilung dämpfte man wieder ihre Hoffnung. Im Gespräch wurde sie aber gebeten, Genaueres über den Umgang des neuen Direktors der Nervenklinik mit seinen Mitarbeitern zu berichten. Die Nachfrage freute sie. Offenbar hatte sich der dortige Umgangsstil herumgesprochen und würde vielleicht nicht unwidersprochen bleiben. Mit ihren Aussagen darüber war sie vorsichtig.

Inzwischen hatte sie den Eindruck, dass sie telefonisch überwacht wurde. Im Laufe des Tages klingelte es öfter, wenn sie jedoch den Hörer abnahm, meldete sich niemand. Sie hatte nie an der Existenz von Mitarbeitern der Staatssicherheit und Informanten in der Nervenklinik gezweifelt und war sich sicher, dass sie in den vielen vergangenen Jahren überwacht worden war. Immer hatte sie ihre Aufzeichnungen zu Patienten achtsam geführt. Mit den anonymen Anrufen bekam sie nun also Einschüchterung zu spüren.

Ihre Kollegin und Freundin Inge hatte in der Zwischenzeit gekündigt und einen neuen Arbeitsvertrag mit einer Kinder-Ambulanz in der Umgebung abschließen können.

Im März des Folgejahres lud der Klinikdirektor Anja zu einem Gespräch ein. Er war unerwartet freundlich und teilte ihr mit, dass die Tagesklinik in eine Station zur psychotherapeutischen Behandlung von Störungen und Erkrankungen vorwiegend psychogener Natur umgewandelt werden würde. Für diese Arbeit sei auch sie vorgesehen. In einem halben Jahr werde die Station eröffnet.

Nun war Anja sehr froh und durfte auch ihren ursprünglichen Arbeitsraum wieder allein nutzen. Professor Naumann sprach mit ihr, als ob zwischen ihnen nie etwas vorgefallen wäre. Leutselig erzählte er von einer vierwöchigen Studienreise in die USA, bei der Wissenschaftlern aus Mittel- und Osteuropa Einblicke in maßgebende Einrichtungen der Suchtbehandlung und Forschung gewährt worden seien. Unter elf Kandidaten aus der DDR für diese Reise sei er wegen seiner guten Englisch-Kenntnisse ausgewählt worden. Allerdings war es über Monate ein offenes Geheimnis unter den Mitarbeitern der Klinik gewesen, dass der Professor Intensivunterricht bekommen hatte, und dies nicht nur außerhalb seiner Arbeitsstunden. Seine guten Beziehungen in der Partei hatten ihm vermutlich weit mehr zu seiner Auswahl geholfen.

Zum guten Ende ihres Konflikts spekulierte Anja, dass vielleicht die Personalabteilung ein wenig daran beteiligt war, dem Treiben der »Machtergreifung« durch den Professor ein Ende zu setzen. Es musste ihm nahegelegt worden sein, seine Mitarbeiter in der eigenen Klinik angemessen zu beschäftigen. Seit seinem Amtsantritt als Direktor der Psychiatrie war es eine größere Zahl von Mitarbeitern, die ihren Arbeitsplatz gekündigt hatten.

Anja bereitete sich mit Freude auf ihre neue Aufgabe vor. Ihr kam zugute, dass sie schon seit Jahren an einer Weiterbildung in Gruppenpsychotherapie für erwachsene Patienten teilnahm, welche von einer zentralen Einrichtung für Therapie und Forschung angeboten wurde. Dafür Pate gestanden hatte eine in Westdeutschland verbreitete »Dynamische Gruppenpsychotherapie«. Auch darin spielten Phasen von Wandlung des emotionalen und interaktiven Verhaltens die wesentliche Rolle, so wie es in Lichtspringe gehandhabt worden war.

Im September des Jahres war es soweit und die Station konnte eröffnet werden, zunächst mit drei und später vier Mitarbeitenden. Die Aufbauphase war interessant und befriedigend. Im Verlaufe von zwei Jahren stellten sich aber Unterschiede in der Auffassung des Gruppentherapiekonzepts zwischen der Stationsärztin und Anja heraus, so dass sie beide im Interesse der Gesamtorientierung der Mitarbeiter ihre Zusammenarbeit beendeten.

Danach arbeitete Anja mit einem Kollegen in der Alkoholismus-Forschung zusammen, den der Direktor an die Klinik geholt hatte. Ihre erneute Hoffnung, als Mutter von inzwischen zwei Schulkindern verkürzt arbeiten zu dürfen, ließ sich leider erneut nicht verwirklichen.

3 | Lebensumstände

In Jena in den 70er Jahren

Theo war einer von den über 8000 Mitarbeitern des Industriekombinats VEB Carl Zeiss Jena. In den frühen 70er Jahren waren Jahr für Jahr viele junge Menschen nach Jena gezogen, nicht nur Studenten, sondern auch Lehrlinge, die sich in den Berufen der Feinoptik und -mechanik, Feingerätetechnik und Elektronik ausbilden ließen. Nach einem Parteitagsbeschluss sollten diese zukunftsträchtigen Industriebereiche ausgebaut werden, welche in der Raumfahrt-Forschung und der militärtechnischen Anwendung von Geräten zunehmende Bedeutung gewannen.

Mit den vielen jungen Lehrlingen und Studenten entwickelte sich in der Stadt allmählich eine Szene von verschiedenen Jugendgruppierungen, die zusammen Musik machten, über Lebensstil und Umwelt und auch über die gegenwärtige sozialistische Gesellschaft diskutierten. Man wurde aufmerksam auf Liedermacher wie Bettina Wegner und Wolf Biermann. Junge Menschen suchten Rückzugsorte im kirchlichen Rahmen, um sich der staatlichen Bevormundung durch die Jugendorganisation FDJ zu entziehen. Als im Jahre 1976 dem Liedermacher Wolf Biermann nach einer Konzertreise in die Bundesrepublik die Wiedereinreise in die DDR verweigert wurde, unterzeichneten 58 Personen in Jena ein Protestschreiben gegen seine Ausbürgerung. In der Folgezeit entwickelte sich dort zunehmend eine Oppositionsbewegung, wie sie danach in den 80er Jahren landesweit in Gang kam. Als Reaktion darauf wurden weniger angepasste Studenten und Jugendliche von der Stasi beobachtet, exmatrikuliert oder sogar inhaftiert, wenn sie in der Öffentlichkeit für Meinungsfreiheit auftraten. Immer mehr Oppositionelle wurden ausgebürgert, hielten jedoch von West-Berlin aus weiter Kontakt zu ihren kleinen Herkunftsgruppen in Jena und versorgten sie mit Büchern und Schriften. Treffen außerhalb der DDR wurden in der Tschechoslowakei und in Polen organisiert. Man wurde aufmerksam auf die Entwicklung einer Gewerkschaftsbewegung in Polen, die allmählich in den 70er Jahren begonnen hatte und Anfang der Achtziger zu einer breiten gesellschaftlichen Bewegung wurde. In der DDR schien Derartiges unvorstellbar. Öffentliche, friedliche Kundgebungen wurden sofort aufgelöst. Die Zahl der Anträge auf Ausbürgerung in die Bundesrepublik stieg. In der Jenaer Innenstadt entstand ein Friedensaktionskreis, der stark beobachtet und dessen Zusammenkünfte behindert wurden.

Anja horchte auf, als sie erfuhr, dass der Literat und Autor Jürgen Fuchs, welcher ab 1974 in Jena Psychologie studierte, zwei Jahre später exmatrikuliert und aus der DDR ausgewiesen wurde. Wie andere hatte auch er sich gegen die Ausbürgerung des Liedermachers Biermanns ausgesprochen und sich danach weiter in der Oppositionsbewegung engagiert.

In diesen Jahren lösten die Aktivitäten eines neuen Kombinats-Direktors des VEB Carl Zeiss Jena in größeren Teilen der Bevölkerung Besorgnis aus. Er sollte, wie es von höchsten staatlichen Stellen angeordnet worden war, die Produktivität des Großbetriebs und die Führungsfunktion der Partei steigern und stärken, was er rigoros durchsetzte. Es entstand ein Klima der Verunsicherung im Betrieb, das sich auch in den Entwicklungsabteilungen bemerkbar machte. Die Mitarbeiter arbeiteten hier an Projekten mit unterschiedlichem Geheimhaltungsgrad und vielen war klar, dass diese militärtechnische Bedeutung hatten, auch wenn sie der Weltraumforschung dienen sollten. Theo Bäumler war sich sicher, dass seine Abteilung davon nicht ausgenommen war. Seinem Gruppenleiter, mit dem er über seine Haltung dazu gesprochen hatte, konnte ihm nicht entgegenkommen und ihn aus Projekten herausnehmen.

Die Arbeitsintensität in den Abteilungen unter der neuen Betriebsführung war hoch und die Belastung der Mitarbeiter stieg. Anja hatte in ihrer Sprechstunde öfter mit Patienten zu tun, denen das Arbeitsklima unter dem Druck zusetzte.

Begegnungen

Ende der 70er Jahre nahm Jacob, ein Bekannter Theos aus der Zeit in Karl-Marx-Stadt, Kontakt mit der Familie auf. Er hatte sich bei dem gemeinsamen Freund Johannes in Freiberg nach den Bäumlers erkundigt und sich vorgenommen, sie anlässlich einer Fachtagung in Jena zu besuchen.

Theo erklärte seiner Frau, dass Jacob und er damals an der Hochschule in benachbarten Abteilungen arbeiteten und in ihrer Freizeit miteinander sportlich aktiv waren. Sie sei ihm damals ebenfalls kurz begegnet und freue sich auf den Besuch, versicherte ihm Anja.

»Ich werde ihm vorschlagen, mich mit ihm in der Stadt zu treffen und dann gemeinsam zu uns nach Hause zu fahren«, überlegte Theo laut und Anja stimmte zu.

Sie nahm dafür ihren monatlichen Haushaltstag, der arbeitenden Müttern zustand, und konnte so ihre Vorbereitungen treffen und mit den Kindern entspannt auf den Besuch warten. Jacob freute sich über die herzliche Begrüßung und danach zeigten ihm Klara und Jan ihre Zimmer und die Wohnung. Dabei erzählte er ihnen von seinen drei Jungen im ähnlichen Alter, die sie bei einem späteren Besuch kennenlernen sollten. Die moderne Wohnung mit dem freien Blick auf den Marktplatz gefiel Jacob. Im Stillen aber fand er, dass seine viel geräumigere Altbauwohnung für seine eigene Familie günstiger sei.

Die Bäumlers hatten ihr Unglück in den 60er Jahren also mit Fleiß und Glück bewältigt, war Jacobs Eindruck. In den Gesprächen nach dem Abendessen erfuhr er, dass Theo vor vier Jahren dazu verpflichtet worden war, Reservistendienst zu leisten. Es blieb ihm nicht verborgen, dass sich der Freund und seine Familie weiterhin vom Problem der Wehrpflicht belastet fühlten und sehr allein damit schienen.

Er selbst hatte aufgrund glücklicher Umstände nicht dienen müssen und kannte heutzutage Menschen, die seine pazifistischen Ansichten teilten. Es seien Quäker, Mitglieder der ›Religiösen Gesellschaft der Freunde‹, wie sie auch hießen. Er erzählte den Bäumlers von dieser Gemeinschaft, deren Mitglieder Waffengewalt und Militärdienst aus Gründen ihres Glaubens ablehnten. Anja und Theo waren sehr interessiert.

Theo hatte nach seinem Reservistendienst vor vier Jahren seinen Schwager zwar noch einmal nach ihnen gefragt, aber dieser wusste nichts über ihre Existenz in Deutschland.

»Hat er denn nichts von dem Friedenszeugnis erzählt, auf das sie sich berufen?«, fragte Jacob verwundert.

»Nein«, antwortete Theo.

Jacob berichtete einiges zu ihrem Ursprung in Zeiten von Bürgerkrieg, Republik und erneuter Monarchie im 17. Jahrhundert in England, als sich Christen sowohl vom Katholizismus als auch von der anglikanischen Staatskirche abgewendet hätten. Sie seien nicht mehr bereit gewesen, Bischöfe oder Könige als die Stellvertreter Gottes auf Erden anzuerkennen und ihren Hut vor ihnen zu ziehen, sondern wollten diese Ehre nur Gott allein erweisen. Wegen ihrer Unbotmäßigkeit verfolgt, seien viele als Glaubensflüchtlinge nach Nordamerika ausgewandert.

»In unserem Geschichtsunterricht haben wir doch alle einmal von den ›Pilgervätern‹ gehört«, sagte Jacob und seine Zuhörer nickten. »Heutzutage leben die schätzungsweise 800.000 Mitglieder in vielen Ländern der Welt, auch in der Bundesrepublik und ebenso hier bei uns in der DDR. Wir zählen ca. 50 Mitglieder und nennen uns ›Religiöse Gesellschaft der Freunde‹ oder einfach ›Freunde‹. Ihr habt doch sicher von der Quäkerspeisung nach dem Ersten Weltkrieg und von den Care-Paketen nach dem Ende des zweiten gehört?«

Ja, das hatten sie und Anja dachte an die Schokoladenteilchen, die ihr die Mutter als kleinem Mädchen nach dem Mittagessen in den ersten Monaten ihrer Schulzeit zugesteckt hatte.

»Am besten könnt ihr mehr darüber erfahren und sie kennenlernen, wenn ihr im Sommer für eine Woche mit zu unserer Familienfreizeit kommt, die ich mit zwei anderen Freunden organisiere.«

Theo und Anja fuhren mit ihren Kindern in den Sommerferien 1980 in die Mark Brandenburg und waren eine Woche lang mit vier jungen Familien in einem Begegnungshaus zu Gast, das von kirchlichen Stellen für Tagungen vermietet wurde. Dort trafen sie auf aufgeschlossene Menschen, die sich untereinander kannten und die Neuankömmlinge schnell in ihre Gemeinschaft einbezogen. Auch Kinder im Alter von Jan und Klara waren darunter. Während der Zusammenkünfte der Erwachsenen fand sich meist ein Vater oder eine Mutter, die sich mit den Kindern beschäftigten. Eltern und Kinder verbrachten viel Zeit zusammen bei der Erkundung des Waldes und bei Spielen und Erzählungen, auch über Quäker.

In Gesprächen erfuhren die Bäumlers viel Interessantes. Die Quäker bezogen sich auf Gott und Jesus Christus, aber nicht auf eine heilige Kirche. Bei ihrem Glauben stand die unmittelbare Beziehung zwischen Gott und den Menschen im Vordergrund und darin ähnelten sie dem Glauben christlicher Mystiker im frühen Mittelalter. Pastoren, die zu Textstellen der Bibel predigten, gab es nicht. Die Anwesenden versammelten sich, in einem Kreis sitzend, zu einer Andacht in Stille. In dem oft entstehenden meditativen Zustand finde man zu innerer Ruhe, was Anja und Theo bestätigen konnten. Sie erlebten auch, dass ein Teilnehmer dabei in wenige Worte fasste, was ihm für sich, und vielleicht für andere auch, in seiner Andacht als wichtig erschienen war. In einem ›Gespräch aus der Stille‹ danach konnten Eindrücke, Gefühle und Gedanken vertieft werden.

Die ›Freunde‹ glaubten an etwas Göttliches in jedem Menschen, das sie ›inneres Licht‹ nannten. In ihrer Gemeinschaft war der Einzelne aufgefordert, diesen göttlichen Funken auch in persönliches Handeln umzusetzen. Sie sprachen von ihren ›Zeugnissen‹, die eine innere Haltung zusammen mit praktischem Handeln im Leben meinten und mit einer humanistischen Geisteshaltung übereinstimmten. Es gab ein Zeugnis der Wahrhaftigkeit, der Gleichwürdigkeit aller Menschen, der Einfachheit und der Achtung der Gemeinschaft. Ihr fünftes Zeugnis war das Friedenszeugnis.

Wie schon ihr Freund Jacob erzählt hatte, war die Glaubensbewegung der Quäker in der Zeit des 17. Jahrhunderts in England entstanden, die durch Bürgerkrieg, Gewalt und Willkür geprägt war. Manchen Menschen schien die anglikanische Kirche nicht mehr genügend Halt zu bieten und sie suchten andere Wege des Heils. Wegen ihres widerständischen Verhaltens gegenüber Kirche und König waren die Quäker frühzeitig verfolgt worden, obwohl ihr Glaube das Christentum nicht anzweifelte und sie sich auf die pazifistische Tradition des Jesus von Nazareth beriefen.

Theo und Anja interessierten sich für alles, was sie hier über die Quäker, ihr Friedenszeugnis und die historischen Umstände damals in der Zeit des Beginns ihrer Bewegung erfahren konnten. Sie hörten, dass sie sich mit ihren Vorstellungen 1660 mutig in einem Brief direkt an den damaligen König Charles II. gewandt hatten, die Zeugnisse ihres Glaubens erklärten und vielleicht sogar Schutz vor Verfolgung erhofften. Den Quäkern ging es bei ihrem Glauben sehr um Taten im Leben aufgrund ihrer Zeugnisse. Mit dem Friedenszeugnis verwarfen sie die Anwendung jeglicher Gewalt in kriegerischen Konflikten und erklärten, dass die Anhänger ihrer Gemeinschaft die Übungen und den Dienst mit der Waffe als Zeichen dieses Zeugnisses grundsätzlich ablehnten. Dennoch gelobten sie ihrem König beständigen friedlichen Gehorsam.

Die zusammengefasste Botschaft der Quäker von 1660 legte man den Bäumlers auf ihre Bitte hin vor. Die Sprache von damals war allerdings gewöhnungsbedürftig:

Alle blutigen Lehren und Übungen … verleugnen wir gänzlich, mit allen aufwändigen Kriegen und Streiten und Fechten mit äußerlichen Waffen, zu welchem Ende oder unter welchem Praetext oder Vorwandt es auch möchte sein. Und dies ist unser Zeugnis an die ganze Welt.

Den Bäumlers wurde versichert, dass an frei gestalteten Übertragungen der Teile jener frühen Erklärung in die Sprache des 20. Jahrhunderts bereits mehrfach gearbeitet wurde und dieser Prozess noch nicht beendet sei. Die Jahresversammlung aller Mitglieder der Religiösen Gesellschaft in einem Land fasse zu gegebener Zeit einen Beschluss zur Empfehlung des Wortlautes an ihre Mitglieder. Jeder Einzelne sei frei in seiner persönlichen Haltung zur Wehrpflicht, trage die persönlichen Konsequenzen aus der Reaktion des Staates auf seine Verweigerung, wisse aber die Quäker mit ihrer Geisteshaltung hinter sich. Auch in der heutigen Zeit gälten die entschiedene Ablehnung von Gewalt zur Lösung von Konflikten und das moralische Recht, dem eigenen Gewissen zu folgen.

Theo hatte insgeheim schon länger den Vorsatz gefasst, den Wehrpass abzugeben, der ihm nach seinem Reservistendienst ausgehändigt worden war. Die Informationen der Quäker heute, aber auch ihre Erfahrungen während vergangener Jahrhunderte waren ihm wichtig. Er und Anja hörten mit Spannung, wie es ihnen ergangen war und wollten gern wissen, wie der DDR-Staat heutzutage mit ihrer pazifistischen Grundhaltung umging.

Sie hörten, dass ›die frühen Freunde‹ meist den Militärdienst verweigert und sogar die Todesstrafe empfangen hätten. Viele waren wegen der harten Verfolgung nach Amerika ausgewandert. Jahrhundertelang hatte man hohe Gefängnisstrafen gegen die Verweigerer verhängt. Allmählich habe sich ein Wandel gezeigt, indem Verweigerern persönliche Glaubens-und Gewissensgründe vielleicht zugebilligt wurden, man ihnen aber kein Recht zur Verweigerung einräumte und sie weiterhin verurteilte. Der Forderung nach einem Wehrersatzdienst kamen die Staaten nicht nach. In England seien noch im Ersten Weltkrieg Wehrdienstverweigerer eingesperrt worden, bald aber habe das britische Parlament dem Ersatzdienst als Sanitäter zugestimmt.

Die Bäumlers waren sehr froh, hierher gefahren zu sein. Theo würde in Zukunft sein Anliegen besser beschreiben und vertreten können. Beide dachten ähnlich wie die Menschen, denen sie hier begegneten, und sie fühlten sich nicht mehr so allein in dem, was sie noch zu bewältigen hatten.

Unter diesen Menschen fanden sich Persönlichkeiten, die sie beeindruckten. Da war Therese, die als Dolmetscherin und Übersetzerin für Russisch und Englisch arbeitete und insbesondere neuzeitliche russische Literatur liebte. Sie

würde sich bei ihrer Arbeit als eine kulturelle Brückenbaue-
rin verstehen, hatte sie gesagt. Überhaupt habe die Religiöse
Gesellschaft in der Vergangenheit öfter als »Brückenbaue-
rin« in Konflikten auf der Welt und in der Gesellschaft eines
Staates vermittelt und tue das bis heute. Im Jahre 1947 sei
ihre soziale Hilfsorganisation, die Quäkerhilfe, für ihre Aktivität und Vermittlung im Kolonialkonflikt zwischen dem
Britischen Empire und Indien mit dem Friedens-Nobelpreis
ausgezeichnet worden.

»Und wie ist das Verhältnis zwischen dem sozialistischen
Staat der DDR und euch?«, wollten Anja und Theo wissen.

»Wir sind als ›Religiöse Gesellschaft‹ anerkannt und unser Ansprechpartner ist der Staatssekretär für Kirchenfragen.
Wir beobachten die Entwicklungen in unserem Land und
stehen mit Quäkern in der Bundesrepublik sowie im östlichen und westlichen Europa in Verbindung. Auch zu Versammlungen der ›Freunde‹ im Ausland, im westlichen und
östlichen, dürfen einige von uns fahren. Hin und wieder
sprechen wir mit staatlichen Vertretern über Themen wie
zivilen Friedensdienst oder Umweltschutz. Es gibt bei uns
Arbeitsgruppen, zum Beispiel für die Arbeit mit Kindern
und Jugendlichen, und auch den Friedensausschuss.«

In Friedrich, dem Leiter, fand Theo einen wichtigen Gesprächspartner, mit dem er sich in dieser Woche oft und
intensiv unterhielt.

In den folgenden Jahren fuhren Anja und Theo zu manchen
Zusammenkünften der Quäker. Anja schätzte ihre klare und
dennoch nicht gegnerische Orientierung in der Gesellschaft
und Theo hatte Ansprechpartner in seiner Haltung zum
Wehrdienst gefunden.

Die Bäumlers schlossen sich der kleinen regionalen Leipziger Andachtsgruppe von Elisabeth Hering an. Sie war
Schriftstellerin und gehörte dem Schriftstellerverband der

DDR an. 1945 hatte sie mit ihrem Mann, der Pfarrer in Siebenbürgen war, und ihren Kindern Rumänien verlassen und Leipzig mit seiner ›Deutschen Bücherei‹ als Wohnsitz in Deutschland gewählt. Sie schrieb historische Romane über das friedliche Miteinander von Menschen unterschiedlicher Kulturen und Religionen. Elisabeth zuzuhören war bereichernd, denn sie erzählte viel Interessantes zur Geschichte ihrer ehemaligen Heimat, zum Glauben der Quäker und zu ihren Büchern.

Anja fühlte sich durch die Kontakte mit den Freunden besser in all dem begleitet, was ihren Mann und ihre Familie seit Jahren beunruhigte.

Abschnitt C: Die Jahre in Jena zwischen 1975 und 1985

1 | Eine Zeit zwischen Hoffnung und Bedrohung in der Welt

Politische Situation

Viele Bewohner der DDR hatten in der zweiten Hälfte der 70er Jahre an eine vorsichtige politische Entspannung in Europa geglaubt, aber ihre Hoffnung erfüllte sich nicht. Drei Jahre lang hatten sich Vertreter aus 35 europäischen Ländern, auch aus der DDR, in der Schweiz und in Finnland getroffen, um in der Konferenz für Zusammenarbeit und Sicherheit in Europa (KSZE) Leitlinien für das friedliche Zusammenleben westlicher und östlicher Staaten mit ihren unterschiedlichen Gesellschaftssystemen zu vereinbaren. Dabei war es um Annäherung, gegenseitigen Gewaltverzicht, Nichteinmischung und Achtung der Menschenrechte gegangen.

Leider gelang es nicht, diese Forderungen im Rahmen eines ›Helsinki-Prozesses‹ in den folgenden Jahren in die Tat umzusetzen. Im Herbst des Jahres 1975, nach den schwierigen Monaten der Reservistenzeit für die Familie Bäumler, hatte in der Nervenklinik eine Betriebsversammlung stattgefunden, in der auch auf die Schlussakte von Helsinki hingewiesen worden war. Anja ging damals mit viel Zuversicht aus dem Versammlungsraum

Das letzte Drittel der 70er Jahre jedoch brachte die ersehnte Entspannung nicht. Die Hoffnung auf eine militärische Abrüstung zwischen den Machtblöcken von Ost und West, der Nato und dem Warschauer Pakt, hatte sich nicht erfüllt. In der DDR wurden keine größeren Freiheiten gewährt, eher im Gegenteil, in Jena kontrollierte die Staatssicherheit alle Zusammenkünfte selbst kleinerer Gruppen, überwachte Einzelpersonen und griff bei spontanen Aktivitäten in der Öffentlichkeit sofort ein. Die »Jenaer Szene«, wie es hieß und wie es aus Stasi-Unterlagen später hervorging, »wurde erheblich geschwächt«. Aber als das Gefühl der Bedrohung durch Krieg in den frühen 80er Jahren bei der Bevölkerung zunahm, gewannen Aktivitäten um Frieden und Gewaltfreiheit an Bedeutung. In der Evangelischen Studentengemeinde sowie in anderen Kirchengemeinden der Jenaer Innenstadt bildeten sich »Friedenskreise« in Form von regelmäßigen Gesprächsgruppen. Auch in Jena-Neulobeda wurde, von den dortigen Pfarrern begleitet, ein solcher Friedenskreis gegründet.

In der Außenpolitik war es 1978 zu einem Treffen zwischen dem sowjetischen Staatsführer Leonid Breschnew und dem deutschen Bundeskanzler Helmut Schmidt gekommen. Aber über die erneute Absichtserklärung hinaus, das Wettrüsten zwischen den beiden Machtblöcken einzudämmen, passierte nichts. Beide Machtblöcke rüsteten ungehemmt weiter auf, besonders auf dem Gebiet der nuklearen Mittelstreckenraketen. Die NATO hatte auf einen Rüstungsvorsprung des Sowjetblocks hingewiesen und im Dezember 1979 wurde der sogenannte Nato-Doppelbeschluss in Brüssel gefasst. Damit war zweierlei gemeint: erstens weitere Produktion von Raketen und Marschflugkörpern und zweitens ein gleichzeitiger Eintritt in Abrüstungsverhandlungen mit der Sowjetunion zwecks Reduzierung ihrer Mittelstreckenraketen. Sollten solche Verhandlungen bis Ende 1983 nicht zu einem positiven Abschluss geführt haben, würde mit der Stationierung der Raketen in West-Europa begonnen werden. Das Gefühl von anhaltender Bedrohung verstärkte sich in der Bevölkerung von Ost und West zunehmend. Anja und Theo verfolgten die politischen Ereignisse aufmerksam und besorgt und sie waren, wie viele ihrer Landsleute, über das neue, verstärkte Wettrüsten sehr erschrocken. An den Grenzen der beiden deutschen Staaten, im Herzen Europas, standen die Großmächte einander direkt gegenüber.

Den Bäumlers war bekannt, dass es in einem kleinen Tal, nicht mehr als zehn Kilometer von ihrem Wochenendgrundstück entfernt, seit Jahren eine breite betonierte Straße gab und dass dort sowjetische Mittelstreckenraketen stationiert sein sollten. Bis zur Westgrenze der DDR hinter Eisenach waren es nicht einmal 150 Kilometer. Dahinter, auf bundesdeutschem Gebiet, lagerten im Raum von Fulda vermutlich die amerikanischen Raketen. Sowohl die russischen als auch die amerikanischen konnten mit nuklearen Sprengköpfen versehen werden. Falls das gefährliche Wettrüsten nicht durch Verhandlungen über Abrüstung beendet werden würde, drohte mitten in Deutschland ein Atomkrieg. Davon fühlte sich die Bevölkerung in Ost und West über Jahre hinweg bedroht.

Theo Bäumler schloss sich der Gesprächsgruppe der Kirchengemeinde von Jena-Neulobeda an. Hier ging es um Ängste infolge der Aufrüstung, deren Folgen und die Hoffnung auf Abrüstung. Auch über Aktionen von Friedens-Aktivisten in der Jenaer Innenstadt wurde gesprochen, zum Beispiel anlässlich einer Kundgebung am Jahrestag der Bombardierung der Stadt vor fast 40 Jahren. Transparente mit Aufschriften wie »Schwerter zu Pflugscharen«, »Verzicht auf Gewalt«, »Wir wollen einen sozialen Frieden« wurden sofort beschlagnahmt und ihre Träger verhaftet.

In dieser angespannten Situation gewann die Kirche zunehmend an Bedeutung. Einerseits waren Kirchengemeinden Orte einer geschützten persönlichen Meinungsäußerung. Zum anderen suchten oberste Kirchenvertreter und staatliche Gremien das Gespräch miteinander. »Es gibt eine eigenständige kirchliche Friedensbewegung, die in der Ökumene eingebunden ist. Sie richtet sich aber nicht gegen den Staat«, so war die Stellungnahme vonseiten des Landesbischofs. Das konnte man zehn Jahre später in Schriften nachlesen, die der öffentlichen Aufarbeitung der Vergangenheit dienten.

Fahrt ins polnische Nachbarland

Im Sommer 1980 las Anja im Kirchenblatt Alt-Lobedas vom geplanten Besuch einer Kirchengemeinde in Polen und interessierte sich dafür. Vom Nachbarland Polen wusste man, dass die Wirtschaftslage dort weit schlechter als die in der DDR war. In der Tagesschau des West-Fernsehens war von Unruhen unter Arbeitern auf den großen Werften in Stettin und Danzig berichtet worden. Inzwischen sprach man in Polen von einer Gewerkschaftsbewegung »Solidarność«. Anja und Theo wollten gern mehr darüber wissen. Als eine gute Gelegenheit hierfür bot sich die Teilnahme an der Fahrt dahin an.

Theo war dafür, dass Anja sich anmeldete.

Im August 1980, an einem Freitag gegen Mittag, fuhr die Gruppe, ein Pfarrer und sechs Gemeindemitglieder, im Kleinbus von Jena nach Poznan im Norden von Polen. Zu später Abendstunde kamen sie an, wurden im Versammlungssaal der katholischen Gemeinde begrüßt und erhielten einen Imbiss. Anja wurde bewusst, dass es sich dabei um eine der wenigen ökumenischen Begegnungen zwischen Katholiken und Protestanten handelte. Im Anschluss daran wurden die Besucher zwei Gastfamilien zugeordnet. Anja und ihre beiden Bekannten erhielten Unterkunft bei Kristina und Janosz, deren Sohn sein Bett zur Verfügung stellte und bereit war, die Nacht bei Bekannten zu verbringen. Vorerst war nicht erkenntlich, wo in der Dreizimmer-Wohnung noch weitere Übernachtungsmöglichkeiten sein sollten. Im Handumdrehen ließen sich jedoch zwei Klappsessel im Wohnzimmer in schmale Schlafliegen umwandeln. Anja staunte, wie erfinderisch die Gastgeber mit ihrem begrenzten Raum umgingen.

Zum Frühstück wurden sie wieder als Sessel genutzt. Die Familie sprach Deutsch und man unterhielt sich über die unterschiedlichen Lebensverhältnisse in den benachbarten Ländern. Die Gastgeber beklagten sich nicht, berichteten aber, dass die Menschen in ganz Polen den Streik der Arbeiter auf der Lenin-Werft mit großem Interesse verfolgten, wobei es vor allem um bessere Arbeitsbedingungen ging. Über diese Streikbewegung »Solidarność« würde den Gästen am Abend ausführlich berichtet werden. Jetzt sei es an der Zeit, ins Gemeindehaus zu fahren, von wo aus eine Stadtrundfahrt vorgesehen war.

Unterwegs erinnerte sich Anja daran, dass schon ihr Vater mehrfach in Poznan gewesen war. Sein Betrieb hatte ihn

damals zur großen jährlichen Textilmesse in die international
anerkannte Messestadt geschickt, worüber er sehr erfreut
gewesen war. Poznan sei auch eine bekannte Universitätsstadt, hieß es. Bei der Stadtrundfahrt bekamen sie schöne
Renaissancehäuser am Alten Markt sowie weitere Sehenswürdigkeiten der einstmaligen Hansestadt zu sehen.

Dann hatten sie Freizeit, konnten sich in der Fußgänger-
zone umsehen und polnische Zloty eintauschen. In einem
bestimmten Restaurant seien Tische für die Reisegesellschaft
reserviert worden. Man werde sich bald erneut treffen und
gemeinsam dorthin gehen. Dort wollten sie ihre Begleiter
zum Mittagessen einladen, welche jedoch dankend ablehnten – ob aus Bescheidenheit, aus Stolz oder beiden Motiven?
Später gelang das Vorhaben jedoch im stummen Austausch
mit dem Kellner beim Bezahlen. Die polnische Küche hatte ihnen zugesagt. Danach stand ihnen der Nachmittag zur
Verfügung, bis der Bus sie zum gemeinsamen Besuch der
Katholischen Messe abholen würde.

Die Kirche wirkte weit prächtiger, als sie es von ihren
protestantischen Kirchen gewohnt waren. Auch die Besu-
cherzahl an einem Werktag war weit höher als die in ihren
sonntäglichen Gottesdiensten. Trotz der atheistischen Gesellschaftsordnung praktizierte der größte Teil der Bevölkerung Polens den katholischen Glauben. Ihr Bischof Karel
Woytila war vor zwei Jahren in Rom zum Papst Johannes
Paul dem Zweiten gewählt worden und darauf waren die
Polen stolz. Er verstand es, bei seinen zahlreichen Reisen
immer wieder auf Osteuropa und sein Land Polen hinzuweisen.

Nach der katholischen Messe nahmen die deutschen
Gäste ihr Abendessen in der größeren Wohnung der zweiten Gastgeberfamilie ein. Danach wurde ihnen in einem
Vortrag ausführlich über die derzeitige Situation im Lande berichtet. Die Lebensmittelversorgung sei ungenügend.

Die Knappheit werde aber weniger durch die weitgehend kleinbäuerliche Landwirtschaft verursacht als durch eine erfolglose Planwirtschaft. Das Land sei fast pleite. Schon 1978 sei in Danzig gestreikt worden und die Arbeiter hätten eine freie Gewerkschaft gegründet, die aber sofort verboten wurde. In diesem Jahr seien von Neuem die sowieso sehr hohen Leistungsnormen in der Arbeit der Werftmitarbeiter erhöht worden. Die Produktionshallen würden schon lange nicht mehr geheizt und die Essensversorgung bei dieser schweren körperlichen Arbeit sei unzureichend.

Die Kranführerin Anna und der Elektriker Lech Walesa hätten zum Protest aufgerufen, seien dafür entlassen und trotz des Protests ihrer Kollegen nicht wieder eingestellt worden. Nach Tagen erfolgloser Verhandlungen sei jetzt, Mitte August, die gesamte Arbeiterschaft in den Streik getreten. Was daraus werden würde, fragten die deutschen Gäste. Die Antwort war, dass die Werftleitung nachgegeben habe. Trotzdem wurde weitergestreikt. Arbeiter im ganzen Land seien der Meinung, dass es mit der Misswirtschaft so nicht weitergehen könne. Auch an anderen Orten hätte man zu streiken begonnen, anfangs nur aus Solidarität mit den Werftarbeitern, später wegen der Wirtschaftslage im ganzen Land. Eine umfassende Bewegung, die »Solidarność«, sei mit der Zeit entstanden. Gefordert wurden freie Gewerkschaften, das Streikrecht für die Arbeiter, Abschaffung der Pressezensur und soziale Verbesserungen für alle.

Vieles von dem eben Gehörten erinnerte die Gäste an den ›Prager Frühling‹ 1968 in der Tschechoslowakei. Was könnte dafür sprechen, dass die Volksbewegung diesmal mehr Erfolg hätte und nicht durch russische Truppen niedergeschlagen werden würde? So diskutierte man lebhaft nach dem Vortrag. Die deutschen Gäste fanden das Gehörte ermutigend, aber auch beunruhigend. Zur jetzigen Zeit erschien ihnen so etwas für die DDR undenkbar, umso mehr beeindruckte es sie in ihrem Nachbarland. Es würde aber nicht ohne Einfluss auf die DDR bleiben. Den deutschen Gästen imponierte die Furchtlosigkeit, mit der die beiden Redner über alles sprachen, natürlich nicht in einem Gemeindesaal, sondern in einer privaten Wohnung. Später zu Hause in Jena würde es viel zu berichten und über vieles miteinander nachzudenken geben, fanden alle Teilnehmer der Fahrt.

Im Herbst des Jahres hatte die polnische Regierung dem Druck der streikenden Arbeiter im ganzen Lande nachgeben müssen und das »Danziger Abkommen« unterschrieben. Somit konnte die unabhängige selbstverwaltete Gewerkschaft »Solidarność« gegründet werden. Leider durfte sie nur ein Jahr lang bestehen.

Ende 1981 wurde die freie Gewerkschaft verboten und die selbstbestimmte Entwicklung Polens mittels politischer Gewalt beendet. Unter Billigung der sowjetrussischen Regierung hatte ein polnischer General die Regierungsmacht übernommen und das Kriegsrecht über das Land verhängt. Die Menschen in den umliegenden Ländern, auch in der DDR, lebten monatelang in der großen Sorge, dass die Truppen des Warschauer Pakts, ebenso wie beim politischen Aufbruch 1968 in der Tschechoslowakei, nun auch in Polen einmarschieren würden. Natürlich sorgte sich auch Theo Bäumler darum. Zum Glück geschah aber nichts dergleichen.

Knapp 9 Jahre später fiel am 11.9.1989 mit der Berliner Mauer der »Eiserne Vorhang« zwischen den Ost- und Westmächten und ihren Militärbündnissen. Die Rolle der polnischen Volksbewegung und Gewerkschaft »Solidarność« dabei war schon frühzeitig von hochrangigen Politikern als wichtiger Beginn der gewaltigen Veränderungen gegen Ende des zwanzigsten Jahrhunderts gewürdigt worden.

2 | Ausschau nach Veränderung

Die Bäumlers waren über die politische und militärische Situation in Europa und in ihrem Land sehr beunruhigt. Auch für ihr eigenes Leben stellten sie Überlegungen an. Theo erschien es aufgrund seiner inneren Haltung falsch, in seinem Betrieb weiter in einer Abteilung zu arbeiten, deren Entwicklungsprojekte auch militärischen Zwecken dienten. Ein anderer Arbeitsplatz würde sich für ihn aber dort nicht finden lassen.

Auch Anja fühlte sich mit ihrer jetzigen Aufgabe nicht mehr glücklich und sehnte sich wieder nach einer Tätigkeit im Bereich der Psychotherapie.

Theo wünschte immer dringlicher, seine Arbeitsstelle zu verlassen. Wo er denn sonst in Jena arbeiten wolle, fragte Anja ihn. Vielleicht in einer Elektrowerkstatt, die Geräte repariert«, hatte er geantwortet.

Aber würde man, falls es eine solche gäbe, einen Diplomingenieur einstellen?, war ihre Gegenfrage. Sein Betrieb werde ihn nicht gehen lassen, ohne dass er seine Beweggründe erklärte. Nach früheren Erfahrungen, zum Beispiel mit dem Abteilungsleiter, könnte sich Theo dabei in Schwierigkeiten bringen. Vielleicht würde man ihm Verweigerungsverhalten vorwerfen und ihn diskriminieren. Anja dachte an die Zeit zurück, als auch sie sich in der Klinik nicht mehr konform verhalten konnte. Sie hatte den persönlichen Druck, der auf sie und ihre Kollegin ausgeübt worden war, sowie die Einschüchterung durch die Stasi nur schwer verkraften können. Welche Auswirkung würde es für ihre gesamte Familie haben, wenn Theo seine Arbeit plötzlich kündigte? Das alles bewegte sie, als sie sich mit einem Male wieder mit Theos Spontaneität konfrontiert sah.

Vielleicht sollten sie an einem anderen Ort neu anfangen?, überlegten sie beide. Anfang des Jahres 1981 sah sich

Anja den Arbeitsplatz als Psychologin in einer kleinen psychiatrischen Klinik in der Stadt Plauen an, wohin ein Oberarzt der Jenaer Nervenklinik als Chefarzt gegangen war. Aber es stellte sich heraus, dass sie nicht, wie erhofft, aufgrund ihrer langjährigen Erfahrung die Leitung des psychologischen Dienstes bekommen würde. Als dann Theo die Arbeit an der Entwicklung von Spielautomaten in Plauen als unpassend ansah, entschlossen sie sich, diese Möglichkeit nicht weiter zu verfolgen.

Anja, die jahrelang in Jena gut mit dem aufgesuchten Dr. Feldmann zusammengearbeitet hatte, wollte nicht einfach per Telefon absagen, sondern lieber persönlich. So fuhren sie und ihr Mann noch einmal hin und besuchten das Arztehepaar an einem Nachmittag der Woche in seiner Wohnung. Anjas Absage wurde verständnisvoll entgegengenommen, da Theo am Ort keine passende Arbeitsmöglichkeit für sich sah.

Die Feldmanns hatten ein etwa ein Jahr altes Töchterchen, das sich beim Kaffeetisch geschickt neben seiner Mama bewegte und von ihr gehalten wurde. Während ihres Gesprächs wanderte Anjas und Theos Aufmerksamkeit immer wieder zu der Kleinen. Nachdem sich das Kindchen anfänglich wiederholt kurzzeitig zu seiner Mama zurückgezogen hatte, wurde es bald den fremden Gästen gegenüber zutraulicher. Die Kleine ging auf Theos Lächeln ein, drückte sich wieder kurz an ihre Mutter und wandte sich ihm danach erneut schelmisch zu. Daraus wurde ein Spiel, in dem Theo und das kleine Mädchen die Stars waren. Anja beobachtete die kurzen Szenen voller Faszination und dachte gleichzeitig mit Bedauern daran, wie schnell die kostbare Kleinkindzeit mit ihren eigenen Kindern vergangen war. In ihrem Alltag hatte es so wenig Raum für die intensiven Begegnungen und Spiele miteinander gegeben. Die berufliche Beanspruchung von ihnen beiden war einfach zu hoch gewesen. Diese Mutter hier arbeitete nur 20 Stunden in einer Beratungsstelle, wie sie erzählte, der Vater war natürlich in der Klinik sehr gefordert. Beide Eltern aber verbrachten sicherlich mehr Zeit mit ihrem Kind, als das in Anjas Familie möglich gewesen war. Die beiden Feldmanns hatten sich auch nicht mit so andauernden Konflikten auseinandergesetzt, wie das im Zusammenleben der Bäumlers der Fall war. Beide wirkten glücklich und zufrieden. Diese Stunde, die Anja und Theo mit den Feldmanns verbrachten, hinterließ in ihnen einen bleibenden Eindruck. Anja ging das Bild des Kindes mit seinem Charme und der Neugier in seiner kleinen Welt nicht aus dem Sinn. Wie wäre es, wenn so ein kleines Wesen noch einmal in ihr Leben treten würde? Anja nährte Sehnsuchtsvorstellungen zu Partnerschaft und Familie, die durch das wahrgenommene Familienidyll angeregt und verstärkt worden waren. Sie träumte von einem glücklicheren Zusammenleben in späterer Zeit, wenn sie die jetzigen Herausforderungen miteinander bewältigt hätten. Die Wunschträume hatte sie wohl zum Ausgleich der Anspannung nötig, die sie mit ihrem Mann dauerhaft erlebte.

3 | »Rückbau«

Theo hatte im Jahre 1981 nicht nur vor, seine damals aktuelle Arbeitsstelle bald zu verlassen, sondern er plante auch, seinen Wehrpass an die Wehrkreis-Kommandostelle zurückzugeben. Er würde das nicht überstürzt tun, versicherte er Anja, auf jeden Fall aber, sobald militärische Gewalt von außen gegen die innere Umgestaltung der Gesellschaft in Polen zu erwarten wäre. In diesem Falle befürchtete Theo, als Reservist eingezogen zu werden. Mit der Kündigung seiner Arbeit nach der Abgabe des Wehrpasses wollte er auch eventuellen Repressalien aus dem Arbeitsbereich zuvorkommen. All diese Vorhaben und Vorkehrungen hatten Anja und er miteinander besprochen.

Sie fanden beide, dass Theo noch einmal mit einem Vertreter der Kirche sprechen sollte, um sich zu vergewissern, dass seine Beweggründe verstanden würden. Außerdem wollte er erfahren, ob man ihm während einer Übergangszeit eine Arbeit in einer kirchlichen Einrichtung anbieten könnte.

Im Sommer 1981 bat er um ein Gespräch im bischöflichen Amt der Landeskirche in Eisenach. Der Bischof hörte ihm geduldig zu und stellte seine Beweggründe nicht in Frage. Die Kirche sei bereit zu helfen, könne sich aber nicht vereinnahmen lassen, sagte er. Es gebe eine eigenständige kirchliche Friedensbewegung, aber eingebunden in den ökumenischen Prozess für Frieden, Gerechtigkeit und Bewahrung der Schöpfung. Gegen den Staat richte sie sich selbstverständlich nicht, erläuterte der Bischof.

Ein »Sozialer Friedensdienst« werde nach der Auskunft des Staatssekretärs für Kirchenfragen, Klaus Gysi, vom Staat nicht eingeräumt. Damit müsse man sich abfinden. Ein jeder könne gemäß seinem Gewissen den Wehrdienst verweigern oder aber als Bausoldat dienen. Die Kirche könne nicht beim Staat intervenieren, aber mit kircheneigenen Möglichkeiten helfen und ihn für eine Übergangszeit in einem kirchlichen Pflegeheim anstellen.

Anja wusste, dass sich ihr Leben grundlegend verändern würde, und machte sich Sorgen. Sie und Theo sprachen mit ihren Eltern über ihre Vorhaben und ihr Vater bedauerte, dass die Familie nicht zur Ruhe kam. Er und seine Frau Irene führten ihnen vor Augen, was es bedeute, erneut ihre soziale Sicherheit aufzugeben.

Anja wollte nicht nur abwarten, was sich ereignen würde,

wenn Theo seine Vorhaben in die Tat umsetzte. Sie wollte die Kontrolle über das Geschehen behalten und möglichst eine Perspektive sehen. Warum sollten sie nicht einen Antrag zur Ausreise in die Bundesrepublik stellen, welcher durch Theos Haltung zu begründen wäre? Dort neu anzufangen, war ihren Verwandten in den 50er Jahren doch auch gelungen. Theo hatte sich bisher mit einem solchen Gedanken nicht befasst. Er meinte, dass es für ihn nicht einfach sein würde, eine Arbeit auf seinem Gebiet zu finden, denn in der Informationsverarbeitung hatte man in der Bundesrepublik einen jahrelangen technischen Vorsprung.

Anja brauchte ein Ziel, übersah aber die Anstrengung nicht, die mit einem Wechsel in die Bundesrepublik verbunden wäre. Dem stand gegenüber, dass sie gerade 40 Jahre alt waren, hohe Berufsqualifikationen und viele Jahre Erfahrung hatten.

Theo konnte sich ihren Vorstellungen nicht entziehen und war bereit, einen Antrag auf Ausreise – eigentlich Ausbürgerung – aus der DDR zu stellen, wenn er seinen Wehrpass abgegeben hätte.

Die Familie lebte angestrengt, das hatten nicht nur ihre Eltern, sondern auch sie selbst gemeint. Sie gaben sich große Mühe, ihr Familienleben außerhalb von Arbeit und Schule schön und abwechslungsreich zu gestalten. Dafür hatten sie die Wochenenden und die Schulferien, aber auch Familienfeste mit Verwandten und Kindergeburtstage mit den Schulfreunden. In den Ferien fuhren sie ans Meer oder ins Gebirge. Der Entschluss, dies alles in den nächsten Jahren zu verlassen, würde einen großen Einschnitt in ihrem Leben bedeuten.

Theo und Anja gingen verschieden damit um. Theo fühlte sich beruhigt, weil er seinen Zielen näher kam. Er und Anja hatten die Entscheidungen gemeinsam getroffen. Er fühlte sich nicht mehr so gedrängt und hatte Vertrauen, den richtigen Zeitpunkt für ihr Handeln zu bestimmen.

Anja suchte in der Routine des Alltags eine gewisse Ruhe und Sicherheit gegen ihr manchmal banges Gefühl angesichts der bevorstehenden Veränderungen. Sie stellte sich vor, dass ihre Familie wie ein schwer beladenes Fahrzeug von der gewohnten Straße abfahren und in eine neue Gegend aufbrechen werde, wo ihnen alle Wege unbekannt seien. ›Wie wird es unseren Kindern damit gehen?‹, fragte sie sich. ›Werden wir ihnen als Eltern genügend Halt bieten können?‹

Wochenlang hatte sie abgewogen, was das Wesentliche für sie selbst im Leben wäre, und sich dabei auch entschlossen, eigene Ziele wie die Promotion aufzugeben. Das Wichtigste war für sie die Familie und ihre Sehnsucht, miteinander in einer guten Partnerschaft zu leben.

Für die Kinder, jetzt 9 und 12 Jahre alt, würde alles bleiben wie bisher. Sie würden weiter ihre Schulen besuchen. Neben dem Schulunterricht lernte Klara in der Musikschule seit zwei Jahren das Spielen auf der Blockflöte und hatte Freude daran. Jan besuchte den Kurs für das Marionetten-Theater, wo er einen Platz bekommen hatte. Lieber hätte er Holzschnitzen gelernt, aber das wurde nicht angeboten.

Man musste mit Jahren rechnen, die nach einem Ausreiseantrag vergehen würden. Bisher hatten Theo und Anja ihren Kindern von ihren Zukunftsplänen nichts gesagt. In den 50er Jahren hatten ihre eigenen Verwandten die Kinder auch mit dem Wechsel in den Westen Deutschlands konfrontiert. Sie alle schienen danach mit den Möglichkeiten in der Bundesrepublik zufrieden gewesen zu sein.

›Bedauerlich war, dass die politischen Verhältnisse der 70er Jahre eine so große Bedeutung für unsere ganze Familie hatten‹, dachte Anja jetzt, Jahrzehnte später, als sie darüber schrieb. ›Im Vergleich mit anderen Familien war unser Leben viel weniger entspannt, genussvoll und froh. Unsere Partnerschaft war durch den Dauerstress belastet, aber durch das gemeinsame Projekt haben wir auch wieder zusammengefunden.‹

Die Abgabe des Wehrpasses

Ihre Orientiertheit über politische Verhältnisse und Veränderungen hatten die Bäumlers immer als wichtig angesehen.

In Polen hatte sich der Konflikt zwischen der Staatsmacht und der freien Gewerkschaft »Solidarność« bis zum Herbst 1981 zugespitzt und endete mit ihrem Verbot, nachdem sie ein Jahr als selbstbestimmte Vertretung der Werktätigen gearbeitet hatte.

Im West-Fernsehen informierten sich Theo und Anja in diesem Herbst genauer über den geplanten Besuch des Bundeskanzlers Helmut Schmidt beim Staats- und Parteichef der DDR Erich Honecker. Wie später in der ›Chronik des 20. Jahrhunderts‹ zu lesen war, ging es vor allem um ein Geschäft, bei dem die DDR die Vergünstigungen im innerdeutschen Handel verlängern wollte und im Gegenzug Erleichterungen im gesamtdeutschen Reiseverkehr einräumen sollte. Der Termin war mehrfach verschoben und schließlich für die Zeit vom 11.-13. Dezember 1981 bestimmt worden.

Das wäre ein guter Zeitpunkt, den Wehrpass abzugeben, fand Theo. Die Ministerien des Inneren und für Verteidigung hatten vermutlich sehr viele Amtsträger und Stasi-Leute zur Sicherung des Treffens in Schloss Hubertusstock am Werbellinsee bei Berlin mobilisiert. Die Befehlsketten für solche Ämter wie das Wehrkreis-Kommando würden vielleicht weniger schnell auf »kleine Vorkommnisse« wie das Zurückgeben eines Wehrpasses reagieren.

So ging Theo am Freitag, dem 11.12.1981, auf das Amt

in Jena und legte dem Beamten am Schalter seinen Wehrpass vor mit der Bemerkung, er gebe ihn hiermit zurück. Der Beamte habe ihn ganz ungläubig angesehen, kaum ein »So?« herausgebracht und das Papier ohne den erwarteten laut-empörten Tonfall entgegengenommen. Er, Theo, habe den Raum ganz schnell verlassen, berichtete er zu Hause, erleichtert und auch ein wenig triumphierend.

Zwei Tage später, am Sonntag, dem 13.12., verhängte Polens Staats- und Parteichef General Jaruzelsky das Kriegsrecht im Land. Trotzdem kam es zu Arbeitsniederlegungen, zur Internierung von Menschen in Lagern, und zu Kämpfen zwischen Streikenden und der Armee. Diesmal wurden keine Truppen von außen eingesetzt wie 1968 in Prag bei der Bewegung des ›Prager Frühlings‹.

Auf Theos Abgabe des Wehrpasses erfolgte keine sofortige Reaktion. An der Arbeit sagte er seinem Abteilungsleiter Bescheid.

Das Weihnachtsfest und die Tage bis zum Jahreswechsel gewährten Theo und den Seinen Spielraum, um ihre Anspannung loszulassen. Es wurde ein Fest, wie sie es aus den vergangenen Jahren kannten. Die Bescherung fand im Wohnzimmer unter dem Weihnachtsbaum statt und danach folgte die Einladung der Kinder für die Eltern in ihre Zimmer mit geschmückten Zweigen auf den Tischen und kleinen Geschenken, die sie vorbereitet hatten.

Am Jahresende schneite es und sie verbrachten zum ersten Mal die Silvesternacht auf dem Lande in ihrer Hütte. Sie hatten die Skier mitgebracht und begannen das neue Jahr mit einer Tour in die märchenhafte Winterlandschaft.

Im Januar wurde Theo in die Personalabteilung seines Betriebes bestellt. Dort war man inzwischen über die Abgabe seines Wehrpasses informiert worden. Er stieß auf großes

Unverständnis und den Vorwurf von Verantwortungslosigkeit und Undankbarkeit gegenüber dem sozialistischen Staat. Kurz darauf fand er seinen Schreibtisch im Büro aufgebrochen vor und alle seine Unterlagen daraus entfernt. Derartiges hatte er schon einmal in seinem Leben vor fast zwanzig Jahren in Karl-Marx-Stadt an der Hochschule erlebt.

Theo kündigte seine Arbeit. Inzwischen hatte er sich mit einem kirchlichen Altenpflegeheim in Weimar nahe Jena in Verbindung gesetzt und der Heimleiter hatte versprochen, ihn nach Ablauf seiner Kündigungsfrist in Jena für Verwaltungsarbeiten einzustellen. Weitere Reaktionen oder Repressionen gab es für ihn und seine Familie in dieser Zeit nicht.

4 | Ein Samenkorn

Im Geheimen hatte Anja die Sehnsucht nach einem dritten Kind, die beim Besuch der Familie Feldmann in ihr wach geworden war, weiter genährt. Auch Theo fand Gefallen an diesem Wunsch und im Februar des neuen Jahres war sich Anja sicher, dass sie noch einmal schwanger war.

Während die Bäumlers ihr Leben außen allmählich aus seiner Verankerung lösten, schlossen sie sich in ihrem Privatleben als Familie enger zusammen. Beide Eltern freuten sich auf ihr drittes Kind, das laut Ultraschallbild ein Mädchen war. Manchmal konnten sie wie früher auf jene leichte, zärtlich-entspannte Art miteinander umgehen, die Anja liebte und die sie seit Langem vermisst hatte.

Die schöne Neuigkeit über den Familienzuwachs nahmen ihre beiden großen Kinder zunächst nicht sehr begeistert auf. Fühlten sie sich vielleicht zurückgesetzt? Ein Baby würde ihr gemeinsames Leben ziemlich auf den Kopf stellen. Aber noch eine kleine Schwester oder einen Bruder zu haben, wäre auch spannend. Die Bekannten von Anja und Theo staunten angesichts der Lebensumstände der Bäumlers, als sie davon erfuhren. Aber eine Freundin der Familie erzählte Anja viele Jahre später, dass sie und ihr Mann damals gemeint hätten:»Wenn die Bäumlers den Mut haben, noch ein Kind in die Welt zu setzen, dann kann es wohl noch nicht so schlimm um uns bestellt sein.«

Anjas Schwangerschaft wurde wegen ihres Alters als »Risiko-Schwangerschaft« eingestuft. Dabei ging es ihr gut und sie konnte ihre Arbeit und ihren Alltag ohne Probleme bewältigen. Theo fühlte sich in seinem Arbeitsumfeld im Pflegeheim der Diakonie wohl und war stolz darauf, dass er einen derart günstigen Zeitpunkt am Ende des vergangenen Jahres für die Abgabe seines Wehrpasses gewählt hatte. Seine Familie war nicht in Schwierigkeiten geraten und er wollte alles tun, dass es auch weiterhin keinen Anlass zu unliebsamen Reaktionen von staatlicher Seite gäbe.

Nach einer schlaflosen Nacht sprach Anja an einem Morgen über Besorgnisse, die sie mit ihrem zukünftigen Leben in der Bundesrepublik verband. Am Abend zuvor hatten sie beide eine Sendung im West-Fernsehen verfolgt, in der Übersiedler über unangenehme Erfahrungen mit privaten Wohnungsvermietern berichteten. Es hatte Absagen bei begehrten Wohnungen gegeben, weil die Familie drei kleine Kinder hatte, oder aber Mietern war mit der Kündigung ihres Mietverhältnisses gedroht worden, weil ihre Kinder zu sehr lärmten. Dass ihr Leben auch »im Westen« nicht leicht sein würde, war Anja klar, aber sie malte sich derartige Einschränkungen, die sie bisher nicht kennengelernt hatte, allzu lebhaft aus. Theo war darüber erschrocken und wies sie zurecht.

»Willst du mit solchen Bedenken schon jetzt alles infrage stellen?« So empfand er das, was Anja sagte, und konnte es nicht besser ausdrücken. Seine eigenen Ängste blockierten ihn derart, dass er in ihren Befürchtungen weit mehr als eine augenblickliche Verzagtheit sah.

Allein ein wenig Beruhigung und Trost hätte sie jetzt gebraucht, aber in den harten Worten erkannte sie wieder die Strenge und Unerreichbarkeit ihres Mannes, worunter sie so oft gelitten hatte. Sie konnte nicht immer stark sein, hätte Zuspruch und Vertrauen gebraucht. Es wurde wieder kälter in ihrem Umgang miteinander. An manchen Tagen weinte sie deswegen und hoffte, dass ihr Baby ihre Traurigkeit nicht mitfühlte. Immer mehr Platz nahm es sich jetzt in ihrem Körper und sie fühlte sich beruhigt, wenn sie seine Bewegungen spürte.

Am Ende des Frühjahrs kam Theos Schwester Hanna aus der Bundesrepublik zu Besuch. Sie sprachen mit ihr über ihr Vorhaben und die Beweggründe. Auch sie und ihr Mann hatten mit drei Kindern einst die DDR verlassen, das war aber schon in den 50er Jahren gewesen. Sie verstand die Beweggründe ihres Bruders und versprach Unterstützung, falls die DDR ihren Antrag ablehnen würde. Dieser sollte erst nach der Geburt des Kindes gestellt werden. Hanna stimmte zu, dass ihr Bruder als neutralen Beweggrund »Familienzusammenführung« angeben würde.

Inzwischen war Anja im 5. Monat ihrer Schwangerschaft. Sie war glücklich, sich mit dem Leben in ihrem Inneren eins zu wissen und fühlte sich zunehmend von den Zukunftssorgen abgeschirmt.

Ein erstaunliches Erlebnis hatte sie an einem Sonntagmorgen. Schon länger hatte sie den Wunsch, wieder einmal den Gottesdienst in der kleinen Kirche in Alt-Lobeda zu besuchen. Theo war damit einverstanden, aber die Kinder wollten nicht mitkommen. Die Eltern drängten sie nicht.

Während der Predigt schweiften Anjas Gedanken immer wieder ab. In dem Bibeltext ging es um Angst und die göttliche Allmacht zu trösten. Sie fühlte sich zwar von dem Anliegen angesprochen, aber nicht von der Auslegung des Textes durch den Pastor. Er sprach auch über das Wettrüsten in der Welt. Anjas Gedanken jagten sich, sie hörte zwar die Rede, nahm aber die Worte des Pastors nicht mehr auf. Nach einiger Zeit jedoch kehrte in ihrem Inneren große Ruhe ein. Sie fühlte die Gewissheit, dass es etwas Größeres, weit über jenes unsinnige Treiben auf Erden Hinausgehendes gab. Eine Macht, die über allem stand und das unsäglich Zerstörerische unter den Menschen nicht bis zur letzten Vernichtung des Lebens kommen lassen würde. Mit einem Male schien ihr das völlig gewiss zu sein und sie empfand tiefe Ruhe und Erleichterung, ja Befreiung.

Die Sommerferien verbrachte die Familie an einem der Mecklenburgischen Seen. Anja verband mit dem Urlaub eine besondere Erwartung. Sie litt seit dem vergangenen Jahr unter Warzen an ihren Fußballen, was unter anderem mit Stress zusammenhängen konnte, wie ihr bekannt war. Hautärztliche und chirurgische Behandlungen hatten keinen Erfolg gebracht. und es blieb ihr nur übrig, der Erklärung einer Ärztin zum Entwicklungszyklus dieser Hautneubildungen zu vertrauen. Vielleicht verschwänden sie von selbst. Das erhoffte Anja jetzt und lief oft mit bloßen Füßen über Sand und Steine, um die Haut zu bearbeiten.

Wenige Tage vor der geplanten Rückreise verstärkte sich ihre Erwartung auf den Erfolg der Bemühungen. In einer der letzten Nächte des Urlaubs träumte sie sehr bildhaft und deutlich vom Verschwinden der Warzen, und als sie nach dem Aufwachen ihre linke Fußunterseite abtastete, spürte sie dort keine Erhebungen mehr. Ein kleines Wunder oder der Lohn von Hoffnung und Geduld? Anja fand, dass wohl beides zusammen gewirkt haben mochte, nachdem auch die große Anspannung im vergangenen Jahr von ihr abgefallen war. Unter ihrem rechten Fuß tastete sie zwar die kleinen Warzen noch immer, aber sie vertraute darauf, dass auch sie bald verschwinden würden. Ihre Familie staunte über das kleine Wunder und sie tauschten sich darüber aus. Überhaupt hatten sie alle in ihren Urlaubstagen mehr miteinander gesprochen als sonst, waren gemeinsam gewandert, geschwommen, hatten im See gepaddelt, gelesen, Kartenspiele gespielt. Jan las Abenteuergeschichten, Klara bastelte, verzierte Stöcke mit Schnitzmustern und stellte sich eine kleine Flöte aus Schilfrohr her. Darin war sie sehr geschickt. Sie alle waren mit ihren Unternehmungen, mit sich selbst und miteinander beschäftigt. Weder über Gestriges noch Zukünftiges, wie die Geburt der kleinen Schwester, sprachen sie dabei. Es ging ihnen um das, was sie jetzt erfüllte.

Anjas Schwangerschaft verlief ganz normal. In den letzten Wochen allerdings waren ihre Blutdruckwerte ungünstiger und sie wurde vorsorglich arbeitsunfähig geschrieben. Ihr und der gesamten Familie tat das sehr gut. Sie hatte keinerlei Beschwerden und nutzte die zusätzliche Zeit.

Auf die kommende Geburt bereitete sie sich vor, besuchte den Kurs zur Schwangerengymnastik und führte zu Hause selbst Atem- und Kräftigungsübungen für die Beckenmuskulatur durch. Eines Sonntags im Oktober spürte sie ab Mittag ein leichtes Ziehen im Bauch und meinte, dass ihr Baby wohl am nächsten Tag geboren werden würde. Spätabends, kurz nachdem sie und Theo sich zum Schlafen niedergelegt hatten, stand sie wieder auf, breitete eine Decke auf dem Boden aus und stellte sich die Phasen der Geburt und die jeweiligen Atmungsweisen erneut genau vor. Sie hatte auch das Buch ›Bevor ein Kind geboren wird‹ von dem bekannten Kinderarzt Heinrich Brückner herbeigeholt. Diesen Autor kannte sie persönlich, denn er gehörte zur Quäkergemeinschaft. Sie schätzte seine Bücher für werdende Eltern und solche mit Kleinkindern in den ersten Lebensjahren. Jetzt, in den 80er Jahren, hatte man schon weit genauere Vorstellungen über das werdende Kind im Mutterleib als im Jahrzehnt vorher. Brückner hatte in der DDR Pionierarbeit geleistet und genoss hohe Anerkennung.

Anja legte sich nach ihrer Vorbereitung auf die kommende Geburt beruhigt schlafen und am Vormittag des folgenden Tages empfand sie etwas stärkere Wehen. Bald fuhr sie mit Theo in die Klinik, wo sie noch sehr viele Stunden im Aufenthaltsraum verbringen sollte, bevor die Geburt voranging.

Sylvia

Ein Arzt, der gegen Abend zum zweiten Mal zufällig vorbeiging und sie noch immer sitzen sah, rief ihr zu, sie solle nicht verpassen, rechtzeitig im Kreißsaal zu sein. Daraufhin ging sie ins Schwesternzimmer, traf aber nur die Vertreterin der zuständigen Schwester an. Diese meinte zuerst, es sei noch zu früh für den Kreißsaal, was Anja jedoch bezweifelte. Die nachfolgende Untersuchung zeigte, dass schon Fruchtwasser ausgetreten war.

Daraufhin wurde sie liegend im Eiltempo zum Kreißsaal am anderen Ende des Gebäudes gefahren. Bei ihrer Ankunft konnte sie nur noch schnell mit Schwung auf die dortige Liege kommen und schon purzelte auch ihr Baby aus ihr heraus. Die erschrockenen Schwestern machten ihr erst einmal Vorwürfe, dass sie so spät gekommen sei, kümmerten sich aber schnell um ihr kleines Mädchen. Schon kurze Zeit später wurde es in einem Wärmebett an ihre Seite gefahren. Es hatte seine Äuglein geöffnet und blickte die glückliche Mutter an. Das Baby würde nach dem Wunsch beider Eltern Sylvia heißen.

Nach nur drei Tagen konnte der glückliche Vater die beiden nach Hause holen. In der Zwischenzeit hatte er mit Klara und Jan die Küche renoviert, was nach ihrem Einzug vor zehn Jahren nötig geworden war. Die Geschwister konnten wegen ihres Schulbesuchs leider nicht dabei sein, als ihr Vater die Mutter mit dem Schwesterchen aus der Klinik abholte.

Später glaubte Anja, dass es für Klara eine große Veränderung bedeutete, nicht mehr die Jüngste zu sein. Sie zeigte sich der kleinen Schwester gegenüber weder sehr zugewandt noch abgewandt. Ob sie sich wohl verunsichert fühlte? Sie bat darum, bei ihrer Freundin übernachten zu dürfen. Die Eltern erlaubten es, aber es machte sie nachdenklich. Bald sprach Klara davon, dass sie sich ein Kaninchen, einen kleinen Hasen mit kurzen Ohren, wünsche. Einen solchen zu finden, war nicht leicht. Bei den ganz jungen Tieren konnte man das Wachstum der Ohren noch nicht genügend einschätzen. Erst ein Jahr später gelang es, Klaras Wunsch zu erfüllen. Glücklich wie eine Mutter trug sie ihr Hasenkind, »Stoppel«, vorsichtig mit dem kleinen Karton aus dem Auto steigend, nach oben in die Wohnung. Auf dem Balkon hatten sie einen Glaskäfig mit viel Streu und einem Häuschen zum Verstecken für ihn aufgestellt.

Jan, der schon immer gern mit Fahrzeugen hantiert hatte, fuhr seine kleine Schwester gern in ihrem Kinderwagen aus. Er machte sich keine Sorgen darum, was Klassenkameraden dazu sagen würden. Diese fanden es sogar spannend, noch so eine kleine Schwester zu haben. Seine Situation in der Schulklasse war für ihn inzwischen günstiger geworden. Seit er den Konfirmandenunterricht besuchte, als Einziger seiner Klasse, und in der Gruppe der Konfirmanden von allen anerkannt wurde, trat er wohl auch in der Schulklasse sicherer auf. Er las Abenteuergeschichten wie ›Der Zauberer von Oz‹ oder ›Tom Sawyers Abenteuer‹ und löste sich aus der Welt der gemeinsamen Spiele mit der jetzt zehnjährigen Klara.

Diese vermisste ihn als ihren langjährigen Kameraden bei fantasiereichen Spielen und verbrachte immer mehr Zeit mit ihrer Schulfreundin. Beide Mädchen hatten ältere Brüder und trösteten sich wohl gegenseitig über manche Enttäuschung mit ihnen. Auch Rollenspiele, wie zum Beispiel »Mutter und Kind«, liebten sie beide.

Als Sylvia 14 Tage alt war, meldete sich als Erste von Anjas Freundinnen Uschi zum Besuch an. Diese war in der Zeit, als Anja sich aus der Psychotherapiestation zurückzog, immer mehr zu ihrer Freundin geworden. Sie war Krankenschwester und arbeitete nach dem Abschluss einer längeren Zusatzausbildung als Ergotherapeutin in der Nervenklinik. In ihrer mütterlichen Art hatte sie schon immer gut mit den psychisch kranken Menschen umgehen können.

Uschi war sechs Jahre jünger als Anja und wurde wenige Jahre später als sie auch Mutter eines kleinen Sohnes. Uschi war wie jetzt Anja eine »späte Mutter« und sie beide tauschten sich während vieler Jahre gern über ihre Kinder aus. Anja gefiel Uschis Warmherzigkeit und Eigenständigkeit.

Jetzt war Uschi sehr gespannt auf die kleine Sylvia. Anja hatte sie aus ihrem Bettchen herausgenommen und auf eine Decke neben sich und ihre Freundin gelegt. Während der Abendstunden bis zum letzten Stillen lag sie, warm zugedeckt, bei ihnen und blieb zu ihrer großen Verwunderung die gesamte Zeit wach. Anja und Uschi hörten klassische Musik und unterhielten sich, dabei schien auch das Baby der Musik zu lauschen. Anja musste an die Worte der Gynäkologin denken, die bei einer der Untersuchungen vom »musikalischen Hinterkopf« des kommenden Kindes gesprochen hatte.

Sylvia nahm schnell an Gewicht zu, konnte aber von ihrer Mutter leider, wie zuvor ihre Geschwister, nicht länger als drei Monate voll gestillt werden. Sie wurde immer mehr zum Mittelpunkt der gesamten Familie. Am Weihnachtsabend des zu Ende gehenden Jahres liefen Jan und Klara mit dem Kinderwagen vor ihnen her zur Christvesper in die Kirche, und sie und Theo, Hand in Hand, folgten ihnen. In diesem Jahr verlief das Fest für alle sehr entspannt und harmonisch, ohne den Druck, wie er noch vor einem Jahr auf ihnen gelastet hatte.

5 | Ausreiseantrag

Im Januar 1983 stellten die Bäumlers ihren Antrag auf »Entlassung aus der Staatsbürgerschaft der DDR«. Aus der Sicht des Staates galt ihr Schriftstück als ein »ungesetzlicher Antrag«, wie sie viel später einmal erfahren würden. Gemeinsam gaben sie den Antrag im Amt für Bürgerangelegenheiten beim Rat der Stadt ab. Man sagte ihnen sofort, dass sie nicht damit rechnen könnten, dass er genehmigt werde, und dass es Jahre bis zu einer Entscheidung darüber dauern würde. Zwar betroffen, aber nicht grundsätzlich irritiert, verließen sie das Amt.

Im vergangenen Jahr hatten sie ihren Kindern von Theos Wechsel der Arbeitsstelle erzählt. Vor der Abgabe ihres jetzigen Ausreiseantrags sprachen sie mit ihnen ausführlicher über die Gründe dazu, die Verweigerung des Wehrdienstes und die Rückgabe des Wehrpasses. Dass die DDR so etwas nicht tolerierte und die Eltern aus diesem Grund das Land verlassen wollten, leuchtete Jan und Klara ein. Theos Schwester, Tante Hanna, wäre einverstanden, wenn sie in ihre Nähe ziehen würden. Aber es würde einige Jahre dauern, bis es so weit wäre.

Eine Mitentscheidung bei alledem hatten Theo und Anja ihren Kindern nicht eingeräumt. Von einem solchen Vorhaben sollten Schulkameraden, Pionierleiter oder Lehrer nichts erfahren, damit weder die Kinder in der Schule noch die Eltern an ihrer Arbeitsstelle schlecht behandelt würden. In den vorangegangenen Jahren hatten Theo und Anja ihre Nöte als Erwachsene vor den Kindern verborgen, um sie nicht mit ihren Problemen zu belasten.

Als Jan und Klara von ihren Eltern von dem Ausreiseantrag informiert worden waren, interessierte sich Jan sehr dafür und fand das spannend, während Klara nicht viel dazu sagte. Sie hatte schon so vieles in den letzten Jahren verarbeiten müssen, den Schulwechsel, manches Enttäuschende mit Mutter oder Vater, die Ankunft der kleinen Schwester und Jans schwindendes Interesse an gemeinsamen Spielen. Ihre Sorgen und Wünsche pflegte sie eher bei sich zu behalten, als sie auszusprechen. Darin ähnelte sie ihrem Vater. Sie wollte ihre Freundin und die anderen Kameraden aus ihrer Klasse nicht verlieren. Darüber sprach sie später mit Jan. Er meinte dazu, dass man nicht wüsste, ob alles so käme, und dass Jahre dabei vergehen würden, wie die Eltern gesagt hatten. Sie würden später sicherlich auch anderswo zurechtkommen und wieder Freunde finden, versuchte er sie zu beruhigen.

Anja hatte inzwischen auf ihrer Arbeitsstelle gekündigt und als Begründung angegeben, mit ihrem Baby mehrere Jahre lang zu Hause bleiben zu wollen. Ihre Kündigung wurde angenommen. Sie gab damit auch ihren Anspruch auf einen bezahlten Mutterschaftsurlaub von 18 Monaten auf und die Familie würde von Theos niedrigem Einkommen und von ihren Ersparnissen leben. Das fanden sie nötig, damit sie weder im Rahmen eines Arbeitsverhältnisses noch gezahlter Sozialleistungen von staatlichen Stellen unter Druck gesetzt werden könnten, ihren Antrag zurückzuziehen.

Der wahre Hintergrund von Anjas Kündigung war sicherlich schon bekannt gewesen und man ließ sie ohne weitere Erklärung gehen. Viele Jahre nach diesen Ereignissen forderte sie ihre Akte bei der Staatssicherheit, die »Stasi-Akte«, an und wollte nachlesen, was über sie und ihre Familie geschrieben stand. Sie erhielt jedoch nur einige nichtssagende Blätter. War vielleicht der umfangreichere Teil davon gleich nach dem Untergang der DDR vernichtet worden? Sie konnte sich mit dieser Annahme zufrieden geben und war nicht unglücklich darüber, dass sie sich mit dem »Schmutz«, in den ihr Leben vermutlich getaucht worden war, nicht nachträglich auseinandersetzen brauchte. Theo hatte bei seiner Einsichtnahme eine Akte von 800 Seiten vorgefunden, das aber erst viele Jahre später erwähnt. Einen Austausch darüber mit Anja hatte er nicht führen wollen.

Anfang 1983 hatten Anja und ihr Mann klar und eindeutig bekundet, dass sie die DDR verlassen wollten. Sie waren sich sicher, dass sie ihr Vorhaben durchsetzen würden. Aus der Sicht der Staatsorgane stellten sie problematische Bürger dar, die ihre Einstellungen nicht ändern würden und die man gehen lassen wollte.

Die Bäumlers gehörten nie zur aktiven Opposition, aus Sicht der Staatssicherheit »politisch negative Gruppierungen«, die vom Staat verfolgt wurden. Sie interessierten sich jedoch für entsprechende Aktionen von Mitbürgern, soweit man in der Öffentlichkeit davon erfuhr.

Mehr dazu wurde im Rahmen historischer Aufarbeitung zwischen 1990 und den frühen Jahren des neuen Jahrtausends bekannt. Da wurde sichtbar, mit welchem Mut sich Menschen für Teilhabe am gesellschaftlichen Geschehen und für Wandlung im gesamten Land eingesetzt hatten. Anja konnte nachträglich auch mehr Fakten zur Situation in Jena in den 80er Jahren herausfinden und es in ihre Schilderungen übernehmen.

In Jena kam es zwischen 1982 und 1983 immer wieder zu Demonstrationen von kleinen Gruppen, die mit Einzelaktionen begannen, wie etwa jener von Roland Jahn gegen das Verbot der Gewerkschaft »Solidarność« in Polen. Mit einem Plakat war er auf dem Fahrrad gefahren und ihm hatten sich andere Menschen angeschlossen, bis die Staatssicherheit eingriff, ihn verhaftete und die Menschenansammlung auflöste. Immer häufiger ging es um Aktionen zum Thema Frieden und gegen Aufrüstung, zum Beispiel am 40. Jahrestag der Bombardierung Jenas. Eine kleine Einzelaktionen mit Plakaten und Spruchbändern außerhalb der staatlichen Gedenkfeier wurde sofort aufgelöst und deren Teilnehmer verhaftet. Auch Mitglieder der innerstädtischen Jenaer Friedensgemeinschaft waren unter ihnen. In der Jenaer Friedenskirche hielt der Landesbischof einen Gedenkgottesdienst ab, wobei er zu Frieden und Verantwortung unter den Christen und zwischen der Bevölkerung und dem Staat aufrief.

Die Stimmung in dieser Zeit war aufgeheizt. Die staatlichen Organe reagierten nervös auf das Äußern von Bedürfnissen nach Frieden, Rüstungs-Stopp, Meinungsfreiheit und mehr Reisefreiheit in der Bevölkerung. Sie verfolgten die Menschen und stellten sie vor Gericht.

Theo Bäumler berichtete später seiner Frau darüber, dass er – es war im März 1983 – in der Nacht herausgeklingelt und zum Mitkommen aufgefordert worden war. Man habe ihn verhört und nach einigen Stunden gehen lassen. Vermutlich hatte eine Falschmeldung hinsichtlich der Beteiligung an einer Aktion in der Innenstadt vorgelegen. Anja hatte tief geschlafen und das Klingeln nicht gehört. Theo hatte ihr erst einmal nichts davon gesagt. Es habe ja allein ihn betroffen, hatte er auf ihre Missbilligung hin später gemeint. Zum Glück blieben den Bäumlers weitere derartige Erfahrungen in der Folgezeit erspart.

Theo gehörte zum Friedens- Gesprächskreis seiner Kirchengemeinde in Jena-Neulobeda. Dessen Teilnehmer waren nicht in die Protestaktionen in der Jenaer Innenstadt einbezogen. Sie waren eine kleine Gruppe von Menschen, die im Schutze der Kirche und unter der Aufsicht der Pfarrer ihren Sorgen und ihrer persönlichen Meinung Ausdruck verliehen.

Die Jahre 1983 und 1984 waren die Vorboten einer Zeit, in der die Menschen die Parteiherrschaft in der DDR und das Wettrüsten zwischen Ost und West immer mehr infrage stellten. Der Machtwechsel im Kreml nach dem Tod zweier betagter Kreml-Führer und die Wahl von Michail Gorbatschow an die Spitze des Staates führten zu großen Veränderungen. Unter den Themen »Glasnost« und »Perestroika«, Transparenz und Wandlung, kam mit einem Male Bewegung in die erstarrte sowjetische Führung und die sowjetrussische Gesellschaft. Das wirkte sich auf den gesamten Ostblock und auf die DDR an der Westgrenze der Staaten des Warschauer Militär-Paktes aus. Später, 1989, in der Zeit der größten politischen Veränderungen, waren die Bäumlers schon längst im Westen angekommen.

6 | Die Zeit des Wartens

Seit der Antragstellung auf Ausreise im Jahre 1983 gab es in der Familie Bäumler jene zwei Extreme: die private Familienwelt mit den Kindern und die Welt »draußen«. Über die politischen Veränderungen informierten sich die Eltern so gut es ging, weil sie ihr persönliches Schicksal damit verbanden.

Anja war glücklich, das Aufwachsen ihrer Jüngsten über

Jahre hinweg zu Hause mitzuerleben. Vieles erinnerte sie an zurückliegende Erlebnisse mit ihren beiden älteren Kindern. Wie glücklich und stolz schien auch Klara als Dreijährige damals in dem weichen dunkelblauen Pelzmäntelchen gewesen zu sein, das jetzt Sylvia trug, die neben ihr ging. Anja dachte daran, wie Jan und Klara damals beim Besuch der Verwandten in Werdau im Winter vom kleinen Hügel herunter im Garten miteinander gerodelt waren. Sie bedauerte es manchmal sehr, dass sie ihren beiden älteren Kindern während ihres Heranwachsens weit weniger Zeit hatte widmen können als jetzt ihrer Jüngsten.

Im Jahre 1984 wurde Jan konfirmiert und bekam von seinen Großeltern das schon lange gewünschte Fahrrad geschenkt. Nur etwa zehn Prozent der Kinder eines Jahrgangs – in Jena-Neulobeda waren es damals etwa vierzig – ließen sich konfirmieren. Der zunehmende Atheismus in der Bevölkerung war vom sozialistischen Staat gelenkt. Für die Konfirmanden erfolgte der feierliche Übergang in die christliche Gemeinschaft nach zwei Jahren Konfirmandenunterricht beim Pfarrer ihrer Kirchengemeinde.

Sie nahmen danach in der Regel auch an der etwas später stattfindenden ›Jugendweihe‹ teil. Das war eine staatlich vorgegebene Feierstunde, bei der die Heranwachsenden in die Reihe der Jugendlichen aufgenommen wurden. Auch diese ›Jugendweihe‹ wurde, ähnlich der Konfirmation, über lange Zeit vorbereitet.

Klara musste 1983 wegen des Ausreiseantrags ihrer Familie aus der Russischklasse in eine andere sechste Klasse an der gleichen Schule wechseln. Am ersten Schultag nach den Sommerferien begleiteten ihre Eltern sie zum stellvertretenden Direktor. Er begegnete ihnen distanziert und eher vorwurfsvoll, was Anja besorgt machte. Als er mit Klara vor ihnen her in Richtung ihrer zukünftigen Schulklasse ging, legte er ihr im Gehen seine Hand auf die Schulter und schien zu verstehen, wie es ihr jetzt wohl zumute war. Die Eltern hofften, dass Klara auch in Zukunft von ihren Lehrern gut behandelt werden würde. Das schien der Fall zu sein, auch von ihren Mitschülern. In ihrer Situation, die sie nicht zu verschweigen brauchte, war sie für andere interessant. Bald fand sie eine nette Mitschülerin, Kirsten, mit der sie sich befreundete. Eines Tages berichtete Klara von Kirstens Interesse, einmal mit ihr in die Kirche zu gehen. Ihre Eltern könne sie aber nicht um Erlaubnis fragen, wie Anja vorgeschlagen hatte. Sie sollten nichts davon wissen, denn ihr Vater, Parteigenosse und im Ministerium des Inneren angestellt, würde es ihr nicht erlauben.

Klara, die wenig Bezug zu Glauben und Kirche hatte, fand es spannend, ihrer Kameradin den Wunsch zu erfüllen, und begleitete sie in einen Gottesdienst. Es habe Kirsten interessiert, erzählte sie. Den Eltern des Mädchens gegenüber blieb es verborgen. Ihr Vater schien sich jedoch bei der Schulleitung über den Umgang seiner Tochter mit einer »Ausreisewilligen« beklagt zu haben. Eines Tages setzte sich Klaras Klassenlehrer mit Anja in Verbindung und sprach mit ihr über Kirstens Familie und die beiden Mädchen. Anja versicherte ihm, dass sie die Weltanschauung von Kirstens Familie respektiere und dass deren Eltern keinen Anlass zur Besorgnis hätten.

Jan entdeckte zunehmend seine Freude an handwerklicher Bearbeitung von Holz. Sein Interesse daran hatte sein Vater schon vorher bei gemeinsamen Laubsägearbeiten geweckt. In seiner neunten Klasse machte er eine Woche lang ein Schulpraktikum in einer Tischlerei, wo es ihm so gut gefiel, das er noch zwei Wochen seiner Schulferien dranhängte. Unter Anleitung durfte er für seine kleine Schwester ein Schaukelpferd herstellen, das großen Anklang bei ihr fand. Nach der zehnten Klasse wollte er eine Tischlerlehre beginnen, falls sie immer noch im Land wären.

Beschleunigung

Nachdem die Bäumlers nach fast zwei Jahren trotz vieler Nachfragen immer noch keinen Bescheid zu ihrem Antrag erhalten hatten, wollten sie den Prozess vorantreiben. Sie hatten gehört, dass man bei der westdeutschen Botschaft in Berlin nachfragen könnte, ob Kontakt mit den bundesdeutschen Behörden aufgenommen worden sei.

Theo fuhr im Herbst 1984 nach Berlin und begab sich auf den Weg zur Botschaft. Ihm war klar, dass der Zugang dorthin von der Staatssicherheit streng überwacht und er schnell zurückgehalten werden würde. Was dann geschehen könnte, machte ihm Angst, aber er musste es tun. Recht schnell hielten ihn zwei Männern auf und er musste ihnen seinen Personalausweis zeigen und ihnen folgen. Obwohl sie ihn barsch anfuhren, erklärte er ihnen ruhig sein Anliegen, auf sich und seine Familie aufmerksam machen zu wollen, um eine Entscheidung über ihren Antrag herbeizuführen.

Ihm wurde vorgehalten, dass er im Begriff gewesen sei, eine Straftat zu begehen, und dann hielt man ihn mehrere Stunden in einem verschlossenen Raum fest. Schließlich ließen sie ihn gehen, gaben ihm seinen Personalausweis jedoch nicht zurück, sondern händigten ihm lediglich eine Personenbescheinigung aus. Er solle unverzüglich nach Jena zurückfahren und dürfe sich in Zukunft nur im Umkreis von fünfzig Kilometern außerhalb seines Wohnorts bewegen.

Als er abends zu Hause eintraf, war er immer noch innerlich aufgewühlt von dem Geschehenen. Er fürchtete, ab jetzt häufiger kontrolliert zu werden und Verdächtigungen ausgesetzt zu sein. Anja tröstete ihn und erklärte, dass sie ihm sehr dankbar für seinen Einsatz sei.

Nun hofften sie darauf, bald einen positiven Bescheid zu erhalten, und setzten sich telefonisch mit Theos Schwester in Verbindung. Nachdem das gewohnte Knackgeräusch der

Abhörschaltung geendet hatte, unterrichteten sie Hanna in verschlüsselter Form von der aktuellen Lage. Ausreisewilligen wurde meist ein Umzugstransport genehmigt und sie baten Hanna, ein Unternehmen herauszufinden.

Der Bescheid

Seit längerer Zeit schon besuchte Sylvia die Kinderkrippe. Anfangs hatte sie sich gar nicht von ihrer Mutter trennen wollen und länger geweint. Anja musste es übers Herz bringen, schnell aus der Tür zu gehen. Mittags konnte sie fast immer ein zufriedenes Kind abholen, das sich an den Kontakt mit anderen schnell gewöhnt hatte.

In den Jahren des Wartens auf die ersehnte Entscheidung hatten die Bäumlers ihre Wochenenden meist im Gartengrundstück verbracht. Dort blühte auch in diesem Frühling 1985 die Forsythie goldgelb, und Birke und Haselnuss hatten ausgeschlagen. Das braune Laub vom vergangenen Herbst lag noch an manchen Stellen auf der Wiese. Es war einer dieser ruhigen und friedlichen Sonntagnachmittage vor dem Aufbruch nach Hause. Etwas vom mitgebrachten Kuchen war noch übrig und sie setzen sich an ihren kleinen Campingtisch, der erst zu wackeln aufhörte, nachdem sie ihn mittels einer Unterlegscheibe stabilisiert hatten. Vor mehreren Jahren hatten sie alle Flächen der Hangterrassen des Geländes verbreitert und die Stelle, auf der jetzt der Tisch stand, mit quadratischen Steinplatten belegt. Hier war das Ende des Wasserabflusses von der Hütte her gut platziert. Sie fanden es sehr schön hier und waren stolz darauf, wie gut ihnen alles hier gelungen war. ›Wie lange erleben wir das noch‹, dachte Anja etwas wehmütig.

Als sie später zu Hause gespannt ihren Briefkasten leerten, fanden sie darin *den* Brief vom Rat der Stadt Jena, den sie erwarteten. Aufgeregt öffneten sie ihn und konnten lesen, dass sie sich am nächsten Tag zur angegebenen Zeit im Amt einfinden sollten. Dort erfuhren sie, dass ihrem Antrag auf Ausbürgerung aus der DDR »stattgegeben« wurde und sie vierzehn Tage später, Anfang Mai, die DDR zu verlassen hätten. Auch ein Umzug werde ihnen genehmigt.

Als Erstes setzten sie sich mit Hanna in Verbindung. Was sie mitnehmen wollten, sollten sie zur Überprüfung in Listen aufführen. Schmuck, Silber und Bilder müssten bei einem Juwelier zur Begutachtung vorgelegt werden. Die ihnen zur Verfügung stehende Zeit von 14 Tagen für das Auflisten ihrer Habe, die Einholung der Genehmigungen zur Mitnahme und das Verpacken selbst erschien ihnen knapp bemessen.

Mit einem Male gab es jedoch eine Verzögerung. Anja war vom Amt für Erbrecht in Dresden angeschrieben und dorthin bestellt worden, um noch eine Unterschrift zu leisten. Sie gehörte zu einer Erbengemeinschaft der Nachkommen ihrer Großmutter Martha Trommler, deren Haus 1945 in Dresden ein Opfer der Bomben geworden war. Ein kleines Nebengebäude war jedoch stehen geblieben, das den Erben gehörte und dessen Mieteinkünfte sie sich teilten. Man informierte Anja darüber, dass ihr Anteil nach ihrer Ausreise auf ein sogenanntes Sperrkonto überwiesen werde.

Mit dieser Reise in ihre Geburtsstadt Dresden schloss sich für sie der Kreis der eigenen Geschichte mit der Stadt. 1956 hatte sie als 15-Jährige verstört vor dem zerbombten Opernhaus gestanden, in dem ihre Mutter der Erzählung nach so viele schöne Aufführungen erlebt hatte. Anja hatte damals traurig auf die Ruine am Ende des Theaterplatzes geblickt und im Umherschauen auch das rußgeschwärzte Fresko des Fürstenzugs am Zugang zum zerbombten Stadtschloss wahrgenommen. Es waren bedrückende Bilder des vergangenen Krieges gewesen.

Vierzig Jahre danach stand sie nun wieder hier und durfte das barocke Opernhaus in all seiner Pracht bewundern. Wie sie wusste, waren die Mauern der Ruine mit einem stählernen Gürtel vor dem Auseinanderfallen bewahrt worden. Vor einigen Jahren hatte der Wiederaufbau des Kulturdenkmals begonnen und war wenige Wochen zuvor abgeschlossen worden. Jetzt davorstehen zu dürfen, machte sie sehr glücklich. Sie wollte daran glauben, einmal hierher zurückkommen zu können. ›Nicht für immer verloren‹, etwas Derartiges hatte sie beim Anblick der wieder erstandenen Kulturstätte innerlich bewegt.

Zu Hause regelten sie weiter alles Notwendige. Theo befasste sich anhand eines kleinen Modells mit der Verteilung der Umzugsgüter im Möbelwagen am Umzugstag. Alle in der Familie verstauten Hausrat und vieles Weitere in große Kartons und fertigten Listen dazu an. Anja suchte den benannten Juwelier auf, um die Ausfuhrgenehmigung für Silberbestecke, Schmuck und einige Gemälde zu erhalten. Der Mann war recht gesprächig und erzählte, dass er einmal zu einer Trauerfeier in die Bundesrepublik fahren durfte. Man habe ihm angeboten dazubleiben. Da seine Frau nicht hatte mitreisen dürfen, sei es nicht in Frage gekommen. Im Westen, meinte er, säge ein jeder am Stuhlbein des anderen, während man hierzulande in der DDR wisse, wer die Gegner seien. ›Es könnte etwas daran sein‹, dachte Anja. Alles, was sie dem Gutachter vorgelegt hatte, durfte von ihnen mitgenommen werden.

Klara und Jan hatten ihre letzte Unterrichtsstunde in der Musikschule und Anja begleitete sie diesmal dahin, um sie abzumelden und sich zu verabschieden. Klaras Flötenlehrerin war überrascht, dass es nicht nur um einen Umzug, sondern um die Ausreise ihrer Schülerin ging. Sie wünschte viel Glück.

Jans Lehrerin für Marionettentheater aber verfiel in einen vorwurfsvollen Ton. Was täten die Eltern ihren Kindern an, sie aus der behüteten Welt eines familien- und bildungsfreundlichen Staates herauszunehmen. Sie schien ernsthaft besorgt um das Wohl der Kinder zu sein. Anja hörte die Sorge und versprach, ihr zu schreiben und zu berichten, wie es den Kindern ergehen werde. Zum Jahresende schickte sie einen Gruß, erhielt aber keine Antwort.

Die verbleibenden Wochen waren aufregend und arbeitsreich. Jan hatte dank der Verschiebung des Ausreisetermins seine gesamten Prüfungen für das Abschlusszeugnis der 10. Klasse ablegen können. Aber die Schulleitung lehnte es ab, ihm sein Zeugnis vor Ende des Schuljahres auszuhändigen. Man hoffte, das später von der Bundesrepublik aus beantragen zu können.

Die Bäumlers besuchten zuletzt ihre Familien und Freunde, um sich zu verabschieden. Der eingeschränkte Bewegungsradius von Theo war ihnen jetzt gleichgültig. Ein Abschied für Jahrzehnte? Wenigstens würden sie ihre Eltern, die als Rentner grenzüberschreitend reisen dürften, noch in diesem Jahr wiedersehen.

Der Möbelwagen aus der Bundesrepublik kam am Freitag, dem 24. Mai 1985, gegen 14 Uhr in Jena an und fuhr voll beladen gegen 16 Uhr wieder ab in Richtung Rheinland, wo Theos Schwester lebte, welche auch für eine Möglichkeit zum Unterstellen des Transportgutes in der Nähe ihres Wohnorts Düsseldorf gesorgt hatte. Am Abend des Tages holte Theos Bruder seine Verwandten aus der leeren Wohnung ab. Sylvia war in den letzten Tagen bei ihrer Tante gewesen und hatte, wie ihnen erzählt wurde, beglückende Erlebnisse mit der dortigen Schäferhündin gehabt. Die Verwandten saßen noch einige Stunden beisammen, von ihrer Schwägerin mit einem Abschiedsessen verwöhnt. Kurz nach

Mitternacht fuhr Theos Bruder alle zur Bahn nach Weimar. Sie waren angewiesen worden, den Interzonen-Nachtzug um 1 Uhr 40 zu benutzen. Ausgebürgerte Personen wurden nachts über die Grenzstation Eisenach-Probstzella in die Bundesrepublik geschickt. Von dort ging es weiter über Bebra nach Gießen.

TEIL 4

Leben in der Bundesrepublik

Abschnitt A: Anfang im Jahr 1985

1 | Übergang

In Probstzella hielt der Zug sehr lange. Die Bäumlers zeigten den Grenzkontrolleuren ihre Ausbürgerungs-Urkunden, alles hatte seine Richtigkeit. Sylvia schlief ihren tiefen Kleinkinderschlaf. Bald fuhr der Zug weiter, auf die Grenze zu. Auch beim noch so angestrengten Hinausblicken in die Dunkelheit war nichts Besonderes zu erkennen, bis auf einmal Mitreisende sagten: »Wir sind jetzt in der Bundesrepublik.« Sonst passierte nichts, weiterhin zogen Lichter kleiner Ortschaften vorüber und Anja überließ sich dem Rauschen des Zuges und ihrem Gefühl des Dahingleitens in der Dunkelheit, die sich allmählich in Morgendämmerung verwandelte. Bald würden sie ihr Ziel erreicht haben. Gegen sieben Uhr kamen sie in der Stadt Gießen an.

Nach dem Verlassen des Bahnhofs wurde der Blick aller sofort von einem Verkaufsstand mit buntem Obst und gelb leuchtenden Bananenstauden angezogen. Einige D-Mark hatten sie bei sich, aber diesen Schatz sollte man lieber weiterhin hüten, meinten die Eltern schweren Herzens.

Sie fragten Passanten nach der Aufnahmestelle für Übersiedler und bekamen neben der Wegbeschreibung dorthin noch ein »Herzlich willkommen« mit auf den Weg. Im Aufnahmelager angekommen, wurde ihnen ein Zimmer zugewiesen. Man hieß sie sich beeilen, um noch ein Frühstück zu erhalten. Danach begannen für die Eltern die Aufnahmeformalitäten, nur unterbrochen von den Mahlzeiten. Alles erschien perfekt organisiert.

Endlich hatten sie Zeit, in die Stadt zu gehen, wobei sie sich an Jena erinnert fühlten. Auch Gießen lag in einem schönen Flusstal, zu dessen Ufer sie bald gefunden hatten. Zurück im Stadtinneren, strömten sie in der Menge der

332

Passanten mit, suchten nach Ähnlichkeiten und nach Unterschieden im Stadtbild zum vertrauten Jena. Ihre Füße bewegten sich schnell, aber es würde sicherlich Zeit brauchen, hier im Westen anzukommen. Nach einigem Suchen und Fragen fanden sie ins Übersiedler-Heim zurück. Jan und Klara entdeckten nach dem Abendessen Spiele und Zeitschriften, während Anja und Theo ihre Jüngste ins Bett brachten.

Nach Mitternacht erwachte Anja aus ihrem Schlaf. Im weiteren Dahindämmern tauchten Szenen des Vortages in ihrem Bewusstsein auf, die jedoch bald wieder verblassten. Später erfüllte sie ein Gefühl großer Dankbarkeit dafür, dass ihre Familie die Mühsal der vergangenen Jahre durchgestanden hatte und sie gemeinsam hier angekommen waren. Wie sie ihren Mann jetzt ruhig und gleichmäßig im Schlaf atmen hörte, wollte sie hoffen, dass auch er künftig sein Leben leichter bewältigen würde. Vielleicht kämen sie einander wieder näher. ›Wir können uns unser Leben hier miteinander noch einmal in größerer Freiheit einrichten‹, dachte sie, ehe sie erneut einschlief.

Am Nachmittag des Tages wurden sie von Verwandten aus Theos Familie aus dem Rheinland besucht und willkommen geheißen. Sie lernten einander erstmalig kennen oder erneuerten ihre familiären Erinnerungen im Gespräch beim Spaziergang durch die Stadt. Die Einladungen in ein Café, später in die Eisdiele, machten es ihnen leicht, einander näher zu kommen. Am Abend fuhren die Verwandten wieder weg.

Wenige Tage später begann auch die Abreise der Bäumlers aus Gießen in das zentrale Aufnahmelager Unna in Nordrhein-Westfalen. In den zehn Tagen dort verbrachten Jan und Klara ihre Zeit miteinander und kümmerten sich oft um Sylvia. Theo und Anja mussten Fragebögen und Formulare ausfüllen, ihre Lebensläufe schreiben und frühere Wohnadressen, Arbeitsorte und Arbeitsverhältnisse auflisten. Sie wurden nach Mitgliedschaften in politischen Organisationen und nach ihrer Haft befragt. Die Sicherheitsüberprüfung durch die westdeutschen Behörden brauchte ihre Zeit. Mit dem Bus aus dem etwas abgelegenen Aufnahmelager in die Stadt zu fahren, war ihnen hier im Gegensatz zu ihrem Aufenthalt in Gießen nicht erlaubt.

Sie wurden gut versorgt. In der Kleiderkammer bekam jeder drei Kleidungsstücke nach eigener Wahl und eine Schlafdecke ausgehändigt. Das Essen schmeckte gut und war reichlich. Sie hatten viel Freizeit.

Es waren schon recht warme Tage Anfang Juni. Sylvia war gerade aus ihrem Mittagsschlaf erwacht und Theo mit Lesen beschäftigt. Anja ging mit der Kleinen, ihrem Spielzeug und einer Decke aus dem Haus und suchte nach einem schattigen Plätzchen. Viele Mütter und Väter tummelten sich mit ihren Kleinkindern auf der großen Wiese. Anja breitete ihre Decke aus. Eigentlich hätte sie gern einen Kontakt angebahnt, merkte aber, dass die Familien vor allem mit sich selbst beschäftigt waren und es kaum gelingen würde. Sie nahm Sylvia in ihre Arme und schaukelte die Kleine, die sich das gern und lange gefallen ließ. Dabei beobachtete sie die anderen Eltern, besonders einen Vater mit seiner Tochter, vielleicht in Sylvias Alter. Sie tollten und spielten ausgiebig miteinander. Der Vater ließ das kleine Mädchen auf seinem Rücken reiten, warf sie ab, setzte sie wieder auf und schien dabei selbst viel Spaß zu haben. Die Kleine war unersättlich und Vater und Tochter tollten und lachten miteinander. ›Bewundernswert‹, dachte Anja.

Wo blieb eigentlich Theo? Sie hatte ihm doch gesagt, dass sie nach draußen gingen. Er würde hoffentlich bald nachkommen. Nun machte sie das gleiche Spiel mit ihrem Kind. Sylvia war begeistert, wollte immer von Neuem reiten und

Anja gewährte ihr das gern. Dabei kehrte allmählich ihre Freude an dem schönen Sommernachmittag im Freien, der fast etwas von einem Urlaubstag hatte, in ihr Gemüt zurück. Eines Nachmittags wurden sie von Hellmut und seiner Frau Laura besucht. Es waren Quäkerfreunde, die etwas entfernt von hier wohnten und sie begrüßen wollten. Anja und Theo hatten sie in der DDR kennengelernt, wo sie an der Jahresversammlung ostdeutscher Freunde teilgenommen hatten. Obwohl dies umgekehrt nicht möglich war, konnte vor der Wiedervereinigung die Verbindung der Quäker aus Ost und West aufrechterhalten werden. Hellmut und Laura überreichten ihnen nicht nur einen Geldbetrag, sondern auch eine große Schüssel herrlicher reifer Erdbeeren. Der herzliche Empfang ihrer Familie durch das Ehepaar und besonders dessen liebevoller Umgang miteinander beeindruckten Anja.

Überhaupt beschäftigten sie die Erlebnisse dieser Tage in Unna sehr. Wo blieb Theos Freude über die Ankunft hier? Liebevolle Gesten und Worte der Ermutigung hatte sie sich gewünscht und auch der Anerkennung dafür, dass sie und die Kinder ihr vorheriges Leben zu Hause aufgegeben hatten.

In Unna wurden sie auch noch von Anjas Cousine Sigrid, ihrem Mann und deren jüngster Tochter besucht. Dreißig Jahre war es her, dass Anja mit ihren Eltern zur Hochzeit der beiden in die Bundesrepublik eingeladen worden war und nicht hatte mitfahren dürfen, weil ihr der weitere Besuch der Oberschule danach versagt worden wäre. Jetzt gab es also ein glückliches Wiedersehen und Kennenlernen der beiden Familien. Sie sprachen über die Pläne der Ankommenden, sprachen eine Einladung in ihr Heim aus und machten sogar das Angebot, Jan als Lehrling in ihre Firma aufzunehmen.

So hatte sich in kurzer Zeit die Gruppe der Menschen um

die Neuankömmlinge herum vergrößert und dies setzte sich weiter fort. Wenige Wochen später hielt Anja einen Brief einer anderen Verwandten, von Ina Trommler, in der Hand, die sie als 14-Jährige in der Bundesrepublik zum letzten Mal getroffen hatte. Ihr erster Blick fiel auf das Foto der schönen blonden Frau mit dem kleinen Jungen auf dem Arm. ›Ist das wirklich Ina, die ich damals zum Unterricht in ihre Schule begleiten durfte?‹, dachte Anja. Sie waren beide gleichalt gewesen und hatten sich schnell zueinander hingezogen gefühlt. Ihre Eltern, die Erben der Trommler-Schuhfabrik in Zwönitz, hatten schon 1952 die DDR verlassen und waren an den Niederrhein gezogen. Hier konnte Paul Trommler erneut in der Schuhbranche tätig werden. An manchem Spätnachmittag war der Onkel nach der Arbeit mit ihnen dort an den Rhein gefahren.

Nach dem Lesen des freundlichen Willkommensbriefes ihrer Großcousine freute sich Anja darauf, sie nach dreißig Jahren bald wiederzusehen zu können. Dabei dachte sie an die Kette, mit der ihre Mutter die Familie einmal verglichen hatte. »Du bist ein Glied in einer Kette«, hatte die damals Achtjährige von ihrer Mutter in nahezu feierlichem Ton zu hören bekommen. Das Verschwinden der Hälfte ihrer Verwandten in den Westen des geteilten Landes während der 50er Jahre hatte Anja als Kind damals erschrocken. Jetzt freute sie sich sehr über die wiedergefundenen Perlen in der Kette.

Nur kurze Zeit später nahmen ihre Cousine Gisela und der Cousin Klaus aus der Familie des 1951 Verstorbenen Ernst Trommler Kontakt zu ihnen auf. Vor mehr als dreißig Jahren hatte sich die Witwe mit Gisela in Frankenberg von Anjas Eltern verabschiedet, um in Westdeutschland zu leben. Als Gisela bei ihr anrief, konnte sich Anja gut an die damals 15-Jährige erinnern. Den älteren Bruder Klaus, der die Familie bald selbst besuchte, schien sie eigentlich erst jetzt kennenzulernen. Damals bei dem Abschiedsbesuch war er nicht dabei gewesen, sondern hatte schon einige Jahre in einem Schulinternat in Westdeutschland verbracht, um ein Abitur ablegen zu können.

In der Mitte ihrer zweiten Woche in Unna waren für die Bäumlers alle Formalitäten zur baldigen Einbürgerung in die Bundesrepublik Deutschland abgeschlossen. Sie wollten nicht in den kleinen Ort in Nordrhein-Westfalen ziehen, wohin ihre Möbel gebracht worden waren, sondern direkt nach Düsseldorf. Dort hofften sie, den vielfältigen Bedürfnissen ihrer Familie, wie Arbeit, Lehre, Schule und Kindergarten, besser gerecht werden zu können.

2 | Am Ziel

Neue Lebensumstände

Auf dem Bahnhof in Düsseldorf wurden sie von Theos Schwester abgeholt. Nachdem sie ihr glückliches Wiedersehen bei Kaffee und Kuchen in Hannas Wohnung im Düsseldorfer Süden gefeiert und auch den nahegelegenen Rhein gesehen hatten, verbrachten sie ihre erste Nacht bei ihr. Am nächsten Tag fuhren sie in die Innenstadt und suchten das Amt für die Aus- und Übersiedler auf. Sie wurden in ein Wohnheim in Benrath eingewiesen, in zwei Zimmer, in unterschiedlichen Etagen gelegen. Für Sylvia, ihre Jüngste, waren die immer neuen Umstände nicht leicht zu verkraften.

Eines Nachmittags holten Theos Verwandte aus dem Wuppertaler Raum die Familie ab und fuhren mit ihnen zu der kleinen angemieteten Wohnung, in der ihre Möbel und der Hausrat lagerten. Als Sylvia die Uhr mit den goldenen Zeigern aus dem Jenaer Wohnzimmer an der Wand hängen

337

sah, jubelte sie. Jeder in der Familie freute sich über Dinge, die ihm vertraut waren und jetzt auftauchten. Es sollte aber noch mehrere Wochen dauern, bis die Bäumlers eine passende Wohnung in Düsseldorf für sich selbst finden konnten.

In der folgenden Zeit hatten Theo und Anja viele Behördengänge zu erledigen, um auch im Bundesland NRW und in Düsseldorf als neue Bürger aufgenommen zu werden. So mussten sie zum Beispiel ihre Anträge zur Aufnahme in das Arbeits-, Renten- und Gesundheitssystem der Bundesrepublik ausfüllen. In der Aus- und Übersiedlerstelle konnten sie einen zinslosen Kredit beantragen.

Auch einige besondere Erfahrungen blieben ihnen in der neuen Welt nicht erspart, zum Beispiel im Amt für Übersiedler. Als sie das erste Mal an die Bürotür klopften, woraufhin nichts geschah und sie ihr Klopfen wiederholten, stieß ein Beamter die Tür auf und belehrte sie, dass sie sich eines abgewöhnen müssten: Von »drüben« seien sie ja gewohnt, dass alles für sie geregelt werde, hier aber müssten sie sich umstellen, laut genug klopfen und ihre Forderungen selbst vertreten. ›Sicher gut gemeint‹, dachte Anja etwas erregt, aber die Bemerkung warf ein Licht auf Vorurteile, vermutlich manchmal nicht unberechtigte.

Eine zweite Erfahrung in Richtung vorgefasster Meinungen mussten sie bei Klaras Einschulung ins Schloss-Gymnasium in Benrath machen. Noch vor den bald beginnenden Ferien hatten sie dort vorgesprochen. Selbstverständlich könne das Mädchen aufgenommen werden. Als sie das Halbjahreszeugnis der siebten Klasse aus Jena vorlegten, äußerte sich der stellvertretende Direktor des Gymnasiums dazu ziemlich reserviert: Die Einser-Noten von »drüben« in fast allen Fächern, wie man das bei solchen Zeugnissen kenne, seien unrealistisch. Ohne Kenntnisse in Französisch und mit einem Jahr fehlenden Englischunterrichts solle Klara die siebte Klasse wiederholen. Die Bäumlers mussten schlucken. Auch ein Hinweis auf Klaras Begabung für Fremdsprachen und auf den Förderunterricht im Rahmen der Eingliederung half nicht weiter. Sie baten erst einmal um Bedenkzeit und gingen wieder. Das Problem löste sich aber bald, nachdem sie Kontakt mit einer Familie aufnehmen konnten, die Jahre vorher übergesiedelt war. Der Austausch mit ihnen ermutigte sie, um eine probeweise Aufnahme von Klara in die 8. Klasse zu bitten. Das wurde erlaubt und erwies sich später als richtige Entscheidung.

Jan hatte in der Berufsberatung beim Arbeitsamt als Berufswunsch »Tischler« angegeben. Ihm wurde aber vorgeschlagen, sich zum Elektroniker in dem Großunternehmen ›Papiermühle‹ ausbilden zu lassen. Sein nicht ausgehändigtes Abschlusszeugnis der zehnten Klasse könne auf dem innerdeutschen Amtsweg beantragt und nachgeschickt werden. Nach seiner Bewerbung für die empfohlene Lehrstelle erhielt er die Zusage, ab September als Lehrling im Unternehmen eingestellt zu werden.

Anja fragte in Benrath nach einem Kindergartenplatz für Sylvia, denn die Familie hoffte darauf, dort bald eine Wohnung zu finden. Die Kindereinrichtungen schlossen allerdings mittags zwischen 12 und 14 Uhr, was Anja als ein ungewohntes Problem erschien. Sie fand jedoch auch einen Kindergarten im Stadtteil, der über Mittag geöffnet hatte. Da in der bundesdeutschen Gesellschaft die Männer, auch in den Jahrzehnten nach dem Krieg, in der Regel noch die Alleinverdiener der Familie waren, stellte die Schließung der Kindereinrichtungen über Mittag für die Mütter kein Problem dar. Bei der Arbeitsteilung zwischen Männern und Frauen besorgten Letztere den Haushalt und die Betreuung der Kinder. Die Mütter waren dennoch oftmals einige Stunden des Tages in einem Mini-Job beschäftigt. Sie konnten sich erfreulicherweise mehr mit ihren Kindern beschäftigen als die Mütter in der DDR, befanden sich aber in einer größeren Abhängigkeit von ihren Männern, konnten weniger eigene Rentenanteile sammeln und trugen nach einer Ehescheidung oft das Risiko der Altersarmut.

Dass Frauen in der Bundesrepublik laut Gesetz noch bis in die 70er Jahre hinein ihre Ehemänner um Erlaubnis fragen mussten, wenn sie ein Arbeitsverhältnis aufnehmen wollten, sollte Anja erst Jahre später erfahren.

Anja und Theo waren inzwischen beim Arbeitsamt als arbeitslos gemeldet und bekamen einen Vorschuss auf ihr demnächst genauer berechnetes Arbeitslosengeld. Anja solle auf dem Arbeitsmarkt für eine Tätigkeit in Vollzeit zur Verfügung stehen, sagte man ihr und sie bejahte im Fragebogen offiziell ihre Bereitschaft dazu. Persönlich wünschte sie sich jedoch, genügend Zeit für ihre Familie und die Einrichtung einer eigenen Wohnung zu haben, bevor sie wieder arbeitete.

Noch konnte sie nicht ahnen, dass das Arbeitsamt als Stellenvermittler in ihrem Beruf kaum eine Rolle spielte. Private Kliniken und Praxen sowie kommunale Einrichtungen waren die Hauptarbeitgeber auf ihrem Gebiet und annoncierten ihre Stellen vor allem in der überregionalen Presse. Zur Wahrscheinlichkeit einer Anstellung in ihrem Beruf wusste sie bisher nur wenig.

Theo und Anja reichten beim Arbeitsamt die beglaubigten Kopien ihrer Diplome und Weiterbildungsbescheinigungen ein. Auch ihre Lebensläufe und Beurteilungen von früheren Arbeitsstellen sowie eine Auflistung ihrer beruflichen Erfahrungen wurden von ihnen verlangt.

Eine Wohnung

Hanna, die ihren Verwandten helfen wollte, berichtete ihnen von einer freien Wohnung in ihrer Nähe. Bei der Besichtigung war Klara von den Räumen besonders angetan. Die Eltern überlegten länger, ob sie nicht auf den Wunsch ihrer Tochter eingehen könnten, diese Wohnung zu mieten. Für Klara in der Pubertät bedeutete der Neubeginn im Westen wohl den größten Einschnitt in ihrem bisherigen Leben. Aber die Gesamtgröße und die Anzahl der Zimmer dieser sehr gut ausgestatteten Wohnung reichten für die Familie nicht aus.

Da ihnen in ihrer jetzigen Lebenssituation sowieso eine preisgünstigere Sozialwohnung zustand, suchten sie weiter auf dem kommunalen Wohnungsmarkt. Bald fanden sie eine geeignete Wohnung in Benrath-Süd. In der Straße stand eine Anzahl von Plattenbauten mit Wiesenflächen zwischen den Häuserzeilen. Am Ende lag ein Kindergarten, der durchgängig geöffnet war. Die Bäumlers fühlten sich an ihre Wohnumgebung Anfang der 70er Jahre im thüringischen Hermsdorf erinnert. Schließlich konnten sie sich einigen, diese weit geräumigere Wohnung zu mieten. Bei den Renovierungsarbeiten wurden sie tatkräftig von Theos Verwandten unterstützt.

Jedes Kind erhielt ein eigenes Zimmer. Das für Jan entstand durch Abtrennung von dem langen Flur mit einem Fenster an seinem Ende. Auf diese Idee war er selbst gekommen. Mit einer schmalen Tür und wenigen Möbeln versehen, war es ein Raum, der seinen Bedürfnissen entsprach.

Klara erhielt ein geräumiges, sonniges Zimmer und war damit sehr zufrieden. Sie wünschte sich darin so viele Pflanzen wie vorher in Jena. Alle halfen mit dabei, den großen hölzernen Kasten einzubauen, in den ein unterwegs gefundener, entwurzelter Stamm eines Bäumchens eingesetzt wurde. Daran sollten Töpfe mit Pflanzen hängen. Auch mehrere stattliche Zimmer- und Balkonpflanzen wurden in Töpfen zwischen die weißen Kieselsteine am Boden gesetzt. Klara wollte wie vorher etwas Lebendes umsorgen, wünschte sich jedoch nicht erneut ein Haustier.

Sylvias Zimmer wurde mit den Möbeln von Jans Kinderzimmer aus Jena ausgestattet. Sie brauchte nicht mehr im kleinen Kinderbett zu schlafen, sondern bekam eine Schlafcouch, die zum Übernachten von Besuch unten ausgezogen werden konnte.

Die Bäumlers erhielten einige Möbel aus einem städtischen Depot. In das Zimmer der Eltern wurde eine Schrankwand gestellt, in die zwei Schränke für Bekleidung und Bücher sowie ein Schreibmöbel integriert waren. Ursprünglich zu breit, konnte das Möbelstück mittels der Werkzeuge des Baumarktes geschickt verkleinert werden.

Den größten Raum, zu dem ein Balkon gehörte, statteten sie als Wohnzimmer aus. Hier fanden ein Bücherschrank und ein Schreibtisch aus Anjas Elternhaus sowie ein Gemälde Platz, das ihre Mutter geliebt hatte. Mehrere halbhohe Schränke, im Furnier dazu passend, konnten später zur Ergänzung gekauft werden, ebenso eine Couch, die man zum Schlafmöbel verbreitern konnte. Einen ausziehbaren Tisch und eine bequeme gepolsterte Sitzbank mit Stühlen bekamen sie von Bekannten geschenkt.

Es war für die Bäumlers nicht zu übersehen, dass sie in einer Wohlstandsgesellschaft angekommen waren. Viele Menschen neigten dazu, Gegenstände ihres täglichen Lebens schneller gegen günstig erscheinende neue auszutauschen und die alten zu verschenken. Bei ihrem Neubeginn wurden sie nun Nutznießer dieser verschwenderischen Lebensweise.

Aufgrund des üppigen Angebots von Waren machte es die westliche Marktwirtschaft einfach, einen Haushalt neu einzurichten. Die Vielfalt der Angebote, unterschiedliche Preise in ähnlichen Geschäften sowie das erforderliche Vergleichen erschienen Anja nicht allein verlockend, sondern kosteten nach ihrem Empfinden zu viel Aufmerksamkeit und Zeit. Die Werbung, oft bunt und mit verführerischen Slogans versehen, sollte zum Kaufen,»Schnäppchenmachen« und Genießen animieren. Die Menschen schienen eigentlich auf unterhaltsame Weise manipuliert zu werden. Neuankömmlinge waren von ihrem Neuanfang intensiv in Anspruch genommen, mussten erst einmal vieles Neue aufnehmen und verarbeiten, durchschauen und eine Menge dazulernen.

So waren die Bäumlers zum Beispiel nach ihrem Umzug von zwei netten jungen Frauen im Namen eines Vereins aufgesucht worden, der Familien berate, wie sie erklärten. Sie setzten sich mit ihnen an den Tisch in der Korridordiele und nach beharrlichem Nachfragen entzauberte sich das häufig gebrauchte Wort »Familienfürsorge« recht schnell. Es ging nicht um einen fürsorgerischen Besuch bei den neu Angekommenen, sondern um Information und Werbung für eine Unfallversicherung der gesamten Familie. Anja war rein intuitiv ablehnend mit dem Angebot umgegangen und hatte sich den Besucherinnen gegenüber abwartend geäußert, wobei Theo sie unterstützte. Später stellte sich heraus, dass Derartiges durch die Pflichtversicherungen bereits abgedeckt war.

»Vielleicht war dieses Gespräch für uns alle ein kleines Lehrstück«, meinten die Eltern zu Jan und Klara, nachdem die Damen wieder gegangen waren. Beide Kinder hatten sich über ihre Zurückhaltung gegenüber dem freundlich gemeinten Werbeangebot erst einmal gewundert.

3 | Einleben und Eingewöhnen

Für Klara hatte die Schule Anfang August begonnen. Wie gewünscht wurde sie in die 8. Klasse des Schlossgymnasiums eingeschult. Bald fand ein Elternabend statt. Klara ging mit ihren Eltern dahin, denn am ersten Elternabend Anfang September durften auch die Schüler teilnehmen. Gegen Ende der Zusammenkunft ging es um die vermeintliche Schwierigkeit im Fach Mathematik, über die sich Eltern und besonders die anwesenden Mädchen beredt äußerten. ›Ein kultureller Unterschied, vielleicht auch ein Bildungsunterschied?‹, dachte Anja verwundert. Auch das ungehemmte Dazwischenreden der Jugendlichen, das die Klassenlehrerin nicht zu bremsen vermochte, erstaunte Klara und ihre Eltern.

Noch manch anderes kam Klara später im Schulbetrieb merkwürdig vor. Man meldete sich möglichst oft, auch wenn man wenig beizutragen hatte, denn die mündliche Mitarbeit bildete die wesentliche Grundlage der Gesamtzensur. Es wurden weit weniger Arbeiten geschrieben und benotet. Stillere Schüler hatten das Nachsehen, liefen Gefahr, weniger wahrgenommen und unterschätzt zu werden.

Zu Hause erzählte Klara nicht viel von ihrem Schulalltag. Ihre Familie war es gewohnt, dass bei ihr in dieser Hinsicht alles in Ordnung ging. Mutter und Vater fragten auch nicht viel nach, denn sie waren intensiv mit dem Neubeginn beschäftigt.

Klara, mit dreizehn Jahren mitten in der Pubertät, musste wohl von allen Geschwistern den schwierigsten Teil der Anpassung an das Leben in der Bundesrepublik leisten. Sie hatte ihre vertrauten Freundinnen verloren. In der Schule kannte sie noch niemanden. Und sie wollte doch bald dazugehören, anerkannt sein und eine richtige Freundin finden. Dafür müsste sie für ihre Mitschüler, welche schon seit Jahren untereinander vertraut waren, sichtbarer werden. Sie hatte mit den Eltern bisher wenig über sich gesprochen, eher noch mit ihrem Bruder. Auch jetzt äußerte sie sich nicht über Enttäuschungen und Ängste, versuchte allein zurechtzukommen. Die Eltern fragten eher einmal nach ihrer Schulsituation als nach Ärger oder Kummer.

Anja spürte, dass derartige Fragen für ihre Tochter keine Einladung waren, sich ihr anzuvertrauen. Sie war ratlos, wie sie mit ihr umgehen sollte. Nach außen hin schien sich Klara an die neuen Lebensumstände gut anzupassen. Sie war mit einem Mädchen in ihrer Klasse enger zusammen und wurde von dieser oft in das nahe der Schule gelegene Elternhaus eingeladen. Dort esse sie mit Bettina, so hieß die Schulkameradin, oft zu Mittag, bevor beide ihre Hausaufgaben erledigten. An zwei Nachmittagen in der Woche musste Klara nach der Schule in die Düsseldorfer Innenstadt zum Sprachunterricht fahren. Auch an diesen Tagen kam sie nach der Schule nicht erst nach Hause, weil die Haltestelle des Stadtbusses in der Nähe ihres Gymnasiums lag.

Anja hatte ihre Tochter gefragt, ob sie ihren Flötenunterricht fortsetzen wolle, und ihr dazu geraten. Aber Klara sagte nein. Die Mutter wollte sie nicht drängen. Vielleicht wäre ein dritter Nachmittag in der Woche für den Musikunterricht eine zu große Belastung. Anja konnte sich schon vorstellen, dass es für Klara schlimm war, ihr geliebtes Flötenspiel aufgegeben zu haben, aber auch mit diesem Thema eröffnete sich keine Möglichkeit, dass Tochter und Mutter mehr über Klaras emotionales Befinden sprachen. Klara blieb bei ihrem Nein. Anja schien es, dass Klara mit ihrem Leben in Jena abgeschlossen hatte und ihr vermutlich gelingendes Ankommen hier nicht mit wehmütigen Erinnerungen belasten wollte.

So bezog sich der Austausch von Mutter und Tochter

345

hauptsächlich auf praktische Notwendigkeiten. Anja begleitete Klara zu den Fachärzten für eine kieferorthopädische Behandlung und für die Verschreibung von Sehhilfen bei ihrer Kurzsichtigkeit. Sie bekam Kontaktlinsen und freute sich, damit die unattraktive Brille loszuwerden.

Klara wünschte sich modische Oberbekleidung und Anja nutzte die preisgünstigen Angebote des Sommerschlussverkaufs. Es machte ihr Freude, dass sie trotz ihrer begrenzten finanziellen Mittel alle Wünsche Klaras erfüllen konnte. Vielleicht könnte das auch dazu beitragen, dass sie sich sicherer unter ihren Schulkameraden bewegte. Hinzu kam, dass sie es Klara ein Jahr später ermöglichten, für drei Wochen eine Sprachschule in England zu besuchen. Anja selbst verreiste im Spätsommer 1985 mit beiden Töchtern erstmals auf eine kleine Mittelmeerinsel.

Als Anja ihre Familiengeschichte aufschrieb, vergegenwärtigte sie sich noch einmal die Lage ihrer älteren Tochter bei ihrem Neuanfang in Westdeutschland. Jetzt, Jahrzehnte später, konnten Mutter und Tochter mehr darüber sprechen als in der brisanten Anfangszeit. Für Klara war der Schulalltag damals belastend gewesen.

Vor allem die Unterrichtspausen setzten ihr zu. Sie war oft zu schüchtern, um sich zu äußern oder einzumischen. Zu vielem, das ihre Kameradinnen meinten, hatte sie auch ihre kritische Meinung, welche sie aber meist für sich behielt, um nicht anzuecken. Es musste sie viel Energie gekostet haben, sich so zu verhalten, dass sie gesehen wurde und sich anerkannt fühlte.

Anja wusste aus späterer Zeit, dass das Verhältnis zwischen Jan und Klara bedauerlicherweise immer distanzierter geworden war. Vermutlich hatte der Altersabstand von drei Jahren einen zusätzlichen großen Verlust von Nähe und Unterstützung vonseiten des Bruders für Klara bedeutet.

Ihren Sohn hatten die Eltern Ende August zur Aufnahmefeier der neuen Lehrlinge in die Papiermühle begleitet. Jan begann seinen neuen Lebensabschnitt mit Freude und großer Aufgeschlossenheit. In seinem Leben war die Übersiedlung seiner Familie in die Bundesrepublik zu einem günstigen Zeitpunkt gekommen. Er fand Kontakt zu den Jugendlichen der Jungen Gemeinde in seinem Stadtviertel und beteiligte sich an einigen Aktionen in der Öffentlichkeit. Etwas später begann er neben seiner Lehre auch den Fernkurs fürs Fachabitur.

Einige Zeit nach dem Einzug in ihre Wohnung in Benrath-Süd konnte Sylvia in eine der dortigen Kitas wechseln. Ihr Kindergarten lag günstig am Ende ihrer Straße und sie gewöhnte sich schnell an die neuen Umstände. Ein Höhepunkt für sie und ihre Familie war ihr dritter Geburtstag. Sowohl am Morgen im Kindergarten als auch nachmittags zu Hause ließ sie sich verwöhnen und feiern.

Kurze Zeit danach fand das Kindergartenfest im Viertel statt. Die Familien der Kinder gehörten zahlreichen Nationalitäten an. Für das festliche Buffet brachten die Eltern typische Speisen nach Rezepten aus ihren Herkunftsländern mit. Das alljährliche Fest war eine Tradition, die zur Integration der Bewohner im Viertel beitrug. Anja, mit Sylvia an der Hand, genoss die Gemeinschaft mit einem tiefen Gefühl der Freude und des Angekommenseins.

In diesen ersten Monaten in Düsseldorf waren Anja und Theo nicht nur mit ihrem Heim beschäftigt gewesen. Theo hatte sich für eine Fortbildung in Informatik angemeldet, die das Arbeitsamt bezahlte. Sie begann kurz nach ihrem Umzug in die eigene Wohnung.

Auch Anja machte sich Gedanken, wie sie wieder berufstätig werden könnte, und beschloss, sich an einen großen kirchlichen Arbeitgeber wie die Diakonie zu wenden. Die Zeit bis dahin wollte sie noch intensiver ihren Kindern widmen.

Zum Ende des Sommers hatte sie Sylvia und sich zu einem Schwimmkurs für Mutter und Kind im Hallenbad anmelden wollen. Bei ihrem kurzfristig gefassten Entschluss rechnete sie von vornherein mit einer längeren Wartezeit auf einen Platz im Kurs. Erfreulicherweise konnte sie jedoch schon eine Woche nach ihrer Anmeldung beginnen. Nach der ersten Schwimmstunde mit Sylvia besuchte sie ihre Schwägerin Hanna ganz in der Nähe. Ihre Freude darüber, sofort mit dem Kurs beginnen zu können, äußerte Anja auch ihr gegenüber.

Hanna ergriff die Gelegenheit, ihrer Schwägerin etwas Nachhilfe in Sachen »Leben bei uns« zu erteilen.

»Wir haben hier keine Mangelwirtschaft. Die Kursleiterin, die vermutlich im Bad als Schwimmmeisterin angestellt ist, darf auch privat Kurse anbieten und direkt mit den Besuchern abrechnen. Ihr Arbeitgeber muss zustimmen und sie bezahlt ihm für die Zeit im Schwimmbecken Miete. Hier bei uns kann jeder privat etwas in Gang bringen. Wenn sich zu viele für einen Schwimmkurs anmelden, wird eben ein zweiter eröffnet. Das ist nicht wie drüben im Osten in der Planwirtschaft, welche nicht effektiv ist. Wenn man hart arbeitet, erreicht man hier etwas.«

Anja schluckte. Hatten sie das drüben nicht auch gemacht? Der Ton war es, der sie störte. Bald zog Sylvia die Aufmerksamkeit ihrer Tante auf sich und sie konnten das heikle Thema beenden.

Der kleinen Sylvia gefiel das Planschen mit Schwimmpolstern im Plastikreifen unter der Obhut ihrer Mutter und sie machte kleine Fortschritte. Am Ende der zehnten, letzten Kursstunde im Herbst des Jahres schwamm sie jedoch noch nicht selbstständig. Anja konnte den Besuch des Schwimmbads mit ihr fortsetzen, solange sie noch keine Arbeitsverpflichtungen hatte.

Im Frühjahr des nächsten Jahres, nach einer längeren Pause, war dann geschehen, was sie fast nicht mehr erwartet hatte. Anja erinnerte sich viele Jahre später beim Schreiben ihrer Erzählung sofort an die Einzelheiten und ließ die Bilder erneut ablaufen.

Ein bekannter Junge aus dem Schwimmkurs vom Sommer zeigte sich auf einmal im Schwimmbecken und zog stolz und ohne Schwimmhilfen an Sylvia vorbei, die selbstständig noch keine drei Schwimmzüge zustande gebracht hatte und von ihrer Mutter jedes Mal sofort festgehalten wurde. Erneut war er erschienen und hatte gespottet:»Ätsch, ich kann schon und du nicht.« Als er erneut neben ihr aufgetaucht war, versuchte sie, länger an seiner Seite zu bleiben. Anja war sehr gespannt. Das wiederholte sich mehrere Male, wobei er immer wieder neben ihr erschien. Den beiden schien das Wettspiel Spaß zu machen. Nach einem vergeblichen Versuch, den wohl etwas Älteren mit schnellen Bewegungen zu überholen, gab Sylvia auf. Anja hatte bei den einzelnen Versuchen gezählt. Zu ihrem großen Erstaunen waren es zuletzt zwölf Schwimmzüge gewesen. Die Freude bei Sylvia und Anja war groß und zu Hause hatte Sylvia stolz verkündet:»Papa, Mama, Jan, Klara, alle meine Eltern, ich kann schwimmen!«

Nach dieser glücklichen Erinnerung setzte Anja ihren Bericht über die zweite Hälfte des Jahres 1985 fort.

Die Familie lebte sich allmählich in Benrath-Süd ein und lernte bald mehr von der Großstadt am Rhein kennen: die Altstadt, die Brücken in die Neustadt, die Auenlandschaft im Süden und das Schloss Benrath mit seiner schönen Parkanlage. Die meisten Wege und den Einkauf für die Familie machte Anja mit dem Fahrrad. Sie gewöhnte sich daran, Preise zu vergleichen und manchmal auch eine längere Wegstrecke zu fahren, da sich die Preise im Supermarkt häufig von denen in den näheren Geschäften unterschieden. Anja kaufte meist ein, bevor sie Sylvia aus dem Kindergarten abholte; so brauchte sie sie nicht mit in den Supermarkt zu nehmen. Ab und zu war es trotzdem nötig. Die Kleine war fasziniert von dem, was sie sah, wenn sie vorn im Einkaufswagen saß, wollte mit auswählen, natürlich besonders Süßigkeiten. Anja ging wenig auf ihre Wünsche ein oder ließ sie beim Obst wählen. Sie beobachtete, wie es für viele Kinder selbstverständlich zu sein schien, dass die Mütter die gewünschten Süßigkeiten kauften.

Anja wunderte sich sehr darüber, dass sich Wurst in Scheiben viel länger im Kühlschrank frisch hielt, als sie es bisher kannte. Ihre Kinder wussten, dass viele Konservierungsstoffe verwendet wurden, auch bei frischer Ware. Man begann, bei klein gedruckten Angaben zu Inhaltsstoffen, vor allem auf Verkaufsverpackungen, genauer hinzusehen.

Der Alltag in der Überflussgesellschaft, wie Anja manchmal sagte, kostete mehr Aufmerksamkeit, als ihr lieb war. Man musste schnell lernen, mit der Papierflut von Werbung umzugehen, wollte aber auch nichts übersehen, was preiswert war und was man wirklich brauchen konnte.

Das Fehlen eines Autos machte sich manchmal bemerkbar, aber diese Anschaffung würde noch länger warten müssen. Da bot ihnen gegen Ende des Jahres einer der Quäker-Freunde, deren monatliche Andachten sie besuchten, sein Auto an. Sie dürften es nutzen, solange sie es gebrauchen könnten. Zuerst wollten sie es gar nicht glauben, aber es war ernst gemeint. Er benutze es nicht, lebe allein und bewältige alle seine Wege zu Fuß. Das Auto roste nur vor sich hin, sagte er. Das eigene Auto einfach anzubieten, freigebig und vertrauensvoll – was für eine Großherzigkeit! Die Bäumlers hatten viel Grund, anderen Menschen zu danken.

4 | Theo und Anja

Arbeitssuche

Theo und Anja waren beim Arbeitsamt als arbeitslos gemeldet und bezogen Arbeitslosengeld. So waren sie finanziell vorübergehend abgesichert, wollten aber beide gern bald wieder berufstätig sein. In ihrem bisherigen Leben in der DDR war neben dem Familienleben die Ausübung des erlernten Berufs ein wichtiger Lebensbestandteil. Der Arbeitsplatz, die Aufgabe dort und persönliche Bestätigung waren von großer Bedeutung gewesen. Anja bat im Spätsommer 1985 um einen Termin beim Diakonischen Werk der Rheinischen Landeskirche. Wenige Wochen später saß sie dem leitenden Pfarrer der Diakonie in Düsseldorf gegenüber. Er hörte ihr zugewandt und aufmerksam zu, als sie erzählte, was ihre Familie zur Übersiedlung in die Bundesrepublik bewogen hatte. Auf ihre Frage nach einer Beschäftigungsmöglichkeit antwortete Pfarrer S., dass in der Diakonie in Düsseldorf mit hunderten von Beschäftigten immer wieder qualifizierte Mitarbeiter gesucht würden. Ob man sie als Psychologin einsetzen könnte, hänge vom derzeitigen Bedarf ab. Da könne er nichts versprechen.

Im Düsseldorfer Süden wolle die Diakonie ein Heim für geistig und mehrfach behinderte Menschen eröffnen. Vielleicht könnte sie dort als sozialpädagogische Mitarbeiterin engagiert werden. Der Süden der Stadt war Anjas Wohngegend. Sie war erfreut, eine konkrete Möglichkeit gezeigt zu bekommen, würde aber bis dahin zugleich versuchen, eine Tätigkeit in ihrem eigentlichen Beruf zu finden. Die Worte ihres aufgeschlossenen Gesprächspartners machten Mut, zumal sich Pfarrer S. auch anteilnehmend nach ihren jetzigen Lebensumständen erkundigt hatte. Sie solle ihre Bewerbungsunterlagen einreichen und er werde in einer der kommenden Sitzungen der Abteilungsleiter von ihrer Arbeitsuche berichten. Man werde wieder auf sie zukommen, aber sie müsse sich sicher bis zum Jahresende gedulden.

Theo besuchte seit einigen Wochen Weiterbildungskurse in Informatik an einem Institut in Wuppertal. Ihm war vom Arbeitsamt geraten worden, diese Chance zu nutzen, da man in der DDR im Vergleich mit dem Westen auf diesem Gebiet um Jahre zurück gewesen sei. Theo wollte alles tun, um das aufzuholen. Vieles vom Unterrichtsstoff war neu für ihn, aber er konnte allem gut folgen. Die acht Stunden konzentrierter Aufmerksamkeit und zwei Stunden Fahrzeit an jedem Tag forderten ihn voll. Die Dozenten gaben sich zwar Mühe, aber die Kursunterlagen, welche den Teilnehmern ausgehändigt worden waren, fand er nicht gut und besorgte sich zusätzliche Fachliteratur.

In der Woche hatte er kaum Zeit für seine Familie, arbeitete jedoch an den Wochenenden engagiert an der weiteren Einrichtung der Wohnung mit. Er bewarb sich inzwischen auch auf mehrere Stellenangebote in der Tageszeitung ›Rheinische Post‹, erhielt aber nie eine Einladung zum Vorstellungsgespräch. Seine Schwester forderte ihn zur Geduld auf. Es sei normal, dass sich auf eine Stelle viele Menschen bewarben und nur wenige zu einem Bewerbungsgespräch eingeladen würden. Mit dem Zertifikat seines Weiterbildungskurses nach einem Jahr hätte er sicher weit bessere Chancen als jetzt. Er solle gelassener damit umgehen.

Ihn ängstigte aber noch etwas anderes. Unternehmen schienen trotz der staatlichen Sicherheitsüberprüfungen generell nicht gern Übersiedler aus dem Osten einzustellen. In den letzten Monaten waren erneut Spione aus der DDR enttarnt worden, wie es in den Medien breit berichtet worden war.

Theo setzte sich selbst unter Druck, schnell »in Arbeit zu kommen«, wie er es nannte. Seinem Selbstwertgefühl war er das schuldig. Als Familienvater wollte er, wie die Männer üblicherweise hierzulande, der »Ernährer« der Familie sein. Weit mehr als Anja hatte er befürchtet, dass es nicht leicht sein werde, hier neu anzufangen. Erzählungen anderer Kursteilnehmer, davon einige wie er aus dem Osten, beunruhigten ihn zusätzlich. Fast erschien ihm der berufliche Neuanfang zu schwer. Aber er versuchte sich von seiner Stimmung und seinen Zweifeln nicht viel anmerken zu lassen. Anja trug nach seiner Meinung in dieser Zeit die Hauptlast bei der Gestaltung ihres Lebens und er sei es seiner Familie schuldig, beruflich schnell wieder Fuß zu fassen, meinte er.

Anja hatte ihm von ihrem Besuch bei dem Diakonie-Pfarrer erzählt und erwähnt, dass sie vielleicht dort arbeiten könnte. Theo freute sich darüber, spürte aber umso mehr die Notwendigkeit, schnell selbst einen Arbeitsplatz zu finden.

Ein Wochenende zu zweit

Theos Schwester hatte den beiden vom »Parkfest« im Benrather Schlosspark erzählt, das jedes Jahr an einem Wochenende im August stattfinde. Das sollten sie unbedingt besuchen. Es wäre wunderschön, die Blumenpracht, die festliche Stimmung der Gäste und die besondere Beleuchtung des Schlosses und des Parks bei Nacht zu erleben. Hanna war stolz auf diesen Kulturschatz in ihrer Nähe. Sie wollte Klara und Jan das spektakuläre Feuerwerk zeigen, auch Sylvia in ihre Obhut nehmen und alle drei bei sich übernachten lassen. Die Eltern sollten ein unbeschwertes Wochenende haben, frei von allen Verpflichtungen, und alles Schöne dabei für sich selbst in Ruhe entdecken können.

Anja ließ sich von der Begeisterung ihrer Schwägerin anstecken. Theo aber, dem schon seit Langem nicht mehr zum Feiern zumute war, konnte keine Vorfreude empfinden. Spielverderber wollte er allerdings auch nicht sein. Das Fest begann an einem Freitagabend. Von ihrer Wohnung aus konnten sie zu Fuß in den Schlosspark gehen. Sie liefen an den Blumenrabatten und prächtigen Rosenbeeten entlang. Hin und wieder setzten sie sich auf eine freie Bank und versuchten dem Hauptstrom der Besucher auszuweichen. Die Bedrücktheit ihres Mannes entging Anja nicht und sie nahm an, dass ihn sein Arbeitspensum der Woche sehr erschöpft hatte. Vermutlich sollten sie hier nicht zu lange unterwegs sein. Das Feuerwerk, das in der ansteigenden Dämmerung bald beginnen würde, wollten sie sich jedoch nicht entgehen lassen.

Bald war es so weit und sie konnten sich an den kunstvollen farbigen Gebilden im Nachthimmel erfreuen. Anja nahm die Ausgelassenheit der Menschen um sich herum wahr. Sicher war schon Alkohol im Spiel, sie waren fröhlich und konnten die Feststimmung sorglos genießen. ›Wird auch uns einmal wieder mehr gemeinsame Unbeschwertheit beschieden sein?‹, fragte sie sich. Bald brachen sie nach Hause auf.

Zum ersten Mal waren sie bei ihrer Ankunft nur zu zweit. Ihr gemeinsames Schlafsofa stand in dem Zimmer mit der Schrankwand, in dem neben dem Kleiderschrank und anderen Abteilungen auch noch genügend Raum für Theos Arbeitsmaterialien war. Es war ein Schlaf-Arbeitsraum

Theo legte eine Schallplatte in den Spieler ein, bald kuschelten sie miteinander. Nach einer Weile äußerte er, dass er nach der anstrengenden Woche und den Eindrücken vom Fest sehr müde sei. Morgen hätten sie doch einen langen und schönen Tag für sich ganz allein und sollten jetzt schlafen. Anja verstand ihn, war aber enttäuscht.

Theo wachte nach kurzem Wegdämmern wieder auf, hörte Anjas gleichmäßiges Atmen neben sich, konnte jedoch sehr lange nicht wieder einschlafen. Er sah sich erneut seinen Gedanken und Sorgen um die Zukunft ausgeliefert. Hier im Berufsleben bald seinen Platz zu finden, erschien ihm eigentlich als eine zu schwere Aufgabe, die er jedoch meistern musste. Dem Aufruf seiner Schwester zu Geduld konnte er nicht folgen. Er hatte gewusst, wie schwierig die Arbeitssuche hierzulande für ihn werden würde. Hätte er keine Familie, wäre er gar nicht in die Bundesrepublik gezogen. Nach der Abgabe seines Wehrpasses hätte er in der DDR die Folgen auf sich genommen. Aber hier war es seine Pflicht, für die Familie zu sorgen. Anja bewältigte jetzt weit mehr für sie alle zusammen. Wo sie nur ihre Energie, Aktivität und ungebrochene Hoffnung hernahm, fragte er sich.

Sie hatte sich sicherlich gewünscht, dass er ihre Freude an dem Fest teilte, aber danach war ihm nicht zumute gewesen. Er konnte das Leben nicht so gelassen und hoffnungsvoll sehen wie sie. Darin unterschieden sie sich sehr. Sie schien von ihm zu erwarten, dass er die Dinge einfach hinnahm. Seine Rolle als Mann hierzulande solle er nicht so stark mit dem schnellen Finden von Arbeit und der Rolle als Ernährer der Familie verbinden, hatte sie mehrfach gesagt. Das gerade aber trieb ihn an. Er wollte von ihr in seinen Vorstellungen bestärkt werden, Liebe und Unterstützung dafür finden.

Manchmal wünschte er sich, dass eine andere Frau neben ihm wäre. Im Geheimen hatte er eine schöne Erinnerung. Viele Jahre war es her, dass ihm eine junge Frau im Chor in Jena sehr sympathisch gewesen war. Während einer Chor-Übungswoche waren sie sich etwas näher gekommen. Ein Bus hatte alle in den kleinen thüringischen Ort gefahren, wo sie ein größeres Werk einstudieren sollten. Die junge Frau, noch nicht lange Mitglied im Chor, war ihm mit ihrer Freude beim Singen, aber auch durch ihre große Zurückhaltung aufgefallen. Er wollte ihr helfen, sich schneller zugehörig zu fühlen. In den Pausen probten sie ihre Chorstimmen nebeneinander, hörten sich gegenseitig zu und sangen zweistimmig. Er hatte ihre klare Sopranstimme bewundert, sehr natürlich und klangvoll. Sie verstanden sich ohne viele Worte. Seine Aufmerksamkeit schien ihr wohlzutun und sie ging in der Gemeinschaft mehr aus sich heraus. Er selbst fühlte sich in ihrer Nähe sicher und stark.

Ihre leise Romanze hatten sie nicht fortgesetzt, denn beide waren verheiratet, hatte jüngere Kinder und wollten die Familie nicht aufs Spiel setzen. Ihm war die Entscheidung wohl schwerer gefallen als ihr. Die Chorproben hatte er danach eine lange Zeit nicht mehr besucht. Als er sich später doch wieder dazu entschloss, war sie nicht mehr dabei.

Sein Problem mit der Wehrpflicht hatte die Sehnsüchte in seinem Inneren in den Hintergrund treten lassen. Anja hatte seine Verweigerung gebilligt, wofür er ihr sehr dankbar gewesen war. Aber sie war es auch, die zur Ausreise und zum Neuanfang in dieser Gesellschaft hier gedrängt hatte. Seine jetzige Arbeitslosigkeit bedrückte ihn stark. War es für ihn überhaupt noch zu schaffen, die vorhandenen Defizite an Wissen und Erfahrung auf seinem Gebiet zu überwinden und bei einer Bewerbung zu überzeugen?

Anja würde diese düsteren Gedanken nicht mit ihm teilen, wenn er davon spräche. Sie mahnte, ähnlich wie seine Schwester, zu Geduld und glaubte an ihn. Von seinen anderen Sehnsüchten dürfte sie nichts wissen. Mit jener anderen Frau damals hatte er sich vollkommener, heiler und stärker gefühlt.

Am nächsten Morgen war es Anja, die als Erste erwachte. Sie wollte noch nicht aufstehen, lieber auf Theos Erwachen warten und ein wenig vor sich hin träumen. So sah sie sich schon mit ihm am Frühstückstisch sitzen, vor sich frisch

aufgebackene Brötchen, daneben Croissants, die sie als Ge-
bäck erst kürzlich entdeckt hatte, Pflaumenmus nach dem
Rezept seiner Mutter. Die Schwägerin hatte ihnen das Glas
aus der alten Heimat mitgegeben. Aus Kaffee machte sich
Theo nichts, aber der feine indische Schwarztee, versetzt mit
einem Schuss Milch, würde ihnen beiden munden.

Jetzt tauchten auch Bildfetzen aus dem nächtlichen
Traum in ihrer Erinnerung auf. Sie hatte von Verwandten
geträumt, die nicht mehr lebten, von der Schwester ihrer
Mutter, Susanne, und ihrem Mann Arthur. Das war noch
nie vorgekommen, aber bald verstand sie den Bezug des
Traumes zu ihrem Leben. Auch diese beiden Verwandten
hatten einen einschneidenden Neuanfang bewältigen müssen. Anja hatte sich vor ihrer Ausreise an sie erinnert. Acht
Jahre alt war sie gewesen, als zwei Onkel aus russischer
Kriegsgefangenschaft nach Hause zurückgekommen waren
und ihre Familie besucht hatten. Einer davon war Arthur
gewesen.

Als Einziger in der Trommler-Verwandtschaft hatte er
sich dem Nationalsozialismus zugewandt und ein höhe-
res Parteiamt bekleidet. Die neuen Machthaber nach dem
Krieg hatten nicht nur ihn, sondern auch seine Frau dafür
büßen lassen. Unter der russischen Besatzung war Susan-
nes Haus sofort enteignet worden. Sie hatte ihr Heim verloren und mit ihren Kindern danach unter sehr ärmlichen
Verhältnissen leben müssen und erkrankte schwer. Arthur
war in russische Kriegsgefangenschaft geraten und hatte vier
Jahre dort verbracht. Nach den internationalen Kriegskon-
ventionen musste er als ehemaliger Offizier keine Zwangsarbeit leisten, hatte der Nazi-Ideologie abgeschworen und
Mitgefangene in kommunistischer Ideologie geschult. In
der Verwandtschaft mochte man seinen späteren Eintritt in
die SED kaum gebilligt haben, hielt aber die Familienbande
für wichtiger und schwieg darüber.

Anja erinnerte sich jetzt nach ihrem Traum nur daran, wie wohl sie sich in der wieder vereinigten Familie von Tante Susanne und Onkel Arthur gefühlt hatte. Sooft sie in den Schulferien bei ihnen gewesen war, hatte sie die beiden als gute Menschen empfunden. In der Verwandtschaft hatte es geheißen, dass Susanne ihrem Mann den Fanatismus verziehen habe, der ihrer Familie so viel Unglück gebracht hatte. Als sie nun Jahrzehnte später träumend in diese Erinnerungen eintauchte, wurde ihr klar, wie groß ihre eigene Sehnsucht, wohl ähnlich der ihrer Tante damals, nach einem liebevollen und froheren Umgang miteinander war.

Nachdem auch Theo erwacht war, beklagte er sich über seinen schlechten Schlaf. Er habe sehr lange wach gelegen. Anjas Nähe und ihre Frage nach seiner Verfassung halfen ihm nicht, denn von der großen Verunsicherung und seinen Sehnsüchten durfte sie nichts wissen. Er strich ihr begütigend übers Gesicht und meinte, sie sollten doch jetzt frühstücken. Anja fühlte sich, wie schon so oft, abgewiesen.

Später schien er sich an dem festlichen Frühstück zu freuen, das sie inzwischen bereitet hatte, ebenso an den Blumen auf dem Tisch. Danach verließen sie die Wohnung in Richtung Rhein. Bald fanden sie die kleine Straße zu den Rhein-Terrassen, wohin Hanna sie vor einigen Wochen zum Kaffeetrinken eingeladen hatte. Sie gingen am Wasser entlang, sprachen nur wenig miteinander.

Dieser Abend gehörte ihnen noch allein, wie es mit Hanna ausgemacht war. Sie spielten Brettspiele und hörten Musik, liebten sich, zogen sich jedoch bald voneinander zurück. Keiner fand bei dem anderen, was er eigentlich suchte. Sie konnten ihre Enttäuschung über den anderen nicht auflösen.

Theo dachte an die Pflichten am kommenden Sonntagmorgen, wenn die Kinder zurück wären. Am Abend müsste er sich auch die Unterlagen für den Unterricht in der kommenden Woche anschauen.

Anja erriet seine Stimmung und zweifelte immer mehr an ihren Hoffnungen. Ihr Mann erschien ihr fast so belastet wie früher. Musste er hier wirklich befürchten, keine angemessene Arbeit zu finden? Fühlte er sich in einen neuen Kampf verstrickt? Erkannte er nicht an, was auch sie aufgegeben hatte, damit die Familie zur Ruhe käme? Sie fragte sich, wo die Freude ihres Mannes darüber geblieben war, dass er und seine Familie keine Angst mehr vor staatlicher Vergeltung haben mussten. Die Erwartung, dass sie beide, froh und dankbar wie ihre Verwandten Anfang der 50er Jahre, hier besser miteinander leben könnten, erschien ihr jetzt eine Illusion.

Es gelang ihnen noch ganz gut, ihr alltägliches Leben miteinander zu regeln, aber sie waren einander fern. Anja wünschte sich mehr Leichtigkeit und Frohsinn in ihrem Leben. Sie sehnte sich nach einem Menschen, mit dem sie sowohl Anstrengung als auch Muße und Freude teilen könnte.

5 | Herbst 1985

Theo

Anfang des Herbstes bot sich Theo eine unerwartete Möglichkeit: Er hörte, dass ein großes Unternehmen einen Dozenten für Informatik an seiner Betriebsschule für Datenverarbeitung einstellen würde. Hier sollten arbeitslose Akademiker in 18-monatigen Kursen auf Kosten des Arbeitsamtes umgeschult werden. Theo entschloss sich schnell zu einer Bewerbung, denn für eine Stelle in der Industrie sah er inzwischen keine Chance mehr. Falls er angenommen werden würde, wäre er bereit, seine eigene derzeitige Weiterbildung abzubrechen. Anja und auch sein Sohn rieten ihm ab, das zu tun.

Diesmal erhielt er wirklich eine Einladung zum Bewerbungsgespräch. Als schließlich die Zusage kam, konnte er es kaum fassen. Seine Vorlesungstätigkeit an der TH in Chemnitz sei letztlich ausschlaggebend gewesen, verriet ihm sein Chef viel später. Diese Chance durfte er nicht ausschlagen und er setzte sein Vorhaben in die Tat um, dafür die jetzige Weiterbildung abzubrechen und Ende Oktober anzufangen.

Anja fürchtete, dass er sich ein zu hohes Arbeitspensum aufladen würde, denn er hatte selbst dabei ständig weiterzulernen. Seine Verwandten lobten ihn dafür, dass seine Familie unerwartet schnell ihr Einkommen ohne staatliche Hilfe sichern konnte. Auch Anja war beruhigt, dass einem von ihnen beiden der Übergang in die Arbeitswelt gelungen war. Aber wie würde es zwischen ihnen weitergehen?, fragte sie sich.

Bald stellte sich heraus, dass die Vorbereitung der täglichen acht Kursstunden weit mehr Zeit in Anspruch nahm als ursprünglich angenommen. Theo musste sich den Lehrstoff erst selbst erarbeiten, bis er ihn für die Vermittlung im Kurs aufbereiten konnte. Die vorliegenden Kursunterlagen für die Teilnehmer waren lückenhaft, so dass er extra viel Zeit auf eine verständliche Präsentation seines Lehrstoffs mittels beschriebener Klarsichtfolien verwandte. Sein Unterricht war sehr geschätzt. Allerdings beanspruchte ihn die Vorbereitung vom Abend bis tief in die Nacht hinein.

Ihnen fehlte ein Arbeitszimmer. Im gemeinsamen Wohnzimmer der Familie hätte Theo nicht dauerhaft konzentriert arbeiten können und so nutzte er dafür das gemeinsame Schlafzimmer. Zur Schlafenszeit konnte Anja dort aber wegen der störenden Beleuchtung nicht zur Ruhe kommen. Fortan schlief sie im Wohnzimmer, war aber nicht froh darüber.

Die Vertrautheit zwischen ihnen nahm auch im nächsten halben Jahr immer mehr ab. Schienen sie einander zu verlieren?

Anja

Anja konzentrierte ihre Kraft auf die Versorgung ihrer Familie und suchte auch weiter nach einer Möglichkeit, ihren Psychologenberuf wieder auszuüben. Mehrfach hatte sie sich auf Annoncen von Kliniken in der ›Rheinischen Post‹ beworben, jedoch keine Einladung zu einem Vorstellungsgespräch bekommen. Auch das Arbeitsamt suchte eine Psychologin, aber mit 44 Jahren würde sie nicht mehr verbeamtet werden können und komme daher nicht dafür in Frage, hatte man ihr gesagt.

Einmal erhielt sie, vermittelt durch die Bundesagentur für Arbeit, den Anruf aus einer Kinderklinik für onkologische Rehabilitation in Niedersachsen. Sie zögerte, ein sofortiges Interesse zu bekunden, weil ihr ein Umzug für die Familie unzumutbar erschien. Bei einer Rückfrage am nächsten Tag hörte sie, dass die Stelle nicht mehr verfügbar sei. So meinte sie allmählich, dass die Chancen für Psychologen in der Bundesrepublik weit ungünstiger waren, als sie angenommen hatte.

Bei ihren Bemühungen um Einordnung in die hiesige Gesellschaft drängte es Anja zunehmend, ihre Erfahrungen mit denen aus ihrer Zeit in der DDR zu vergleichen. Sie kam zu dem Schluss, dass es hier von großer Wichtigkeit war, sichtbar zu sein und auf sich aufmerksam zu machen. In der DDR-Gesellschaft blieb man im Gegenteil dazu besser unauffällig, wenn man nicht ein besonderes Engagement persönlich vertreten wollte. Man musste sehr verantwortungsbewusst handeln. Der Staat verfolgte Menschen mit abweichenden Meinungen. Eine Gruppe im Hintergrund, auf die man sich moralisch stützen konnte, war wichtig. Die Methoden des Staates bei der Verfolgung seiner Gegner reichten bis zur Vernichtung.

Die Gesellschaft hier in der sozialen Marktwirtschaft war eine Konkurrenzgesellschaft mit großer Härte. Ein gutes finanzielles Einkommen spielte für Status und Anerkennung eine große Rolle. Die Schichtung der Gesellschaft war vielfältiger und der Zusammenhalt bezog sich vor allem auf die eigene Schicht. Zugang und Aufstieg erforderten Fähigkeiten und Empfehlungsbeziehungen. Ausreichende Geldmittel waren wichtig für die Teilhabe.

Hier wurde man aber nicht ideologisch vereinnahmt, unterdrückt und bespitzelt. Was man unter Freiheit und Demokratie verstand, hatte es »drüben« nicht gegeben, wie die Bäumlers es selbst hatten bitter erfahren müssen. Vielleicht hatten sich viele Menschen im gemeinsamen Misstrauen gegen »die da oben« näher beisammen gefühlt, aber ob damit ein besser entwickeltes Gemeinschaftsgefühl verbunden war, blieb eine offene Frage. Menschen, die Hilfe anboten, hatten Anja und Theo sowohl in ihrer alten Heimat als auch hier gefunden. Man musste sich hierzulande weit mehr um die Regelung seiner Lebensumstände kümmern, bekam aber Hilfe von Beratungsstellen und Ämtern.

Es tat gut, frei seine Meinung zu sagen, ohne Konsequenzen befürchten zu müssen. Man konnte seinen Lebensort in der Welt selbst bestimmen und hatte die Freiheit, zu reisen und die Welt kennenzulernen. Davon hatten die Bäumlers als junge Leute in ihrer Gesellschaft vergeblich geträumt.

Im Oktober 1985 gingen sie zum ersten Mal zur Landtagswahl in Nordrhein-Westfalen. »Freie und geheime demokratische Wahlen«, diese Worte klangen gut und Anja fühlte bei der Abgabe ihrer Stimme so etwas wie Ehrfurcht. Sie empfand Erleichterung darüber, nicht mehr zu einer vorher festgelegten Quote von 99 % für die Einheitspartei beizutragen oder bei der Benutzung einer Wahlkabine aufzufallen.

Anja vermisste die Arbeit in ihrem Beruf sehr und war inzwischen auch damit konfrontiert worden, dass sie zur Ausübung von Psychotherapie eine Erlaubnis als Heilpraktikerin brauchte. Das sei eine Formalie und man erhalte diese Urkunde auf das Diplom hin sofort. Trotzdem erschien es ihr als Geringschätzung ihres Berufsstandes.

Nach Absagen von mehreren Kliniken interessierte sie sich für die Bedingungen zur Mitarbeit in einer psychotherapeutischen Praxis. Ihre Fachausbildung in der DDR wurde von den Krankenkassen zur Abrechnung allerdings nicht anerkannt. Allein eine 5-jährige Therapeutenausbildung an einem zugelassenen privaten Institut für Tiefenpsychologie oder Verhaltenstherapie führe dahin. Diese sei aber teuer, musste sie hören. Die Hürden zu einer Ausübung ihres Berufs schienen immer höher zu werden. Auch ihr Lebensalter war eine solche, denn sie überschreite gerade die Obergrenze zur Zulassung als Ausbildungskandidatin, wurde ihr an zwei Instituten gesagt.

So gewöhnte sie sich immer mehr an den Gedanken, erst einmal unter ihrer Qualifikation zu arbeiten. Dabei könnte sie mehr vom Leben hier kennenzulernen. Für den Weg zurück in ihren Beruf schien es verschiedene Möglichkeiten zu geben, vielleicht auch eine vom Arbeitsamt geförderte Maßnahme.

Heimat finden

Die Stadt Düsseldorf als neuer Wohnort der Familie Bäumler mit ihrer Lage am Rhein und den nacheinander folgenden Brücken weckte Erinnerungen an Orte, an denen sie zuvor gelebt hatten. Würde auch diese Stadt zu ihrer Heimat werden? Sie waren hier von Verwandten und Freunden willkommen geheißen worden und manche von ihnen hatten dabei geholfen, dass sie sich ihr jetziges Heim einrichten konnten.

›Aber haben wir hier auch schon die neue Heimat gefunden?‹, fragte sich Anja. Das Thema beschäftigte sie in ihrem Leben nicht zum ersten Mal.

Anja und Theo war vieles hier noch wenig vertraut. Von den frohsinnigen Rheinländern unterschieden sie sich in ihrer eher ernsten Wesensart. Als die Zugewanderten aus dem Osten mussten sie erst noch ihren Platz in der Gesellschaft finden.

So bedrückt und heimatlos sich Anja hier auch manchmal fühlte, erkannte sie doch schnell, dass sie selbst es war, die sich hin und wieder als eine »zugezogene Fremde« oder als degradierte Arbeitssuchende empfand. Von ihrer Umgebung ging so etwas eigentlich nicht aus, fand sie selbstkritisch. Mit einer Nachbarsfamilie oder mit der Mutter eines Kleinkindes im Umfeld konnte man in Kontakt sein, um sich auszutauschen. In der Zukunft würde sie sicherlich auch erneut die Gemeinschaft mit Arbeitskollegen erleben und ein Gefühl von Zugehörigkeit finden. Vor über zehn Jahren war ihr das auch in Jena gelungen. Natürlich stellte diese Aufgabe in einer anderen Gesellschaft jetzt eine weit größere Herausforderung dar.

Hin und wieder, wenn sie Muße hatte, suchte Anja das Thema gedanklich weiter zu ergründen. Das soziale Umfeld, in dem man gesehen und anerkannt wurde, war nicht alles, worum es ging. Man hatte auch seine »innere Heimat«. Das waren die Bilder von vertrauten Menschen, Orten, Situationen und gemeinsamen Erlebnissen. Sie hatte viele davon in sich, wie ihr bewusst war. Manche waren wieder verloren gegangen oder vergessen, einen festen Bestand jedoch hatte sie immer mit sich geführt und bis hierher gebracht. Das sagte sie sich und war von Neuem froh, dass sie Schallplatten, Bücher und Fotos mitgenommen hatten.

Anja wünschte sich den Besuch von vertrauten Menschen aus der aufgegebenen Heimat. Sie wollte sich ihrer und der alten Vertrautheit auch hier am neuen Ort versichern. Das würde mit dem Besuch ihrer Eltern noch vor dem Jahresende in Erfüllung gehen.

Auch Elisabeth, die Schriftstellerin und Quäkerfreundin aus Leipzig, besuchte Theo und Anja zu ihrer Freude schon im Herbst 1985. Mit ihr konnte Anja das Thema ›Heimat finden‹ vertiefen. Elisabeth war selbst mit ihrer siebenköpfigen Familie gegen Kriegsende 1945 aus Siebenbürgen nach Deutschland geflohen.

»Was hat euren Neuanfang erleichtert?«, fragte Anja sie.

»Meine Familie, mein Tagebuch, meine Erinnerungen und das Schreiben«, antwortete Elisabeth.

Sie sprachen viel über Beobachtungen und Erfahrungen, welche die Bäumlers hier bisher gemacht hatten, kamen aber wieder auf das Thema ›Heimat‹ zurück.

»Was kannst du uns denn bei unserem Neuanfang raten«, fragte Anja

»Versucht zu verstehen, statt vorschnell zu urteilen. Sucht nach dem Positiven, habt Geduld und geht auf andere Menschen zu. Am leichtesten geht es ja mit denen, die auch neu anfangen mussten. Da seid ihr in eurem Viertel hier gut gelandet. Der Bezug zu den eigenen Wurzeln und die guten Erinnerungen sind sehr hilfreich. Wir tragen sie mit uns durch das ganze Leben an viele Orte, können sie verankern und Neues damit verbinden. Es ist die *innere* Heimat«, beendete Elisabeth ihren Rat an Anja.

»So habe ich das selbst auch schon gesehen«, antwortete Anja und fühlte sich bestätigt. »Fotos wecken bei mir Erinnerungen an Situationen, wo ich mich wohl gefühlt habe.

Beim Betrachten habe ich nicht nur einmal Kraft für heutige Herausforderungen gesammelt.«

Als sie viele Jahre später die Geschichte ihrer Familie aufschrieb, erinnerte sich Anja an eine Begebenheit im darauffolgenden Jahr 1986, eine Art Schlüsselerlebnis. Sie war auf ein Seminar »Heile Erde« in ihrem Stadtteil aufmerksam geworden, in dem es um einen besseren, respektvollen Umgang des Menschen mit der Natur gehen sollte. Ihr Sohn begleitete sie und stellte ihr Peter und seine Frau Irmtraud unter den Teilnehmern vor. Jan hatte seiner Mutter von Peter Timm erzählt, einem älteren Herrn, den er an einem Informationsstand kennengelernt hatte. Peter engagierte sich im ökologischen Bereich.

Nach dem dreistündigen Seminar interessierte sich Peters Frau Irmtraud intensiver für Anja und ihre Familie. Auch Irmtraud stammte aus Ostdeutschland, war aber schon als 17-Jährige in den 50er Jahren mit ihren Eltern in die Bundesrepublik gekommen. Sie war in Thüringen aufgewachsen und fand mit Anja schnell gemeinsame Gesprächsthemen wie Schule, Lehrer und das Leben damals »drüben«. Anja tat es gut, in den ausgetauschten Erinnerungen Gemeinsamkeiten zu finden. Mit Irmtraud begegnete Anja jemandem aus ihrer alten Heimat. Das Sprechen mit ihr war für sie wie ›nach Hause kommen‹. Anja fühlte sich darin verstanden, dass sie ihrer alten Heimat nachtrauerte, auch wenn sie unter der Staatsmacht gelitten hatten. Ihr gesamtes bisheriges Leben hatte sie doch dort verbracht und wichtige, unvergessliche Erlebnisse mit ihrer Familie gehabt.

Mit Irmtraud, die einen Kindergarten leitete, konnte sie vertrauensvoll, frei und geradeheraus sprechen. Aus dieser Begegnung wurde eine jahrzehntelange Freundschaft, welche beide Familien umschloss.

6 | Chancen

Matthias-Claudius-Heim

Anja hatte Ende 1985 ihre Bewerbungsunterlagen bei der Diakonie in Düsseldorf (DiD) eingereicht und hoffte, dass sie bald zum Vorstellungsgespräch eingeladen werden würde.

In der Stadtteil-Zeitung hatte sie über Bürgerproteste gegen die geplante Ansiedlung von geistig behinderten Menschen im Düsseldorfer Süden gelesen. Die Anwohner machten sich Sorgen um die Wohnqualität in ihrem Viertel. Sie befürchteten eine Beeinträchtigung durch anders aussehende Menschen in Rollstühlen, ungehemmtes Verhalten und Ruhestörung. Es ging um das Heim, in dem sie vielleicht arbeiten würde.

Erlaubter Protest gegen befürchtete Veränderungen war für Anja etwas Neues. Viele Jahre lang hatte die Diakonie hier ein Heim für Kinder und Jugendliche betrieben. Die Nachfrage nach Plätzen war in den 80er Jahren geringer geworden, aber es zeigte sich ein Mangel an Heimplätzen für geistig und körperlich mehrfach behinderte Menschen. Eltern, die in die Jahre gekommen waren, schafften die Betreuung ihrer inzwischen erwachsenen behinderten Kinder nicht mehr.

Anfang Januar 1986 wurde Anja in das geplante Heim im Nachbarviertel ihrer Wohngegend eingeladen, um sich dem künftigen Heimleiter vorzustellen. Herr R. war etwa in ihrem Alter und hatte ebenfalls Kinder. Er war der Leiter des ehemaligen Kinderheims gewesen und erzählte Interessantes über die dortige Arbeitsweise. Langzeitig hätten Kinder unterschiedlichen Alters und Geschlechts in familienähnlichen Wohngruppen mit konstanten Betreuern zusammengelebt. Das habe allen Geborgenheit und Gemeinschaft vermittelt.

Herr R. hatte vor, das Zusammenleben der Behinderten ähnlich zu organisieren. Ein Team von etwa fünf Betreuern pro Gruppe sollte ihnen ständige Bezugspersonen zur Seite stellen. An jedem Vormittag in der Woche könnte Beschäftigungstherapie für alle stattfinden und somit eine klare Tagesstruktur eingehalten werden. Man würde eine erfahrene Ergotherapeutin dafür einstellen. Für die medizinischen Belange im Heim sollte ein Krankenpfleger angestellt werden, der auch als pädagogischer Betreuer einer Gruppe arbeiten sollte. Für Anja sei geplant, sie als Sozialpädagogin einzustellen, welche in der Ergotherapie arbeiten und die stellvertretende Heimleiterin sein könne. Als Gruppenleiter der Wohngruppen und ihre Stellvertreter würden Sozial- und Heilpädagogen fungieren. Die weiteren Stellen in den Gruppen sollten vorwiegend von Erziehern ausgefüllt werden.

Anja fand das Konzept interessant und fühlte sich an die Pionierarbeit in ihrer ersten Arbeitsstelle in Lichtspringe erinnert. Herr R. schien zielbewusst und sehr engagiert zu sein und sie hoffte, mit ihm gut zusammenarbeiten zu können. Diesmal wäre in der Aufbauphase nicht sie die Mitarbeiterin mit dem Spezialwissen, sondern die ausgebildete Ergotherapeutin.

Wenige Wochen später wurde sie in das ihr schon bekannte Gebäude der Diakonie in der Innenstadt eingeladen. Dort vertrat sie ihre Bewerbung bei dem Abteilungsleiter der Sozialhilfe und erhielt eine mündliche Zusage. Wann das Heim seine Arbeit aufnehmen könne, sei noch nicht klar, man hoffe aber, dass es im Frühjahr so weit sei. Die Eingaben der Anwohner müssten vorher juristisch bearbeitet werden und Herr R., auch wenn er im Viertel beliebt und anerkannt sei, habe bis dahin noch viel Überzeugungsarbeit zu leisten.

Von Anja wünschte man sich, dass sie an Bewerbungsgesprächen künftiger Mitarbeiter teilnehme und ihre Fachkompetenz einbringe. So begann das neue Jahr bereits mit einer ersten Arbeitswoche im Januar. Die Bewerberinnen und Bewerber für die Leitung der geplanten fünf Wohngruppen schienen gut qualifizierte Kräfte zu sein und berufliche Erfahrung mit Jugendlichen, Erwachsenen und teilweise auch mit Behinderten zu haben. Auch ein Lehramtsanwärter war dabei, der seine Bewerbung mit den derzeit schlechten Chancen für den Schuldienst begründete. Unter mehreren Krankenpflegern entschied man sich für einen Bewerber, der über eine langjährige Berufserfahrung in der inneren Medizin verfügte. Seine jüngste Tochter sei mit dem Down-Syndrom geboren und arbeite in einer Werkstatt für Behinderte. Er wolle sich selbst gern Einblick in das Leben in einem Heim verschaffen und es mitgestalten. Er müsse seine Tochter auch darauf vorbereiten, später einmal in einer solchen Einrichtung zu leben.

Nach diesen Vorbereitungen Anfang des Jahres 1986 würde es bis zur Eröffnung noch einige Zeit dauern. Darüber freute sich Anja, hatte sie dadurch doch etwas mehr Zeit für sich und ihre Familie. Herr R., der künftige Heimleiter, musste sich um die letzten baulichen Maßnahmen und die Inneneinrichtung kümmern. Zudem hatte er Bewerber für das Leben im Heim und ihre Familien kennenzulernen. Diese mussten viel Geduld aufzubringen, bis sie in den komplizierten Verwaltungsabläufen ihre Kostenzusagen erhielten.

Das freie Reisen

Die Zeit bis zum Beginn ihres Dienstes wollte Anja auch nutzen, um sich einen Wunschtraum aus ihrer Schulzeit zu erfüllen. Sie hatte vier Jahre intensiven Englischunterricht in der Oberschule gehabt, jedoch nie eine Möglichkeit zu Kontakten mit dem Land und seinen Menschen wahrnehmen können. Eine Sprachreise nach England mit Klara würde nicht nur ihre eigenen Kenntnisse auffrischen, sondern auch Klara helfen. Vielleicht könnte Sylvia dort einen Kindergarten besuchen. Die Osterferien wären ideal für ein solches Vorhaben.

Anja erhielt von einer Sprachschule ein Angebot für einen dreiwöchigen Aufenthalt im Süden Englands bei einer Gastmutter mit einem Kleinkind. So fuhren sie zu dritt in einer Gruppe von Jugendlichen zwischen 10 und 15 Jahren und einigen Müttern im Bus in das belgische Ostende und setzten im Fährschiff nach Dover über. Namen berühmter Städte wie Gent oder Brügge auf den vorbeiziehenden gelben und blauen Tafeln der Autobahn verwandelten geografisches Wissen in eine beglückende Wirklichkeit.

Kurz vor der Landung gab es bange Momente, weil die kleine Sylvia – von ihrer Mutter allein eingelassen – die Toilettentür von innen verriegelt hatte, aber nicht mehr aufbekam. Im Trubel der Landung konnte Klara nach bangem Warten jemanden vom Personal herbeirufen, der die Verriegelung von außen löste. Der Bus stand schon bereit, der sie in das kleine Seebad Worthing südlich von London brachte. Anja und ihre Kinder wurden schnell von ihrer Gastmutter gefunden. Die Verständigung mit der jungen Frau und ihrer kleinen Tochter Lauren war nicht schwer.

Am nächsten Morgen fuhr ihre Gastgeberin Ann die Gäste, aber nur Klara und ihre Mutter, in die Sprachschule und würde sie mittags wieder abholen. Sylvia und Lauren könnten sich bei ihr zu Hause inzwischen besser kennenlernen. Klara und Anja machten ihren Einstufungstest und wurden ihrer Klasse zugeteilt. Die Schule lag nicht allzu weit von ihrer Pension entfernt und sie lernten bald, den Weg allein zu Fuß zurückzulegen. An den Nachmittagen gab es ein Besichtigungsprogramm in die Umgebung, auch nach Süden in das berühmte Seebad Brighton und mehrfach nach

London mit seinen Sehenswürdigkeiten. In Anjas Schulzeit hatte ihr Englischlehrer sie für »sein« London begeistert, wo er in den 30er Jahren studiert und ein wenig vom Hauch der Weltstadt in ihre kleine sächsische Schule getragen hatte. Vom ersten Unterrichtstag an hatte er mit seinen Schülern nur Englisch gesprochen – eine Ausnahmesituation.

Eigentlich waren die Teilnehmer der Sprachkurse hier angewiesen, miteinander auch in ihrer Pension nur Englisch zu sprechen, aber mit Sylvia zu Hause war das nicht möglich. Die Kleine gab außer einigen Kinderliedern, die sie von Ann lernten, vor allem gern die Worte »*nody girl*«, ›ungezogenes Mädchen‹, von sich. Das sprudelte sie aber so stolz heraus, dass man nicht den Eindruck hatte, dass sie, sondern andere im Kindergarten, den sie nun besuchen durften, gemeint waren. Nach der ersten Hälfte ihres Aufenthalts meinte Anja, dass sie jetzt flüssiger spreche, sogar einmal im Traum englisch gesprochen habe. Klara fiel das Lernen sowieso leicht.

In Worthing gab es eine breite Straße mit vielen Geschäften, eine »*shopping mail*«, die auf eine Promenade mit weiteren »*shops*« am Meer entlang mündete. Klara und Anja genossen das Schauen und Shoppen, eine der Lieblingsbeschäftigungen in der westlichen Welt, erfüllten sich kleine Wünsche frei von der Pflicht, etwas Bestimmtes besorgen zu müssen. Klara fand Ohrstecker und ein Poster mit einer Horde frei laufender Pferde: »*Wenn du etwas liebst, setz es frei. Kehrt es zurück, dann gehört es zu dir.*« Das berührte Anja sehr, war sie sich doch der Beziehung ihrer Älteren nie ganz sicher und hatte sie doch so gern.

In die Zeit ihres Aufenthaltes in England fiel auch das Osterfest. Ann brachte aus dem Kindergarten die von Lauren und Sylvia bunt getupften Eier mit und sie freuten sich alle auf fröhliche Ostertage.

Erstaunt waren sie dann darüber, dass Ann ihnen keinen Vorschlag für einen Ausflug oder etwas anderes machte. Anja hatte Süßigkeiten gekauft, welche die Mütter am Ostersonntag früh versteckten. Die Kinder freuten sich an ihren Entdeckungen, aber die Stimmung wurde nach und nach bedrückter. Hatten sie ihre Gastmutter gekränkt, war etwas missverstanden worden? Anja fragte danach, aber Ann verneinte. Das Essen in den letzten Tagen war unerwartet karg gewesen, was Anja irritierte.

Ann schlug vor, am Nachmittag das Schwimmbad zu besuchen, wo sie alle freien Eintritt hätten. Am nächsten Morgen äußerte sie, dass sie zu Mittag ihre Eltern besuchen und am Abend ein gutes Dinner zubereiten würde. Zu Anjas Verwunderung sprach sie nicht von einem vorbereiteten Mittagessen. Kleine Vorräte hatten sie und die mussten ihnen reichen. Als Ann am Spätnachmittag zurückkehrte, kündigte sie an, dass sie jetzt kochen werde. Leider habe sie kein Fleisch, dennoch werde sie etwas Leckeres servieren. Anja äußerte vorsichtig, Fleisch sei ja auch teuer und nicht unbedingt nötig. Ann stimmte ihr zu und erklärte, dass jetzt in der Monatsmitte, dazu noch mit Feiertagen, ihre Mittel sehr knapp seien. Anja wunderte sich darüber und fragte, ob sie denn noch kein Geld von der Reiseagentur bekommen habe. Ann verneinte. Sie erhalte es erst nach ihrer Abrechnung am Ende des Aufenthaltes ihrer Gäste. Bisher habe sie alles im Voraus selbst bezahlen müssen. Zurzeit habe sie keine bezahlte Arbeit und lebe vom Geld der sozialen Wohlfahrt. Das Wohngeld erhalte sie vom Sozialamt und die Wohnung gehöre ihren Eltern, die ihre Rente mit der Vermietung aufbesserten. Für Anja eröffnete sich jetzt die andere Seite der westlichen Gesellschaft, diejenige von Bedürftigkeit und Armut.

Aber sie war erst einmal beruhigt darüber, dass es keine Missverständnisse zwischen ihnen und ihrer Gastgeberin gegeben hatte. Sie konnte die Verlegenheit und Scham der alleinstehenden jungen Frau mit Kleinkind ohne Einkommen gut nachempfinden. Bisher war sie mit solchen Problemen nicht konfrontierte worden. Sicher gab es das ebenfalls in Deutschland mit den Millionen von Arbeitslosen und Sozialhilfeempfängern.

Die beiden Frauen kamen auch auf die Politik zu sprechen und Ann berichtete, dass seit der Ablösung der Labour-Regierung unter Tony Blair durch die Regierung der Tories mit Margaret Thatcher die soziale Wohlfahrt immer stärker reduziert werde und der Unterschied zwischen Arm und Reich wachse. Anja fand das Gehörte bedrückend und hielt den Vertrag zwischen der Reiseagentur und ihrer Gastgeberin ohne Teil-Vorauszahlung für unzumutbar.

Ann berichtete, sie habe inzwischen von ihren Eltern etwas Geld vorgestreckt bekommen. Anja entschloss sich, Geld einzutauschen und Ann zum Abschied eine neue Tischdecke zu kaufen, die sie brauchte, hatten doch die Kinder Flecken verursacht, die kaum zu entfernen waren. Die letzten Tage im Land konnten alle noch recht entspannt miteinander verbringen. Klara erhielt eine Urkunde von der Sprachschule mit der Einschätzung »sehr gut« und Anja gab sich mit ihrer Einschätzung zwischen »gut« und »genügend« zufrieden. Wieder heimgekommen, hatten sie viel zu erzählen.

Abschnitt B: Rückkehr ins Berufsleben

1 | Ein neuer Lebensabschnitt

Arbeitsbeginn

Einige Tage nach ihrer Rückkehr aus England besuchte Anja ihre zukünftige Arbeitsstätte und sah sich erneut im Matthias-Claudius-Heim um. Sie freute sich an dem Eingangsbereich mit dem Treppenaufgang und schaute auf das großflächige Wandgemälde im Obergeschoss, das eine Gruppe von Erwachsenen und Kindern darstellte, arbeitend, musizierend, bauend, spielend. Die in warmen Farben gehaltene Darstellung des freundlichen Miteinanders der Menschen wirkte einladend. Es stamme noch aus der Zeit des Kinderheims, hatte Herr R. ihr vor einigen Wochen erklärt. Gerade kam er die Treppe herunter, war erstaunt, sie hier zu sehen, aber gern bereit, mit ihr erneut durch Haus und Garten zu gehen und ihr zu zeigen, wie weit man inzwischen mit der Einrichtung gekommen war.

Schließlich traten sie in den großen Raum der künftigen Ergotherapie mit seiner Glastür zum Garten hin ein. Hier war schon alles vollständig mit Tischen, Stühlen und Wandschränken eingerichtet. Der erste Arbeitstag sei für die leitenden Mitarbeiter Montag, der 5. Mai. Dann werde sie auch Sonja, die Ergotherapeutin, kennenlernen. Sie sollten beide miteinander als Erstes über die Materialien, Spiele und Hilfsmittel sprechen, die noch anzuschaffen seien. Anja hatte nach ihrer Rückkehr aus England zu Hause bereits ihren Arbeitsvertrag vorgefunden, 30 Stunden Arbeitszeit pro Woche, und ihn unterschrieben an die Diakonie zurückgesandt. Mit dem nun von Herrn R. bekannt gegebenen Beginn ihrer Anstellung war alles perfekt.

Der 5. Mai 1986, ihr erster Arbeitstag und der erneute Beginn ihres Arbeitslebens, war ein wichtiger Einschnitt in Anjas Leben. Die ersten 15 Mitarbeiter waren da und weitere würden folgen, wenn sich die Wohngruppen füllten. Das Heimleiter-Ehepaar begrüßte alle in einer kurzen Ansprache. Dann luden sie zu einem gemeinsamen Frühstück ein. Ein solcher Anfang miteinander war unerwartet, freute aber die Angekommenen sehr. Anja fragte eine junge Frau, die sie für Sonja hielt, ob der Platz neben ihr frei sei. Als sie sich einander vorstellten, zeigte sich, dass ihre Vermutung richtig war.

Sonja hatte viele Jahre in der Psychiatrischen Abteilung eines Krankenhauses gearbeitet und sah es jetzt als eine neue Herausforderung an, die Förderung behinderter Menschen von Anfang an mitzugestalten. In Anja schien sie trotz ihrer höherer Qualifikation keine Konkurrentin zu sehen und sie sagte, sie freue sich auf die gemeinsame Arbeit und ihren Austausch über die Förderung der Bewohner. Anja hoffte, dass sie sich in dem ihr unvertrauten beruflichen Gebiet auf Sonjas Wissen um handwerkliche Techniken verlassen könne und ihre eigenen Erfahrungen im Umgang mit problematischen Menschen hilfreich seien.

In dieser Runde leitender Mitarbeiter und ihrer Stellvertreter räumte der Heimleiter ihnen auch nach dem Frühstück noch Zeit ein, Kontakt zueinander aufzunehmen. So kam Anja etwas später mit zwei künftigen Leitern einer Wohngruppe ins Gespräch und anschließend mit dem Krankenpfleger Peter Arnoldt, der ›Arndt‹ genannt werden wollte. Er sei vor allem für die pflegerisch-medizinischen Belange der Bewohner und für den Kontakt zu den Ärzten im Wohnviertel zuständig. Bisher habe er in der Inneren Medizin gearbeitet. Anja und er kamen als Einzige aus einem medizinischen Umfeld. Arndt interessierte sich für den medizinischen Betrieb in ostdeutschen Kliniken und Anja und er tauschten Erfahrungen aus, die einander nicht unähnlich zu sein schienen.

Es sei mutig von ihm, in ein ganz anderes Berufsfeld zu wechseln, fand Anja. Er erzählte sehr offen von seiner jüngsten Tochter Nadege – »kleine Nadja«, fügte er erklärend hinzu. Sie sei mit dem Down-Syndrom geboren. Anja kannte die genetische Störung ›Trisomie 21‹, welche in einigen Fällen bei Kindern eines älteren Elternpaars auftreten konnte.

»Meine leider zu früh verstorbene Frau und unsere ganze Familie haben versucht, ihr trotz ihrer Behinderung ein weitgehend normales Leben zu ermöglichen. Im Alter werde ich sie zu Hause vielleicht nicht mehr selbst betreuen können und sie wird in einem Heim leben müssen. Um ihr das näherzubringen, habe ich mich entschlossen, hier anzufangen und ihr vom Leben da zu erzählen Ich freue mich auf diese neue Aufgabe.«

Dann erzählte er weiter von seiner jüngsten Tochter. Nadege sei ein sehr liebenswürdiges, jetzt schon fast 21-jähriges Mädchen. Die meisten Freunde und Bekannten hätten sich nach ihrer Geburt zum Glück nicht abgewendet, wie es bis heute oft geschehe. Sie seien mit ihrer Jüngsten zu Familien-Freizeiten gefahren, nicht nur in Deutschland, sondern auch nach Frankreich. Dort hätten sie das französische Mädchen Nadja kennengelernt. Die Menschen mit dem Down-Syndrom ähnelten sich in ihren Gesichtern und jene ältere Nadja habe schnell Freundschaft mit ihrer damals 13-jährigen eigenen Nadja geschlossen, die sie aber »Nadege« nannte, sozusagen eine »kleine Nadja«. Seitdem wollte sie nur noch so genannt werden. Ihre Mutter, eine Lehrerin, habe durchgesetzt, dass ihr wissbegieriges Kind schon Mitte der 70er Jahre nicht in einer Schule für geistig Behinderte allein in lebenspraktischen Dingen unterrichtet wurde, sondern eine normale Schule besuchte.

Arndt war in seiner Erzählung nicht zu bremsen, aber für

Anja war interessant, was sie zu hören bekam. Die meisten Menschen mit dem ›Down-Syndrom‹ waren geistig hochgradig behindert, wie sie wusste. Aber es schien Varianten in der Bildungsfähigkeit zu geben. Nadege habe zwar keinen Schulabschluss geschafft und arbeite seit 3 Jahren in einer Werkstatt für Behinderte, aber die Familie hoffe immer noch, dass sie eine Ausbildung in Hauswirtschaft in einem Krankenhaus machen könne.

Anja war erstaunt über Arndts Offenheit und Gesprächigkeit.

Das Heimleiterehepaar beendete bald das Beisammensein und die neuen Mitarbeiter bedankten sich für diesen guten Beginn miteinander. Danach begaben sie sich in die Räumlichkeiten ihrer Arbeitsbereiche und begannen an diesem Tag und den nachfolgenden Wochen mit Vorbereitungsarbeiten für den Einzug der künftigen Bewohner. Anja freute sich, dass sie wieder ein Stück mehr hier angekommen war.

2 | Gefährlicher Sand

Inzwischen hatte sich zehn Tage vorher, am 26.4.1986, eine der schlimmsten Katastrophen der Menschheitsgeschichte in der Nutzung der Kernenergie ereignet, der Reaktorunfall von Tschernobyl im Grenzgebiet zwischen der Ukraine und Weißrussland.

Die Nachrichten darüber in den Medien kamen verspätet, anfangs auch nur spärlich, und die Menschen in Nord- und Mitteleuropa nahmen sie mit immer größer werdender Angst zur Kenntnis. Sie verfolgten den Verlauf der radioaktiven Welle, hoffend, dass sie sich schnell verringern und an ihrem Land vorüberziehen werde.

Darüber war Jahre später in der ›Chronik des 20. Jahrhunderts‹, unter ›Katastrophe im Kernkraftwerk Tscherno-byl‹ nachzulesen gewesen:

Die radioaktive Wolke breitet sich von der Ukraine zunächst in Richtung Nordwesten, nach Polen und Skandinavien aus und erfasst bald darauf weite Teile Mitteleuropas. Die Strahlenbelastung steigt auf ein Vielfaches des Üblichen.

Es hieß, dass die Reaktorsicherheit im Verlauf eines Experiments heruntergefahren worden und durch Bedienfehler und Versagen des Kontrollmechanismus auf 7 % gesunken war. Durch den Reaktorblock sei ein Feuerball geschossen und der Reaktor in Brand geraten. Dabei sei das 40-Fache der radioaktiven Strahlung der Hiroshima-Bombe am Ende des Zweiten Weltkriegs in die Atmosphäre gestrahlt worden.

Anja Bäumler erinnerte sich viele Jahre später noch sehr genau an jenen Dienstag, den 6. Mai 1986, das Unglück war damals schon 10 Tage her. Sie hatte gerade ihre Arbeitsstelle im Matthias-Claudius-Heim angetreten. An besagtem Morgen hatte sie Sylvia in den Kindergarten gebracht, sie dort in sicherer Obhut gewusst und am Frühnachmittag abgeholt. Am Abend hörte sie in der Tagesschau, dass sich die radioaktive Wolke von Nord- über Mitteleuropa weit über ganz Deutschland ausgebreitet habe.

Am folgenden Morgen war der Sandkasten des Kindergartens mit einer Plane zugedeckt und man erklärte den Eltern, dass die Kinder nicht mehr im Freien spielen, sondern nur noch mit den Betreuerinnen spazieren gehen dürften, denn der Boden sei verstrahlt. Ob die Kinder am Tag vorher noch im Sandkasten gespielt hätten, hatte Anja gefragt; das wurde bejaht. Sie machte sich große Vorwürfe, dass sie nicht mit Sylvia zu Hause geblieben war. Aber sie hatte es ja gar nicht wissen können.

Im Kindergarten durften die Kleinen noch lange nicht wie gewohnt auf ihrem Gelände spielen. Der Sand wurde herausgeschaufelt, weggefahren und durch neuen ersetzt.

Aber half das wirklich? In der Chronik war später dazu nachzulesen: *Lebensmittel sind radioaktiv belastet, insbesondere Blattgemüse und Milch. Die Bauern sollen ihre Kühe nicht auf die Weide treiben.* Weiter hieß es, dass 500 Menschen an Strahlenschäden litten und sterben würden und nicht einmal zwei Wochen später 140 Tausend Menschen aus einer 30-km-Zone um Tschernobyl ausgesiedelt worden seien.

Im Laufe der folgenden Jahrzehnte starben Tausende von Menschen an den Folgen des Reaktorunglücks, eine große Zahl von Kindern wurde mit Missbildungen geboren.

Die Historie vermerkt, dass es 25 Jahre später zu einer erneuten Reaktorkatastrophe in Fukushima in Japan kam und Deutschland 2011 den Ausstieg aus der Atomenergie verkündete.

Der prominente Arzt und Psychoanalytiker Horst Eberhard Richter hatte zu der Frage, ob eine Katastrophe von diesem Ausmaß die Welt verändern könne, geschrieben: *Die eigentliche treibende Kraft ist ein an den technischen Fortschritt delegierter gigantischer Machtwille, eine – statt auf Ehrfurcht vor dem Leben – auf Bemächtigung ausgerichtete Grundhaltung der führenden Industriemächte.*

3 | 1986 und 1987

Immer mehr Bewohner zogen in das Matthias-Claudius-Heim ein. Die Gespräche mit ihnen und ihren Angehörigen waren von dem künftigen Heimleiter, Herrn Rother, schon vor der Eröffnung des Heims geführt worden. Die Familien hatten sich, teilweise durch ihn unterstützt, um die Kostenzusagen der Institutionen bemüht. Inzwischen fanden regelmäßige Besprechungen der Heimleitung mit dem Betreuungsteam und dem Abteilungsleiter statt. Im Laufe des Sommers 1986 zogen fünfzig Bewohner ein.

Im September ereignete sich ein tragisches Unglück. Herr Rother erlitt einen schweren Verkehrsunfall und verstarb an dessen Folgen. Das passierte nur wenige Wochen nach dem Einweihungsfest des Heimes. Viele Bewohner des Viertels, die größtenteils die behinderten Heimbewohner inzwischen akzeptierten, nahmen an dem schrecklichen Ereignis Anteil. Nun begann eine Zeit der Bewährung für alle Mitarbeiter. Ein- bis zweimal in der Woche kam der Abteilungsleiter aus der Düsseldorfer Innenstadt zu Besprechungen und zur Regelung von Verwaltungsangelegenheiten in das Heim. Auch Anja als stellvertretende Heimleiterin war jetzt sehr gefordert. Der Telefonverkehr mit Ämtern, Kostenträgern, Angehörigen, Bewerbern für Dienstleistungen und vieles andere waren neue Aufgaben für sie. Sie konnte die Grenzen ihrer Kompetenz gut erkennen und arbeitete eng mit dem Abteilungsleiter zusammen. Dieser unterstützte sie und führte mit ihr die regelmäßigen Dienstbesprechungen mit den Mitarbeitern durch. Die Besprechungen bildeten das Herzstück bei der Gestaltung der Arbeit im Heim während der nächsten Wochen und Monate. Dabei ging es um Beschaffung von Gegenständen und Material, tägliche Arbeitsabläufe, die Beziehungen zwischen den Mitarbeitern und ihren Schützlingen und die Zusammenarbeit im Team.

Anjas Zeitvolumen für die Ergotherapie mit den Bewohnern war weit geringer als geplant. Gemeinsam mit Sonja verschaffte sie sich aber schnell einen Überblick über die Interessen, Fähigkeiten und den Förderungsbedarf der einzelnen Bewohner. Sie erarbeiteten Zielstellungen, die später überprüft und bei Bedarf verändert werden sollten. Sonja war kompetent und humorvoll und sie und Anja kamen gut miteinander aus.

Einmal lud Sonja ihren Freund, einen angestellten Psychologen in einer Klinik der Umgebung, in das Heim ein.

Sie hatte gemeint, er sollte Anja kennenlernen und könnte ihr vielleicht sogar Hinweise für die spätere Rückkehr in ihren Beruf geben. Er riet Anja zu »Aktivbewerbungen« an Krankenhäusern und Reha-Kliniken in der Umgebung, auch wenn sie keinen Bedarf mit einem Inserat angezeigt hätten. Oft würden solche Bewerbungen für einen eventuellen späteren Bedarf aufgehoben.

In Anjas Familie hatte man sich schnell an ihre Berufstätigkeit gewöhnt. Sie freute sich darauf, Sylvia nachmittags aus dem Kindergarten abzuholen. Meist hatte sie vorher schon den täglichen Einkauf erledigt und ging auf dem kurzen Weg nach Hause mit ihr noch zum Spielplatz mit den Klettergerüsten. Dort erfüllte sie ihr meist den Wunsch mitzuspielen, auch wenn es sie manchmal anstrengte.

Klara, die oft recht spät von der Schule oder aus ihrem Sprachkurs nach Hause kam, lehnte es ab, sich von Anja am Abend vorher etwas für den nächsten Tag kochen zu lassen, sondern bereitete sich ihr Essen selbst zu. Inzwischen war sie noch einen dritten Nachmittag in der Woche unterwegs, weil sie den Konfirmandenunterricht besuchte und im nächsten Jahr konfirmiert werden würde. Hierzulande ließen sich im Gegensatz zur DDR alle Kinder mit wenigen Ausnahmen konfirmieren.

Jan hatte schon fast sein erstes Lehrjahr hinter sich gebracht und bereitete sich weiter auf sein Fachabitur vor.

Theo war nach seinem Probe-Halbjahr fest angestellt worden und mit seinem wechselnden Kursprogramm nach wie vor sehr von seinen Vorbereitungen beansprucht.

Anja lernte vieles zum Umgang mit behinderten Menschen, über ihre Stimmungen und Ausbrüche von Erregung und Zorn. Manche Bewohner waren träge, viele regten sich schnell auf und konnten bei kleinen Veränderungen in ihren gewohnten Abläufen »ausrasten«. Im Tagesablauf war Gleichförmigkeit und Wiederholung geboten. Interessant war es, zu beobachten, dass der Umgang untereinander ebenso wie bei Gesunden von Durchsetzung, Rangordnung, Streit, Selbstbezogenheit und Sturheit bestimmt war. Anja beobachtete aber auch viel Hilfsbereitschaft. Eine junge Frau konnte keinerlei Worte artikulieren, sich aber mittels Mimik und Gestik ausgezeichnet ausdrücken und eine bestimmende Rolle einnehmen.

Stimmungen Einzelner wechselten schnell, konnten dabei das gesamte Gruppengeschehen beeinflussen und trugen zu plötzlichen Konflikten bei, welche die Kompetenz, Erfahrung und Ausgeglichenheit der Betreuer erforderten.

Alle Bewohner konnten sich gut in Haus und Garten bewegen und nur wenige waren auf einen Rollstuhl angewiesen. Sie gingen auch mit ihren Betreuern in kleinen Gruppen im Wohnviertel spazieren und die Anwohner begegneten ihnen meist freundlich. Die Wohngruppen waren vom Geschlecht her gemischt, wobei jedoch die Frauen in der Anzahl überwogen. In jeder Gruppe lebten jüngere und ältere Bewohner mit ihren unterschiedlichen geistigen und körperlichen Behinderungen zusammen. Es gab Phasen von größerer Erregbarkeit und Unruhe in den Gruppen, die aber wieder abklangen, wobei die betreuenden Mitarbeiter immer von Neuem um Ausgleich und Gerechtigkeit bemüht waren.

Die Stunden der Ergotherapie stellten eine wichtige Konstante im Tagesablauf dar. Die Möglichkeiten der Einzelnen im Umgang mit Materialien und ihre Aktivität sollten gefördert oder zumindest erhalten werden. Es waren oft stereotype Betätigungen, welche die Bewohner liebten und bei denen sie Selbstbestätigung und innere Ruhe fanden. In der Ergotherapie und auch im Alltagsablauf war es oft nötig zu motivieren, gegen Trägheit anzugehen und zur Selbstständigkeit anzuregen.

Sonja und Anja bemühten sich, aus einem Betrieb in der Umgebung einfache monotone Auftragsarbeiten zu bekommen, was ihnen gelang. Erfreut konnten sie beobachten, wie Bewohner das Sortieren von Schrauben oder das Schmirgeln von Metallteilen mit Sandpapier immer besser bewältigten und wie stolz sie darauf waren.

4 | Matthias-Claudius-Heim

Dörte

Im Herbst des Jahres 1986 wurde Dörte, eine junge Frau von Anfang zwanzig, in eine Wohngruppe aufgenommen. Sie war mit dem Autismus-Syndrom nach Kanner geboren worden, also neben den autistischen Eigenheiten auch geistig erheblich behindert. Zudem war sie fast blind. Ihre Eltern hatten sich sehr um ihre Entwicklung gekümmert und sie jahrelang in einer Blindenschule unterrichten lassen. Im Gespräch mit ihrer Mutter erfuhr Anja viel über die Not von Eltern autistischer Kinder, aber auch über deren Fürsorge und starke emotionale Bindung aneinander.

Dörte wirkte gut erzogen. Nach ihrer Ankunft beantwortete sie freundlich Anjas Fragen. In den ersten Tagen ihres Probewohnens im Heim durfte ihre Mutter immer wieder zu Besuch kommen. Allen war bewusst, dass auch Eingewöhnungsschwierigkeiten auftreten könnten. Dörte habe Eigenheiten und feste Gewohnheiten. Sie brauche immer eine Schmusedecke im Bett, sonst könne sie nicht einschlafen. Kleine Abweichungen könnten manchmal eine große Erregung auslösen und dann würde sie »ausrasten«, aber wenn man mit ihr umzugehen verstehe, sei sie sehr lieb und kooperativ.

Anja war beeindruckt von der Fürsorge und Geduld der Mutter. Nach der guten Eingewöhnung der Tochter reiste diese wieder ab, besuchte sie aber fast jedes Wochenende, oft gemeinsam mit dem Vater.

Dörte ging gern zur Ergotherapie und erregte Erstaunen mit ihren gut entwickelten Fähigkeiten im Umgang mit dem Montessori-Beschäftigungsmaterial zur geistigen Förderung. Sie hatte auch die Blindenschrift erlernt und las oft in ihren Büchern. Außerdem fädelte sie gern bunte Perlen auf. Sie hatte, wie viele andere auch, ihre guten und ihre schlechten Tage.

Ein solcher schlechter war es, als Ihre Nachbarin sie angestoßen hatte und ihre aufgereihten Perlen vom Faden der Kette auf den Boden rollten. Diesmal verlor sie die Fassung, sprang auf und rannte der schon weglaufenden Frau hinterher. Anja schnitt Dörte den Weg ab und versuchte sie zu beruhigen, aber Dörte war ihrem Zorn so ausgeliefert, dass sie auf Anja losging und sie mit ihren spitzen Nägeln kratzte. Nun flüchtete Anja aus der Tür und den seitlichen Gang entlang, bis sie an der Zwischentür mit dem Griff auf der anderen Seite nicht weiter kam. Zu ihrem Glück kam Arndt dort entlang, erkannte die Situation, öffnete ihr die Tür und ließ sie durch. Am Eingang der Ergotherapie vom Garten her eilte Anja wieder in den Therapieraum zurück.

Inzwischen hatte sich Arndt vergeblich bemüht, Dörte zu besänftigen, aber sie rannte zurück und stürmte vom oberen Eingang her in die Beschäftigungstherapie. Dort raste sie quer durch den Raum und durch die geöffnete verglaste Tür in den Garten. Anja schloss sofort die Tür, sah aber zu ihrem Schrecken, dass Dörte eine Metallstange in den Händen hielt. Wieso lag die da? Das Mädchen lief damit noch weiter aufgebracht umher, aber zum Glück nicht in Richtung der Tür. Dann ließ sie die Stange zu Boden fallen, schien sich allmählich zu beruhigen und lief wieder auf das Haus zu. Anja öffnete die Tür und bat sie hereinzukommen. Nun ging Dörte zurück zu ihrem Platz, setzte ihre Arbeit fort und fädelte die Perlen wieder auf. Die Spuren auf Anjas Handrücken hatte Arndt inzwischen desinfiziert und mit Pflaster versehen. Sie war ihm dankbar für sein schnelles Eingreifen und seine Fürsorglichkeit.

Das Fest im Herbst 1987

Im Frühjahr 1987 hatte die Diakonie einen neuen Heimleiter gefunden. Er arbeitete sich schnell in seine Aufgaben ein und Anja und er kamen gut miteinander aus. Alle Mitarbeiter und die Heimleitung beschlossen, zum einjährigen Bestehen des Heimes im Herbst ein Fest mit seinen Bewohnern und ihren Angehörigen zu feiern.

Anja war froh, dass der Heimleiter die Regie über die Vorbereitungen übernahm. Die Betreuer der Gruppen schlugen vor, die Bewohner mit einem Zirkusprogramm zur Unterhaltung beitragen zu lassen. So wurden in der Beschäftigungstherapie Tiermasken gebastelt. Decken und Tücher sollten weitere Requisiten darstellen. Das Einüben der typischen Bewegungen der Tiere und die Imitation der Laute von Raubtieren und anderen wie Pferd und Esel bereitete den Bewohnern viel Spaß. Anja brachte ihnen ein Tierpuzzle aus Holz mit, das Jan früher im Praktikum in einer Tischlerei für seine kleine Schwester ausgesägt hatte. Sylvia hatte ihr erlaubt, es mitzunehmen, und schon Wochen vorher begann die Kleine von dem Fest zu sprechen, auf das sie sich sehr freute. Im Programm gab es neben den Tieren auch mehrere Clowns, die Rollen von Wärtern der großen Zirkustiere sowie den Zirkusdirektor und seine Assistenten. So war für viel Beteiligung gesorgt. Um die Rolle der Clowns rissen sich die Bewohner besonders. Alle versuchten beim Üben während der Sommermonate ihr Bestes zu geben.

Der Sonntag des Festes Anfang Oktober war ein warmer, sonniger Tag. Anja hatte sich frühzeitig auf den Weg ins Heim gemacht und Theo würde mit Sylvia um die Mittagszeit nachkommen. Alle Mitarbeiter hatten am Morgen mit den Vorbereitungen begonnen. Arndt war mit seiner Tochter Nadege gekommen. Sie ging ohne Scheu auf die Menschen zu, auch auf Anja, welche sie endlich kennenlernen wollte, nachdem ihr Vater zu Hause von ihr erzählt hatte. Sie stellte sich allein vor und sagte voller Stolz, dass sie heute Geburtstag habe. Sie sah sehr glücklich aus und strahlte über ihr ganzes Gesicht. Ihr Vater, der sich sehr für diesen Termin des Festes eingesetzt hatte, nickte seiner Tochter liebevoll zu. Nadege erhielt viele Glückwünsche und alle freuten sich darüber, dass sie bei ihrem Heimfest auch noch einen Geburtstag feiern konnten. Nadege in ihrer Freude und mit ihrem Strahlen war ein schönes Mädchen.

Schon bald wurde der Grillrost angeworfen und immer mehr Angehörige trafen ein, ebenso Anwohner aus dem Viertel. Auch Theo erschien mit Sylvia. Sie hatte ihr geblümtes Sommerkleidchen an, das sie für diesen Tag selbst ausgesucht hatte, rannte auf ihre Mutter zu und lauschte bald der Musik aus dem Lautsprecher. Dann begann sie sich im Rhythmus der Musik des Tanzstücks aus einem vergangenen Jahrhundert zu drehen.

Nadege beobachtete die Kleine fasziniert und fing selbst an, sich im Tanzrhythmus zu bewegen. Auf einmal taumelte Sylvia, aber Nadege fing sie sofort auf und beruhigte sie. Dann tanzten die beiden zusammen weiter, bis das Stück zu Ende war. Viele hatten sich in einen Kreis um sie herum gestellt und applaudierten.

Nadege teilte auch weiteren Neuankömmlingen mit, dass sie heute Geburtstag habe, und erneut gratulierten ihr viele. Sylvia konnte es fast nicht aushalten, damit herauszuplatzen, dass auch sie »gleich bald«, wie sie sagte, Geburtstag habe.

»Lädst du mich dazu auch ein?«, fragte Nadege.

»Ja, du sollst auch kommen«, war Sylvias schnelle Antwort.

Anja hatte über ihre kleine Tochter gestaunt, über deren Antwort, ihren Tanz zuvor und darüber, dass auch sie keine Scheu kannte.

Auch Arndt freute sich sehr über seine Tochter, die heute 21 Jahre alt geworden war und damit als erwachsen galt. Wie glücklich wäre ihre Mutter an diesem Tage gewesen, wenn sie noch lebte. Er staunte auch über Anjas quicklebendige Jüngste. Wieder fand er, dass seine Nadege gut und gern mit Kindern umging. Sie konnte lesen und schreiben und war beim Arbeiten geschickt. Vielleicht würde sie wirklich zur Lehre als Hauswirtschaftshilfe in einem Krankenhaus zugelassen und müsste ihre Tage nicht lebenslang in einer Werkstatt für Behinderte verbringen.

5 | Zwei Familien

Anjas Familie

Bald kam Sylvias Geburtstag heran. Anja hatte den Fanta-Kuchen gebacken, den die Kinder so gern mochten, und ging am Morgen des Tages mit der ungeduldig hüpfenden Sylvia die Straße entlang zum Kindergarten. Sie versuchte, sich dem Rhythmus der Kleinen im Gehen anzupassen und hüpfte – armer Kuchen – fast selbst dabei.

Unbemerkt von Anja hatte Sylvia, die schon seit einigen Monaten Flötenunterricht erhielt, ihre Flöte mit in den kleinen Rucksack für den Kindergarten gepackt. Während Anja den Kuchen in die Küche brachte, marschierte sie mit der Flöte stolz in ihre Gruppe und begann mit ihrem Stück, noch ehe die Erzieherin und die Kinder Gelegenheit hatten, ihr zu gratulieren. Auf den Applaus dafür war sie mächtig stolz und ließ sich danach mit der Gratulation und dem Geburtstagslied der ganzen Gruppe feiern. Anja, welche die Kuchenstücke auf große Teller verteilt hatte, stand in der Tür und hatte alles beobachtet. Sie freute sich an der Courage ihrer Jüngsten.

Dann teilte sie zusammen mit der Betreuerin den Kuchen aus und war gerade im Gehen, als Sylvia ihr zurief, dass sie heute schon nach dem Mittagessen abgeholt werden wolle. Sie verkündete laut, dass sie ihre große Freundin Nadege zum Geburtstag eingeladen hätte. Ihre Stimme überschlug sich fast, als sie den Namen aussprach. Sie betonte, dass sie es ihr ganz fest versprochen hätte, als sie an ihrem Geburtstag dabei sein durfte.

Anja erschrak. Freilich hatte sie das Gespräch darüber zwischen den beiden beim Heimfest mitgehört, hatte es aber nicht ganz ernst genommen und später vergessen, mit Arndt darüber zu sprechen. Sie beruhigte die wegen des Zögerns aufgeregte Sylvia und versprach, sie früher abzuholen.

Mit Arndt sprach sie bei der Arbeit über die Abmachung der beiden Mädchen. Er hatte nichts davon gewusst, wollte aber genauso wie Anja solch ein Versprechen untereinander ernst nehmen. Anja bat ihren Chef um Erlaubnis, schon mittags aus dem Dienst gehen und die Zeit nacharbeiten zu dürfen. Arndt hatte in dieser Woche Frühdienst, welcher um 13.30 Uhr endete. So könnte er Nadege ohne Probleme zeitig aus der Werkstatt abholen und mit ihr zu Anja fahren. Auf diese unerwartete Begegnungsmöglichkeit mit ihr auch einmal außerhalb des Dienstes freute er sich. Er mochte sie.

Glücklicherweise hatte Anja genügend Kuchen gebacken. So saßen Sylvia, Klara, Anja und ihre Gäste nachmittags gemeinsam am Kaffeetisch in ihrer Wohnung. Später kam auch Theo dazu. Er war erstaunt über die Gäste, an die er sich noch von dem Fest her im Heim erinnerte, und freute sich über die Geburtstagsrunde. Anja fühlte sich in ihrer Rolle als Gastgeberin wohl, hatte sie doch immer gern ihre Familie und, wenn möglich, noch ein paar Menschen dazu um sich. Nadege hatte Sylvia eine Kette mit einem kleinen Anhänger umgehängt, ihr Geschenk für ihre kleine Freundin. Sie freute sich sehr über das Lob dafür. Sylvia wollte unbedingt von ihr die Milch zur Trinkschokolade eingegossen haben. Später spielten die beiden zusammen ›Mensch ärgere dich nicht‹.

Anja saß Theo und Arndt gegenüber und freute sich an beiden, so unterschiedlich sie waren, Theo – jugendlich und angeregt erzählend – aufmerksam zuhörend, ruhig und bedacht ihr älterer Gast. Ihre beiden Familien hatten jüngste Kinder, altersmäßig von großem Unterschied und mit sehr verschiedenen Schicksalen, dabei jedes von ihnen ein liebenswerter Mensch. Anja schloss schnell auch Nadege in ihr Herz.

Klara und Theo verließen bald die Runde und bedankten sich. Die Mädchen spielten weiter und Anja genoss es, ihrem Gast gegenüberzusitzen. Er schien zufrieden und in sich zu ruhen und sie lächelten einander zu. Dann hörten sie die Korridortür klappen.

»Jan«, rief Sylvia und rannte ihm entgegen. Wieder klang die Kleine so jubelnd wie damals nach ihrem Triumph beim Schwimmen. Alle waren zusammengekommen. Tatsächlich kamen auch jetzt Theo und Klara noch einmal aus ihren Zimmern, wollten sich aber bald wieder ihrer Arbeit widmen.

Jan war erstaunt über die unbekannten Besucher, erfuhr von der Abmachung zur Einladung der Gäste und langte gern beim Geburtstagskuchen zu. Anja hatte ihnen in der Familie damals von dem Schrecken erzählt, als Dörte in der Beschäftigungstherapie »ausgerastet« war und im Garten mit der Metallstange umherlief. Jetzt saß also Arndt mit am Tisch, der dabei hilfreich eingegriffen hatte. Seine Tochter mit dem französischen Namen, sicherlich hatte sie etwas Besonderes in ihren Gesichtszügen, aber ein nettes Mädchen, etwas kindlich, nicht eigentlich so, wie er sich Behinderte vorstellte. Sylvia und sie mochten sich wohl sehr. Jan freute sich, dass seine Mutter Kontakte zu anderen Menschen geknüpft hatte. Sein Vater schien ihm zu sehr von seiner Arbeit vereinnahmt. Auch ihm täten Bekannte gut, fand er. Später, als die Gäste gegangen waren, setzten sie sich alle miteinander an den Tisch zum Abendessen. Was in ihrem vielfältigen Alltag oft unterging, Sylvias 5. Geburtstag ließ sie sich als eine Familie fühlen. Sie spielte ihnen noch einmal ihr Flötenstück vor und erhielt das erwartete Lob. In Klara kam Wehmut auf, denn auch sie hatte fünf Jahre lang Flöte gespielt. Es war so lange her und an einem anderen Ort gewesen. Die kleine Schwester schien es mit ihrem Temperament leichter als sie zu haben.

Im Frühjahr 1988 feierten die Bäumlers ihre Silberhochzeit. Es wurde ein besonderes Fest, bei dem sich Verwandte nach vielen Jahrzehnten wiederbegegneten oder sich jetzt erst kennenlernten. Aus der Bundesrepublik waren es die gleichaltrigen Cousins und Cousinen, die zur Hochzeit vor 25 Jahren nicht in die DDR hatten einreisen dürfen. Die Hälfte der Gäste aber war damals schon dabei gewesen. Theos Mutter und Anjas Tanten lebten nicht mehr, aber ihr Vater, inzwischen 85-jährig, und seine zweite Frau Irene waren gekommen.

Die Mühen bei der Vorbereitung des Festes wurden durch die Vorfreude der gesamten Familie darauf entgolten, den Menschen zu begegnen, die in ihrer Lebensgeschichte wichtig waren. Sie sollten mit eigenen Augen sehen, wie sich die Familie das Leben hier erneut eingerichtet hatte. Dass

Theo und Anja in ihrer Ehe miteinander wohl keinen Aufbruch mehr erleben würden, davon sollten ihre Gäste nichts mitbekommen. Es wurde auch wirklich ein schönes Fest an einem sonnigen Tag im Mai 1988. Anja bewahrte die Leuchtkraft dieses Tages als großen Schatz in ihrer Erinnerung. Nach dem Abschied ihrer Verwandten waren sie noch unerwartet eingeladen worden, das Wochenende zusammen mit Freunden in deren kleinem Ferienhaus in der schönen Mittelgebirgslandschaft des Hunsrück zu verbringen. Die Worte Theos, die Anja einmal kurz nach dem Fest erschrocken zu hören geglaubt hatte, »25 Jahre sind wohl genug«, traten nun erst einmal in den Hintergrund.

Seit sie hier im Rheinland lebten, floss für Anja die Zeit nur so dahin, es war ihr seitdem wie in einer »Zwischenzeit« vorgekommen. Trotzdem wurde ihr, besonders nachdem das Ehejubiläum den Blick auf diese lange gemeinsame Zeit geschärft hatte, jetzt wieder schmerzlich bewusst, dass Theo und sie nicht mehr viel verband. Oft hatte sie das ja auch schon in den Jahren vor ihrer Ausreise empfunden und war später in ihrer erneuten Hoffnung enttäuscht worden.

Jan ahnte, obwohl er nach dem Abschluss seiner Lehre und dem Fachabitur schon ein Jahr zuvor das Elternhaus für seinen Zivildient im Norden verlassen hatte, trotzdem etwas davon.

Auch Klara spürte seit Langem die Veränderungen im Verhältnis ihrer Eltern. Sie selbst hatte jetzt einen Freund und verbrachte fast mehr Zeit mit ihm in seiner Familie als zu Hause. Inzwischen hatte sie vom Gymnasium, in dem sie sich nie ganz wohl fühlte, zum Abiturzweig einer Gesamtschule gewechselt.

Sylvia, schon in ihrem letzten Kindergartenjahr, schien vom familiären Klima zu Hause wenig tangiert und genoss die Zuwendung aller in der Familie.

Anja spürte Theos Schweigsamkeit und Kühle ihr gegenüber zunehmend. Sie ahnte seine entschlossene Abkehr von ihr und fragte sich, ob eine andere Frau in seinem Leben eine Rolle spielte. Bei der Arbeit traten ihre Sorgen in den Hintergrund. Dort konnte sie bereits der freundliche Gruß ihrer Kollegin Sonja am Morgen aufmuntern. Zu Arndt, dem Krankenpfleger, der ihr beherzt zur Seite gestanden hatte, fühlte sie sich hingezogen. Sie hatte sich gefreut, als er mit Nadege zu Sylvias Geburtstag erschienen war. Nun schien festzustehen, dass die beiden ungleichen Jüngsten ihrer Familien miteinander Freundschaft halten und sich besuchen wollten. Anja war das nicht unrecht, gab es ihr doch die Möglichkeit, Arndt und seine Lebensverhältnisse besser kennenzulernen.

So fuhr sie an manchen Wochenenden mit Sylvia in der S-Bahn nach Hilden, wo Arndt wohnte. Von der Haltestelle aus war es nicht mehr weit bis zu ihnen.

Arndts Familie

Arndt wollte auch nach dem Tode seiner Frau vor 8 Jahren die bewährten Lebensumstände für seine Jüngste beibehalten. Im selben Haus war eine Wohnung frei geworden, in die Arndts älteste Tochter und ihre Familie mit zwei Kleinkindern einzogen. Mit ihrer Hilfe wurde es Arndt möglich, nach dem Tode seiner Frau sowohl seiner Arbeit als Krankenpfleger als auch der Betreuung von Nadege nachzukommen.

Anja fühlte sich im Familienklima der Großfamilie wohl. Sie lachten viel miteinander und gingen meist humorvoll und geduldig miteinander um. Bei ihren Besuchen traf sie in Arndts Wohnung oft auch die Familie der ältesten Tochter an. Da tranken sie alle miteinander Kaffee und aßen den

Kuchen, den Nadege gebacken hatte.

Meist zogen sich Nadege und Sylvia nach dem Kaffeetrinken zurück und spielten einfache Brettspiele oder die junge Frau las der Sechsjährigen vor. In der Schule hatte sie lesen gelernt und war stolz darauf.

Anja hörte sich die Erzählungen der Familie über Nadege interessiert an. Ihr Bild von Menschen mit dem Down-Syndrom erfuhr hier eine Erweiterung, die sie sich nicht vorgestellt hatte. Nadege gehörte zu der sehr kleinen Zahl von Kindern mit Trisomie 21, die mehr als nur praktisch bildbar waren. In den 60er und 70er Jahren, in denen Nadege geboren worden war, lernten diese Kinder lebenspraktische Dinge von ihren alternden Eltern und in Schulen für geistig Behinderte. Für die Kulturtechniken des Lesens und Schreibens reichte ihr Intelligenzniveau bis auf wenige Ausnahmen nicht aus.

Nadege gehörte zu diesen Ausnahmen, was ihre Familie frühzeitig erkannte. Das Kind war ausgesprochen wissbegierig und die Mutter, selbst Lehrerin, setzte beim Schulamt den versuchsweisen Besuch einer Normalschule für sie durch. Sie hatte die Lehrkräfte allmählich dafür gewinnen können, sie als Unterrichtsbegleiterin ihrer Tochter in der Klasse zugegen sein zu lassen oder sich mit Nadege in der Schulbibliothek zu beschäftigen.

Nadege lernte in ihren zehn Schuljahren sehr gut Lesen und Schreiben und konnte viel Wissen aus anderen Bereichen aufnehmen. Das Zählen im Bereich bis 100 beherrschte sie, aber Rechenversuche waren erfolglos geblieben. Regelmäßig hatte es Wutanfälle und Tränen gegeben, bis die Familie diese Grenze anerkannte.

Nadege könne mit Geld umgehen und kaufe selbstständig ein. Sie lasse sich nichts vormachen, gerate aber manchmal mit Rechthaberei und Sturheit in Schwierigkeiten. Von einzelnen Begebenheiten erzählte ihre ältere Schwester gern und ausführlich.

Anja fühlte sich sehr berührt davon, wie die Familie in der Schwangerschaft mit dem Wissen umgegangen war, unter Umständen ein Kind mit Trisomie 21 zur Welt zu bringen. Sie hätten um das Risiko der späten Schwangerschaft gewusst, aber nie einen Test durchführen lassen. In jedem Falle hätten sie ihr Kind annehmen wollen.

Anja dachte im Stillen daran, dass sie bei der Geburt von Sylvia zwar jünger als Nadeges Mutter gewesen war, aber ihr Leben im Falle der genetischen Störung völlig aus den Fugen geraten wäre. Sie und Theo hatten sich vorher durch den Test Sicherheit verschafft.

So ergab es sich, dass Anja und Sylvia immer wieder an Wochenenden zu Arndts Familie aufbrachen und dort gemeinsame Zeit verbrachten.

Arndt fühlt sich von Anja und ihrer freundlichen, offenen Art angezogen und in manchem an seine verstorbene Frau erinnert, wie er ihr sagte. Sie sei willensstark und geduldig gewesen und in ihrem Äußeren ähnlich schlank und zierlich wie Anja. Er habe in ihr eine wunderbare Partnerin und die beste Mutter seiner drei Töchter gefunden. Nach den ersten Schuljahren ihrer zwei älteren Kinder habe sie wieder als Lehrerin gearbeitet, bis sie im Alter von 43 Jahren noch einmal schwanger geworden sei und Nadege geboren habe. Anja bewunderte diese Eltern für ihr zähes Ringen um ein gutes Leben ihrer Tochter.

Arndt erzählte gern von den Höhen und Tiefen, die die Familie mit ihrer Jüngsten und im Umgang mit anderen betroffenen Familien durchlebt hatten.

»Meine Frau hat alle Hebel in Bewegung gesetzt, um der wissbegierigen Kleinen mehr als nur das Lernen in einer Schule für geistig Behinderte zu bieten. Die unbedingte Annahme unseres Kindes und die frühzeitige Förderung waren wohl ganz wichtig. Wir hatten dabei das Glück, dass bei Nadege keine angeborene Herzschwäche wie bei vielen anderen vorlag und ihre Lernfähigkeit so hoch war, dass sie elementare Kulturtechniken im Schulbetrieb erlernen und Erfahrungen mit ihren Schulkameraden machen konnte. Einen Sinn für Gemeinschaft, die Liebe zu Musik und Bewegung wie bei Nadege haben wir aber bei vielen Kindern betroffener Familien vorgefunden.«

Anja hörte Arndt gern zu. Er sprach mit einer warmen und ruhigen Stimme, erzählte gern, ließ aber auch sie zu Wort kommen. Er konnte gut zuhören, interessierte sich für das Gehörte und fragte manchmal genauer nach. Gespräche hörten nicht unerwartet auf, sondern klangen aus. Anja und er genossen die Zeit miteinander, wenn die Mädchen nach den Spielen zu viert auch allein etwas vorhatten. Sie konnten beide ausdauernd miteinander diskutieren, unterschiedliche Positionen stehen lassen und dennoch entspannt und einander zugewandt bleiben. Ihre Begegnungen und die der Kinder fanden sie schön und freuten sich immer mehr darauf.

Theo schien nicht eifersüchtig zu sein, sondern erleichtert über Anjas und Sylvias Freunde. Die Zuneigung zwischen Anja und Arndt war ihm nicht verborgen geblieben. Einige Zeit später, nachdem Theo auf Anjas direkte Frage von einer neuen Liebe in seinem Leben gesprochen hatte, konnte sie sich richtig offen freuen, dass sie in Arndt verliebt war und mit ihm neue Hoffnungen verband.

In Arndts Gegenwart fühlte Anja sich ruhig, sicher und geborgen. Das war etwas, das sie die vielen Jahre über vermisst hatte, in denen Theo seinen einsamen Kampf gegen die Wehrpflicht geführt hatte. Die ganze Familie war dem Druck ausgeliefert gewesen, unter dem er lebte. Aber es erfüllte sie auch Stolz, dass Theo und sie keinen Anlass zu einschneidenden Sanktionen des Staates und seiner Sicherheitsorgane gegeben hatten. Im klaren Rückzug hatten sie auf ihre beantragte Ausbürgerung gewartet und später noch einmal den Neuanfang in der Bundesrepublik geschafft. Manchmal war sie traurig darüber, dass es leider an Geborgenheit und Zeit für die Kinder gemangelt hatte.

In Anjas Sicht hatte Arndts Familie den ganz anderen Kampf für etwas geführt, nämlich um die bestmögliche Unterstützung ihres benachteiligten Kindes. Ähnlich wie die Bäumlers in ihrer Lebensgeschichte hatten auch sie gegen Vorurteile und Widerstände in der Gesellschaft angehen müssen. Von Anfang an aber war es ihre gemeinsame Entscheidung und Anstrengung gewesen, bei der sie sich immer von Neuem gegenseitig motiviert und unterstützt hatten.

6 | Eine hoffnungsvolle Chance

Anja arbeitete seit über zwei Jahren im Matthias-Claudius-Heim, hatte aber den Wunsch nicht aufgegeben, wieder in ihren Beruf zurückzukehren. Um Psychotherapie mit Krankenkassen abrechnen zu können, hätte sie den Abschluss einer mehrjährigen Zusatzausbildung an einem Privatinstitut nachweisen müssen. Mit ihrem Lebensalter war sie nicht mehr dafür angenommen worden. Die Diakonie hatte ihr großzügig dreimal eine Fortbildungswoche in Gruppen-Psychotherapie bezahlt, was sie in ihrem Wunsch bestärkt hatte. So erkundigte sie sich beim Arbeitsamt nach einer Fortbildung für Berufsrückkehrer nach längerer Unterbrechung.

Es sollte aber anders kommen. Sie hatte inzwischen auch Bewerbungsunterlagen an unterschiedliche Krankenhäuser und Kurkliniken im weiten Umkreis von Düsseldorf geschickt. Eines Tages fand sie auf ihrem Anrufbeantworter die Aufforderung einer Klinik im Bergischen Land, dass sie zurückrufen solle. Das tat sie am nächsten Morgen und erfuhr, dass man eine Schwangerschaftsvertretung im psychologischen Dienst suchte. Es handele sich um ein kleines Krankenhaus mit einer Akutstation und einer großen Abteilung für Rehabilitationspatienten, vor allem im Bereich der Onkologie.

Anja bekundete sofort ihr Interesse an einem Vorstellungsgespräch, bestätigte dabei, dass ihr jetziger Arbeitgeber sie gehen lassen würde, und erhielt einen Termin. Bis dahin ging ihr vieles durch den Kopf. Was könnte sie für schwerkranke Patienten nach einer Erstbehandlung ihrer Krebserkrankung während eines kurzen Rehabilitationsaufenthaltes tun? Wie würde sie mit einer solchen Aufgabe zurechtkommen, wo sie doch ihre eigene Mutter frühzeitig an dieser Krankheit verloren hatte? Welche Rolle könnte dabei die Art von Psychotherapie spielen, die sie bisher ausgeübt hatte? Trotzdem fuhr sie hoffnungsvoll zum Vorstellungsgespräch nach G., weil sie wusste, dass es Zeit für einen Wechsel war. Aber eine Stellvertretung ohne die Aussicht auf Weiterführung würde sie nicht annehmen.

Ihr Gesprächspartner schien von ihrer langjährigen Berufs- und Lebenserfahrung, von ihren Ausbildungsabschlüssen und ihrer hohen Motivation zur Rückkehr in ihren Beruf angetan zu sein. Natürlich hätten sie mehrere Bewerbungen, antwortete er auf ihre vorsichtige Frage. Es handele sich um eine halbe Stelle mit zwanzig Wochenstunden. Den anderen Anteil der Arbeit erbringe ein junger Kollege, der nicht auf Dauer bleiben werde, da er eine ganze Stelle anstrebe und einen anderen Arbeitgeber suche. Im Interesse der vielen weiblichen Patienten wollten sie auch weiterhin eine weibliche Mitarbeiterin haben.

Anja wollte sich gern das Haus ansehen und die junge schwangere Kollegin wurde gebeten, sie zu führen. Sie erfuhr dabei viel über die Aufgaben und das Arbeitsklima in der Einrichtung, so dass sie sich ein Bild machen konnte. Der psychologische Dienst sei im Hause anerkannt und die Zusammenarbeit mit dem Pflegepersonal, Physiotherapeuten und Ärzten angenehm. Die junge Kollegin bestätigte auch, dass die eingestellte Vertretung bei Bewährung damit rechnen könne, fest angestellt zu werden.

Das alles fand Anja ermutigend und hoffte in der Folgezeit sehr darauf, eine Zusage von der Klinik zu bekommen. Mit Theo hatte sie darüber gesprochen und er billigte ihr Vorhaben. Nach 14 bangen Tagen hielt sie den Brief mit der Zusage in ihren Händen.

Nun arbeitete sie noch 4 Wochen im Matthias-Claudius-Heim und die gesamte Familie musste sich auf die baldigen Veränderungen einstellen. Anja würde an drei Tagen in der Woche nach Gruithausen in der Nähe von Wuppertal fahren, nachdem sie Sylvia vorher in den Kindergarten gebracht hätte. Am Nachmittag würde Ilse, eine alte freundliche Dame aus der Nachbarschaft, Sylvia abholen und sie bis zu Anjas Heimkehr betreuen.

Der Abschied aus dem Matthias-Claudius-Heim fiel Anja schwerer, als sie gedacht hatte. Arndt bedauerte ihren Weggang, war sich jedoch sicher, dass er sie nicht verlieren würde. Was er für sie empfand, war mehr als bloße Freundschaft und er meinte auch, Ähnliches bei ihr gespürt zu haben. Jedoch war er Witwer und sie verheiratet.

Anja entschloss sich, offen mit Theo über ihre Gefühle für Arndt zu sprechen. Theo hörte ihr ruhig zu und sagte nach einer Weile, er habe sich das gedacht und eine Trennung sei vielleicht das Beste. Ihr Gespräch verlief entspannt. Anja äußerte, dass sie gern auch seine Liebe, eine Berufskollegin nach seiner Rede, kennenlernen würde, so wie Theo Arndt an Sylvias Geburtstag kennengelernt hatte. Dazu äußerte er sich jetzt nicht. Sie konnte es dabei belassen, war sie doch vor allem froh darüber, dass sie miteinander offen über ihre Situation hatten reden können.

Im Spätsommer 1988 begann Anja ihre Arbeit in Gruithausen. Der junge Kollege und sie einigten sich auf ihre Arbeitstage in der Woche untereinander und waren mittwochs beide anwesend. Sie verstanden sich gut und er bestätigte ihr, dass er sich weiterhin bemühe, eine volle Stelle in einer Klinik außerhalb zu bekommen.

Den Umgang mit an Krebs erkrankten Patienten, meist Frauen, empfand Anja als dankbare Aufgabe. Die Patientinnen kamen nach ihrer medizinischen Behandlung mit neuer Hoffnung in die Klinik. Sie nahmen gern die psychologischen Begleitangebote wie Entspannungstraining, Einzel- und Gruppengespräche sowie Vorträge zur Stress- und Schmerzbewältigung in Anspruch. Vergangene Lebenskrisen, welche die gegenwärtige Verfassung mancher Patienten belasteten, konnten oftmals im psychologischen Gespräch nachträglich anders angesehen werden. Es gelang auch, den Patienten durch Informationen oder einen anderen Umgang mit ihren Ängsten bei deren Bewältigung zu helfen.

Anja hatte Freude an ihrem Tun, vor allem deshalb, weil sie es nicht mit schwierigen Persönlichkeiten wie früher in der Psychiatrie oder mit geistigem Verfall bei Behinderten zu tun hatte. Ihre Lebens- und Berufserfahrung half ihr, die Nöte und Traumata der Patienten schnell zu erfassen und bald therapeutisch zu intervenieren. Mit ihrem Kollegen war sie sich einig, dass das wöchentliche Gruppengespräch zwar ermöglichen musste, Ängste und Klagen auszusprechen, jedoch mit der Betonung von Hoffnung und positiven Momente enden sollte.

Bald mietete sie sich für zwei Übernachtungen an ihrem Arbeitsort ein Zimmer, so dass sie nicht jeden Tag zwischen Düsseldorf und Gruithausen hin und her fahren musste.

Um Sylvia kümmerten sich Theo, Klara und die alte Dame aus der Kirchengemeinde, bis Anja die weiteren Tage der Woche zu Hause in Düsseldorf bleiben konnte. Sie plante, nach Beendigung ihrer Probezeit eine kleine Wohnung an ihrem Arbeitsort zu mieten, für Sylvia einen Platz in einer Kindereinrichtung zu suchen und sie zu sich zu nehmen. Theo erklärte sich damit einverstanden.

7 | Vorboten von Veränderungen

Politische Entwicklungen in der zweiten Hälfte der 80er Jahre

Währenddessen hatten sich in Deutschland und in der östlichen Welt große Veränderungen vollzogen. 1985 übernahm Michail Gorbatschow in der Sowjetunion die Macht, nachdem mehrfach vor ihm greise Parteiführer ersetzt worden waren. Es war an der Zeit, dass sich in dem großen Land mit der zerrütteten Volkswirtschaft etwas änderte. Im November des Jahres begegneten sich nach sechs Jahren erstmals die Regierungsmitglieder der USA und der Sowjetunion und stellten in einer gemeinsamen Erklärung fest, dass sie ihre besondere Verantwortung für den Frieden in der Welt erkennen würden und ein Atomkrieg, ausgelöst von einer Seite, niemals gewonnen werden könne. Daraufhin begannen in den folgenden Jahren Verhandlungen zwischen West und Ost zur Sicherheit und Abrüstung in der Welt.

Anfang 1987 kündigte Gorbatschow eine weitreichende Demokratisierung der sowjetischen Gesellschaft an. Die Schlagworte »Glasnost«/Öffnung und »Perestroika«/Umgestaltung beleuchteten, was in den folgenden Jahren immer wichtiger werden sollte: Demokratisierung und Eigeninitiative in der Gesellschaft und in der Organisation der Wirtschaft.

Die Veränderungen im Rahmen der neuen politischen Linie im Osten wurden in West-Europa mit großer Aufmerksamkeit verfolgt. Auch die Bäumlers waren von großen Hoffnungen über »Glasnost und Perestroika« erfüllt.

Im September 1987 kam es zur ersten Begegnung von Bundeskanzler Helmut Kohl mit dem Generalsekretär der DDR Erich Honecker und man las in den Zeitungen, wann das Flugzeug auf dem Weg nach Bonn etwa die Landeshauptstadt Düsseldorf überfliegen würde. Ob die innerdeutsche Grenze einmal wieder durchlässiger werden würde, fragten sich viele Menschen. In der ›Chronik das 20. Jahrhunderts‹, welche auch dieses Ereignis beschreibt, würde später zu lesen sein, was Honecker dazu sagte: »...*dann wird eines Tages der Tag kommen, an dem Grenzen uns nicht mehr trennen, sondern Grenzen uns vereinen* ...«

Im Dezember 1987 wurde ein Abkommen zwischen der Sowjetunion und den USA über Abrüstung in großem Ausmaß mit der geplanten Halbierung der atomaren Langstreckenraketen auf beiden Seiten unterzeichnet.

Im Dezember 1988 las man in den Medien wieder etwas über die verbotene Gewerkschaft »Solidarność« in Polen. Der Gewerkschaftsführer Walesa setzte sich im Gespräch mit der Staatsführung für den weiteren Erhalt der Werft in Danzig und für die Wiederzulassung der Gewerkschaft ein.

Anja Bäumler verfolgte diese Neuigkeiten jetzt mit großem Interesse, hatte sie sich doch schon 1980 bei ihrer Reise nach Polen über die polnische Gewerkschaftsbewegung informieren können. Die Staatsführung, die seit acht Jahren an der Macht war und im Land zeitweise den Ausnahmezustand verhängt hatte, räumte der Opposition ein Mitspracherecht ein und stellte »teilweise freie Wahlen« in Aussicht.

Im Frühjahr 1989 begann Ungarn mit dem Abbau seiner Grenzbefestigungen zum Nachbarland Österreich. So wurde der ehemals ›Eiserne Vorhang‹ zwischen den Nato-Westmächten und dem Ostblock des Warschauer Paktes auf einmal durchlässig. Die erneute Wahl der Staatsführung der DDR im Mai 1989 mit ihrem 98-Prozent-Ergebnis wurde angesichts der wachsenden Protestbewegung im Land von der Bevölkerung angezweifelt.

Im August 1989 flüchteten 900 DDR-Bürger in Ungarn über die geöffnete Grenze nach Österreich. Urlaubsreisen nach Ungarn und in die Tschechoslowakei wurden als Fluchtwege in westdeutsche Botschaften und in den Westen genutzt. Ende September 1989 konnte der bundesdeutsche Außenminister Genscher 4000 Flüchtlingen in der Prager Botschaft verkünden, dass ihre Ausreise genehmigt worden sei. In versiegelten Zügen fuhren die Menschen durch die DDR in die Bundesrepublik Deutschland.

Ab September 1989 begannen sich die jahrelangen Oppositionsbewegungen von Demokraten, Umweltschützern, Friedensbewegten und Unzufriedenen in der DDR zu organisieren und es entstanden das ›Neue Forum‹, die Menschenrechtsbewegungen ›Demokratie jetzt‹ und ›Demokratischer Aufbruch‹. Die ursprünglich in Dresden begonnenen Montags-Friedensgebete wurden in der Leipziger Nikolaikirche zur festen Routine. Am 7. Oktober, dem 40. Jahrestag der Staatsgründung der DDR, hatte Erich Honecker seinen letzten Auftritt als Staatschef. Die Medien in der Bundesrepublik berichteten vorsichtig über alle diese Veränderungen.

Vor der Wende in der deutschen Geschichte

Im September 1989 sollte Sylvia Bäumler eingeschult werden. Anja hatte inzwischen in Gruithausen eine Wohnung gefunden und Sylvia zu sich genommen. Anfangs war das

Kind traurig gewesen, dass sie den vertrauten Kindergarten in Düsseldorf verlassen sollte. Da sie aber einsah, dass die Bekanntschaft mit einigen Kindern am neuen Ort gut wäre, hatte sie es hingenommen und sich bald eingewöhnt. Anja fuhr an den Wochenenden mit ihr nach Düsseldorf, so dass sie mit ihrem Papa und Klara zusammen sein konnte. Oft besuchten Anja und Sylvia dabei auch Arndt und Nadege in ihrer Wohnung.

In der letzten Woche des August fand das Abschiedsfest im Kindergarten mit der anschließenden gemeinsamen Übernachtung aller Kinder in ihrem vertrauten Gruppenraum statt. Nie zuvor hatten sie das gedurft und waren sehr aufgeregt und stolz darauf gewesen. Am Freitag, dem ersten September, war die Einschulungsfeier, und die Eltern, Geschwister und Verwandten begleiteten Sylvia bei ihrem ersten Schulgang.

Diese einschneidenden Veränderungen innerhalb der Familie schirmten die Bäumlers etwas von den Veränderungen ab, die sich inzwischen in ihrem Land ereignet hatten. Als Anja im Oktober 1989 von Mitarbeitern in der Klinik gefragt wurde, ob die DDR untergehen würde, hatte sie aus voller Überzeugung geantwortet: »Nein, das kann ich mir gar nicht vorstellen.« Sie hatte noch das unzutreffende Bild von einem wirtschaftlich ausreichend starken, aber gegen die Bevölkerung repressiven Staat aus der Zeit vor ihrer Ausbürgerung in Erinnerung. Die DDR werde weiter wie bisher als Staat bestehen, aber die Bevölkerung mehr Rechte durchsetzen, meinte sie. Das Ausmaß des eigentlichen Geschehens ab Oktober 1989 war ihr, wie vielen Menschen in der Bundesrepublik, nicht klar.

Oktober bis Dezember 1989

Am 7. Oktober beging die DDR den 40. Jahrestag ihrer Staatsgründung. Michail Gorbatschow, der neue höchste Staatsmann der Sowjetunion, war angereist und tauschte mit Erich Honecker den Bruderkuss. Und dabei, hieß es, sei das wenig später als legendär geltende Wort des russischen Reformers gefallen:»Wer zu spät kommt, den bestraft das Leben.« Auch wenn es nur für eine Legende gehalten wurde, so kam es der Wahrheit doch sehr nahe.

In acht Großstädten des Landes demonstrierten 100 000 Menschen für Demokratie und politische Reformen. Über 1000 Menschen wurden festgenommen. Am 9. Oktober versammelten sich nach dem Montagsgebet und der anschließenden Demonstration in der Leipziger Innenstadt 70 000 Menschen. Allein 5000 waren es vorher in der Nikolaikirche gewesen, die nach dem Gottesdienst mit Gebeten und Kerzen nach draußen gingen und nicht wussten, ob auf sie geschossen würde. Später würde bekannt werden, dass Erich Honecker das gefordert habe. Dem gegenüber hätten sich regionale Stellen in Abstimmung mit Egon Krenz, dem möglichen Nachfolger Honeckers, darüber hinweggesetzt. »Auf alles waren wir gefasst, aber nicht auf Gebete und Kerzen«, hatte ein ehemaliges Mitglied des Politbüros der Partei geäußert. Im West-Fernsehen war dieser Kilometer lange Demonstrationszuges zu sehen und ein Mann erschien als Unterhändler, der Chef-Dirigent des Leipziger Gewandhaus-Orchesters, Kurt Masur.

Anja und Theo Bäumler ängstigten sich über den Ausgang des friedlichen Aufstands. Viele Jahre später würde Anja bei einem Besuch in Leipzig im Monat Oktober auf eine Menschenkette im Stadtinneren aufmerksam werden und erfahren, dass man der Massendemonstration des 9. Oktober

1989 gedenke und dass eigentlich hier damals viele mutige Menschen die Wende vom 9. November im Staat eingeleitet hätten. Vier Wochen später war es zum Fall der Berliner Mauer und danach 1990 zur friedlichen Wiedervereinigung der beiden Teile Deutschlands gekommen.

Anfang November 1989 wollten die Bäumlers zur Jahresversammlung der Quäker im Taunus fahren. Sylvia hatte aber die Windpocken bekommen und Anja musste zurückbleiben, so dass Theo allein fuhr. Danach berichtete er, dass in der Begegnung mit den Freunden aus der DDR ihre Angst und Beunruhigung zu spüren gewesen war.

Auch Friederike aus Wittenberg war gekommen und hatte Theo auf seiner Rückfahrt nach Düsseldorf begleitet. Sie wollte einen Tag in Düsseldorf bleiben, die Stadt ein wenig kennenlernen und sich mit ihren Freunden austauschen. Da Sylvia auf dem Wege der Besserung war, kam auch Anja nach Düsseldorf.

Friedericke erzählte mehr über die Ereignisse jenseits der Grenze. Die Menschen seien einerseits froh, dass sich eine Änderung abzeichne, andererseits herrsche viel Angst über den Ausgang der gesamten Situation. Man sei sehr besorgt, dass die friedliche Bewegung letztlich durch einen Schießbefehl niedergeschlagen und in einem Blutbad enden werde.

Am nächsten Vormittag fuhren die Bäumlers mit ihrem Gast in die Innenstadt und besuchten nachmittags den Benrather Schlosspark. Am Abend stellten sie gespannt die Tagesschau des West-Fernsehens an und meinten, in den Bildern die Angst und Unruhe auf den Straßen greifbar zu spüren. »Wir sind das Volk!«, war immer wieder zu hören. Erich Honecker tauchte nicht mehr auf.

Einen Tag später brachten sie Friedericke zur Bahn. Ihr war die große Sorge anzumerken, ob es nicht doch zu militärischer Gewalt kommen würde. »Die Bevölkerung in der

DDR will die Westmark, und wenn die Staatsmacht nicht klein beigibt, dann kommt es zum Bürgerkrieg«, hatte sie mehrfach geäußert und man konnte wenig Beruhigendes dazu sagen. Was würde ihre Freundin in Wittenberg erwarten, fragten sich die Bäumlers besorgt, als der Zug abfuhr.

An diesem Dienstag, dem 7. November, trat der Ministerrat der DDR zurück und am Mittwoch das Politbüro der Partei. Am 9.11.1989 gab Günter Schabowski, der Berliner Bezirksparteisekretär, abends auf einer im Fernsehen übertragenen Pressekonferenz die Nachricht von der Grenzöffnung bekannt.

Die Bäumlers fühlten sich von der rasanten Geschwindigkeit der Ereignisse überwältigt. In der Begegnung mit Friedericke war ihnen die unmittelbare riesige Gefahr der vergangenen vier Wochen erst richtig deutlich geworden. Dass die DDR jäh zusammenbrechen und die Menschen ihre jahrelange Einschüchterung durch den Staat beenden würden, erschien ihnen als das unerhörteste Ereignis in ihrem Leben.

Anja brauchte ein ganzes Wochenende, um die Ereignisse zu verarbeiten, und schlief mit Unterbrechungen viele Stunden. Sylvia war wieder gesund, und mit dem Beginn der folgenden Woche konnten sie alle in ihr normales Leben zurückkehren.

Von Friederike und ihrer Familie erfuhren sie in den folgenden Monaten, dass sie sich sowohl in der Begegnung der Quäkerfreunde aus Ost und West als auch am Ort engagierten.

Jacob, ihr Mann, organisierte die Treffen der Familienfreizeit im Sommer und Friederike ließ sich zur Stadtverordneten wählen Sie setzte sich mit vielen anderen für die Sanierung des Gymnasiums in dem Projekt ›Hundertwasserschule‹ ein.

Bürgern der Stadt war gelungen, mit dem berühmten österreichischen Architekten in Kontakt zu kommen. Daraus entstand ein Kulturprojekt, das finanziell durch den Bund und das Land Sachsen-Anhalt gefördert wurde. Bei einem Besuch Jahre später wurde Anja der gut sanierte und verschönerte Bau gezeigt. Die hervorragende Sanierung war ein Ergebnis der neuen Möglichkeiten, die sich nach der Wende in Ostdeutschland ergeben hatten.

Freundschaftsbesuche

Anfang Dezember 1989 meldete sich nach dem Fall der Mauer zweimal Besuch aus der DDR in Düsseldorf an. Klaras Freundin aus den letzten zwei Schuljahren in Jena wollte mit eigenen Augen in den Westen schauen, der in ihrem staatstreuen Elternhaus seit eh und je verteufelt worden war. Aufgeschlossen und wissbegierig sah sie sich ein wenig in Düsseldorf um und fuhr, beeindruckt vom riesigen Warenangebot, nach Neujahr zurück. Nach ihrer Zukunftsplanung gefragt, sprach sie von einer Lehre im Bereich von Wäscherei-Dienstleistungen und schien mit dieser Aussicht zufrieden zu sein. Anja tat es leid zu hören, dass sie, eine gute Schülerin, keinen höheren Bildungsweg anstrebte. War es andererseits vielleicht doch klug von dem Mädchen, nur einen kleinen Plan zu haben? Niemand wusste, wie es mit der DDR-Wirtschaft weitergehen würde.

Kurz vor dem Weihnachtsfest aber war schon Uschi als erste Besucherin nach »der Wende« gekommen. Anja und Uschi aus Gera verband eine langjährige Freundschaft. Sie hatten beide viele Jahre in der Nervenklinik in Jena gearbeitet. Kurz nach Sylvias Geburt war sie nach ihrer Tagesarbeit gekommen und hatte erstaunt miterlebt, wie das knapp 14 Tage alte kleine Menschenkind mit ihnen zusammen über

Stunden klassischer Musik lauschte, die sie als Schallplatte aufgelegt hatten.

Jetzt war es ein herzliches Wiedersehen, an das sie vor einem Jahr nicht zu denken gewagt hätten. Uschi hatte ihre Cousine im Rheinland besucht und war auf der Rückreise über Düsseldorf zu ihnen gekommen. Sie erzählte von den Montagsgebeten in Gera und Jena und den Hoffnungen und von der Furcht, die sie alle in den vergangenen Monaten bewegt hatten. Schon kurz nach dem Fall der Mauer war Uschi bei ihren Verwandten in Berlin-Schöneberg gewesen, mit ihnen an der Mauer entlang durch die Stadt gegangen und an der Siegessäule vorbei durch das Brandenburger Tor weiter auf der Allee unter den Linden gelaufen.

Uschi berichtete:»Früher standen wir vor dem Brandenburger Tor und da war für uns Berlin zu Ende. Und jetzt konnte ich von der ›verbotenen Seite‹ her einfach durchlaufen. Als die Mauer 1961 gebaut wurde, war ich 16 Jahre alt. Mir wurde deutlich, wie sich die Westberliner gefühlt haben mussten, eingemauert von der Sektorengrenze und weiteren 40 Kilometern Beton.«

Anja hatte bei diesen Worten die Bilder aus dem Fernsehen vom Überklettern der Mauer in der Nacht vom 9. zum 10. November vor ihrem inneren Auge. Sie musste auch an die Rückreise 1961 aus Bulgarien nach Deutschland denken. Im Zug hatten sie erfahren, dass in Berlin eine Mauer gebaut werde, und hatten dennoch entschieden zurückzukehren. Uschi war aufgefallen, wie bewegt Anja mit einem Mal war, und hatte ihre Rede unterbrochen. Behutsam fragte sie nach und erfuhr, dass Anja und ihr Freund damals die Entscheidung getroffen hatten, nicht in Belgrad den Zug zu verlassen, sondern zurück in die DDR zu fahren und sich von ihrer todkranken Mutter zu verabschieden.

Die Erzählung über ein fernes Jahr

»Aber euer Vorhaben hattet ihr nicht aufgegeben und Euer Versuch später war ja wohl misslungen. Das muss doch sehr schlimm für euch gewesen sein«, sagte Uschi, die etwas mehr dazu zu erfahren hoffte.

Als Anja 1971 als Psychologin an der Nervenklinik angestellt worden war, hatte es hinter vorgehaltener Hand geheißen, dass sie eine misslungene Republikflucht mit Konsequenzen hinter sich habe.

Anja hatte die Ereignisse von 1966 tief in ihrem Inneren verschlossen gehalten. Aber jetzt war eine andere Zeit angebrochen und das erlittene Unrecht von damals würde durch eine Rehabilitation korrigiert werden. Anja war bereit, mit ihrer Freundin über diese Wunde in ihrem Leben zu sprechen, und berichtete mehr über die Ereignisse von damals und ihren Umgang damit. Ihr vertrauensvolles Gespräch tat Anja gut und sie beantwortete Uschis Fragen, aus denen sie Anteilnahme heraushörte.

»In den ersten Wochen der Gefangenschaft in Budapest waren in mir viele Erinnerungen aus früheren Jahren aufgetaucht. Auf einmal hatte ich so viel Zeit und das Erinnerte half mir, dem unerbittlichen und gnadenlosen Räderwerk, in das wir geraten waren, zeitweise zu entfliehen. Ich war noch erschöpft von der Anstrengung der letzten Studienmonate und Theos Problemen, von denen ich erst nach meinem Diplom erfahren hatte. Nie vorher hatte ich so viel Zeit für mich allein gehabt und ich konnte sie mit Märchen, Erinnerungen und vielem Nachdenken ausfüllen, ja sogar mit leisem Singen. ›Die Gedanken sind frei‹, alle Strophen fielen mir nach und nach wieder ein.

Als wir nach vier Wochen in die DDR ausgeflogen wurden und ich Theo wiedersah, ohne mit ihm sprechen zu dürfen, war das sehr schmerzlich für uns beide. Wieder in die DDR zurückzumüssen, als Gefangene, war bitter. Trotzdem hatte ich nie die Hoffnung aufgegeben, dass es einen Neuanfang für uns auch hier geben würde.

Wir kamen an einem Freitag zurück und es hat mir sehr geholfen, dass ich am nächsten Tag ein Buch gebracht bekam. Der erste Band einer Trilogie des amerikanischen Nobelpreisträgers William Faulkner mit dem Titel ›Das Dorf‹. Nach und nach bekam ich auch die anderen Bände, ›Die Stadt‹ und ›Das Haus‹. Mit dieser Geschichte einer amerikanischen Familie Anfang des 20. Jahrhunderts konnte ich in eine Zwischenwelt eintauchen, die mich aus meiner schlimmen Realität herausführte. Die Ausleihe des Buches sah ich als etwas Positives an, auch wenn es jeden Abend wieder weggeschlossen wurde.«

»Wie sind sie insgesamt mit dir umgegangen?«

»Nun, ich wurde viele Male von ein- und demselben Vernehmer befragt, hatte große Angst, dass er herausfinden könnte, dass wir schon drei Jahre vorher Fluchtabsichten hatten. Aber nachdem während der folgenden zwei Monate keine Konfrontation damit gekommen war, verringerte sich meine Sorge, dass wir sehr lange in Unfreiheit bleiben müssten. Ich erinnere mich daran, dass ich eines Morgens glaubte, klassische Musik zu hören. Es war nach einem Vierteljahr das erste Mal, schön und tröstlich wie noch nie zuvor und auch nur dieses einzige Mal. Ich glaube nicht, dass sie aus dem Gebäude oder sogar von draußen gekommen war, sondern dass ich sie aus meinem Inneren heraus hörte. Es ergriff mich und machte mich dankbar. Ich konnte es als ein Zeichen der Hoffnung ansehen.

Bald bekam ich eine Zellennachbarin und war nicht mehr allein. In der gesamten Zeit waren es schließlich drei Personen, die mit mir die Zelle teilten, und jedes Mal fühlte man sich mit einem anderen Menschen des gleichen Schicksals verbunden, einer älteren Frau, einer jungen Lehrerin unterwegs zu ihrem Verlobten und einem Mädchen unter zwanzig, die ihren ebenfalls gefangenen Bruder maßlos vermisste.

Ich bekam bald einen Korb voller Bücher mit der Aufgabe, sie mit Schutzumschlägen zu versehen. Da begann für mich eine Zeit des intensiven Lesens. Es war durchaus Literatur, die mir etwas zu sagen hatte. Höhepunkte wie der Besuch meines Vaters, das Wiedersehen mit meinem Mann oder der Besuch meiner Schwägerin, alles für jeweils eine halbe Stunde, waren Ereignisse, von denen sich meine Seele lange nähren konnte.«

»Wie bist du damit zurechtgekommen, eingesperrt zu sein?«

»Ich hab es hingenommen, aber mich erfüllte eine große Sehnsucht nach Himmel, Wolken und nach der Natur. In der halben Stunde Freigang im Hof habe ich manchmal versucht, meine Wahrnehmungen in Worte zu fassen, ein wenig so wie die Schriftsteller, deren Bücher ich las. Es gab eine Situation, in der ich nach dem Hofgang sehr verzweifelt und wütend war, nachdem man mich wieder weggesperrt hatte. Immer mehr geriet ich in Rage und war ganz außer mir. Das ging so weit, dass ich den Impuls hatte, die Tür einzutreten, indem ich mich auf den Boden legen und die Beine dagegen stoßen würde. Noch ehe ich damit anfing, spürte ich schon Erleichterung, allein aufgrund meines Gedankens an eine derartige mögliche Aktion in meiner verrückten Lage. Niemand würde mich davon abhalten können, es zu tun. Aber was dann? Sofort käme die Wache und danach hätte ich ganz viele Schwierigkeiten. Wollte ich das wirklich? Da setzte wieder die Kraft meines Verstandes und Willens ein. Plötzlich war ich von dem Zwang befreit, so etwas zu tun, konnte mich auf den Schemel am Tisch setzen und mich wieder der Ruhe und Klarheit meiner Vernunft überlassen.«

Uschi schien die Situation mitzuempfinden, so als ob sie

dabei gewesen wäre, denn während Anja erzählte, spiegelten sich in ihrem Blick Aufbegehren, Mitleid, Resignation und Erleichterung.

»Nun konnte ich wieder frei entscheiden und wählen, was mich weniger ängstigte. Ich wollte die Kontrolle über meine Situation behalten und alles durchstehen. Also entschied ich mich dafür, aus meinem freien Willen heraus so lange hier zu sein, wie es dauerte. Es beruhigte mich, dass ich die Vernunft und die Kraft hatte, mir nicht noch schlimmeres Übel einzuhandeln.«

»Das war aber stark!«, entfuhr es Uschi, als die Freundin eine Pause machte, und Anja fühlte sich wohl mit der Achtung, die sich in diesen Worten ausdrückte. Dann erzählte sie ihre Geschichte mit der Verhandlung und Verurteilung im nächsten Jahr zu Ende:

»Natürlich war das ein totalitärer Eingriff in Menschenrechte. Aber es war trotzdem ein Teil meiner eigenen Lebenszeit, einer Zeit, in der ich gelitten, gelernt und gelesen habe. In meiner Identität habe ich mich nie in Frage gestellt gesehen. Ich fand es aber beschämend und ärgerlich, dass ich bis heute diese Lücke in meinem Lebenslauf aufführen musste, zumal mit Adresse und Hausnummer jener Haftanstalt in Chemnitz. Jetzt werden wir bald die Rehabilitierungsurkunde erhalten und dann ist dieses Kapitel beendet«, schloss Anja mit einem Stoßseufzer.

›Freiheit ist nicht nur die äußere Freiheit, sondern auch etwas Inneres, das man sich selbst in Gefangenschaft bewahren kann‹, könnte Uschi vielleicht nach dem Gehörten gedacht haben, als sie schwieg. Wie Anja wusste, hatte sich manches auch im Leben ihrer Freundin zum Besseren gewendet, wenn sie sich über Unbeeinflussbares beruhigt und Zuversicht bewahrt hatte.

»Deine Haltung hat dir sicherlich geholfen, trotz dieser beklemmenden Lage gesund zu bleiben!«, meinte Uschi etwas später und Anja bestätigte das gern. Später stießen sie beide mit Rotwein auf ihr glückliches Wiedersehen nach dem Fall der innerdeutschen Grenze an.

Dieses vertraute Gespräch hatten sie am Freitagabend allein in der Düsseldorfer Wohnung geführt. Am nächsten Morgen saßen alle Familienmitglieder am gemeinsamen Frühstückstisch, erzählten und tauschten Erinnerungen aus. Tagsüber zeigten die Bäumlers ihrem Besuch einiges von der Stadt und am Abend kamen sie wieder auf die Veränderungen zu sprechen, die ihnen im Land – weit stärker im Osten als im Westen – bevorstehen würden.

SED-Diktatur, Stasi-Überwachung und Schießbefehl an der Westgrenze waren Vergangenheit. Sicherlich würde die freie Marktwirtschaft eingeführt werden und manche Mangelversorgung der Bevölkerung hätte ein Ende, vermuteten sie. Was würde bestehen bleiben von positiven Aspekten des Lebens in der DDR und welche Verluste wären zu beklagen? Tagsüber hatten Anja und Theo erzählt, wie es ihnen vor vier Jahren hier im Westen ergangen war und wie sie allmählich hier Fuß fassten. Einen Arbeitsplatz zu finden war ihr größtes Problem gewesen. Uschi als Ergotherapeutin machte sich darüber keine Sorgen, denn in ihrem Beruf würde sie gebraucht werden.

»Die Menschen im Osten drängen nach der D-Mark«, das hatte Friedericke bei ihrem Besuch vor einem Monat gesagt. In Anjas Ohren hatte das geklungen wie »um jeden Preis«. Was aber würde dafür hergegeben werden müssen? Dennoch überwogen Freude und Erleichterung über den friedlichen Wechsel.

Nachdem Uschi am Sonntag auch noch mit nach Gruithausen gekommen war, fuhr sie, voller Eindrücke und eigener Fragen, am nächsten Tag nach Gera zurück.

TEIL 5

Im wiedervereinigten Deutschland

1 | Familie

Veränderungen Anfang der 90er Jahre

Die Bäumlers gaben ihre gemeinsame Wohnung auf, als Klara ihr Abitur gemacht hatte und als Au-pair für ein Jahr ins Ausland ging. Jan lebte in dieser Zeit schon außer Haus. Nach einem Jahr als Zivildienstleistender studierte er. Theo zog in eine kleine Wohnung in der Nähe seiner Arbeitsstelle.

Anja wurde in der Klinik fest angestellt, nachdem ihr Kollege eine Ganztagsstelle bei einem anderen Arbeitgeber gefunden hatte. Neben der Arbeit in der Klinik mit 20 Wochenstunden plante sie zusätzlich, Patienten in Einzeltherapie im Rahmen der Kostenerstattung durch die Krankenkassen zu behandeln. In den letzten Jahren hatte sie in Düsseldorf und in Göttingen Seminare in ihrem Fach besucht und verließ sich darauf, auch Teile ihrer Fachausbildung in der ehemaligen DDR geltend machen zu können, um das Zertifikat zu erwerben, das die direkte Abrechnung mit den Krankenkassen ermöglichte. Ein Weiterbildungsinstitut für tiefenpsychologische Psychotherapie erklärte sich auf ihre Anfrage hin zur Unterstützung bereit. Sie sollte Supervisionsstunden aus ihrer früheren Tätigkeit »drüben« nachweisen und mehrere Therapien unter aktueller Supervision durchführen. Bei Anerkennung im Zusammenhang mit den bisher akzeptierten Weiterbildungsnachweisen könnte sie in den nächsten Jahren das benötigte Zertifikat erwarten.

Sylvia wünschte sich nach der ersten Klasse, Geige spielen zu lernen, wofür bald eine Lehrerin gefunden wurde. Sie war musikalisch und von der Geige absolut begeistert. Mit der Trennung ihrer Eltern schien sie umgehen zu können, verbrachte die Wochenenden zum Teil mit ihrer Mutter und Arndt, zum Teil mit ihrem Vater.

Arndt hatte seine Arbeit im Matthias-Claudius-Heim aufgegeben. Nadege war im Benrather Krankenhaus für eine Lehre als Hauswirtschaftshilfe angenommen worden. Ihr Vater hatte sie gut auf das Leben in einem Heim vorbereitet und sie konnte schließlich im Matthias-Claudius-Heim einziehen, von wo sie mit einem Bus zu ihrer Arbeitsstelle gelangen konnte. Nachdem Arndt seine Tochter dort noch einige Monate in ihrer neuen Lebensphase begleitet hatte, wollte er sich wieder eine Tätigkeit in der Krankenpflege suchen. Ganz in der Nähe von Anja fand er etwas Passendes und mietete sich eine kleine Wohnung.

Anjas und Theos Leben bewegte sich nach der Klärung ihrer Beziehung in den 90er Jahren in ruhigen Bahnen. Aus der Freundschaft von Anja und Arndt wurde bald eine liebevolle Paarbeziehung.

Bei größeren familiären Anlässen trafen die Familienmitglieder zusammen, soweit sie es einrichten konnten.

Besuch in Thüringen

Anfang 1990 fuhren die Bäumlers, trotz ihrer nun getrennten Wege, gemeinsam zum ersten Mal wieder in ihre alte Heimat. Sie besuchten die Verwandten in Gramont, holten sich bei ihnen auch den Schlüssel für ihre Hütte in Bobeck ab und versicherten sich erneut ihrer Wurzeln in dem kleinen Anwesen mit den vertrauten Terrassen, den Apfelbäumen vor der Hütte und dem Wäldchen am oberen Ende des Hanges. Auch die alte morsche Holzbank stand noch an der Seite am Weg, den sie heruntergekommen waren.

Sylvia jubelte, als sie Spielzeug entdeckte, das sie als Zweijährige vergeblich gesucht hatte. Dieses Mal übernachteten sie nur für eine Nacht, sahen sich danach in Jena um und blieben noch einen Tag bei ihren Verwandten in Gramont. Im Frühjahr 1991 fuhren sie erneut nach Bobeck. Auf der Rückfahrt über Jena konnte Anja sich nicht enthalten, noch einmal zum Hauptgebäude der Nervenklinik zu gehen. Sie fühlte sich in die frühere Zeit dort versetzt und öffnete ohne Zögern die Tür zum Eingang des imposanten Gebäudes aus rotem Klinkerstein. Nach den Treppen des Hochparterres stand sie wieder vor den weißen Diensttafeln und suchte nach bekannten Namen, von denen sie nur zwei entdeckte. Als sie sich schon wieder dem Ausgang zuwandte, erschien von der Seite her ihre ehemalige Kollegin, die Stationsärztin der Psychotherapie.

Nach großem Erstaunen und kurzem Zögern gingen die Frauen aufeinander zu. Anja erzählte von ihrem Neuanfang seit 1985 bis zur Rückkehr in ihren Beruf. Die Kollegin berichtete von der Ausbildung an einem westdeutschen psychoanalytischen Institut. Sie plane, mit anderen Kollegen vom Fach, später in Jena auch ein solches Institut zu eröffnen. Es sollte Berufskolleginnen und Kollegen in mehrjährigen Ausbildungen dazu ermächtigen, mit den Krankenkassen abrechnen zu können.

Das Gesundheitswesen der DDR war dem westdeutschen angeglichen worden. Wie in anderen Bereichen wurden auch in der medizinischen Versorgung der Bevölkerung Krankenhäuser und Polikliniken aus Gründen der Rentabilität geschlossen und es gingen Arbeitsplätze verloren. Andererseits ergaben sich neue Arbeitsmöglichkeiten im Rahmen der breiten beruflichen Selbstständigkeit.

2 | Politische Veränderungen

Am 18. März 1990 fanden die ersten freien Wahlen in der DDR statt. Die DDR-CDU erreichte in einem Dreier-Bündnis die meisten Stimmen, was als Votum der Bevölkerung für eine schnelle Wiedervereinigung angesehen wurde. Am 1.7.1990 trat der Staatsvertrag über die Wirtschafts-, Währungs- und Sozialunion in Kraft, ein Anschluss an die Bundesrepublik Deutschland mit ihrem Grundgesetz. Die D-Mark wurde eingeführt. Der 3. Oktober 1990 wurde zum Feiertag der deutschen Wiedervereinigung erklärt. Völkerrechtlich galt Deutschland nun wieder als ein einheitlicher, souveräner Staat.

Die DDR-Wirtschaft, bisher streng durch Planwirtschaft innerhalb des Ostblocks geregelt, schien auf dem gesamten Weltmarkt nicht genügend konkurrenzfähig zu sein. Die etwa 8000 volkseigenen Betriebe wurden durch die Institution der Treuhand privatisiert und verkauft, was Sanierung und Übernahme, aber oft auch Stilllegung bedeutete. 800000 Arbeitsplätze würden verloren gehen, das war eine damalige Schätzung. Dagegen demonstrierten schon im Februar 1991 hunderttausende Menschen. Stimmung und Lebensgefühl im Osten verschlechterten sich, da die vielen gut ausgebildeten Bewohner die Arbeitslosigkeit als Niederlage, Demütigung und existenzielle Bedrohung erlebten. Sie empfanden wohl auch, dass ihnen ihre Lebensleistung abgesprochen werde. Die Berater und das Führungspersonal kamen in dieser wirtschaftlichen und gesellschaftlichen Umgestaltung aus dem Westen des Landes.

3 | Ein 100-jähriges Krankenhaus in diesen Zeiten

Im Jahre 1993 hatte Anja Kontakt zu ihrem früheren Chef, Prof. Wendt in Uchtspringe, aufgenommen. Dieser Ort eines Krankenhauses, in ihrer Erzählung ›Lichtspringe‹ genannt, war in den 60er Jahren ihre erste Arbeitsstelle gewesen. Sie hatte sich jetzt, im Rahmen ihrer Bemühungen um eine Kassenzulassung im gesamtdeutschen Gesundheitssystem, erneut an Prof. Wendt gewandt, um sich die Teilnahme an Supervisionsgruppen zu DDR-Zeiten bestätigen zu lassen. Dazu erklärte er sich gern bereit und schrieb ihr auch, dass er sich gefreut habe, nach so langer Zeit wieder von ihr zu hören.

Mit Beklommenheit las sie jedoch in seinem Brief: *Uchtspringe ist nicht das, was es war. Am 29.10.1994 feiert es 100 Jahre seines Bestehens, wobei das Hauptgewicht jetzt beim ›Maßregelvollzug‹ liegt, also hohe Zäune und Sicherungsanlagen, und dass es sich rechnet.*

Einer Einladung zum 100-jährigen Bestehen im nächsten Jahr konnte sie leider nicht folgen. Drei Jahre später jedoch besuchte sie ihre Freunde. Gerhard hatte vor mehr als 25 Jahren ihre Arbeit auf der Kinderpsychotherpiestation fortgesetzt. Von ihm und seiner Frau Karin erfuhr sie viel über die Veränderungen in den 80er und 90er Jahren.

Professor Wendt habe sein Direktorat 1986 aus Altersgründen beendet. Ärzte, die Anja noch bekannt waren, hatten danach die Leitung übernommen. Dr. T. sei es dank seines großen Engagements gelungen, 1991 die drohende »Abwicklung«, das heißt die Stilllegung des renommierten Bezirkskrankenhauses, zu verhindern. Dafür hatte er jedoch dem Bau einer psychiatrischen Haft-Klinik zustimmen müssen, in die Täter mit ungünstiger Prognose nach ihrer

Haftstrafe, entsprechend ihrem Gerichtsurteil, lebenslang eingewiesen wurden. Diese Veränderung mit hohen Zäunen und Sicherungsanlagen hatte Prof. Wendt in seinem Brief gemeint. Die Spiralen von Stacheldraht oberhalb hoher Mauern hatten auch Anja bei einem Spaziergang erschreckt.

Ihr kurzer Aufenthalt in Uchtspringe hatte Erinnerungen und viele Fragen zur jetzigen und kommenden Entwicklung der Klinik aufkommen lassen. Das in der DDR angesehene Bezirks-Fachkrankenhaus mit seinen hochspezialisierten Versorgungsstrukturen hatte eigentlich aufgegeben werden sollen, durfte jedoch mittels ungeliebter Veränderungen weiterexistieren. Könnte es den guten Ruf bewahren, den es erworben hatte? Anja nahm sich vor, seine Entwicklung weiterzuverfolgen. Außerdem wünschte sie sich, noch einmal die Kinderpsychotherapiestation zu besuchen.

Diesen Vorsatz konnte sie jedoch erst im zweiten Jahrtausend verwirklichen. Den neuen Direktor, Dr. Lischka, kannte sie noch aus den 60er Jahren.

Inzwischen erfuhr sie im brieflichen Kontakt von ihren Freunden, dass Prof. Wendt, den sie gern wiedergesehen hätte, seit dem Ende der 90er Jahre nicht mehr in Uchtspringe lebte, sondern in ein Pflegeheim in die Nähe seiner Tochter gezogen war.

Ihre Freunde ließen Anja später Auszüge aus der Festschrift zum 100-jährigen Bestehen der Einrichtung zukommen. Das nahm sie zum Anlass, sich noch einmal genauer mit dem Wirken Prof. Wendts in Uchtspringe zu befassen. Bei ihrem Besuch dort vor wenigen Jahren war sie zu ihrem Erstaunen auf eine Straße gestoßen, die bereits zu Lebzeiten seinen Namen trug.

In der Folgezeit hatte sie nachgelesen, was der Professor unter dem Titel ›100 Jahre Uchtspringe‹ zusammengefasst und als Festredner 1994, damals bereits acht Jahre im Ruhestand, in seiner Ansprache gesagt hatte.

Nach der langen Darstellung der Geschichte des Krankenhauses, das nun schon seinen fünften Namen trage, ›Landeskrankenhaus für Psychiatrie und Neurologie‹, hatte Wendt die Frage gestellt:

Warum lohnt es sich, den einhundertsten Geburtstag dieser Einrichtung Uchtspringe festlich und dokumentarisch zu begehen? In diesen 100 Jahren haben die gesellschaftlichen und politischen Zustände fünfmal gewechselt.

Er führte die Kaiserzeit mit dem 1. Weltkrieg an, die Weimarer Republik mit Inflation und wirtschaftlichem Niedergang, die Nazidiktatur mit Menschenverachtung und dem 2. Weltkrieg und die Vernichtung der für lebensunwert erachteten psychiatrischen Patienten. Es folgten der Wiederaufbau im geteilten und verengten Land und schließlich die Übertragung des Gesundheitssystems der alten Bundesrepublik auf die angeschlossenen DDR, *die immer noch die ›Ehemalige‹ genannt wird, obwohl das ja nun nicht mehr betont werden muss.*

Anja konnte sich Prof. Wendt mit dem entsprechenden sarkastischen Tonfall dabei lebhaft vorstellen. Etwas später fand sie in seiner Rede weitere Stellen, in denen er ihr erneut sehr präsent wurde.

Warum ist einer, der eine erfolgreiche Laufbahn an der 500 Jahre alten Universitäten begonnen hat, gerade in ein Nest wie vormals ›Modderkuhl‹* gegangen?

Mir gefiel an Uchtspringe die schon von seinem ersten Direktor Dr. Alt (1894 – 1929) stammende Offenheit.

Wie zu lesen war, ging es um die Öffnung der Krankenstation, nicht vergitterte Fenster, nicht verschlossene Haustüren, nur zwei geschlossene Stationen für Schwerkranke,

* ursprünglicher Name für Uchtspringe

über 1500 Betten, allerdings nur acht Ärzte.

1961 wurde ich mit der Leitung von Uchtspringe betraut, übrigens gegen den Widerstand des damaligen Bezirkspsychiaters, der den Wendt für zu schwierig hielt für den Bezirk Magdeburg, weil er sich nicht seinen Wünschen gefügig zeigte ... Ich wollte ein Krankenhaus nach meinen Vorstellungen gestalten, möglichst weit ab von Weisungsinstanzen ... Außer mehrmals in Leipzig ergaben sich auch andere sehr direkte Angebote von Lehrstühlen ... Ich habe alle abgelehnt, da mir die Einbindung in das politische Zeremoniell an den Universitäten und Akademien widerstrebte.

Die Darstellung seines Werdegangs und der Entwicklung des Krankenhauses überflog Anja. Dem guten Ruf des Professors waren bald Ärzte und Psychologen hierher aufs Land gefolgt. Die Zahl der Mitarbeiter in der Krankenpflege, Beschäftigungs- und Arbeitstherapie stieg und neue Stationen wurden eröffnet.

Mit Vergnügen verweilte Anja bei den Schilderungen des Umgang mit den politischen Erwartungen des DDR-Staates. Hier war die Rede vom Unterlaufen einer Pflicht zur Teilnahme des männlichen Personals an den Kampfgruppen zur Zivilverteidigung und den Aufmärschen zum 1. Mai.

Auch rote Ecken* auf einigen Stationen, die Hausaltären glichen, seien schnell und unauffällig wieder abgeschafft worden. *Ich erwähne das nur, weil wir heute oft pauschaliert als brave Befehlsempfänger des Regimes dargestellt werden und jeden Unsinn mitgemacht hätten.*

Unverblümt und kraftvoll wirkten diese Aussagen.

Lange hatte Anja über die Persönlichkeit des verehrten Professors nachgedacht. Er gehörte zu den Menschen, die sich in ihrer Zeit an ihrem Platz von bestimmten Umständen betroffen fühlten und etwas verändern wollten. Das hatte er unter den politischen Verhältnissen in der DDR mit kriti-

---

* Symbole der Staatstreue

scher Autonomie, Mut, Klugheit und Ausdauer geschafft. *Dieses Krankenhaus am Rande der Heide, das sich der Betreuung und Behandlung der am meisten Benachteiligten der menschlichen Gesellschaft verpflichtet fühlte, hat alle Prüfungen, alle Stürme und Katastrophen, alle Benachteiligungen und Vorurteile so bestanden, dass es auch die relativ längste Phase, von 1945 – 1989 nicht nur überlebt hat, sondern auch unter den ideologischen Einengungen, den materiellen Beschränkungen, der von der sowjetischen Besatzung aufgezwungenen Diktatur … schon nach den ersten 20 Jahren zu einer Einrichtung geworden ist, die alle an sie gestellten Anforderungen vorbildlich erfüllt hat und auf vielen Gebieten Leiteinrichtung geworden ist.*

Das ist in erster Linie der Mehrzahl der hier tätigen Menschen zu danken, die engagiert ihre nicht leichte Pflicht erfüllt haben und der Aufgabe treu geblieben sind. Es gab nur sehr wenige Abwanderungen in den Westen, und das nicht nur, weil es so schwierig und gefährlich war.

Mögen Sie die Vorteile der neuen Ordnung nützen, die Nachteile bewältigen können.

Dieser Wunsch las sich als kraftvoller Zuspruch. Erneut war Anja beeindruckt.

Prof. Wendt war in den 25 Jahren seiner Leitung der Bezirksnervenklinik Uchtspringe ein Pionier und Gestalter zu DDR-Zeiten gewesen. Den Anfang dort hatte sie einige Jahre lang miterleben dürfen. Danach hatte sie zwar immer wieder von den Impulsen gehört, die landesweit von der Bezirksnervenklinik als einer Leiteinrichtung, besonders für Psychotherapie, ausgegangen waren. Aber anderes, so das Ausmaß von Aktivitäten in der Weiter- und Fortbildung von Ärzten und Psychologen, war ihr nur teilweise bekannt gewesen, ebenso die Aktivitäten in medizinischen Gesellschaften und an Universitäten.

Nach der Wendezeit hatten Prof. Wendt die Veränderungen, in denen er sein Lebenswerk »abgewickelt« sah, so stark betroffen, dass er sie vor allem negativ betrachtete. Aber seine Nachfolger, die er geprägt hatte, besaßen Geschick, Durchhalte- und Anpassungsvermögen und konnten mit etwas Glück die Einrichtung erhalten und weiterentwickeln. Das ging aus den ›Uchtspringer Schriften‹ 2003 und 2004 zum dann schon 110-jährigen Bestehen hervor, die ebenfalls in Anjas Hände gelangt waren.

Anja fand, dass von Prof. Wendt in seiner Rede von 1994 ein ganzes Jahrhundert Psychiatrie-Geschichte in den Blick genommen worden war. Es ging um Veränderung, Vorausdenken und um Menschen, die Derartiges anstoßen wollten und andere davon überzeugen konnten. Vor über 100 Jahren hatte der Gründer Dr. Alt in diesem Sinne gewirkt und ein halbes Jahrhundert später Professor Wendt.

›Meine Vorfahren waren ebenfalls Vorausdenker und Pioniere gewesen, allerdings auf einem ganz anderen Gebiet‹, ging es Anja durch den Sinn. Mit Stolz dachte sie an ihren Großvater.

Erstaunt stellte sie fest, dass sie selbst in ihrem Leben mit einer Jahrhundertspanne des Fortschritts auf zwei wichtigen und ganz unterschiedlichen Gebieten in Berührung gekommen war: der Industrialisierung im weiteren Sinne und der Verbesserung in der sozial-medizinischen Behandlung und Betreuung von psychiatrisch und psychisch kranken Menschen.

›Ich durfte dabei sein: bei den Unternehmensgründern als das Kind, das die Geschichten der Erwachsenen neugierig aufgesogen hat, und als Berufsanfängerin später in einem psychiatrischen Großkrankenhaus. Ich war begeistert gewesen von dem mutigen Aufbruch eines unerschrockenen Gestalters.‹

Ein Jahrzehnt später

Nachdem Anja Bäumler von ihren Freunden weitere Literatur über das Fachkrankenhaus Uchtspringe zugeschickt bekommen hatte, konnte sie sich auch ein Bild von den weiteren Ereignissen dort in den Jahren bis 2004 machen. Sie hatte gelesen, dass die forensisch-psychiatrische Abteilung nach der Errichtung eines Neubaus 1996 aus dem Krankenhauskomplex ausgegliedert worden war* und so der »ungeliebte« gemeinsame Weg endete.

Das Landesfachkrankenhaus Uchtspringe entschied sich zur Privatisierung, zusammen mit dem zweiten Psychiatrischen Landes-Krankenhaus Bernburg in der Region, und 1997 wurde die SALUS-GmbH gegründet.** Die Ängste vor der Privatisierung unter den Mitarbeitern seien erheblich gewesen, hatte Dr. Volkmar Lischka, damals noch komissarischer Direktor, in seiner Rede 2004 zum 110-jährigen Bestehen von Uchtspringe gesagt. Der erste Geschäftsführer der übergeordneten Asklepius-Kliniken-GmbH habe die Bedenken der Mitarbeiter unbedingt ernst genommen und sie für die Identifikation mit dem Unternehmen gewinnen können. »Ein glückliches Ende nach erheblichen Erschütterungen und einer Menge Einsatz und Kampf«, so hatte es Dr. Lischka in seiner Rede am Ende zusammengefasst.

Es hatte sich darin auch Interessantes dazu gefunden, was sich aus der Sicht der Führungskräfte des Krankenhauses wirtschaftlich und besonders zwischenmenschlich dort nach der Wiedervereinigung ereignet hatte. Anja las, dass nach der Destabilisierung im Herbst 1989 »eine Zeit überzogener Hoffnungen und gleichzeitiger Sorge um das Erreichte« aufgekommen war. Der ersehnten Grenzöffnung und dem Beitritt der DDR waren »Unsicherheiten über Handlungsspiel-

* Landeskrankenhaus für Forensische Psychiatrie Uchtspringe
** Fachklinikum Uchspringe – SALUS-GmbH

426

räume und Entscheidungskompetenzen gefolgt«. Von den berichteten Einzelheiten zu lesen, fand Anja interessant.[*]

Nachdem sie so viel zu den »Übergangsschmerzen« der einen Einrichtung erfahren hatte, die ihr am Herzen lag, konnte Anja sich gut vorstellen, was für eine gewaltige Änderung der Lebens- und Arbeitsverhältnisse die Wiedervereinigung oder richtiger gesagt, der Anschluss des Ostens an den Westen bedeutet hatte. Ein so gutes Ende wie beim Fachkrankenhaus war wohl nicht sehr vielen Einrichtungen und Betrieben beschieden gewesen. Ein schwieriges Thema und, wie es sich in der späteren landesweiten Aufarbeitung zeigte, ein bedrückendes und mit vielen Zweifeln behaftetes. Freund Gerhard, als psychologischer Gutachter und Berater auch in der Außenstelle Stendal des Krankenhauses Uchtspringe tätig, hatte von Betroffenen viel dazu zu hören bekommen und Anja bei einem späteren Besuch dazu manches erzählt. Viele gut ausgebildete ältere Fachkräfte konnten trotz Weiterbildung in der jetzigen Arbeitswelt nicht erneut Fuß fassen, weil sie auf dem Arbeitsmarkt nicht gebraucht wurden. Neben den Existenzängsten war es oft die Scham für die gebrochene Biografie, die ihnen zusetzte. In kleineren Innenstädten gingen schnell gegründete Geschäfte wieder ein, denn in den Supermarktketten an der Peripherie waren Lebensmittel und anderes weit billiger zu erwerben. Gut ausgebildete junge Leute wanderten in die alten Bundesländer ab. Ländliche Gegenden verloren ihre Infrastruktur. Am Beispiel von Uchtspringe und seiner Entwicklung ab der zweiten Hälfte der 90er Jahre mit neuen Fachbereichen zu weiterer spezialisierter Versorgung hatten sich letzten Endes auch die neuen Chancen für das wiedervereinigte Land gezeigt.

[*] Details dazu finden Sie im Anhang des Buches.

4 | Besuch in Uchtspringe

Anja wünschte sich sehr, noch einmal nach Uchtspringe zu fahren, die Kinderpsychotherapiestation zu betreten und die Neuerungen im gesamten Krankenhaus kennenzulernen. Um ihr Vorhaben in die Tat umzusetzen, schrieb sie an Dr. Lischka. Ein freundlicher Brief von ihm kam zurück, in dem es hieß, es bedürfe keiner Genehmigung dazu. Er selbst wolle ihr nach dem Besuch der Station noch gern »vieles Schöne und Neue‹ auf einem Rundgang durch die Klinik zeigen«.

Zu Hause hatte Anja von ihrer geplanten Reise erzählt und Arndt als Krankenpfleger, inzwischen im Ruhestand, neugierig gemacht. Ob er wohl mitkommen und sich diese Einrichtung im Osten mit ihr zusammen ansehen dürfe? Er wisse so wenig von diesem Teil Deutschlands. Anja stimmte gern zu und sie beschlossen, gemeinsam zu reisen.

Arndt konnte kaum glauben, dass dieser heutige ICE-Halt Uchtspringe auf der Strecke Berlin – Hannover am Ende des 19. Jahrhunderts als Haltestelle der einstigen Kaiserlichen Eisenbahn außerhalb einer Stadt, allein wegen eines Anstaltguts »für Epileptische und Blöde«, eingerichtet worden war. »Wegen des guten Trinkwassers und der gesunden Luft«, hatte Anja ihm unterwegs vorgelesen.

Im nächsten Ort Gardelegen stiegen sie aus und übernachteten im Hotel.

Am Vormittag des folgenden Tages betrat Anja nach fast vierzig Jahren erneut ihre erste Arbeitsstätte.

Der Eingang zum Stationsflur war inzwischen an die Hofseite verlegt worden. Im Vorraum erkannte sie ein Plakat mit dem Schema zur 4-Phasen-Therapie in geschlossenen Gruppen. Das stimmte sie froh. Vermutlich war das damals von ihr maßgeblich Mitgestaltete lange wegweisend geblieben.

Sie wurde von der Stationsschwester freundlich empfangen. Nach einiger Zeit erschien die Oberärztin. Diese entschuldigte sich mit dringenden Terminen und beantwortete Anjas Fragen schnell auf dem Flur der Station. Die Kinderpsychotherapie sei jetzt ein Teil der Kinder- und Jugendpsychiatrie. Die Therapie mit geschlossenen Kindergruppen in vier Phasen werde nicht mehr durchgeführt, da man keine solchen Therapiegruppen mehr zusammenstelle. Es gebe zwei altersgerechte Hortgruppen, wobei die Älteren mehr Angebote erhielten. Das Stationspersonal sei für die Beschäftigungs- und Kreativangebote zuständig. An den Gruppentherapien nehme es nicht teil.

Der Gedanke der therapeutischen Gemeinschaft von Patienten, Pychotherapeuten und Betreuungspersonal mit stärkerer Einbindung in den therapeutischen Prozess schien also in der jetzigen Struktur verloren gegangen zu sein, dachte Anja. Noch einmal hatte sie den Professor mit seinen Visiten, Fallbesprechungen und Supervisionssitzungen aller 14 Tage damals auf der Station vor Augen.

Die Oberärztin berichtete auch von der neuen Station für Kinder und Jugendliche mit Drogenproblemen. Die pädagogische Station für Kinder mit Verhaltensstörungen existiere noch immer. In den letzten Jahren sei eine Tagesklinik für Kinder- und Jugendpsychiatrie und -psychotherapie in Stendal eröffnet worden.

Später führte die Stationsschwester Anja und Arndt durch die gesamte Station, zeigte Anja die Räumlichkeiten und beantwortete ihre Fragen. Den Therapie-Keller, jetzt mit einem Planschbecken versehen, gab es immer noch. Die Räume für die Spieltherapie im Erdgeschoss waren mit Materialien ausgestattet, die zu vielseitiger kreativer Betätigung einluden. Die günstigeren finanziellen Möglichkeiten hatten eine ansehnliche Sanierung des Hauses mit sich gebracht.

Die Patienten waren in Zweibettzimmern untergebracht. Anja verabschiedete sich von ihrer freundlichen Führerin und verließ das Haus mit gemischten Gefühlen. Danach gingen sie und Arndt zum Empfangsgebäude des Klinikums, wo Dr. Lischka auf sie wartete.

Er wollte wohl seine beiden Gäste beeindrucken, indem er sie in das ›Siegmund-Freud-Zentrum‹ führte. Ein Professor für Psychologie an der Universität Magdeburg habe hier seine Idee von einer Ausstellung zum Werk des berühmten Psychoanalytikers verwirklicht. Das sei in Deutschland einmalig. Die öffentliche Aufmerksamkeit helfe, Fördermittel zu bekommen. Die ursprüngliche Freud-Ausstellung sei etwas verkleinert worden und eine andere, nicht minder attraktive, dazugekommen: Lithografien von Günther Grass, dem Schriftsteller, Maler und Grafiker.

Dr. Lischka genoss die Verblüffung seiner beiden Gäste. Anja sparte nicht mit dem erwarteten Lob und ihr Führer lud sie zum Rundgang durch das Krankenhaus ein.

Er zeigte ihnen Funktionsräume wie die moderne Großküche, die Wäscherei, außerdem den renovierten Festsaal und die Cafeteria. Danach gingen sie zum Neubau der Physiotherapie mit einem großen Schwimmbecken. Auf ihrem Weg warfen sie einen Blick in die geriatrische Abteilung. Weiter kamen sie zum Neubau der Abteilung Suchttherapie, heutzutage mit einer Station für den Entzug bei Erwachsenen und zwei weiteren für die anschließende Psychotherapie.

Auch auf die Station für Heranwachsende im Umgang mit illegalen Drogen verwies er.

Beim Abschied sprach Dr. Lischka von der Befriedigung, die er als Direktor in den letzten 10 Jahren hier empfinde. Anja bedankte sich für seine Führung. Das war für sie wie ein Brückenschlag vom Beginn ihres Arbeitslebens an diesem Ort bis hinein in die Gegenwart gewesen.

Dr. Lischka hatte auch erzählt, dass er Prof. Wendt manchmal besuche. Er war gern bereit, Anja die Adresse des Professors zu geben. Später schrieb sie ihm, bekam jedoch keine Antwort, was sie sich mit der Mühsal des Schreibens in seinem hohen Lebensalter erklärte.

Zwei Jahre danach erhielt sie einen Brief mit schwarzem Rand und einem ihr unbekannten Absender. Ihre unmittelbare Vermutung, es handelte sich um die Todesanzeige des Professors, bewahrheitete sich. Sie wollte glauben, dass ihr damaliger Brief in seine Hände gelangt war und er sich vielleicht darüber gefreut und ihn aufgehoben hatte. Die Benachrichtigung war wohl durch seine Tochter veranlasst worden.

Im Januar 2006 fuhr Anja zu seiner Beerdigung nach Uchtspringe. Bei der Abschiedsfeier saß sie in der Reihe der vielen Trauernden neben ihren Freunden und blickte auf das große Foto des Verstorbenen weit vorn im Raum. Noch einmal fühlte sie sich von dem zugewandten, ein wenig kritischen und dennoch gütigen Blick des Mannes bewegt, der vor 40 Jahren mitgeholfen hatte, ihr aus dem Gleichgewicht geratenes Leben wieder auf festen Grund zu stellen.

Anhang

In der abgedruckten Rede des ärztlichen Direktors Dr. Volkmar Lischka zum 110-jährigen Bestehen 2004 sind mehr Einzelheiten zur Stimmung, zur Privatisierung und zur Erweiterung der Klinik zu erfahren. Nach der Destabilisierung im Herbst 1989 war »eine Zeit überzogener Hoffnungen«, Sorge um das weitere Bestehen sowie Irritationen, Beschämung und deren Zurückweisung gekommen. Eine Kommission wurde erwähnt, die zu Anfang der 90er Jahre die Chefärzte befragt habe, mit welchen Methoden in der Psychiatrie hier Gewalt ausgeübt worden sei. Der Hintergrund einer solchen Verdächtigung seien bekannt gewordene Gewalthandlungen in Krankenhäusern von Haftanstalten gewesen.

Nach der ersten Empfehlung sollte die Klinik als überflüssige Versorgungseinrichtung auf dem Land geschlossen werden. Der damalige Direktor, Dr. Tuchscheerer, habe 1991 an eines der Kommissionsmitglieder geschrieben: »Wir fühlen uns als ›Bestandsermittelte, als Besichtigte‹ äußerst unwohl ... gestandene Fachleute, die ihren – zugegeben und unverschuldet – etwas schäbigen Anzug gern selbst wechseln möchten ...«

An drei Nachmittagen seien 1400 Patienten »ausführlich wissenschaftlich begutachtet worden«, mit dem Ergebnis, dass die Hälfte noch klinisch behandlungsbedürftig sei und die andere Hälfte in einen Heimbereich ausgegliedert werde.

»Es waren gewachsene und vernetzte Strukturen nach Kostenträgerschaft zu trennen.« Ganze Abteilungen und Chefarztbereiche, medizinische und pädagogische Bereiche seien zum Teil anders zugeordnet worden. Der Bau der Forensischen Klinik zwischen 1992 und 1996 hatte schließlich die Erhaltung des Krankenhauses ermöglicht. Arbeitsplätze mussten in diesen Umstrukturierungsjahren nicht abgebaut werden, vielmehr wurde mehr Personal gebraucht und nach Weiterbildung eingestellt.

Dann war aber auch zu lesen: »Es folgte die Zeit der herzlichen und hoffungsvollen Begegnungen mit Kollegen aus dem Westen. Es begegneten uns opferbereite, herzliche, freundliche und gütige Missionare. Zu ertragen waren aber auch arrogante narzisstische und auf eigene Vorteile orientierte Berater.«

Da das Land als Träger der Landeskrankenhäuser seinen eigenen Einrichtungen keine Fördermittel genehmigen durfte, hatte man sich zur privaten Trägerschaft entschlossen. So war im März 1997 die SALUS-GmbH gegründet worden. Die Ängste vor der Privatisierung seien erheblich gewesen, aber Bedenken ernst genommen worden, so dass die Mitarbeiter für die Identifikation mit dem Unternehmen gewonnen werden konnten. Die Einrichtung habe sich mit Unterstützung der neuen Geschäftsleitung später auch gegenüber einem »schematisierten Outsourcing-Wahn« erfolgreich wehren können.

Viele Bausanierungsmaßnahmen waren durchgeführt und ganze Stations-Häuser rekonstruiert und zu Funktionseinheiten umgebaut worden. Zu DDR-Zeiten hatte ja kaum Geld für die notwendigsten Reparaturen zur Verfügung gestanden. Die Arbeitsfelder Suchtmedizin und Psychotherapeutische Medizin hätten um die Kostenträgerschaft »kämpfen« müssen. »Als unsere versorgungsnotwendigen Kapazitäten in Frage gestellt waren, wuchs auch die Kraft, Widerstand zu leisten«, hieß es in der Rede Dr. Lischkas. Landräte der Landkreise Stendal und Salzwedel hätten klar für den Erhalt der Leistungsfähigkeit des Krankenhauses gestimmt und eine Reduzierung von Betten verhindert.

Die Kinderpsychotherapiestation war saniert und im Jahre 2000 neu eröffnet worden. Eine weitere Station für Herangewachsene mit Drogenproblemen musste geschaffen werden. Im Nachbarort Stendal hatte man eine Tagesklinik für Kinder- und Jugendpsychiatrie eingerichtet. Für hörgeschädigte Kinder und Jugendliche sei 1994 das Deutsche Zentrum für Psychiatrie und Psychotherapie gegründet worden.

»Ein glückliches Ende nach erheblichen Erschütterungen und einer Menge Einsatz und Kampf«, so war es von Dr. Lischka zusammengefasst worden.

Sein Schlusssatz: »Dabei gehört es aus meiner Sicht zu den Stärken des Fachkrankenhauses Uchtspringe, dass wir uns nach wie vor anstrengen, einer seelenlosen Uniformierung mit den Ressourcen der kreativ genutzten Individualität zu begegnen ... Hier muss bei aller betriebswirtschaftlichen Klarheit, was Behandlung kostet, wieder laut formulierbar werden, was uns Linderung oder Besserung der Leiden wert sind.«

Im Buch wird häufiger Bezug genommen auf:
Chronik des 20. Jahrhunderts
14. ergänzte und aktualisierte Auflage 1995
© Chronik Verlag (Bertelsmann GmbH), Gütersloh/München
ISBN 3-86077-130-9

Dank und Widmung

Mein Dank gilt Menschen, durch die ich mich zu meiner Erzählung angeregt fühlte: Vorfahren, meiner Familie und Zeitgenossen.

Inspiration und Begleitung auf dem Weg fand ich in einer kleinen Gruppe von Menschen, die wie ich schreibend unterwegs waren. Ihrer Leiterin, Frau Dr. Margit Inka Postrach, möchte ich posthum mein Buch widmen. Sie verstand es zu ermutigen, zu beraten und sich am Gelingenden zu freuen.

Frau Cathrin Barske danke ich für ihre kluge und einfühlsame Begleitung während meiner Überarbeitung des Textes und Frau Andrea Stangl für ihr sorgfältiges und ideenreiches Lektorat.